高等院校人文素质教育系列教材

文学欣赏
(第 4 版)(微课版)

胡山林　主编

清华大学出版社
北京

内 容 简 介

本书是一部基础性、入门性的文学理论教材,全书共分为五编十一章,基本宗旨着眼于读者文学欣赏能力的培养与提高;主要介绍了文学欣赏的角度、原则和方法;重点推荐了"人生"视角,即"人生视角解读文学,借助文学透视人生",意在使文学中具有永久价值的思想精华从专业课堂上解放出来,走向大众,走入人生,走进每个人的心灵,使文学成为真正的"人学"。

本书寓理论导引于文学作品的分析中,行文通俗易懂,语言平易流畅,具有趣味性和可读性,适合作为中文专业和其他各类专业本、专科学生提高人文素质的通识课教材,也适合广大文学爱好者自学。

本书封面贴有清华大学出版社防伪标签,无标签者不得销售。
版权所有,侵权必究。举报:010-62782989,beiqinquan@tup.tsinghua.edu.cn。

图书在版编目(CIP)数据

文学欣赏:微课版/胡山林主编. —4 版. —北京:清华大学出版社,2023.2(2024.2重印)
高等院校人文素质教育系列教材
ISBN 978-7-302-62746-3

Ⅰ. ①文… Ⅱ. ①胡… Ⅲ. ①文学欣赏—高等学校—教材 Ⅳ. ①I06

中国国家版本馆 CIP 数据核字(2023)第 027212 号

责任编辑:梁媛媛
装帧设计:李　坤
责任校对:周剑云
责任印制:刘海龙

出版发行:清华大学出版社
　　　　网　　址:https://www.tup.com.cn,https://www.wqxuetang.com
　　　　地　　址:北京清华大学学研大厦A座　　邮　　编:100084
　　　　社 总 机:010-83470000　　邮　　购:010-62786544
　　　　投稿与读者服务:010-62776969,c-service@tup.tsinghua.edu.cn
　　　　质量反馈:010-62772015,zhiliang@tup.tsinghua.edu.cn
　　　　课件下载:https://www.tup.com.cn,010-62791865
印 装 者:三河市铭诚印务有限公司
经　　销:全国新华书店
开　　本:185mm×260mm　　印　　张:20.25　　字　　数:492千字
版　　次:2008年7月第1版　2023年4月第4版　印　　次:2024年2月第2次印刷
定　　价:59.00元

产品编号:098586-01

前　　言

本书开头，先向读者简单说明几个问题。

1. 书名释义

不言而喻，"文学欣赏"讨论的是读者与文学作品之间的关系。用来描述、指称这一关系的概念主要有：阅读、欣赏、鉴赏、批评和接受等。"阅读"是一般意义上对作品的接受，读者对作品不管是否读进去，不管是否读得懂，也不管是否有情感投入，只要读了即为阅读。"欣赏"指的是以欣喜愉悦的心态阅读作品，这是一种感性的、直觉的、审美的接受，感受"只可意会不可言传，可神通不可语达"。"鉴赏"的"鉴"字有鉴别、分析、审察的意思，人们常说的"品鉴"就是在"品"中有所鉴别、有所分辨。如果说"欣赏"时的心态偏重于感性，情感比较活跃，对欣赏内容知其然而不知其所以然，那么"鉴赏"时情感色彩已趋于稳定，理性成分介入并逐渐加强，对欣赏内容既知其然又知其所以然。大中小学课堂上教师对文学作品的分析就属于"鉴赏"。"批评"(也叫评论)是在鉴赏基础上的理论概括和语言表述。"接受"则涵盖了接受者对文学作品的上述诸种反应。

"文学欣赏"作为常用的理论术语，有广义与狭义之分。广义等同于文学接受，包含了阅读、欣赏(狭义)、鉴赏、批评、接受等概念，与"文学创作"相对应。现代文学理论视"文学"为一种"活动"。作为一种"活动"，包括四个基本要素，构成完整的文学活动流程——世界—作家—作品—读者。在这一流程中，作家的活动是文学创作，读者的活动是文学欣赏(接受)，而文学作品是联系二者的中介。如此说来，狭义的文学欣赏即上文所说的与"鉴赏"相区别的"欣赏"，指的是以欣悦、审美的心态对文学作品的感性把握；而广义的文学欣赏则是指与文学创作活动相对应的文学接受。狭义的文学欣赏是一种"心态"，广义的文学欣赏是一种"活动"。本书名为"文学欣赏"，两种含义兼而有之，更多的是广义。

2. 本书性质

简单说，本书是一本专门讨论怎样欣赏(解读、分析)文学作品的基础性、入门性的文学理论书。

作为文学理论书，本书不讲文学的一般原理和文学理论发展史(这是"文学理论"和"文论史"的内容)；作为讨论文学欣赏的书，也不泛泛地介绍关于文学欣赏的抽象理论，而是集中讨论"怎样欣赏"，讨论文学欣赏的角度、原则和方法，着眼于读者欣赏能力的培养与提高。

3. 本书特点

目前市场上流行的讲"文学欣赏"的书，一般是对某篇(部)具体作品(一般是名著)的分析解读，某类文体特征的介绍，如字词句的疏通，历史典故的讲解，主题思想的提炼，艺术特点的归纳，等等。通过讲解使读者对某具体作品、文体有比较全面的了解。

与这类书不同，本书的特点是跳出具体作品、文体介绍的套路，试图从文学欣赏实践中总结出一套具有普遍意义的系统的欣赏角度和方法。书中讲到的角度、方法超越某篇

(部、类)具体作品,对所有文学作品都适用。不是授人以"鱼",而是授人以"渔"。

笔者的期望是,读完此书,读者不只是从理论上了解具体的欣赏角度和方法,更能够把这些知识运用到各类体裁文学作品的分析解读中。通过练习,使读者掌握解读文学作品的基本技能,并使其欣赏能力得到切实的提高。

多年的教学实践让笔者深切感到,文学欣赏能力的提高对大学生的精神成长具有重要意义——不仅对中文专业的学生有意义,而且对其他专业的学生,乃至于对社会上所有文学爱好者都有意义。青年人正处在长知识、长身体、陶冶情操、丰富心灵的大好时期,而文学作品正好具有陶冶情操、美化心灵、提高人生境界的功能,因此青年人对文学欣赏有强烈兴趣是一个很好的现象。这为他们通过文学作品进行自我美育、提高人文素养创造了极好的心理前提。

青年人之外,"全民阅读"已上升到国家发展战略的高度,文学作品尤其是名著已经成为全民阅读的热门对象。然而,文学作品作为作家精心创造的精神产品,并不是随便哪个人就能轻易把握的,所以必须具备一些文学知识,掌握一些基本的欣赏方法。在这种情况下,有一些专门讨论文学欣赏的基础性、入门性的理论书就显得十分必要。作为一个讲授文学理论的大学老师,社会需求就是最大召唤,就是最好的研究课题。笔者的写作动机,就是要写一本面向青年学生和广大读者的通俗易懂的欣赏导引书,为他们进入文学殿堂提供帮助。

4. 本书内容

本书共分为五编十一章,主要内容如下。

第一编"文学与文学欣赏"(第一章至第二章),介绍关于文学与文学欣赏最必要、最基础的知识,这对于理解、把握文学和文学欣赏具有理论上的指导意义。

文学欣赏,实质是欣赏文学。"文学"是"欣赏(活动)"的客体即对象,毫无疑问是本书的核心概念。而到底什么是文学,却是一个"你不问我还清楚,你一问我反倒糊涂"的问题,亦即黑格尔所说"熟知非真知"的问题。本书采用系统论的方法,把文学置入与之相关的不同系统,从宏观、中观、微观,或者说从远景、中景、近景不同角度、不同层面与其他同类事物进行比较,从比较中透视文学,得出文学是什么的结论。毛主席说过,有比较才能有鉴别。通过不同角度、不同层面的比较,"文学"概念从抽象走向具体,深化、细化、立体化了,真面目清晰明确,了然于胸。

"欣赏"是本书另一个核心概念,也是个常谈常说但对其意却从未深究,因而不甚了了的问题。本书对概念含义进行细致辨析的同时,对其特性、途径以及与之相关的文学欣赏的收获、文学作品的教学等问题,都从欣赏实践出发作了与流行观点有别的讨论。

第二编"文学欣赏宏观角度"(第三章),将流行的《文学理论》教材上讲的"批评方法"改造成文学欣赏的宏观角度。因为社会历史、道德、文化、心理等所谓的批评方法,其实就是解读、分析、评论、欣赏文学作品的角度。本编选其中几个最主要、经常用、读者容易理解接受的角度加以介绍。

第三编"文学欣赏微观角度"(第四章至第八章),介绍解读分析文学作品的具体角度(或曰切入点)。常言说"外行看热闹,内行看门道",角度、切入点即"门道"。这是本书的主体和重心,所占比重最大。

本编讲到的诸多"角度"不是凭个人兴趣随便选择的,而是有坚实的理论根据和逻辑线索的。理论根据和逻辑线索就是文学作品的构成因素——作品(欣赏客体)的每一构成因素就是读者(欣赏主体)的一个欣赏角度。换句话说,主体的角度是由客体(欣赏对象)决定的。

本书没有采用以具体作品及文体(如诗歌、小说)为单位进行欣赏的流行做法。原因是笔者认为,具体作品及文体虽然各有不同,但文学作品的基本构成要素却是相同、相通的。以具体作品为单位容易支离破碎,如七宝楼台的雕梁画栋,拆碎下来不成片段;以文体为单位,容易互相交叉、互相重复。

第四编"文学欣赏原则"(第九章),介绍文学欣赏作为一种特殊的精神活动需要遵循的基本原则。文学欣赏的总原则是,用艺术的眼光欣赏艺术,或者说把文学当作艺术看。本书将这一总原则具体细化为八项原则。

第五编"文学与人生"(第十章至第十一章),讨论文学与人生的关系。关于文学,众所周知的一句名言是——文学即人学,文学是关乎灵魂的学问。在所有学科中,"文学"与"人生"具有天然的内在联系,人生经验、人生智慧、人生哲理是文学中的精华。人生问题与社会政治问题不同,后者具有特定的时空性(此一时彼一时),而人生问题(如生老病死等)具有超越性、永恒性、普遍性,所以文学作品中的人生意蕴具有超越时空的永久价值和永恒魅力。

笔者的职业愿景是,让文学从大学中文系的课堂上走出来,走向大众,走入人生,走进每个人的心灵。每个人都有自己的人生,因而文学与每个人相关。

通过这一编,笔者想让读者记住的是:从人生视角解读文学,借助文学透视人生。

附录一"答读者问",以书面形式回答了讲课过程中同学们提出的问题。这类问题很多,本书挑选了几个具有普遍意义的予以书面回答。如为什么不想读名著,影响正常欣赏的心理误区,怎样培养欣赏能力,怎样提高写作能力等。

附录二"综合练习(欣赏实践个案)",选用了乔典运的短篇小说《问天》并提供了25个自我测试题与参考解答。

5. 本书风格

笔者以普通读者的身份来揣摩,讨论"怎样欣赏"问题最好不要写成气象森严的"高头讲章";讲述古今中外的文学理论,纵横捭阖,云山雾罩,让读者感到沉重压抑。欣赏作品是美事,读"怎样欣赏"却是苦役。若如此,凭啥跟你活受罪?弃之可也。笔者理解读者的这种心情,有鉴于此,本书追求理论书的可读性和趣味性,或者说平易性和可亲近性。

本书在行文方面,力求通俗易懂,深入浅出,多分析作品,对每一观点尽量做到在具体例证分析基础上引出结论。笔者时刻提醒自己避免两种倾向:一是过多征引各家观点,作冗长的理论思辨,引读者进玄学迷宫;二是陷于具体作品的琐碎分析而不作理论概括。因此,本书力争观点简明扼要,例证精确具体有代表性。

为了使讲到的欣赏角度、方法具有"可操作性"(实用性),部分章节后面设计了思考练习题。为了让读者对所讲"欣赏角度"有更清晰明确的认识,更好地把握"操作方法",本书设计了"欣赏示例",精选名家的赏析与评论,供读者从"示例"中揣摩学习。

本书最后设计的对乔典运小说《问天》的综合练习,目的是帮助读者在具体的实际应用中提高解读作品的能力。按此类模式多做练习,欣赏能力自然提高。

总之,笔者想试走学术大众化、大众化学术之路。从写作目的、写作内容到写作方法,处处为读者着想,既考虑学术因素,又照顾读者需求。当然,说起来容易做起来难,也可能最终没有如愿,但尽力而为,尽人事而后心安。

6. 说明

(1) 本书只是为文学欣赏提供一些角度、方法和原则，有了这些肯定会有助于文学欣赏的深入，但并不意味着从此就可以一通百通，成为文学欣赏的行家。要想对文学有更深入的欣赏，还要进行多方面的长期努力。不过笔者认为，要让人人达到专家学者的水平，是不可能的，从某种意义上说也是不必要的。所以，只要本书提供的角度、方法和原则能对读者有一些帮助，笔者的目的也就达到了。

(2) 文学作品是世界上最奇异、最微妙、最富有个性的独特创造，所以文学欣赏也要随机灵活，善于感悟，而不能"一把尺子量到底"。文学欣赏最忌教条主义，本书归纳的角度方法，即使具有普遍意义，也不能作为教条硬套，而应结合具体作品灵活参照。

(3) "文学欣赏导引"作为专业课程，1992年开设于河南大学中文系，后来作为提高人文素质的通识课开设到全校，2005年被评为河南大学精品课程，2006年被评为河南省精品课程。2008年清华大学出版社作为"高等院校人文素质教育课程规划教材"出第一版，经过教学实践不断修订完善，目前这是第四版，主要变动是：①前言、目录及某些章节文字修订。这是一项永远做不完、永远有遗憾的工作。②第四章增加了第五节（"古代诗词的语法特点"），"答读者问"中增加了"如何提高写作能力"的问题。③变动较大的是第五编：删除了第十二章（"借助文学透视人生"），调整了第十一章（"人生视角解读文学举例"）。变动的根据是，"人生视角解读文学"与"借助文学透视人生"是同一活动(过程)的两个方面，二者是一而二、二而一的关系，本编重在推荐欣赏视角，故作此处理。

(4) 为适应新形势的教学需求，经过河南大学文学院赵思奇、付国锋、王银辉、裴萱和薛蕾五位教师的努力，该课程已经推出在线课程，入驻中国大学 MOOC 和河南省高等学校课程管理服务平台网。有兴趣的读者可以登录上述平台进行深入学习，相信在"现场"听课中会获得与读书不同的体验和收获。

编　者

 微课视频

扫一扫，观看本书相关的文学欣赏小课。

目 录

第一编　文学与文学欣赏

第一章　文学...1
  第一节　文学的学科属性...1
    一、文学属于人文学科...1
    二、人文学科的对象和特点...2
    三、人文学科的使命...3
    四、让文学走向大众、走入人生...4
  第二节　文学的含义与特征...4
    一、文学的含义...4
    二、文学的特征...5
  第三节　文学作品的特质...10
    一、文学作品与非文学作品的区别...10
    二、文学作品具有审美场...12

第二章　文学欣赏...13
  第一节　文学欣赏的含义...13
  第二节　文学欣赏的特性...14
    一、文学欣赏具有心理实验的性质...14
    二、文学欣赏具有自我发现的性质...14
    三、文学欣赏具有心理交流的性质...15
    四、文学欣赏具有心理愉悦的性质...16
    五、文学欣赏具有人生体验的性质...16
  第三节　文学欣赏的途径...17
    一、感受、体验...17
    二、分析、阐释...17
  第四节　文学欣赏的收获...18
    一、没有"收获"的两种情况...18
    二、什么是文学欣赏的收获...18
    三、感到没有收获的原因...20
  第五节　文学作品的教学...20

第二编　文学欣赏宏观角度

引言：文学批评方法与文学欣赏角度...27

第三章　文学欣赏宏观角度举隅...29
  第一节　社会历史角度...29
    一、基本理论...29
    二、社会历史角度解读作品经典案例...30
    思考练习题...31
  第二节　道德角度...31
    一、基本理论...31
    二、道德角度解读作品经典案例...33
    思考练习题...35
  第三节　文化角度...35
    一、基本理论...35
    二、文化角度解读作品经典案例...36
    思考练习题...38
  第四节　心理角度...38
    一、基本理论...38
    二、心理角度的实际运用...41
    思考练习题...44
  第五节　原型角度...44
    一、基本理论...44
    二、原型角度解读作品经典案例...46
    思考练习题...48
  第六节　性别角度...49
    一、基本理论...49
    二、从性别角度梳理中国文学作品中的女性形象...51
    思考练习题...53

第三编　文学欣赏微观角度

引言：文学欣赏微观角度源于文学作品
　　　构成元素 55

第四章　语言层面的感受与品味 57

第一节　音节的艺术美 57
一、音节与意味的关系 57
二、从音节入手把握作品意味 57
三、音节的艺术功能 58
四、音节有独立的审美价值 60
思考练习题 61

第二节　字词的暗含意味 63
一、字词的两种含义 63
二、字词的暗含意味举例 63
三、不同语种为什么不能全息对应
　　互译 64
思考练习题 65

第三节　语气的把握 68
一、语气=情感、态度 68
二、文学作品的语气例析 68
三、把握语气对文学欣赏的意义 70
思考练习题 70

第四节　文体的奥秘 72
一、文体的含义 72
二、"文体"即"文学" 74
三、从哪些方面入手把握文体 74
思考练习题 77

第五节　古代诗词的语法特点 79
一、句子成分的省略 79
二、句子成分顺序的变换 81
三、词类的活用 82
思考练习题 83

第五章　形象层面的观照与分析 84

第一节　意象 84
一、什么是意象 84
二、意象的实质 85
三、怎样通过意象欣赏作品 85
思考练习题 89

第二节　意境 90
一、意境与意象的联系与区别 90
二、意境的特征 91
三、有意境者固然高，无意境者
　　未必低 93
思考练习题 93

第三节　人物性格的基本类型 95
一、塑造人物是叙事作品的基本
　　任务 95
二、人物形态分类 95
三、几点补充说明 99
思考练习题 99

第四节　人物形象与主题的关系 100
一、概述 100
二、通过人物形象揭示主题 101
思考练习题 103

第五节　人物形象与作者的关系 105
一、概述 105
二、从人物形象身上可以看到作者的
　　哪些方面 105
三、从反面形象"看"作者 109
四、人物形象与作者关系的
　　复杂性 111
思考练习题 112

第六节　性格丰富≠性格分裂 114
一、人物性格要有丰富多彩性 114
二、区别人物性格是丰富还是分裂的
　　标志是什么 114
思考练习题 117

第七节　把握故事情节 119
一、故事情节对于叙事作品的重要
　　意义 119
二、怎样把握一篇(部)作品的故事
　　情节 119

三、情节的基本形态 121
　　思考练习题 124
第八节　情节与人物性格的关系 126
　　一、关云长为什么不杀曹操 126
　　二、性格决定情节，情节展现
　　　　性格 127
　　三、必要的补充 127
　　思考练习题 128
第九节　情节处理与作家的创作意图 130
　　一、从托尔斯泰的短篇小说
　　　　《天网恢恢》谈起 130
　　二、作家创作意图与情节处理
　　　　之关系 130
　　思考练习题 132
第十节　评价情节的基本原则 133
　　一、看情节是否符合生活逻辑 133
　　二、看情节是否符合作家的创作
　　　　意图 134
　　三、看情节能否产生好的社会
　　　　效果 135
第十一节　背景 136
　　一、背景的含义 136
　　二、背景的构成因素 136
　　三、背景的作用 137
　　四、几点必要的补充 139
　　思考练习题 139
第十二节　氛围的抒情性 141
　　一、什么是氛围 141
　　二、氛围的艺术品性 142
　　三、氛围小说与传统小说的区别 144
　　思考练习题 145

第六章　意蕴层面的悟解与阐释 148
第一节　意蕴的含义 148
　　一、什么是意蕴 148
　　二、意蕴与意义的区别 149
　　三、意蕴≠作品的立意≠作家的
　　　　创作意图 150
　　思考练习题 150

第二节　意蕴的类型 151
　　一、文学作品的意蕴与人类精神
　　　　生活 151
　　二、意蕴的主要类型 151
　　思考练习题 159
第三节　意蕴的多义性 161
　　一、什么是意蕴的多义性 161
　　二、多义性的表现 162
　　三、欣赏视角、欣赏范围、理论观念
　　　　与多义性的关系 165
　　思考练习题 168
第四节　表层意蕴与深层意蕴 170
　　一、表层意蕴与深层意蕴的含义 170
　　二、表层意蕴与深层意蕴举例 171
　　三、方法论意义 173
　　思考练习题 174

第七章　文学作品的综合元素 176
第一节　情调 176
　　一、情调的含义 176
　　二、情调是怎样形成的 178
　　三、怎样从情调中看作家 178
　　思考练习题 179
第二节　格调 180
　　一、格调的含义 180
　　二、格调高低是由什么决定的 181
　　思考练习题 183
第三节　气势 185
　　一、"气"与"文气"的含义 185
　　二、"气"与创作的关系 186
　　三、怎样把握文学作品的"气" 188
　　四、"势"与"气"的关系 188
　　五、"势"在具体作品中的表现 189
　　思考练习题 191
第四节　传神 193
　　一、传神的含义 193
　　二、"神"的特征 195
　　思考练习题 196
第五节　趣 198

一、"趣"之于文学的意义..............198
二、"趣"的含义..............199
三、"趣"的类型..............199
思考练习题..............203

第六节 风格..............204
一、什么是艺术风格..............204
二、艺术风格是怎样形成的..............205
三、从哪些方面辨识和把握艺术风格..............206
思考练习题..............209

第八章 表现手法举隅..............212

第一节 结构..............212

一、什么是文学作品的结构..............212
二、结构的艺术功能..............212
三、艺术结构的类型..............215
思考练习题..............215

第二节 象征..............218
一、什么是象征..............218
二、象征的主要类型..............218
思考练习题..............223

第三节 叙事角度..............226
一、叙事角度的意义..............226
二、几种常见的叙事角度..............226
三、几种常见叙事角度的特点..............230
思考练习题..............231

第四编 文学欣赏原则

第九章 用艺术眼光欣赏艺术..............235

第一节 不可当真..............235
一、痴迷的读者(观众)..............235
二、艺术≠生活..............235
三、不可当真的普通意义..............236
四、艺术并不要求把它的作品当作现实..............237
思考练习题..............237

第二节 保持适当的心理距离..............238
一、毛泽东观看《白蛇传》..............238
二、欣赏艺术,适当的心理距离是什么..............239
三、怎样保持适当的心理距离..............239
思考练习题..............241

第三节 用心灵拥抱对象..............241
一、衡量艺术不能拘泥于常识..............242
二、欣赏艺术不能拘泥于常理..............243
三、不能以科学眼光阐释艺术..............243
思考练习题..............245

第四节 通其意则无适而不可..............245
一、《潘金莲》是"瞎胡闹"吗..............245
二、物一理也,通其意则无适而不可..............247

思考练习题..............247

第五节 只可意会而不可求甚解..............248
一、对某些诗词的欣赏"只可意会而不可求甚解"..............248
二、浦江青解读《忆秦娥》..............248
三、"可意会而不可求甚解"的方法论意义..............250
思考练习题..............250

第六节 知人论世与从文本出发..............250
一、从叶嘉莹对两首词的分析说起..............250
二、知人论世..............252
三、从文本出发..............252
思考练习题..............254

第七节 从实际出发接受作品..............254
一、从克雷洛夫寓言《驴子和夜莺》说起..............254
二、脱离实际的文学批评非常普遍..............255
三、我端给你的是红茶,你不要在里面找啤酒..............255
思考练习题..............256

第八节 用历史的眼光看作品..............256

一、安娜有什么好 256
二、历史眼光的两个维度 257

思考练习题 259

第五编　文学与人生

第十章　人生视角解读文学，借助文学透视人生 261

一、解读文学作品的传统视角 261

二、"人生"应当成为解读文学的独立视角之一 261

三、人生视角解读文学的可能性与必要性 263

四、怎样借助文学透视人生 263

思考练习题 266

第十一章　人生视角解读文学举例 267

第一节　《少年维特的烦恼》留下的人生思考 267

一、不要轻易进入死局 269

二、用理智约束感情 269

三、爱是重要的但不是唯一的 271

四、你可以讨厌规矩但不可以无视它 271

第二节　巴尔扎克借助《幻灭》给青年人的忠告 271

一、巴尔扎克视《幻灭》为自己作品中居首位的著作 272

二、吕西安的性格 272

三、吕西安在巴黎漂泊闯荡的心路历程 273

四、最关键的人生节点如何选择 276

五、巴尔扎克的创作意图 277

第三节　崔莺莺爱情悲剧留下的启示 277

一、轻率"自献"铸大错 278

二、抑郁愁怨终被弃 279

三、人生教训启后人 279

第四节　杜十娘悲剧原因之我见 281

一、杜十娘的悲催结局 281

二、对人性持续而苛刻的考验是危险的 282

三、纯粹唯美的感情是不存在的，至少是不靠谱的 283

附录一　答读者问 285

附录二　综合练习(欣赏实践个案) 300

后记 311

第一编 文学与文学欣赏

第一章 文 学

　　文学欣赏，从精神属性上来看是一种特殊的审美活动，从语法关系上来看是一个动宾结构，欣赏是动词，文学是名词，文学是欣赏的对象。为了更准确地理解与把握对象，本章由远及近，从宏观、中观到微观，分三个层面对"文学"进行解说：相对科学而言，文学属于人文学科；在人文学科范畴里，与哲学、历史等门类相比，文学具有独特性；文学不等于文学作品，文学欣赏的直接对象是文学作品，与非文学作品相比，文学作品具有特殊的质的安定性(特质)。

第一节 文学的学科属性

　　文学欣赏作为一种活动，读者是主体，文学是对象。要把握这一对象，首先要对它有一个宏观认识，了解它是一门什么样的学问，属于什么性质的学科。因此需要把它放到更大的学科背景下进行判断，即从"天空"俯视它，看它在学问、学科版图上所占的位置。

一、文学属于人文学科

　　一般认为，人类的学问大致有两类：自然科学和社会科学。什么是自然科学？《现代汉语词典》对其的解释是："研究自然界各种物质和现象的科学，包括物理学、化学、动物学、植物学、矿物学、生理学、数学等。"而社会科学则是研究各种社会现象的科学，包括政治学、经济学、法律学、历史学、文艺学、美学、伦理学等。

　　那么科学又是什么呢？"科学"一词是从西方传过来的，广义地说，科学是人类用以探究事物发展客观规律的知识体系。在西方，往往特指近代以来所形成的实验科学体系，它的产生有多方面文化因素作支撑。例如，独特的世界观——理性精神和怀疑哲学；独特的方法论——归纳法和演绎法；独特的操作方法——观察、分析、实验；独特的表达方式——实证地描述研究对象的联系和发展规律。科学的最大特点是实验可以无限重复，结论都一样，反映客观世界规律的原理、公式、数据永远都是共同的、确定的、不变的，不因阶级、民族、时代的不同而不同，不因科学家的个性、情感等主观因素的不同而不同。

　　科学最初产生并应用于自然现象的研究，后来，西方人把其用于对社会现象，包括对人、对人生的研究，于是产生了社会科学。但是，在这一过程中人们发现许多社会、人生现象的研究无法达到理想的"科学"状态。例如，哲学的第一大问题是世界的本质是什么？从古到今众说纷纭，水、火、风、土、原子、理念、物质……哪个是终极真理？就人生哲学而言，第一大问题是人生的意义是什么？即人为什么而活着，又是言人人殊，莫衷一是，谁的正确？

历史学研究历史现象、历史进程和历史规律，历史研究的对象都是过去的事情，不可能再有变化了，按理说可以是科学的吧？但事实并不尽然。别说历史现象背后人们复杂的动机、心理、内幕无法"准确"，就连历史事件本身的真相也未必能轻易搞清楚。最浅显的一个小例子，司马迁笔下的鸿门宴，生动、具体、形象，场面、细节历历在目，让人如临其境，惊心动魄，但读后稍一思索就让人怀疑，这一切是真的吗？司马迁当时在场吗？看过当时的录像吗？读过前线记者的通讯报道吗？采访过当事人吗？这一切都没有，那么你怎么看见樊哙闯进宴会厅时瞪着眼，项庄舞剑护着沛公？这一切不过是司马迁自己的想象罢了。想象者，虚构也，不可完全当真也。试想连历史的基本真相都难以弄清楚，在很大程度上靠想象，怎么能做到精确无误的"科学"？说白了，《史记》是司马迁的《史记》，是透过司马迁的眼光看到的历史，带有作者主观性，所以历史往往有多种说法和写法，不同的说法和写法各有道理，你根本无法像对自然现象的研究那样达到"科学"。

说到文学，更是这样。文学更是想象和虚构的产物，带有作家的主观情感和精神个性，更丰富多彩，各美其美，难以用同一标准加以度量。在文学世界中，群星灿烂，争放光彩，李白与杜甫，谁更伟大？莎士比亚与托尔斯泰，哪个成就更高？《红楼梦》与《战争与和平》，哪个更有价值？诸如此类，谁能给出科学的回答？

于是人们明白了，被划归社会科学的诸多门类，因其自身特点无法达到"科学"。这些无法归属科学门下的门类，人们开始称之为"人文科学"，后来想，既然无法科学，就不宜再称之为科学，所以改称"人文学科"——是"学科"而不是"科学"。

二、人文学科的对象和特点

关于人文学科，《大英百科全书》的界定是："人文学科是那些既非自然科学也非社会科学的学科的总和。一般人认为人文学科构成一种独特的知识，即关于人类价值和精神表现的人文主义的学科。""人文学科包括如下研究范畴：现代与古典语言、语言学、文学、历史学、哲学、考古学、艺术史、艺术批评、艺术理论、艺术实践等。"按照这个界定，人文学科包括哲学、语言学、文学艺术、历史学、考古学、文化学、心理学、宗教学等。

人文学科的研究对象和特点是什么？北京大学教授叶朗先生有过明确的解说。他认为，人文学科的研究对象是人文世界，也就是人的精神世界(内在的)和文化世界(外在的)，人的精神世界和文化世界是统一的。从内容上来说，人的精神世界和文化世界就是意义世界和价值世界。人文世界的精神性、意义性、价值性决定了人文学科区别于社会科学(政治学、经济学、法学、社会学、管理学等)的独特性质。

比较起来，科学回答的问题是世界"是什么"，人文学科回答的问题是世界"应当是什么"。也就是说，人文学科包含价值导向。人文学科总是要设立一种理想人格的目标或典范。人文学科引导人们去思考人生的目的、意义、价值，去追求人生的完美化。人文学科不是认识和实践的工具，不能立竿见影地促进生产效率的提高，而是发展人性、完善人格。它不是让你学到技术,而是提高你的文化素养和文化品格。如果有人问"读唐诗有什么用处?""读《红楼梦》有什么用处?"回答只能是:没有用处。它们不是工具,它没有直接功利性的用途。人文学科的特点是体验性(它要求参与主体知情意一体的全身心投入)、教化性(教养)、评价性(价值导向)。这和社会科学不同,社会科学运用统计的、定量的社会调查方法,进行实证的研究。社会科学如经济学、法学、政治学、社会学、人口学、统计学,对社会生活有明显的指导意义和直接应用价值,它们可以推动社会经济的发展,提高社会管理的效率,所以具有广泛而直接的实用性。[①]

人文学科没有直接的功利性,但不等于没有用。例如文学,王国维说文学的价值是"无用之用"。这一见解很精辟,意即从表面上看起来是"无用",但从深层来看是"有用"的。平时我们常说的"寓教于乐""春风化雨""潜移默化"等,就是对文学作用的最好描述。它不能直接推动国内(或地区)生产总值(GDP)的增长,但它可以悄然改变人的精神和灵魂。简言之,文学是关乎灵魂的事业,它内在地影响的是一个人,一代人,一个民族,一个社会,一个时代,乃至于全人类的精神生活。

三、人文学科的使命

由此看来,无论是个人还是社会,人文学科都是必不可少且极为重要的。有人说,一个国家,一个民族,一个社会,没有自然科学一打就倒,没有人文学科(包括社会科学)不打自倒。这句话极为透彻地概括了人文学科的地位和作用。

在当前我国经济快速发展时期,人们的物质生活得以迅速改善,而在人们的道德状况、精神生活令人担忧的情况下,人文学科担负着更为迫切而重要的历史使命。社会需要人文学科提供一种正确的价值和意义体系,从而为社会提供一种正确的精神导向,使人们不至于堕入物质主义、消费主义、技术主义,以及相对主义、虚无主义的泥潭而不能自拔。不仅如此,人文学科还要引导人们的精神向着更为高远的境界飞升,即要向人们提供精神上的终极关怀——寻找灵魂归宿,建构诗意家园。白居易说:"我生本无乡,心安是归处"(《初出城留别》);"无论海角与天涯,大抵心安即是家"(《种桃杏》)。白居易的话说出了古代和现代知识分子的精神追求,同时也代表了所有对人生有反省的人的精神追求。文学,为这种美好追求提供了美妙途径。

在当前时代条件下,人文学科还承担着对广大群众特别是青少年进行人文教育,提高整个民族的文化素质和文化品格,塑造一种文明、开放、民主、科学、进步的民族精神的历史任务。

总之,正如叶朗教授所说:"人文学科不仅是职业(专业),更主要的是一种教养。职业是一部分人的事,教养则带有普遍性,关系到每个人。所以,大学的人文系(或学院)不仅要面向本系(或学院)各专业的学生,而且要面向全体大学生,更进一步,还要面向整个社会,面向社会上的广大群众,特别是广大青少年。"[②]

[①] 叶朗. 欲罢不能[M]. 哈尔滨:黑龙江人民出版社,2004:20.
[②] 叶朗. 欲罢不能[M]. 哈尔滨:黑龙江人民出版社,2004:23.

四、让文学走向大众、走入人生

叶朗教授对包括文学在内的人文学科性质和任务的理解，其实就是本书的宗旨或指导思想。本书正是基于上述认识而撰写的面向中文及非中文专业的学生，乃至面向所有文学爱好者，面向人民大众的书。本书意在普及文学知识，弘扬文学价值，为社会精神文明建设服务，为"全民阅读"的国家战略助力。作为文学从业者，笔者多年来的职业愿景是，让文学从大学中文系的课堂上走出来，走向大众，走入人生，走进每个人的心灵，让文学在现实生活中发挥应有的作用。

第二节　文学的含义与特征

一、文学的含义

1. 文学≠文章

文学与一般文章不同。从基本性质来看，文学属于艺术的范畴，是艺术的一个门类，而文章是指独立成篇的、有组织的书面文字。广义的文章，既包括文学作品，也包括科学论(文)著(作)、通讯报道、调查报告、产品说明书等一系列实用文体。而文学的范围比文章狭窄得多。如果用个比喻的话，可以说文章是大海，文学是大海中的一个岛屿，岛屿上高高飘扬着一面大旗，上书两个醒目大字——艺术。换句话说，文学是文章之海中的艺术之国。

2. 文学≠艺术

艺术之国的成员众多，主要有音乐、美术、舞蹈、戏剧、电影等，其中也包括文学。文学是语言艺术，是以语言文字为媒介塑造形象、传情达意的一种艺术样式。由此说来，艺术与文学的关系是大概念与小概念的关系，是包含与被包含的关系。文学属于艺术，但不等于艺术。人们也常常把文学从艺术中单独抽取出来与艺术这一概念并列，即文学艺术，简称文艺。

把文学与艺术并列，从艺术分类学角度来看，逻辑上说不通。但是，人们又这样自然而然地接受了。是谁这样做的，从什么时候开始这样分的，没有人能说得清。很可能是因为，在艺术这一家族中，文学对社会生活的影响太大了，被人们谈论得太多了，因而习惯成自然。

当然，在现在的文化艺术生活中，电影、电视等可能更受欢迎，影响面更大，但不要忘了，电影、电视、戏剧最重要的部分是剧本。剧本，即一剧之本，没有好的文学剧本做基础，单靠表演、舞美、布景等，是无济于事的。所以，在电影、电视、戏剧这类综合艺术中，文学还是最基础、最重要的部分。

3. 文学≠文学作品

什么是文学？这个问题看起来简单，实际很复杂；不深究简单，深究复杂——你不问我还清楚，你一问我反倒糊涂。因为，文学概念经历了历史的嬗变，不同时代、不同国家、不同流派，人们对文学的理解各不相同。正所谓此一时彼一时，此一地彼一地，此一派彼一派，言人人殊，莫衷一是。这里，我们讲的是"文学理论基础"，是入门，所以避开理论陷阱，避开旁征博引，只向读者介绍一个当下文学理论教材广泛接受的文学概念，即美国当代文艺理论家 M.H.艾布拉姆斯的观点。他认为文学是一种活动——一种审美的精神活动；作为"活动"，由四个基本要素构成，即世界、作家、作品、读者。四者关系如图 1-1 所示。

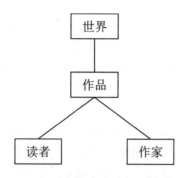

图 1-1　文学活动四要素的关系

根据上述概念可知，"文学"是一种活动，"文学作品"是其中一个要素——当然是其中的核心要素，正是"文学作品"把其他三个要素联系在一起。文学欣赏的对象，泛泛地说是"文学"，准确地说应该是"文学作品"。因为读者要"欣赏"的是"作品"，而不是"活动"，也不是活动中的其他要素。

二、文学的特征

第一节讲了文学的学科属性、学科定位、学科归属，逻辑上是把文学放到整个学科版图上，相对科学(自然科学、社会科学)而言，文学不属于科学，而属于人文学科。而人文学科的门类众多，那么，和其他人文学科门类，如哲学、历史学、语言学、艺术学相比，文学与它们有什么区别呢？这是第二个层面的对比。对比的结果即文学的特征。

为了使没有专门学过文学理论的读者对文学的特征有一个整体的、概括的理性认识，从而更准确、更清晰、更全面地把握欣赏对象，这里对文学进行一次全景式扫描，从方方面面来看文学与科学及其他实用文体相比，具有哪些基本特征。

1. 非直观性

非直观性是由语言的基本特性决定的。语言是一种抽象的人为符号，不具有具象性，因而以语言为媒介写出的文学作品，在不识字的人眼里，只不过是一行行、一页页的印刷符号而已。"林黛玉"三个汉字，三个文字符号，有什么好"看"的。然而，"林黛玉"如果到了绘画、雕塑、舞蹈、戏剧、电影、电视等艺术形式里，则立刻成为可视可感的生动形象。这就是说，美术、音乐、舞蹈等艺术形式具有直观性、直感性，而文学形象则不具有这一特性，所以，要想欣赏文学作品，必须调动想象力，通过想象把文字符号转化为生动的、具体可感的艺术形象。文学欣赏，实质上欣赏的是读者自己在心里"想象"出来的形象。文学欣赏的对象，泛泛地说是文学作品，而严格来说，欣赏对象则隐藏在读者自己的心理屏幕上,是一种活的感性的东西。因为读者的主观条件不尽相同,所以读者对于同一形象的"想象"也不会完全一样,当它被读者接受时,已经不可避免地带上了接受者本人的主体特征。这就是说,由于文学形象的非直观性,读者即使面对同一客体(作品),每个读者的欣赏对象也不会是绝对相同的。因为客体不等于对象,作为"对象",它已经被主体"对象化"了。这是文学欣赏与其他艺术欣赏的一个根本区别。

2. 抒写范围的无限性

文学的非直观性,是文学的局限,也是文学的长处。与其他艺术媒介相比,文字使用起来最为自由,最为方便。文字与人的思想感情相伴相随,人的精神的翅膀飞到哪里,它就能跟到哪里,因而文学抒写的对象无限丰富,抒写的范围无限广阔。自然界的日月星辰,蓝天白云,草木虫鱼;人类社会的政治变革,军事战争,人伦亲情;幻想世界的天堂地狱,牛头马面,神仙魔怪;诸如此类,皆可纳入笔底。"广"可以写一个时代,一个社会,"深"可以写一个人细腻入微的情感波澜,正所谓上天入地,出入六合,心游万仞,精骛八极,思接千载,视通万里,观古今于须臾,抚四海于一瞬。

总之,这里是一座由文字构筑起来的精神殿堂,精神宇宙,其蕴含无限丰富,无比深远。在这里,现实的局限被突破了,有限与无限的界限消逝了,精神脱离了有限的、肉体的、个体的存在飞升到无限高远辽阔的境界,从而窥得几分宇宙的真髓、生活的奥秘,心理上获得了极大的满足和快慰。人类生存于茫茫无限的宇宙时空中,常常苦恼于自身存在的有限性(时间上只有"一生",空间上只有"一身"),因而与生俱来便怀有超越有限、向往无限的精神需求。对于满足这一需求的事物来说,没有比文学更好的了。

3. 虚拟性

文学作品是作家创造出来的。作家之所以创作文学作品,是为了表达自己对世界的某种感受、某种理解,是为了传达自己的情思意念。为了达到艺术目的,现成的生活材料往往很难恰好成为作家情感的合适载体,于是他必须创造,必须发挥想象力进行虚构,虚构出一个模仿第一自然(现实世界)的"第二自然"(艺术世界),一个情思意念的客观对应物,这就是虚拟。所谓虚拟,就是用虚构的方法模拟对象。这是艺术创造的基本方法之一。

作家创造当然要以真实的生活材料、生活经验为摹本、为参照、为依据,但同时也要对它进行筛选、剪接、移植、变形,总之,就是进行艺术的加工和改造。通过想象,虚构出一个"心造"的虚幻的世界。这是一个奇妙的世界,它妙就妙在有无相因,虚实相生,妙在虚虚实实,有有无无,似虚似实之间,非有非无之际。相对于真实的现实世界来说,艺术世界具有明显的虚拟性和假定性特征。虚拟和假定,是文学作为艺术的重要规定性。某些宣称没有任何虚构的所谓"纪实文学",不宜称之为"文学"。

4. 形象性

与形象性相对的是抽象性。抽象是科学的特点。科学要表述某一事物时,采用的是抽取本质形成概念的方法,将个别、具体转化为抽象。而文学则与科学不同,文学在描述某一事物时采用的是感性的形式,即将抽象的东西(如情思意念)转化为具体可感的艺术形象。正如德国哲学家黑格尔所说的:"艺术的使命在于用感性的艺术形象的形式去显现真实。"

例如"愁",用科学语言去表述,即一种忧虑的情绪。这里排除了不同时代、不同社会、不同国家、不同民族、不同性别、不同年龄、不同身份的人在不同境况下不同性质、不同程度的"愁"的一切具体性、个别性、生动性、差别性,而只留下一句由概念组成的干巴巴的判断,这就是抽象。而文学家笔下的"愁"则是生动的、可感的,都以生动的形象感染着人们的心灵。例如,"若问闲情都几许?一川烟草,满城风絮,梅子黄时雨"(贺铸);"自在飞花轻似梦,无边丝雨细如愁"(秦观);"城上高楼接大荒,海天愁思正茫茫"(柳宗元);"抽刀断水水更流,举杯销愁愁更愁"(李白);等等。

5. 情感性

情感性也是相对于科学而言的。"科学"表述某一对象时,要求的是客观、冷静、尊重事实。例如仙人掌,《辞海》解释为:"仙人掌科。灌丛状肉质植物,高 2～8 米,节片扁平,绿色,卵形或长椭圆形,有黄褐色或暗褐色刺……"而到了文学家笔下,客观冷静不见了,却灌注于满腔的激情,如流沙河的《草木篇·仙人掌》:"她不想用鲜花向主人献媚,遍身披上刺刀。主人把她逐出花园,也不给水喝。在野地里,在沙漠中,她活着,繁殖着儿女……"在艺术里,没有纯粹客观的东西,一切都情感化了,心灵化了。这一概括,不但适用于抒情性作品,也适用于叙事性作品;不但适用于表现性作品,也适用于再现性作品。只不过是感情的表现形态不一样而已。

6. 主体性

同一题材,到了不同作家笔下会得到不同的艺术处理,传达出不同的意蕴。为什么?很明显,因为作家把自己投射到对象中去了,作家既是在写对象,同时也是在写自己。作家的创作个性不同,写出来的作品也就不同。这就是文学艺术的又一重要特性——主体性。

例如,同是写桃花源,在陶渊明笔下,写出了人民对剥削压迫的厌恶,对美好生活的向往,反映了洁身自好、不肯同流合污的知识分子隐逸避世的生活态度,又反映了普通百姓对小国寡民理想世界的向往。到了王维的《桃源行》里,作者将陶渊明诗中对无税的小国寡民世界的向往,改为对神仙世界的向往,反映出作者对神仙世界的迷恋与陶醉。此后韩愈创作《桃源图》,对王维诗中浓厚的道教色彩给以毫不留情的批判,作品开头就正面提出"神山有无何渺茫,桃源之说诚荒唐",显示出与王维迥异的精神个性。宋代王安石的桃源诗《桃源行》更带有政治色彩,在专制主义更加强化、君权更加集中的宋代,王安石竟公然对桃源中"儿孙生长与世隔,虽有父子无君臣"的社会秩序表示赞美。他在诗中还写道:"闻道长安吹战尘,春风回首一沾巾。重华一去宁复得,天下纷纷经几秦。"这就是说,自从天下为公的唐虞之世之后,历史无非是秦代的反复,无非是以暴易暴,这样的历史观和社会观是相当大胆的。总之,同是桃源诗,立意却不同。王维诗是对陶渊明诗的异化,韩愈诗是对王维诗的异化,王安石诗是对陶渊明诗的复归与深化。[①]创作主体不同,作品的意涵和风格也就不同,这就是文学的主体性。

7. 独创性

凡是优秀的作品都是富有独创性的,或者是在题材方面,或者是在立意方面,或者是

[①] 程千帆. 古诗考索[M]. 上海:上海古籍出版社,1984:27-36.

在艺术表现方面。正如屠格涅夫所说:"在文学天才身上……重要的是我敢称之为自己的声音的一切东西。是的,重要的是自己的声音。重要的是生动的、特殊的个人所有的音调,这些音调在其他每个人的喉咙里是发不出来的。"①

人类渴望认识环境、认识自身,渴望对世界、对人生有新的感受、新的体验、新的理解、新的认识。这种精神欲求是促使文艺创新的内在动力,具有独创性作品的产生适应并满足了这一精神渴求,独创性的价值即在这里。独创性作品扩大了文艺之国,给它的版图添加了新的领土,唤醒了人类惯常麻木的心灵,使人类的感觉和思维总是处于一种常醒的新鲜的状态,所以英国诗人杨格称:"独创性作品是人们的大恩人。"

8. 模糊性

模糊性是相对于科学、哲学的精确、准确、确定而言。文学的模糊性表现在以下三个方面。

一是形象的模糊性。这是语言艺术的非直观性造成的。例如,"巉岩"是描绘山的形容词,然而那山到底是什么样子呢?模模糊糊。鲁迅说如果有谁给我一张纸和一支笔,让我画出它们的模样,我就会腋下出汗,恨无地洞可钻。又如,人物肖像,曹雪芹写贾宝玉"虽怒时而似笑,即瞋视而有情",写林黛玉"两弯似蹙非蹙笼烟眉,一双似喜非喜含情目",写王熙凤"粉面含春威不露,丹唇未启笑先闻",历来被评为传神之笔,但他们到底是什么样子,仍然是朦朦胧胧的。再如,"他高高的个子""年轻时候""黄昏时分"都很模糊。即使是使用了准确的数字,但这些数字的准确度却靠不住,如"白发三千丈""飞流直下三千尺""日啖荔枝三百颗""南朝四百八十寺""天下黄河九十九道弯"等。

二是情感的模糊性。人类所体验的情感是多种多样、无穷无尽的,其中只有一小部分突出而强烈被命名(如喜、怒、哀、乐、悲、恐、惊等),而大部分具有独特性、个别性、随机性的情感,则因其微妙、隐曲、复杂、流动的特性,不易被察觉、不易被把捉,因而没有名称。这些没有名称的"情感"在主体心理中出现时往往只是一团模糊的体验,一种朦胧的感受。这种体验和感受往往被敏感的作家捕捉住,表现在作品里。当你读到它时往往唤起一种既明晰又模糊的体验。例如,"相看两不厌,只有敬亭山"(李白),"行到水穷处,坐看云起时"(王维)等。即使是有名称的情感(如"愁"),当你具体体验时也仍然是模糊的。例如,"而今识尽愁滋味,欲说还休;欲说还休,却道天凉好个秋"(辛弃疾)等。

三是意蕴的模糊性。例如,孟浩然的《春晓》("春眠不觉晓")和白居易的《花非花》("花非花,雾非雾")都只有寥寥数句,且明白晓畅,然而其意蕴、意味却朦胧蕴藉,不好确指,给人留下思考、品味的极大空间。西方现代美学理论所谓的"意义空白""含义不确定"等,就是对意蕴模糊性的理论概括。

9. 象征性

传统的文艺理论在谈象征时,只是把它当作一种具体的艺术表现手法,而现代文艺理论则对象征理解得更宽泛,认为它不仅是一种艺术技巧,还是一种艺术思维方式,它体现了艺术的本质特征,内在地蕴含着审美的秘密和艺术的灵魂。应当说,这种观点是深刻

---

① 米·赫拉普钦科. 作家的创作个性和文学的发展[M]. 上海:上海译文出版社,1982:70.

的。因为象征的基本内涵是用具体形象来表示某种不可见的意蕴，而文学创作正是人们用自己创造的艺术形象来表达难以言喻的经验和情感，将无形无相、无体无状、看不见摸不着的"意识"化为具体可感的形象。从这个意义上说，一切优秀的文学作品都可以说是人类生活和心灵的象征，都具有超越性的象征品格。因此，当你看到郑板桥笔下的"竹子"时，你就不能直白地说"这是一棵竹子"，而应该想到"竹子"象征了什么；当你看到鲁迅笔下的阿Q时，你就不能把眼光仅仅停留于阿Q自身，而应该想到阿Q代表了什么，象征了什么。

10. 超越性

文学的超越性表现于，用心灵创造的艺术世界(心)超越客观存在的物质世界(物)，用理想化的虚拟世界(虚)超越不理想的现实世界(实)。

人们不满足于客观存在的现实世界的庸常与灰暗，因而追求心灵化的美好理想，渴望在理想世界里使压抑的心灵得到暂时的自由和解放；人们不愿浑浑噩噩地活着，因而执着地追问为什么而活着，追问终极的价值和意义，寻求灵魂的归宿；世上人与人之间因种种不同总免不了这样那样的对立与隔膜，因而希望真诚地沟通和交流，要求人与人之间多一些温暖与友善；历来如此早已僵化的世俗观念禁锢了人们的思维，因而要求换个角度看世界；个体生存的时空太有限(时间上只有一生，空间上只有一身)，因而渴望超越有限、向往无限与永恒……

正如梁启超所说，凡人之性常欲于直接有所触有所受之外而间接有所触有所受，在想象中体察身外之物，世界外之世界。瑞典作家拉午斯·于伦斯滕也说过，他创作的目的是不满足于自己只有唯一的"自我"，只能体验一次人生；而他想体验更多次人生、可能的人生，探索更广大的世界、可能的世界。能满足人类上述心理需求的途径，唯有文艺创作和文艺欣赏。

面对文学作品，欣赏者的心灵上天入地，出入六合，心游万仞，精骛八极，思接千载，视通万里，观古今于须臾，抚四海于一瞬。只要作品里描写过、表现过，读者就可以在想象中体验过、品味过；作品中的生活有多么丰富，读者的心理体验也就有多么丰富。人们精神的翅膀在这里不受时空的限制而自由翱翔。

在这种自由自在的精神空间里，有限与无限的界限消逝了，有限转化为无限。精神脱离了有限的、肉体的、个体的存在而飞升到了无限高远辽阔的境界，体验了不同时代不同民族无数人次的人生，从而窥得几分宇宙的真髓、生活的奥秘，心理上获得极大的满足和快慰。当你什么也不想时间就过去了，还有什么比这更称心惬意的呢？！

总之，现实的生存处境沉闷、压抑、有限，因而呼唤一个空灵、轻松、自由、无限的精神空间得以休憩、调整和滋养。人类需要与现实功利拉开一点距离，换一个视角站在高处、远处反观世界、回味自我，于是，超越现实的艺术就出现了，文学就出现了。

这是一个美的王国，是人类审美理想在艺术中投射的硕果，反过来，它又为人类进行审美体验提供了最佳的客观对应物。人类在艺术中反观了自己发现了世界，生命焕发光彩，心灵得以抚慰，生活变得更美好。这，就是文学的超越性。

关于文学的特征，这里列举了十个。看到这里，读者是否会问，为什么是十个而不是三个、四个(一般文学理论教材列三个或四个)，或五个、六个？回答是，文学属于人文学科。在人文学科里没有固定的、全世界公认的、永恒不变的结论，一切结论都是相对的，所以给你留下了无限创造的空间。

明白这一点，对于学习文学的人来说，意义极为重大。它给人的启示是，对于人文学科的任何结论都不要盲目迷信，而要带着一种理性的、怀疑的眼光看待它，这样有利于解放思想，有利于培养独立的学术人格。这种方法论方面的启示比死记硬背几个观点或结论，更有价值，更有意义。

第三节　文学作品的特质

第二节讨论了文学的含义及文学的特征。从逻辑关系上来看，是在人文学科范围里，拿文学与人文学科其他门类进行比较。这是第二个层面的对比，比较的结果即文学的特征。而文学欣赏的对象是文学作品而非笼统的"文学"，那么文学作品的特质又是什么呢？"特质"是指此一事物与彼一事物相区别的"质的安定性"（毛泽东语）。文学作品的特质，换句话说，就是文学作品与非文学作品的区别又是什么呢？这是第三个层面的对比。

一、文学作品与非文学作品的区别

这里不打算从理论上展开深奥的逻辑思辨，而只想借几个例子加以探讨。

例一，鲁迅散文《秋夜》有一个著名的开头：

在我的后园，可以看见墙外有两株树，一株是枣树，还有一株也是枣树。

这段描写如果让小学三年级学生作课堂练习——缩句，可以缩写为：我的后园墙外有两株枣树。缩写后的句子语言精练而事实内容不变。那么，鲁迅的写作水平还不及小学生吗？那怎么可能！这里的差异是什么呢？是文学与非文学的区别。缩写后的句子保留了原文的事实信息（是"我的"不是"你的"，是"后园"而不是"前园"，是"墙外"而非"墙内"，是"两株"不是"一株"，是"枣树"不是"杨树"），而丧失了弥漫在字里行间的情感信息（如放在全文中并联系作者当时的处境、心情，可体会到其中蕴含的空虚感、寂寞感、孤独感、无聊感，以及语言表达方面幽默、俏皮的意味）。

例二，鲁迅散文《社戏》前半部分叙述"我"在北京两次看戏的经历，其中一次是因捐赈灾款而得到京剧名角谭鑫培（叫天）演出的戏票，因预先得知谭出场晚而延宕到九点钟才到场。戏院里喧闹拥挤，立足都很困难。"我"因不知台上演员是谁，问别人而遭白眼。具体的描写是：

我深愧浅陋而且粗疏，脸上一热，同时脑里也制出了决不再问的定章，于是看小旦唱，看花旦唱，看老生唱，看不知什么角色唱，看一大班人乱打，看两三个人互打，从九点多到十点，从十点到十一点，从十一点到十一点半，从十一点半到十二点，——然而叫天竟还没有来。[①]

[①] 鲁迅. 鲁迅全集：第1卷[M]. 北京：人民文学出版社，2005：588.

从作文常识来看，这段话重复、啰唆，完全可以缩写为：……于是看各种角色轮流唱，看角色互相打，从九点多到十二点，——然而叫天竟还没有来。

这样一删减，不重复也不啰唆了，事实没变，然而文字中那种心烦、厌倦、急不可耐，走也不是，不走也不是的情绪状态感受不具体了，差不多流失殆尽了。

例三，《木兰诗》中有这样几句：

东市买骏马，西市买鞍鞯，南市买辔头，北市买长鞭。

这几句描述木兰为从军做准备。读完诗有人可能心里犯嘀咕：古人难道就那么笨吗？把马、鞍鞯等放在东西南北四个市场，不是自找麻烦吗？怎么不安排在一条街上或设个综合店？这样想就不懂文学啦！文学从事实出发但不是购物指南，不是写实记日记。这样的描写一是追求语言的韵律感，增加音乐美；二是渲染出木兰从军前兴奋、激动的心情和为从军匆忙、紧张地做准备的情景。如果实录生活——在一个店里买齐了，以上韵味就全没了。

例四，汉乐府民歌《江南可采莲》：

江南可采莲，莲叶何田田，鱼戏莲叶间。鱼戏莲叶东，鱼戏莲叶西，鱼戏莲叶南，鱼戏莲叶北。

从描景叙事角度来说，这首诗的后四句完全是多余的。但若少了这四句，鱼在莲叶间前后左右自由自在悠然自得游动的情态，读者就感受不到了，只知道鱼在莲叶间游动这一事实。

例五，北京师范大学著名文学理论家童庆炳先生，曾在《文学自由谈》(2003年第2期)上讨论过"节奏的力量"。他列出《人民日报》一则消息的标题：企业破产法生效日近，国家不再提供避风港，三十万家亏损企业将被淘汰。这是一个简单的叙述，一个严峻的宣告，一个笼统的预言，完全是理性的表述。但是如果把它用诗的形式加以表述，可能会产生不同的表达效果：

    中国的
      企业破产法
          悄悄地
            悄悄地
      逼近了
        生效期

    国家
      不再提供
        不再提供
          避风港

    三十万家
      三十万家啊
    亏损企业
      将被淘汰，将被淘汰！

在这里，只是对原标题改了几个字，并对其中个别词作了重复处理，而且还用了诗的排列方式，使其产生了节奏感，于是出现了与原来完全不同的感情：警告变为同情，严峻感转化为惋惜感，议论文体转变为诗的文体。由此可见，非诗意的叙述，一旦被赋予节奏，就具有了文学性，具有了某种诗意，这就是"节奏的力量"，是文学作品与非文学作品的区别。

二、文学作品具有审美场

通过以上诸例的简单比较，可以总结出文学作品与非文学作品的区别，亦即文学作品的特质：非文学的描述往往只限于事实的认知这一层面，而文学的描述除此之外，在字里行间还蕴含着无限丰富的言外之意、韵外之致、味外之旨、象外之象、景外之景，也就是除了事实信息之外还有心灵信息、情感信息、生命信息；除了字面义之外，还有暗含义，即古人所说的气、神、韵、境、味等，用今人的话表达即审美场。关于这一点，本书在后面章节中还会反复讲到，兹不赘述。

第二章 文 学 欣 赏

第一节 文学欣赏的含义

"文学欣赏"讨论的是文学接受者与文学作品的关系,用来描述、指称这一关系的概念主要有阅读、欣赏、鉴赏、批评、接受等。

"阅读"是一般意义上对作品的接受,读者对作品不管是否读进去,不管是否读懂,也不管是否有情感投入,只要读了即为阅读。

"欣赏"指的是以欣喜愉悦的心态对作品的接受,这是一种感性直觉的、情绪化的、情感化的,即审美的接受,读者的感受往往可意会不可言传,可神通不可语达。一般大众对文学的接受大多在这一层面上。即使是文学专业工作者,如语文教师、文学评论及研究工作者,如果不是以专业研究的眼光去看待作品,而只是消遣浏览性地阅读,只限于感觉感情层面,也在"欣赏"的范围。日常生活中当人们随意交谈:那书(文学作品)怎么样啊?不错!好玩儿!有意思!或者相反。这些直觉的情感反应,均属于"欣赏"的范畴。

"鉴赏"的"鉴"字有鉴别、分析、审察的意思,人们常说的"品鉴"就是在"品"中有所鉴别、有所分辨、有所察觉。如果说欣赏时的心态偏重于感性,情感比较活跃,对欣赏内容知其然而不知其所以然;那么鉴赏时情感色彩已趋于稳定,理性成分介入并逐渐加强,对欣赏对象既知其然又知其所以然。例如,中学语文教师对文学课文的分析:这篇作品分为几大部分,这一部分又有几个段落,这一段又有几个层次,作品用了什么表现手法,主题思想是什么,艺术特征是什么。如此这般,条分缕析,就属于"鉴赏"的范畴。

"批评"是在鉴赏基础上的理论概括和语言表述。一般文学理论教材对批评的定义是,在文学鉴赏的基础上,以美学的和历史的观点对各种文学现象进行研究、分析和评价的科学活动。作为一种"科学活动",它对批评者的要求是很高的,既要有理论水平和专业知识,又要有批评的专业训练,所以文学批评一般是专业研究人员的工作。这里提及一个小概念,即文学批评中"批评"的含义,与日常生活中"批评"的含义有所不同。日常生活中的批评是对负面东西(缺点、错误等)的否定,而文学批评中的"批评"等于"评论",包括肯定优点和指出缺点、错误。这是批评的本义、广义。

"接受"则涵盖了读者对作品的上述诸种反应,直至包括对文学的教学和研究。文学接受是作品和接受者之间极有意味而又十分复杂的现象世界,因而是现代美学和文艺理论的一个重要概念。

文学欣赏,作为常用的理论术语,有广义与狭义之分。狭义如上所述是一种"心态",广义是一种"活动",等同于文学接受,包含了阅读、欣赏(狭义)、鉴赏、批评等概念,与"文学创作"相对应。现代文学理论视"文学"为一种"活动",作为一种"活动",包括四个基本要素,这些要素构成的基本流程为:世界—作家—作品—读者。在这一流程中,作家的活动是文学创作,读者的活动是文学欣赏(接受),文学作品则是联系二者的中介。

由此可见，狭义的文学欣赏即上文所说的与"鉴赏"相区别的"欣赏"，是指以欣悦、审美的心态对文学作品的感性把握；而广义的文学欣赏则指的是与文学创作活动相对应的文学接受。狭义的文学欣赏是一种"心态"，而广义的文学欣赏是一种"活动"。本书名所指的"文学欣赏"，两种含义兼而有之，但更多的是广义。

第二节　文学欣赏的特性

一、文学欣赏具有心理实验的性质

文学欣赏和文学创作一样，都要求活动主体设身处地进入对象，才能感受对象、理解对象、把握对象。正如脂砚斋针对《红楼梦》第二十四回中宝玉、黛玉谈心所下的批注："若观者必欲要解，须自揣自身是宝黛之流，则洞然可解。"脂砚斋不愧是高明的欣赏家，既通作者心理，也深通读者心理。他(她)指出的理解人物的途径，可视为文学欣赏的普遍规律。

设身处地地把自己想象成艺术对象，体验对象的生活经历和思想感情，由想象对象进而扩大到更广大更普遍的艺术世界。在这一过程中，接受者对于艺术形象、艺术境界的介入，是一种心理性质的介入，是全部身心的介入。这是一种整体的心理效应，一种渗透着个人主观色彩的综合性观照，所以具有明显的心理实验的性质。

文学作品是社会生活的反映，是艺术家的心灵创造，是艺术家心理实验的产物，文学史其实相当于人类的生存生活史、灵魂演变史。这是一个无限广阔且深远的心理试验场。接受者可以借助作品的艺术媒介展开想象的翅膀，尽情地徜徉、沉醉于古今中外的生活情景中，了解彼时彼地的生活，参与那里的矛盾和斗争，体验各色人物的各种情感，追索人物的心路历程，探索生活的奥秘。

二、文学欣赏具有自我发现的性质

正如我们从明净的镜子中能够忽然发现自己的"尊容"一样，接受者从文学作品中常常能忽然发觉自己的心灵、自己身上存在但却并不自知的东西，从而不胜惊奇和喜悦。这是一种很美妙的心理体验。这种心理体验的实质，是从欣赏对象上发现了自我，找到了自己，确认了自己。这是每个接受者都可能有的一种非常普遍的心理体验。据此我们说，文学欣赏具有自我发现的性质。

文学作品中写的肯定不是"我"而是"别人"，但为什么人们却能从中照见自己、发现自我呢？这里有主客体两方面的原因。

首先从客体方面来说，文学作品表现和再现了人类情感(广义)，是人类情感的对象化、形式化、物态化。文学作品像电脑具有存储功能一样，存储着古往今来人类各种各样的复杂情感，可以供人们从中寻找、检索、提取到与自己的情感相对应、相近似、相沟通的艺术信息。换句话说，就是文学作品的博大丰富已经具备了供读者从中观照自我的功能。

其次从欣赏主体方面来说，读者有自我认识的愿望并确实有与作品内容相近似的心理体验。读者对自己的内心世界并不是都能清醒自觉地意识到的,他们可能有能力认识别人但不一定有能力认识自己,这就是人们常说的旁观者清,当局者迷。原因很简单,缺乏一个认识自己的参照物,缺乏一面"镜子",所以当局者迷。那么,什么才有资格充当这面"镜子"呢?笔者认为就是文学作品。在你身上发生的那些事、那些情感,其实在前人那里早就发生过,因此会让你产生似曾相识之感。当你从作品中发现与自己经验、体验相通相近的信息时,犹如老友重逢,忍不住动情地叫道:"啊,就是它!""是的,就是这样的!"这时候的读者,与其说欣赏的是艺术形象,不如说欣赏的是自己;与其说是对艺术形象的观照和发现,不如说是对自我的观照和发现。

读者和作品之间建立起这样的关系,是最理想、最令人兴奋的关系。作家期望的正是这样的读者,读者盼望的正是这样的形象和意境。最深切的艺术体验,就来自读者以自己内心最深藏的东西去感应、去拥抱作品之最深层的东西。正是这两个深层东西的相互印证,读者才会对欣赏对象产生似曾相识之感,感到欣赏对象就是自我的镜子,因而感到无比亲切。正如歌德笔下的绿蒂姑娘所说:"我最喜欢的作家必须让我能找到我的世界,他书里写的仿佛就是我本人,使我感到那么有趣,那么亲切。"(《少年维特的烦恼》)

三、文学欣赏具有心理交流的性质

在对文学欣赏活动进行内省时,首先被我们把握的心理现象就是:进入角色。作品为我们提供了一个具体可感的形象体系,其艺术魅力能一下子吸引我们愉快地进入其中,使我们产生艺术幻觉,全身心沉浸于艺术情境之中,与角色化为一体。对于没有角色的作品,如古典诗词,"进入角色"即为"进入意境"。例如,清代词论家况周颐就说过:"读词之法,取前人名句意境绝佳者,将此意境缔构于吾想望中。然后澄思渺虑,以吾身入乎其中而涵泳玩索之。吾性灵与相浃而俱化,乃真实为吾有而外物不能夺。"(《蕙风词话》)

进入角色,是接受心理活动中最容易把握的层次,是处于浅表的层次。在这一层次下,与进入角色同时进行着的还有另一种心理活动,即跳出角色,离异角色,旁观角色,把角色当作对象来接受,来品评。这一心理活动是深层的、不易被发觉的,但却是实实在在存在着的。读者此时的心理活动是双重的:体验对象与观察对象。

既然这样,读者和角色之间就存在着一种双向交流互动的复杂关系。在进入角色的过程中,读者既是表演者又是观察者,既是想象者又是思考者,既是活动者又是评判者,既与角色对立又与角色同一。作为表演者和想象者,读者在想象中经历着角色的生活,体验着角色的情感;作为观察者和思考者,读者又审视着、评判着角色的一切,同时在进行着道德判断、价值判断和审美判断。因此,接受活动中任何精神效应的产生,都是主客体相互契合、相互交流的结果。这种交流,是心灵与心灵的对话,是情感与情感的呼应。不可言传的审美体验就在交流中默然产生,潜移默化的精神变革就在交流中悄然实现。

欣赏活动中除了读者与角色的交流之外,还有另外一系列的相互交流,即读者与作家的交流。任何一篇(部)文学作品中都隐伏着一个作家。读者接受作品,是在直接同艺术形象交流,间接同作家进行交流,人们通常认为读一本好书就是在同一位高尚的人谈话,就是从这一意义上而言的。这种交流不像前一系列的交流那样容易省察,一般是隐伏的、潜在的、不动声色的。如果把读者与角色的交流视为显性的话,那么读者与作家的交流则是隐性的;如果说前者是直接的,那么后者就是间接的。

四、文学欣赏具有心理愉悦的性质

事实上,文学之所以具有吸引人的强大魅力,就是因为它能给人以愉悦,使人得到休憩,与人避苦趋乐的本性相契合。这里要趋的"乐",既是生理上的,更是心理上和精神上的。避苦趋乐并不是人性的沉沦和堕落,而是大自然赋予人类自我保护、自我调节、自我完善的本能。它扎根于生命力发展的需要,是一种深层需要、本能需要。正是靠它,人类才逐渐完善,逐渐优化,趋向更高境界。而文学欣赏活动能够满足人们避苦趋乐的需求,能够给人以愉悦,所以才有永不衰竭的魅力,吸引着大众沉浸陶醉于其中,乐此不疲。据此我们说,文学欣赏具有心理愉悦的性质。

心理愉悦的内涵,既包括愉快、喜悦、轻松、和谐等所谓的快感,也包括悲愁、哀怨、悲伤、惆怅等所谓的痛感、不和谐感。古人很早就明白这一道理,这从使用率极高的"痛快"一词就可以看出愉悦的内涵:既痛且快,又痛又快,痛中有快,快在痛中。古人大胆地把看起来截然相反的两种情感糅合在一起,说明了古人已明确两种情感之间奇妙、复杂的辩证关系,从中可以看出古人的智慧和思想的深度。从个人的欣赏体验中也可以体会到,单一的、纯粹的快感是肤浅的,而与"痛"结合在一起的"快"才是深沉的、感人的。

文学欣赏活动中读者的心理愉悦分为不同层次。首先是生理层次的愉悦。对于文学作品的接受来说,生理层次的愉悦主要是音节的作用。这时候的愉悦,是视听感官与身体的快适反应,叫作直觉的快感,或快感的直觉。其次是情感层次的愉悦。这是接受活动中最常见、最大量、最基本、最普遍的心理状态,不管读者是否意识到,只要自己心有所动,情有所感,意有所悟,情感上就已获得了某种体验、某种满足。愉悦的最深层面在精神,主要是指对于人生、历史、宇宙本真意义上的领悟,是一种"形而上"的愉悦,其特点是超越了具体和现实的内容而进入抽象的哲理层面。这时候的精神感觉升腾到无限辽远的高空,俯瞰天地人生,仿佛与宇宙本体融合在一起。

五、文学欣赏具有人生体验的性质

以上我们论述了文学欣赏的心理实验、自我发现、心理交流、心理愉悦的性质。这里需要进一步说明,这几点并不是相互孤立的而是相互联系的。其具体表现在:第一,几点之间相互渗透,相互包含。例如,在进行心理实验的同时,也就是在心理交流、自我发现等,反之亦然。第二,几点之间有明显相通之处,即都具有人生体验的性质。文学欣赏最内在、最根本的特质,可以说就是对人生的体验。

众所周知,文学是人学,在所有的学科中文学与人生具有天然的内在联系,文学作品是作家人生体验的对象化和符号化,既然如此,对文学作品的接受,其实质也就是对人生的体验。只不过这是由艺术品所激发出来的人生体验,是由别人的人生体验而唤起的人生体验。

第三节　文学欣赏的途径

文学作品与非文学作品的区别，决定了文学欣赏的基本途径和方法：感受、体验与分析、阐释。

文学作品当然是有思想的，但这种思想不是赤裸、抽象的，而是蕴含在情感中；文学作品当然是要叙事状物的，但这里的"事"和"物"除了字面义之外往往还有暗含义，这就是文学作品字里行间弥漫着的可意会不可言传、可神通不可语达的生命信息、心灵信息和情感信息。如此看来，文学作品至少是双重结构，一是情感、心灵层面，二是事实、思想层面。与前一层面对应的接受途径是感受、体验，与后一层面对应的接受途径是分析、阐释。

一、感受、体验

感受、体验是指以自己的全部身心投入作品，拥抱作品，心灵与心灵相对话，感情与感情相交流。在这里，欣赏者心理中没有概念的干扰，没有逻辑的介入，一切都是感性的、直觉的。在这一过程中，欣赏者面对作品那活泼流动的生命信息，心有所动，情有所感，意有所悟，全身心处于愉快陶醉之中。这是精神的盛宴，心灵的狂欢，最大的艺术享受。文学欣赏同其他艺术欣赏一样，从根本上说就是现实的、鲜活的感性交流活动，这是文学欣赏区别于科学理性活动的根本标志。感受、体验是文学欣赏最主要、最基本的途径和方式。文学作品中那些鲜活的、灵动的生命信息，如音韵节奏中的意味，字词的暗含义、语气、语调、情调、格调、风格、神韵等，必须亲身感受体验后才能把握，否则终是雾里看花，即使说一千道一万，终是一个说不清。

二、分析、阐释

然而，理性分析也毕竟是不可少的。毛泽东说过，感觉到的东西往往不能深刻理解它，只有理解了的东西才能更深刻地感受它。毛泽东的这一观点同样适用于文学欣赏。文学之所以是艺术，就在于它对于要表达的东西往往不直说，而是运用象征、隐喻等手法深深地寓于形象背后，如果仅凭感受往往是很难把握它。这就需要借助于理性分析，进行一些必要的分析和阐释。而且，愈是优秀的作品愈需要分析，也愈有分析探索的价值——歌德说过，优秀的作品无论你怎样去探测它都是探不到底的。莎士比亚的《哈姆雷特》、歌德的《浮士德》、曹雪芹的《红楼梦》被人分析阐释了几百年，人们对这些作品的理解，是随着不断地分析阐释而深化的。在这里，分析阐释没有干扰对作品的把握，而是有力地促进并帮助了它。再者，即使是必须通过感受体验才能把握的艺术因素，也不应排斥和拒绝"过程"之外的分析。分析可以使感受体验更明确、更稳定、更深刻。

第四节　文学欣赏的收获

文学欣赏的两种途径，决定了文学欣赏的两种收获：显收获与隐收获。

一、没有"收获"的两种情况

常听一些人向笔者反映，说自己很喜欢文学作品，贪婪地读了一本又一本，但读完了回头一想，却总是感到自己没有什么收获，故而询问这到底是怎么回事，希望能够分析一下原因并得到帮助。

笔者认为这里所谓的"没收获"大体上有两种情况。一是确实没有收获，对作品读不懂、读不进，如坠深渊、如入黑洞，迷失方向。二是对作品有感动、有感受、有体验，但却朦朦胧胧，混混沌沌，模模糊糊，第一第二第三首先其次再次，归纳不出"本文通过什么反映了(或表现了、说明了)什么"，因而觉得没收获。

产生第一种情况的原因，或者是作品本身太晦涩、太古怪、太玄虚，缺乏可读性；或者是读者欣赏水平太低，阅读经验太少，暂时还读不懂比较深奥复杂的作品。这里的原因比较简单，不拟细说。

以下主要讨论一下第二种情况。

有感受有体验却说(总结、归纳、提炼、概括、抽象)不出，这种情况极为普遍，几乎可以说人人都有这种经历，甚至包括那些概括能力极强的理论家、批评家们。

有感受有体验但却说不出就是没有收获吗？当然不是。有感受有体验，实际上就是一种收获。或者说，能够说出作品的主题思想，能够把自己的感受体验上升到理性认识是一种收获；暂时(或最终)说不出主题思想，暂时(或最终)没能把感受体验上升为理性认识，而只是感动、感受、体验本身，也是一种收获——一种更接近艺术本体、更符合艺术规律的收获。

这里关涉到对文学性质和特征的理解，关涉到对欣赏活动性质的理解。这种理解影响着文学欣赏的收获观。

本书开头讲文学欣赏对象时，首先指出文学属于艺术的范畴，它与其他社会科学的最大区别在于：它的表现对象是生动具体的感性的"生活"本身，是融汇着作家鲜活的心灵感受的思想感情、人生体验；它的存在方式是生动具体的感性形态(形象、意境)，而不是抽象的理念形态。艺术对客观世界的解释，不是靠概念而是靠形象，不是以思想为媒介而是以感性形式为媒介。客观对象的这种特性，决定着主体对它必须采取相应的把握方式——调动全部精神力量(感知、想象、情感、理解等)全身心投入其中，亲身去感受它、体验它，透过艺术的感性形式，直观生活的本质，洞察现象世界的微妙变化；在此基础上，再去分析它、阐释它。换句话说，欣赏对象的性质决定了欣赏活动的性质不是一种理性分析活动，而是一种感性悟解活动。

二、什么是文学欣赏的收获

文学作品的特质和文学欣赏的途径，决定了欣赏主体的两类收获：显收获和隐(潜)

收获。

"显收获"即可以用逻辑判断和命题形式加以表述的收获；"隐收获"即在欣赏过程中被激发起来的感受和体验。这种感受和体验是"现在进行时"的流动着的心理过程，具有"即时"(当下发生当下消隐)的性质，很难用逻辑判断和命题的形式加以表述，所以往往容易被忽略。以上读者所说的"没有收获"大体上就属于这种情况。

换一个角度，即从艺术的蕴含角度来看，决定了欣赏者对作品的把握必须首先从感受体验出发，然后才能分析它，也决定了文学欣赏的收获表现为"显"和"隐"两种类型。

关于艺术的蕴含，简单说包括两部分：一部分可以明确用语言进行归纳概括——这部分蕴含人们一般称为"意思"；另一部分只可意会而不可言传——这部分蕴含人们一般称为"意味"。

一部理论著作、一篇调查报告，要求的是有"思想"而不一定要求有"意味"，而一篇文学作品不但要求有"思想"更要求必须有"意味"。在一般文章里，只有"思想"而无"意味"仍然不失为文章，而一篇文学作品如果只有"思想"而无"意味"则绝对不能称其为文学作品。

"意味"是什么呢？简单说就是弥散在作品中的心灵信息、情感信息、生命信息，是字面没有说出但却流荡充盈于字里行间的情思意绪。美国作家杰克·伦敦在他的作品中对意味的存在及其特征进行过很形象的描绘："……韵脚、音步和结构本身已经够麻烦了，可是超出它们范围以外的，还有一种抓不住、摸不着的东西，这在所有伟大的诗歌中都领会得到。可是就没法把它抓住了，放在自己的诗歌里。这就是那种难以捉摸的诗的精神本身，他感觉得到，拼命追求，可就是抓它不住。"[1]

我国古代作家、理论家也早就感觉到了"意味"的存在，并不断津津有味地讨论它。例如，"义生文外"[2] "文已尽而意有余"[3] "韵外之致" "味外之旨" "象外之象，景外之景" "不着一字，尽得风流"[4] "不涉理路，不落言筌" "羚羊挂角，无迹可求"[5] "妙在笔画之外"[6]，等等。重表意而不重写实的古人具有很高的审美感悟能力，对意味情有独钟。

文学作品蕴含的两个基本组成部分，决定了读者欣赏它、接受它的方式：感受与分析。作品中的"意思"，即理性成分、认识成分、思想成分，诉诸读者的理性思维系统，需要通过抽象分析去把握；作品中的"意味"诉诸读者的感性心灵系统，需要通过感受去把握，即"以吾身入乎其中而涵泳玩索之。吾性灵与相浃而俱化，乃真实为吾有而外物不能夺"。[7]

读者通过感受对意味的把握，是在一种情感体验状态下的整体把握，这种把握具有相

---

[1] 杰克·伦敦. 马丁·伊登[M]. 上海：上海译文出版社，1981：104.
[2] 刘勰. 文心雕龙选译[M]. 周振甫，译注. 北京：中华书局，1980：240.
[3] 钟嵘. 中国历代文论选：第1册[M]. 上海：上海古籍出版社，1979：309.
[4] 北京大学哲学系美学教研室. 中国美学史资料选编(上)[M]. 北京：中华书局，1980：313，316.
[5] 北京大学哲学系美学教研室. 中国美学史资料选编(下)[M]. 北京：中华书局，1981：78.
[6] 北京大学哲学系美学教研室. 中国美学史资料选编(下)[M]. 北京：中华书局，1981：34.
[7] 况周颐. 蕙风词话·人间词话[M]. 北京：人民文学出版社，1960：9.

当的模糊性，常常不能用明晰的语言(概念)，将它准确无遗地表述出来，或者说任何语言表述都不是感受本身，都与感受本身有距离，所以才有"可意会不可言传""可神通不可语达"的说法。

虽然"不可言传"，但仍然是"收获"，这是一种很美、很愉快的精神胜境。梁启超说过他对于李商隐的某些诗，虽然解不出文义(总结不出意思)，但从精神上也可以得到一种新鲜的愉快！老一辈美学家梁宗岱先生说："一切伟大的诗都是直接诉诸我们的整体，灵与肉，心灵与官能。它不独要使我们得到美感的悦乐，并且要指引我们去参悟宇宙和人生的奥义。所谓参悟，又不独是间接解释给我们的理智而已，并且要直接诉诸我们的感觉和想象，使我们全人格都受它感化与陶熔。"①梁先生的话可以帮助我们更深刻地领悟艺术欣赏的性质。

三、感到没有收获的原因

为什么一些读者"总是感到自己没有收获"呢？这主要来自观念的偏颇。

长期的语文课堂教育使他们在无形中形成一种心理定式，以为阅读一篇文学作品如同阅读一篇论说文一样，只有抓住了"中心思想"才算理解了作品。我国中小学语文教学中，在讲到诗歌、小说等作品时，往往缺乏充分自觉的艺术意识，不是把它当作艺术作品来看待，按照艺术规律引导学生首先进行艺术欣赏，而是把它等同于一般文章千篇一律地采用疏通字词、归纳段意、总结主题思想的习惯模式。这样一来，"中心思想"可能抓住了，然而艺术的意味却完全散失了；逻辑的归纳作出了，却将活的心灵、活的艺术生命窒息了；本应诉诸(至少是首先诉诸)感性直觉的东西却统统诉诸理性抽象了。于是，在学生们的脑子里，缺乏艺术的意识，没有感受体验的自觉，而只急于追索一个理性的结论。这实在是审美教育的损失，是艺术观念方面的失误。艺术教育是审美教育的一个重要方面，"审美教育的全部着眼点是感性的人。换句话说，是在感性层次上，激发、诱导、发展人的各种本质力量"。②由此说来，在中小学广泛普及艺术知识，普及审美教育，实在是一件十分迫切、十分必要的事。

综上所述，本书想告诉读者的是，在文学欣赏过程中，只要心有所动、情有所感、意有所悟，就是有收获。说得出的收获是收获，说不出的收获也是收获，或者可以说是"正宗"的文学欣赏的收获。那种把文学欣赏的收获仅仅理解成是主题思想的提取、思想认识的提高，确实是太狭隘了，是文艺欣赏观念上的失误。

第五节 文学作品的教学

文学作品与非文学作品的区别决定了文学欣赏的两条基本途径，文学欣赏的两条基本途径决定了文学学习和文学课堂教学的基本方法。

这里，向读者介绍一个小资料，即美国的文学课堂是怎样教学的。一篇署名沈睿的文

---

① 龙协涛. 鉴赏文存[M]. 北京：人民文学出版社，1984：328.

② 叶朗. 现代美学体系[M]. 北京：北京大学出版社，1988：377.

章《学习阅读》(《中华读书报》,1995-10-04)介绍了作者在美国读书时的情况。作者说,一位讲授"当代美国诗歌"的教授走进教室,手里拿着某诗人的全集,放在桌上,翻开,说"让我们开始读诗吧"。"读"是朗读的意思。朗读进行了一个半小时,然后教授问"读后有什么体会?今天讨论这首诗的抒情成分。抒情与朗读分不开,与音韵、音乐感分不开。"于是两个小时,大家你一言我一语地讨论每一个头韵、尾韵。老师为什么那么强调朗读呢?因为文学作品既然是语言的艺术,就得从语言出发。语言中包含语气、语速,于是就得朗读。"念"诗与"读"诗会有不同的感受。对文学作品的欣赏与理解首先是个人的,而不是念别人的现成的结论。一句话,把握文学,先学会阅读。在美国,没有任何类似国内的教科书,全是教授开书单,让学生读原著去,获得自己的感受,带着观点来讨论。文章作者说,两个学期下来,她深深体会到这种教学方法的优点:它教你思考、逼你思考,而不是让你接受别人的现成结论。

笔者认为,美国这种教授文学的方法值得借鉴。第一,它符合文学作品的本质特征。文学中那些微妙的精神内涵,如果不通过读者的亲身感受与体验,是无论如何也无法把握、无法变为读者自己的精神营养的。与美国教学方法相比,我们缺少了在阅读中感受体验这一重要环节。第二,感受体验只是理解把握文学作品的基础和前提,感受体验之后是做技术(艺术技巧)层面的理性分析。文学作为艺术的一种形式,不但重视"说什么",而且重视"怎么说"。有了理性的技术分析,感受体验就得到了深化,文学的深层意蕴就得到了开掘。第三,与此相关,它符合文学及各类学习的一般规律,先是学生自己学习体会,独立思考,形成自己的观点,然后集体讨论或请老师讲解,这样"逼迫"学生养成独立思考的好习惯。

但遗憾的是,我们相当一部分语文老师对此意识并不是很清晰,甚至对文学作品与非文学作品的区别都不是很清楚。例如,"这篇文章""这篇课文"与"这篇作品"有什么区别,不少语文老师是说不清的。"这篇文章"的范围最广,只要是用语言文字写成的能够表达一定意思的,都叫文章;"这篇课文"的范围较小,只有最经典、最能体现民族语言艺术水平的名篇,才能被选为"课文";"这篇作品"的范围更小,就是课文中的文学作品,它属于艺术的范畴,它可以虚构、想象,具有形象性、情感性、独特性、审美性等特征,文体主要是诗歌、小说、散文、剧本等。说"这篇作品"时,教师的脑子里应该有清醒自觉的"文学属于艺术"的意识,教学时就要注意从艺术角度欣赏艺术,就要按照艺术的特征和规律来教学。否则,不管课文的文体性质,千篇一律地按照统一模式教学,怎么能把课讲好?!

目前,中小学语文教学(乃至大学中文系、文学院的文学教学)中比较容易犯的错误是,对文学作品只知鉴赏而不知欣赏,侧重于知识点的讲解和主题思想的提炼,把一篇优美的文学作品"大卸八块",分析得支离破碎,结果把作品本身所蕴含的妙不可言的美感"讲解"得索然无味,让借助于文学作品对学生进行审美教育的任务成为一句空话。有人说语文老师是美感的破坏者和扼杀者,话说得有点儿刻薄了,但并不是一点儿道理没有。

若干年前钱锺书先生把不懂文学的大学中文系教师叫作"文盲"——非文字盲而是文学盲,他们对文学作品只知翻来覆去烦琐地考证,冰冷生硬地解剖分析,而从来不知道告诉学生感受、体验,不知道享受艺术中的美,实在遗憾之至。

这一切都源于观念上的错误——没有分清文学作品与非文学作品的区别,没有弄清欣赏与鉴赏的区别，把文学作品当成非文学作品讲，没有意识到"欣赏"(狭义的)是把握文学作品的一个非常必要的步骤，结果忽视了至关重要的对作品的感受和体验，一上来就进入"鉴赏"——划分段落，寻找知识点，总结段落大意，归纳写作技巧和主题思想，整个教学过程都在理性分析的层面上运行。从教学效果上来看，学生只记住了几个知识点以及所谓的"主题思想"之类，而对于作品中那些可意会不可言传、可神通不可语达的生命信息、心灵信息和情感信息没有任何感受和体验，这等于是买椟还珠，捡了芝麻丢了西瓜。这不能不说是语文教学的极大失误，不能不说是文学课堂的重大损失。如今，该是从观念上纠正这一错误的时候了。

【延伸阅读】

我们欠学生真正的阅读课
——一位中国教师在美国中学语文课堂的观察和思考

今年上半年，我应邀赴美国佛罗里达大学教育学院做了半年访问学者。为了认识美国中学语文课堂的真实面貌，我与美方学术合作者傅丹灵教授商量之后，在她的安排下，与佛大附中三位美国老师组成了一个研究小组。两个月40多节课听下来，加上与美国同行的接触交流，我对他们的阅读教学有了大致的了解和判断。

1. 他们语文课不用教材

在国内时曾听到不同的说法，有人说，美国语文课不用教材，也有人说还是用的，实际情况怎样，我想一探究竟。在傅丹灵教授主持的第一次中美语文研究小组会上，我见到了美方的三位老师珍(Jen)、科迪(Cody)和凯特(Kate)，安排落实了听课和研究的计划。美国老师没有办公室，研讨会是在科迪老师的教室开的。吸引我目光的是教室中央的小桌，上面满是书，一摞一摞的，一共十种，熟悉的如胡赛尼的《灿烂千阳》、戈尔丁的《蝇王》、苏萨克的《偷书贼》等，不熟悉的有戴维斯的《梅尔的战争》、麦考密克的《永不坠落》等。傅老师的博士生小董告诉我：这十本书是最近科迪上"战争文学"这个主题时指定学生读的。不一定本本精读，但至少要选读其中若干章节。看我对这些书这么感兴趣，科迪很开心，走到靠墙柜子前拉开柜门，哇，里面全是书！这都是为学生准备的！都是学生语文课要读的书！

"那么课本呢？"我问。"这就是课本啊！"他笑嘻嘻地回答。这就是他们的课本？我深受刺激和震撼！

一次，在凯特老师班上听课，看见她办公桌上摆着一本厚厚的《文学》(Literature)，傅老师说，这就是他们高二的语文课本，但他们不用。为什么呢？因为他们喜欢自主选材来建设自己的课程。后来，在研究小组会议上，我曾问过美国老师："是不是美国老师都不用课本，而是自选作品当作教材？"三位老师认真地商量了一会儿，慎重地告诉我：也并非都如此。很多学校和老师还是用教材的，但是有追求的学校和优秀的老师一般都不用课本，而是自己选作品来教，带学生读书。

2. 他们读真实的书、完整的书

我曾与几位美国老师讨论过：为什么不用课本而选用小说来进行语文教学？他们认为

读小说是读真正的书、完整的书，对师生更具有挑战性，可以更好地培养阅读能力、分辨能力和批判能力，况且社会、历史等学科上已经让学生读了不少非虚构作品(nonfiction)，这样语文课上就应该多读虚构作品(fiction)，而小说是典型的虚构作品。科迪老师说："我不赞成用教材，是因为我觉得要培养学生的阅读能力和欣赏能力，就应该让他们读'真正的书'(real book)。"他开玩笑对我说："你说哪一个成年人会去读课本？你到咖啡厅里能看到一个读课本的人吗？都是在读与课本不同的'真正的书'。"他又补充说："我的班级就像一个社会，每个学生就是一个社会成员。学生应该读'完整的书'(entire book)，才能更好地成长。"珍老师也认为："小说是一种原生态的信息文本，不像语文课本，是经过加工和解释过的，而且课本规定了教学内容和方法，比较死板，束缚也大，缺少真正阅读的目的性……我要保护青少年幼稚的心灵，让他们对社会上的事情有分辨力和批判性，有同情心和多元价值观。"

两位美国老师都提到"真实阅读""真正的书""完整的书"，这也解答了我心中原有的疑惑：为什么美国语文课堂在传统经典和现代作品之间，重视甚至偏爱现代作品？我想，就是因为这些作品与学生生活更接近，更容易引发他们的思想共鸣，而且小说中多色调粗粝的社会生活画面以及对人性的深度揭示，可以提供思考的张力和探索的空间，让学生联系自己，有助于培养其批判思维，发展其独立人格，这也是他们选择图书的基本原则之一。凯特老师解释她此前带领学生读胡赛尼的《追风筝的人》和塞维尔《夜》的原因时就表示："我觉得对犹太人大屠杀和阿富汗战争的理解，是学生成长中特别重要的两件事，是值得我们去理解的东西，因此我才会克服困难把这两本书引进我的课堂。"

3. 他们每学年读5~7本书

美国中小学一个学年分为四个"学季"(quarter)，每个学季大约9周时间，他们一般一个学季至少要读一本书。珍给我看过她的学年教学计划，她每个学季根据教学主题安排学生集中精力研读一本书，常常会根据课时适当增加。比如，她本学年度就带学生先后读了《铜日》《杀死一只知更鸟》《崩溃》《局外人》，以及自选阅读的一本小说。

根据多年的教学经验，我当然知道她一年读5本小说会遇到多大的困难。我也有不少疑问，比如，用多长时间读一本书？都是在课堂上读完的吗？学生能读得完吗？如果不喜欢或者没有读完怎么办？等等。我发邮件给三位美国同行，很快得到他们的回复。

科迪老师："学生的阅读不一样。有的学生一晚上就能读一本，有的永远都读不完，我折中一下，一般3~4周读一本。这不一定适合每个学生，所以我的班上有的学生是课内读，有的学生要课内课外结合起来才行。我选这些书首先是因为我喜欢，也与流行文化的取向有联系，我还让学生选他们自己喜欢的书。一般没有多少学生完不成，就是完不成，至少他们也已经知道书中基本的意思(idea)。实在不行，我让他们听朗读版或者参加小组讨论。如果有人不喜欢又找不到自己喜欢读的，我就告诉他们：学会读书也是一个人成长的过程，成长就要学会接触一些不太感兴趣的东西。"

凯特老师："这个学年我们班级读了7本书。一般在学校的课堂上读，有时也会带回家读。大多数学生完成了，也都写了读书笔记。学生不喜欢班级统一规定的书，我就多提供几本供他们选择，因为我也并不喜欢所有的书，当然不能指望学生都喜欢我选的书。学生阅读遇到困难，我就让他们去看参考书，或听朗读版，给他们提供一些帮助。"

在一次中美研究小组会议上，我又追问他们："你们三个人少的每学年带学生读 5 本书，多的读 7 本。美国学生一学年应该读多少本书？课程标准中有没有统一的要求和规定？" "NO！NO！从来没有听说过！"三位老师一边摇头，一边几乎异口同声叫了起来。"很多人不读书，就是读课本。中学没有读过一本完整的书！"珍老师愤愤然补充道。

4. 他们阅读中重视细读、批判和探索

傅丹灵教授把他们的阅读教学概括为"主题式研究型小说阅读"。第一是"主题式"。无论是珍老师的"殖民主义文学"，还是凯特老师的"个人成长"，抑或是科迪老师的"正义感、反歧视、多元文化"，都围绕着教学主题展开，教学主题为小说阅读提供了研读思考的立足点和聚焦点，提示了学习的重点和方向。第二是"研究型"。阅读的过程是研究的过程，是面对阅读中真实的问题、互动互助、质疑探讨、形成新思想的过程。在这样的阅读中注释是研究，讨论是研究，做海报是研究，最后写大作文还是研究。第三是"小说阅读"。他们以小说为基本阅读对象和教学载体，借助小说开展读写活动，通过阅读研究提高思维能力，让学生发现自我，质疑社会，认识人生。

他们重视文本细读(close reading)，常用做注释、填表格等方法梳理情节，把握细节，深耕文本。做注释(annotation)类似于我们的批注评点法，就是把对原文关键处的感受、理解、评价和质疑写在便利贴纸上，粘在原文旁边。我见过珍班上同学对小说《崩溃》做的注释本，内容很丰富，有的是对情节的梳理，有的是对细节的分析，还有的是对人物对话的品味，非常的个性化。老师也常设计一些图表帮助学生完成注释，比如为帮助学生完成《崩溃》一书的注释，珍设计了一份"为讨论而准备的注释"(annotation to prepare for the discussion)作为示例，让学生学有所依。这份实例精彩之处在于，从读者反应理论出发，从三个方面设问，要求学生自问自答，深耕文本：一是"作品中什么让我觉得出乎意外"，二是"作者认为读者已经知道了哪些内容"，三是"在阅读过程中哪些内容证实或颠覆了我原来的猜想"。尤其值得注意的是，每一类问题，她都提供了相应的语句格式，要求学生运用所提供的语句格式，概括原文中的关键情节和细节，让学生在阅读中得到思维与语言表达的双重训练。

他们的小说阅读很重视批判性思维(critical thinking)的培养。他们特别喜欢讨论，几乎到了无讨论不成课的地步。讨论的内容广泛，可以是小说的主题，可以是小说的人物形象，可以是小说的关键情节，也可以是表现手法。针对文本细读中发现的问题，问题驱动、任务驱动，展开头脑风暴，在互动碰撞中，让文本生发出丰富的创意。我曾听过科迪老师上过一节课：你读的小说中的人物会把选票投给谁？那是 3 月中旬的一天，美国大选如火如荼。那节课上，科迪老师事先选择了 5 位总统参选人——希拉里、川普、桑德斯、卢比奥和克鲁兹，并且从"移民问题""难民问题""社会问题""伊斯兰问题""对外武力干预"和"领导风格" 6 个方面概括介绍每位参选人的特点，一个人一张大海报，悬挂在教室墙上，要求学生阅读 5 位参选人的海报，选出自己阅读的小说中的人物，推断他可能会给哪位参选人投票，并把理由写在便利贴纸上，粘贴在对应的海报上。学生们很兴奋，纷纷写下自己小说人物所投的票，然后聚集在各自投票人物的海报前，指指点点，议论纷纷。学生们认真听，认真申辩，认真反驳，好像真是在投票一样，没有人觉得这只是一次虚拟的语文活动。活动结束后，老师追问学生：你是否同意同伴的决定？为什么？并让学生反思这个活动对自己的帮助：我们是否应该把阅读和现实联系起来？这节课展示了美国老师阅读教学的追求，即在真实的情境中提出问题，让阅读发生，不仅检验了学生阅读的成果，培养学生把作品与现实相联系的融会贯通能力，也展示了他们批判性思维培养的课程实施的功力。

他们倡导探索性写作，充分利用写作，让学生展示自己的阅读思考，表达自己的阅读理解，促进自我的成长。美国中学语文课上，各种各样的写作作业很多，除常规的读书报告之外，他们很擅长采用海报这种形式。进凯特班级听课时，他们刚读完《追风筝的人》，墙上贴满了学生的读书海报。凯特解释说：这是她前段时间布置的作业，要求学生在原书中选择一个具体象征物，然后写出描写该象征物出现的原文以及页码，最后自己解释其象征含义。有一幅读书海报选的是书中最具象征意义的风筝，海报上用简笔画画了埃米尔和哈桑两个人物，各自手牵一只风筝，在两只风筝下面，抄录了原书第52页的一段话："多年来，我见过好多人放风筝，但哈桑是这些人中放得最好的。"下方左边小人嘴里说："我做梦也想把风筝放得和你一样高。"同时他心里想："我要是知道就好了，我是故意输给你的。这表明他对宗教多样性的理解和尊重。"这些海报极富创意和巧思，很好地表达了对原文中关键象征物的理解，体现了学生阅读的质量，而且人人展示，互助启发，让学生构建出全新的阅读策略和经验。

5. 我们要还学生真正的阅读课

美国同行阅读教学并非如我们想象得那样轻松简单。并不是所有的家长都支持他们的教学探索，即使是同行也不是个个都理解，加上州统考的压力等，都让他们苦恼。他们也有压力，也有阻力，也在挣扎。

在中美研究小组的一次会议上，我提到美国电影《死亡诗社》，引起了他们深深的共鸣。我告诉他们，这部电影在中国老师中影响很大，很多有追求、有理想的老师都喜欢电影中的基廷老师。我还告诉他们，我们学校高一学生一进校，老师就和学生一起观看这部电影，汲取力量，互相鼓励，共同奋斗。珍对我说美国师生也特别喜欢基廷。我问美国老师喜欢这部电影的哪个部分，喜欢老师身上的什么。科迪回答说："学习不仅仅是为了上大学，而是为了自己的一生。这一点我喜欢！"凯特补充说："语文不是教书而是教人。电影中有一个片段——基廷让学生撕掉课本的导言。我放给学生看，告诉他们我们学习的目标和宗旨……"美国老师很热情，眼睛直视着你，交流起来充满活力，你说话他们不断"ya! ya!"地呼应，有一种热气腾腾的存在感。

我告诉美国同行，和他们一样，我也在进行探索：我带领一帮学生成立了一个经典夜读小组，一年时间读15本书，都是经典的书，如《1984》《瓦尔登湖》《美的历程》等。当然平时教学，我还是按课本要求来教，我这个课程是在每周五的晚上开设的，每次两个小时。他们发出惊叹声，惊奇地问：学生愿意吗？我说：学生是自愿报名的。开始只有十几个学生，现在有三十多个学生。他们又发出惊叹声。我说周五晚上是周末，学生牺牲自己的休息时间，但他们有兴趣，愿意来，觉得读书有收获，有一种成长的快乐！

科迪问:"曹先生,你愿意在自己班上也这样教吗?"

我回答说:"我觉得,读整本的书,读真实的书,对学生语文能力的提高以及人的成长,特别有价值。我的实验效果不错。接下去我会在自己的班级、年级甚至学校尝试。而且我们国家开始新的语文课程改革,把整本书的阅读作为基本的教学任务,纳入了课程标准,相信将会出现新的局面。到这边来,看到你们的课堂探索,找到了同路人,特别振奋。我们一起努力,把真正的阅读课还给学生!"

大家一片欢呼!

(作者曹勇军系南京市第十三中学语文特级教师)

(资料来源:《中国教育报》2016年10月24日第9版)

第二编　文学欣赏宏观角度

引言：文学批评方法与文学欣赏角度

本书在界定"文学欣赏"概念时讲过，文学批评也属于文学接受，或者说属于广义的文学欣赏。关于文学批评，国内文学理论教材一般专设一章讨论，而批评方法是其中的重要内容。所谓批评方法(也称批评模式、范式)，如社会—历史、心理分析、女性主义等，在笔者看来其实就是文学批评的角度——批评家分析、阐释、评价文学作品及文学现象的角度。在这里，方法、模式、角度，名不同而实为一。本书认为，这些方法或者模式，严格考察起来，不如叫作角度更为合适。因为社会历史等，其实就是评论、阐释文学作品的切入点，或者说是角度。

这些角度，不但适用于评论家，同时也适用于大众对文学作品的欣赏。换句话说，所谓批评方法，也就是大众欣赏文学的切入点、角度。

不过，虽然这些方法(角度)同样适用于大众对文学作品的欣赏，但大众的"欣赏"与批评家的"批评"毕竟有所不同。这种不同主要表现于两个方面。一是对象不同。一般大众的欣赏对象主要是文学作品，而批评家的批评对象除文学作品之外，还包括整个文学现象，范围比读者欣赏宽泛得多。二是结果不同。一般大众对作品的欣赏，多数情况下只停留在感性层面上，带有自我感受、自我体验、自娱自乐的性质，是一种个人化、私密化的精神活动，一般不能、当然也不必诉诸文字，尤其不必形成科学性、逻辑性很强的理论文字，更不必发表，而批评家的批评却不是这样。

总之，所谓的文学批评方法其实都是文学批评的角度，同时也都是文学欣赏的角度，读者完全可以借用批评家分析、阐释、评价文学作品的角度去解读、欣赏、把握作品。

文学批评方法诸概念均来自西方文化的输入，目前国内流行的文学理论和西方文论教科书上，介绍的批评方法主要有社会历史、意识形态、道德、心理学(精神分析)、神话原型、文化学、文体学、形式主义、新批评、结构主义、解构主义、读者反应(阐释、接受)、西方马克思主义、女性主义、新历史主义、后殖民主义等。每一种批评方法都有复杂的社会历史背景、哲学思想渊源、理论主张、风格特色……这些都是非常专业的学问，是研究所或大学文学院专门研究西方文论的教授需要长时间的深入阅读和钻研才能全面掌握的方法，因而距社会大众太过于遥远，一般读者不可能也没有必要花大量精力去钻研这些批评方法。但是，某些基本的、重要的批评方法所指示出的解读、分析文学作品的角度，对一般大众还是普遍适用的。有鉴于此，本书择取其中几种最主要、最基本、相对易懂、能用到大众欣赏实践中去的批评角度加以介绍。

需要说明的是，上述批评角度包括本书介绍的几种主要角度(社会历史、道德、人生、文化、心理、原型、女性主义等)，均非放之四海而皆准的万能钥匙，不是对每一具体作品都适用，而是各有特点，各有适用范围。某种角度只能对某种、某类作品有效，对其他作品就可能隔膜、无效。也就是说，在文学批评、文学欣赏问题上，也需要遵循辩证法的基本要求，具体问题具体分析。文学作品是世界上最奇异、最微妙、最富于个性的精神创造，所以对它们的欣赏当然也要随机灵活，善于感悟，而不能削足适履，往某种模式里硬套。

第三章 文学欣赏宏观角度举隅

第一节 社会历史角度

一、基本理论

社会历史角度是社会历史批评方法分析、评价文学作品、文学现象的基本角度和核心概念。社会历史批评从社会历史发展的角度观察、分析、评价文学现象，是西方 19 世纪最主要的批评方法之一，是我国批评界长期使用，因而也最熟悉的批评角度。

1. 历史沿革

社会历史批评产生较早、影响较大，几乎伴随文学批评的整个历史进程。据学者考证，严格意义上的社会历史批评源于 18 世纪维柯对《荷马史诗》的研究。维柯从古希腊的社会历史、生活、风俗等方面来考察《荷马史诗》和它的作者，认为《荷马史诗》是集体的创作。最早自觉从社会历史角度研究文学的是法国的斯达尔夫人和丹纳。斯达尔夫人注重文学与社会制度的关系，丹纳提出文学发展取决于种族、环境、时代三因素的著名观点。俄国文学批评家别林斯基、车尔尼雪夫斯基、杜勃罗留波夫从社会历史角度评论文学，创造了文学批评史上的辉煌业绩。20 世纪以降，社会历史批评得到进一步发展，代表人物有苏联的卢那察尔斯基、匈牙利的卢卡奇、法国的戈德曼。

社会历史批评近代传入我国，以梁启超为代表的改良主义者十分注重文学的社会作用，鼓吹"小说救国"，甚至把文学的作用提高到关系国家兴亡的高度。"五四"以后，鲁迅、茅盾、瞿秋白等人将社会历史批评运用到文学创作和研究中，推动和指导了中国现代文学活动的发展。中华人民共和国自成立以来社会历史批评得到了更为广泛的运用，有成绩也有教训，一度被"极左"思潮庸俗化。

2. 主要观点

社会历史批评的基本理论主要包括以下四方面。

(1) 文学源于社会生活，文学离不开社会历史，文学本质上是社会生活的反映，因而注重文学作品的内容，特别是社会历史内容。

(2) 强调文学批评应该把作品与作品产生的时代背景、历史条件以及作家的生活经历联系起来。

(3) 侧重研究文学作品与社会生活的关系，重视作家的思想倾向和文学作品的社会作用。

(4) 注重对文学作品作出价值评判，评判标准主要是真实性、倾向性和社会效果。

二、社会历史角度解读作品经典案例

1. 恩格斯从巴尔扎克作品中看出了当时法国社会的全部历史

巴尔扎克,我认为他是比过去、现在和未来的一切左拉都要伟大得多的现实主义大师,他在《人间喜剧》里给我们提供了一部法国"社会",特别是巴黎"上流社会"的卓越的现实主义历史,他用编年史的方式几乎是逐年地把上升的资产阶级在一八一六年至一八四八年这一时期对贵族社会日甚一日的冲击描写出来,这一贵族社会在一八一五年以后又重整旗鼓,尽力重新恢复旧日法国生活方式的标准。他描写了这个在他看来是模范社会的最后残余怎样在庸俗的、满身铜臭的暴发户的逼攻之下逐渐灭亡,或者被这一暴发户所腐化;他描写了贵妇人(她们对丈夫的不忠只不过是维护自己的一种方式,这和她们在婚姻上听人摆布的方式是完全相适应的)怎样让位给专为金钱或衣着而不忠于丈夫的资产阶级妇女。在这幅中心图画的四周,他汇集了法国社会的全部历史,我从这里,甚至在经济细节方面(如革命以后动产和不动产的重新分配)所学到的东西,也要比从当时所有职业的历史学家、经济学家和统计学家那里学到的全部东西还要多。不错,巴尔扎克在政治上是一个正统派;他的全部同情都在注定要灭亡的那个阶级方面。但是,尽管如此,当他让他所深切同情的那些贵族男女行动的时候,他的嘲笑是空前尖刻的,他的讽刺是空前辛辣的。而他经常毫不掩饰地加以赞赏的人物,却正是他政治上的死对头,圣玛丽修道院的共和党英雄们,这些人在那时(1830—1836 年)的确是代表人民群众的。这样,巴尔扎克就不得不违反自己的阶级同情和政治偏见;他看到了他心爱的贵族们灭亡的必然性,从而把他们描写成不配有更好命运的人;他在当时唯一能找到未来的真正的人的地方看到了这样的人,——这一切我认为是现实主义的最伟大的胜利之一,是老巴尔扎克最重大的特点之一。

——节选自《马克思恩格斯选集》第 4 卷第 462—463 页,人民出版社,1972。

2. 列宁从《安娜·卡列尼娜》中看到了俄国历史的变动

托尔斯泰的时代,在他的天才艺术作品和他的学说里非常突出地反映出来的时代,是 1861 年以后到 1905 年以前这个时代。诚然,托尔斯泰的文学活动,是在这个时期开始以前开始,在这个时期结束以后结束的,但是作为艺术家和思想家的托尔斯泰,正是在这个时期完全形成的。这个时期的过渡性质,产生了托尔斯泰的作品和"托尔斯泰主义"的一切特点。

在《安娜·卡列尼娜》里,托尔斯泰借康·列文的嘴,非常清楚地表明了这半世纪俄国历史的变动是什么。

"……关于收成、雇用工人等等的谈话,列文知道,通常都认为是一种很庸俗的事情……现在对于列文,却是一些重要的事情了。'在农奴制下,或者在英国,这也许是不重要的。在这两种场合,条件本身已经是确定了的;可是现在在我们这里,当一切都翻了一个身,一切都刚刚开始安排的时候,这些条件将怎样形成的问题,就是俄国唯一重要的问题了。'列文这样想道。"

"现在在我们这里,一切都翻了一个身,一切都刚刚开始安排",对于 1861—1905 年这个时期，很难想象得出比这更恰当的说明了。那"翻了一个身"的东西，是每个俄国人都非常了解的，至少也是很熟悉的。这就是农奴制度以及与之相适应的整个"旧秩序"。那"刚刚开始安排"的东西，却是最广大的人民群众完全不熟悉的、陌生的、不了解的。托尔斯泰模模糊糊地觉得这个"刚刚开始安排"的资产阶级制度是一个像英国那样的吓人的怪物。的确是一个吓人的怪物，对于这个"英国"的社会制度的基本特点，这种制度同资本的统治、金钱的作用、交易的出现和发展等等之间的联系，可以说，托尔斯泰是根本不想弄明白的。他像民粹派一样，闭着眼睛，不愿意正视和考虑在俄国"开始安排"的东西正是资产阶级制度。

——节选自《列宁全集》第17卷第32—33页，人民出版社，1959。

思考练习题

一、什么是社会历史批评？
二、社会历史批评理论的特点是什么？
三、试从社会历史视角解读自己正在看或刚看过的文学作品。

第二节　道　德　角　度

一、基本理论

道德是道德(也称伦理道德)批评方法的基本角度和核心概念。道德批评是以一定的道德意识和伦理规范为标准，坚持用伦理道德观点观察文学现象，采用道德尺度来评价文学的批评方法。

1. 历史沿革

道德批评无论在中国还是西方，都有悠久的历史。在中国，孔子在《论语·为政》中评价《诗经》："诗三百，一言以蔽之，曰：思无邪。""思无邪"是说其中的思想感情符合当时的道德标准，纯正无瑕。对于音乐，孔子称赞《韶》乐尽善尽美，而认为"郑声淫"，因而他极力推崇韶乐而竭力排斥郑声（"逐郑声"）。这就是最早的道德批评。《毛诗序》对诗歌提出的要求是："经夫妇，成孝敬，厚人伦，美教化，移风俗。"把伦理道德作为一种重要标准提出来，而且上升到理论的高度。在中国文艺理论史上"文以载道"一直是主流观念，这里的"道"内容极为丰富，但毫无疑问包括伦理道德。

在西方，古希腊的柏拉图最早看到了文学对道德的影响，明确提出文学要"模仿德行"。与柏拉图一样，亚里士多德也十分重视文学的道德教化效果。他在著名的《诗学》中提出，悲剧作为一种文艺活动，其创作和演出要有明确的目的，即要使观众的情感得到"陶冶"，使人获得生活的教训，获得美感和道德净化。古罗马诗人兼批评家贺拉斯，提出了著名的"寓教于乐"的口号。他说："诗人的愿望应该是给人益处和乐趣，他写的东西应该给人以快感，同时对生活有帮助。……寓教于乐，既劝谕读者，又使他喜爱，才能符合众望。"可以说，道德教化效果是《诗艺》所有论述的核心，是贺拉斯艺术思想的出发点和落脚点。在西方文艺理论史上，此类论述源远流长，影响深远。19 世纪法国文学批评家斯达尔夫人甚至说"文学批评时常是一部伦理学概论"。这种思想直到今天仍在发挥着影响。

2. 主要观点

(1) 强调文学的道德教化作用。

中国古代从先秦起，一直以道德教化作用作为评价文学作品高低优劣的尺度，把道德教化放到至高无上的地位，西方亦然。例如，柏拉图在《理想国》一书里用四分之一的篇幅讨论文学，对于当时的文学作品几乎逐章逐句加以审查。结果发现，史诗、悲剧、喜剧都不符合他的标准。他认为这些作品亵渎神明、贬低英雄。神和英雄被写成浑身都是毛病，人所具有的邪恶品质在他们身上表现无遗。他们本应成为人类模仿和崇拜的对象，现在却成了坏榜样，只能引人学坏。柏拉图还认为当时的文学作品不是用理智去教育人，而是迎合人的情欲，放纵人的一切欲念，使人失去理性的控制，这样不利于培养人高尚的道德情操和正义的品格。基于以上原因，他主张把他认为效果不良的诗和诗人从"理想国"中驱逐出去，而欢迎"不仅能引起快感，而且对国家和人生都有效用"的作品进来。用现在的眼光看，柏拉图文学观的偏激和偏见是不言而喻的，原因是他那奴隶主贵族立场以及由此衍生的评价作品的标准。抽掉这些阶级的和历史的局限，从文学社会作用角度审视，他看到文学对国家对社会的巨大作用，并大力倡导文学的积极作用，力图消除文学的消极作用，这一思想无疑是应该肯定的。

(2) 注重文学作品道德意蕴的阐释和评价。

受教化论文学观的影响，作家创作注重道德倾向，批评家的批评自然也注重作品中的道德内容，中外皆然。

(3) 注重考察作家道德与文学作品的关系。

孔子说"有道者必有言"(《论语》)；王充说"德高而文炽"(《论衡》)；写作学中常说"做文必先做人""文如其人"。这些论述给人的感觉是有德者必能文，德高者文章一定也会好。不过事实并非全然如此，"文"和"人"肯定有内在联系，但没有必然联系。而这些理论如此流行，说明了注重道德与创作的关系是中国传统文艺理论的一个重要特点。

(4) 道德批评容易产生的偏颇是道德标准的守旧与偏执。

例如，《红楼梦》是中国古典小说中伟大的作品之一，其思想与艺术价值都是无与伦比的，但在封建时代却被思想观念陈腐僵化的道学家们齐声斥之为"淫"。陈其元在《庸闲斋笔记》中说："淫书以《红楼梦》为最，处处描摹痴男女性情，其字面绝不露一淫字，令人目想神游，而意为之移，所谓大盗不操干戈也。"

再如，莎士比亚和贝多芬是有定评的伟大的戏剧家和音乐家，在世界文学史、音乐史上具有崇高的地位，但托尔斯泰却不喜欢他们，对他们持激烈的否定态度。为什么呢？这是由托尔斯泰的道德观念决定的。他认为真正的艺术品必须具有正确的道德态度，而所谓正确的道德态度即现代宗教意识，即"全人类的兄弟般的友爱团结"，说到底是关于博爱的道德说教。托氏以此衡量莎士比亚和贝多芬，他认为他们缺少的正是这个，所以他彻底否定他们。根据这种观念，托氏还否定了但丁、歌德、拉斐尔等大艺术家，而且还毫不留情地否定了他自己。他把自己毕生的创作成果都归入失败的艺术一类，只有两篇小故事除外：《天网恢恢》和《高加索的俘虏》。托尔斯泰评人评已都很严格，但他的道德观念却是偏颇的，因而坚持标准越是严格越显出他的眼光狭隘。

二、道德角度解读作品经典案例

　　文学最动人的力量，文学最震动人类灵魂的力量，文学最能说服人的力量，我觉得是它的道德力量，是它的道德激情。当然，文学也是非常美丽的，这种美好的东西会让我们欣赏，让我们陶醉。文学也能给我们很多的知识，那些知识让我们赞美，让我们丰富。但是更震动人的，是它的道德上的激情，而这种激情呢，首先表现在忏悔救赎上。

　　这个在国外的一些作品里表现得特别明显。比如说托尔斯泰的名作《复活》里的聂赫留朵夫公爵。这个公爵呢，曾经在他姑妈家与他姑妈的侍女很轻率地发生了关系，并且使这个女孩怀了孕。最后这个女孩丢了工作，当了妓女，而且还牵扯到一件冤案中。聂赫留朵夫看到了这个情况之后，非常的痛苦，对自己的灵魂进行了很彻底的忏悔。从此他要办一件事，就是帮助这个女孩子，甚至陪着这个受冤枉的女孩子去流放。他要用自己的行为来救赎自己的灵魂。当然，这个观念与欧洲的基督教文化有密切的关系。基督教文化认为，人类本身都是有罪恶的。《圣经》里边还讲，你们没有权力攻击别人的罪恶，因为你也有罪恶；你没有权力用石头去砸那些淫乱的人，因为你自己也有可以让别人用石头砸的罪恶。这个观点对不对我们可以另外去讨论，但是西方确实有这么一种信念。至于聂赫留朵夫这样的，放弃了自己的一切，遭遇了各种苦难，就是为了忏悔自己对别人做下的错事，这一点是非常感人的。

　　再比如法国作家雨果的《悲惨世界》。这个冉阿让本身有过偷窃的行为，因为他姐姐的孩子太苦了，他为姐姐的孩子偷面包，被判了刑。在监狱里，他惦记着他们的家，又越狱回到家去，因为越狱而被加刑。他出狱以后，住在一个神父家里面。他偷了人家的银器，是白银的器皿，被警察抓住了。他没想到的是，结果那个神父出来作证说，"他没有偷我的东西，这是我送给他的一些小纪念品，这完全由我负责，你们不能带他走。"于是，冉阿让受到了剧烈的冲击，他忏悔自己的罪恶，从此，他变成了世界上最好的人。他隐姓埋名，到了一个城市，在那个城市他为大家办事，最后被选为市长。这个时候呢，一个密探捉到了一个失业的工人，那个失业的工人长得和冉阿让特别像，所以密探就把那个失业的工人当作逃犯冉阿让，要把他抓走。在这个关键时刻，冉阿让挺身而出，说我才是冉阿让，于是他重新进了监狱。当然，这是非常夸张的、非常强烈的一种描写。这种对忏悔的描写，对救赎灵魂的描写，有时候让人看得非常感动。

　　中国有没有类似的故事呢？应该说也有。比如说"周处除三害"的故事。说是周处的家乡有三害，一个是猛虎，一个是蛟龙，他把这两害都除了，可老百姓说我们还有一害，就是你，周处。因为周处力气很大，不学习，爱打架，动不动就伤人、害人。他听了以后，受到了很大的刺激，从此改变了自己的生活，纠正了自己人生的方向，变成了一个好人。中国还有所谓"浪子回头金不换"的故事。有一个孩子名字叫天宝，在寒冷之中读书冻僵了，被王员外所救。王员外见他是个读书人，被冻僵在寒风大雪里，就救了他。结果他在王员外家里有不良的表现，被王员外赶出门外。最后天宝改邪归正，有了成就，把他欠王员外的钱还给了王员外，而且自己考中了举人。

但是我们不妨比较一下，周处也好，天宝也好，中国这一类故事里，主人公改邪归正以后，或者做了官，或者有了钱，是从个人的前途出发。而欧洲的故事中描写的那两个，一个聂赫留朵夫，一个冉阿让，他们的表现更多的是为了自己的良心平安。只有做一个有道德的人，你的良心才能不受谴责，你才能对得起自己的良心。这方面的描写是值得我们深思的。《复活》里对那个姑娘玛丝洛娃的描写常常让我联想到一个中国的故事，我联想到什么呢？你们猜？《玉堂春》，苏三的故事。因为苏三是一个妓女，《复活》里玛丝洛娃也是一个妓女，她们俩——甚至还可以加上窦娥——都是被错怪的，冤枉她们毒死了别人。苏三有这个命运，窦娥有这个命运，《复活》里的玛丝洛娃也有这个命运。但是我们对比一下，《玉堂春》对故事的处理是喜剧化了，尤其是王金龙，和聂赫留朵夫一样——聂赫留朵夫是作为陪审员出现在法庭上，王金龙是作为主审官出现在法庭上。但是很遗憾，《玉堂春》的故事被喜剧化了，而聂赫留朵夫的故事是极大的悲剧。《窦娥冤》也是极大的悲剧，但是《窦娥冤》的故事并没有集中在一个忏悔与救赎的灵魂上，而是主要表现那个时代的权力的不合理、审案者的昏聩。它更多的是一种对社会的控诉，这些是不一样的。

和忏悔分不开的，还有一个很重要的道德观念，就是宽恕。因为你只有允许一个人忏悔，允许一个人救赎他的灵魂，他的一切忏悔所具有的道德力量才能够表现出来。于是就要有宽恕。同样是雨果，他六十岁以后写的一部很有名的长篇小说，叫作《九三年》。1793年，就是法国大革命的时候，叛军首领抢了三个儿童做人质，让革命军把他们放掉。革命军方面坚决不能放他。叛军首领逃跑了，跑的时候呢，他们这边正在着火，火快把那三个小孩子烧死了。他听到三个孩子的母亲撕肝裂胆的哭声，心里太痛苦了，赶紧跑回来把这三个孩子放了，不然这三个小孩子就要被火活活烧死了。但是，他跑回来的结果，就是被这边的革命军的司令给抓住了。革命军的司令非常受感动，说你是为了三个孩子才跑回来的，算了，我也把你放了。可是这样一来，他就违反了纪律。按照规定，这个释放敌军首领的司令要被处决。可是所有的人都来为他说情，说他是因为对方救助了三个儿童才把他放走的。这本书啊，写得跌宕起伏。雨果写怎样把这个司令释放，然后他又说，这些都是幻想，不可能把他释放，只能把他送上断头台。法国大革命的时候有一种断头机，还不是绞刑，那个断头机就像铡刀似的，从上面咔嚓下来，就身首异处。那个负责处决他的官员也是他的恩师，在下令处决他的同时，这个人也自杀了。写得非常之令人震动。尽管里边的描写从历史主义的观点来说，未必是正确的，但是这里透露出来的道德的力量，有它的震撼人心之处。

说到这种忏悔和救赎时，我觉得我们必须提到巴金老人在他晚年所写的《随想录》。巴金老人在"文化大革命"当中受到了许多侮辱和迫害，但是他写的《随想录》呢，并不仅仅是控诉，他也讲到了自己在"文化大革命"当中如何胆怯，如何盲目，如何有私心。他也意识到了自己的那一份道德责任，这是很不容易的。因为我们中国常常有这样的情形：一场运动来了，大家都跟着起哄，都跟着闹；等闹完之后大伙都跟着骂，说这错了那错了，都是别人错了，谁也不说自己有什么错。历史有曲折，我们每一个人对于历史也都有那么一点点责任。巴金正视了这份责任。

至于劝善惩恶，这在中国有很古老的传统。中国自古以来啊，就希望文学作品要有劝善惩恶的作用。中国有一个说法，叫"文言载道"；还有一个说法，文学作品"不关风化体，纵好也枉然"。也就是说，如果你的作品不能帮助人们起善心，不能改善风气，不能起教化的作用，那写得再好也是没有用的。所以，我们中国有大量作品，尤其是那些相对通俗的作品，都承认一条，就是好人好报，恶人恶报，天网恢恢，疏而不漏，不是不报，时候未到，时候一到，一个也跑不了。坏人做了坏事，总是有报应的。中国大量的故事都有这样一个二元对立的模式，就是清官最后要战胜贪官，忠臣最后要战胜奸臣，诚信的人最后要战胜骗子。有无数个这样的故事。包括很多断案的故事，都是告诉你被委屈、被诬蔑、被冤枉毕竟是暂时的，早晚会沉冤得雪。而坏人会受到社会、受到历史的惩罚，这方面的故事也很多。

这些道德化的小说里头，还有一点值得我们深思：道德首先是用来要求自己的，而不是只用来抨击别人、抨击社会的武器。要做一个有道德的人，应该先从自己做起，这是很多文学作品给我们的启示。

——节选自《王蒙文学十讲》第36—41页，上海文艺出版社，2009。

思考练习题

一、什么是道德批评？
二、道德批评的特点是什么？
三、从伦理道德角度解读当下一部以家庭生活为题材的小说、电影或电视剧。

第三节 文 化 角 度

一、基本理论

文化角度是文化批评(又称文化学批评、"文化研究"批评)的基本角度和核心概念。文化批评是一种从文化的角度考察文学现象、综合研究文学的文化性质的批评方法。它是在文化人类学的启发和推动下建立和发展起来的。文化批评不是把文学仅仅作为一定社会生活的反映或时代的产物，也不是将文学视为作家个人意识或无意识的产物，而是将其当作人类经验的一部分。文化批评关注的是文学的文化意义。与其他文学批评方法相比，文化批评具有更为广阔的视野，在时间和空间上有着充分的自由。它研究的是文学与人类文化的关系，旨在揭示文学现象所蕴含的深厚文化内涵。[1]

1. 历史沿革

从文化角度评论文学作品及文学现象古已有之。但作为现代意义上的一种批评方法，在西方，源于20世纪50年代英国的文化研究。文化研究是当时英国学者从传统的英国文学学科中逐渐发展而成的一门学科，代表人物是威廉姆斯和霍加特。1964年，霍加特在伯明翰创办了"文化研究中心"并首任主任，此后该中心进行了一系列迥异于传统文学批评的研究，开创了文化研究的先河。

---

[1] 王先霈. 文学批评原理[M]. 武汉：华中师范大学出版社，2000：118.

文化批评或文化研究，在我国兴起于 20 世纪 90 年代。此时，由于当代西方文化研究的理论与实践陆续被介绍到中国，并被运用于当代中国文学与文化研究，因而成为 20 世纪 90 年代以来社会—文化批评的主要话语资源之一。它催生了中国大陆的文化研究热潮，同时也对传统的文学观念与文学研究方法产生了极大冲击，并引发了文化研究(批评)与文学研究(批评)之关系的重大论争。可以说，20 世纪 90 年代以来中国人文学术(包括文学研究)之所以呈现出许多不同于 80 年代的新特点，文化研究视野的引入是其中的重要原因之一。

2. 主要特点

(1) 文化批评与传统文学批评的区别。

传统文学批评的特点是，批评对象是"文学"，其批评标准，一是考察文学的精神内涵；二是考察文学的审美方式。而文化批评的对象则是蕴含于文学作品中的文化意识。它只涉及精神内涵，不涉及审美方式，与心灵有关但与想象力、审美形式无关。换句话说，在进行文化批评的时候，必须悬置审美形式、想象力等要素，而直接面对文学作品的精神取向、思想观念、文化意识、人性原则等要素。总之，传统文学批评的重心是审美判断(美)，它的出发点是艺术感觉；而文化批评的重心是伦理判断(善)，其出发点不是艺术感觉，而是维系人类社会的共同价值规范。①

(2) 文化批评的具体运用。

由于文化的内涵宽泛广博，涉及面极广，因而文化批评在具体操作、具体运用时呈现出多姿多彩、丰富多样的特色。批评对象不同，批评的切入点也不同。最主要的有以下几个方面：一是探寻文学现象中特定民族的文化心理；二是揭示文学现象中的地域文化特征；三是发掘文学作品中的神话与仪式；四是注重展开文学的文化比较，剖析文学作品中的文化冲突与变迁。②

(3) 文化批评的优势和局限。

文化批评是一种新的正在发展、正在建构中的文学批评角度，有其自身的优势和局限。文化批评的优势是，注重对文学现象的整体的、比较的研究，开阔了人们的学术视野，拓宽了文学的研究领域，使人们能在人类文化纵横交错的参照系中把握文学丰富的文化内涵。它的局限是，较多地强调了文学作品的文化价值和文献意义，而忽略或不够重视文学作品本身的审美追求，因而未能很好地分辨艺术上的良莠。所以，文化批评应该与其他批评方法结合起来，才能全面阐释文学作品。

二、文化角度解读作品经典案例

精卫：知其不可而为之，尽人事而后心安

"精卫填海"原文：

又北二百里，曰发鸠之山，其上多柘木，有鸟焉，其状如乌，文首，白喙，赤足，名

---

① 刘再复. 文学八题[M]. 北京：中信出版社，2011：179-180.
② 王先霈. 文学批评原理[M]. 武汉：华中师范大学出版社，2000：122-126.

曰"精卫"，其鸣自詨。是炎帝之少女，名曰女娃。女娃游于东海，溺而不返，故为精卫，常衔西山之木石，以堙于东海。漳水出焉，东流注于河。

——《山海经·北山经》

译文：

再向北走二百里，有座山叫发鸠山，山上长了很多柘树。树林里有一种鸟，它的形状像乌鸦，头部有花纹，白色的嘴，红色的脚，名叫精卫，它的叫声像在呼唤自己的名字。传说这种鸟是炎帝小女儿的化身，名叫女娃。有一次，女娃去东海游泳，溺水身亡，再也没有回来，所以化为精卫鸟，嘴里经常叼着西山上的树枝和石块，用来填塞东海。浊漳河就发源于发鸠山，向东流去，注入黄河。

精卫填海是中国著名的上古神话之一。基于不同的研究视角，人们把它归于不同的神话类型，如危机原型、图腾崇拜原型、死而复生原型、复仇原型、女性悲剧原型等。根据划分的类型不同，对其意蕴的解释也就不同，不同解释见仁见智，各有道理。正如歌德所说，优秀作品是无论如何探测也探测不到底的。

对精卫形象的所有解释，这里不予置评，笔者只想从自己的阅读感受出发，试从文化学角度给出一种理解。

精卫，一只小鸟，何其小也；大海，茫茫无边，何其大也；一个极小，一个极大，反差非常大。换句话说，从经验常识来看，精卫想填平大海的行为是极为可笑、极为荒诞的，其愿望是永远不可能实现的。但是，精卫全然不顾这一冷酷的现实，只是一心一意，心无旁骛地去做自己想做的事业，完成自己的心愿，实现自己的梦想。

关于精卫的心愿，即行为动机，一般解释为复仇。这一解释符合人情事理，因而成为主流意见。但笔者认为，这似乎亦可以解释为精卫为了杜绝再发生类似自己这样的悲剧，决心倾己微薄之力要把大海填平，不管要为此付出多大努力，不管需要多长时间，都无怨无悔。这是一种多么伟大、多么崇高的愿望啊！由己及人，舍己为人，女性的善良、慈悲情怀，全在这里了。这难道不也是一种合情合理、顺理成章的解释吗？！

明知不可为仍执意为之，原因者何？不为别的，为圆梦也，为心安也。这里没有现实的、功利的考虑，不为任何现实的功利目的。若从现实的功利视角来看问题，人们可以尽情嘲笑精卫天真、幼稚、狂妄、无知、迂腐、愚昧，甚至愚蠢。但是换个角度，从文化、从审美、从精神角度来看，这是先民的一种灵魂吁求，一种精神表达。自己不幸了，不能让他人也不幸；自己牺牲了，不能让他人跟着再有无谓的牺牲。为了避免自己的悲剧重演，自己愿意为之而付出努力。

这种崇高愿望促使、支配、呼唤人们去行动，去奋斗，成败得失在所不计，只求慰藉自己的心灵——尽人事而后心安。这是一种多么坚强的意志，多么高贵的品质！

关于"精卫填海"及《山海经》的文化意蕴，学者们曾作过深入探讨，认为《山海经》产生于天地草创之初，其英雄女娲、精卫、夸父、刑天等，都极单纯，他们均是失败的英雄，但又是知其不可为而为之的英雄。他们天生不知功利、不知算计、不知功名利禄，只知探险、只知开天辟地、只知造福人类。他们是一些无私的、孤独的、建设性的英雄。他们代表着中华民族最原始的精神气质，他们的所作所为说明中华民族有一个健康的童年，他们所做的大梦也是单纯的、美好的、健康的大梦。

　　精卫形象所体现的精神气质，在中国上古神话传说中比比皆是。例如，盘古"垂死化身"为天地万物为人类服务；女娲冒险补天，奉献终生造福人类；神农亲尝百草，以身试毒造福大众；大禹治水舍生忘死，三过家门而不入……

　　从文化，从心灵，从审美，从精神角度理解"精卫填海"及《山海经》等"荒诞不经"的神话故事，就可以理解历史上和现实中有那么多人所从事的伟大事业——虽然不可能达到任何现实的功利目的，但依然全身心投入，坚持不懈，乐此不疲；就可以理解他们"知其不可而为之"行为的深处，是"尽人事而后心安"的豁达。他人利益至高无上，全力以赴而后心安，这是中华民族原典文化中最精华、最高贵的理念。

　　最让人感动不已的是，填海的事业不是别人派给精卫的，而是她主动为自己设置的。她把为他人创造福祉定为自己的责任，这是不折不扣以天下为己任的担当。这种精神，与基督的救世情怀和佛祖普度众生的慈悲之心，从精神实质上看不但没有区别，而且还更深(高)一层。因为基督与佛祖都是领袖级别的伟人圣人，他们为世人担当理所当然；而精卫，是一只微不足道的小鸟，虽位卑但却主动担大任。这种崇高的情怀感人至深。

　　宽广的胸襟，无私的境界，伟大的精神！伟哉！中华文化！

思考练习题

　　一、什么是文化批评？
　　二、文化批评与传统文学批评的区别是什么？
　　三、文化批评主要从哪几个方面评论作品？
　　四、文化批评的优势和局限是什么？
　　五、试从文化角度解读一篇文学作品。

第四节　心　理　角　度

一、基本理论

　　心理是心理学批评方法的基本角度与核心概念。心理学批评也称心理分析批评、精神分析批评，是由弗洛伊德于20世纪初开创，随后盛行于欧美的一种批评理论流派。该批评流派是汲取心理学的研究成果，从心理角度研究文学活动和文学现象的一种批评方法。其评论分析的对象主要有：创作活动中的作家心理，文学作品中的人物心理，文本结构等艺术形式中所蕴含的心理，读者的欣赏心理，等等。

　　1. 历史沿革

　　从历史上来看，从心理角度分析、考察文学现象由来已久。我国古代六朝时期陆机的《文赋》和刘勰的《文心雕龙》中对作家创作心理("文心")的分析就是明证。其他如钟嵘的《诗品》、严羽的《沧浪诗话》、叶燮的《原诗》，以及"虚静说""发愤著书说"

"不平则鸣说""性灵说""童心说"等都蕴含着丰富的心理学思想。在西方，古希腊的柏拉图把作家创作时的心理状态描述为"灵魂在迷狂状态中对于天国或上界事物难得的回忆和观照"。用现代心理学的眼光看，所谓"对于天国或上界的回忆"，其实就是作家个人的经验、记忆、意识和潜意识的显现；所谓"灵魂迷狂"其实就是一种高峰体验状态。亚里士多德在《诗学》中提出悲剧的"怜悯""恐惧""宣泄""净化"等概念，都是从观众心理角度对悲剧作用的描述。他们分别开创了从心理角度研究创作和欣赏的先河。

现代意义上的心理学是从 1875 年冯特在德国莱比锡大学建立人类历史上第一个心理学实验室开始的。其后，随着心理学研究的不断深入，人们逐渐开始从心理角度研究文学艺术，尤其是 20 世纪弗洛伊德精神分析理论的诞生并成功地运用于文学艺术批评之中，开创了精神分析批评流派，产生了世界性影响。从此，心理批评逐渐发展壮大，成为一种受到人们高度重视的文学批评方法。

2. 主要观点

(1) 弗洛伊德的基本理论。

心理学批评方法中影响最大、成就最高的是精神分析学的文学批评，代表人物有奥地利的弗洛伊德、瑞士的荣格、法国的拉康、美国的霍兰德等。这里主要介绍弗洛伊德的基本理论。

其一，意识结构理论。

弗洛伊德把人的心理结构分为三个层面：(显)意识、前意识、潜意识(无意识、下意识)。意识是可以觉察并能够认知的部分，或者说是自觉的、清醒的自己可以把握的部分，平时叫理性、理智；潜意识处于心理结构深层，是人们不能认知或没有认知到的部分；而前意识是介于二者之间的边缘部分，它虽然暂时是无意识的，但是比较容易转化为意识。

弗洛伊德心理结构理论最引人注意的地方是，他认为人的潜意识的核心内容是"性"：性本能、性冲动、性欲望。性的本能被文明所压抑，久而久之成为潜意识。弗洛伊德认为人的心理结构好比一座冰山：(显)意识只是露出水面的一小部分，而潜意识则是藏在水下面的大部分。

潜意识是弗氏精神分析理论的核心概念，它虽然不是弗氏第一个提出，但却是弗氏第一个赋予其新的含义，使它成为心理学中最醒目的概念。

其二，人格结构理论。

弗洛伊德的人格结构理论是他早期意识结构理论的变化和修正。人格结构理论把人格的构成分为三个层次：本我、自我、超我。"本我"是最原始的、无意识的心理结构，由遗传的本能和性欲构成，它无视理性和社会规范，追求不受任何约束的本能欲望的满足，遵循的是"快乐原则"；"自我"的任务是在本我和现实环境中起调节作用，将那些不能被社会接纳的东西压抑到无意识中去，代表着理性和常识；"超我"是理想化的"自我"，代表理性、道德和良知。

人格结构中三个层次相互作用、相互制约，其中本我的原始本能冲动是最有活力的力量，它要求先天需要即本能的满足，这样势必与社会规范、社会道德相冲突。而超我的作用就是限制、约束甚至压抑本能的冲动。自我则出面协调这两种相互对抗的力量，使我们的行为符合规范，即成为正常的人。我们平常说"活得累"，就是因为处于两种力量的夹缝中，时时需要协调两种力量的挤对。人格结构中三种力量的相互作用，构成了人的心理活动最本质的内容。

其三，梦的理论。

梦的理论是弗洛伊德精神分析学说的另一个重要内容。弗氏关于梦的理论主要体现在他的名著《梦的解析》中。其主要观点是：人的许多愿望，尤其是性的欲望，由于与社会伦理道德规范相冲突而不得不被压抑到无意识之中。压抑并不等于消除，它时时在寻找释放的途径。于是在睡梦中当道德理性放松监督时，欲望便以各种伪装的形象偷偷潜入无意识层面，因而成梦。换句话说，在现实生活中得不到满足的欲望，采取迂回的方式表现于睡梦中——俗称"日有所思，夜有所梦"。因此，弗氏认为，梦的本质就是一种(被压抑的)愿望的(伪装起来的)满足。

由于梦所表现的是被压抑的本能欲望，所以它必须采取伪装的形式，因此梦的内容分为"显现内容"与"潜在思想"两部分。显现内容是我们所记得的梦中形象或事件，潜在思想是隐藏在那些形象或事件之下的欲望。

(2) 弗洛伊德与文学批评。

弗洛伊德把精神分析学说创造性地运用于艺术、哲学、宗教问题的讨论，其中他最擅长、最乐意做的，是运用他的心理学理论分析文学作品，这样做令他取得了令人耳目一新的研究成果。

其一，作家与白日梦。

弗洛伊德认为文学艺术与梦有许多相同之处。例如，梦表现的是人的被压抑的欲望，而文艺的实质其实也是被压抑的本能冲动的升华，具有梦境的象征意义；梦的显现内容与潜在思想之间的关系犹如文学作品的形式与意义之间的关系，它们都是通过伪装或象征手段来表现其意义。他在《创作家与白日梦》一文中提出，白日梦就是人的幻想，幻想与艺术创作活动有其一致性。首先，作家的无意识领域和一般人一样充满了种种受到压抑的欲望。其次，这些欲望构成了强大的内驱力，促使他把它转移到艺术中去，在创作活动中通过人物活动和艺术情景得到宣泄，或者说得到象征性的满足，从而得到心理上的升华(快感)。

文学创作是欲望的表现，作家通过艺术创作使本能欲望经过伪装得到满足和升华，这就是弗洛伊德对作家创作动机的揭示，也是弗氏的创作动力学。

其二，俄狄浦斯情结。

俄狄浦斯情结又称恋母情结，是弗氏在分析古希腊剧作家索福克勒斯的《俄狄浦斯王》时提出的一个重要概念，用来命名男孩对母亲的乱伦欲望和对父亲妒忌、仇恨的心理。弗氏用俄狄浦斯情结分析了三部文学名著：索福克勒斯的《俄狄浦斯王》、莎士比亚的《哈姆雷特》和陀思妥耶夫斯基的《卡拉马佐夫兄弟》，指出这三部作品的共同主题是俄狄浦斯情结，即这三部作品都表现了弑父，而弑父的动机都为了争夺女人。例如，他认为莎士比亚笔下的哈姆雷特之所以迟迟不能杀死曾经杀死他父亲娶了他母亲的叔叔克劳狄斯，就因为他自己内心深处也有这种愿望，在内心深处他比他叔叔好不了多少，所以这种心理驱使他复仇的敌意被自我谴责和良心的顾虑所代替。弗氏认为俄狄浦斯情结具有普遍性和深刻性，他用它来说明创造性作家的心理冲动的最深层。

其三，分享说。

弗洛伊德认为作家把自己的无意识欲望(主要是性心理)投射到文学作品中，而读者也把自己的无意识欲望投射到其所欣赏的作品中。于是，文学作品中表现的无意识活动，在读者身上引起了类似的活动，读者从中得到了满足和享受。在这里，性成了沟通作家与读者的桥梁，两心默契，心心相印，此之谓分享说。

(3) 心理批评的实践。

其一，探讨作家的创作心理。

精神分析特别关注作家的创作动机，把目光投射到作家的无意识心理。因此十分注重对作家各种生平资料的收集和分析，通过分析，理解并把握作家的各种癖好以及内心的冲突和痛苦，尤其是性欲上的压抑。精神分析还特别注重作家童年生活的材料，认为儿童时期的记忆对创作具有无法估量的作用。

其二，分析人物的心理结构。

文学作品中的人物心理是现实生活中人物心灵的投射和表现，是艺术世界的生命跃动，是一种动态构成的有机系统。分析人物形象的心理，包括对人物心理矛盾、心理流程和性格系统的分析。

其三，意象、结构等艺术因素的心理分析。

文学作品中的心理分析离不开作品的诸要素。例如，抒情文学之意象、情景、意境，叙事文学之人物、情节、环境，以及作品的形式要素结构、语言、表现手法等。总之，艺术品的各种要素里均包含可以分析的心理内涵。

(4) 弗洛伊德精神分析的局限。

弗洛伊德的精神分析学说对于理解人的心理及理解文学艺术活动具有深刻的意义，尤其是他揭示了人的深层心理结构，展示了人类精神活动的复杂性，对人类认识自我有着卓越的贡献。但是，他发现了一个真理却把它无限夸大，紧盯人的本能因素，排斥了人的心理与社会之间的复杂而又深刻的关系。同时，弗洛伊德说他对艺术形式不感兴趣，因而他对文学作品的分析从来不考虑作品的色调、感情、风格以及其他艺术因素，从来不考虑作品的审美价值，这显然是偏执而片面的。而且，精神分析批评中没有道德评价、历史评价和社会评价，这又是精神理论的一个无法弥补的死角。

二、心理角度的实际运用

以往的心理批评也关注作家，但往往只考虑他们的常态心理建构，而未注意或直接无视作家的无意识心理。精神分析首次将目光投射到作家的无意识领域，对影响作家创作的无意识心理作了细微的阐发。

精神分析在对作家的研究中十分注重对作家各种资料的收集和分析，从中探讨作家的创作心理，尤其是创作动机(内容见上述"心理批评的实践"其一)。

在了解作家生活经历特别是童年生活的基础上，精神分析要求反观作家的作品，以揭示这些文本中暗藏的意义或深层的内容。精神分析批评认为作品是作家受到压抑而创作的产物，它记录了作家的隐秘和痛苦。例如，卡夫卡的"孤独三部曲"(《美国》《审判》《城堡》)都是存在主义作品，里面的主人公都是对社会权威既有怨恨又无意反抗、逆来顺受的弱者,"像一条狗似的"。从精神分析的角度来看,这些人物的表现都印上了作者和他父亲关系的影子。作者把他父亲视为权威,不管这个权威怎样不合理,他都忍气吞声,宁可"死得像一条狗似的",也不反抗。卡夫卡自己也说,他所有的作品都与他父亲有关系。这一分析揭示了卡夫卡创作中的特殊心态。

英国女作家奥斯丁的作品曾以她在"三寸象牙"上的精细的刻画和微妙的反讽而著称。不过,从精神分析的角度,我们又看到了这位女作家的无意识层面。她的小说大部分是写女孩子找丈夫的故事,这正是这位女作家的幻想。并且,小说(除《傲慢与偏见》外)中的女孩子大多找的是年纪大得足以当她们父亲的有钱的丈夫。奥斯丁小说的这一模式正是她恋父情结的宣泄。

无独有偶。我国作家张洁作品中也存在着"恋父情结"的阴影。她的小说形成了一种"老夫少妇"的婚姻或爱情模式,以一个年轻、纤弱、典雅的女子和一个年长、宽厚、深沉的男子的互相吸引和爱恋为故事的基本线索。在《爱,是不能忘记的》《沉重的翅膀》《七巧板》等小说中我们都可以发现这种情结。这与张洁幼年失去父爱有着某种深层的联系,她常常在内心编织着关于父亲的美好梦幻。不过,这种流露在大多数情况下是缺乏意识特征的。

当然,对作家创作中的无意识探讨应该是多场面的,生的本能,死的本能,攻击本能和自卑情结等在作品中也有不同程度的呈现。弗洛伊德本人后期也认识到这一问题,并作了补充阐释。

对作家的无意识领域的研究是理解作家创作的一个重要方面,甚至可以说是一个很重要的方面。如果我们在对海明威、普鲁斯特、乔伊斯等人的研究中忽视他们复杂的人格和心理结构,就无法真正认识这些作家。即使像巴尔扎克、托尔斯泰、曹雪芹这样的现实主义大师,如果我们不注意他们的无意识心理,不研究他们的气质、欲望和本能,也很难对他们作出全面真实的评价。[1]

也有人从作品的艺术描写手法透视作家的心理内涵,如余光中发现朱自清散文中喜欢用女性意象,对此,他作了如下心理分析。

朱自清先生文里的意象,除了好用明喻而趋于浅显外,还有一个特点,便是好用女性意象。前引《荷塘月色》的一二两句(1. 叶子出水很高,像亭亭的舞女的裙。2. 层层的叶子中间,零星地点缀着些白花……正如一粒粒的明珠,又如碧空里的星星,又如刚出浴的美人。)里,便有两个这样的例子。这样的女性意象实在不高明,往往还有反作用,会引起庸俗的联想。"舞女的裙"一类的意象对今日的读者的想象,恐怕只有负效果了吧。"美人出浴"的意象尤其糟,简直令人联想到月份牌、广告画之类的俗艳场面;至于说白莲又像明珠,又像星,又像出浴的美人,则不但一物三喻,形象太杂,焦点不准,而且三种形象都太俗滥,得来似太轻易。用喻草率,又不能发挥主题的含意,这样的譬喻只是一种装饰而已。朱氏另一篇小品《春》的末段有这么一句:"春天像小姑娘,花枝招展的,笑着,走着。"这句话的文字不但肤浅,浮泛,里面的明喻也不贴切。一般说来,小姑娘是朴素天真的,不宜状为"花枝招展"。《温州的踪迹》第二篇《绿》里,有更多的女性意象。像《荷塘月色》一样,这篇小品美文也用了许多譬喻,十四个明喻里,至少有下面这

---

[1] 王先霈. 文学批评原理[M]. 武汉:华中师范大学出版社,2000:110-112.

些女性意象：

她松松地皱缬着，像少妇拖着的裙幅；她轻轻地摆弄着，像跳动的初恋的处女的心；她滑滑地明亮着，像涂了"明油"一般，有鸡蛋清那样软，那样嫩，令人想着所会触过的最嫩的皮肤……那醉人的绿呀！我若能裁你以为带，我将赠给那轻盈的舞女；她必能临风飘举了。我若能把你以为眼，我将赠给那善歌的盲妹；她必明眸善睐了。我舍不得你；我怎舍得你呢？我用手拍着你，抚摩着你，如同一个十二三岁的小姑娘。我又掬你入口，便是吻着她了。

类似的譬喻在《桨声灯影里的秦淮河》中也有不少：

那晚月儿已瘦削了两三分。她晚妆才罢，盈盈地上了柳梢头……岸上原有三株两株的垂杨树，那柔细的枝条浴着月光，就像一支支美人的臂膊，交互地缠着，挽着；又像是月儿披着的发。而月儿也偶然从它们的交叉处偷偷窥看我们，大有小姑娘怕羞的样子……电灯的光射到水上，蜿蜒曲折，闪闪不息，正如跳舞着的仙女的臂膊。

小姑娘，处女，舞女，歌妹，少妇，美人，仙女……朱自清一写到风景，这些浅俗轻率的女性形象必然出现笔底，来装饰他的想象世界；而这些"意恋"(我不好意思说"意淫"，朱氏也没有那么大胆)的对象，不是出浴，便是起舞，总是那几个公式化的动作，令人厌倦。朱氏的田园意象大半是女性的，软性的，他的譬喻大半是明喻，一五一十，明来明去，交待得过分负责："甲如此，乙如彼，丙仿佛什么什么似的，而丁呢，又好像这般这般一样。"这种程度的技巧，节奏能慢不能快，描写则静态多于动态。朱自清的写景文，常是一幅工笔画。

这种肤浅而天真的"女性拟人格"笔法，在二十年代中国作家之间曾经流行一时……朱自清的散文，有一个矛盾而有趣的现象：一方面好用女性的意象，另一方面又摆脱不了自己拘谨而清苦的身份。……例如，在"桨"文里，作者刚刚谢绝了歌舫，论完了道德，在归航途中，不知不觉又陷入了女性意象里去了："右岸的河房里，都大开了窗户，里面亮着晃晃的电灯，电灯的光射到水上，蜿蜒曲折，闪闪不息，正如跳舞着的仙女的臂膊。我们的船已在她的臂膊里了。"在"荷"文里，作者把妻留在家里，一人出户赏月，但心中浮现的形象却尽是亭亭的舞女，出浴的美人。在"绿"文里，作者面对瀑布，也满心是少妇和处女的影子，而露骨的表现是"我用手拍着你，抚摩着你，如同一个十二三岁的小姑娘。我又掬你入口，便是吻着她了。我送你一个名字，我从此叫你'女儿绿'，好么？"用异性的联想来影射风景，有时失却控制，甚至流于"意淫"，但在二十年代的新文学里，似乎是颇为时髦的笔法。这种笔法，在中国古典和西方文学里是罕见的。也许在朱自清当时算是一大"解放"，一小"突破"，今日读来，却嫌它庸俗而肤浅，令人有点难为情。朱自清散文的滑稽与矛盾就在这里：满纸取喻不是舞女便是歌妹，一旦面临实际的歌妓，却又手足无措；足见众多女性的意象，不是机械化的美感反应，便是压抑了的欲望之浮现。

——节选自余光中的《论朱自清的散文》，《名作欣赏》1992 年第 2 期。

思考练习题

一、什么是心理学批评？
二、弗洛伊德的意识结构理论、人格结构理论、梦的理论的内容是什么？
三、心理学批评主要从哪几个方面分析作品？
四、心理学批评的优势和局限是什么？
五、从心理学角度分析《聊斋志异》中为什么频繁出现狐狸精变美女的情节。

第五节　原型角度

一、基本理论

原型是原型批评(也称神话原型批评)的基本角度和核心概念。原型批评是 20 世纪五六十年代流行于西方的一个十分重要的批评流派。其主要创始人是加拿大的弗莱。原型批评的理论基础主要是荣格的集体无意识理论和弗雷泽的人类学理论。在批评实践中，原型批评试图发现文学作品中反复出现的各种意象、叙事结构和人物类型，找出它们背后的基本形式，试图挖掘其中具有普遍意义的深层意蕴。批评家们强调作品中的神话类型，认为这些神话同具体作品比起来是更基本的原型，并把一系列原型广泛应用于对作品的分析、阐释和评价。

1. 历史沿革

原型批评诞生于 20 世纪初，兴盛于 50 年代，于 60 年代达到高潮，对文学研究产生了很大影响。然而自 20 世纪 70 年代以后，原型批评的理论与方法随着结构主义批评的兴起逐渐失去影响。文学批评界有人试图从其他角度对原型批评进行重新解读、阐释和重构，研究它与文化研究及其他当代批评理论的关系，尤其是其整体性文化批评倾向及其对文化批评的启蒙影响等问题。

2. 主要观点

原型批评的理论渊源，一般认为主要有英国学者弗雷泽的文化人类学理论，瑞士心理学家荣格的集体无意识概念和原型理论，加拿大学者弗莱的批评理论。上述几种理论都相当复杂，全面介绍既不可能也没必要。这里主要介绍荣格的原型理论。原因有三：第一，荣格是"原型"概念的最早提出者和详细阐述者，而且正是他把原型理论成功用于文学批评并启发了广大文艺理论和美学研究者；第二，荣格的原型理论至今在具体的文学批评实践中仍然发挥着现实作用，仍然是批评家经常乐于采用的批评角度，换句话说，原型批评至今仍有生命活力；第三，相对比较好懂，容易被广大读者接受。

(1) 集体无意识学说。集体无意识是荣格心理学的核心概念。荣格曾追随弗洛伊德多年，也是精神分析学的创始人之一，后来由于不同意弗洛伊德把潜意识仅仅解释为性本能、性意识，而脱离弗洛伊德，另立学派。针对弗洛伊德的个人无意识理论，荣格将心理分析扩大到超个体、超历史的人类群体，提出了集体无意识概念。

所谓集体无意识，是指一种种族原始时期产生而遗留下来的普遍精神。荣格解释说："或多或少属于表层的无意识无疑含有个人特性，我把它称之为'个人无意识'，但这种个人无意识有赖于更深层的一层，它并非来源于个人经验，并非从后天中获得，而是先天地存在的。我把这更深的一层定名为'集体无意识'。选择'集体'一词是因为这部分无意识不是个别的，而是普遍的。它与个性心理相反，具备了所有地方和所有个人皆有的大体相似的内容和行为方式。换言之，由于它在所有人身上都是相同的，因此它组成了一种超个性的心理基础，并且普遍地存在于我们每一个人身上。"[①]

关于个人无意识与集体无意识的关系，荣格有个形象的比喻：前者就像地面上的房子，而后者就像房子下面的地基；房子明显地展示于人们的面前，而地基却比房子更厚实、更宽广、更内在。

在荣格看来，在文学创作过程中，每个作家都具有两重性，一方面，他是一个有私生活的个人，他可以有一定的性情、意志和个人目的；另一方面，他又不完全受个人意识的控制，而常常受到一种沉淀在作家无意识深处的集体心理经验的影响，他成为一个更高意义的人——一个集体的人，一个负荷并造就人类无意识精神生活的人。换句话说，作家是以个人身份表现人类的无意识。因此，对文学作品的分析不在于探寻作家的个人无意识，而在于探寻作品中的集体无意识。他本人就曾用这一理论多次精彩地分析过许多文学作品。

(2) 原型理论。集体无意识作为人类自原始社会以来世世代代的普遍性心理经验，其本身是看不见、摸不着的，无从把握，于是荣格又把集体无意识的内容称为"原型"。根据荣格的解释，原型是"自从远古时代就已存在的普遍意象"，原型作为一种"种族的记忆"被保留下来，使每一个作为个体的人先天就获得一系列的意象和模式。荣格说："原始意象或者原型是一种形象(无论这形象是魔鬼、是一个人还是一个过程)，它在历史过程中是不断发生并且显现于创造性幻想得到自由表现的任何地方。因此，它本质上是一种神话形象。"[②] 由此看来，在荣格这里，集体无意识表现为原型，原型表现为意象，三者是内容与形式的关系，三位一体。

为了阐述集体无意识的内涵，荣格列举了诸多原型，这些原型都以"意象"的形式表现出来，如英雄原型、儿童原型、上帝原型、魔鬼原型、智叟原型、大地母亲原型，以及许多自然物如树林原型、太阳原型、月亮原型、动物原型等。

(3) 荣格原型理论的贡献与局限。荣格的集体无意识概念的提出，使人类对自身的深层心理的认识从个体走向群体，从单一的性意识走向广阔领域，从而使人类的深层心理获得了空间和时间上的两度开拓，这是荣格的高明之处。但是，从荣格的整个理论体系和他所举的例子来看，他似乎太看重集体无意识的原始发生，太看重生理遗传作用了。他的两眼死死盯在"原始"性上，而把"原始"到现今的历史发展给忽略了，因而留下了一大段空白。

历史唯物主义认为，任何社会观念、思想意识都是历史地形成的，它是人类历史发展的层层积淀，是人类社会发展的结晶。当然我们也看到，荣格也并不否认集体无意识中历

---

① 荣格. 心理学与文学[M]. 北京：生活·读书·新知三联书店，1987：52.
② 荣格. 心理学与文学[M]. 北京：生活·读书·新知三联书店，1987：120.

史积淀的因素。但他只看到了"原始"(假定"原始"有一个大体时间界限的话)以前的历史，看到了生物向人的进化史，看到了史前史，而不是文明史，不是阶级社会以后的人类史，所以他的历史观念是不彻底的。因而，当我们借鉴荣格的集体无意识和原型理论以研究人的深层心理，从而用来评论文学作品的时候，就不得不将它的原始凝固性涣化开来延展到整个历史进程。

换句话说，我们不仅要看到原始的集体无意识，还要看到社会历史因素积淀的集体无意识，而后一种无意识也叫文化无意识，它一般体现在社会心理、民族心理、民族性格、风俗习惯中。

下面我们所举的例子中就包括了这样两种集体无意识，而批评家们从作品中发现更多的，是文化无意识。

二、原型角度解读作品经典案例

1. 中西悲剧差异中蕴含的文化无意识

我国传统的悲剧与西方悲剧有很大的不同。从结构方式上来说，西方悲剧往往在主人公遭到不幸时以大悲结局；而中国悲剧讲究团圆之趣，在主人公遭到不幸之后，往往给予一线光明，或以团圆结局。例如，《窦娥冤》的"伸冤昭雪"，《赵氏孤儿》的"孤儿报仇"，《汉宫秋》的"团圆梦境"，《清忠谱》的"锄奸慰灵"，《长生殿》的"蟾宫相见"，《祝英台》的"双蝶飞舞"，等等。团圆结局几乎已经成了我国传统悲剧的普遍模式。

为什么会有如此区别呢？王国维在《〈红楼梦〉评论》中进行了分析。他说这是由于"吾国人之精神，世间的也、乐天的也。故代表其精神之戏曲小说，无往而不著此乐天之色彩，始于悲者终于欢，始于离者终于合，始于困者终于亨"。① 现代戏剧理论研究者认为，王国维用民族乐观主义精神去解释中国悲剧是非常深刻的。因为乐观主义精神正是中华民族的民族性格，正是有了这种性格，中华民族才能在任何艰难困苦的局面下顽强奋斗，没有丝毫悲观失望的情绪，而是充满了必胜的信念：当"四极废，九州裂"之时，有女娲来"炼石补天"；当"洪水渊薮，自三百仞以上"之时，有大禹来"息土填洪"；天旱"禾焦"，后羿能把毒日射下；女娃溺于东海，死后化为灵鸟，每天衔石不止，誓把大海填平……我们祖先在上古时代形成的乐观主义精神在后世不断地发扬光大，使我们的民族处于极度困难之时看到光明看到希望。另外，我们的民族性格中还有心地善良、爱憎分明的一面。这样的民族精神和民族性格，对我国古典悲剧的创作和观众的欣赏心理均有直接的影响。好人遭到了不幸，观众总是为他(她)鸣不平，总希望他(她)有个好的结局。即使好人悲惨地死了，观众还是于心不忍，总希望死后能有所报偿，企求一些精神上的安慰。作者为了满足这种要求，所以常常以"团圆"结局。由此我们看到，希望看到"大团圆"的心理是有民族性格为依据，亦即以文化无意识为背景的。

——节选自胡山林的《文艺欣赏心理学》(修订本)第 178—179 页，
河南大学出版社，1999。

---

① 阿英. 晚清文学丛钞：小说戏曲研究卷[M]. 北京：中华书局，1960：112.

2. 新时期作家笔下理想的女性形象冥冥中为什么如此一致

文学评论家宋永毅先生在《当代小说中的性心理学》(《文学评论》1985 年第五期)一文中，对 20 世纪 80 年代作家笔下作为审美理想载体的女性形象(余丽娜、陆文婷、冯晴岚、凌雪、袁静雅、童贞、金竹、胡玉音……)作了一番考察，发现她们的外貌体态乃至神情气质都有着一脉承传的相似：她们大多"生来苗条纤细，看上去弱不禁风"(陆文婷)，而且"多病"(如冯晴岚、余丽娜、袁静雅等)；她们又全都那么温善娴静，"具有一种特别的恬静美"(冯晴岚)；"素来是从容的、沉静的""坐在对面的椅子上，安静得像一滴水"(陆文婷)；"不喊不叫，脸上甚至还挂着甜蜜蜜的笑容，说话温柔好听"(童贞)；"娴淑是她的本色"(袁静雅)；"温柔得简直像没有脾气的人"(余丽娜)……在肖像上，她们又大都有"秀气的眉，端正的鼻子，加上乌黑的头发"(冯晴岚)，还有一双深沉的、闪露情愫的眼睛；"长着一双目光非常沉稳和善的眼睛，一个端正、秀美、光泽和神气的鼻子"(凌雪)；"一弯柳叶眉，……那双会说话的丹凤眼神，时而深沉，似乎在思索什么？时而不安，似乎又在担心着什么？"(金竹)；"她的眼神是温润的、绵软的，里面透出来的愁苦多于欢乐"(童贞)；"漆黑的美发""温柔的含着笑意的眼睛"(陆文婷)……

当这些描写分散地存在于各个作品中，我们或者发现不了什么，可是当把它们集中起来综合考虑时，就会发现点什么。从这一个个读者所喜欢的古典东方女性的体态、神韵、气质里，我们似乎又看到了乌发明眸、娴静温柔且纤弱多病的崔莺莺、杜丽娘和林黛玉。

生活中的女性外貌及性格绝不会一模一样，但几十个作家笔下的理想女性竟如此地不约而同，在冥冥之中起作用的难道不是历史积淀的传统审美心理吗？！

——节选自胡山林的《文艺欣赏心理学》(修订本)第 180—181 页，
河南大学出版社，1999。

3. 月亮原型的象征意义

月亮是古今中外文学艺术作品中最常见的意象(原型)之一，作家、艺术家好像对月亮情有独钟；读者也一样，看见月亮就心动。为什么呢？深入挖掘就可以发现其中潜藏着的集体无意识。每当看到"月亮"出现，人们心中就会涌起诸多微妙复杂的情思意绪。这种种情思意绪可能会因时代、社会、个人经验的不同而有所区别，但其基本意味、基本情调、基本趋向是一致的。粗略分析起来，"月亮"原型大体上蕴含了如下一些基本意味。

其一，"月亮"象征了宇宙的永恒和神秘。"江天一色无纤尘，皎皎空中孤月轮"，此情此景能不令人遐想吗？空中明月把人的思绪引向苍穹引向宇宙引向神秘。"江畔何人初见月？江月何年初照人？"……无数的疑问没有人能够回答，它们是永恒之谜。人们所知道的只是："如月之恒，如日之升""天高地迥，觉宇宙之无穷"。

其二，"月亮"的升沉圆缺，周而复始，循环不已，暗合了人类代代相传、绵延不绝、生生不息的生命意识，正所谓"人生代代无穷已，江月年年只相似"。

其三，与生生不息的生命意识相反，月亮的永恒与人生有限的强烈对比，又引发人们生命短暂、人生无常的惆怅和感叹("今人不见古时月，今月曾照古时人")。

其四，月亮的阴晴圆缺时时在转移变化，象征着人生的悲欢离合，命运的升沉荣辱，让人联想到人生无法圆满，人生总有缺陷。正所谓"人有悲欢离合，月有阴晴圆缺，此事古难全"。

其五，月亮的其他诸多特性无不与人的内心深处的诸多情感模式相对应：十五的圆月与人们追求团圆、圆满的人生理想相契合；月光的皎洁与人们对纯洁无瑕的崇拜相契合；高居天穹与人们向往超脱尘世、远离凡俗的愿望相契合；"海上生明月，天涯共此时"，牵动游子思乡；朦胧柔和，给人以恬静、安适、熨帖的心理抚慰……

总之，"月亮"的象征意义好像一块蛋白石，它的光能在慢慢转动的不同角度下放射不同色彩。

——节选自胡山林的《文艺欣赏心理学》(修订本)第182—183页，河南大学出版社，1999。

4. 人们为什么喜欢诸葛亮？

人们喜欢诸葛亮，与两种集体无意识相关。

首先，老百姓喜爱他，是因为他有超人的智慧，他能呼风唤雨，神机妙算，出奇制胜，他是一个智者的典型，用荣格的话说就是"智者"原型。艰苦的生存条件、蒙昧的智力水平，注定了原始人极切地渴盼智者，真诚地崇拜智者，把他们视为精神依托，愿意归附和依靠他们。这种心理代代遗传，使当今的文明人仍保留着对智者的敬仰和崇拜，普通老百姓喜欢诸葛亮就受这种集体无意识心理所支配。

其次，对于旧时代的知识分子来说，对诸葛亮形象的喜爱，除了以上心理因素之外，还有民族心理即文化无意识在起作用。中华民族传统文化结构的核心是儒道互补，体现在读书人(现代叫知识分子)的人生理想上便是"达则兼济天下，穷则独善其身"。所谓"兼济"，即积极入世，最好能辅佐帝王，建奇功，立伟业，成就功名；所谓"独善"，则是儒家的"孔颜乐处"，加上道家的仙风道骨和隐逸情趣。而诸葛亮就正好是这样一个二者兼得的完美形象。出山前隐居卧龙，"躬耕于南阳"，吟诗弹琴，好不潇洒！出山后辅佐刘备，建立蜀汉政权，以相父身份监国，达到了一个读书人所能达到的人生理想的顶峰。所以对诸葛亮的倾慕，寄托着知识分子的人生理想。

——节选自胡山林的《文艺欣赏心理学》(修订本)第185—186页，河南大学出版社，1999。

思考练习题

一、什么是原型批评？

二、原型批评的理论渊源有哪些？

三、什么是集体无意识？

四、集体无意识、原型、意象三者的关系是什么？

五、荣格的集体无意识理论的贡献与局限分别是什么？

六、从原型意象角度解读中国古典诗词中伤春悲秋、思乡怀远之作。

第六节 性别角度

一、基本理论

性别角度是女性主义文学批评的基本角度。女性主义批评是指20世纪后期兴起于美国和欧洲，以女性性别意识为焦点阐释文学与文化现象的批评理论。女性主义批评用到文学领域，就是女性主义文学批评方法。女性主义文学批评的出现使传统的文化和文学批评观念受到前所未有的冲击，动摇了西方几千年来所赖以生存的社会基础和思想观念。有人认为女性主义批评对文学规则的影响，比任何一个批评流派都更为深刻，其已成为受人瞩目的批评方法之一。

女性主义亦称女权主义。"女权主义"一词是由日文转译成中文的称谓，西方人称为女性主义，日文称为女权主义，为不产生歧义和误解，现在一般回归原意，称女性主义。

1. 历史沿革

女性主义批评与西方妇女解放运动分不开，是女权主义运动产生、发展和扩大并逐渐深入文化、文学领域的结果。

西方女权主义运动的发展经历了三个阶段。最初是带有深厚政治色彩的"女权"阶段，即19世纪中叶至20世纪五六十年代，以争取在政治、经济、职业等方面同男人平等为主要目的。第二阶段是1968年以后出现的新一代以强调性别差异和女性独特性为特点的运动。20世纪80年代出现了第三代女权主义(后女权主义)，即将"女权""女性"加以整合折中的重"女人"的女权主义，不再提倡男女的对立或女性一元论，而是注重多元论，提倡男女文化话语互补。

一般认为，女性主义批评理论是兴起于20世纪60年代的第二次女权主义运动高潮的产物。不过，在此之前，已有早期女性主义批评人物为此奠基，如英国著名女作家伍尔芙和法国著名的存在主义女作家波伏娃。她们两位被视为女性主义批评的理论先驱。

1919年，伍尔芙发表了女性主义批评的奠基之作——《一间自己的屋子》，指责男性将女性作为次等公民，并控制政治、经济、社会和文学的结构。她强调妇女作家应有"一间自己的屋子"，主张妇女应争取独立的经济力量和社会地位。1949年，波伏娃发表《第二性》，该书被誉为西方女权主义的理论经典。在书中，波伏娃认为法国和西方社会都是由男性控制的家族式的社会，女性在社会中是第二性，是"他者"。该书还提出，一个女人之为女人，与其说是天生的，不如说是形成的。这一著名论点无论在观念上还是在方法上都对后来全世界女权运动产生了重要影响。在书中，波伏娃还首次比较系统地清算了男性作家的文学作品所虚构的"女人的神话"，批评了他们对女性形象的歪曲，从而从思想观念和批评实践上，为女权主义批评提供了实例。这些女权主义先驱者的思想和观念给当代女性主义批评以多方面的启迪。

20世纪60年代女权运动高涨，逐渐深入女性再就业、教育和政治、文化各个领域的权利的争取，并上升到对女性本质和文化的探讨。在妇女争取政治、经济、文化等方面的权益，寻求自身彻底解放的思想背景下，女性主义文学批评应运而生。它以社会性别为基本出发点，致力于揭示妇女在历史、文化、社会中处于从属地位及其产生的根源，它提倡用独特的女性视角重新审视父权制社会的一切现象及一切价值判断，不愿承认和服从父权社会强加给它的既定价值体系。女性主义文学批评家向传统的男性中心的文学史和美学观念提出挑战，她们发现了文学创作和批评中根深蒂固的男性中心主义的存在，如男性文学作品中的性别歧视，男性中心话语对女性作家的控制等，力图达到重评妇女形象，寻找女性文学史，发掘女性语言，重建文学研究新理论的目标。

1986年，波伏娃的《第二性》翻译介绍到中国，成为西方女权主义理论进入中国的标志性事件。从此，女性主义的理论资源、精神品格、目标诉求上的革命性和反抗性，已经悄然进入当代中国的批评理论话语体系之中。女性主义批评模式已经形成，并被进一步应用到实践之中，产生了一批颇有影响的著作，如《浮出历史地表》(孟悦、戴锦华)、《娜拉言说》(刘思谦)、《走出男权传统的藩篱——文学中的男权意识的批判》(刘慧英)等。现在，女性主义文学批评发展迅速，取得了令人瞩目的成果，不但为批评界，同时也为广大读者所认可。

2. 女性主义文学批评的理论渊源

一是20世纪各种文学批评流派的思想和方法。女性主义文学批评与20世纪各批评流派有着千丝万缕的联系，它综合吸取了社会学、西方马克思主义、精神分析、接受美学、解构主义等批评方法的有用因素，并融入基于女性体验研究的批评模式之中。这使女性主义文学批评具有多元性和综合性的特点。

二是女性主义文学批评的先驱的理论创造，如前述伍尔芙和波伏娃的批评理论和实践。

3. 女性主义批评的主要范围

一是以女性视角对文学作品进行全新的解读，对男性文学歪曲妇女形象进行猛烈批判。传统文学史中的女性形象主要是由男性创造的，因而渗透着父权文化的顽固影响。女性角色的地位、本质完全由男性作家操纵、解说，女性形象常常受到歪曲和丑化，因此女性主义批评的一个艰巨任务和重要方面就是从性别入手重新阅读和评论文本，批判传统文学尤其是男性作家的作品中对女性的刻画，并将这种文本阅读作为提高读者和评论者女性意识、增强他们识别文本谎言能力的主要手段。

二是努力发掘不同于男性的女性文学传统，重评文学史。由于女性长期被排除在男性中心权力之外，因此尽管女性作家在文学史上作为个人没有被男性研究者忽视，但是女性文学作为整体在文学史上是缺席的。寻觅和建立女性文学传统，为湮没在茫茫历史尘埃中的妇女作家提供应有的历史地位，是女性主义批评的主要任务之一。

三是探讨文学中的女性意识，研究女性特有的写作、表达方式，关注女性作家，尤其是表现女性意识、女性世界的作品。尽管女性主义批评面对的是整个文学世界，但女性的共同经验使女性主义批评格外关注同性的作品，尤其是表现女性意识、女性世界的作品。例如，简·奥斯丁、勃朗特姐妹、乔治·艾略特等经典作家曾是西方女性主义批评关注的目标；我国"五四"时期的女作家庐隐、丁玲，当代女作家张洁、张辛欣、王安忆、铁凝、林白、陈染等是中国女性主义批评的主要对象。

二、从性别角度梳理中国文学作品中的女性形象

对已有定论的女性形象的重新梳理是性别批评实践于中国的重要领域，也是性别批评在中国"本土化"的初级阶段。

中国文学在开始江河之行的那一天起，妇女题材的文学或涉及女性形象的文学作品就占了极其重要的位置，这一点在《诗经》中已经看得很清楚。把两千年来中国文学作品中女性形象重新审视梳理一遍，绝不是件轻松简单的工作。从某种意义上来说，这项工作才刚刚开始，因为只有少数最触目的女性形象得到了较为深刻的批评解说，她们是：以潘金莲为代表的《水浒传》中的女性形象；《西游记》中的女妖形象；《三国演义》中的女性形象；《红楼梦》中的女性形象；三仙姑(赵树理《小二黑结婚》)；莎菲(丁玲《莎菲女士的日记》)。此外，刘兰芝、崔莺莺、杜丽娘、《聊斋》中的女鬼形象，张爱玲小说中的女性形象也受到了不同程度的关注和再评价。

《水浒传》中的女性形象以前一向少有人注意，但在性别批评的眼光关注下，其"理所当然"的判定受到了理所当然的怀疑。首先，人们注意到了男女人物塑造上的"双重标准"。《水浒传》中的男性人物基本上是用现实主义手法，按照人物内在的性格逻辑塑造完成的，而《水浒传》中的女性人物不仅处在陪衬的位置上，而且人物塑造手段明显地脸谱化、漫画化。《水浒传》中的女性人物可以分为四类：贞女、荡妇、女英雄和"三姑六婆"式的老年女性。林冲娘子是苍白的道德观念的图解，"母夜叉"孙二娘、"母大虫"顾大嫂则成为变形走样的漫画人物。这与作家对男性英雄人物精雕细刻的创作态度反差很大，这一点比较一下著名的"武十回"和"林十回"是显而易见的。即使是比较有个性的潘金莲形象，也是按照夫权文化对"荡妇"的基本判定来描写的，在作家看来，男人的"人"与女人的"人"是不等值的，男人来到这个世界是要干一番轰轰烈烈的事业；女人来到这个世界则是要老老实实地嫁给一个命中注定的男人。作家将潘金莲半卖半嫁地推给武大郎，并不是存心为她的放荡找根据。相反，在作家看来，男人的价值绝不在他们的相貌身材上，潘金莲不应该对此有任何的怨恨。违背了这个"天理"的女人，则人人得而诛之。宋江杀阎婆惜，武松杀嫂，石秀、杨雄杀潘巧云，都是正义之举，大快人心之举，因为她们破坏了男人世界的秩序。

有意思的是，《水浒传》一向被视为是一部反抗现存秩序的作品，所以需要一部《荡寇志》来诋毁其影响。不过按照性别批评的立场来看，《水浒传》对现存秩序"反抗"也好，"修补"也好，都是男人世界内部的问题。绿林好汉与朝廷官府在对待女性的态度上是基本一致的。

《西游记》中的女妖更多地从民俗心理角度反映了人们对女性的刻板印象。从形式上看，《西游记》中的妖怪都是有意给西天取经的唐僧师徒设置障碍，与佛祖菩萨联手考验唐僧师徒的意志。但作品中的男妖与女妖的形象设计却是大相径庭。从肖像上来看，男妖们千奇百怪，总体来说是奇丑无比，透着一股令人恐惧的邪恶气息；女妖则绝大多数都是年轻貌美，性感十足。吴承恩虽然也给许多女妖以非人的"本相"，但从作品的实际情况来看，美貌妖艳反倒成了这些女妖的本相，玉面狐狸、白骨夫人、玉兔精、蝎子精、蜘蛛精、老鼠精、铁扇公主，莫不如此。从本性上来看，男妖们跟唐僧过不去，全都是看中了

"唐僧肉"吃了可以长生不老；而大多数女妖一见俊俏的唐朝和尚就全忘了唐僧肉的巨大诱惑，春心荡漾起来，一心追着唐僧性交。这印证了女性主义批评对传统女性形象的基本判定，即不论"贞"也好，"淫"也好，都不离"性"的轴心，一言以蔽之，传统的父系文化把女性角色性对象化。

中国的性别批评学者注意到曹雪芹是中国古典作家中性别平等意识最强的人。《红楼梦》中的人物形象若依性别分类，则女性形象在各个方面都占绝对优势地位。不仅出身尊贵的金陵十二钗头脑敏捷、谈吐不凡；就是那些未入正册的丫头们，其胆识才干也胜过了她们身边的那些"须眉浊物"。贾宝玉的才识修养在贾府锦衣玉食的男人中间已经算是佼佼者了。但是，在联诗作对的游戏中却总不是黛玉、宝钗的对手。其他如贾赦、贾珍、贾琏、贾蓉、薛蟠之流，更是些人格低下，不学无术的声色犬马之徒。这些多出身高贵的污浊男人和那些清白女性的强烈对比，不能不透露作者对男女两性角色的反传统看法。在第二回中，曹雪芹借甄公子之口对女性作了不寻常的评价："这'女儿'两个字是极尊贵清净的，比那些瑞兽珍禽、奇花异草更觉稀罕尊贵呢！你们这种浊口臭舌，万万不可唐突了这两个字，要紧，要紧！但凡要说时节，必用净水香茶漱了口方可；设若失错，便要凿牙穿腮的。"话虽有些疯，可作者毫无嘲讽之意，并通过矫正传统文化中的性别偏见，有意赞美女性。金陵十二钗在琴棋书画上高出男子一等，在治家理财上也显示了独到的胆识和才能。如果说前者属于贵族女子应当的修养，而后者则历来属于男子专有的本事。王熙凤的治家铁腕使得人人谨言慎行，不敢擅动；贾探春在贾府面临困境时，兴利除弊，开源节流。曹雪芹感叹其"生不逢时"。贾政是《红楼梦》中正统男性的代表。他的妹夫林如海、官宦贾雨村和冷子兴都称他才干出众，"大有祖父遗风"。可是在他身上我们实在找不出什么可以称道的地方。贾府的衰败固然与封建制度的没落大背景有关，但这些不肖儿孙的荒唐行为无疑加速了这个腐败过程，并且把许多无辜女子牵连进去。贾宝玉是贾府中人格健全的唯一男性。只有他平等真诚地对待身边的女性，不论她们出身如何。而曹雪芹在塑造贾宝玉这个形象时恰恰抛弃了封建文化对男性角色的要求，他鄙视贵族男性的事业在于追求功名利禄；没有做作的大丈夫气概；情真心软，举止心态更接近传统文化中的女性角色。贾母称他为"女儿错投胎"，他不以为耻，反以为荣，自觉地以女性人格自居，和谐地生活在胭脂群中，十来岁便说出了"女儿是水做的骨肉，男子是泥做的骨肉，我见了女儿便清爽，见了男子便觉浊臭逼人"这样的奇语。这种有意模糊人物文化性别的男性形象在古典文学作品中实属少见，而这一点在传统"红学"中没有给予足够的重视。

现代文学，特别是左翼作家笔下的作品一向被认为与传统观念实现了较为彻底的决裂，他们作品中的女性人物与婚姻家庭问题的表现尺度是积极进步的，或者说是统一于"妇女解放"与"男女平等"的旗帜之下的。然而这种印象在新的性别批评方法逼视下，还是被审出了许多破绽。

赵树理的小说《小二黑结婚》，一直被认为是倡导了新时代农村新女性、新风俗、新道德的代表性作品。然而作品在极力肯定小芹追求恋爱自由的同时，却对寡居的"三仙姑"的打扮、行为、心理给予了尖刻的嘲弄。

孙犁一系列以抗战为背景的中短篇小说是其成名作，其中有一段游击队员别妻上战场的情景被认为是感人肺腑的精彩段落；特别是丈夫嘱咐妻子的那句大有深意的话："别让鬼子抓了活的"，感动了许多读者。这种让妻子在异族的凌辱面前选择死路的"大丈夫"

理论自然值得反思。后来一些以抗战为背景的文学作品,也在揭露日军对中国妇女兽行的同时,对中国男人报复式地对日本女人的性攻击持赞许甚至欣赏的态度。民族悲剧中纠葛着性别悲剧,而这些在传统的文学批评中被熟视无睹。

当代女作家的创作是中国新兴性别批评关注的焦点。性别批评除了肯定和鼓励女作家探索性别问题之外,也对女作家的几种倾向性价值取向进行了针锋相对的批评与争鸣。

性别批评是一种在东西方方兴未艾的文学思潮。被认为是后现代批评中最具革命性和解构能力的批评方法之一。它的出现对补充传统主流批评盲区,对打破文学和文学批评中的性别角色壁垒,对开拓文学批评视野,都有积极作用。而这些工作在中国才刚刚起步。目前性别批评在东西方都正在由一种批评思潮向一种批评方法演进,正如早期的比较文学眼下已经发展成为文学批评与研究中的一种比较方法一样,这将给性别批评带来更大的发展空间。因为不论何时何地,我们的创作主体、欣赏主体和批评主体都是由特定性别的"人"构成的,因而,文学和批评中的性别色彩也就将无限期地存在下去。这是性别批评永无止境的存在前提。

——节选自周力、丁月玲、张容的《女性与文学艺术》第276—282页,
辽宁画报出版社,2000。

思考练习题

一、什么是女性主义文学批评?
二、简述女性主义文学批评与女权运动的关系。
三、女性主义文学批评的理论渊源有哪些?
四、女性主义文学批评的主要范围是什么?
五、从性别角度分析鲁迅的小说《伤逝》。

第三编　文学欣赏微观角度

引言：文学欣赏微观角度源于文学作品构成元素

常言说，"外行看热闹，内行看门道"。文学欣赏的直接对象是文学作品，具体到文学作品的欣赏来说，所谓"门道"，就是欣赏角度，或称切入点。那么，文学欣赏的角度来自哪里呢？来自欣赏对象，即文学作品的构成元素——作品的每一构成元素都是文学欣赏的一个角度，因此要讨论文学欣赏的角度，就要了解文学作品的构成元素。只有了解了作品的基本构成，才能逐渐学会从不同层面、不同角度去欣赏、分析作品，才能由"知其然"进入"知其所以然"，由"看热闹"进入"看门道"。

社会历史、道德等由批评方法而来的欣赏角度，本书称之为宏观角度；与之相对，由文学作品构成元素而来的欣赏角度，本书称之为微观角度。

关于文学作品的构成元素，古今中外各家各派的说法不同。在西方，但丁认为诗有四种意义：字面意义，譬喻意义，道德意义，奥秘意义。黑格尔把艺术作品分为"外在形状"与"内在意蕴"。20世纪波兰现象美学家英加登提出了著名的"文学文本四层面"说。美国文论家韦勒克在英加登四层面说的基础上提出了五层面说：声音，意义单元，形象和隐喻，诗的特殊世界，模式和技巧。中华人民共和国成立后，我国流行的文学理论习惯套用哲学辩证法，把文学作品分为内容和形式两部分：内容包括题材和主题；形式包括语言、体裁、结构和表现手法。

以上分法当然各有道理，但是当你把它们用于具体作品分析的时候，总是感到未能完全涵盖文学作品的全部微妙元素，有削足适履之嫌。中国古人把文学作品分为言、象、意、道四种元素(亦可视为四个层面)。笔者认为，这种分法更切合文学作品实际，简单明快，易于理解和把握。但是，因"道"的层面深奥难言，常常是只可意会不可言传，故此处隐去不述。这里，笔者拟以言、象、意三层面为主线，再加以补充，提出一个文学作品构成元素三系列的构想。

一是"言、象、意"主线系列。"言"——语言层。文学是语言艺术，没有语言就没有文学。语言层面的主要元素包括音节、字词的含义、语气、文体等。唐代诗人刘禹锡曾言，"常恨言语浅，不及人意深"。换句话说，就是"言不尽意"。为什么？因为言很抽象，意很微妙。怎么办？古人想出的办法是"立象以尽意"，这就是"象"的来源。"象"——形象层，在抒情性作品里表现为意象、意境、氛围；在叙事性作品中表现为人物、情节、环境(背景)、景物等。"言"也罢，"象"也罢，归根结底是为了表"意"(意蕴)。"意"——意蕴层，可以分为言内意、言外意、意外意、表层意、深层意等。"意"还可以分类型，如政治性意蕴、伦理性意蕴、社会性意蕴和人生意蕴等。"意"从形态上又可分为意义和意味。意义可以归纳，可以提炼，可以用判断的形式加以表述(如"本文通过什么表现了什么"之类);而意味则是活的感性的心灵信息、生命信息、情感信息,可意会不可言传,可神通不可语达。

二是系统质或称综合质。言、象、意的抽象,是对文学作品人为的拆解。这些因素如同七宝楼台的雕梁画栋,碎拆下来,不成片段,然而合在一起却通体皆活,宛如一个活生生的有机生命体。这个活的生命体不是诸具体元素的简单相加,而是有机融合。按照系统论的原理,整体大于部分之和(1+1>2),所以当诸因素融合成一个整体时,整体就具有了超越各具体因素之外的系统质、综合质。对于文学作品来说,其综合质主要表现为风格、神韵、气势、情调、格调和趣味等。它们从艺术整体中蒸腾辐射出来,是艺术生命的综合显现:不但融合了从语言到意蕴的综合特点,也融合了创作主体的精神个性,是主客体的统一。它若虚若实,若隐若现,弥散充盈于作品的肌体脉络之中。这些也是把握文学作品所不能忽视的必要视点和角度。

三是表现手法系列。艺术的表现手法丰富而多样,是一个内容博大的系列。其主要有叙述、描写、抒情、议论、象征、比喻、夸张、变形、写意、铺垫、渲染、复沓、反讽、意识流等手法,以及结构的安排、情节的提炼、叙事角度的选择等。由于篇幅所限,且读者对这些手法已经比较熟悉,本书只选取了三个表现手法加以讨论:结构、象征和叙事角度。

以上对作品构成元素的分析是相对的而不是绝对的。通过以上分析可以看出,一部作品的构成,包括了许多方面。首先是有"实体"可以把握的具体元素——言、象、意;其次是寄植于整体之上,通过整体显现、辐射出来的综合元素;再次是艺术表现手法和技巧,这是能动地创造艺术作品的必要手段,它同样"凝结"于艺术文本之中。正是这些元素的有机融合,才"合"成一篇(部)解说不清、神秘莫测的艺术作品。正是这方方面面,为欣赏和分析文学作品指引了不同的角度和切入点。本书将以文学作品的构成元素为线索、为角度、为切入点,逐一讨论对文学作品的欣赏。

第四章　语言层面的感受与品味

第一节　音节的艺术美

一、音节与意味的关系

文学的意蕴、意味弥漫充溢于作品各艺术因素之中，弥漫充溢于各艺术因素的有机组合之中，弥漫充溢于作品整体之中。意味无处不在，只要你善于感受，打开作品，意味就会散发着迷人的馨香扑面而来。

对作品意味之感受与体验，可以从作品整体切入，可以从艺术各具体因素切入。本书最先选择的切入角度是文学的音乐因素——音韵与节奏(古人合而称之为音节)。

汉语是最具有音乐美的语种。汉语的音乐美产生于汉字的单音节性(一字一音)以及固定的声调。首先，一字一音，这一特点便于经过组织形成特定的格律。例如，在格律严谨的古体诗中，诗人通过字数相等的分行和句式中有规律的停顿而产生节奏感。其次，汉字的每一音节，从音素来说，有声母和韵母；从声调来说，有四声的变化("平""上""去""入"，适应格律的需要，第一声叫作"平"，其余三声叫作"仄")。这些声调不仅音高不同，而且在音长及滑动方式上也有差异。第一声相对来说长一些，并保持同样音高；其他三声则相对短一些，正像它们的名称所指的那样，音高上滑、下滑或者急收。诗人在创作时，运用平仄起伏的音调变化和交替出现的韵脚，造成特定的音节，传达出特定的神韵，特有的意味。

二、从音节入手把握作品意味

怎样把握文学作品的神韵、意味呢？首先可以从作品语言层面的音节入手。

古人认为，特定的语言音节能传达出特定的神韵、意味(古人称之为"神气")，二者之间有紧密的内在联系。例如，清人刘大櫆说："神气者，文之最精处也；音节者，文之稍粗处也；字句者，文之最粗处也。……盖音节者，神气之迹也；字句者，音节之矩也。神气不可见，于音节见之；音节无可准，以字句准之。"[①]总之，刘氏把"文"分为三个层次，最深最微妙的是"神气"(内容)，"神气"无形，藏之于"音节"(内形式)，"音节"亦无形，藏之于"字句"(外形式)。这三个层次(神气—音节—字句)，用现代理论术语表述即审美场—语流场—语义场，这是从创作角度讲的。从欣赏角度讲顺序正好相反：字句(语义场)—音节(语流场)—神气(审美场)。因此，要把握"神气"必须从"字句"体现的"音节"入手。

[①] 郭绍虞. 中国历代文论选：第3册[M]. 上海：上海古籍出版社，1980：434-435.

三、音节的艺术功能

刘大櫆的思路对我们的文学欣赏具有启发性。下面就来看看音节在具体作品中的艺术功能。

音节的艺术功能主要表现在以下两方面。

其一,好听,给读者一种生理、心理上的愉悦感。

例如,《诗经》中著名的《周南·芣苢》:

采采芣苢,薄言采之。
采采芣苢,薄言有之。
采采芣苢,薄言掇之。
采采芣苢,薄言捋之。
采采芣苢,薄言袺之。
采采芣苢,薄言襭之。

从意义角度来看,全诗六句所叙写的只是妇女采芣苢的一个简单的劳动过程,其实用不着那么啰唆。但诗人不惜文字,用轻快的节奏,不厌其烦,反复咏唱,结果唱得悦耳动听。读者只觉得其优美宜人,而不觉其啰唆。

利用节奏和韵律产生一种愉快的效果,这在民歌和儿歌中体现得更为充分。例如:

一个小孩儿写大字,写、写、写不了;了、了、了不起;起、起、起不来;来、来、来上学;学、学、学文化;画、画、画图画;图、图、图书馆;管、管、管不着;着、着、着火啦;火、火、火车头;打你一个大背儿头。

这是一首 20 世纪五六十年代的童谣,从意蕴上看没有什么"意思",只是一些儿童生活内容和日常生活现象的粘连组合,不讲逻辑,不合事理,但童趣盎然,朗朗上口,儿童一读就会,过"口"不忘。没有别的原因,只为韵脚清晰响亮(上下句重复一个同音字押韵),节奏鲜明夸张,符合儿童心理,念起来顺口、好听,能让儿童激动、兴奋、摇头晃脑、乐此不疲。这首童谣的"妙处"全在音乐性上,其"趣味"来自音节的组合。音乐因素的艺术作用在这里得到了充分体现。

其二,帮助传情达意,增强作品的艺术表现效果。

这里又可分为两个方面。

第一个方面,帮助写景叙事,使意境更加鲜明、生动、形象。

例如,杜甫《登高》中的名句:

无边落木萧萧下,不尽长江滚滚来。

"萧萧下",借着"萧萧"叠字和"萧""下"双声的声音,摹写出漫天落叶飘飘而下的声势;"滚滚来",摹写出长江奔腾流泻的气势,写景状物如闻其声,如在眼前。

李煜《玉楼春》的结尾:

归时休放烛花红,待踏马蹄清夜月。

这两句是讲李后主夜阑舞罢，回归寝宫的时候，不让侍从点燃灯笼、蜡烛，他要骑马静静地欣赏一下皎洁的月色。末句的"待""踏""蹄"都是舌头音，这样不仅说出马蹄踏地的事实，而且也让人似乎听到了马蹄在洒满月光的路上"嘚嘚"踏过的声音，抑扬顿挫，清晰逼真。

前面所引《诗经》中的《周南·芣苢》，不仅优美动听，而且使人从轻快的节奏、音律中仿佛看到了妇女采芣苢时动作的轻盈，情绪的欢快，心中不由得浮现出劳动场面。清代诗人方玉润说读了这首诗，"恍听田家妇女，三三五五，于平原绣野，风和日丽中群歌互答，余音袅袅，若远若近，忽断忽续"（《诗经原始》）。

现代诗的声律更加自由、灵活，因而更有利于写景状物，渲染意境。例如，我国现代诗人徐志摩的一首小诗《沪杭车中》：

> 匆匆匆！催催催！
> 一卷烟，一片山，几点云影，
> 一道水，一条桥，一支橹声，
> 一林松，一丛竹，红叶纷纷：
> 艳色的田野，艳色的秋景，
> 梦境似的分明，模糊，消隐，——
> 催催催！是车轮还是光阴？
> 催老了秋容，催老了人生！

这首诗以匆促紧凑的节奏模仿车轮的滚动行进，韵律轻快流畅而错落有致，描摹出飘忽流逝的意象，使人恍然如置身于飞驰向前的列车上，使人真切形象地感受到匆促流逝的时间的脚步声。

王蒙的小说《春之声》中有这样一段对满载旅客的列车的描写："赶上！赶上！不管有多么艰难。哼，哼，哼，快点开，快点开，快开，快开，快，快，快，车轮的声音从低沉的三拍一小节变成两拍一小节，最后变成高亢的呼号了。"这段文字的节奏模拟了火车加速行进的节奏，暗示了社会生活也正在加快节奏快跑。

第二个方面，帮助传达感情，强化作品的情绪基调。

韦庄有一首词《思帝乡》：

春日游。杏花吹满头。陌上谁家年少，足风流。妾拟将身嫁与，一生休。纵被无情弃，不能羞。

这里讲的是一个青年女子春游时春心萌发，她心里想，如果能够找到一个理想的对象，情愿许身于他，决不后悔。"妾拟……"一句，不但字面上表达了坚决的意志，而且"妾""将""嫁"都是舌头与牙齿的声音，是很有力量的，给人很有决心的感觉。这里声音也代表了一种坚决的意志。①

李煜的词《清平乐》写离愁，其结尾句"离恨恰如春草，更行更远还生"，两个六字子句，每两个字一个顿挫。念起来一波三折，写尽缠绵婉转之致。他的《虞美人》后两个子句："问君能有几多愁，恰似一江春水向东流。"一句七字一句九字，两个长子句语势

---

① 叶嘉莹. 唐宋词十七讲[M]. 长沙：岳麓书社，1989：83.

流转奔放，滔滔不绝，不可遏止，恰到好处地渲染出悲愁如春江之水奔放倾泻，滚滚长流。试将此两个长句改为节奏短促的短句(如"问君愁几何，恰似春水流")，就很难表现出愁如春水奔流不息之意味。

再如杜甫的《茅屋为秋风所破歌》最后两个子句："呜呼！何时眼前突兀见此屋，吾庐独破受冻死亦足！"前子句末五字和后子句末七字，接连不断用仄声字，节奏上又快又窄又急，再加上"呜，呼，突，兀，屋，吾，庐，独，足"等字音韵上重重相叠，造成了如泣如诉、如呼如哭、真诚感人的艺术效果。李白的《宣州谢朓楼饯别校书叔云》开头两句"弃我去者昨日之日不可留，乱我心者今日之日多烦忧"，既不写"楼"，也不写"别"，而是陡起壁立，直抒郁结，而且采用长达十一字的特长句式和顿挫有致的节奏，生动形象地传达出诗人内心深广的郁结和忧愤，以及一触即发，发则浩浩荡荡，不可抑制的心理状态。

诗歌如此，散文、小说亦如此。鲁迅先生精研古典文学，他把骈文、近体诗的平仄互换、虚实相对的人为声律之美，和散文的"气盛则言之短长与声之高下者皆宜"的自然音节之妙，经过融化运用到他的作品之中。声调的抑扬帮助了文思的顿挫，也体现出风格的沉郁，这种三位一体的表现方法是鲁迅小说的一个特点。

例如，《在酒楼上》：

觉得北方固不是我的旧乡，但南来又只能算一个客子，无论那边的干雪怎样纷飞，这里的柔雪又怎样的依恋，于我都没有什么关系了。

几个子句的最末一个字（"乡、子、飞、恋"）平仄互换，在朗诵的时候，就会感到朗朗上口。试把"客子"改为"客人"，把"依恋"改为"晶莹"，就顿然失去声调的抑扬之美。失去了这种抑扬，在声音上有些飘浮(因为都改为平声字了)，就连原来所体现的感情也似乎不够深沉了。

再如，《伤逝》的起句：

如果我能够，我要写下我的悔恨和悲哀，为子君，为自己。

四个子句短语的煞尾处也构成"仄、平、平、仄"的格律。"悔恨"和"悲哀"不容颠倒，"子君"和"自己"不能互易。变换一下，就读不响。句中"悔恨"的激励昂扬和"悲哀"的迂徐低沉，充分表达出抑扬顿挫的极致，真是"一弹再三叹，慷慨有余哀"。[①]

四、音节有独立的审美价值

文学作品中的节奏和韵律，有独立的审美价值。梁启超在谈到李商隐的诗歌时说过，李商隐的许多诗歌很难懂，但即使不懂它的内容，当你反复念着时，那节奏和声律也使你陶醉，觉得诗写得很美。他曾举李商隐的《锦瑟》《碧城》《燕台》等为例说："这些诗，他讲的什么事，我理会不着；拆开一句一句的叫我解释，我连文义也解不出来，但我觉得它美，读起来令我精神上得到一种新鲜的愉快。"[②]也正因如此，在文学作品朗诵会

[①] 傅庚生. 文艺赏鉴论丛[M]. 沈阳：东风文艺出版社，1963：119-120.

[②] 梁启超. 饮冰室合集·文集. 北京：中华书局，1989.

上，许多操不同语言的各国听众聚在一起，即使听不懂朗诵的内容，也可以从朗诵者的声音、节奏、语气及动作表情中感受到某种精神意味，受到情绪的感染与冲击，从而获得审美的愉快。

文学作品的节奏韵律(尤其是声调的平仄变化)是很专业化的知识，非专业工作者不能准确地分辨。另外，古典作品，尤其是诗歌富于吟唱性，古人(无论是诗人或读者)对诗的平仄音律当然就相当敏感。现代诗的吟唱性相对减弱而更倾向思考性(小说、散文更是如此)，所以今天的读者，尤其是非专业的广大文学爱好者对平仄变化等已经不大重视，当然也就谈不上敏感。这当然可以理解，毕竟要求读者都懂平仄音律不太实际，因而也不必过于苛求。但无论如何，如果想深入鉴赏语言艺术，尤其是古典诗歌艺术，懂一些音律知识是很有必要的。

思考练习题

一、文学的音乐美主要包括哪些因素？
二、字句、音节、神气之间的关系是什么？
三、音节的作用主要表现在哪些方面？
四、朗读下列作品，仔细品味音节与神气的关系。

回　答 (节选)

北　岛[①]

告诉你吧，世界，
我——　不——　相——　信！
纵使你脚下有一千名挑战者，
那就把我算作第一千零一名。

我不相信天是蓝的；
我不相信雷的回声；
我不相信梦是假的；
我不相信死无报应。

阅读提示

这首诗写于 1976 年 4 月，正是"四人帮"祸国殃民猖獗一时的时候，全国人民对"四人帮"的倒行逆施早已愤懑难抑、忍无可忍。《回答》写于此时，就是社会情绪的喷发，相当于对"四人帮"的战斗檄文。让我们看一看这首诗的音节是如何传达内容的。

第一句"告诉你吧，世界"，六个字中间一个逗号，告诉读者这里是一个停顿，这一"顿"就把要挑战、要反叛、要否定的对象，明明白白地作为对立面拉在了面前，指着鼻子当面宣战，语气激愤严厉，斩钉截铁。第二句"我——不——相——信"，中间加破折号，告诉读者阅读时加长每一个字的音长而且一字一顿，让人感到好像是咬牙切齿说出来

[①] 北岛. 失败之书[M]. 汕头：汕头大学出版社，2004.

的。这两句的节奏安排富有情感力度,恰到好处地传达出主人公决绝的态度和战斗的勇气。若将第一句中的逗号和第二句中的破折号去掉,意思没变,但读起来却感觉轻飘飘,情感力度大大减弱了。

三、四两句是十二字的长句,意思紧密相连,不容分割,连着读下来,让人感到好像是不假思索,只是由于感情的催迫一口气说出来似的。与前两句短促节奏相反,这两句顿挫不明显。这种截然不同的节奏处理,从艺术效果上来看,相辅相成,相反相成,都出于情感表达的需要。

第二节由四个"我不相信"形成一组排句,节奏快捷(句子中间一顿),语势奔放,如决堤之洪水,滔滔奔流,不可遏止。若将这几句中间加一些逗号,如"我,不相信,天,是蓝的",意思没变,但语势中的意味全没有了。

醉　汉

非　马[①]

把短短的巷子
走成
一条曲折
回荡的
万里愁肠

左一脚
十年
右一脚
十年
母亲呵
我正努力向您
走
来

阅读提示

台湾诗人的这首诗的深层意蕴可以理解为主人公思念故土,渴望回归祖国,正一步一步努力靠近祖国的心情,诗题也很耐人寻味。这里不分析意蕴,主要分析诗的形式(音节)与内容(神气)的关系。

第一段连起来读其实只是完整的一句话,但作者有意识地把它拆开来排成五行,这种形式就"迫使"你不能连读而只能分开读,一行一个小停顿。这样一来,"完整"变成"破碎"、"连贯"变为"断续",仔细听来,就可以感觉出这是因为"醉汉"醉了,舌头硬了,说不成完整连续的话,只能断断续续了。这一段的节奏模拟醉汉的语态十分传神。

第二段的排列形式也"迫使"读者不能轻快地连读,而必须一行一顿。这样读的结

[①] 肖野. 朦胧诗300首[M]. 广州:花城出版社,1990.

果，似乎让我们看到一个"醉汉"沿着小巷，跌跌撞撞，一步一晃地走过来。尤其是读到最后的"走""来"，让读者感到醉汉好像要扑倒在自己脚下。这一段的节奏对于暗示醉汉的步态十分逼真。

另外，从这首诗的外形式(音节为内形式)，即分行排列来看，两段每行的字数分别是：6—2—4—3—4；3—2—3—2—3—6—1—1。从第一行到最后一行，一短一长错落有致，上下看起来就像一个"醉汉"在一摇一晃地走路，最后摔倒在路上……总之，这首诗作者以"醉汉"为题目，无论是从音节还是节奏的安排上，都与题目暗合；从欣赏角度来看，读者从作者的音节安排中看到了"醉汉"。

第二节　字词的暗含意味

一、字词的两种含义

字词的含义一般包含两个方面：字面义和暗含义。字面义是字词的直接意思，一般在字典上有明确的解释和界定。暗含义一般是指字词的引申、双关、比喻、象征、上下文隐含的暗示等联想意味。文学作品的语言是艺术语言，它与一般文章(如科学论著、通讯报道、产品说明书等)所用的实用语言的最大不同在于，实用语言要求准确，一般只用字面义，而文学语言除运用字面义外还特别注意运用暗含义。字词的暗含义具有丰富的情感信息，往往难以简单明确地解释或非此即彼式的界定，因此需要读者仔细体会和品味。

二、字词的暗含意味举例

蒋韵的散文《记性》，写闺女儿是个敏感的孩子，有特别好的记性——不满两岁就能背出童话《快乐王子》，会讲很多故事；也有特别好的忘性——永远记不住老师布置的作业。闺女儿完全无意识地在企图保护一个纯净、纯粹、毫不功利的孩提世界，保护一个透彻的、大人永不能深入其中的混沌。在这篇散文中，作者对女儿的称谓不是"女儿"，也不是"闺女"，而是"闺女儿"。从这一称谓我们读出了女儿的娇小、聪明、伶俐、天真、稚气、稚嫩、有灵性；读出了女儿在妈妈心中的价值和地位——心肝儿、宝贝儿、乖乖……总之是读出了无限丰厚、无限温馨、无限亲昵的母女之情。一个词读得让人心动。"闺女儿"比"女儿"，比"闺女"，虽只是多了一个字，然而所多出的，难道仅仅只是一个字？

再如，唐人严维的《丹阳送韦参军》：

丹阳郭里送行舟，一别心知两地秋。
日晚江南望江北，寒鸦飞尽水悠悠。

这首七绝抒写的是传统题材——送别；传达的是常见情感——离情别绪。诗中用字选词十分精当，无不蕴含和暗示着浓浓的情感意味。第二句中的"秋"字，其字面义是指自然时序中的一个季节，别无他意，而在这首诗中出现，却是一个情感符号。读者读到它时，心中随即自然涌现出与季节特征("凉"，万物由盛转衰，迟暮等)相对应的情感体验：萧索、凄清、寂寥、戚然等。设身处地细品诗境，好像唯有"秋"字方能传达出主人公当时心中况味。试换以"春""夏""冬"或别的字，唤起的感觉体验就会迥然不同。附带再指出一点，此句中有一文字游戏，即"心""秋"相合而为"愁"(秋在心上的投射，心对秋的反应)。这一文字游戏的破译，使读者进一步从理智上领悟了诗人遣词用字的意图，领悟了中国人造字的奥秘，领悟了大自然(如作为季节的"秋")在艺术中作为情感符号的实质。还有第四句中的"尽"字，字面义是说江面上的寒鸦全都飞走了，而它在读者心里唤起的却是一片空白、空空荡荡、若有所失、无所依凭等感觉体验。其他的"寒鸦""悠悠"等，除字面义外，都暗含着浓浓的情思。

又如，杜牧的《秋浦途中》：

> 萧萧山路穷秋雨，淅淅溪风一岸蒲。
> 为问寒沙新到雁，来时还下杜陵无？

秋浦即今安徽贵池，唐代为池州。这首诗是会昌四年(844年)杜牧由黄州刺史移任池州刺史时所作。两年前，杜牧受朝中权贵排挤，外放为黄州刺史，此时又改调池州。几年间辗转迁徙于穷乡僻壤，杜氏心中十分苍凉、戚怆，于是借此诗深沉含蓄地传达了当时的情怀。作为读者，即使不了解以上背景，仅仅诵读"文本"，也能从字词中品出其中意味。例如，"萧萧""淅淅"摹秋雨秋风之声，使人于听觉之中顿生"凉"意，顿感苍凉瑟缩。一、二句中既有秋雨又有秋风，"风""雨"连在一起使人想起风风雨雨、凄风苦雨、风吹雨打、风狂雨骤等，进而联想起人生的挫折、命运的打击等人世间的凄凉和不幸，终于悟出"风雨"即是人生，自然的风雨中暗喻着社会的风雨，寄寓着人生的感叹。再如，第一句"秋雨"前下一"穷"字，意味丰满。"穷"的字面义在字典里有五个义项：一是指缺乏财物，如贫穷；二是指环境恶劣没有出路，如穷困；三是指达到极点，如穷凶极恶；四是指完了，如无穷无尽；五是指推究到极点，如穷物之理。这五个义项用以解释这里的"穷"字都不准确。"穷"在这里是一种感觉，其中含有阴冷、凄凉、悲戚、灰暗、无奈、惆怅等意味。另外，如果对诗人的身世有所了解的话，也使人想起作者仕途的坎坷和不幸。中国文化中，"达"即官运亨通，"穷"即仕途坎坷。孟子的"穷则独善其身，达则兼济天下"即用此意。杜牧此时的处境及心情正可以用"穷"字概括。

三、不同语种为什么不能全息对应互译

由于文学语言中字词的暗含意味十分丰富、微妙、朦胧、隐曲，只可意会不可言传，因此很难全息对应地翻译成另一种文字(如汉语译成英语)，甚至无法翻译成同一种文字的不同文体(如文言翻译成白话)。一经翻译，不说尽失其妙，也将失却大半。例如，李清照的《声声慢》中："满地黄花堆积，憔悴损，如今有谁堪摘？守着窗儿，独自怎生得黑？"这里的"损"字和"黑"字，无论译成外语或译成白话，都无法尽传其内在神韵。

同样道理，当外语译成中文时，不懂外语的中国读者也无法从译文中全息对应地领会原作之美。例如，莎士比亚的一首十四行诗《我爱人赌咒说她浑身是忠实》：

> 我爱人赌咒说她浑身是忠实，
> 我相信她(虽然明知她在撒谎)，

让她认为我是个无知的孩子，
不懂得世间种种骗人的勾当。
于是我就妄想她当我还年轻，
虽然明知我盛年已一去不复返；
她的油嘴滑舌我天真地信任，
这样，纯朴的真话双方都隐瞒。
但是为什么她不承认说假话？
为什么我又不承认我已经衰老？
爱的习惯是连信任也成欺诈，
老年谈恋爱最怕把年龄提到。
因此，我既欺骗她，她也欺骗我，
我俩的爱情就在欺骗中作乐。

这首诗第五行中"妄想"一词的原文是"vainly"，这个词有两个意思：一是徒劳地；二是爱虚荣地。译文"妄"字接近第一个意思，但无法同时译出第二个意思。第十一行中"习惯"一词的原文是"habit"，也有两个意思：一是习惯；二是外衣。译文无法同时译出第二个意思。第十二行中"提到"的原文是"told"，也有两个意思，一个已译出，另一个未译出的意思是"计算"。第十三行中"欺骗"的原文是"lie"，也有两个意思，一个已译出，另一个意思是"睡觉"。莎士比亚在这首诗中同时使用一个字词的几个意思，使诗的意思丰富、有趣、有味，然而，译诗只能得到一个平面的或一个角度的意思，而不能得到读原文时可能得到的多面的或多角度的意思。①

这种不同语言、不同文体之间无法沟通、无法对译的地方，很可能正是文学艺术中最为微妙最为动人的心灵信息、艺术信息。翻译的这种遗憾从反面提醒我们，要想领略文学的美，必须亲自阅读原文，直接去感受它。否则，你从译文中所获得的只能是"大意""意思"，而不是其"全意""意味"。

思考练习题

一、阅读文学作品(尤其是读诗)，为什么要特别注重把握字词的暗含意味？

二、半个世纪前，夏丏尊先生说过一段话："在语感敏锐的人的心里，'赤'不但解作红色，'夜'不但解作昼的反面吧。'田园'不但解作种菜的地方，'春雨'不但解作春天的雨吧。见了'新绿'二字，就会感到希望、自然的化工、少年的气概等说不尽的旨趣，见了'落叶'二字，就会感到无常、寂寥等说不尽的意味吧。真的生活在此，真的文学也在此。"这段话对文学欣赏的启示是什么？为什么说"真的生活在此，真的文学也在此"？

三、译作与原作的主要区别在哪里？

四、阅读下列作品，仔细体会加着重号的字的暗含意味。

---

① 殷宝书. 怎样欣赏英美诗歌[M]. 北京：北京出版社，1985：33-34.

上兜率宫

杜 甫

兜率知名寺，真如会法堂。
江山有巴蜀，栋宇自齐梁。

阅读提示

清代著名杜诗研究者仇兆鳌解释说："江山兼有巴蜀，写其形胜，栋宇起自齐梁，推其古迹。"当代学者葛兆光认为仇氏解释虽然不错，但却没有仔细体会出那一个"自"所暗含的时间的流动感。葛氏认为，杜甫面对古寺所产生的那种对悠久历史的感慨，是由于一个"自"字而产生的，这个"自"字使兜率宫寺楼阁殿堂的雕梁画栋仿佛是从幽深的历史深处蔓延过来似的，携带着几百年岁月的沧桑。一个"自"字传达了杜甫对历史变迁的敏感和慨叹。如果把这一句换成"齐梁栋宇留"，就似乎是陈述一个简单的事实而没有多少深刻的历史意味了。

饮酒二十首·其五

陶渊明

采菊东篱下，悠然见南山。

阅读提示

唐宋时关于末句的"见"字颇有分歧，有人以为应为"望"字。苏东坡以为应该是"见"字，若作"望南山"，"觉一篇神气索然也"。"见"与"望"都是观看之意，为什么用"望"字就神气索然了呢？苏东坡解释说："陶渊明意不在诗，诗以寄其意耳。'采菊东篱下，悠然望南山'，则既采菊又望山，意尽于此，无余韵矣，非渊明意也。'采菊东篱下，悠然见南山'，则本自采菊，无意望山，适举首而见之，故悠然忘情，趣闲而景远。"[1]苏东坡的艺术感觉细腻敏锐，他从一字之差中体会到的是精神境界的不同，心理状态的不同；从一个字的运用中体会出字词之神韵。

【欣赏示例】

《乡色酒》字词中的暗含意味

文学语言中字词的暗含意味一般直接诉诸读者的感性，由读者通过直觉直接领悟，也有的是诉之于读者的理性，需要由读者思而得之。例如，台湾诗人舒兰的《乡色酒》：

三十年前
你从柳梢头望我
我正年少
你圆
人也圆

---

[1] 许钦承. 千古名句诗话辞典[M]. 郑州：中州古籍出版社，1989：382.

> 三十年后
> 我从椰树梢头望你
> 你是一杯乡色酒
> 你满
> 乡愁也满

这首诗中的"你"是谁呢？从第一节第二行我们立刻知道是指"月亮"，有古诗为证"月上柳梢头，人约黄昏后"。续第二节第二行时，"柳梢头"这一意象(词)不由从心中掠过，顿时令人感到一阵温热、激动，好似受到轻柔温润的抚慰。原因何在？因为其中暗含的丰富意味冲击着我们的心。第一，它可以是实指——"柳(而不是松、柏，不是白杨、梧桐等)梢"，轻柔细软，摇曳多姿，亲切宜人。第二，由"柳梢头"唤起古诗所描绘的优美意境，想到既幸福甜蜜又冒险刺激的初恋。第三，月光从柳梢头上泼撒下来，人立刻被笼罩在静谧、柔和、朦胧的氛围之中，好温馨，好幸福。好了，朦胧的月光，轻柔的垂柳，蓬勃的青春，甜蜜的爱情，这么多美好的东西集中在一起，由"我"独享，人生还有何求？没有了，太完满了。所以"你圆/人也圆"。这里的"圆"富有象征意义(圆满、完美、幸福)。

第二节，"三十年后"，这几字也给人以小小的心理震荡。中国有一句流行甚广的俗语"三十年河东，三十年河西"，"三十年"意味着历史的变迁，人生阶段的递嬗。总之，它给人以深沉的历史感，时间流逝感：一去不返，无可奈何，沧海桑田。三十年后，"月亮还是那个月亮"，然而"柳梢头"不见了，变成"椰树梢头"了！椰树，热带植物也，台湾岛之特色也！这里，"柳""椰"除本意外都暗喻着特定的时空：柳——少年也，故乡也；椰——老年(中年在"三十年"中耗掉了)也，异乡也。"椰树梢头"给人一种漂泊感——身在异乡为异客了！于是，浓浓的乡思被勾起了。由思乡而引起望月，"月是故乡明"，"月"与故乡相连，"月"是乡愁的符号，所以有了"我从椰树梢头望你"这一句。还值得一说的是，"三十年前"是"你望我"，"三十年后"是"我望你"，"望"的主体倒过来了。想当年，故乡——爱情，沐浴在幸福之中而浑然不觉，是美好主动来光顾我而不是我主动去争取，还有比这更幸福的人生境界吗？然而，如今这一切都过去了，都成为只有在回忆中才会出现的东西，因而需要主动争取了。这就是"你望我"和"我望你"的心理内涵。

第二节第三行中的"酒"字，除本意外，另有两层意思，一是明喻乡愁，浓烈如酒；二是由"一杯"让人想起李白的"抽刀断水水更流，举杯销愁愁更愁"，暗喻乡愁绵延不断，不绝如缕。最后两行"你满/乡愁也满"中的"满"字，也具有象征意义。

总之，这首诗差不多字字句句都暗含丰富蕴藉的意味，每个词、每个意象都有很大的容量。语言精练，形式严整，技巧圆熟，是一首很别致的思乡诗。

——节选自胡山林《文学欣赏导引》第31—33页，河南大学出版社，1995。

第三节　语气的把握

一、语气=情感、态度

　　语气，即说话的口气，直接传达发言人的情感态度，是发言人精神世界的外在表现。同一句话，用不同的语气说出，就会传达不同的信息，表现各不相同的意思、意味。例如，"你听见了没有"这句话，用凶狠而恶毒的语气说出，其意思是威胁；用声色俱厉的语气说出，其意思是警告；用严肃而激动的语气说出，其意思是质问；用平静而和缓的语气说出，其意思是询问；用亲昵而轻佻的语气说出，其意思是撒娇；用可怜巴巴的语气说出，其意思是哀求；等等。因此我们可以说，语气就是情感，就是态度，就是意思，就是意味。

　　语气的这种性质，在以书面表达为形式的文学作品中依然不变。这就告诉我们，要想准确理解作品，把握作品的意蕴，弄清作者或发言人对表现对象、读者或本人所持的情感态度，就非仔细体会作品中发言人、叙述人的语气不可。

二、文学作品的语气例析

　　例如，汉乐府民歌《上邪》：

　　上邪！我欲与君相知，长命无绝衰。山无陵，江水为竭，冬雷震震，夏雨雪，天地合，乃敢与君绝！

　　这是一位女子指天（"上邪"即"天啊"！）向意中人发誓：无论发生什么事情，我将永远爱你。语气激动率直，斩钉截铁，表达了热烈奔放的爱的感情、痛切决绝的决心和意志。

　　同是汉乐府民歌的《孔雀东南飞》，其中也有一段爱情的誓言：

　　感君区区怀。君既若见录，不久望君来。君当作磐石，妾当作蒲苇；蒲苇纫如丝，磐石无转移。

　　这是刘兰芝在被迫离开婆家，送行的丈夫表示"誓不相隔卿"之后，所说的几句话。丈夫焦仲卿是个忠厚老实的府吏，母亲无理逼迫他遗弃妻子，他不敢抗争，只能眼睁睁看着妻子被迫而去。刘兰芝感到很失望。但既然他表示了"不相负"的决心，刘兰芝当然是感动的、高兴的，所以她立刻表了态。其意是说，只要你能像磐石一样坚硬，我就会像蒲苇那样柔韧。这段话所表示的决心是坚定的，但语气却与《上邪》大不一样。她没有那么冲动那么忘情，而更多的是理智和冷静。"感君……"，说明他们之间感情上尚有一些距离；"君当……"，表示的是她的希望，她知道丈夫软弱，她希望他坚强。总之，话语里既表示着自己的决心，也包含着对丈夫的鼓励和期待，语气里透露出她内心深微复杂的情感信息。

　　再如，李煜著名的一首词《虞美人》：

> 春花秋月何时了，往事知多少？小楼昨夜又东风，故国不堪回首月明中。
> 雕栏玉砌应犹在，只是朱颜改。问君能有几多愁，恰似一江春水向东流。

李煜是一位感觉极为敏锐且情感真挚、细腻的人，他对宇宙的永恒无尽和人生的短暂无常有极深刻的感受，对自身的亡国之痛更怀有深悲极恨的感情。这种深沉痛切而又无穷无尽的哀愁，压在他心上，他想解脱、想宣泄，故而一下笔便"奇语劈空而下"(俞平伯《读词偶得》)，对宇宙人生作彻底的究诘和发问，所以语气沉痛悲慨，情感任纵奔放，如滚滚波涛，一发不可收。由于内容的深挚和语气的痛切，这首词极富感染力。

让我们以晏殊的一首《浣溪沙》来与李煜的这首词进行比较：

> 一曲新词酒一杯，去年天气旧亭台。夕阳西下几时回？
> 无可奈何花落去，似曾相识燕归来。小园香径独徘徊。

这首词也感叹美好事物的流逝，时光的不可逆转，但在感叹的同时又有理智的反省：往日的时光虽不在了，但眼前却有新词美酒可供享受；美好的花儿虽无可奈何地落去了，但似曾相识的燕子却又归来了。逝去的让它逝去吧，我们无法挽留；值得欣慰的是，失去的同时又有新的补偿。生活就是这样，苦涩中又有甘甜。这首词的情感基调是感伤而不沉溺，叹惋而又有自慰。理智上对"无奈"表示了旷达的理解，对现实表示了理性的满足，心理上大体平衡，所以它的语气不像李煜的《虞美人》那样沉痛悲慨，而是带有淡淡的惆怅和感叹。情绪的流泄极有克制，理智牢牢控制着感情。

叙事性作品主要靠叙述来展开情节，塑造人物，表现情感。叙述作为一种艺术表现手法也有一个语气(叙事作品中的语气一般又称为叙述语调)问题，只要仔细体会也就不难辨识。

例如，鲁迅的《伤逝》开头的一段：

> 如果我能够，我要写下我的悔恨和悲哀，为子君，为自己。

短短一句内心独白，奠定了全文的叙述语气：低回沉重，倾心诉说。这种语气传达出全篇的基本情调——刻骨铭心的沉痛和悲哀。

再如，老舍的短篇小说《月牙儿》：

> 是的，我又看见月牙儿了，带着点寒气的一钩儿浅金。多少次了，我看见跟现在这个月牙儿一样的月牙儿；多少次了。它带着种种不同的感情，种种不同的景物，当我坐定了看它，它一次一次地在我记忆中的碧云上斜挂着。它唤醒了我的记忆，像一阵晚风吹破一朵欲睡的花。

这是一篇自叙式的抒情小说，这里的叙述人是一位经过艰难挣扎但最终不得不沦为暗娼的年轻女人。她在监狱中看见"月牙儿"，勾起了平生无比辛酸的回忆，就是在这种心境下开始了她的叙述，所以叙述语气具有浓烈的情绪色彩：凄寒、阴冷、悲伤、哀戚，一如那闪着寒气的"月牙儿"。然而并不激动，并不捶胸顿足，并不呼天抢地，而是出奇的平静——阴冷的平静。这是因为她已经历了人生的各种惨状，已经被黑暗和痛苦折磨得麻木了，眼泪流干了，所以平静了，像一个看破人生的过来人一样。这种语气与叙述人的年龄不相称，然而却符合她的心境，符合她的经历。从叙述语气里，我们读出了她的全部悲苦和不幸，体验到她心境中深沉的悲戚和哀伤。

以上两篇小说的叙述语气比较容易把握，而有的小说叙述语气比较隐蔽，需要细细读进去才能把握其语气并体会其中的意味。例如，刘震云的中篇小说《新兵连》，写一群来自农村的新兵为了在训练结束后有一个好的去向，争着当"骨干"，争着做好事，争着抢又脏又累的苦活干；写新兵老兵为解决组织问题而忧心忡忡，而积极表现，而铤而走险……总之是真实地写出了生活本身。第一人称的叙述人正是故事中的人，他以参与者、目睹者的身份娓娓道来，语气是平静的、客观的，不动声色的。叙述中没有任何情感渲染，不作任何价值判断，情节符合原生态，按照"生活的本来面目"一五一十、老老实实、朴朴实实地道来，非常本色。但读着读着，读者慢慢体会到了正剧背后的喜剧，正常背后的不正常，本色背后的可笑和荒诞。也就是说，读出了其中的反讽意味。看来，作品的叙述语气并不是绝对"客观"的，而是在客观平静中隐藏着反讽。因为反讽不是"做"出来的，而是来自"本色"的，所以对生活的透视才是透彻的，其讽刺力量才是深沉而有力的。

三、把握语气对文学欣赏的意义

通过上面的举例及分析，读者对于什么是语气及语气的实质有了比较具体而深入的理解和认识，这种认识对于提高欣赏能力很有帮助。对于有欣赏经验的读者来说，对语气的把握是直觉的、自动的、无须刻意留心的，但对于缺乏阅读经验的读者来说，就需要进行一些有意识的锻炼，即借助于作品的各种艺术成分，如字词的感情色彩，意象和意境的营造，艺术手法的运用(如比喻、夸张、象征、抒情、感叹等)，句子的结构，节奏的快慢等来把握作品的语气。

关于文学作品语气的把握，还需注意的是，在篇幅短小的作品里，全文的语气往往是一致的、单一的，而在篇幅较长的作品里，语气往往会随时发生变化，因而全文可能是多种语气并存的。

思考练习题

一、举例说明语气的实质是什么？
二、把握语气对于欣赏文学作品有什么意义？
三、仔细体会下列文段的语气。

(一)

在农村长大的姑娘，谁不熟悉拣麦穗的事呢？
我要说的，却是几十年前拣麦穗的那段往事。
月残星疏的清晨，挎着一个空荡荡的篮子，顺着田埂上的小路走去，拣麦穗的时候，她想的是什么呢？
在那夜雾腾起的黄昏，沾着露水的青草，挎着装满麦穗的篮子，走回破旧的窑洞的时候，她想的是什么呢？
唉，她能想什么呢？！

假如你在那种日子里生活过,你永远不能想象,从这一粒粒丢在地里的麦穗上,会生出什么样的幻想。

——节选自张洁的《拣麦穗》

(二)

至于预付稿酬也不是我的独创,西方作家和出版社之间早就这样做了上百年。既然中国已然加入国际版权组织,实行了版权法,为什么中国作家就不能这样做?有人甚至鄙夷地说:"我不信张洁就穷到要预支稿费的地步!"

我有必要向世人公布我的收支表吗?你怎能断定我有钱或是没钱,你怎知我不急需钱用呢?就算我没钱,又有什么可耻?

就算我有钱,预付稿酬也是版权法上写得一清二楚的条款,是作家应有的权力,维护自己应有的权力又有什么可以指责的呢?

再说了,我要自己的劳动所得,又没要你兜里的一分钱,你的钱就是白给我我也不要!如此,我有什么错呢?难道我把自己的劳苦所得白扔了才叫保持知识分子的清高?或你瞧着我的劳苦所得让人一卡就是半年甚至更久,任其日渐贬值才算我不庸俗?

……

总而言之,从今以后我决心不再清高,请别再高抬我,也别再指望我将那知识分子的美德发扬光大了。

——节选自张洁的《不再清高》

【欣赏示例】

《诗经·将仲子》的语气及缠绵的感情

> 将仲子兮,无逾我里,无折我树杞。
> 岂敢爱之,畏我父母。
> 仲可怀也,父母之言,亦可畏也。

这是一首恋爱的诗篇。它是用一个女孩子的口吻写的,"仲子",就是她所爱的那个男子。我们常说"伯、仲、叔、季""仲"排行第二,所以有人把第一句译成白话文:"啊,我的小二哥呀!""将"字读音为 qiāng,是一个开端的发声词,"兮"字是一个句尾结束的发音之词,都是表现一种说话的声吻。我们说,诗歌一定要传达一种兴发感动的作用。"比"和"兴"都有鲜明真切的形象,通过形象给人以兴发感动;而"赋"不假借外物的形象,那么它的感发作用怎样传达出来呢?——主要就在它叙述的口吻,就是它每一句的句法和通篇的结构。中日甲午战争的时候清军有一位阵亡的将军叫左宝贵,后来有人写了一篇《左宝贵死难记》记载他牺牲的事迹。那篇文章写到左宝贵临出发之前已经知道自己可能不会生还,于是就和他的母亲、妻子告别。当他和他的母亲告别的时候,他的母亲说:"汝行矣!"因为母亲是长辈,文章就写出了长辈的语气,说你不要顾念我,你去吧!当他和他的妻子告别的时候,他的妻子说:"君其行矣。"妻子对丈夫就比较客气,不称"汝",而称"君",说我虽然不愿意你走,可是你不能不走,那么你还是走吧。用了一个"其"字,口气就显得很婉转多情了。

在这里,女孩子不对那个男孩子叫"仲子",而是说"将仲子兮",这就不同于老师或父亲的口气，而是传达出一种缠绵的感情。接着她说，你不要跳我家的里门，你跳墙的时候也不要把我家那棵杞树的树枝折断。你看，"将仲子兮"，口气是那样的缠绵多情，可是接下来却是两个否字"无逾我里，无折我树杞"，这不是很伤感情吗？所以她马上又收回来了说"岂敢爱之"，说我哪里是吝惜那一棵树呢，我当然是更爱你。可是——又推出去了——我害怕父母的责备啊！仲子你当然是我所怀念的——再拉回来。可是父母的责备我也很害怕呀——又推出去了。现在，这个女孩子的缠绵多情和她内心的矛盾，就在叙写的口吻和句法结构之间完全表现出来了。所以，一首诗歌是不是成功，有没有把感发作用传达出来，不但决定于它的形象，也决定于它的句法结构和叙述口吻。

——节选自叶嘉莹的《好诗共欣赏》第66—68页，中华书局，2007。

第四节　文体的奥秘

一、文体的含义

我们在欣赏文学作品时常常可以发现，同一内容，用不同的语言形式去表达，意思和意味就会发生变化甚至与原先天差地别。

例如，《史记·袁盎晁错列传》中有一段话，"错父曰：'刘氏安矣！晁氏危矣！吾去公归矣！'"《汉书》写到这里时将错父的几句话缩改为"刘氏安而晁氏危，吾去公归矣！"两段文字意思完全一样，而意味却大不一样。钱锺书《管锥编》中对《史记》这几句话的评语是："叠三'矣'字，纸上如闻太息，断为三句，削去衔接之词(asyndeton)，顿挫而兼急迅错落之致。"对《汉书》两句话的评价是"索然有底情味？"。

再如，鲁迅杂文《关于女人》，抨击那种把社会的奢侈和淫靡乃至于亡国等罪状统统归因于女人的奇谈怪论。这篇文章原为瞿秋白执笔，写好后经过鲁迅的修改润色交报纸发表。鲁迅修改的地方并不多，但是就从这些不多的修改中我们仍然可以感觉到其中的差别。

瞿文中原有一段为：

男人是私有主，女人自己也不过是男人的所有品。她也许因此而变成了"败家精"。她爱惜家财的心要比较差些。而现在，卖淫的机会那么多，家庭里的女人直觉地感觉到自己地位的危险。

鲁迅修改后为：

男人是私有主的时候，女人自身也不过是男人的所有品。也许是因此吧，她爱惜家财的心或者比较的差些，她往往成了"败家精"。何况现在买淫的机会那么多，家庭里的女人直觉地感到自己地位的危险。

由瞿文到鲁文，基本意思没变，但给人的感觉不一样了。首先是情感倾向更显豁。鲁文改"女人自己"为"女人自身"，一个"身"字，使情感色彩由淡然转为醒目刺心，让人看到女人在男性眼里的价值。在这里，显出了同情女人，替女人鸣不平的意味。又在"她爱惜家财的心"和"比较差些"之间，鲁文改"要"(肯定判断)字为"或者"(不定判断)，明显在为男性社会对女人的指责进行开脱和辩护。其次，思想更准确，观点更精警。

鲁迅在"男人是私有主"后加"的时候",给予时间限定,意在说明"男人是私有主"是一种历史现象,是私有制的产物。更令人叹绝的是鲁文将"卖淫的机会那么多"改为"买淫的机会那么多",一字之易,扭转乾坤,颠覆了陈腐的旧观念,将社会淫靡和奢侈的责任一下子易位了。这一字的更换,除了鲁迅,恐怕不会有第二人了。

总之,经过修改,文字词汇有所变化,组合方式有所变化,成为一个新的语言组合体,传出了新的意思和意味。这种新的语言组合方式具有一种奇特的表现功能,即它可以明显地体现创作主体的创作个性,投射创作主体的精神世界。具体到上例来说,修改后的文字体现出的是鲁迅的个性、鲁迅的笔调、鲁迅的风格。这种能够体现创作主体个性特色,能够传达独特风格、意味的语言组合方式,用理论术语去表述,就是文体。

文体这一概念在我国古代文艺理论中有两种含义。一种是指文章体裁,如诗、词、曲等。例如,晋代陆机的《文赋》就分析过各种体裁的不同特点。他说:"体有万殊,物无一量。""诗缘情而绮靡。赋体物而浏亮。碑披文以相质。诔缠绵而凄怆……"[①]再如,清代吴乔在《围炉诗话》中论到诗、文的区别时说:"意岂有二?意同而所以用之者不同,是以诗文体制有异耳。"[②]陆机、吴乔所说的诗文体制即体裁。

文体的另一种含义是指能够体现作者独特风格、气韵、创作个性的文字组合,即文章体式,古人常称之为"体格"。例如,宋代诗人杨万里,有一颗敏锐善感的心灵,善于从日常生活及大自然风光中发现生趣,摄入镜头,所以他的诗具有清新、奇妙、鲜活、风趣、幽默、变化无穷的特点,一改陈腐、僵硬的"江西体"而自成一格,卓然成家,因此被严羽称为"诚斋(杨万里之号)体"。古人也常常从以上意义上谈文体。例如,清代郭麟在《灵芬馆词话》中说:"词之为体,大略有四:风流华美,浑然天成,如美人临妆,却扇一顾,花间诸人是也,晏元献、欧阳永叔诸人继之。施朱傅粉,学步习容,如宫女题红,含情幽艳,秦、周、贺、晁诸人是也,柳七则靡曼近俗矣。姜、张诸子,一洗华靡,独标清绮,如瘦石孤花,清笙幽磬……至东坡以横绝一代之才,凌厉一世之气,间作绮声,意若不屑,词雄高唱,别为一宗……"[③]郭氏所说的词的"体",就是从作品的风格、气韵方面着眼的。他归纳概括了四类,其实严格说起来远远不止于四类,而应该是千类万殊各擅其美的。

文体,在英语里是 style,指的是个人作品的气韵、情调、风致,或准确地说是能体现主体个人风格、特点的语言表达形式,语言被具体运用时所体现出来的一种功能体式,它就落实在具体的作品中。文体离不开语言但又不等于语言,文体是语言在综合运用中显示出来的一种总体特征。正如有机体的生命离不开各个器官但又不等于具体器官,生命是各个器官综合活动中创造出来的一种系统质。所以,研究讨论文体要着眼于总体,着眼于整合,着眼于字里行间散发出来的"文气"。

---

① 贾文昭. 中国古代文论类编:上[M]. 福州:海峡文艺出版社,1990:239.
② 贾文昭. 中国古代文论类编:上[M]. 福州:海峡文艺出版社,1990:259.
③ 贾文昭. 中国古代文论类编:上[M]. 福州:海峡文艺出版社,1990:265.

二、"文体"即"文学"

文体显示作家的创作个性，而作家的创作个性、个人风格是作品存在的价值尺度，是衡量作品艺术成就高低的重要标尺，所以优秀的作家都很重视形成自己的"文体"。例如，法国作家让·保尔·萨特晚年失明，不能进行写作了。他很遗憾地说："从此以后不允许我去做的，正是今天许多年轻人轻视的事情：在文体上下功夫。不妨说文体是表达一个想法或一种现实的文学手段。"他还说，"同一个现实可以用实际上无穷无尽的方式来表达"。①"无穷无尽的表达方式"即无穷无尽的文体。萨特想做的，就是从中寻找出最佳的表达方式即最佳的文体。另一位法国著名作家普鲁斯特也很重视文体，他主张作家的一切一定要"保存在优美的文体里"，因为，"'文体'，即'文学'"。②

"文体"即"文学"，这是相当精辟和深刻的悟道之言，一句话就把作为一种艺术门类的文学的精髓妙谛揭示出来了。是的，文学是一种艺术，它与一般文章的区别就在于，文学除了"意思"之外还有"意味"，而"意味"是精微玄妙飘忽流动的小精灵，它可感而不可见，可意会而不可言传，它没有"实体"可供把握，而是隐形潜伏于字里行间，即文体当中。意味在文体中若隐若现，如烟似雾，蒸腾弥漫，以其全部含蓄微妙吸引着、招呼着、感染着、撩动着读者，阅读时只要细加体会即可品到其"味"，从直觉上接受了，虽然理论上未必自觉。

例如，韩少功的小说《火宅》中有这么一段："售票员必以一团笑脸迎来：公民您好。欢迎您来乘坐我们的汽车向您学习向您致敬。让我们以时代的高速度在通向未来的光明大道上奔驰请问您到什么地方去？"这里写的是售票员接待乘客时的一段职业性行话，作者在组织这段话时故意消解了标点符号，把几个本来分开的句子拼合在一起，成为令人喘不过气来的长句；另外，把有实际内容的话(如"请问您到什么地方去")与虚浮廉价的"致敬词"以及标语口号式的大话空话套话杂糅在一起，使人感到说话人是在例行公事地背"台词"，神态做作滑稽，感情淡漠轻浮，这种"文体"中透露出一种调侃、揶揄、嘲讽的意味。如果换一种方式处理，使人感到的可能是售票员的文明、热情和教养。

由此可见，文体与意义的关系是相互依赖、不可分割的。文体的重要，不仅在于它是表达内容、传达意义的工具，更重要的还在于，文体同时又是意义的创造者，文体既涵纳意义又创造意义。明乎此，就明白了要欣赏文学，要体会作品的微妙，要把握作品中的作家，没有别的办法，唯一途径就是深入作品的字里行间，仔细体会文体中的意思和意味。

三、从哪些方面入手把握文体

前面已经说过，文体是一种有机体，它由各艺术因素(如字词、意象的感情色彩，比喻、夸张、对比等艺术手法的运用，节奏、语气以及句子的结构等)综合形成。因此，把握文体需从整体着眼，很难找到一种"放之四海而皆准"的简单公式去硬套。对于有经验的

---

① 李国涛. STYLIST——鲁迅研究的新课题[M]. 西安：陕西人民出版社，1986：3.
② 伍蠡甫. 现代西方文论选[M]. 上海：上海译文出版社，1983：131-132.

读者来说，文体的识别与把握是直觉的、自然而然的，即是在不知不觉、无意识中完成的。但对于阅读经验较少的读者来说，文体的把握则需要进行有意识的锻炼。下面，我们以抽样的方式提出几个方面，以期对爱好文学的读者识别文体有所帮助。

(一)看作家的语言风格

文学是语言艺术，文体由语言构成，文体的特色首先体现在语言运用上。我们阅读不同作家的作品，往往直觉地感到字里行间充盈流淌着不同的风貌、不同的意味。这就是不同文体的意味，而不同的文体首先体现在不同的语言风格上。

文体融合在作品整体中，但由于篇幅所限，我们只能通过"选段"来体会文体与语言风格的关系。

任凭你爱排场的学者怎样铺张，修史时候设些什么"汉族发祥时代""汉族发达时代""汉族中兴时代"的好题目，好意诚然是可感的，但措辞太绕弯子了。有更其直截了当的说法在这里——

一、想做奴隶而不得的时代；

二、暂时做稳了奴隶的时代。

——节选自鲁迅的《灯下漫笔》

这是鲁迅对以往历史的总结。想想看，还有谁能说出如此冷峻、犀利、透辟的话吗？！

喝茶当于瓦屋纸窗之下，清泉绿茶，用素雅的陶瓷茶具，同二三人共饮，得半日之闲，可抵十年的尘梦。喝茶之后，再去继续修各人的胜业，无论为名为利，都无不可，但偶然的片刻优游乃断不可少……

——节选自周作人的《喝茶》

好一派闲情逸致！言语间弥散着雍容、淡雅、冲和。

方鸿渐看大势不佳，起了恐慌。洗手帕，补袜子，缝纽扣，都是太太对丈夫尽的小义务。自己凭什么享受这些权利呢？享受了丈夫的权利当然正名定分，该是她的丈夫，否则她为什么肯尽这些义务呢？难道自己言动有什么可以给她误认为丈夫的地方么？想到这里，方鸿渐毛骨悚然。假使订婚戒指是落入圈套的象征，纽扣也是扣留不放的预兆。自己得留点儿神！幸而明后天就到上海，以后便没有这样接近的机会，危险可以减少。可是这一两天内，他和苏小姐在一起，不是怕袜子忽然磨穿了洞，就是担心什么地方的钮子脱了线。他知道苏小姐的效劳是不好随便领情的；她每钉一个纽扣或补一个洞，自己良心就增一分向她求婚的责任。

——节选自钱锺书的《围城》

这里透露着叙述人居高临下洞晓人情世故的睿智与精明，他把什么都看了个透！言语间显示着智力的优越感，显示着心态的幽默和从容。

总之，成熟的作家每个人都有独特的语言风格，因而也就有各自独特的文体，各自独特的神韵。这一点，读者一读即可感受出来，绝不会把他们弄混的。

(二)体会行文的语气

语气贯注于作品整体中,体现的是作者或发言者对他的题材、读者或者本人所持的态度,是全部意义的一个重要部分,也是传达意义、形成文体的重要因素之一。从语气入手,往往能直接体会出文体中的意味。

环滁皆山也。其西南诸峰,林壑尤美。望之蔚然而深秀者,琅琊也。山行六七里,渐闻水声潺潺,而泻出于两峰之间者,让泉也。峰回路转,有亭翼然临于泉上者,醉翁亭也。作亭者谁?山之僧智仙也。名之者谁?太守自谓也。太守与客来饮于此,饮少辄醉,而年又最高,故自号曰醉翁也。醉翁之意不在酒,在乎山水之间也。山水之乐,得之心而寓之酒也。

这是欧阳修的著名散文《醉翁亭记》的第一段。全文抒发了作者对生活的热爱和陶醉,对生命欢乐的真诚赞颂和体验。文章以普通游记的形式写出,却有着非常浓厚的情趣意味。从文体上来看,一个突出特点是,全文 400 余字,虚词"也"出现了 21 次之多。"也"作为语气词,代表一种陈述,一种肯定,也是一种感叹。吟咏朗诵之时从中可以体会出作者寄情山水、宠辱皆忘、潇洒达观、怡然自得的情趣和心态。欧阳修热爱生活,充分地肯定生活并尽情地享受生活。试想,如果大量使用或疑问,或激昂,或愤慨,或峻急等语气,文章情趣则会大变。

再如,王蒙的小说《来劲》中的发问:

Xiang ming忍不住提出了下列问题:鸡蛋黄究竟会诱发心脏病还是有益健康?过去了的时光能不能重新倒流?新的形态与旧的形态哪个更易朽速朽?大学文凭多了是说明教育事业前进,人们的文化素质提高了还是相反?一个人说得最多的话是否便是最喜欢说最想说的话?……

就这样,Xiang ming滔滔不绝地一路问下去,一口气发了 46 问近千字,且意犹未尽。这些"问"题,有政治的、经济的、思想的、文化的、艺术的、生活的、爱情的……这种问法,颇为少见。这种疾风骤雨般劈头盖脸而来的发问,问出了现代人的怀疑和困惑,使人感到现代社会信息的密集,令人眼花缭乱,应接不暇;感到现代生活的丰富与驳杂,流动与变化。这种文体是独特的、新颖的、富有创造性的。这种文体给人以汪洋恣肆、纵横捭阖、酣畅淋漓之美感。这种文体是王蒙的,而不是别人的。从这种文体中,我们感受到王蒙的一个特点,即"思想一旦迸发,就像水银泻地,泥丸走坂,骏马注坡,具有令人晕眩地迁移的神速"。"我们在王蒙小说的思想中,在王蒙的文学评论中,常常看到幽光狂慧,看到天纵之神思,看到机锋、顿悟、妙谛,感到如飞镖、如电光般的思想的速度。……王蒙习惯于思想突发地闪击和疾速的迁移。无论是创作还是评论,他的文思之快是一般人难以企及的"。[①]

(三)看叙述人的叙述方式

对于叙事性作品来说,采用什么样的叙述方式极为重要。同样的故事,采用不同的方

---

① 曾镇南. 王蒙论[M]. 北京:中国社会科学出版社,1987:6-7.

式叙述就形成不同的文体，呈现不同的意味。

例如，当代作家陈村的小说《一天》里的一段：

> 天倒开始有点亮了起来。天亮起来是一点一点的，天一亮就觉得路灯不大亮了。等天再亮上一点，路灯就要关掉。天天都是这样的，张三天天看到路灯亮着亮着就关掉了。天不管路灯关掉不关掉，还是一点一点亮起来，等到天真的亮起来，就要比路灯亮得多了。路上的人也会多起来，人一多，这条马路就活了过来。人多的时候，天是很亮的……

这篇小说在叙述方面的最大特点是采用了第三人称有限叙事角度，即以主人公张三(普通工人)的口吻叙事，记述他的所作所为和所思所感。从语句语段的组织来看，句式单调、平板、啰唆，行文平铺直叙，节奏缓慢，一个意思翻来覆去地反复唠叨，全篇差不多将近一半的句子末尾不是"的"就是"了"，令人觉得单调、枯燥、烦闷。不错，作者要的就是读者的这种感觉，他刻意营造这种文体的目的就是要造成以上这种感觉。独特的艺术效果就是靠独特的文体造成的。

再如，王蒙的短篇小说《风筝飘带》中的一段：

> 于是开始了严厉的、充满敌意的审查。什么人？干什么的？找谁？避风避到这里来了？岂有此理？两个人鬼鬼祟祟，搂搂抱抱，不会有好事情，现在的青年人简直没有办法，中国就要毁到你们的手里。你们是哪个单位的？姓名、原名、曾用名……你们带着户口本、工作证、介绍信了吗？你们为什么不呆在家里，为什么不和父母在一起，不和领导在一起，也不和广大的人民群众在一起？……

这一段写的是，男女主人公佳原和素素因为没有地方谈恋爱而来到一所他们以为没人居住的新盖大楼里，结果被居民发现，将他们围起来厉声责问和训斥。在这里，作者只将居民的责问集中列出，删去了佳原和素素的辩解回答，删去了双方的动作神态等。这样写，加快了叙述的节奏，渲染出咄咄逼人的紧张气氛，烘托出居民们虚张声势、小题大做、趁势起哄、无聊愚昧、恃强凌弱的可笑心态。再深一层，我们看出了作者的幽默、调侃和嘲讽。如果采用传统的叙述方式，必将使艺术效果大大削弱。

思考练习题

一、举例说明什么是文体？
二、文体与意义、意味的关系是什么？
三、怎样理解下面两段话的含义？

(一)

我们只要稍微在语言的声调、加重语气、停顿句的长度方面加以改变，这个诗的世界就会变成另外一个世界，这个作品就会变成另外一个作品。

——凯塞尔[①]

[①] 凯塞尔. 语言的艺术作品[M]. 陈铨，译. 上海：上海译文出版社，1984：7.

(二)

《牡丹亭》记,要依我原本,其吕家改的,切不可从。虽是增减一二字以便俗唱,却与我原做的意趣大不同了。

——汤显祖①

四、同一作品,由一种语言翻译成另一种语言,作品的风韵、意味必然会有所不同;同一作品,由不同的人用同一语种译出,译文所传出的风韵、意味又会有所不同。一切"不同"都体现在"文体"上。下面是一首莎士比亚十四行诗(第 66 首)的两种汉语译文,请读者认真阅读,从文体角度仔细比较二者的区别。

(一)②

对这些都厌倦了,我召唤安息的死亡,——
譬如,见到天才注定了做乞丐,
空虚的草包穿戴得富丽堂皇,
纯洁的盟誓受到了恶意地破坏,
高贵的荣誉被可耻地放错了地位,
强横的暴徒糟蹋了贞洁的姑娘,
邪恶,不法地侮辱了正义的完美,
拐腿的权势损伤了民间的健壮,
文化,被当局统制得哑口无言,
愚蠢(俨如博士)控制着聪明,
单纯的真理被唤作头脑简单,
被俘的良善伺候着罪恶将军;
对这些都倦了,我要离开这人间,
只是,我死了,要使我爱人孤单。

(二)③

不平事,何堪耐!索不如悄然去泉台;
休说是天才,偏生作乞丐;
人道是草包,偏把金银戴;
说什么信与义,眼见无人睬;
道什么荣与辱,全是瞎安排;
童贞可怜遭虐待,
正义无端受阉埋;
跛腿权势,反弄残了擂台汉;
墨客骚人,官府门前口难开;
蠢驴儿自命博士驭群才;

---

① 贾文昭. 中国古代文论类编:上[M]. 福州:海峡文艺出版社,1990:440-441.
② 莎士比亚. 十四行诗集[M]. 屠岸,译. 上海:上海译文出版社,1981.
③ 莎士比亚. 莎士比亚十四行诗精选[M]. 辜正坤,译. 北京:华文出版社,2005.

真真话错唤作愚鲁痴呆；
善恶易位呵，恰如小人反受大人拜。
似这等不平何堪耐，不如一死化纤埃，
待去也，呀！怎好让心上人独守空阶？

【欣赏示例】

史铁生《务虚笔记》的文体特点

读《务虚笔记》，越读，越感到它不是一部一般意义上的小说，而更像一个自发哲学家的精神漫游。

史铁生所具有的自发哲学家的气质，基本上已为评论界所公认。对于哲学，感兴趣的作家不少，但像史铁生这么执着甚至痴迷且绝对有深度的人不多。周国平称史铁生为"天生的哲人"，说他不依靠概念，仅仅凭着自己的悟性便进入了一切最深刻的人生问题，同时他又是一个出色的小说家。诚哉斯言！周才是史的知音。具有哲学深度是《务虚笔记》乃至史铁生所有创作的特色，是史铁生作为作家的一大特色！读他的书，常常感到他不怎么像传统的文学家，而更像哲学家和思想家。面对一系列形而上的人生哲学问题，史铁生进入"写作之夜"——在沉思冥想中飞向宇宙苍天，俯瞰红尘人世，芸芸众生(包括自己)，探索人类生存的深层秘密。你终于明白，《务虚笔记》是一部别开生面的小说，一部以小说的形式思考人生、探索存在的小说，一部可以称得上诗化哲学的小说。想从故事情节取乐的人可能会失望，但注重思想，注重人生智慧的人会觉得十分过瘾。鄙以为，在哲学、思想和人生的深度方面，《务虚笔记》在当代文学史上绝对是一座丰碑。

除了哲学的深度，思想的深刻，还有女性般的细腻与温柔。哲学家气质和女性气质完美地统一在史铁生身上！或者说，男性的理性与深刻，女性的温柔与细腻，赤子的纯真与透明，构成了包括《务虚笔记》在内的史铁生文体的基本特征。

——节选自胡山林评点《务虚笔记》("评后记")第 390 页，工人出版社，2010。

第五节　古代诗词的语法特点

有这样一种说法：语法家和诗人是累世冤家。很显然，这是夸张之辞，不可过于当真。但也确实道出了诗词的语法特点有别于通常语言现象的语法特点这一基本事实。诗歌要求语言精练含蓄，形式整齐押韵，讲究平仄格律，所以就必须突破散文语言的语法规则，创造出自己独特的语言表达方式，即语法特点。了解这种特点，对于诗歌欣赏无疑会有很大帮助。

与散文比，诗歌的语法特点主要表现于以下几方面。

一、句子成分的省略

在诗歌中，各种句子成分都可能被省略，但最常见的是主语和谓语的省略。

1. 主语的省略

省略主语在古代诗词中较为常见。如王维的《鹿柴》：

空山不见人，但闻人语响。
返景入深林，复照青苔上。

诗人只说"不见人"，而没说谁不见人。但读者也并不因此就产生"如果没人在这儿，那么是谁听到了人语呢？"或"如果你在这儿，怎么能说是空山呢？"这类问题。

再如贺知章的《回乡偶书》：

少小离家老大回，乡音无已鬓毛衰。
儿童相见不相识，笑问客从何处来。

这里写的是作者久别回乡的感慨，但诗中略去了主语"我"。

有时一首诗中各句的主语不同，也同样可以省去。如王勃的《送杜少府之任蜀州》中"与君离别意，同是宦游人"，前一句省略了主语"我"，后一句省略了主语"我们"。李白的《宿五松山下荀媪家》："跪进雕胡饭，月光明素盘。令人惭漂母，三谢不能餐。"前句省略了主语"荀媪"，最后一句省略了主语"我"。

省略的主语可以是任何一个人，或许是读者，或许是某一想象的人物。主语的省略使中国诗歌通常具有一种普遍的、超人格化的气质。西方的诗歌以自我为中心，主语常常是"我"。如华兹华斯有一首诗叫《我独自云游》，如果是中国诗人，则可能题名为《云游》。前者叙述的是特定时间空间中特定个人的经历，而后者则比较超脱从而具有抽象性、普遍性。正因如此，中国诗的意境、内涵往往可以摆脱特定的主语而独立出来，成为对任何人都适用的格言名句。如"欲穷千里目，更上一层楼"(王之涣)；"不识庐山真面目，只缘身在此山中"(苏轼)。

2. 谓语的省略

谓语是散文句子中最重要的成分，如果将其省略往往就不能成为句子，所以在散文中谓语一般不能省略。但在古代诗词中省略谓语的现象却比较常见。

刘禹锡的《至潜水驿》：

枫林社日鼓，茅屋午时鸡。
鹊噪晚禾地，蝶飞秋草畦。

后两句有谓语("噪""飞")，而前两句就省略了谓语(鼓)"响"、(鸡)"鸣"。

岑参的《白雪送武判官归京》：

中军置酒饮归客，胡琴琵琶与羌笛。

从前一句可以推知后一句省略了谓语"吹拉弹奏"。

杜牧的《早雁》：

莫厌潇湘少人处，水多菰米岸莓苔。

后一句的意思是"水中多生长着菰米，岸边多生长着莓苔"，因有状语"多"而省略了谓语"生长"。

李颀的《望秦川》：

> 秋声万户竹，寒色五陵松。

其意思是"秋天的风声响彻整个竹林，寒气侵袭着五陵的青松"，这里省略了谓语"响彻"和"侵袭"(或"笼罩")。

3. 以词组代句子

在诗歌中，除了句子成分的省略外，还常常省略散文所必不可少的介词、连词等虚词，而以词组代替句子。以词组代替句子也是古代诗词的一种常见的省略形式。

马致远的小令《天净沙·秋思》：

> 枯藤老树昏鸦
> 小桥流水人家
> 古道西风瘦马
> 夕阳西下
> 断肠人在天涯

这首小令前三行由九个名词词组构成，宛如一个个电影镜头，用蒙太奇手法把它们组织起来，烘托出一种苍凉凄绝的意境。

白居易的《问刘十九》：

> 绿蚁新醅酒，红泥小火炉。
> 晚来天欲雪，能饮一杯无？

前两句以两个词组罗列出招待客人的诱人条件，加上后两句，共同创造出一个令人心醉神迷的温馨氛围。

"飘飘何所似？天地一沙鸥"(杜甫《旅夜书怀》)，后句的前面省略了"似"。"织者何人衣者谁？越溪寒女汉宫姬"(白居易《缭绫》)，后句省略了"是"。"慈母手中线，游子身上衣"(孟郊《游子吟》)，两句都省略了动词和形容词。

二、句子成分顺序的变换

在散文中，句子各种成分之间的排列是有一定的顺序的。但在古代诗词中，为了适应格律的需要，往往会改变句子中成分的顺序。这种变换复杂多样，主要有以下几种：

1. 谓语前置

散文句式一般是主语在前，谓语在后，宾语最后。而诗词中主谓语却颠倒次序，这是古代诗词中又一个突出的现象。

王维的《山居秋暝》："竹喧归浣女，莲动下渔舟。"谓语"归""下"倒置于主语"浣女""渔舟"之前，既符合律诗的平仄、押韵要求，又显得诗意盎然，生动有致。"风雪夜归人"(刘长卿《逢雪宿芙蓉山主人》)，"夜归人"实为"人夜归"。"江晚正愁余，山深闻鹧鸪"(辛弃疾《菩萨蛮·书江西造口壁》)，"正愁余"应为"余正愁"。

谓语前置不一定都置于主语前，有时是置于状语前，即仅仅同状语换一下位置。如"僧敲月下门"，是"僧在月下敲门"，谓语动词倒置在状语之前了。"双燕归来细雨中"的"归来细雨中"，实应为"细雨中归来"的倒置。

2. 宾语前置

如"杀人辽水上，走马渔阳归"(崔颢《古游侠呈军中诸将》)，这两句的意思是，在辽水作战杀敌，功成之后走马回归渔阳。下句"渔阳归"是"归渔阳"的倒装。

"吴山楚泽行遍，只欠到潇湘"(张孝祥《水调歌头·泛湘江》)，前一句为"行遍吴山楚泽"的倒置。"露凝花瘦，薄汗轻衣透"(李清照《点绛唇》)，后一句为"薄汗透轻衣"的倒置。

宾语提前，有时是部分的。如"菊花须插满头归"(杜牧《齐山登高》)，"插"的宾语是"满头菊花"，该句是将作为宾语一部分的"菊花"提前了。

3. 状语、补语前置

状语前置的，如张碧《农父》中的"到头禾黍属他人"，"到头"是"属"的时间状语；补语前置的，如苏轼的《念奴娇·赤壁怀古》中"多情应笑我，早生华发"，"多情"是"笑"的补语，应在"我"后，却前置于句首。也有主语置于定语之前的，如"破纸窗间自语"(辛弃疾《清平乐》)，实应为"窗间的破纸自语"，主语"破纸"提在定语"窗间"之前了。

了解了诗歌中语法顺序变换的特点，对于比较复杂的诗句就可以索解了。如杜甫的《秋兴八首》(之八)中的两句："香稻啄余鹦鹉粒，碧梧栖老凤凰枝"，造句奇特，颇为费解。但通过调整语法关系(主宾相倒)，就可以得到以下诗句："鹦鹉啄余香稻粒，凤凰栖老碧梧枝"。若直译为现代汉语即为："喷香的稻米是鹦鹉吃剩下的，碧绿的梧桐是凤凰经常栖息的。"

三、词类的活用

1. 名词用做动词

汉乐府《上邪》诗中的"夏雨雪"，是"夏天下雪"的意思，名词"雨"当动词用了。刘禹锡的《乌衣巷》："朱雀桥边野草花，乌衣巷口夕阳斜"，前句的"花"前省略了谓语动词"开"，于是名词"花"用做了动词。

2. 名词用做形容词

刘禹锡《酬乐天扬州初逢席上见赠》中的"病树前头万木春"，最后一个字"春"就是名词用做形容词。李嘉祐的《同皇甫冉》："孤云独鸟千山暮，万井千山海色秋"，前句中的"暮"是名词用做动词，后句中的"秋"是名词用做形容词。

3. 形容词用做名词

杜甫《望岳》中的"岱宗夫如何，齐鲁青未了"，"青"字是形容词活用为名词，指青青的山色。白居易《买花》中的"灼灼百朵红"，"红"指"红花"，是形容词当名词用。

4. 形容词用做动词

王安石的名句"春风又绿江南岸"中的"绿"字,就是形容词用作动词的范例。

其他如动词用做形容词,动词用做副词,名词和形容词用做副词等,千变万化,丰富多彩。总之,汉语中的词类具有可变性,同一个字可以用做名词,也可以用做动词或形容词等。同一个字,在一首诗里是什么意思,必须具体分析,不可凭表面意思下结论。

思考练习题

一、古代诗词主要有哪些与现代汉语不同的语法特点?

二、阅读中国古代诗词,注意观察分析其语法特点。

说明:本节的写作,参考了相关语法和古诗词研究论著,不一一注出,对相关论著作者,在此表示感谢。

第五章 形象层面的观照与分析

第一节 意 象

一、什么是意象

意象，是中国美学中一个最基本也最重要的概念，是文学作品构成的重要因素，也是文学欣赏的一个重要角度。

那么，什么是意象呢？让我们以诗为例来讨论。

> 夜来风雨声，花落知多少？
> ——孟浩然

> 雨中黄叶树，灯下白头人。
> ——司空曙

> 落花人独立，微雨燕双飞。
> ——翁宏

以上诗句中都有可视可闻可感的物象(风雨、落花、黄叶树)或事象(人独立、燕双飞、雨中、灯下)，它们巧妙地组合在一起，传达出无尽的意味。如"风雨"吹打，"落花"一片，美好的事物不能长留，隐隐约约传达出伤春惜春、"美人迟暮"的感叹。"黄叶树"本已接近凋残，偏又置于"雨中"；"白头人"本已衰老自怜，感叹岁月之流逝，何况又在"灯下"，更加凄然哀伤。"在诗歌艺术中，这种通过一定的组合关系，表达某种特定意念而让读者得之言外的语言形象，如'黄叶树''白头人'等，就叫意象。"[①]

如果嫌这一概念不够纯粹和精练，那么更准确、精练的总结，以笔者看来当数流沙河。流沙河罗列古今中外关于意象的论述加以分析比较，发现定义愈苛细，漏洞也愈多，于是他返璞归真，把意象定义为表意的象。他说这个定义在纵的方向上承续了中国古代的意象论，在横的方向上认同了西方现代的意象论。这里所说的"意"，可以是心意、情意、意思、意图、意义、意念、意向等，包括整个意识的活动和潜意识的活动。这里所说的"象"，可以是显现在心中的意象(用于创作论)，也可以是完成在作品中的意象(用于欣赏论)。[②] 如果把"意象"一词放到整个文学活动流程中就看得更清楚了：客观的物象→作家心中的意象→写进作品被读者所读到的意象(通常也叫艺术形象)。

[①] 陈植锷. 诗歌意象论[M]. 北京：中国社会科学出版社，1990：13.
[②] 流沙河. 流沙河诗话[M]. 成都：四川文艺出版社，1995：285，287.

二、意象的实质

以诗人为例，作家创作为什么要用意象呢？

作家为什么要创作？是因为对人生、对世界有所体验，有所感悟，有所理解。总之是心中有了一定的意念需要表达。怎么表达？用"言"（语言）？"言"不尽"意"。"意"本身无形无相，无体无状，摸不着看不见，氤氲如雾，混沌一片，鲜活生动，朦胧模糊，千般复杂，万般变化。它是一种生命性的本体性存在，而具有抽象性的"言"又怎么能穷尽它？！"言"不尽"意"改用"象"。"立象以尽意"，这就是"意象"。如上引诗句，作者要传达的"意"是多么丰富多么微妙细腻啊！用逻辑性、概括性的散文化语言，无论如何也说不清其中的微妙韵味，而一旦化为"意象"，则比较完满地传达出了那些微妙情意。所以诗人在创作时，总是要选取或创造最能传达内心情意的意象，意象经营成了艺术构思的一个中心任务。

那么，怎样经营或构思意象呢？经营、构思意象的原则是什么呢？原则是选取和"意"有相互契合、相互对应关系(用学术语言表述即"异质同构")的"象"。中国古人注意到了客观外物与人的内在精神世界的关系，常常用外物象征人的内在精神。例如，孔子说"岁寒，然后知松柏之后凋也"，就是从松柏身上看到了人的某种崇高的品格，后人把这叫作"比德"之美。

西方人也懂这一点。法国著名象征主义诗人波德莱尔就说过，外界事物与人的内心世界能互相感应、契合，诗人可以运用有声有色的物象来暗示内心的微妙世界。英国大诗人艾略特也说，表达情感唯一的艺术方式便是为这个情感寻找一个客观对应物。艾略特的话直截了当，道出了意象的实质乃作家情感的客观对应物。

三、怎样通过意象欣赏作品

首先，要仔细品味意象本身所蕴含的丰富、独特的情感信息。

诗歌的辞藻(意象的载体)和日常语言不同，总是蕴含着更细微、更丰富的情感信息，有着更动人的审美意味。当我们读着这些辞藻时，马上就会唤起一幅意象的画面，感受到"象"中的意味。

例如，西风与秋风，字面义都是秋天的风，但诗歌中更多用的是西风："菡萏香销翠叶残，西风愁起绿波间"(李璟《山花子》)；"碧云天，黄花地，西风紧，北雁南飞"(王实甫《西厢记》)；"西风烈，长空雁叫霜晨月"(毛泽东《娄山关》)……之所以如此，是因为虽然二者都有萧索、凄凉、伤感的意味，但西风似乎更强劲，更有力度。

"白日"当然是太阳，但它比"太阳"有味儿。"白日"有一种光芒万丈、灿烂辉煌的气象。

"绿窗"，意思是绿色的纱窗，但"绿窗"作为一种意象更有一种温馨感、亲切感，有一种诱人的家庭生活气氛。从"劝我早归家，绿窗人似花"(韦庄《菩萨蛮》)和"今夜偏知春气暖，虫声新透绿窗纱"(刘方平《夜月》)中，均可体会出以上意味。

"板桥"即木桥，但古代诗歌中却只有"板桥"而少有"木桥"。如"春江一曲柳千条，二十年前旧板桥"(刘禹锡《杨柳枝》)；"鸡声茅店月，人迹板桥霜"(温庭筠《商山早行》)……仔细品味，"板"比"木"更有诗味，更有形象感，音节上也更响亮。

"菡萏香销翠叶残"。"菡萏"即荷花，二者所指名物相同，但在诗歌中给人的感受不同："荷花"通俗写实，"菡萏"则比较古雅，给人一种高贵而疏远的感觉。"翠叶"即"绿叶"，但"绿叶"给人以浅俗的感觉，而"翠叶"给人以珍贵美好的感觉。"夕阳"与"落日"语法意义完全相同，但从意象角度看给人的审美感受却很不相同。"夕阳"常常使人想到天边一抹火一样燃烧着的晚霞，它带给人的是温暖与和煦，如"夕阳薰细草，江色映疏帘"(杜甫《晚晴》)；展现给人的是一片鲜红，如"旋折荷花半歌舞，夕阳斜照满衣红"(费氏《宫词》)。"落日"使人联想起一片空旷，一片荒凉，如"禹庙空山里，秋风落日斜"(杜甫《禹庙》)；勾起人们一缕乡思和离愁，如"去国登兹楼，怀归伤暮秋，天长落日远，水净寒波流"(李白《登新平楼》)。总之，"夕阳"的色调为"暖"，"落日"的色调为"冷"。意象的意味之妙，全凭欣赏者仔细涵泳品味才能辨出。

其次，要充分了解意象所凝聚的文化内涵。

意象原本是诗人为表达某种特定的情思意念而创造出来的。它一旦被创造出来，并得以广泛流传，就会为社会大众所认可，某一意象就和某种特定的情思意念建立起比较稳定的内在联系，从此成为一种现成思路被诗人反复运用。于是，特定意象上就积淀起相应的文化内涵，成为文化传统的表象符号。正如美国批评家 C.布鲁克斯所说，当一个词用在一首诗中，它就应当是在这一词境中被具体化了的全部历史的总结。对此，读者必须有相应的了解。

例如，"折柳""折梅""南浦""长亭""游子""故人""落叶""孤帆""浮云""落日""朝""暮""秋""雁""月"等常见意象，往往和离愁别恨有关，成为表达相思离别的现成符号，人们一看见这些意象，就很容易勾起相应感情。

柳条弄色不忍见，
梅花满枝空断肠。

——高适《人日寄杜二拾遗》

归泛西江水，离筵北固山。
乡园欲有赠，梅柳着先攀。

——孟浩然《早春润州送从弟还乡》

浮云游子意，落日故人情。

——李白《送友人》

长亭叫月新秋雁，官渡含风古树蝉。

——武元衡《送韦秀才赴滑州》

天晴一雁远，海阔孤帆迟。

——李白《送张舍人》

> 春草碧色，春水绿波，送君南浦，伤如之何？
>
> ——江淹《别赋》

在《诗经》中，鸟类意象常与男婚女嫁相关，成为男女婚恋的意象符号。"关关雎鸠，在河之洲，窈窕淑女，君子好逑"(《周南·关雎》)是以水鸟雎鸠起兴；"吁嗟鸠兮，无食桑葚；吁嗟女兮，无与士耽"(《卫风·氓》)，是以鸠来同热恋中的少女作比；"维鹊有巢，维鸠居之。之子于归，百两御之"(《召南·鹊巢》)，以鹊鸠两种鸟既比又兴，描写出嫁、迎亲的热闹场面。

"蛾眉"作为一个意象最早见于《诗经·硕人》的"螓首蛾眉"，随后又见于《离骚》的"众女嫉余之蛾眉兮"。由这些文化传统作基础，就大体形成了"蛾眉"意象的联想指向：美女那细长而弯曲的双眉，如"华清恩幸古无伦，犹恐蛾眉不胜人"(李商隐《华清宫》)；有时是美女的代称，如"六军不发无奈何，宛转蛾眉马前死"(白居易《长恨歌》)；有时又指一个人美好的情操和品德，如"众女嫉余之蛾眉兮"(屈原《离骚》)。

在古代诗歌中，像这类代表了人类的共同感情和习惯思路，能引发某种固定情绪和习惯性联想的程式化意象，比比皆是。欣赏古代作品时不可不察。

第三，根据意象的不同形态，识别其中不同的比喻、象征意义。

《诗经·桃夭》："桃之夭夭，灼灼其华。之子于归，宜其室家。"(桃花开得好漂亮啊，这个女子要出嫁了，要组织一个好家庭了。)这是新婚典礼上唱给新娘的歌，这里的意象是物象——桃花，以桃花象征妙龄青春的女子。

《诗经·采薇》："昔我往矣，杨柳依依。今我来思，雨雪霏霏。行道迟迟，载渴载饥。我心伤悲，莫知我哀！"这是一位守边士兵从前线回归故土时遇到的情景。"杨柳依依"和"雨雪霏霏"，作为情景意象，分别与"留恋故土，依依不舍"和"天气恶劣，情绪悲哀"的情绪相通。

《越中览古》(李白)："越王勾践破吴归，战士还家尽锦衣。宫女如花满春殿，只今惟有鹧鸪飞。"李白游览越王城故址，浮想联翩，看到古今对比，产生无限慨叹。这首诗的意象是两个场景：前三句昔日之热烈、繁华、煊赫与后一句今日之荒凉、衰颓、破败相对比，盛衰无常，世事变迁的意味不言而喻。

《江雪》(柳宗元)："千山鸟飞绝，万径人踪灭。孤舟蓑笠翁，独钓寒江雪。"这首诗读者很熟悉，它的意象表现为意境。整首诗的意境可以作为一个意象(广义的意象)。

《没有走的路》([美]罗·弗劳斯特)：

> 路到渐黄的树林分两股，
> 我呀，一个人，只能走一股，
> 伫立林中，我多时踯躅，
> 极目远望前面这条路曲折通到一片灌木。
>
> 我却走另一股，同样美丽，
> 选定这一股也许有理由：
> 因为这条路草深人稀；

当然要就其他外貌说，
两条路倒也相差无几。

那一早，落叶下面的两条路，
都很清新，还没人行走，
啊，我想把第一股暂时留着，
谁知我这股和旁路相连，
我不会转回再走那一股。

我将带着内心沉痛，
向几代后来行人倾诉：
我遇到两条道路在林中，
却选择来往稀少的一股，
结果导致了遭遇不同。

这首诗向读者讲述了一个"故事"：一个人在树林里遇到两条路，他既想走这条又想走那条，这当然是不可能的，于是只好选择其中的一条而放弃另一条，结果导致一生遭遇不同，令人感慨万端。这首诗有没有意象？当然有，只不过其意象是个"故事"，即事象。作者在这里是运用象征手法谈人生，林中择路的事象其实就是人生选择的"客观对应物"。

总之，意象在作品中的表现形态各不一样，但基本性质不变。欣赏作品时一定要善于识别不同意象，仔细体会其"对应"的意蕴是什么。

第四，从意象的组合中感悟"味外之旨"。

意象常常并不孤立地在作品中出现，而是相互拼接组合，共同完成"意"的传达。诗歌中每个意象都有其相对独立的意味，而当它们通过不同手段组合在一起时，就会产生新的意味，如唐代文学家司空图所说的"象外之象""景外之景""韵外之致""味外之旨"。

意象的组合，效果颇像电影中的镜头组接——蒙太奇。蒙太奇是电影结构的基本手段，通过蒙太奇对镜头的组接，可以表达单个镜头所没有或不够鲜明的情绪或观念。苏联电影导演普多夫金作过一次实验：把一个演员无表情的面部特写分别同一盘汤、一具女尸和一个玩玩具的女孩三个镜头组合起来，结果观众分别从这个演员的脸上看到沉思、悲痛和轻松愉快的表情。诗歌中意象的组合与此相类，因此欣赏诗歌就要善于看出意象的组合所体现出来的美学意味。例如，《古诗十九首》中的《行行重行行》中有两句诗："胡马依北风，越鸟巢南枝。"诗中所写，景非一时，物非一地，但两个画面一组合，便产生了两个画面之外的第三个意义：远游之人与故土之亲人相思，主人公分居两地的无限乡思，溢于言外。这就是司空图所说的"超以象外，得其寰中"（《诗品二十四则》）。

再如，温庭筠《商山早行》中的诗句："鸡声茅店月，人迹板桥霜。"从语法上来看是六个词语的堆垛，从意象角度来看是六个意象的巧妙组合。"鸡声"是早行的时间意象，"茅店""板桥"是早行的空间意象，"人迹""霜"是早行的场景意象，"月"与"鸡声"相并也是时间意象，与"茅店"衔接，一上一下，又是一个空间意象；与对句

"霜"组合,既描述了凌晨之冷清,又是一个场景意象。单个地看,六个意象每个都可以用来描写早行之辛苦,所有意象排列组合在一起,行人的羁愁旅思、道路辛苦得到了更强烈的表现。

相同或相近的意象经过不同作家的不同组合,可以产生完全不同的意味。例如,以"白骨"指代死人,是汉魏隋唐诗歌中常见的一个意象,但分别出现于下列三种组合中,其"味外之旨"就不同。曹操的《蒿里行》用"白骨露于野"与"千里无鸡鸣"相组合,渲染出因战乱而造成的荒凉景象;杜甫在《自京赴奉先县咏怀五百字》中用"朱门酒肉臭"与"路有冻死骨"并置,暴露了贫富不均的强烈对比;陈陶在《陇西行》中用"可怜无定河边骨"与"犹是春闺梦里人"相接,沉痛地控诉了战争给人民带来的生离死别。[1]

以上我们举的例子基本都是诗歌中的意象,但读者不要产生误解,以为只有诗歌中才有意象。不是的,意象是文学所有体裁所共有的艺术要素,因此在其他文体中也同样存在。读者阅读时须留心识别。辨识意味深长,篇幅所限,此处就略而不述了。

思考练习题

一、什么是意象?

二、意象的实质是什么?

三、意象主要有哪些形态?

四、从哪些方面把握意象中的意味?

五、意象组合的艺术功能是什么?

六、体会下列诗句意象中的意味。

> 狗吠深巷中,鸡鸣桑树颠。
>
> ——陶渊明《归田园居五首·其一》
>
> 大漠孤烟直,长河落日圆。
>
> ——王维《使至塞上》
>
> 落日照大旗,马鸣风萧萧。
>
> ——杜甫《后出塞五首·其二》
>
> 无可奈何花落去,似曾相识燕归来。
>
> ——晏殊《浣溪沙》
>
> 秋风萧瑟天气凉,草木摇落露为霜。
> 群燕辞归鹄南翔,念君客游多思肠。
>
> ——曹丕《燕歌行》

---

[1] 陈植锷. 诗歌意象论[M]. 北京:中国社会科学出版社,1990:72-73.

第二节 意 境

一、意境与意象的联系与区别

意境与意象一样，是我国抒情文学创作中总结出来的审美范畴，也是传统文艺理论和美学的一个重要概念，因而具有共同的审美特征——它们都是作家根据抒情传意的需要而从生活中选择、提炼出来的，或者干脆就是由心灵幻化出来的，因而都是主客观的统一：情与景、心与物、意与象、意与境的统一。

当然，在这种主客观的统一关系中，也有侧重，即矛盾的主导方面是主观，是主体的心灵。在意象和意境中，当然要描绘大量的景象、物象、事象乃至于人物形象，但这些都不是作家着意表现的中心，作家的目的不是为它们本身留影造像，而是在为"情思"寻找和创造合适的载体。透过载体，所抒发的是情感，是心灵——作品发言人的心灵以及作家的心灵。

意境与意象的另一个共同点是，具有生动具体的可感性和可内视性，即都可以"呈于象，感于目，会于心"。[①]王国维称这一特点为"不隔"。他举例说，"池塘生春草""空梁落燕泥"两句，妙处唯在"不隔"；而"谢家池上，江淹浦畔"则"隔"矣。[②]"池塘生春草"是著名诗人谢灵运的名句，"谢家池上"指的就是谢氏这一名句。那么为什么前者"不隔"而后者"隔"呢？因为前者写景如在目前，形象清新，生动可感，而后者无形象可"视"，不能"呈于象，感于目"，所以为"隔"。"江淹浦畔"亦如此。意境，首先是一"境"，是"境"就应该具体可感，可以"内视"，丧失了这一特点，"境"不存在了，意境也就没有了。

意境与意象有联系也有区别。区别在于，意象(狭义)具有单个性、独立性，表现在作品中是一个个词语，代表单个的景、物或事实，是作品艺术构成的基本单位；而意境则是由许多个意象的有机组合构成的，因而具有整体性、统一性。意境的"境"不同于"景""物"，而相当于整体性的"生活"情景，相当于一个"场"。意境的创造离不开意象，各种意象的有机组合构成"意境"。唐人刘禹锡所说的"境生于象外"，道出了意境构成的基本特征。

例如，柳宗元的《江雪》：

> 千山鸟飞绝，万径人踪灭。
> 孤舟蓑笠翁，独钓寒江雪。

这里的"千山"(物象)、"鸟飞绝"(事象)等都是意象，诸多意象构成了一个可"见"的"生活场景"，一个空灵的艺术空间：在冰天雪地、荒无人烟的严寒之中，一个老渔翁正驾一叶扁舟悠然垂钓于寒江之上。这里已经不是单独存在的意象，而是意象的综合。综合之后形成了一个"场"，一个具有空间性、立体性、流动性的可供读者体验的"生

---

① 北京大学哲学系美学教研室. 中国美学史资料选编：下[M]. 北京：中华书局，1981：314.
② 郭绍虞. 中国历代文论选：第 4 册[M]. 上海：上海古籍出版社，1980：372-373.

活场"。

再如，马致远那首著名的《秋思》，其中的"枯藤""老树""昏鸦"等，是一个个独立的意象，而它们的完美组合才形成一个"境"(或者说是"场")——一个充盈弥漫着某种情思意绪的"境"，即意境。既然是"境"，是"场"，就具有立体性、空间性，就是一个整体，一个和谐的场景、氛围。这种效果是要靠整体才产生的，而单个的、独立的意象是不具有如此强大的艺术感染力的。

二、意境的特征

以上是我们所要说的意境的第一个重要特征：空间性、场景性、和谐性。意境是一个完美和谐的艺术空间，是一个相对完整的生活场景。

意境的空间性、场景性特征在具体作品中的表现，大体上可分为两种类型。

一种是如《江雪》《秋思》那样笼罩整首诗的空间或场景。也就是说，一篇作品呈现为一个整一完备的空间或场景，这是一种典型的"空间"形态。

但更多的是非整一完备的空间形态，即一篇作品中某几句构成了一个相对完整和谐的空间或场景，这也是一种意境。例如，唐代司空曙的《喜外弟卢纶见宿》，全诗如下：

> 静夜四无邻，荒居旧业贫。
> 雨中黄叶树，灯下白头人。
> 以我独沉久，愧君相见频。
> 平生自有分，况是蔡家亲。

这首诗的前四句描绘出一幅场景：远景是静夜里孤零零的荒村，陋室内潦倒落魄的寒士，已然传出凄凉困窘的意味；近景中，"雨""黄叶树""灯""白头人"，四个意象叠加，一幅立体场景像电影画面一样呈现在读者眼前，无限辛酸，无限悲凉，无限的人生感慨，见于言表。这四句所描绘出来的已经构成一个"空间"，一个"场"，这已经可以视为一个相对完整的意境。即使没有后四句，也不失为一首好诗。

再如，杜甫的《绝句二首·其二》：

> 江碧鸟逾白，山青花欲燃。
> 今春看又过，何日是归年？

这首诗前两句写景，十个字描绘出一幅富有生气的优美境界：青山绿水，白鸟红花，雪白的水鸟翱翔在碧波荡漾的江面之上。白与绿相互映衬，白者愈白，绿者愈绿；火红的鲜花盛开在蜿蜒起伏的青山之上，青草衬红花，青者愈青，红者愈红。两句十个字写出了江、山、花、鸟四景，白、绿、青、红四色，写出了鸟在天上飞，水在江里流，花在山上开。天上地下，有动有静，无论是动的还是静的都显出勃勃生机，显出大自然的无限美好，让人感到赏心悦目，心旷神怡。这两句写出了一个阔大壮丽的"空间"，自成一意境。在这里透出的是作者对大自然的欣悦和热爱之情。然而，虽然眼前美景无限好，毕竟不是自己的家乡，美景反而勾起作者深沉的乡思，这才引出后两句抒情：今春看又过，何日是归年？

意境的另一重要特征是含蓄蕴藉，余味无穷。

对于这一特征，古人早有认识并有许多精辟的论述，如"义生文外""余味曲包"(刘勰)；"文已尽而意无穷"(钟嵘)；"但见性情，不睹文字"(皎然)；"象外之象，景外之景"(司空图)；"句中有余味，篇中有余意"(姜夔)；"言有尽而意无穷"(严羽)；"妙在笔画之外"(苏轼)；等等。所有这一切都证明了古人对于意境余味无穷的特征的透彻领悟。

由于意境具有余味无穷的性质，因此有意境的作品往往能够诱导欣赏者超越具体有形(同时也有限)的"象"（"景""物""境"）而想得更深更远，乃至于无限。

例如，《江雪》，直接呈现给读者的就是那样一个"生活场"，但这个"生活场"是生活中根本不存在的，这是由作者的心灵幻化出来的，因而具有象征意义。它象征了柳宗元政治上失意之后的抑郁苦闷以及不屈服的心灵，渔翁清高孤傲，完全蔑视周围环境的冷酷。渔翁的形象实际上就是柳宗元的心灵形象。体会不出这些篇外之"余意"，仅仅看到了一个虚幻的"生活场"就绝不能说理解了此诗。

我们还可以想得更远。这首诗不仅是柳宗元的心灵象征，也可以是一切清高孤傲、不与世间污浊相妥协的心灵象征。它是一种具有普遍意义的理想人格，一种具有典型意义的精神品格。一切有此类心灵品质的人都可以在这里找到精神寄托、精神参照和精神慰藉。

对于《江雪》这首诗，我们似乎还可以从超越历史、超越社会、超越现实的角度来观照它，以既从文本出发又超越文本的眼光来领悟它。在这种眼光里，诗的头两句描绘出的是一个空无虚静、万籁俱寂的恒寂世界。渔翁在这寥廓的宇宙空间中悠然自得地垂钓，其意义已远不在垂钓本身，而是象征了渔翁超尘拔俗，游心太玄，独与天地相往来的精神境界。对于渔翁来说，身外世界已不能成为束缚限制其行为的客观羁绊，他已获得了自由——心灵的自由和行动的自由。从这一意义来说，渔翁其实是庄子所说的"真人""至人"。

再如，元稹的小诗《行宫》：

寥落古行宫，宫花寂寞红。
白头宫女在，闲坐说玄宗。

这首诗仅有 20 个字，呈现在读者面前的却是空虚冷落的古行宫里一幕生活小景，这里蕴含了多少意味啊！这里有对宫女凄凉身世的深切同情，有红颜易老、青春易逝的人生感慨，有时移世迁、盛衰递变的感喟叹息……总之，小诗意境深邃，诗味隽永，诱发读者浮想联翩。宋代洪迈在《容斋随笔》中称赞它"语少意足，有无穷之味"。

现代美学理论认为，整体大于部分之和，形式与关系可以生成一种新质。两个(乃至于更多)意象的组合可以生出象外之意(1＋1＞2)。意境余味无穷的奥秘即在这里。关于这个意思，前面一节里已经讲到，兹不赘述。

通过意境与意象异同的对比可以看出，所谓意境指的就是作品中心灵化了的特定"生活场景"，它是由意象与意象的有机组合而形成的。意境具有具体可感性(不"隔")、空间性（"场"或"境"）、余味无穷等几个显著特征。根据以上特征可以看出，并不是所有的诗词作品都有意境。例如，那些以学问入诗(大量用典、雕章琢句等)、以议论入诗、不假形象直接抒怀咏志等作品一般就没有意境。对于有意境的作品来说，也并不都是从开头到结尾构成一个完整统一的意境，而更多的是其中某几句构成一个相对完整和谐的意境。

三、有意境者固然高，无意境者未必低

以上着重谈了诗词作品中的意境，其原因是意境在诗词中表现比较普遍和集中，同时也因为诗词作品篇幅短小，便于举例分析。不过这样做并不意味着散文、小说、剧本等其他形式的文学作品中不存在意境。事实上，作为一个审美范畴，作为一种艺术现象，意境普遍存在于各种类型的文学作品中，只不过其表现形态与诗词作品中的意境有所不同，但其基本特征仍是一脉贯通的。

从欣赏角度出发还需要说明的一点是，有无意境不应该成为衡量作品艺术上成败优劣的唯一尺度。正确而通达的观念应该是：有意境者固然高，无意境者未必低。[①]

思考练习题

一、意境与意象的共同点是什么？
二、意境的特征是什么？
三、为什么不能把有无意境视为衡量作品艺术上优劣成败的唯一尺度？
四、分析下列作品的意境。

登 高
杜 甫

风急天高猿啸哀，渚清沙白鸟飞回。
无边落木萧萧下，不尽长江滚滚来。
万里悲秋常作客，百年多病独登台。
艰难苦恨繁霜鬓，潦倒新停浊酒杯。

浣 溪 沙
晏 殊

一曲新词酒一杯，去年天气旧亭台。夕阳西下几时回？
无可奈何花落去，似曾相识燕归来。小园香径独徘徊。

【相关链接】

"意境"的哲理性意蕴

从审美感兴活动来看，所谓"意境"，实际上就是超越具体的、有限的物象、事件、场景，进入无限的时间和空间，即所谓"胸罗宇宙，思接千古"，从而对整个人生、历史、宇宙获得一种哲理性的感受和领悟。这种带有哲理性的人生感、历史感、宇宙感，就是"意境"的意蕴。因此，"意境"可以说是"意象"中最富有形而上意味的一种类型，而"意境"给人的感兴则是一种形而上的慰藉。

---

① 袁行霈. 中国诗歌艺术研究[M]. 北京：北京大学出版社，1985：47.

中国古代山水画家喜欢画"远"(高远、深远、平远),"远"就是中国山水画的"意境"。因为"远"突破山水的有限的形质,使人的目光伸展到远处,从有限的时空进到无限的时空。中国古代的诗人喜欢登高远望,也是为了从有限的时空进到无限的时空,从而引发一种带有哲理性的人生感、历史感、宇宙感。宗白华说,"杜甫诗云:'篇终接混茫'。有尽的艺术形象,须映在'无尽'和'永恒'的光辉之中。'言在耳目之内,情寄八荒之表'。一切生灭相,都是'永恒'的和'无尽'的象征。屈原、阮籍、左太冲、李白、杜甫,都曾登高远望,情寄八荒。"我们看李白的诗《登新平楼》:

    去国登兹楼,怀归伤暮秋。
    天长落日远,水净寒波流。
    秦云起岭树,胡雁飞沙洲。
    苍苍几万里,目极令人愁。

  李白的这首诗蕴含着人生的感叹,而这就是"意境"。中国的古琴曲、笛子曲(如"秋湖夜月"),琵琶曲(如"大浪淘沙"),也都有类似的"意境"。

  中国古典园林在美学上的最大特点也是重视意境的创造。中国古典园林的美不是一座孤立的建筑物的美,而是艺术意境的美。中国古典园林中的建筑,楼、台、亭、阁,都要服从于创造艺术意境的要求。明代计成在《园冶》中说:"轩楹高爽,窗户虚邻,纳千顷之汪洋,收四时之烂漫。"计成这段话指出园林建筑的审美价值主要不在于建筑本身的美,而是"纳千顷之汪洋,收四时之烂漫",也就是使游览者从有限的时空进到无限的时空,从而对于整个人生、历史、宇宙获得一种哲理性的感受和领悟。

  既然"意境"是"意象"中的这样一种富有哲理性意蕴的类型,那么它必然突出地显示一种特定的人生观、历史观、宇宙观。中国古典艺术所创造的意境,就多数来说,突出显示了道家和禅宗的世界观。这一点,我们从中国古代诗歌、散文、绘画、音乐、戏曲、小说中都可以感受到。例如,"大地山河微有影,九天风露浩无声",本写涵盖乾坤的帝居气概,却传达出了某种"大音希声,大象无形"的意境,极有声势融化为一片寂寥,达到了一种类似于天地宇宙的极境——也就是无,于是升华为太虚片云的道境的虚。"明河有影微云外,清露无声万木中",迥绝尘寰的幽人境界,实际上消除了有与无、声与影、外与中的对立和区别,把人引入镜花水月的禅境的空。如果说,中国古代艺术的一般意象强化或对象化了古代艺术家的情绪和意趣,使古代艺术家盘桓绸缪于人生的旋涡中,流连依偎于自然的色相里,使人生逆旅丰富驳杂,精细深微,那么,中国古代艺术的意境则安顿了古代艺术家的灵魂,古代艺术在对万象的超越中获致恢复本根的宁静与福慧,古代艺术家们一下子超越人生逆旅而回到了湛然寂然的本来的"宇"——一切"有"的老家。欧阳修有诗云:"夜凉吹笛千山月,路暗迷人百种花。棋罢不知人换世,酒阑无奈客思家。"关山冷月、路暗花迷的美景,笛声悠扬、把酒临风的良辰,世事如棋、一局一新的人生,都无可奈何那内心最深处的孤迥,那"逆旅思家"的无聊,但却唤醒了超越的希冀。中国诗人和画家,在落日暮霭里,在远寺钟声里,在孤帆远影里,在月夜箫声中,突然感到一种无名的深沉的孤独,突然失落了自我,却也同时寻到了最大的慰藉,在大自然中重视捡回了一个我——物我同一的我。这显然蕴含着道、禅的人生观、历史观、宇宙观。这就是中国古代艺术意境的特殊的文化内容。但是这不等于说,凡是"意境"都必须蕴含这种道、禅世界观。"意境"的特点是突破有限的象，从而引发一种带有哲理性的人生感、历史感和宇宙感，但是这种人生感、历史感、宇宙感的具体内容在不同民族和不同时代是不同的。换句话说，"意境"蕴含的文化内容可以是多种多样的，并不限于道、禅世界观这一种。承认"意境"蕴含的文化内容的这种多样性，是把"意境"肯定为一个普遍的美学范畴的前提。我们也正是根据这样一种认识，才把"意境"这个范畴从中国古典美学中提取出来，并把它纳入现代美学的体系。

——节选自叶朗的《现代美学体系》第142—145页，北京大学出版社，1988。

第三节 人物性格的基本类型

一、塑造人物是叙事作品的基本任务

叙事性作品(为了行文方便，以小说为例)，顾名思义，其基本特点是叙事，而"事"是由人做的，无人即无事，所以叙事必写人，人与事相互依存、不可分割。因此，总体上说，塑造人物是叙述作品的基本任务，但在具体创作实践中，作家根据艺术表现的需要，也可以有所侧重，或侧重于叙述故事，或侧重于描绘人物。有人根据这种侧重点的不同，把前者叫作情节小说，把后者叫作人物小说。

侧重于描绘人物的小说，其艺术表现的重心也不尽相同：有的侧重于表现人物的性格特征(如鲁迅的《阿Q正传》)；有的侧重于表现人物的命运(如鲁迅的《祝福》)；有的侧重于表现人物的心态(如意识流小说)；当然，更多的是性格、命运、心态的综合表现。形态复杂，难以尽述。这里，我们着重谈谈侧重于人物性格塑造的作品的欣赏，谈谈在欣赏这类作品时应该怎样把握人物的性格。

文学作品中的人物性格，简单说就是人物的全部精神因素和全部精神特征的总和。由于生活中的人的精神世界本身的复杂性、微妙性，也由于作家个性、气质、生活经验、艺术修养等各方面的独特性、多样性，因此由以上两种因素(生活+作家)融汇出来的人物性格也是千差万别、形态各异的。这正应了生活中的俗语：人上一百，形形色色；人心(性格)不同，犹如其面。这既是生活的奥妙，也是艺术的奥妙。以上是我们要讲的第一层意思：人物性格的各异性。对此，读者在欣赏作品时一定要有充分的认识，通过各异的性格认识各异的人心、各异的人生和各异的命运。

以上只是把握人物性格时需要注意的一方面。同时，还应该认识到，各异性中也有相对统一性、一致性。据此，我们又可以对形态各异的人物性格进行大致的归纳和分类。

二、人物形态分类

关于人物形态的分类，比较有影响的是英国作家爱·摩·福斯特的分法。他在《小说面面观》中将人物性格分为扁形人物和圆形人物两种类型。所谓扁形人物，就是按照一个简单的意念或特征创造出来的类型人物或漫画人物，其性格特征可以用一句话加以概括。所谓圆形人物，就是性格比较复杂，因而不能用一句话加以概括的人物。

福斯特对人物性格类型的两分法简单明快、通俗易懂，其中包含不少合理成分，因而很容易被人理解和接受。但是，如果深入到具体作品、具体人物中来考察和衡量，就会发现"两分法"不免过于粗疏和简单化，用以解释文学史上许多著名典型形象的性格十分牵强，不能令人信服。对此，我国学者马振方在他的《小说艺术论稿》中进行了深入详细的分析和检视。他从古今中外文学实际出发，同时吸取福斯特理论的合理之处，提出了自己的人物类型理论，即把人物性格分为三类：扁形人物、尖形人物和圆形人物，并且对每一类人物的特征都给予了更为科学、更为合理的解释。

下面，我们就以马振方先生的分类为依据，结合作品中具体人物形象，简要介绍这三类人物性格的特征。

1. 扁形人物

扁形人物是指性格特征单一，可用一个词语或一句话加以归纳概括的人物形象。这类人物的创造，目的是为了传达作者的某种意念。具体说又可分为两类：观念型和特征型。

观念型扁形人物，是作者为表现某种思想观念而借用的工具或符号。

例如，日本作家星新一有一篇小说叫《自信》，写一个名叫西岛正男的独身青年，住在某公寓房间里。一天晚上，忽然有一个自称"西岛正男"的汉子大模大样地走了进来，声称自己就是这房间的主人。正男认为那汉子是开玩笑，是恶作剧，是神经不正常，因而左盘右问，并且用种种办法来证明自己是"西岛正男"而来人不是"西岛正男"。但在盘问及想办法证明自己身份的过程中，那汉子神态率真、自然，泰然自若，充满自信；而自己心里却越来越虚，越来越不敢自信，最后竟至于承认："大概您是真正的正男。即使事实并非如此，可您很有自信，您有存在的价值。"于是，只好自己灰溜溜地离开自己的屋子，"茫茫的夜雾将他吞没了"。

这篇作品，情节很荒诞，寓意很明显。作者想借西岛正男这一人物传达自己对人生的某种观察：生活中有的人缺乏自信，以至于缺乏到连自己是自己都不敢相信。西岛正男的性格被夸张、被变形，因而很典型、很单一，他是否还有其他性格特征我们一概不知。这是一个典型的观念型扁形人物。

现代作家注重对人生、对历史、对社会的哲理思索，所以常常借助于夸张、变形、象征、隐喻等艺术手法，创造纯寓意的人物形象，作为显示某种思想观念的艺术符号。再如，奥地利作家卡夫卡著名的《变形记》写小职员格里高尔一觉醒来，发觉自己变成了一只丑陋的大甲虫。顿时间，周围人对他的态度全变了，即使他最亲近的人——父母和妹妹也对他十分厌恶，没有同情和怜悯。他自惭形秽，无地自容，孤独而又惊恐，最后只有悄悄死去，人们这才如释重负。这篇作品的故事离奇而荒诞，这其实是一篇比较典型的现代寓言。卡夫卡感觉到了人与人之间关系的凉薄和脆弱，设想一旦发生什么变化，如某人突然遭到了不幸，很可能得不到同情和援助，能得到的大约只有普遍的厌弃。卡夫卡用这篇"寓言"传达了自己的这一认识。格里高尔作为一个艺术形象，只是一个传达观念的载体而已。

观念型扁形人物自古就有。例如，"远古神话传说中的部分人物。如开天辟地的盘古，抟土造人的女娲，窃药奔月的嫦娥，怒触不周之山致使'天倾西北''地不满东南'的共工，都是表现古人思想观念的符号，是古人对天地、自然现象的解释"。再如，"单纯表现迷信观念、宗教信条的人物。六朝志怪小说中的许多人物都是为'记经像之显效，明应验之实有'服务的，是善恶报应、因果轮回等宗教观念的形象化。此种人物在小说史上历代不绝，古典名著《聊斋志异》也不乏其例"。还有，"以写实形式出现而无生活血肉的概念化人物。这是图解观念的稻草人，或宣示观念的传声筒；有些角色被纳入所能想见的种种美德或丑行，看上去似乎很多面，实际上是高尔基说的那种善或恶的'容器'，仍是体现观念的工具"。①

这一类型的人物，清代小说《野叟曝言》的主人公文素臣可以算作一个标本。作者试图把他塑造成浑身放光彩的神圣人物，说他是"铮铮铁汉，落落奇才，吟遍江山，胸罗星斗"，说他"不求宦达，却见理如漆雕"，说他"不会风流，却多情如宋玉。挥毫作赋，则颉颃相如；抵掌谈兵，则伯仲诸葛；力能扛鼎，退然如不胜衣；勇可屠龙，凛然若将陨谷。旁通历数，下视一行；闲涉岐黄，肩随仲景……"②总之，他文韬武略，并萃一身，天下少有，古今无双。不仅如此，作者还要进一步"美化"他，说他还是玩女人、生孩子的好手，说他姬妾成群，生二十四男，男又大贵，且生百孙。如此等等。肉麻之至。鲁迅说："凡人尘荣显之事，为士人意想所能及者，此书几毕载矣，惟尚不敢希帝王。"可以说，文素臣的性格集当时理学家们的梦境之大成，看似多面实则是木偶。在扁形人物中，这种以写实形态出现的概念化人物，最令人讨厌。

特征型扁形人物，特点是具有某种孤立的具有象征意义的性格特征，是某种性格特征的抽象。

例如，王蒙的小小说《雄辩症》，写一位病人前往医院就诊。医生说请坐。病人说，为什么要坐呢？难道你要剥夺我的不坐权吗？医生无可奈何，说请喝水吧。病人说，这样谈问题是片面的，因而是荒谬的，并不是所有的水都能喝。例如，你如果在水里掺上氰化钾，就绝对不能喝。医生说，你放心，我这里并没有放毒药。病人说，谁说你放了毒药了呢？难道我诬告你放了毒药？难道检察院起诉书上说你放了毒药？我没有说你放毒药，而你说我说你放了毒药，你这才是比毒药还毒的毒药……短短几百字，小说创造出一个具有突出性格特征——雄辩症的人物形象。这种性格特征是一种夸张、一种概括、一种象征，从中能见出时代的某些印痕。人物有现实外表，却又显然非写实，而颇像寓言。

在古代寓言中，有一些具有单一性格特征的人物，如愚公、智叟、东郭先生以及"守株待兔""刻舟求剑""揠苗助长""削足适履""杞人忧天""叶公好龙"等故事中的主人公。神话中也有这类人物，如夸父、精卫、羿、刑天、普罗米修斯等。

2. 尖形人物

尖形人物的基本特征主要有两方面：一是有多方面的性格特征，不像扁形人物只有一面；二是在多方面性格特征中，某一侧面特别突出、超常、引人注目。尖形人物不是平面人物，而是立体人物。他们就像几何图形中的各种锥体，都有一个引人注目的高高的尖顶——尖端特征。

例如，《三国演义》中的关羽，是很感人因而也很成功的艺术形象。清代文学家毛宗

---

① 马振方. 小说艺术论稿[M]. 北京：北京大学出版社，1991：34.

② 鲁迅. 鲁迅全集：第9卷[M]. 北京：人民文学出版社，1982：243.

岗在评点《三国演义》时对他评价甚高："历稽载籍，名将如云，而绝伦超群者莫如云长。青史对青灯，则极其儒雅；赤心如赤面，则极其英灵。秉烛达旦，人传其大节；单刀赴会，世服其神威。独行千里，报主之志坚；义释华容，酬恩之谊重……是古今来名将中第一奇人。"①总之，关云长是封建时代传统道德的楷模，在他身上集中着多方面的性格特征，诸如忠、义、仁、智、勇、信、骄……但最突出的是忠、义、勇。所以在小说《三国演义》行世之后，关羽被尊为"忠义神武关圣帝君"。

再如，《水浒传》中的李逵，通常被认为是性格最简单的形象——其基本性格特征是鲁莽。但是，如果深入研究就会发现，李逵性格并不只是一个"鲁莽"，还有直率、天真、无私、至诚、勇猛、孝顺、讲义气等，甚至有时还耍无赖、弄狡猾，一副可爱的儿童相。

又如，著名的阿Q，其人物性格也很复杂或者说很丰富。有学者用系统论方法对阿Q性格作了全面分析，指出他既质朴愚昧又狡黠圆滑；既率直任性又正统卫道；既自尊自大又自轻自贱；既争强好胜又忍辱屈从；既狭隘保守又盲目趋时；既排斥异端又向往革命；既憎恶权势又趋炎附势；既蛮横霸道又懦弱卑怯；既敏感禁忌又麻木健忘；既不满现状又安于现状；如此等等。不过，虽然阿Q的性格有如此多的侧面，但其最突出、给人印象最深的还是他的"精神胜利法"，能够让人一下子记住的，还是阿Q自我安慰的话："我们过去比你阔多了""儿子打老子"。

类似关羽、李逵、阿Q这种既有多侧面又有突出点的人物形象，中外文学史上比比皆是，如极端主观主义的堂·吉诃德，吝啬得出奇的葛朗台老头，懒惰成性的奥勃洛莫夫，人道主义楷模冉阿让，投机大王乞乞科夫，伪君子答丢夫，野心家麦克白，妒忌狂奥赛罗，"套中人"别里科夫，等等，都是尖形人物的典型。中国古典小说中尤其多，明代三大小说名著《三国演义》《水浒传》《西游记》中的主要人物大多属于这一形态。

3. 圆形人物

与尖形人物相比，圆形人物的根本特点是没有超常的性格特征，更逼似生活中的真人、常人。当然，这并不是说圆形人物没有突出的性格特征，而是说圆形人物即使有突出的性格特征，但与现实的人相比，并不超常，没被漫画化，也不带类型性，就像生活本身一样，如林黛玉的多愁善感。②

让我们举个当代小说中的成功例子吧，刘震云的中篇小说《单位》和《一地鸡毛》中的小林。小林大学毕业，分配到某国家机关当职员。刚开始来到单位，小林仍是学生脾气，跟个孩子似的，对什么都不在乎。譬如说，常常迟到早退，上班穿个拖鞋，不主动打扫办公室的卫生，还常约一帮分到其他单位的同学来这里聚会，聚会完也不收拾。领导批评他，他还顶嘴。党小组长劝他写入党申请书，他说"我对贵党不感兴趣"。但两三年下来，小林"幡然悔悟"，发现应该改掉孩子脾气。首先是同时分配工作的不少同学开始提升，而自己还是个大头兵；再者是结婚了没房子，与别人合住一套房子；还有，结了婚生了孩子，又要接母亲来住，工资低生活紧张，而要分房子涨工资就要提级，提级就必须入

---

① 北京大学哲学系美学教研室. 中国美学史资料选编：下[M]. 北京：中华书局，1981：219.
② 马振方. 小说艺术论稿[M]. 北京：北京大学出版社，1991：38.

党，必须在单位混得好，处好人际关系。从此，小林像换了一个人：上班准时准点，不再穿拖鞋，不与人开玩笑，积极扫地打开水，主动干一切别人不愿干的杂务，帮领导搬家卖大力气，写入党申请书外加一个月进行一次思想汇报，宁肯忍痛让孩子喝不上奶粉，也要省下钱来给党小组长送点礼，单位里人际关系复杂微妙，钩心斗角，他谁也不敢得罪，他时时察言观色赔小心，处处低声下气讨别人的好，既要任劳又要忍气。小林被生活征服了，生活教会了他许多。为了老婆调动工作，他被迫违心送礼；为了省下几分钱，他一大早到公家副食店排队去买豆腐；为了增加点收入，他抹下脸来去卖鸭子……终于，小林开始"成熟"了，已不像刚来单位时那么天真，尽说大实话，明白了在单位就要真真假假，真亦假来假亦真，说假话者升官发财，说真话者倒霉受罚。于是，他渐渐学会了说假话，学会了办事卖关子，也学会了收人家的送礼……

小林变了：由幼稚变得老练了，由天真变得世故了，由单纯变得复杂了。从艺术角度来看，小林的性格由"扁形"变为"圆形"了。"生活"真是这样子的吗？——不是这样子又是什么样子呢？！面对这样的人物，谁不感觉他真得不能再真呢？！谁能不感到他就在我们眼前，就在我们身边，甚至就是我们自己呢？！

像小林这样的人物，从生活中走来，带着生活本身的全部本真性、丰富性、复杂性。通过小林的生存处境与心灵历程，作品揭示了人与人生的种种奥秘，让读者从中透视了世态、世相、世情的本来面目，看清了人心和人性的深层幽微，了解了人情世故的种种隐曲和复杂，因而体验到一种勘破人生底蕴的苦涩感、怅惘感、痛快感。正如马振方先生所说的："小说是表现人生的艺术，人物逼似生活中的真人、常人，必然产生特有的亲切感、真实感和艺术美感。这是圆形人物独到而普遍的审美价值，是任何扁形人物和尖形人物无法代替、也无法比拟的。"[①]

三、几点补充说明

关于人物性格的把握，暂谈以上这么多。在结束本节之前，还有两点需要说明。第一，人物性格类型的划分只是大体、大略、大致、粗线条、大轮廓的。其实，类与类之间不是非此即彼、截然分明的，而是还有许多中间型、过渡型，或者是一个形象同时兼具两种类型的特点。第二，人物性格的形态虽有层次高低之分，但并不意味着某一种形态形象的审美价值和艺术成就就一定比另一种形态的形象低。人物性格的形态类型不能作为衡量人物形象价值和成就的唯一尺度。事实上，每种类型的性格都各有所长，各有自己独特的审美价值，因而不可一概而论。

思考练习题

一、描绘人物的小说，其艺术表现重心有哪些不同？
二、人物性格的形态大致可以分为哪几种类型？每种类型各有什么特点？
三、结合具体形象体会圆形人物的审美价值。
四、分析曹操和王熙凤的性格特征。

---

① 马振方. 小说艺术论稿[M]. 北京：北京大学出版社，1991：46.

📖【相关链接】

人物的类型

每篇(部)小说中，至少应有一个人物占突出地位。有时小说的题目就告诉读者，谁是作品中的主要人物，如《哈姆雷特》《麦克白斯》《华尔·脱密蒂的隐秘生活》《保罗的案件》等。阅读时，要了解这个故事是"关于谁的故事"，这个"谁"就是主人公。

然后，再看看主人公同谁有矛盾和冲突。与主人公发生矛盾、冲突的人物叫对立面人物。

除找出主人公和对立面人物外，还要分析人物是如何发展、变化，并得到充分揭示的。复杂的、多侧面的、有个性的人物叫圆形人物，与此相反，只显示出一两个特性的人物叫扁形人物。扁形人物一般只用一句话就能概括出来。

某些人物如果只是某一类型人物的代表，或某种抽象品质的化身，就叫类型化人物，如滑头的律师，残酷的继母，等等。扁形人物往往是，或容易成为类型化人物，但二者并不是完全等同。

有关人物的另一方面，是看人物是否有重要的发展、变化，这种发展、变化，通常与主题及中心思想有关。有发展、变化的人物叫动态人物，没有什么发展、变化的人物叫静止人物，这种人物自始至终都是一样的，而动态人物的性格的某些方面，总是不断地发生变化。

看人物的发展、变化时应该记住，作品的长短与作品中人物是否有发展、变化有关。显然，一篇只有三页长的小说中的人物，不可能像在一部一千页的小说中那样能得到充分发展。

人物性格的发展、变化，一般要有三个条件：一是要在产生这种变化的人物所可能做到的范围之内；二是有产生这种变化的外部环境；三是发生这种变化的时间要令人相信，也就是说，人物不可能"一夜之间"突然变化。

虽然，读者可能期望那些得到了充分揭示的圆形人物，同时也是动态的、不断发展的、不断变化的，但这种人物并不一定会有重要变化。而扁形人物倒可能有变化，人物的"扁形"的特征有时更可以衬托出变化。正如狄更斯的《圣诞颂歌》中，作者过分突出了斯克鲁治的吝啬，使他除这一特征外，别无特征，而当这个人物的心灵发生变化时，这种变化就显得更为重大。

总之，作品的人物可以是静止的(没有变化的)或动态的(发生了重要变化的)，扁形的(未得到充分揭示的)或圆形的(得到充分揭示的)，以及类型化的(代表某个阶级或类型)。

——选自[美]凯伦·马蒂森·赫斯的《文学鉴赏辅导》第92—94页，十月文艺出版社，1986。

第四节　人物形象与主题的关系

一、概述

叙事文学题材的三要素(人物、情节、环境)中，人物最重要。这是因为，人是社会实践的主体，是"各种社会关系的总和"(马克思语)。所谓社会生活，就是人的生存及活动。离开了人，既无"社会"亦无"生活"。因此，作家在创作中，无不倾全力写好人物，通过人物形象尤其是主要人物形象，传达自己对社会、人生的感受和理解，揭示作品的主题。

这样一来，就为欣赏者把握作品的主题提供了一个有效的思考线索，即通过对人物形象的分析入手。

二、通过人物形象揭示主题

通过人物形象揭示作品主题，大体上有以下三种情况。

1. 通过人物性格的丰富内涵揭示主题

例如，蒋子龙的《一个工厂秘书的日记》中的厂长金凤池，是个一心为工作，精明能干而又世故圆滑的人物。上任第一天，厂里人还不认识他，他就为一位普通工人解决了葬母要车的困难。为了笼络捣蛋的对手，他主动为其女儿安排了工作。他利用到工业局开会之机，在机关大楼挨门拜访搞"关系学"——他不无炫耀地宣称自己发现了一个"真理"：在资本主义社会办事靠金钱，在社会主义社会办事靠关系。他领导的工厂盈利了，支部书记主张为工人盖宿舍楼，他坚决反对，因为他怕直接管辖他们的"三姑六婆"乱伸手瓜分掉。年终发奖金，他亲自到银行软缠硬磨，要回了钱还要当天发下去，因为他怕明天来了文件不让发。果然第二天来了不让再发奖金的文件，但文件对他们已失去效用。总之，作品情节处处揭示了金凤池的精明、圆滑、世故，然而他却是廉洁奉公的好干部。他拉关系送的烟等全是自己掏腰包，家里全靠老婆工资维持生活。而且，对于自己的圆滑，金凤池本人也很讨厌，他认为自己够不上"人民代表"的资格，因而选代表时不投自己的票。金凤池的性格是怎样形成的呢？他自己有过一个解释："我不是天生就这么滑的，是在这个社会上越混，身上的润滑剂就涂得越厚。泥鳅之所以滑，是为了好往泥里钻，不被人抓住。人经过磕磕碰碰，也会学滑。社会越复杂，人就越滑头。"这段话，解释了金凤池性格的成因。由此，作品的主题也就明确了：揭示人物性格形成的复杂原因，抨击不合理社会现象。

乔典运的《问天》塑造了一个农民形象——三爷。支书让民主选村长，候选人是张文和李武，选谁呢？三爷首先想的是"看谁对咱好"：张文在公共场合挽回过自己的面子，为答谢这份情义，他决定选张文；李武的妈在吃食堂时照顾过自己，此恩不能不报，于是又决定选李武。儿子说谁对咱好是白搭，得看谁对支书好，谁对支书好了才能当。思来想去两人都对支书好，三爷又决定不下来了，于是只好掷硬币占卜。抛了两次俩结果，没办法只好直接问支书。支书不表态，难坏了三爷，万般无奈中三爷只好弃权。

三爷的性格有点夸张和漫画化，但让人觉得很真实、很典型、很有代表性。三爷有了民主权利，却不习惯使用——他习惯于啥也不想，听上级的话。面对"民主"，他的惯性思路是自己的利益(看谁对咱好)，要不就是揣摩上级的意图(支书想叫谁当)，以上级的意志为自己的意志，这就把三爷自私、愚昧、奴性的性格特征充分地刻画了出来。把握了人物性格，主题大体上也就明确了：通过三爷参加选举的故事，通过三爷的性格内涵，揭示了某些农民缺乏民主意识、愚昧、奴性的精神状态,批判了极"左"政治所造成的恶劣影响,提出了要推进民主政治,必须大力提高广大人民群众的精神素质的大问题。

2. 通过人物命运揭示作品主题

有的作品,并不特别注重人物性格的塑造,而是着眼于人物的经历、人物的命运,通过人物的生活史来透视人生和社会,从而揭示作品的主题。

莫泊桑的长篇小说《一生》就是如此。主人公约娜,是个极平凡、极普通的好姑娘。她心地单纯、温柔善良,在修道院寄宿学校接受过良好的教育,很有教养。她对人生怀着美好的憧憬,却没有过分的奢望;她渴望走向生活,却缺乏必要的生活经验。离开学校回到家乡,认识了当地贵族青年于连·德·拉马尔,看到小伙子温文尔雅、风度翩翩,她很快坠入情网,不久就由热恋走到了结婚,度过了一段短暂的甜蜜岁月。但约娜看错了人,其实于连在其温柔体贴的外表下有一颗卑污的心灵。当他与约娜结婚并占有了约娜的财产后,便开始暴露出贪婪、吝啬、自私的本性,他一心算计钱财,对约娜越来越粗暴,越来越冷淡。他诱奸了使女并使她怀孕。约娜对丈夫失望后将全部感情寄托在儿子身上,但儿子长大后和父亲一样成了冷酷无情的市侩,当他在商业投机和糜烂的私生活中耗尽母亲的财产后,便弃母亲于不顾。约娜在一连串不幸的打击下心力交瘁、灰心绝望。走投无路中只好卖掉心爱的住宅,和老使女一起节俭度日。最后,儿子的姘妇死了,儿子把刚出世的婴儿交给了老母亲。约娜满心喜悦,感到生活又有了活气。小说的最后一句话,是约娜的使女萝莎丽的感叹:"你瞧,人生从来不像意想中那么好,也不像意想中那么坏。"萝莎丽是约娜一生经历的见证人,她的感叹可以视为是对约娜一生命运的总结,也可以视为整个作品的主题。作者似乎是想借约娜的一生,说明人们所期待的幸福往往是不现实的,永远得不到的,但也不要完全失望。对待生活既不能有太多的幻想,也不要完全不抱希望。

人的命运,是人的生命历程,是人生在时间和空间两个方向上的展开。命运富有沧桑感、历史感,富有戏剧性、故事性,宜于直接呈现社会的面貌,传达人生的况味,因而常常为文学家所关注,并被选为主题的载体。鲁迅笔下的祥林嫂(《祝福》)、王蒙笔下的张思远(《蝴蝶》)和高晓声笔下的李顺大(《李顺大造屋》)的性格特征都并不特别鲜明突出,但其命运却十分典型。在他们的命运中载负着更为丰富深远的社会历史内容,显现着更为深刻厚重的社会文化特征。

3. 通过性格和命运的结合揭示主题

通过性格和命运的结合揭示主题的情况更为普遍,即既注意人物性格的精细刻画,通过性格尽量映照和涵盖更多的社会生活信息;同时又注意人物命运的展开描述,从人生际遇、人际纠葛、人事变迁的角度透视社会历史的底蕴。大型作品如长篇小说更多的是采用这种方式。

例如,莫泊桑的《漂亮朋友》就是如此。小说出色地描绘了一个流氓恶棍(性格)发迹的全过程(经历、命运)。主人公杜洛华原是一个乡村贫穷酒店老板的儿子,精明狡猾,天生的强盗坯子。在殖民地非洲服役时,奸淫烧杀,无恶不作,回巴黎后在铁路局当了一名寒酸的小职员。他无比艳羡上流社会的优雅和浮华,决心挤到这一阶层去。经人介绍,他进入了《法兰西生活报》当了一名外勤记者。外勤记者的工作使他接触到巴黎社会的各个角落,上至亲王、部长、将军、主教,下至妓女、老鸨、咖啡馆侍者。很快他就对巴黎社会的腐臭、污浊有了透彻的认识，他认定了"在人类的岸然道貌之下，不过是永恒的男盗女娼"。这一点与他臭味相投，从而增加了他"奋斗"的信心和力量。他狡黠机敏，诡计多端，善于揣摩老板的秘密企图，善于制造假象，散布流言蜚语，很能迎合老板的需要，不久就得到老板的信任。他利用自己漂亮的外表向老板夫人献殷勤，很快被升任为"社会新闻栏"主编，从此更加肆无忌惮。他毫无道德和良心，无所顾忌地把遇到的所有女人都当作奴隶或工具加以使用，政治主编福雷斯蒂埃的妻子玛德莱娜最初是杜洛华的向导、恩人，是她帮助他写出一篇文章，使他获得了进身之阶。他对她无比钦佩和感激。他发现她与政界有密切交往，文笔潇洒，很有才能，便疯狂地向她进攻。果然，在她丈夫死后，他如愿以偿，既接替了她丈夫的政治主编职务，又接替了丈夫的角色。依靠她的帮助，他转眼间成为政治新闻界的风云人物，新内阁的重要代言人，荣获了十字勋章，挤进了贵族阶层。之后，他的政治野心恶性膨胀，需要借用新的梯子时，他就嫌玛德莱娜碍事了。于是他设圈套玩了一出捉奸的丑剧，毫不费力地达到了离婚的目的，并从玛德莱娜那里勒索了五十万法郎的遗产。他盯上了金融巨头兼报社老板瓦尔特的权势和财产，他勾引了瓦尔特的女儿(同时也是他情人的女儿)并拐走了她，强迫瓦尔特承认他们的婚事。他要借势参与国家政治，要干更大的"事业"。杜洛华惊人的无耻使老奸巨猾的瓦尔特也大为惊叹，料定他"将来一定能当议员和部长"。

　　杜洛华是莫泊桑所塑造的最为成功的典型形象，这一人物的性格特点十分鲜明：寡廉鲜耻，阴险狡诈，不择手段。他的信条是"人人都为自己，谁有胆量，谁就胜利"。然而就是这样一个恶棍，在那个社会里竟能如鱼得水，飞黄腾达。这说明当时日益堕落腐败的统治阶级需要他，特别是金融垄断集团，为了控制、操纵国家政治经济及一切宣传工具，需要物色一批精明强干的恶棍作为走狗，这些人越是无耻越是胆大就越有利用价值，而杜洛华就正是这样的人。是社会培养并造就了杜洛华无恶不作、荒淫无耻的性格，也是社会为这种人横行无阻创造了条件。读者读完全书，作品的主题自然而然就明白了：通过对杜洛华这一恶棍发迹过程的描绘，无情地揭露和批判了当时社会(尤其是报界)的黑暗和腐败。《漂亮朋友》代表了莫泊桑小说思想和艺术的最高水平，由于这部作品的出版，恩格斯曾表示愿向作者"脱帽致敬"。

思考练习题

　　一、人物形象与主题的关系是什么？
　　二、通过人物形象揭示作品主题大体有哪几种情况？
　　三、选择阅读几篇侧重于人物形象塑造的小说，看作品是怎样通过人物形象的塑造揭示主题的。

【欣赏示例】

拉斯蒂涅的形象与《高老头》的主题

　　小说(《高老头》)以"高老头"命名，但又以拉斯蒂涅的经历和见闻贯穿全书，这个人物在情节结构中起穿针引线的作用，成了小说的主人公。小说通过高老头的悲剧和拉斯蒂涅走向堕落的故事，形象地反映了资本主义社会代替封建社会的历史真相，深刻地揭示出金钱腐蚀人的灵魂、毁灭人的天然情感、破坏人的一切正常关系的严峻事实，象征性地表现了人类历史进程中文明进步与人性异化的悖谬现象。

拉斯蒂涅是一个资产阶级野心家形象。他在《人间喜剧》中多次出现，《高老头》这部小说中他第一次出现，展示的是他的野心家性格形成的过程。拉斯蒂涅的野心家性格是在环境的影响下逐渐形成的，共可分两大阶段。

第一阶段：受物质环境的刺激，野心萌发。

拉斯蒂涅出身于外省一个没落的贵族家庭。为了供他到巴黎上大学，家里人省吃俭用，就盼望着他有朝一日能重整家业，支撑门面。刚到巴黎时，他是一个有才气、有热情的有志青年，那时的他只想好好念书，将来做一个清正的法官，按部就班地进入上层社会。但在巴黎生活不到一年，观念就发生了变化。他住的那个寒酸破败的伏盖公寓和纸醉金迷的巴黎上流社会形成了鲜明的对照，这在他的心灵上引起了强烈的骚动，欲望开始萌发。暑假回家，乡下人简陋的生活，家里贫困的景象，使他内心矛盾加剧。他对走勤奋学习，做清正法官的路失去了信心，而急于想跻身上流社会，走野心家道路。以后，鲍赛昂夫人将他带进上流社会，让他目睹了豪华风雅的生活，这更刺激了他的欲望，坚定了他向金钱王国进攻的决心。

第二阶段：受"人生三课"的教育走向堕落。

拉斯蒂涅先是向雷斯多伯爵夫人进攻，谁料在她家碰了一鼻子灰。他就向远房表姐鲍赛昂夫人请教。情场失意的鲍赛昂夫人在满腔怨屈的情况下向他剖析了这个社会。她指出，要往上爬，就要善于运用"心狠""女人""作假"三件法宝。这个社会是傻子和骗子的集团，要以牙还牙对付之。她的训导使拉斯蒂涅大受启发。这就是他所受的第一堂极端利己主义的人生哲学课。

接着和拉斯蒂涅住在一起的在逃苦役犯伏脱冷，在觉察了拉斯蒂涅正在萌动的野心时，进一步因势利导，充当了他的第二个引路人。伏脱冷指出，这个社会"有财便是德"，所有的人都像"一个瓶子里的蜘蛛"，势必你吞我，我吞你。他劝拉斯蒂涅，要想往上爬就得"大刀阔斧地干""不能心慈手软""人生就那么回事"。伏脱冷比鲍赛昂夫人更赤裸裸地从反面指出了这个社会寡廉鲜耻、金钱万能的本质。这是他所受的第二堂人生哲学课，它促使拉斯蒂涅朝野心家道路不断迈进。

在拉斯蒂涅尝试着去满足欲望的过程中，他周围接连发生了三幕人生悲剧。伏脱冷精明强干，结果被米旭诺老小姐出卖后，锒铛入狱。鲍赛昂夫人曾红极一时，这位社交界的王后，最后被情人阿瞿达侯爵抛弃，含泪告别了上流社会。高老头为两个女儿献出了自己的所有财产，最终像野狗一样死去，女儿女婿们谁也不去看他。这三幕悲剧一幕比一幕惊心动魄，担任导演的都是金钱！它们构成了对拉斯蒂涅的第三堂人生哲学课。拉斯蒂涅从中更深地感受到了这个社会确实如伏脱冷所说的那样，美好的灵魂是无法生存多久的。于是，他就顺应环境，甘于堕落了。

拉斯蒂涅就是这样，在物质环境的刺激下，在"人生三课"的教育下，经过良心与野心的激烈搏斗，完成了野心家性格发展的过程，从一个没落的贵族子弟，变成了资产阶级野心家。他是贵族子弟资产阶级化的典型。小说通过对他的堕落过程的描写，反映了金钱对青年的腐蚀作用和贵族阶级必然灭亡的历史趋势，具有典型意义。在拉斯蒂涅身上，包含了作者自己的生活体验，表达了作者对主人公既同情又谴责的矛盾心情。

——节选自蒋承勇的《现代文化视野中的西方文学》第194—196页，上海社会科学院出版社，1998。

第五节　人物形象与作者的关系

一、概述

　　文学作品中人物形象与作者的关系是什么？这是读者在欣赏文学作品时经常想到的一个普遍性问题。

　　最简单的答案是，人物形象是作家的精神产儿，是作家心灵感受人生的艺术结晶。

　　作家们的创作体验无不确凿证明着这一点。美国作家海明威说，作家应当创造活的人物，但这活的人物"不是靠技巧编出来的性格，必须出自作者自己经过溶化了的经验，出自他的知识，出自他的头脑，出自他的内心，出自一切他身上的东西"。[①]另一位美国作家菲茨杰拉德也说过，我每写一篇小说，就要注进我的一滴什么——不是眼泪，不是精血，而是我内心更本质的东西，是我所有的精华。

　　人物形象是作家经过心灵的熔铸创造出来的，因此在人物身上流淌着作家的血液，贯注着作家的生命，充盈着作家的精神，弥漫着作家的气息，人物是作家整个生命、心灵、精神、个性的对象化和形象化。由于作家把自己的一切都投射到人物身上，反过来，从人物身上也自然而然地映射出作家。读者眼前出现的是"双重影象"——直接是人物，间接是作者；表层是人物，深层是作者。

　　从人物形象上可以看到作者的什么？可以看到作者的人生观、价值观、世界观；可以看到作者的人格理想、思想认识、精神追求；可以看到作者的生活经验、文化修养、审美情趣；可以看到作者的感情和理智、个性和气质……总之，从人物身上可以看到作者整个精神世界，看到作者的方方面面——"凡你给我的，我都还给你"。当然，我们这是就整体而言，至于每一具体形象身上映射了或主要映射了作者的什么，那要具体情况具体分析。

二、从人物形象身上可以看到作者的哪些方面

(一)从大的方面来说，体现了作家的人生观、价值观、世界观

　　例如，在《红与黑》的主人公于连·索黑尔身上，就映射了作者司汤达的人生观、价值观和世界观。

　　于连是一个资产阶级个人奋斗者的典型形象，是法国大革命以后成长起来的一代知识青年的代表。这批青年人大多雄心勃勃、精力充沛，在智力与意志上大大优于贵族青年，只是因为出身微贱，才不得不处于下层。但他们对此并不甘心，他们渴望财富和荣誉，渴

[①] 董衡巽. 海明威谈创作[M]. 北京：生活·读书·新知三联书店，1985：3.

望改变自己的社会地位，于是勇敢地投入上流社会的角斗场。于连英勇顽强地奋斗了，在他身上体现出资产阶级个性中最有活力、最有进取性的一面。他属于资产阶级上升时期那种敢作敢为、具有顽强意志和冒险精神的一类人。这种人没有宗教信仰，没有对来世的幻想，也没有对来世的恐惧，他们生来就是要为荣誉、地位、财富及一切现世幸福而奋斗。他以平民的平等意识对抗封建等级观念，以个人价值对抗高贵的出身，他维护个人的尊严，追求个人的价值。总之，于连的全部行为代表了一种价值观念，这就是个人主义——追求个人幸福、个人价值、个人意志、个人的独立和自由。在 19 世纪的文学作品中充满了这种"个人"思想，而于连是其中最为突出的一个。

《红与黑》的主要情节取自法国伊泽省的一个刑事案件，案件中的刑事犯是于连的原型。将生活原型改造成为一个举世闻名的艺术典型，奥妙不是别的，是作者赋予了他以不朽的艺术魅力——作者放进了自己的人生观、价值观、世界观。司汤达本人是启蒙思想的信徒，政治态度激进，拥护资产阶级革命。在思想上，他直言不讳是自我中心主义者。在他心目中，"利己"是人的本性，谋求个人幸福是人生的最高目标和人类一切行为的唯一动机。为荣誉、地位、财富和爱情而奋斗，是人生无可争议的"伟大事业"。他在《自我中心主义者的回忆》中说："社会好比一根竹竿，分成若干节。一个人的伟大事业就是爬上比他自己更高的阶级去，而那个阶级则想尽一切办法阻止他爬上去。"这句话非常明确地概括了他的人生观、价值观和世界观。正是由这种观念出发，他塑造出了于连，而读者从于连身上也看到了司汤达。①

再如，从《爱，是不能忘记的》这篇小说的女主人公钟雨身上，我们可以看到作者张洁的爱情观、婚姻观。钟雨在爱情上是一个"痛苦的理想主义者"，她爱上了一个富有强大精神魅力而又显然不能结合的革命老干部，但她不改初衷，精神上爱得更加痴情，更加炽烈。她把他的赠书视为爱情信物，20 多年里每天都要读一读，临死还要求随自己火葬。为了看一眼他乘坐的小汽车以及从汽车里看一眼他的后脑勺，她煞费苦心地计算他上下班可能经过门前马路的时间。他死了，她为他戴黑纱且忽然间全白了头发，她的灵魂随他而去了。她的精神日日夜夜都和他在一起，好像一对恩爱夫妻，但他们一辈子接触过的时间累计起来不超过 24 小时，甚至没有握过一次手。虽然如此，他们却完完全全地占有着对方，她分明至死都感到幸福，她真正地爱过，她没有半点儿遗憾。钟雨的形象在中国文学史上是绝无仅有的，她对爱情的价值与地位的认识可谓空谷足音、石破天惊。在钟雨身上寄托了张洁的爱情观、婚姻观：在两性关系中，爱情高于一切，婚姻应该以爱情为基础，没有爱情宁肯不结婚。在爱情婚姻问题上，张洁要让她的人物保持一种高标独立、天马行空的追求，没有丝毫的妥协和让步。

(二)在托尔斯泰笔下的一系列人物身上，我们看到了作者所认同、所追求的人格理想

这些人物主要有：《一个地主的早晨》(中篇小说)、《琉森》(短篇小说)、《复活》(长篇小说)中的聂赫留朵夫，《哥萨克》中的奥列宁，《战争与和平》中的彼尔和安德烈，《安娜·卡列尼娜》中的列文。这些人物，虽然名字、职业、身份不尽相同，但有一

---

① 艾珉. 法国文学的理性批判精神[M]. 北京：北京大学出版社，1991：90-91.

个共同点是道德上纯洁高尚，追求人格的自我完善，有了罪恶就真诚地忏悔以求良心的安宁。他们出身高贵却对社会的不平和本阶级的腐朽有明确认识，因而在精神上极力探求走出本阶级的道路，探索如何消除社会的不平和罪恶，宣扬"爱人如爱己"的博爱思想。作为贵族，他们坚持体力劳动，尽量使自己的生活平民化，愿意为老百姓谋福利。以上种种，是托尔斯泰本人在生活中所奉行、所坚持、所思考过的，是他本人已经做过或想做的事。他追求一种完善的人格和崇高的道德境界，这种追求反映在文学作品中，就是他笔下的一系列人物形象。

在我国新时期文学中，谌容笔下的陆文婷（《人到中年》）、蒋子龙笔下的乔光朴（《乔厂长上任记》）、柯云路笔下的李向南（《新星》《夜与昼》）、张一弓笔下的李铜钟（《犯人李铜钟的故事》）、李存葆笔下的梁三喜（《高山下的花环》）、路遥笔下的孙少平（《平凡的世界》）等，在某种程度上都可以说他们体现了作者所肯定、所赞扬的理想人格。

(三)在人物形象(尤其是在作家所刻意塑造的主要人物)身上，往往还可以透视出作者本人的个性气质

美国著名作家海明威在20世纪30年代接连创造出一批性格强悍有力的硬汉子形象。这些人物中有斗牛士、拳击手、渔夫、猎人等。他们面对险恶的自然环境和艰难的人生处境不消沉、不退却，冷峻地与命运进行抗争。《老人与海》中的老渔夫桑提亚哥，就是硬汉形象的代表。作品写这位风烛残年的老人经过千辛万苦好不容易捕到一条大鱼，但在返航途中却被一群鲨鱼吃掉了。老人与鱼群进行了顽强的搏斗终于失败了，但他的精神不败："一个人并不是生来要被打败的，你尽可以把他消灭掉，可就是打不败他。"从这一系列硬汉形象身上，折射出了海明威本人的个性气质。海明威从小喜欢打猎、射击、踢球、拳击、游泳，成年后在非洲丛林围过猎，在古巴海上捕过鱼，既是斗牛迷也是拳击迷，无论在任何事情上，他都喜欢做强者，可以说他笔下的硬汉形象正是他本人性格的化身。

我国当代作家张承志笔下的一批硬汉形象，也明显体现着作者的个性气质。这批人顽强、坚定、热爱生活，有很高的精神追求，喜欢回顾过去也热切向往未来，对未来充满激情和理想。同时，他们也善于思索，对社会、民族、历史、命运有着深邃的理解和感悟，对生命的体验笼罩着一种悲剧感。总之，张承志笔下的硬汉形象更具有现代色彩。

再如，当代女作家张辛欣，1984年以前的小说几乎每一篇都用第一人称，而且主人公一般是女的：业余写剧本的女售票员，电影学院导演系的女学生，从生产建设兵团返城的女编辑，每天清晨在自行车流中左突右钻的女骑者……这些人有着共同的精神气质和性格特点："她们全都憋着满肚子委屈和不平，一开口就滔滔不绝。她们都渴望找到称心的异性伴侣，却又异口同声地抱怨对方不了解自己，爱情的挫折深深刺伤了她们，她们竟断言人和人根本就没有互相沟通的可能。她们都挣扎着要在人生舞台上施展才华，可冲来撞去总是碰壁，于是在跺着脚诅咒命运的同时，她们又公开嘲笑自己的理想，说那不过是一堆老掉了牙的童话。她们痛感个人在社会面前的无力，却又在内心深处自视甚高，她们都用轻蔑的口吻谈论小市民，甚至还想同样去对待沉闷乏味的全部生活。她们常常像男人那样直言不讳，可话语间又每每显出女性特有的敏感和细心，正是那些对生活琐事的不厌其烦的数落，使她们的怨忿显得沉重而逼人。""这些身份各异的'我'分别都在重复同一种

抱怨，简直就是同一个声音在那里连续不断地独白。"①从这个"连续不断地独白"里，读者所听出的不是别人，正是作者本人。作者心高气傲，希望能过一种质量较高的生活，希望有一个理想的人生境界，但生活的凡庸和沉重往往使这种意愿失望，于是个人生活中免不了会遭受一连串的挫折与不幸。失望和失败之余，她愤懑不平，于是就要求宣泄内心的积郁，这就有了"连续不断地独白"。

(四)在人物形象身上，还可以看到作者的生活经验，作者对生活的理解、认识和感受，看到作者的"世故"深度

(以上这些，正是写好人物的必要前提和条件，正是作者写人物需要投入的东西。)

例如，王蒙，19 岁时写的小说《青春万岁》，其中的人物形象的性格天真、单纯、透明而热情；几年后，作者阅历稍增，对生活和人生有了较多的理解，再写《组织部新来的年轻人》，主人公就相应地复杂一点儿，在单纯、透明和热情中又加上一些淡淡的惆怅和困惑。及至 20 多年后的 20 世纪 80 年代，王蒙经历了"故国八千里，风云三十年"生活的洗礼和磨炼，思想已经成熟了，复杂化了的经历、思想、感情使他看到了人和生活的复杂。于是，他开始写出一个个富有深度思想和复杂性格的人物形象，典型的代表是长篇小说《活动变人形》中的倪吾诚。倪吾诚是个什么样的人？说不清，复杂得连他的儿子(倪藻)也说不清："知识分子？骗子？疯子？傻子？好人？汉奸？老革命？唐·吉诃德？极左派？极右派？民主派？寄生虫？被埋没者？窝囊废？老天爷？孔乙己？阿 Q？假洋鬼子？罗亭？奥勃洛摩夫？低智商？超高智商？可怜虫？毒蛇？落伍者？超先锋派？享乐主义者？流氓？市侩？书呆子？理想主义者？这样想下去，倪藻急得一身又一身的冷汗。"很难设想，阅历简单思想浅薄的人能写出像倪吾诚这样的形象。

(五)在人物形象身上，看到深层心理

在人物形象身上，欣赏者不但可以看到作者显意识层面的精神内涵——作者在创作过程中可能明确意识到的东西(如人生观、价值观、人格理想、道德评价等)，也可以看到作者无意识层面的精神内涵——作者在创作过程中没有明确意识到的东西。而这，也就是常说的深层心理。

只要稍稍留心观察，就可以发现深层心理在作品中几乎是无所不在的。例如，在新时期最早出现的一批"改革文学"里，人们发现了这样一种模式：陷入困境的改革家(英雄)，往往会得到才情卓具而且长得也很漂亮的痴情女性的辅佐(她们常常是女工程师、女记者、女医生之类的才女)。在《乔厂长上任记》里是乔光朴和童贞；在《花园街五号》里是刘钊和吕莎莎；在《跋涉者》里是杨昭远和丁雪君；在《故土》里是白天明与袁静雅……人们仔细一想，这不就是传统文学中"才子才女""英雄美人"的格局吗？张贤亮的一组作品(《土牢情话》《灵与肉》《绿化树》)与以上作品稍有不同，这里叙述的是悲欢离合的爱情故事，当男主角遭难时遇到的是"乔安萍—李秀芝—马缨花"这样一组心善貌美的女性，她们虽无才情但却温柔、贤惠、善良。人们仔细一想，这不是传统小说戏曲的"才子淑女"格局吗？这种格局多是一个落难的"才子"(知识分子)，被一个委身事之

---

① 王晓明. 潜流与漩涡[M]. 北京：中国社会科学出版社，1991：201.

的慧眼淑女(古典式女性)所救。这种种模式在当初出现时，反映了作者内心深处的幻想或愿望，也就是作者心中的无意识；如今作家仍喜欢采用这种模式，除了显现内心深处的幻想外，还可能因为受以上传统文学的影响，脑子里无形中接受了古老的文化模式，这可以说是双重无意识。

三、从反面形象"看"作者

以上谈到文学作品中的人物形象是作家的精神产儿，作家在创作过程中把自己的一切投射到人物身上，因此读者也就可以从人物形象身上不同程度地看到作者的某些方面。这里自然引出一个躲不开的问题：那么，从反面人物形象身上也能"看"到作家吗？

问题十分尖锐，令人尴尬，但答案也应该是肯定的。不过不可一概而论，而应具体分析。从反面形象身上"看"到作者，大体上有两种情况。第一，从对反面人物的"丑"的否定中，反观作者正面的道德观念、情感态度和人格理想；第二，从反面形象身上"看"到作者与之相同、相通、相近的弱点和缺陷。

第一种情况比较普遍，也容易理解，基本属于文艺常识。即作家塑造反面人物形象，揭露他(或她)的丑恶，不是"零度感情"的纯客观罗列，更不是肯定和赞扬，而是带有强烈的主观情感、主观态度，如嘲笑、讽刺、挖苦、鞭挞等，即揭露它是为了批判它、否定它。在这种批判和否定中，自然就体现出了创作主体的正面态度和正面理想。这里的转化机制颇似一个简单的数学公式：$-(-1)=1$。括号中的"-1"代表否定性形象(或一般人物身上的缺点、错误，即否定性方面)，对否定性形象加以否定(否定之否定)，传达出的当然是正面的东西了。这种情况理论上比较简单，此处不宜多说。

这里主要谈谈第二种情况。

让我们先从一种常见的艺术现象说起。纵观文学史，我们发现一种很有意思的现象：作家所着意塑造的高大完美的理想人物往往不太容易成功，相反，那些性格有明显缺陷的人物甚至是反面人物却往往很容易成功，甚至成为不朽的典型形象而大放异彩。例如，《三国演义》的作者，明显的倾向是贬曹操而褒刘备，"以致欲显刘备之长厚而似伪"[①]，颇多矫情，令人不快；而曹操却带着一身劣迹和一身本事赢得了人们的格外青睐。《水浒传》的作者真心推崇宋江和卢俊义，但读者却不大愿意与作者合作而更喜欢莽撞豪爽的李逵和鲁智深。《西游记》里的孙悟空和猪八戒，都有些小毛病或大毛病，但读者却爱上了他们而不爱没有任何毛病的唐僧。《红楼梦》的作者不用说是偏爱贾宝玉而批评王熙凤的，但作为艺术形象，最成功的却是王熙凤。现代的小说《李自成》，作者的爱憎十分分明，但读者对他精心雕塑的李自成不怎么欣赏却"爱"上了奸诈能干的张献忠。

这是颇为奇怪而令人思索的。作家手中的笔似神奇的魔杖，点到缺陷人物身上就使其获得生命，神气活现起来，而一点到理想人物身上却平平淡淡，不尽如人意(当然也非全部如此)。这真是"有心栽花花不活，无心插柳柳成荫"。

造成这种怪异现象的原因是什么呢？从创作心理上来看，原因是复杂的，其中一个深刻的原因就是，作者与性格有缺陷的人物乃至反面人物，有某种内在相通的东西。相通则

[①] 鲁迅. 鲁迅全集：第9卷[M]. 北京：人民文学出版社，1981：129.

熟悉，熟悉就能写好，否则即失败，这是很简单的道理。那么，二者之间是怎么"相通"的呢？

大略说来，这里有两种类型：一是直接相通，即作者本人身上就存在着与人物相同的缺点、弱点和毛病；二是间接相通，即在深层心理(无意识深处)上有某种相通之处。

我们先来看第一种类型。

果戈理的传记作家魏列萨耶夫，在研究了果戈理的生平和作品之后惊奇地发现，"我们最伟大的讽刺作家(指果戈理——引者注)在自己私生活中的表现，同他抛掷到世界上永远为人嘲笑的乞乞科夫、赫列斯塔科夫、罗士特来夫、玛尼洛夫一模一样。果戈理处理自己的事务时正像乞乞科夫那样不择手段，像赫列斯塔科夫那样自吹自擂到忘我的地步，漫天撒谎同罗士特来夫如出一辙，建立空中楼阁时的那份天真劲儿活脱就是玛尼洛夫。"①

为什么果戈理笔下的人物同他本人那么相像呢？原因无它，就因为作者在塑造这些人物时取了自身的某些性格特征为模特儿。果戈理本人对这一点也承认。请看果戈理有趣的"供认"："坦率地说出一切：所有我最近的著作都是我的心史……对我的这些人物，我除了赋予他们以自身的龌龊行径外，还把我本人的丑陋行径也赋予他们了。我是这样做的：抓住自己的恶劣本性，把它放在另一个人身上和另外一个场合里，然后跟踪追缉，竭力把他当作一个深深地侮辱过自己的死敌来描绘，用仇恨、嘲笑以及凡是能到手的一切追逐他。"②果戈理在这里承认把自己的"恶劣本性"和"丑陋行径"赋予了他笔下的人物，这并不意味着他本人就等同于他笔下的丑类。因为他说得很清楚，他挖出自己身上的丑恶面是为了"跟踪追缉"，是为了仇恨它、嘲笑它、批判它。能嘲笑自身丑陋的人，其心灵已经并不丑陋。因为他已经从对自身负面的否定中超越了负面，走向了正面。虽然如此，读者毕竟从他笔下的人物形象身上，看到了作为人的果戈理，身上也确实存在着至少是存在过一般人性的弱点。正因为他身上有与书中人物相同或相通的东西，所以下笔如写己，优游自如，栩栩如生；而一写到自己所不熟悉的人物则笔致枯涩，生气顿消。鲁迅在翻译了果戈理《死魂灵》第二部第二章后就看出了这一点。他说："果戈理的命运所限，就在讽刺他本身所属的一流人物。所以他描写没落人物，依然栩栩如生，一到创造他之所谓好人，就没有生气。"③

和果戈理一样，俄国另一位作家冈察洛夫也承认过，他笔下那个怠惰麻木、萎靡不振、无所作为的奥勃洛摩夫，不仅是从"他人身上"看到的，而且也是从"自身"体验出来的。可见果戈理的创作经验是一种比较普遍的现象。

我们再来看第二种类型。

对人类深层心理深有研究的心理学家荣格告诉我们，在人类集体潜意识中有一个经典的"原型"叫"阴影"。所谓"阴影"，荣格认为，简单说就是"黑暗的自我"。它处于人格的最内层，比其他任何原型都更多地容纳着人的最基本的自然性。"阴影"中包括一切激情和不道德的欲望和行为，它是人身上所有那些最好和最坏东西的发源地。④这种心

---

① 魏列萨耶夫. 果戈理是怎样写作的[M]. 蓝英年, 译. 天津：天津人民出版社, 1980：1-2.

② 魏列萨耶夫. 果戈理是怎样写作的[M]. 蓝英年, 译. 天津：天津人民出版社, 1980：21.

③ 鲁迅. 鲁迅全集：第10卷[M]. 北京：人民文学出版社, 1981：413.

④ 霍尔. 荣格心理学入门[M]. 冯川, 译. 北京：生活·读书·新知三联书店, 1987：56-61.

理能量平时被理智、理性、伦理道德、社会规范压抑着、管束着、掩盖着而不流露出来，但作为心理能量被压抑不等于被清除。相反，它像一股奔涌的潜流时时在寻找表现自己的机会。作家也是人，人格深层中也不例外地隐藏着"阴影"，平时被严密地控制着，没机会得到表现，但是当进入自由想象的天地，尤其是进入有缺陷的人物的心灵深处，就可能在暗中与其沟通，从而产生共鸣。在这里，是集体潜意识把他们连在一起。这时候作家对缺陷和丑恶的描写和揭露，其实也就等于自身深层心理的宣泄，说白了就是"阴影"原型的自我表现。这样一来当然就能写得生动活泼、真实可信。英国著名作家毛姆曾分析过作家与人物在深层心理上相沟通的情形。他借笔下人物说："作家对那些吸引着他的怪异的性格本能地感到兴趣，尽管他的道德观不以为然，对此却无能为力……他喜欢观察这种多少使他感到惊异的邪恶的人性，自认这种观察是为了满足艺术的需求；但是他的真挚却迫使他承认：他对于某些行为的反感远不如对这些行为产生原因的好奇心那样强烈。一个恶棍的性格如果刻画得完美而又合乎逻辑，对于创作者是具有一种魅惑的力量的，尽管从法律和秩序的角度来看，他绝不该对恶棍有任何欣赏的态度。我猜想莎士比亚在创作埃古(《奥赛罗》中的小人——引者注)时可能比他借助月光和幻想构思苔丝德梦娜怀着更大的兴味。说不定作家在创作恶棍时实际上是在满足他内心深处的一种天性，因为在文明社会中，风俗礼仪迫使这种天性隐匿到潜意识的最隐秘的底层下；给予他虚构的人物以血肉之躯，也就是使他那一部分无法表露的自我有了生命。他得到的满足是一种自由解放的快感。"①毛姆的剖析显然有些"冷酷"，也可能有点儿武断，但我们不得不佩服他的观察力，不得不承认其中的真理性。

毛姆所剖析出来的作家心灵深处的潜意识，前面我们已经说过，是一种集体潜意识，是人所共有的潜意识。这也就是说，作者在创作时挖掘的是自己的深层，但就其性质而言，却等于是对人性的剖析。只有从这一角度出发，才能更公平地理解作者与笔下反面形象的关系，才能更准确地理解某些反面形象不朽的艺术魅力，如歌德笔下的摩菲斯特、巴尔扎克笔下的伏脱冷、莎士比亚笔下的麦克白夫妇、陀思妥耶夫斯基笔下的瓦尔科夫斯基公爵等。这些人物极端邪恶，口中常常吐出一连串"残酷的真理"，然而却自有撼人心魄的艺术魅力。通过他们，读者对人性会有一个更深入、更全面的认识。

四、人物形象与作者关系的复杂性

以上，我们对作品中人物形象与作者的关系作了一些分析和考察。需要说明的是，这种分析和考察是抽象的、简单化的。就文学作品的实际来看，二者的关系是十分复杂和微妙的：有的比较直接，更多的比较间接；有的比较显露，更多的比较隐晦。这与作家所选用的题材、使用的创作原则、所属的创作流派，以及本人的创作个性有关。但不管直接或间接，显露或隐晦，有一点必须明确，即人物形象与作者之间的关系既不是毫不相干也不是相互等同，而是若隐若现，若明若暗，若即若离。读者一定要牢记，文学作品属于艺术的范畴，作品中的人物形象是艺术形象，其中包含着作者而不等同于作者。即使是那些具有明显自传性质的作品也是这样。

---

① 毛姆. 月亮和六便士[M]. 北京：外国文学出版社，1981：187.

例如，美国作家菲茨杰拉德是一位喜欢把自己写入作品的小说家，他常常毫不留情地把自己的私生活写入小说中，以至于使读者分不清哪些是他笔下的故事，哪些是他的私生活。尽管如此，我们也不能把他与笔下人物等同。正如他的传记作家查尔斯·显恩所说，菲茨杰拉德不断地把自己渗入他小说的人物里去，是为了他要重新创造一种想象中的美国式生活。他常常在写作中显露他自己，可是他写得如此卓越，以致他显出来的是人性的百态。20 世纪 30 年代，鲁迅在批驳某某作品是写的生活中的某某人之类的论调时，也说过类似的话。他说，不要说某作品没有以某某人为模特儿，"纵使谁整个地进入了小说，如果作者手腕高妙，作品久传的话，读者所见的就只是书中人，和这曾经实有的人倒不相干了。例如《红楼梦》里的贾宝玉的模特儿是作者自己曹霑，《儒林外史》里马二先生的模特儿是冯执中，现在我们所觉得的却只是贾宝玉和马二先生……这就是所谓人生有限，而艺术却较为永久的话罢。"①

思考练习题

一、怎样理解"人物是作者的精神产儿"这句话？
二、从人物形象身上可以看到作者的哪些方面？
三、反面形象与作者的关系大体上有哪几种情况？
四、怎样理解"作者与性格有缺陷的人物乃至是反面人物有某种内在相通的东西"？
五、谈谈深层心理与文学创作的关系。
六、通过自己熟悉的作品分析人物形象与作者的关系。

【欣赏示例】

张炜的精神世界与他笔下人物的关系

(说明：文学评论家摩罗的论文《灵魂搏斗的抛物线——张炜论》，详细地分析了张炜的创作道路，指出他笔下的人物其实就是他自己精神生活的记录，从中可以看出他内心生活的历程。这里节选的是这篇论文的"结语"。)

以文学人物为窗口观察作者的精神世界及其变化，是一种有效的方法。当我将此法用于张炜研究时，我感到既有利于看清张炜的内心生活，又有利于对其文学世界的理解。在以《黄烟地》《夜莺》《达达媳妇》为代表的第一时期，张炜笔下的人物温顺弱小，作者本人也处于按主流意识形态的要求从事创作的晦暗状态。当他在一个又一个社会文化思潮和文学思潮的推促下日渐领悟到生活之真谛和文学之真谛后，他的精神亢奋而又强大，这时他的小说和小说中的人物也相应的坚实有力。老得、李芒、隋抱朴所具有的精神力量，正是张炜内在力量的艺术表现。可是，由于现实世界的诸般压力，也由于民族文化中缺乏更加有力的精神滋养，张炜难于保持长久的内在紧张，他的精神世界不得不松懈下来，这种松懈有时以《九月寓言》式的平和、有时以《柏慧》式的愤激表现出来。这个时期的小说作品，远不像第二时期的作品那样具有震撼人心的效果。与隋抱朴比起来，肖潇、宁

---

① 鲁迅. 鲁迅全集：第 6 卷[M]. 北京：人民文学出版社，1982：519.

伽、宁珂等人都显得气虚力乏。张炜的文学创作史，实际上也是他的精神成长史。根据他笔下的形象系列，可以勾描出他灵魂搏斗与发展的轨迹，故以图示之。

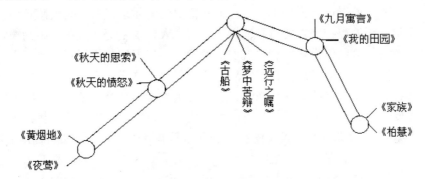

——节选自摩罗的《孤独的巴金——如何理解作家》第119页，东方出版社，2010。

【相关链接】

小说家为什么总是更擅长表现"恶"？

法国小说家梅里美曾经提出过一个疑问："为什么人们总是喜欢坏蛋呢？从《圣经》上的浪子开始，一直到你那条名叫金刚钻的狗，总是越不值得人爱就越是惹人爱？"(《阿尔赛内·吉约》)这个问题我们同样也可以对小说家和读者提出来。因为我们在小说中几乎总是看到，小说家们比起"善"来，似乎总是更善于表现"恶"；而比起那些少有的"善人"来，那些常见的"恶人"，也更让读者难忘甚至喜欢。

"善人"似乎是小说家最难置笔的人物类型，尽管在他们身上小说家也许最花力气。小说家所极力塑造的"善人"，往往总是给人以不真实的感觉；而那些小说家自己也反对的"恶人"，却往往总给人以栩栩如生的印象。

在西门庆的众多妻妾中，唯一一位"善人"是吴月娘，她具备种种传统道德所要求的德行，与其他耽于淫欲的妻妾形成了鲜明的对照。但是对于读者们来说，比起其他妻妾来，吴月娘也许更不讨人喜欢，或至少是更不能留下什么印象。甚至可以这么说，在这部小说中，越是"恶"的人物，往往越是鲜明生动；越是"善"的人物，往往越是枯燥乏味。考虑一下位于两极的潘金莲与吴月娘的对比，便可以明白这一点了。

不仅《金瓶梅》是如此，还有在《醒世姻缘传》中，比起那些或多或少具有变态心理的妇女来，一味遵从传统道德的唯一"善人"晁夫人的形象，也更难以激起读者的兴趣与同情。

读者的倾向性自然来源于小说家的倾向性。寺村政男指出："假如说作者敢于写的话，那他笔下的恶人是被描写得栩栩如生，而在描写唯一的善人吴月娘时笔势看来是减弱了。这是为什么呢？这也可能是作者心目中对于恶或多或少有所肯定。"如果小说家心目中对"恶"或多或少有所肯定的话，那么读者自然也就容易对"恶"留下更为生动的印象。

然而除了小说家对"恶"或多或少有所肯定之外，恐怕还是因为"恶"往往总是更接近人性的本来面目，而"善"则往往总是更远离人性的本来面目。因而对人性充满兴趣的小说家们，总是能够轻而易举地把"恶人"写得栩栩如生，却不容易把"善人"写得同样生动。同时，也正是基于同样的原因，读者也更容易理解那些更接近人性本来面目的"恶人"，因为我们原本就是那样的人；而不容易接受那些更远离人性本来面目的"善人"，因为我们原本就不是那样的人——只是我们想要成为那样的人，或者装作已经是那样的人。

因此，尽管也许说得过于尖刻了一点，但狄德罗的下面这段话，我们感觉还是相当有道理的："比起讨厌的德行来，恶习和他们琐屑的个人要求是更一致的，因为德行会从早到晚地向他们唠叨，给他们为难。……人们歌颂德行，但人们却憎恨它，躲避它，它是冷冰冰的，而在这世界上人们必须使自己安乐舒适。并且，这样就必然会使我们脾气变坏。你晓得为什么我们看见虔诚的人这样冷酷、这样讨厌和这样地难以亲近吗？因为它们勉强要实行一件违反天性的事。……德行令人肃然起敬，而尊敬是不愉快的；德行令人钦佩，而钦佩是无乐趣的。"(《拉摩的侄儿》)这大概足以解释我们在本文开头所提出的问题。

毛姆曾谈到，小说家在创作恶棍时，也许是在满足他内心深处的一种邪恶天性。在文明社会中，风俗礼仪迫使这种天性隐藏到潜意识的最深处。给予他虚构的人物以生命，也就是使他那一部分无法表露的自我有了生命，他得到的满足是一种自由解放的快感。我们想，对读者来说情况恐怕也是如此。

——节选自邵毅平的《洞达人性的智慧》第175—177页，浙江人民出版社，1992。

第六节　性格丰富≠性格分裂

一、人物性格要有丰富多彩性

社会生活本身是无限丰富、无限复杂的，作为"一切社会关系的总和"的人，也是无限丰富、无限复杂的。而作为艺术地反映社会生活的文学形象，其思想性格也相应地应该是丰富的、复杂的。所以，黑格尔说，文学艺术表现人物的性格，要有内在的丰富多彩性，真正的艺术家都了解这一点。[①]黑格尔的这一观点，作为美学思想已经为越来越多的作家所掌握。我国新时期的文坛，作家们挣脱了种种枷锁，向着生活的深处开掘，创造了一个个性格丰满而又真实的人物形象，他们像生活本身那样生动、丰满，具有深刻的认识意义和很高的审美价值。过去那种"神化"或"鬼化"的人物形象明显少见了，这是一个可喜的现象。

但是，我们也应该看到，一种好的倾向下往往容易掩盖着另一种不好的倾向。例如，有的作品不从生活实际出发去写人，而单纯追求人物性格的复杂，为了复杂而复杂，结果创造出来的人物性格往往自相矛盾，自我分裂，成了相互矛盾的多方面特征生硬拼凑起来的角色。这样，本来想造一颗珍珠，结果却造出一颗鱼目；本来要进这一个房间，结果却走进了另一个房间。

二、区别人物性格是丰富还是分裂的标志是什么

这里向读者提出一个很现实的问题，在具体的欣赏实践中怎样区别人物性格的丰富与

[①] 黑格尔. 美学：第1卷[M]. 朱光潜，译. 北京：商务印书馆，1981：305.

人物性格的分裂呢？二者的界限是什么呢？

在此我们提出两点作为区别的标志(也就是区分二者的界限)。

第一，性格丰富是指人物性格特征既多样又统一，而性格分裂却是仅有多样而无统一。

所谓性格丰富，其内涵是多义性的，其表现形态也是多种多样、千差万别的。从横的角度看，性格的丰富是指一个完整的人物性格是由多种性格特征(多层次、多元素、多侧面)组成的，而不是单一化的、平面化的、简单化的。

就以贾宝玉为例吧。他是一个封建末世不随流俗、有独立见地、最少奴隶性格的新人物。在他的性格里，基本倾向是追求个性解放，反对封建礼教、仕途经济、等级制度、男尊女卑等传统观念，具有初步民主主义思想。但他的性格本身又是一个复杂的矛盾集合体，他反封建有顽强不屈的一面，也有软弱妥协的一面；他身上既有民主性的萌芽，又有封建性的残余。别的都不说，仅看他对待身边的丫头的态度，就充满了矛盾：他同情、关心她们的命运，仇恨封建势力对她们的压迫和摧残，但他亲眼看到封建势力残忍地一个一个"吃掉"他所爱的人时，他又不敢站出来做一点儿抗争。他对丫头关怀体贴、无微不至，甚至关心她们胜过关心自己。他自己烫了手，反问别人疼不疼；自己被雨淋得落汤鸡似的，反提醒别人避雨；他甘心为丫头充役，受丫头的气，没一点儿主子架子。但有时也免不了耍少爷脾气，甚至不惜抬手动脚。有一次他半夜从外边回到怡红院，丫头们正在里面嬉闹，开门迟了，他一脚将忠实奴才袭人踢得心疼吐血，如此等等。这诸多方面的性格特点就是贾宝玉这个人物性格丰富性的具体表现，它就像在贾宝玉的上下、左右、前后、四面八方安放的镜子，全方位地映出了贾宝玉的不同侧面，使我们看到了一个完整的、立体的、"圆"的人物形象，所以他生动、真实、可信。

贾宝玉性格中有那么多矛盾却让人觉得很真实，关键在于，这些矛盾着的各个侧面有内在统一性。他是封建社会主流思想、主流价值观念的另类，他和他所出身的社会和家庭有千丝万缕的联系，但他终究是那个社会和家庭的叛逆者，"多余的人"。他性格的各个侧面都统一在这个基调上，他的诸多矛盾都可以从这里得到合理的解释。这种性格，微观地看，是复杂的、矛盾的；宏观地看，是统一的有机整体。从各个侧面着眼，他始终是不一致的，但从总体来看，"这种始终不一致正是始终一致的、正确的。因为人的特点就在于他不但担负多方面的矛盾，而且还忍受多方面的矛盾，在这种矛盾里仍然保持自己的本色，忠实于自己。"[①]这就是性格丰富的一个基本特征。

如果只写出了性格的矛盾的一面，不一致的一面，而没有写出统一的一面，一致的一面，这种矛盾的对立就是孤立的，外在于整体的，这样就形成了性格分裂。

例如，同一个贾宝玉，到了后四十回的续书里，性格中有的矛盾就游离了统一的调子，具有自我分裂的性质。如前八十回里写元春晋封为贵妃，这对贾府来说意义极为重大，按理说宝玉该大大高兴一番了。可是当时因为死了好友秦钟，他心里想着这个朋友，对这件事竟是"视有如无，毫不介意，因此众人嘲他越呆了"。这对于宝玉的性格是绝好的描写。

宝玉讨厌世俗的功名利禄、富贵升迁，唯其如此写，才见出是宝玉。到了后四十回里写贾政升任郎中，这与元春晋封贵妃相比，简直不算一回事，但却把宝玉"喜的无话可

---

① 黑格尔. 美学：第1卷[M]. 朱光潜，译. 北京：商务印书馆，1981：306.

说""越发显得手舞足蹈了"。元春晋封贵妃时,宝玉还只死了一个好友秦钟;贾政升官时,宝玉已目睹亲历了金钏、尤二姐、司棋、晴雯相继惨死,此时的宝玉反而会为父亲升个郎中乐得要死,实在太荒谬不堪了。再如,前八十回里,宝玉为悼晴雯撰《芙蓉女儿诔》,称:"怡红院浊玉……乃致祭于白帝宫中抚司秋艳芙蓉女儿之前曰",对自己是何等自谦,对对方是何等尊重!这才是宝玉一贯的性格和思想。可是在后四十回"人亡物在公子填词"里,同是宝玉悼念晴雯,宝玉居然称什么"怡红主人焚付晴姐知之",完全是大少爷对通房丫头的口气,实在是既唐突了晴雯,也唐突了宝玉。

　　为什么贾宝玉耍少爷脾气不算性格分裂,而为贾政升官乐不可支是性格分裂呢?因为前者合乎情理,与性格核心有内在的一致性。人的性格的心理结构包括两个层次:一是性格的外射特征,是外现的层次;二是性格的内隐特征,是性格外射特征的内在心理依据,是性格的凝聚中心。外部特征、外部表现不管如何多样,都要有内在的依据。贾宝玉一向鄙弃功名利禄,这是宝玉的基本思想倾向,是性格的核心内容,违背了这一点就不是贾宝玉了。一个人有时候做事有可能与自己不一致,但不可能从根本上违背自己。英国小说家菲尔丁曾说过:"写行动绝不能超出人力所及的范围之外,须是人力所能做的、须是合情合理的,不但如此,而且还要看看人物本身,是否这行动出在他身上是合乎情理的……某大作家说得最好不过:一个人无论怎样热切也绝不会完全违反自己来办事,正如船在急流之上绝不会逆流游动一样。我也不揣冒昧地说,一个人完全违反本性办事,即使不是不可能的,至少也是不近情理、太离奇了……"①

　　由此我们得出一个结论,人物性格中互相矛盾、互相交织着的各种素质、各个侧面有没有内在统一性,是区别性格丰富与性格分裂的一个重要标志。

　　第二,性格丰富还指人物性格既有变化性又有一贯性,而性格分裂则仅有变化性而无一贯性。

　　从纵的角度来看,人物性格的丰富性还表现在,一个完整统一的人物性格不是固定僵化、静止不变的,而是永远处于不断发展变化之中的,在发展变化中展示自身的丰富性。

　　例如,王熙凤这一人物的性格,是十分丰富的。她聪明、伶俐、标致、逞强好胜、威行令重、颇有才干,还诙谐风趣,会说笑话;但她又凶狠、残忍、贪财、嫉妒、狡诈、蛮横、嘴甜心苦、两面三刀、杀人不见血……真是说不完道不尽的王熙凤。王熙凤的性格的诸多方面都不是固定不变的,它不仅在不同场合有不同的表现,而且在不同的阶段也有不同的变化。且说她的要强吧,王熙凤是脂粉队里的英雄,最好逞强使性,"最喜揽事办""不肯落人褒贬"。她曾说:"凭是什么事,我说要行就行。"俨然一只气势汹汹的"真老虎"。但是随着贾府家势由盛趋衰的变化,凤姐"心劳日拙",不得不引退,让别人执掌家政。当她不能指挥一切的时候,她也不得不发出"我竟不能了"的哀叹,流露出无能为力的颓衰情绪,"真老虎"变成了"纸老虎"。这说明本性要强的人也有颓唐的时候。但凤姐终究还是凤姐,即使她身处逆境,不得不颓唐的时候也仍然是要强的。她在病中"天天还是查三访四",不甘示弱,"恨不得一时复旧如常"。这正如王朝闻所指出的,曹雪芹的艺术才能,不仅在于写出了凤姐的性格的变化,而且在于他写出了已经分明是"纸老虎"的凤姐,还仍然有"虎"气。而不像后来的续书那样,只强调凤姐性格的软弱

---

① 伍蠡甫. 西方文论选:上卷[M]. 上海:上海译文出版社,1979:517-518.

方面，忽视凤姐性格在变化中的一贯性。

王熙凤性格的发展变化不仅没有破坏性格的统一性、完整性，反而使性格更真实、更生动、更可信。为什么？因为在变化中有统一性，有一贯性，体现了变化与一贯的"你中有我，我中有你"的辩证统一。而性格分裂却不是这样，例如，还是上面说的那个菲尔丁曾经批评过他那个时代戏剧舞台上人物性格分裂的错误。他说："在前四幕里他们的男主人公多半表现为臭名远扬的恶棍，女主人公多半是淫荡下流，但是到了第五幕男主人公一变而为非常值得赞扬的君子，女主人公一变而为有品德、有分寸的女子，而作者又往往怕麻烦，不肯做件好事把这种荒唐的变化和矛盾前后一致起来或加以解释。我们的确找不到任何理由会促使这种变化发生，除非是因为戏剧快到结束阶段，似乎在一出戏的最后一幕，恶棍天然应当悔过，正如他在生命的最后一幕中那样。"① 菲尔丁所批评的这种现象，在我国的文艺创作中也时有发生。例如，有篇小说，女主角是个当代大学生，作品前半部分写她头脑冷静，见解精辟，敢于提出问题、思考问题，对当前恋爱、婚姻、家庭问题所发表的议论，虽不无偏激但也不能说全无道理，很能引人思考。到后来却忽然摇身一变，成了手段卑鄙、下流可耻的女流氓，前后完全是两个人，令人不可思议。这种变化中缺乏一贯性，没有内在联系的人物性格，是典型的性格分裂。

应当承认，现实生活中人的思想、性格都无时无刻不处在变化之中，有时会发生明显的，甚至截然相反的变化。这种变化肯定都是有内在原因的。文艺作品可以写这种发展变化，但是一定要写出内在根据，写出原因。写出了原因，变化就自然显示出合理性。

由此我们又可以得出一个结论，人物性格的变化有没有内在的根据，变化中是否有统一性、一贯性，是区别人物性格丰富与人物性格分裂的又一标志。

思考练习题

区别人物性格是丰富还是分裂的标志是什么？

【欣赏示例】

喜剧的思想严肃性与人物统一性
——从喜来乐的婚外恋说起

电视连续剧《神医喜来乐》是历史性喜剧，比较好看，也不乏寓意。但占了很大分量的喜来乐与赛西施的婚外恋和最后匹配总让人觉着别扭，不像那么回事。究其原因，在于那是年龄、相貌、性情极不相配的婚外恋，即没有来由的婚外恋，给人以生拉硬拽之感。虽然好玩、有戏，思想却不严肃。此等影响全局的人物关系，还是需要认真考量。作品的肯定态度实际就是一种提倡，而像喜来乐与赛西施那样的婚外恋情即使在旧社会也不宜提倡。其实，喜来乐这样的人物，本来就不可能有赛西施那样的婚外情人，这又关涉到形象的统一问题。下面分别谈些看法。

喜剧应该好玩，要看着轻松，情节不受严格的事理限制，有颇广阔的随意性，但这种

---

① 伍蠡甫. 西方文论选：上卷[M]. 上海：上海译文出版社，1979：518.

轻松和随意性不是不要严肃性。好的喜剧是以夸诞的形象、诙谐的形式表现严肃的思想，讽喻严肃的社会现实。形象与形式是嬉笑的、轻松的，思想意蕴却是严肃的，耐人寻味的。这也正是喜剧的难处和价值。婚外恋是作品的思想要素，提倡什么样的婚外恋是严肃的事，不可率意杜撰。特别是正面主人公，在婚外恋问题上不能只为逗乐、做戏，也不能只为某种需要(如反衬田魁的卑劣之类)，它本身就是所要表现的一种思想因素。像喜来乐这样的人物要不要有婚外恋，要有什么样的婚外恋，通过婚外恋表现什么思想要素，是需要精心设计与策划的。把两个好心人凑在一起，不管其年龄、相貌和其他条件多么不相配，不是严肃的、负责任的态度。不论编导是怎样想的，作品实际是在提倡一种极不相称的婚外恋情。这在历史上也是不可取的。在清末，自然有人娶三妻四妾，但那不是婚外恋、婚外情，其配合不是相恋的产物。那些老夫配少妾的婚姻大都是女方不得已的悲剧。婚外恋情要建立在一定的条件之下，特别是一般百姓的婚外恋情，年貌相配是重要前提，年貌相差极远，如同父女，又那么自动相爱，让人无法理解和接受。至于作品提倡的婚外恋情更应让人理解、同情和认可，不能把心眼好作为弥补年貌不配的主要条件。相反，心眼好的一般百姓恰恰不会搞这样年貌极度悬殊的婚外恋。这就关系到下面要谈的人物形象问题。

喜剧的人物形象可以夸诞，大肆虚造，但不能全无尺度，必须具有人物性情的统一性。在旧社会，像喜来乐那样怕老婆到跪搓板的老实疙瘩，与妻子即使没有多少感情，又未生子女，一般也不会有婚外恋。退一步说，即便有婚外恋，意中人也应是中年人，不会是年轻貌美的赛西施。从他这方面来说，他不是玩弄女性的富贵主儿，不会在如同自己女儿一样的女人身上打主意。编导既然大写其对病人的好心和惧内的软弱，就不能又让他像导演说的"有偷情泡小寡妇的七情六欲"，因为这种七情六欲不是人人所必有的。人是矛盾的，又是复杂的，而这矛盾与复杂又必须是统一的，才能共存于一个活生生的人物统一体。喜来乐的年纪和性情使他不能同时具备与赛西施偷情的品格，所以他们的婚外恋就让人觉得别扭、多余，不像那么回事。从赛西施这方面来说，她虽是小寡妇，却非常年轻、美丽，又衣食完足，生活自在，不会无端爱上比自己大二三十岁的老头子，甘心给天下第一怕老婆的老郎中做妾。可见编导在这一喜剧中是将两个极不和谐、极不具备相恋条件的人物撮合在一起，硬让他们搞婚外恋，最后成婚，破坏了人物的统一性。

当然，爱情有时不是年貌等条件可以制约，但那总是特殊的情况，而且总是在某种特定情形下产生的，而《神医喜来乐》没有展示这样的情形，两人一开始就是婚外情人。一般的恋情自然可以这样安排，而在喜来乐与赛西施之间，却不宜如此，不能如此，否则让人莫明其妙。安排这样两个人物搞婚外恋，必得在他们为何相爱上花费笔墨，令人信服，喜剧也不例外，在这种地方讨巧，瞒不过观众眼目。因为人物形象不能统一，与之相关的情事难于成立，尽管一时热闹，也非佳作。

我们已经产生了一批历史性喜剧的电视剧，大都写的仕宦王公，像喜来乐与赛西施这样的普通人由婚外恋到结合好像还没见过，所以特别值得关注。

——节选自马振方的《在历史与虚构之间》第285—287页，北京大学出版社，2006。

第七节　把握故事情节

一、故事情节对于叙事作品的重要意义

一篇(部)小说写的是什么？当然是"事"。因为小说属于叙事艺术，其艺术经营的中心环节就是"叙事"，无"事"可"叙"，无论如何也不会产生一篇小说。叙事就是讲故事，因而小说家往往被称为故事家。

故事在具体作品中是通过情节来展开的。情节指的就是一系列相互有因果联系的，主要按时间顺序发展的那些事件，因此有故事就有情节。情节是一篇(部)小说的骨架，也是作家创作意图和作品主题的基本载体。

正因为此，读者欣赏小说的时候，当然也就要特别注意去把握小说的故事情节。

二、怎样把握一篇(部)作品的故事情节

(一)用一句或几句话归纳故事情节的梗概

一篇作品，从整体上看总是有一个中心内容。这个中心内容大体上可以视为"关于××的故事"。例如，《三国演义》的中心内容，大致可以归纳为：东汉末年至三国归晋这段历史时期，军阀混战及三国鼎立的故事。《水浒传》的中心内容可以归纳为：北宋末年以宋江为首的农民军在水泊梁山起义造反的故事。《西游记》的中心内容可以归纳为：孙悟空大闹天宫和唐僧师徒四人一路斩妖除怪、战胜千难万险去西天取经的故事。《红楼梦》则讲的是封建大家庭贾府里的故事。如此等等。

以上归纳是对作品内容最抽象、最简括的归纳，可以视为对作品"写的是什么"的第一级归纳，归纳出的是"故事"，也就是作品的中心题材。这种归纳当然失之于粗疏，但有了这样一个归纳，读者对全书内容就有了一个总的轮廓和框架，就获得了一个俯瞰整个作品细部的制高点，就找到了全书基本情节的总源头。有了它，就可以纲举目张，由源及流。

中心内容的展开，就推演、生发、撒播出一系列具体情节。这些具体情节仍可进行归纳和概括，这可以视为对作品"写的是什么"的第二级归纳，归纳出的是情节。例如，《三国演义》中的"刘关张桃园三结义""刘玄德三顾茅庐"，《水浒传》中的"智取生辰纲""三打祝家庄"，《西游记》中的"大闹天宫""三打白骨精"，《红楼梦》中的"宝玉挨打""抄检大观园"等，这些都是著名的经典情节，在国人中几乎耳熟能详。这些归纳，精要地抽取了情节的基本内容，简单明快，易懂易记，如画龙点睛，一下子活在读者心里。

对故事情节的归纳，可以锻炼读者的理解力和概括力。

(二)理出情节中的矛盾冲突及情节发展顺序

任何情节的内部都包含有某种矛盾冲突，即两种对立力量的起伏消长。这种矛盾冲突

可能是尖锐激烈的，也可能是相对和缓的；可能是外在的(如人与人、人与社会、人与自然)，也可能是内在的(如思想感情上的犹豫、波动、困惑、迷惘、对立等)，更可能是内外结合，相互渗透、相互影响的。从创作角度来看，矛盾冲突是情节发展的内在动因。从欣赏角度来看，矛盾冲突是理解情节实质和意义的关键。所以欣赏者必须善于用心，找到矛盾冲突的症结所在。

矛盾冲突双方力量的起伏消长，推动着情节一步步地向前发展。这种发展有着大体上的轨迹：开端(即开场或发端，这是矛盾冲突的起点)；发展(矛盾冲突逐渐展开、深化、激化)；高潮(矛盾冲突达到顶点)；结局(矛盾冲突解决后的结果)。这里的顺序是事物发展的自然顺序、"生活"顺序，而不是作品的结构顺序。结构是对情节的安排，可以打破以上自然顺序，直接或从高潮或从结局写起等。

例如，王蒙的小说《冬天的话题》，杜撰了一个关于"什么时候沐浴为好"的争论的荒诞故事。其中的矛盾冲突也纯属虚构：某市"沐浴学"权威朱慎独，认为晚上沐浴为好；从加拿大留学归来的青年人赵小强，在晚报上发表《加国琐记》的小文章，说那里的人们更喜欢清晨起床后洗澡。赵的文章，写者无心，而看者却有意。文章被朱慎独的崇拜者们煞有介事地视为是对权威的不敬，开始攻击赵小强。而赵小强的"哥儿们"为保护赵起而"反击"。于是双方矛盾越来越激化，战斗越来越升级，以致闹得沸反盈天，龙卷风一样把全城乃至方圆 400 公里的人都卷了进去。小说夸张、荒诞、幽默，辛辣地嘲讽了社会心理中的某些恶性积弊和不正常。

小说情节的开端起始于朱慎独的崇拜者余秋萍从小报看到赵的文章，义愤填膺地找到朱氏"告状"。朱氏在崇拜者们的煽动下态度有点儿不大冷静，但姿态还是蛮高的。可是他的崇拜者们却添油加醋，无中生有地宣扬了一大堆朱氏骂赵小强的话。这些传到赵的耳朵里，赵的"哥儿们"开始反击——这是情节的发展。事情一直闹得满城风雨，市领导也介入了冲突，社会上浴池开放时间开始分为早上和晚上两大派；整个社会卷入，甚至省级和国家级报刊也含蓄地参与了这场论争。赵小强觉得自己被放到了一台"旋转加速器"上，越转越快，身不由己——这是情节的高潮。这篇作品的情节没有明显的"结局"，矛盾冲突直到最后也没有得到解决。虽然"忽然又传说一个什么人说了话了，早晨洗澡也未尝不可"，但这并不是矛盾的解决，而说明争论仍在延续中。所以当有人向赵祝贺时，"他的心却更沉重了"。故事在情节高潮中结束，不了了之，留下的是另一番更深远的意味。

需要说明的是，"故事情节"是个比较含混的概念，严格说起来，"故事"和"情节"是不一样的，故事靠情节来展开，来完成，但故事"大于"情节。因为，故事中包括有非情节因素，如故事的开始往往有一些背景性介绍，告诉读者故事发生的时间、地点、环境及出场人物等，接下来才是某件事的发生，即进入情节。例如，《冬天的话题》开头一千多字关于朱慎独及其家世的介绍就属于非情节因素，属于故事不可缺少的内容但并不进入情节。

(三)掌握情节的基本形态

掌握情节的基本形态也是把握故事情节的重要方面，此问题内容较多，故而单独列出详细解说。

三、情节的基本形态

古今中外小说(小说乃叙事作品经典文体,故以小说为例)汗牛充栋,浩如烟海,情节形态千类万殊,难以尽述,读者往往有眼花缭乱之感。北京大学马振方教授博览群书,详细梳理,做了富有创造性的归纳。他把小说故事情节的形态大致分为拟实和表意。拟实是以人生世事为蓝本,内容须合现实的逻辑,以生活本身的样态反映生活,传达作家的识见、感情和理想;表意小说是以表意为旨归,内容是超验的,非现实的,或是现实的变形变态,以奇思异想为意念、情感营造幻诞的形象结构,传达作家的生活感受和真知灼见。①两类小说,有时互相渗透、互相融合,但一般以其中一类为主。

(一)拟实小说的情节形态

两类小说的艺术形态表现在情节上各有不同。具体说来,拟实小说的情节大致可分为三种形态。

1. 传奇型

传奇型情节的基本特点是情节中的人,一般都是非寻常之人(英雄、豪杰、奇人、能人、名人、美人、恶人……);事,也是非寻常之事(英雄创业、豪杰争锋、战场厮杀、官场斗智、情场奇闻……)。在情节的组织上,注重关联性、连贯性、奇巧性、戏剧性,一般都跌宕多姿、复杂曲折、波澜起伏、引人入胜。情节中的矛盾冲突相对来说都比较尖锐、紧张、激烈,而且有起因,有发展,有高潮,有解决,来龙去脉比较清楚,节奏快捷,毫不拖沓。主要人物和主要事件有头有尾,线索分明。在艺术表现上,以叙述为主,少用工笔细描及写意、象征等手法。由于情节推进速度较快,因此与主线无关的细节较少,基本上没有或很少有心理刻画,一般是将心理融化在人物的语言行动之中,这就使情节密度较大。

传奇型情节最明显的艺术效果是扣人心弦,有很强的吸引力,使人过目不忘。例如,《三国演义》中关云长的"温酒斩华雄""过五关斩六将""单刀赴会""刮骨疗毒""水淹七军""败走麦城"等;《水浒传》中武松的"景阳冈打虎""斗杀西门庆""醉打蒋门神""大闹飞云浦""血溅鸳鸯楼"等;林冲的"误入白虎堂""刺配沧州道""风雪山神庙""雪夜上梁山"等,都能给读者留下很深的印象,以至于家喻户晓,有口皆碑。

我国古代的传奇、话本、拟话本、章回小说、武侠小说、公案小说,现代的《李自成》《林海雪原》《犯人李铜钟的故事》等小说中的情节,基本属于这一类型。

2. 生活型

与传奇型情节相比,生活型情节的最大特点是追求"常"而不追求"奇"。选择日常生活、凡人小事作题材,内容充分生活化、现实化、日常化、凡俗化,反映生活深入细微,就像生活本身。在艺术表现上特别注重细节的描绘,用缜密、逼真、细腻的细节编织

---

① 马振方. 小说艺术论[M]. 北京:北京大学出版社,1999.

生活之网。生活型情节由于与现实的生活形态接近，所以具有充分的可体验性、可比照性。读着这样的情节，恍如走进真实的生活氛围，使人于布帛菽粟、柴米油盐、衣食住行中品味人生的滋味。生活型情节的审美效果是让读者感到亲切、亲近而不是惊奇。

中国古典小说《红楼梦》《儒林外史》，俄国托尔斯泰的《安娜·卡列尼娜》，法国福楼拜的《包法利夫人》，英国奥斯丁的《傲慢与偏见》，日本紫式部的《源氏物语》等，其故事情节都是典型的生活型。20世纪80年代我国文坛上出现的被称为"新写实主义"的小说，也属于这一类，如池莉的《烦恼人生》，方方的《风景》，刘震云的《新兵连》《单位》《一地鸡毛》等。

3. 心态型

与前两种类型的情节相比，心态型情节的最大特点是写人物外在行动少而内心活动多。人物心态成为作品压倒一切的艺术内容，因而作为传统情节骨骼的事件短、小、少、散，而且推进不长，往往是写了好多，情节才前进了一小段。然而就在这一小段上，却生发延展出数不清的枝杈——人物的所见、所闻、所感、所思。由那一小段"情节"线所触发，人物的各种感受、印象、联想、幻想、幻觉、回忆、情绪、情感纷至沓来，人物的心理活动和感情因素成为结构的主要依据，心理时空成为结构的中心线索，物理世界的现实时空被心理时空打乱、分割，成为两者错综复杂的结构形态。

例如，爱尔兰现代著名作家乔伊斯的《尤利西斯》，三大部分共18章，用写实手法记录了都柏林三个平凡人物一天的琐碎活动，它通过人物各个器官的感受，逼真、细腻地描绘了都柏林市从早到晚万花筒般的生活情景。再如，我国读者熟悉的王蒙的短篇小说《春之声》，没有什么故事，用传统眼光来看，其情节很单纯、很单薄：一个科学家春节前回家探亲在闷罐子车里乘车的过程。他坐在车里，没做什么事，也没什么事好做，顶多只是为一位抱孩子妇女让了"座"，与她交谈。其余全写的是他的所见、所闻、所感、所思。他感觉敏锐，联想丰富，四面八方，天花乱坠，零乱中有不零乱，都统一在一个调子中："如今每个角落的生活都在出现转机，都是有趣的，有希望的和永远不应该忘怀的。"

这类小说的意义和价值并不在于那"一小段"简薄的外在情节上，而主要在于这段情节上所黏附、生发、辐射出的生活内容、心理内容上。那是一个令人眼花缭乱然而内容可能异常丰富的生活世界、情感世界，看懂了自有美妙的趣味。

以上三类情节形态比较典型，容易识别。然而也有许多小说的情节形态并不典型，而是同时兼有两种形态特点的两栖型、中间型。

(二)表意小说的情节形态

表意类小说更复杂多样，这是由其超验形态特征决定的。超越现实的范畴不同，情节形态也就不同，综合考虑可分为两大类型：幻异型和变态型。

1. 幻异型

幻异型小说包括吴承恩的《西游记》、斯威夫特的《格列佛游记》、威尔斯的《星际大战》，由于产生时期不同，内容、形式也不同，但有一个共同点：天马行空，幻诞奇异，超越现实的自然性，因而同属幻异型。根据三者超越自然的性质不同，由此又分属三种形态：神话式、变异式和科幻式。

(1) 神话式。神话式又称神怪式、魔幻式，鲁迅谓之"神魔小说"，是神话传说的艺术发展，也是宗教观念与现实生活在小说中互相融合的结晶，它运用神鬼灵异、妖魔幻化之类具有宗教渊源、民俗信仰的超自然意象表达作者对现实的理解和生活理想，如《西游记》和《聊斋志异》等。

(2) 变异式。这是不带任何迷信色彩，而使自然之人或物发生不可能发生的变异，如人化为物、物具人格之类。这类情节的最早形态出现在寓言、童话中，这两类作品经常把物人格化，但变异的范围更广，更多的是人的变异。变异式小说的代表作有拉伯雷的《巨人传》、斯威夫特的《格列佛游记》和卡夫卡的《变形记》等。

(3) 科幻式。在特定范畴之内，科学与神话是对立的，但科学幻想与神话幻想一样，成为小说超越现实自然性的一种形式和手段，成为幻异型的又一形态——科幻式。科幻式小说主要在科学技术领域驰骋幻想，既要借助现实的科学，又要超越科学的现实，从而造成超越现实自然性的奇幻意象，如凡尔纳的《地心游记》《从地球到月球》，威尔斯的《时间旅行机》等就是这类小说的代表作。

2. 变态型

变态型小说的形象、内容并不超越现实的自然性，只是超越其社会性，换句话说，所写之事不是人做不到的，而是人不会去做的，违反正常的生活逻辑、人情事理，这就会造成与幻异型并立的另一超验小说——变态型小说。

变态是变形艺术的一种，变形有自然性的，也有社会性的，变态型仅指后者。从其变态途径来看，又可分为四种形态：夸诞式、奇想式、佯谬式和假实式。

(1) 夸诞式。夸张是小说常用的艺术手段，但拟实之作的夸张不超出生活逻辑的最大限度，所以还是现实性的。如果夸张大大超出生活限度，使现实人生大变其态，从而失去现实性，具有荒诞的艺术品格，这就是夸诞的表意形态。例如，中国古代寓言中的"刻舟求剑""守株待兔""削足适履""揠苗助长"等，都是把人的某种不智的特征夸张到荒诞程度的产物，是现实人事的艺术变态。现代小说如美国作家马克·吐温的《竞选州长》，俄国作家契诃夫的《变色龙》《套中人》，本书前文所举的王蒙的《雄辩症》《冬天的话题》等都是这类小说的精品。

(2) 奇想式。奇想式小说讲求艺术构思的奇与巧。所谓奇，就是造设的形象、世界新奇特异，出人意表，使生活大变其态。以出奇吸引注意，表达作者情思意念。例如，清代小说家沈起凤在其《谐铎·桃夭村》中创造了一个风俗奇特的所在：每到仲春，地方官先将女子"以面目定其高下"，再将男子按考业排列次序，"然后合男女两案，以甲配甲，以乙配乙"。商人马某为得美妇贿通考官，得中榜首，不料奇丑女子也用同样办法"列名第一"，两者相配，哭笑不得；不肯行贿的才士和美女都被考官"缀名案尾"，因而也侥幸相配，因祸得福。作者以其奇思异想嘲讽了官场的舞弊之风，发泄了才士的不平之气。

(3) 佯谬式。佯谬式小说与夸诞式和奇想式的不同之处在于，前两种的变态虽然超越现实，却合幻想的逻辑，因而显得合情入理，怪亦不怪，易为读者理解、接受；而佯谬变态作品展示的既非奇人，亦非异域，只是人物言行构成的事体极端反常，自相矛盾，既无现实的逻辑性,也无幻想的逻辑性,显得异常荒谬,难以理解,给人一种莫名其妙的神秘感。但在这种荒谬的背后隐藏着作者的艺术用心,隐藏着他对现实、人生独特的感受和思考,其中不乏真知灼见。荒谬只是事象的表面,艺术的造作,故称"佯谬"。卡夫卡的小说《审判》中的约瑟夫·K,无缘无故被逮捕,抗辩、奔走都无济于事;最后被残酷处死,既不气愤,也不反抗。一切都显得莫名其妙,不合情理。还有,卡夫卡著名小说《城堡》中的主人公 K 受雇于城堡,却莫名其妙地进不了城堡,一切努力也都莫名其妙地不起作用。这种莫名其妙的情节、事象就是生活的佯谬变态。

(4) 假实式。以上三种变态造成的形象、画面、艺术世界与现实生活差异很大,因而比较容易辨别。较难辨别的是假实式。假实式情节不明显违背生活逻辑,与现实事情并无显著差异,但又不像拟实之作那样贴近实在的人生,而给人一种陌生感和距离感。这种陌生感和距离感恰是变态造成的心理效应,也是变态的一个证明。这种变态的突出表现是其形象的思想强化而个性弱化。这正合作者的创作意图:主要不是摹写某种特定的人物与人生,而是假借近乎现实的形象结构表现某种思想精神和生活哲理,故谓之"假实",属于表意。例如,海明威的《老人与海》,八十多岁的老人八十多天没有打到鱼,后来打到一条硕大无比的马林鱼,但在拖鱼上岸时马林鱼又被鲨鱼吃掉了。如此人物似真似幻,不以个性鲜明见长,而以表意得力取胜。

以上所列情节的形态都是比较典型的,但是实际作品或许未必如此特点鲜明。这不要紧,作为一般读者其实没有必要把作品情节的形态一定分得那么清,你不明白哪篇作品具体属于哪种形态不影响欣赏。本节讨论情节形态的意义在于,让读者从理论上明白小说情节是有不同形态的,每种形态各有自身的艺术特点、艺术规范,不要固守欣赏成见,接受自己熟悉的而排斥自己相对陌生的;再者,对待不同类型的情节,要用不同的标准去衡量,而不要用此类要求彼类。

还是歌德的那句话,一件艺术作品是用自由大胆的精神创造出来的,我们也就应尽可能地用自由大胆的精神去观照和欣赏。①

思考练习题

一、简述故事情节对于叙事作品的重要意义。
二、怎样把握一部叙事作品的故事情节?
三、故事情节主要有哪些主要形态?
四、阅读王蒙的短篇小说《说客盈门》(或自选作品),然后做下列练习。
1. 归纳故事情节。
2. 找出矛盾冲突。
3. 指出情节的发展过程。
4. 指出该作品属于哪种情节形态。

---

① 爱克曼. 歌德谈话录[M]. 朱光潜,译. 北京:人民文学出版社,1978:138.

【相关链接】

情节及情节的结构

从广义上说,一部作品的情节就是故事,是一系列相互联系的、主要按时间顺序发展的事件。

过去,情节曾经是文学作品里压倒一切的东西。作家将自己的注意力集中在情节的描写上,读者要求作品要有引人入胜的情节发展,这种传统现在已经不复存在,事实上,许多现代文学作品很少甚至没有什么情节。

一个故事通常有开始、发展和结尾。故事的开始常常包含说明,告诉读者故事发生的时间、地点、环境以及人物,紧接着就是矛盾的发生,故事出现了不安定的局势,当矛盾进一步发展,达到高潮时,读者便知道故事会产生怎样的结局。

高潮之后发生的事,构成故事的结局或情节的结尾,故事又出现一定的稳定。

高潮前所发生的一系列事件都是情节发展部分,而高潮后发生的事都是情节下降部分。

一篇(部)小说的各个组成部分长短可以不一,其重要性也不尽相同,各个部分之间可以泾渭分明,也可能相互交叉,没有明显界限。有些作品,特别是现代的作品,常以高潮结束,没有低潮。情节结构最重要的方面是矛盾和高潮,它们提供了表明中心思想的最重要线索。对情节结构的分析,能帮助读者弄清作品的各个组成部分及其相互联系。

情节的基本结构图示如下。

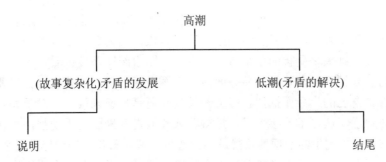

如海明威的《老人与海》这篇小说的情节结构如下图。

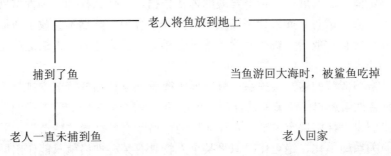

——节选自[美]凯伦·马蒂森·赫斯的《文学鉴赏辅导》第58—60页,北京十月文艺出版社,1986。

第八节　情节与人物性格的关系

一、关云长为什么不杀曹操

　　《三国演义》第五十回写到，赤壁大战，曹操大败，引残兵败将仓皇逃命。行至乌林之西被赵云冲杀一阵；行至葫芦口，又被张飞冲杀一阵。至此，曹操人马更加溃不成军，不堪一击，几将彻底丧失抵抗力，及至逃到华容道，偏偏又遇上勇武过人的关云长。"操军见了，亡魂丧胆，面面相觑"，看来曹操等必死无疑了。但出乎意料，关云长并没有捉杀曹操，反而让他安然无恙地逃走了。

　　情节为什么这样处理呢？这样处理的依据是什么呢？依据的是关云长的性格。对于关的性格，曹操帐下的谋士程昱有着比较透彻的了解："某素知云长傲上而不忍下，欺强而不凌弱；恩怨分明，信义素著。"所以他鼓动曹操利用旧日曾有恩于云长这个理由，请云长放他们过去。于是，曹操便以昔日云长离曹营时过五关斩六将而自己并不追究，反而屡屡传令放云长过关之事打动云长。这一手果然有效。且看书中描写："云长是个义重如山之人，想起当日曹操许多恩义，与后来五关斩将之事，如何不动心？又见曹军惶惶，皆欲垂泪，一发心中不忍。于是把马头勒回，谓众军曰：'四散摆开。'这个分明是放曹操的意思，操见云长回马，便和众将一齐冲将过去。云长回身时，曹操已与众将过去了。云长大喝一声，众军皆下马，哭拜于地。云长愈加不忍。正犹豫间，张辽纵马而至。云长见了，又动故旧之情，长叹一声，并皆放去。"不但放了曹操，而且放了所有将士。

　　从政治斗争角度来看，关云长绝不应该放走曹操，因为曹操是刘备的大敌，放走了他就等于放虎归山，到头来受害的正是自己一方；从军事纪律角度来看，关云长也不应该放走曹操，因为关云长已经在军师诸葛亮面前立下军令状，捉不住曹操自己将要被杀，放走曹操就意味着拿自己的生命作抵押。但关云长到底还是把曹操放了。对于如此违背常理的事，读者却理解了，认可了，接受了，觉得关云长放走曹操放得不勉强，不别扭，似乎顺理成章，本该如此。这里的心理奥秘就是，读者也了解关云长，知道他是义重如山的人。

　　从文学角度看，关云长"义释曹操"十分典型地说明了情节与人物性格的关系。这就是人物性格决定情节的发展，是情节发展的内在依据，有什么样的人物性格就推演生发出什么样的故事情节。试想，如果让张飞或赵云把守华容道，断然不会放走曹操，或者说，如果让张飞或赵云有意放走了曹操，读者绝不会相信，因为他们二人缺乏放走曹操的性格依据。

　　了解了性格与情节的这一层关系，就掌握了衡量文学作品的情节安排是否合理的一把尺子。凡是符合性格逻辑的情节就是合理、可信的；反之就是不合理、不可信的。

　　当然，我们说"性格决定情节，有什么样的性格就有什么样的情节"，并不意味着将性格与情节的关系简单化、绝对化，似乎某个人物具有某种性格就只能作出同一种性质的行为，只能反复出现同一类型的情节，并非如此。作为人的性格，其构成因素是多方面、多层次、多侧面的，因而一个人的行为特征也就可能是复杂多样的。况且，由于人物性格的形成是由主客观多种因素决定的，在多种因素的综合作用下，尤其是在某种极为特殊的情况下，性格可能发展，可能变化，可能扭曲，可能变形。但即使是变化、变形也应该有其自身的内在联系，而不是任意、随意、胡乱变化的。变化必有变化的原因，写出了原因，变化就是合理、可信的。总而言之，一个人绝不会做出与自己的性格完全相悖的事情来，这一点是肯定的。

二、性格决定情节，情节展现性格

人物性格决定情节的发展，是衡量情节合理与否的尺度，这一点已经明确了。而接下来的一个问题便是，决定情节的性格又是如何塑造的呢？或者从读者角度来说，你怎么看出某人是什么性格呢？当然是靠情节：作家靠情节写出性格，读者靠情节认出性格。这就是人物性格与情节关系的第二个方面：情节展示性格并推动性格的发展。

例如，曹操的性格十分复杂，但其核心特征是两个字：奸雄。对于这种特征，小说设计了相当多典型情节予以表现。在上引第五十回里，也有精彩的描绘。当曹操率残兵败将来到乌林、葫芦口、华容道三处时，都有一次"仰面大笑"，笑周瑜无谋，诸葛亮少智，不会用兵，言称如若让他用兵，将在此三处布设伏兵……结果每次大笑都引出一支人马，将他杀得狼狈逃窜，险些丧命。好容易逃出险境，他不但不笑，反而大哭，哭得悲哀悲痛。哭谋士郭奉孝死得太早，说若奉孝在，不会有今日之败云云。

这"三笑一哭"对于展示曹操的性格，相当绝妙。曹军号称百万，被周瑜一把火烧得"灰飞烟灭"，这是一个极惨重的损失，极致命的一击；而且眼下正在逃亡，性命危在旦夕，按常理度之，曹操应该沮丧、绝望、灰溜溜，然而他不，他于绝境之中竟能仰面大笑，而且是嘲笑战胜了自己的对手不会用兵，可见是何等气魄、何等自信。这"三笑"笑出了他的英雄本色，笑出了他的百折不挠的政治家形象，笑出了他作为大统帅的豪壮风度。至于那一哭，则是曹操借哭郭奉孝间接羞辱现在身边谋士们的无能，他在推卸责任，他在发泄失败的怨气。众谋士听明白了，于是皆"默然自惭"。这一哭，哭出了曹操的狡黠和奸猾。他的"领导艺术"太过于高妙了——这是他的"奸"。

总之，"三笑一哭"情节的安排直接有效地展示了曹操的"奸雄"性格，同时也间接地展示了诸葛亮的性格——凡是曹操想到的诸葛亮早就想到了，显然，诸葛亮比曹操智高一筹。

性格决定情节，情节展现性格，这是一个问题的两个方面：性格是情节发展的内在动因，情节是性格释放的外在表现，两者之间有着紧密的内在联系。明白了这种关系，就掌握了考察和分析情节与性格的基本着眼点：看情节是否合理和典型，关键是看它是否符合人物性格的基本定性，是否有效地揭示人物性格的基本特征；看一个人物的性格塑造是否成功，关键是看作品提供了多少能展示人物性格的典型情节。

三、必要的补充

最后，需要补充的一点是，有的小说以刻画出人物独特的性格为艺术的主要目标，通过性格揭示主旨，所以情节的选择和设计无不围绕人物性格，为人物性格的塑造服务。例如，鲁迅的《阿Q正传》《孔乙己》，这类小说的情节往往并不完整，而如散金碎玉，连缀而成。有的小说，并不以刻画人物性格为目标，而是想通过惊险曲折、完整生动的故事情节吸引读者,使读者得到娱乐和消遣。因为这类小说不讲究通过情节展示性格,其人物的性格往往是简单的,固定的,类型化、概念化的,如武侠小说、公案小说、推理小说、黑幕小说等。当然,更多的是既追求故事情节的生动完整同时也注重人物性格的刻画,如《三国演义》《水浒传》《红楼梦》等。所以,考察情节与性格的关系也要从作品的实际出发。

思考练习题

一、情节与人物性格的关系是什么?

二、从《水浒传》关于林冲形象的塑造中,体会情节与人物性格的关系。

【欣赏示例】

情节与性格的辩证法

《水浒传》的故事情节的最大特点和优点,就是不脱离人物的性格,而是紧紧围绕着典型性格的塑造。在《水浒传》中,的确可以说,情节就是典型性格的历史。金圣叹对于《水浒传》的这个特点进行了分析。

例如,第四十五回写石秀大闹翠屏山。金圣叹在回首总评中,就指出这一回故事是为了塑造石秀的巉刻狠毒的性格,并把石秀的性格与武松的性格作了比较分析。围绕着这个思想,他写了许多夹批,如:

石秀可畏,笔笔写出咄咄相逼之势。

石秀又狠毒又精细,笔笔写出。

石秀色色精细,可畏之甚。

都写石秀可畏可恨。写石秀却在人情之外,天地间固另有此一等狠毒人。

石秀狠毒句句都画出来。

如此等等。金圣叹用他的这许多批语表明,整个"大闹翠屏山"的情节,正是为了塑造石秀的又狠毒又精细的性格。

再如,第四十六回写石秀探庄。金圣叹在回首总评指出:

石秀探路一段,描出全副一个精细人。

围绕着这个思想,金圣叹写了许多夹批,如:

是石秀。机警之极。

是石秀。此等处一山泊人都不及他。

是石秀。只记本题,写得机警。

写石秀机警过人处,笔笔妙绝。

如此等等。金圣叹用他的这些批语表明:整个"石秀探庄"的情节,正是为了塑造石秀这个所谓"全副一个精细人"的机警的性格。

其他,如拳打镇关西、大闹野猪林等情节是为了塑造鲁智深的性格,风雪山神庙、火并王伦等情节是为了塑造林冲的性格,景阳冈打虎、杀潘金莲、醉打蒋门神、血溅鸳鸯楼等情节是为了塑造武松的性格,金圣叹也都在他的批语中作了分析。

以上是讲情节要服务于塑造典型性格。

金圣叹认为,《水浒传》的结构也是以塑造典型性格为中心的。他说:

或问施耐庵寻题目,写出自家锦心绣口,题目尽有,何苦定要写此一事?答曰:只是贪他三十六人,便有三十六样出身,三十六样面孔,三十六样性格,中间便结撰得来。(《读第五才子书》)

这段话对于施耐庵为什么要选择《水浒传》的题材的回答,显然是错误的,至少是片面的。但是,其中包含着一个合理的思想,就是作家的整个艺术构思(包括小说的结构)是以典型性格为中心的。

他在第三十三回回首总评说:

稗官,固效古史氏法也。虽一部前后,必有数篇,一篇之中,凡有数事,然但有一人,必为一人立传,若有十人,必为十人立传。

根据这种观点,他把一部《水浒传》分为鲁达传、林冲传、宋江传、武松传、花荣传等。

金圣叹把长篇小说的结构同史传文学完全等同起来,以及把《水浒传》分为若干人物传,只能说是在一定程度上反映《水浒传》结构上的特点。应用于别的小说(如《红楼梦》)就不一定适合。但是其中同样也包含着一个合理的内核,就是小说的结构是以典型性格为中心的。这个思想,如果摆脱它的具体形态,那么,对于其他小说也是适合的,换句话说,是带有普遍意义的。

前面说,金圣叹分析了《水浒传》故事情节的一个优点,就是情节着眼于、服务于表现人物性格。但是金圣叹并没有把这一点看得很死。他指出,在《水浒传》中也有相反的情况,就是人物为情节服务:有的次要人物,作家把他们创造出来,并不是着眼于这些人物本身的性格和命运,而是为了推动故事情节的发展。例如,第十一回的"没毛大虫"牛二和第四十三回的"踢杀羊"张保,这两个破落户泼皮,就是适应情节发展的需要创造出来的。牛二这个人物本身并没有多少意义,他在书中的任务是把杨志送到梁中书那儿去,从而引出大名府教场比武和智取生辰纲等一连串花团锦簇的文字来。"踢杀羊"这个人物本身也并没有多少意义,他在书中的作用是使石秀与杨雄见面相识,结拜兄弟,从而引出智杀裴如海、大闹翠屏山等一系列故事情节。金圣叹说:

杨志被"牛"所苦,杨雄为"羊"所困,皆非必然之事,只是借勺水兴波耳。(第四十三回夹批)

当然,由于大名府比武、智取生辰纲、智杀裴如海、大闹翠屏山这些故事情节都是紧紧围绕着主要人物(杨志、石秀等)的性格和命运展开的,因此为了推动故事情节发展而创造出来的牛二、"踢杀羊"这些人物,归根到底还是为表现主要人物的性格和命运服务的。

——节选自叶朗的《中国小说美学》第90—93页,北京大学出版社,1982。

第九节　情节处理与作家的创作意图

一、从托尔斯泰的短篇小说《天网恢恢》谈起

　　托尔斯泰的短篇小说《天网恢恢》，写一个小商人阿克肖诺夫，在经商途中被栽赃诬陷为杀人犯，流放到西伯利亚做苦工，一待就是 26 年，已经步履蹒跚了。就在这时，来了新犯人叫马卡尔，经了解证实马卡尔就是杀了人嫁祸于他的那个人，就是破坏了他的家庭幸福，使他失去了妻子和孩子，使他受了 26 年冤枉罪的那个人。情节发展到这里，以后怎么办，有多种可能性：告发仇人，昭雪自己的冤案；拼出一死来报仇；保持沉默，饶恕他；等等。托尔斯泰写的是："两个星期就这样过去了。阿克肖诺夫夜里睡不着，苦恼得什么似的。"他在做着激烈的思想斗争，犹豫不决。情节发展至此一切都合乎情理。正在这时，马卡尔在监狱墙角挖洞企图逃跑被阿克肖诺夫发现了。他只要一说出去，马卡尔就会被处死。前罪姑且不论，仅此新罪就足以被置于死地了。天赐良机予阿克肖诺夫，报仇的机会到了。那么，阿克肖诺夫会怎么办呢？这里至少又有两种可能：告发或者不告发，而按一般常理，他应该去告发。但阿克肖诺夫却终于没有去告发。不但不主动告发，而且当押解他们的士兵发现有人挖地道，典狱长把大家公认为老实公道的阿克肖诺夫叫去，让他检举揭发的时候(第三次报仇雪恨的契机)，他仍然不告发。他说："我不能说，大人。要是我说了，这是不合上帝的意志的。随你怎样处置我吧，我是听候你的发落的。"他终于没有告发他的仇人。

　　受了 26 年天大的不白之冤，惨到家破人亡，妻离子散，然而仇人到了面前且又遇到几次告发契机却终于不告发，这实在让人感到憋气，忍不住发出质问，他为什么不告发？！

　　很明显，是作者不让他告发。托尔斯泰是个虔诚的基督教义的信奉者、宣传者。他讲良心，讲慈善，讲博爱，讲宽恕，讲感化，讲救赎人的灵魂。在《天网恢恢》中，托尔斯泰让阿克肖诺夫见了仇敌不告发，目的就是要把他塑造成理想人物，从而宣传他的托尔斯泰主义：宽恕一切人，包括自己的仇人。托尔斯泰认为只有这样才是符合上帝的意志的。作者对这篇作品十分珍爱，在《什么是艺术》一书中，认为他所有的作品中最好的只有两篇，一篇是《高加索的俘虏》，另一篇就是《天网恢恢》。

　　和阿克肖诺夫的形象塑造相呼应，杀人犯马卡尔的行为(表现为情节)也按托尔斯泰的方式处理了。他终于被感化了(终于没被感化而是一坏到底也不是不可能，生活中并不乏这样的人，但托尔斯泰不需要这种人)，他跪在阿克肖诺夫面前承认自己杀了人又加害于阿克肖诺夫。他请求宽恕："看在基督的分上，宽恕我吧，我是多么卑鄙下流啊。"他终于去自首坦白了自己的罪行。

二、作家创作意图与情节处理之关系

　　从《天网恢恢》关于阿克肖诺夫和马卡尔两人的艺术描绘中，我们看到了作者的创作意图在情节处理中所起的某种决定性作用。

文学作品中情节的发展，首先应该服从生活逻辑，服从人情物理。但在不违背生活逻辑和人情物理的前提下，情节的发展常常具有多种可能性而不是只有一种可能性。例如，阿克肖诺夫在三次契机中，或告发或不告发应该说都有可能；在华容道上关云长可能放走曹操也可能擒住(或杀掉)曹操，放与不放都有道理；司马懿率 15 万精兵围攻小小西城，见诸葛亮于城头焚香抚琴，他可能识破诸葛亮计谋挥军攻入城池，也可能疑心重重终于不敢贸然行动反而率军退去；小炉匠(《林海雪原》中人物)除夕之夜突然出现于威虎山百鸡筵上，并当场认出了化装成土匪的我军侦察排长杨子荣，他可能揭露事实真相，使我军计划失败，也可能终于被大智大勇的杨子荣所挫败；陆文婷(《人到中年》中主人公)病倒后可能活下来，也可能终于不治，英年早逝，像生活中许多中年知识分子那样；赵蒙生(《高山下的花环》中人物)在眼看就要发生战争的紧急关头搞"曲线调动"可能不成功，也可能成功；许灵均(《灵与肉》中人物)经受了生活中的艰难曲折，当在国外的父亲回来接他走时，他可能留下来，也可能经过一番思想斗争终于跟父亲走了，或者走了又回来了；如此等等。

　　既然情节发展具有多种可能性，那么选择哪种可能，让情节往哪条路上发展呢？这就要看作家的创作意图了。托尔斯泰不让阿克肖诺夫告发仇人，罗贯中让关云长放走曹操和让司马懿退兵，都是从自己的创作意图出发的。对于这一点，若参照历史或其他资料会看得更加清楚。据考证，关云长义释曹操纯属子虚乌有，关羽本传里只字未提。如此惊世骇人的豪壮之举，如果生活中确有此事，传记里不可能不提。在民间艺人创作的《三国志》平话中倒是提到关云长把守华容道，但不是他有意放走了曹操，而是曹操强行"撞阵"突围。事后，诸葛亮怀疑关羽有意放走了曹操，关羽非常生气，愤然上马，想再去追。而罗贯中在《三国演义》中却断然让关羽放走了曹操，目的就在于要塑造一个大仁大义、有恩必报的形象。为了把关羽性格中的"义"推向顶峰，成为"义"的化身，作者竟然让关羽置政治斗争(要求务必消灭头号敌人)与军事纪律(已立过军令状)于不顾。当然，也只有让他置自己生命于不顾，才更能凸显他的"义"。关于"空城计"也不见于诸葛亮传。诸葛亮开始屯兵汉中时，与诸葛亮对阵的是魏将曹真，而不是司马懿，司马懿当时尚在荆州。"空城计"倒是有史实根据，不过实施此计的不是诸葛亮，而是魏将文聘和蜀将赵云。事见《三国志·文聘传》注引《魏略》以及《三国志·赵云传》注引。① 罗贯中"篡改"历史让诸葛亮与司马懿对阵，是嫌曹真不够资格，让他与诸葛亮对阵，降低了诸葛亮的身价。而把文聘和赵云使用"空城计"的史实移植到诸葛亮身上，则是为了突出和强化诸葛亮具有超人智慧的性格特征。

　　通过以上分析，说明在情节的选择与处理背后，隐藏着的是作家。透过情节的选择与处理，我们看到的是作家的创作意图、精神意向，是作家的人生观、价值观、审美观，是作家的思想倾向、情感倾向、道德评价等。

　　这一道理，在表意类作品(如神话式、寓意式、变异式、象征式、喻隐式等)中表现得更加明显。因为表意类作品的创作宗旨即是表现主观情意，所以情节的选择与处理均以"意"为主，服从"意"的传达。例如，汤显祖的《牡丹亭》，主人公杜丽娘是个痴情女子，她向往美好甜蜜的爱情，由于在现实生活中无法实现，只好把理想托之于偶然在梦中

---

① 丘振声. 三国演义纵横谈[M]. 桂林：漓江出版社，1983：98-99.

出现的书生。她"梦其人即病，病即弥连，至手画形容传于世而后死。死三年矣，复能溟莫中求得其所梦者而生。"为了爱情，她真正是"一往而深，生者可以死，死可以生。"①这样的情节设计明显不是基于"实"而是基于"情"。

思考练习题

一、情节处理与作家创作意图的关系是什么？

二、我国元代著名杂剧《赵氏孤儿》(作者纪君祥)，18世纪传入法国，引起启蒙主义大师伏尔泰的浓厚兴趣。随后他动手将《赵氏孤儿》改编为法国式悲剧《中国孤儿》，1755年在巴黎公开上演，受到法国观众的热烈欢迎。伏尔泰改变了故事发生的时间、地点以及人物，并且对其中的重要情节也进行了大胆的改造。

试比较两剧的情节处理，从差异中体会不同的文化内涵。

《赵氏孤儿》剧情梗概

春秋时代，晋国武将屠岸贾嫉贤妒能，在晋灵公面前诬陷忠良赵盾，结果，赵盾家族三百口被斩尽杀绝。赵盾的儿子赵朔，虽然是晋灵公的女婿，也未能幸免。唯余赵氏后裔、驸马赵朔的遗腹子(即剧中"孤儿")一脉尚存。屠岸贾决心斩草除根，派将军韩厥把守驸马府大门，并发出号令，谁人盗出赵氏孤儿，便处斩九族。但血腥的屠杀并没有浇灭正义的火焰，从此开始了一场殊死的搏斗。先是孤儿的母亲(也就是晋灵公的女儿)把孩子托付给一位经常出入驸马府的民间医生程婴，为了消除程婴对于泄密的担忧，立即自缢身亡。程婴将孤儿藏于药箱，被守将韩厥搜出。但韩厥心存正义毅然放走了程婴和孤儿，自己拔剑自杀。屠岸贾得知孤儿被救走，竟丧心病狂地下令杀光晋国一月以上、半岁以下的所有婴儿。为了拯救孤儿性命，程婴忍痛决定将自己的婴儿献出以代替孤儿，并由自己承担"窝藏"的罪名，父子一起赴死。原晋国大夫公孙杵臼深为感佩程婴的义举，觉得程婴年轻，尚有保护并抚养孤儿的重任。于是决定自己去招认隐藏孤儿的罪行，然后撞阶而死，程婴的孩子也死在屠岸贾的屠刀下。二十年后，孤儿长大成人，得悉前情，亲自斩杀屠岸贾，终于报仇雪恨。

《中国孤儿》剧情梗概

元太祖成吉思汗少年时游历到燕京，曾向一位美丽的汉族姑娘伊达梅(Idame，又译叶端美)求爱，但姑娘的父母以成吉思汗是少数民族为由阻止女儿与他往来。后来，伊达梅嫁给了大臣张惕(Zanti，又译尚德)。五年后，成吉思汗征服中原，下令搜捕前朝遗孤。旧臣张惕受宋朝皇帝托孤之重任，将孤儿藏匿于家，万般无奈时决定献出自己的儿子以代替朝廷遗孤。但其妻伊达梅坚决反对。她认为，天底下应该人人平等，皇帝的儿子和百姓的儿子价值相等，为什么要以一个婴儿的死换取另一个婴儿的生？她决定亲自找成吉思汗评理。成吉思汗见到自己心上人，惊喜万分，马上忆起旧情，铁石心肠的暴君立刻化成柔肠寸断的情种，重新拜倒在昔日恋人的石榴裙下，承允如果伊达梅肯嫁给他，两个婴儿都可

---

① 北京大学哲学系美学教研室. 中国美学史资料选编：下[M]. 北京：中华书局，1981：136.

保全。张惕出于忠义精神，劝妻子答应这一条件。但伊达梅不愿受此屈辱，她劝丈夫与自己双双自杀，让成吉思汗看一看夫妻俩紧紧拥抱着的尸体。成吉思汗见此情景大为感动，急忙制止了他们的自杀。他在伊达梅夫妇的感化下终于认识到自己的野蛮，人性开始觉醒，于是他宣布赦免了孤儿，并答应将给予保护。他说，幸福的夫妇：我亲手将你们国家的后代托付，请将他无辜的小生命照顾……对这个不幸之中万幸的孩子，和你们的儿子，我都会给予慈父般的爱护。

第十节　评价情节的基本原则

如前所述，情节是叙事性作品的基本骨架，叙事性作品离不开情节，情节对叙事性作品有特别重要的意义。那么，作为读者，怎样评价情节处理的优劣，如何看待情节设置的利弊得失呢？讨论这一问题不能就情节论情节，而必须把它放到一个更大的背景——文学活动的全过程来加以考察。

现代文学理论把文学视为一种活动——精神活动，它的四个基本要素是：世界、作家、作品、读者，四要素构成一个完整的艺术活动链条。四要素的中心是作品，是作品把它们联系在一起。图示如下。

艺术生产，作为一种精神现象，说到底，是世界在作家头脑中反映的产物，客观世界包括宇宙自然和社会生活，是文艺创作的源泉，因此必然要受到客观社会生活本身的制约；同时，又因为它是社会生活在作家头脑中反映的产物，因此又打上了生产者本身主观的精神印记；再者，艺术创作是通过欣赏才能对社会产生作用，因而作品将对欣赏者产生什么样的影响，产生什么样的效果，也是作家不得不考虑的内容。社会生活—作家—欣赏者，也就是原料—生产者—消费者，这是完整的艺术生产系统的三个基本环节。系统论的观点告诉我们，每个系统都是一个不可分割的有机整体，要寻找处理和解决问题的最佳方案，必须立足于整体，充分考虑要素间的互相联系。从这个理论基点出发，笔者认为评价情节(对于作家来说是处理情节)需要遵循三条基本原则。

一、看情节是否符合生活逻辑

任何成功的文学作品的情节，都是作者通过艰苦的艺术构思才"编"(在此是从正面意义上使用这个字眼的)出来的。生活可能为作家提供相当不错的可供参考的情节，却绝不可能为作家提供不经任何艺术加工就可以原封不动搬进作品的现成情节。因此，搞创作必须善于虚构，善于编织情节。作家的虚构具有充分的自由性，但自由性不等于随意性。也就是说，情节虽然是"编"出来的，却不能随意乱编，而应当受着非常严格的规定和制约。这就是：必须服从生活逻辑，符合事理真实。"所谓事理真实，系指构成情节的人物行动合乎生活的发展逻辑，合乎社会的人情事理，具有现实的同一性；如果是神话幻想小说，则要合乎幻想的逻辑，具有幻想的同一性——这种同一性是由人物与环境的关系体现的。情节是人物的行动，是人物与环境相互作用的结果，受人物、环境两个方面条件的制约。看一个情节真实与否，就是看某种人物在某种环境下能否采取某种行动。"[①]

不合事理真实的情节有两种。一种是"超人"的行动，超越人的自然性或社会性。《三国演义》就不乏其例。诸葛亮两番"预伏锦囊妙计"就远非人力所能及。第五十四、五十五两回中，刘备赴吴招亲，身履危境，孔明对此有所预见，授以密计，化险为夷，是可能的；但历时半年之久，事态变化多端，一个个具体环节很难预料，将三条妙计封于锦囊，并且规定了每条拆看的时间，这就弄得神出鬼没，过于玄虚，大大超过了智力的极限，因而也就不可信了。第一百零五回孔明又用同样的办法于死后诛杀叛变的魏延，情节更不可信。所以鲁迅说，《三国演义》写诸葛多智而近妖。

另一种不合事理的情节与此不同，人物的行动不是人力达不到的，而是与人物性格相左，与人物所处的具体环境相矛盾。《水浒传》第三十五回"浔阳楼宋江吟反诗"，就与他先是拒不落草、后又力主投降的一贯忠君的思想、表现大相径庭，因而显得突兀、造作、不真实。前面我们讲到贾宝玉在后四十回中的表现与前面不一致，与其人物性格核心相悖，也属这种类型。

综上所述，"现实的情节，一要合于一般人的自然性和社会性——事理真实的大前提，二要合于个别人的性格特点和他所处的具体环境——具体真实的小前提。违背两者之一，就要破坏事物矛盾的同一性，损害情节的真实性。"[②]

幻想的情节不受前者的束缚，但受后者的制约。孙悟空等神话人物的行动可以超越一般人的自然性和社会性，却不可违背自己的性格，不可违背他与环境的同一性。当然，那人物、环境是幻想的，不是现实的，其同一性也是幻想的。但这幻想的同一性十分要紧，是幻想情节合于事理真实的重要前提。例如，孙悟空神勇无比、变化多端、天马行空、自由自在，但作者设定他要受紧箍咒的约束，这就是一个幻想的规定，既然设定就必须遵守，不能违背这一规定，违背了就不可信。

然而，生活中具体事件受多种因素(必然的和偶然的，历史的和现实的等)的影响，所以，同样是符合生活逻辑，事物的发展趋向往往不只是一种可能性，而是有多种可能性。表现在艺术作品里，情节的发展就可能有多种趋向，而不仅仅只有一种趋向。那么，作家选择哪种可能，让情节往哪条路上发展呢？根据什么选择呢？这就要求有其他原则，也就是处理(亦即评价)情节的第二条原则——看情节是否符合作家的创作意图。

二、看情节是否符合作家的创作意图

关于情节与作家创作意图的关系，上一节我们已经讲过，不再赘述。

---

① 马振方. 小说艺术论[M]. 北京：北京大学出版社，1999：113-114.
② 马振方. 小说艺术论[M]. 北京：北京大学出版社，1999：115.

需要进一步讨论的是，符合以上两条原则的情节就是最好的情节吗？不一定。例如，舞台上要表现一个流氓调戏良家女子，让角色表演种种下流的动作。这样的情节既符合生活真实又符合作者揭露坏人的意图，但却会对观众产生不必要的刺激，会产生不良的社会效果，这样的情节显然不是好情节。看来，仅有以上两条原则是不够的，还必须有其他原则来制约，这就是处理(亦即评价)情节的第三条原则——看情节能否产生好的社会效果。

三、看情节能否产生好的社会效果

文学作品具有两重性。一方面，它是作家个人创造的精神产品，通过作品表现着作家的思想感情和创作意图；另一方面，它又是社会的精神产品，它总是要对社会、对大众负责的。因而，作家在创作时就必须时时刻刻考虑作品可能产生的社会效果，考虑作品可能对欣赏者产生什么样的影响。这种考虑制约着整个艺术处理的方案，当然也包括情节的处理。历来有社会责任感的作家都是这样做的。篇幅所限，此处不再举例，相信没有读者会认为作品是可以不顾社会效果的。

由"社会效果"这条原则，我们就不难判断某些以"真实"的名义，津津乐道于展示凶杀、暴力、性行为的详尽场面和过程，从理论上来看错在哪里。"真"必须辅之以"善"才美，否则就可能是"丑"或"恶"。这些所谓的作家自然也考虑到了读者的反应，但考虑的不是社会文明的要求，而是迎合了那些非文明甚至是反文明的趣味，追求的是商业上的利益，简单说是金钱让这些人丧失了作家起码的道德意识。这些人玷污了文学，玷污了艺术，已经不配作家的称号。

以上，我们对于艺术生产系统中的四种因素、三个环节进行了考察和分析，并相应提出了三条作家处理情节，同时也是欣赏者评价情节的基本原则。这三条原则各自具有相对独立性，又相互交叉、相互制约，共同组成一个有机的、严密的逻辑体系。三者的关系如下。

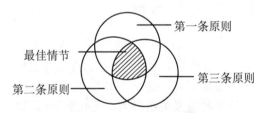

只有同时符合三条原则的情节才是我们需要的最佳情节。每一条都不能孤立存在，而必须与其他两条相联系、相依赖，达到辩证统一才有存在的价值。不能过分强调其中的任何一条，否则就会在思想方法上犯形而上学的错误。多年来我们的文艺工作中出现这样那样的错误，原因很多，其中与理论上的片面性和绝对化不无关系。

【相关链接】

马振方批评某些小说"随意装点艳情笔墨"

文学解禁，少有禁区，是大好事。但随意摹写性和艳情以为装点，取悦某些读者，就有可能走向误区。文学作品写什么要看需要，会不会发生艳情和性行为还要看具体人物和具体环境。以真实人物为主公的历史小说写性和艳情尤须审慎。乾隆即便是"风流天子",也不大可能在微服出访时,把随行人员轰到屋外,就与邂逅女子在屋里白日行淫;也不会当着大臣的面,与几个正在洗浴的宫女大肆调情。布政使高恒虽是"风流子弟",在等候强贼到来以便厮杀擒拿的紧张时刻也不会与刚见面的马家儿媳勾搭成奸;无独有偶,身处前线的大学士傅恒在剿灭白莲教义军的生死关头竟与一个女教徒谈情说爱,缠绵悱恻。看来不是这些皇帝、大臣过于风流、"情急",不顾场合,而是作者出手这种笔墨太随意了。它们好像一种时髦的花瓶,随时摆出来以为点缀,也不顾及时间、地点、人物身份和生活环境。

有些历史上不为人们喜欢的著名女性,如武则天、慈禧之类,会有种种真假绯闻流传于世,严肃的历史小说不以渲染那些捕风捉影的绯闻和铺张性描写为其能事,而是对它们进行辨识、筛选,或予剔除,如果那资料只是某一类人的情绪宣泄的话。笔者读到两部写晚清大人物的历史小说,慈禧都是其中的重要角色,一部大写她与恭亲王奕䜣以及荣禄、那尔苏如何私通,不惜笔墨;另一部不仅全然不写这类没影儿的野史流言,还对有关慈禧害死慈安和光绪的说法作了辩驳。后者在人格是非面前尊重古人和历史真实的严肃态度是可取的,也是可贵的。

艳情描写要合于情理,如果是揭露性的,关涉历史人物的品格,最好合于其人轮廓。至于性描写,无论什么性质的,都以含蓄和简净为宜。如果不想以此装点作品,媚于世俗,就没有必要以俗露之笔大肆铺陈。在这方面,新作《屈原》的雅值得借鉴。点到为止,保持写性的必备雅气,对广大读者是需要的和有益的,对以真人为主人公的历史小说尤其必要。

——节选自马振方的《在历史与虚构之间》第58—59页,北京大学出版社,2006。

第十一节 背 景

一、背景的含义

什么是背景?简单地说,背景就是叙事性作品中故事发生的时空范围。

叙事性作品的中心任务是叙事写人,这个"事"发生在什么时候,什么地方,什么条件下,都对人物的活动和对故事的进展关系极大,正是这些因素为人物的活动和故事的进展提供了舞台,提供了依据,也提供了某种客观规定性。而这些因素,就是所谓的"背景",我国文艺理论教材中一般又叫作"环境",它是叙事作品题材构成的三要素(人物、情节、环境)之一。正因为如此,作家在创作时一般都很注重背景的营构和描绘,有经验的读者在阅读文学作品时也很注意对背景的把握和研究。

二、背景的构成因素

具体作品中,背景的构成比较复杂,大体上可以分为两个层次:具体背景和社会背景。

具体背景即故事发生的具体环境(人们习惯上又称为"小环境"),包括时间、地点以及人物间具体的人际关系。例如《红楼梦》中的贾府——大观园,《高老头》中的伏盖公寓,《老井》(郑义)中的老井村,《孔乙己》中的咸亨酒店,《祝福》中的鲁镇。更具体的是"某一天夜晚""在小河边"……具体背景与人物活动有直接关系,一般作品都有直接的叙述和描绘,可以在作品中直接看到。

社会背景(人们习惯上又称为"大环境")是指故事发生的时代(社会环境),也包括特定的文化氛围,如风俗、人情、习惯、民族心理等,这是大范围的"背景"。正是这种大范围的时空背景,决定某一时期社会生活的性质,规定了人与人之间的"现实关系",制约着人们生存活动的大致走向。社会背景在作品中有时有明确而简略的交代,如"某朝某代""文化大革命中""党的十一届三中全会以后"等;有的交代并不清楚,如《红楼梦》,但读者也能看出来其背景属于封建末世。

三、背景的作用

具体背景与社会背景的关系,是前者体现后者并受后者制约,后者寓于前者之中并通过前者表现出来。作者在创作时着力经营的是具体背景。以下我们从四个方面谈谈背景的艺术作用,换句话说就是从哪些方面"看"背景。

(一)背景与主题思想

背景的选择与设置对于主题思想的表现关系极大。某些特定的时间、空间具有特定的意义,作家和艺术家特别偏爱选择这类具有特定意义的时间和空间。

例如,法国作家都德的《最后一课》,故事发生于最后一堂法文课上。这堂课的大背景是普鲁士军打败了法国,在占领区强制推行文化奴役政策,强行剥夺了法国人包括小学生学习本国语言的权利,改为一律学德语。这对于具有强烈民族自尊心的法国人来说,无疑是一种奇耻大辱。这是最后一堂法文课了,在这堂课上,教师、学生乃至于自动涌来听课的村民,都极为激动,就连平时不爱学习的小法朗士也被一种悲壮庄严的感情所控制,对本国语言表现出强烈的留恋,痛悔过去没有好好学习它。《最后一课》集中表现了法国人的爱国热忱。"最后一课",漫长历史中极短暂的一瞬间,但在特殊情况下,它却熔铸着极为深刻的社会历史内容,具有极大的象征意义。"最后一课",让人一听就感到了极大的情感冲击力,就会唤起深沉的亡国之痛和爱国感情。可以肯定,换一个"时间"就很难产生如此强大的艺术效果。

再如,同是都德反映普法战争的短篇小说《打完这盘台球》,写一位法军元帅打台球上瘾成癖,一旦玩起来便如醉如痴,天塌下来也不顾。他又一次打台球了,时间是在敌人进攻法军阵地之际。前线将士忍饥挨冻,严阵以待,只等元帅一声令下便发起冲锋。但命令迟迟不下,原因是元帅球兴正浓。传令兵接二连三地跑来报告,军情十万火急,元帅置若罔闻。元帅的积分一分一分在增长,战场上法军士兵一批一批在阵亡。再有一分元帅就赢了这场球,然而一颗炮弹在指挥所前炸响,法军全军覆没,彻底输了这一仗。作品把故事背景安排在敌人疯狂进攻,法军急待指挥的这一瞬间,把法军元帅的昏庸腐败揭露得淋漓尽致。

"空间"的安排也同样重要。例如,上例的《打完这盘台球》,这场台球不是在娱乐休息等场所里打,而是在前线指挥所里,其揭露鞭挞的意义得到了最大限度的突出和强化。再如,王蒙的《春之声》,"空间"选在挤满了急于回家过春节的旅客的闷罐子车上。

车上的旅客来自四面八方,各行各业,一节车厢就是一个"社会",车厢成了观察社会和了解社会的好窗口。作品就通过主人公在车厢里的所见所闻,感受到了"春之声"——"如今每个角落的生活都在出现转机,都是有趣的,有希望的和永远不应该忘怀的。"

有的作品"空间"不变,但在它上面再加上一维——变化着的"时间",那么这一"空间"就会成为一面镜子,有效地映照出人事的更迭、社会的变迁,如老舍的《茶馆》就是成功的范例。

(二)背景与人物性格

背景可以有效地烘托、暗示人物性格。例如,《红楼梦》中对林黛玉的居处"潇湘馆"的描绘,就是很好的例子:"……(宝玉)便顺脚一径来至一个院门前,看那凤尾森森,龙吟细细,正是潇湘馆。宝玉信步走入,只见湘帘垂地,悄无人声。走至窗前,觉得一缕幽香,从碧纱窗中暗暗透出。"(第二十六回)竹林一片,幽香一缕,好一个幽僻的所在。这段描写含蓄地暗示出居所主人林黛玉清高、优雅、脱俗的性格特征。

再如,法国作家巴尔扎克的《欧也妮·葛朗台》中对于葛朗台老头所居住的索漠城的那条街,那所"灰暗、阴森、静寂"的屋子的描绘,无不处处表现着葛朗台的性格特点——虽腰缠万贯,但却极端贪婪吝啬:门框支柱的柱头、门洞、门槛,都磨出无数古怪的洞眼,像法国建筑的那种虫蛀样儿,也有几分像监狱的大门。褐色的大门是橡木做的,没有油水,到处开裂。门上小洞的铁栅已经锈得发红。室内顶上的梁木露在外面,梁木中间的楼板涂着白粉,已经发黄了……一般来说,暴发户都喜欢摆阔气,比奢华,但葛朗台却相反,他把钱看得比自己的生命还重要,他疯狂敛财,却一个子儿也不愿花出去,他是一个守财奴——这才是葛朗台,暴发户中独特的"一个"。

有的背景设计,可以用来解释人物性格的形成。常见的现实主义作品中的背景设计,就是如此。

(三)背景与情绪基调

背景描写还能有效地渲染出特定的气氛,传达出特定的情绪、情感内涵。

请看鲁迅小说《药》中对"坟场"的一段描写:

微风早已经停息了;枯草支支直立,有如铜丝。一丝发抖的声音,在空气中愈颤愈细,细到没有,周围便都是死一般静。两人站在枯草丛里,仰面看那乌鸦;那乌鸦也在笔直的树枝间,缩着头,铁铸一般站着。①

——"气氛"阴冷,凄凉,直透骨髓。

再如:

会馆里的被遗忘在偏僻里的破屋是这样地寂静和空虚。时光过得真快,我爱子君,仗着她逃出这寂静和空虚,已经满一年了。事情偏又这么不凑巧,我重来时,偏偏空着的又只有这一间屋。依然是这样的破空,这样的窗外的半枯的槐树和老紫藤,这样的窗前的方

---

① 鲁迅. 鲁迅全集:第1卷[M]. 北京:人民文学出版社,1981:448.

桌，这样的败壁，这样的靠壁的板床。深夜中独自躺在床上，就如我未曾和子君同居以前一般，过去的一年中的时光全被消灭，全未有过，我并没有曾经从这破屋子搬出，在吉兆胡同创立了满怀希望的小小的家庭。①

这是鲁迅小说《伤逝》开头部分的一段。文中对"破屋"的描绘透露着叙述人涓生的心情，同时也定下全篇的叙述语调及情绪基调：悲凉、戚怆、伤感。背景消融在情绪中，情绪投射在背景中。

(四)背景与故事情节

记得有位作家说过，在人生中，环境是招来行为的，事件和它发生的场所之间，有一种相生相应的关系。说得不错，人生中的某些行为(表现为故事情节)常常是由环境所产生出来的。"老井村"(郑义小说《老井》中的具体背景)因为地处黄土高原，常年缺水，人们的生存极为困难，这才有孙旺泉的爷爷率众舍身求雨的壮举，才有老井村祖祖辈辈为打井找水所作的艰苦努力，才生发出《老井》的一系列故事。再如，某些特殊地域中流行的民俗风情、生活习惯、文化观念、图腾禁忌等，也是某些特殊故事发生的生活根源。离开了这些"背景"，人物、故事都可能会变得让人不可理解。

还有些艺术品类，如推理、侦探小说，故事情节与地理环境、生活场景关系极为密切。在这些小说中，屋后有一条小路，墙上有个裂缝，楼上有个储藏室之类，往往可能成为情节发生、发展的关键因素，成为犯罪的契机或破案的线索。因此，阅读这类文学作品，一定要注意研究背景，以便弄懂全部故事情节。

四、几点必要的补充

关于背景，最后还需说明三点：①有的作品，背景是固定不变的，而更多的作品中，背景是不断地变化和转移的；②写实性较强的作品，比较强调背景的确定性、真实性，而寓意性较强的作品，往往并不强调这些，而故事好像是可以发生在任何时代、任何地方；③有的作品，无论是对自然环境还是对社会环境，一般都有明显的文字加以描绘和交代(如巴尔扎克和雨果的作品)，而有的作品常常把背景描写融汇于故事情节之中(如《红楼梦》)。

思考练习题

一、什么是背景？
二、背景的构成因素有哪些？
三、背景有哪些作用？
四、阅读下列"选段"，说明背景描写在作品中的作用。

---

① 鲁迅. 鲁迅全集：第2卷[M]. 北京：人民文学出版社，1981：110.

（一）

我冒了严寒，回到相隔二千余里，别了二十余年的故乡去。时候既然是深冬；渐近故乡时，天气又阴晦了，冷风吹进船舱中，呜呜地响，从篷隙向外一望，苍黄的天底下，远近横着几个萧索的荒村，没有一些活气。我的心禁不住悲凉起来了。

啊！这不是我二十年来时时记得的故乡？

——节选自鲁迅的《故乡》

（二）

江上横着铁链做成的索桥，巨蟒似的，现出顽强古怪的样子，终于渐渐吞蚀在夜色中了。桥下凶恶的江水，在黑暗中奔腾着、咆哮着，发怒地冲打岩石，激起吓人的巨响。

两岸蛮野的山峰，好像也在怕着脚下的奔流，无法避开一样，都把头尽量地躲入疏星寥落的空际。

夏天的山中之夜，阴郁、寒冷、怕人。桥头的神祠，破败而荒凉，显然已给人类忘记了，遗弃了，孤零零地躺着，只有山风、江流送着它的余年。我们这几个被世界抛却的人们，到晚上的时候，趁着月色星光，就从远山那边的市集里，悄悄地爬了下来，进去和残废的神们，一块儿住着，作为暂时的自由之家。

——节选自艾芜的《山峡中》

（三）

党支部书记李铜钟变成抢劫犯李铜钟，是在公元一九六〇年春天。

这个该诅咒的春天，是跟罕见的饥荒一起，来到李家寨的。

自从立春那天把最后一瓦盆玉米面搅到那口装了五担水的大锅以后，李家寨大口小口四百九十多口，已经吃了三天清水煮萝卜。

——节选自张一弓的《犯人李铜钟的故事》

【欣赏示例】

《高老头》的环境描写

《高老头》中形形色色的人物，活动于两个舞台：贫穷的拉丁区内的伏盖公寓，第一流贵族居住的圣日耳曼区内的豪华沙龙。伏盖公寓散发着一股酸腐气味，蜷缩着一批穷愁潦倒的失意人，蠢蠢欲动，演出他们的悲喜剧。灯红酒绿、纸醉金迷的贵族沙龙和贫穷的伏盖公寓遥遥相对。巴黎上流社会里一群"最出名放肆的男人"和"最风雅的妇女"，正在沙龙里放荡不羁，纵情享乐。小说中的重要人物——拉斯蒂涅，则穿梭来往于两个舞台，沟通南辕北辙的两极，使截然对立的贫穷愁苦与富贵欢笑相互衬托。人物的性格也就在这种对比异常鲜明的奇特环境中得到充分的发展与表现。

伏盖公寓的饭厅里，食品柜滑腻粘手，寄膳客人的饭巾满是污迹跟酒痕，挂灯里的灰尘跟油混在一块；长桌上铺的漆布有一层厚厚的油腻，足够用手指在上面刻画姓名；饭厅里的家具古旧，龟裂，腐烂，摇动，虫蛀，残缺。"总之，这儿是一派毫无诗意的贫穷，那种锱铢必较的，浓缩的，百孔千疮的贫穷。"在暖烘烘的臭味中，和拉斯蒂涅一块吃饭的包饭客人，如同饭厅的陈设一样，也照样显露出贫穷的悲惨景象。渴望财富荣誉的拉斯蒂涅，天天浸泡在这种钻心刺骨的贫穷里，好比火上加油，更炽烈地燃起了黄金梦想的欲火。对于拉斯蒂涅来说，朝夕栖身的伏盖公寓就是最强烈的刺激素。

伏盖公寓像鬼魂一样地缠在拉斯蒂涅身上，随着他走进珠光宝气的贵族沙龙，造成一种喜剧意味的不协调。反过来，珠光宝气的贵族沙龙又在拉斯蒂涅身上投下一道虹彩，随着他回到阴冷的伏盖公寓，造成一种悲剧意味的不协调。在鲍赛昂子爵夫人府第盛会的鬓光钗影中，拉斯蒂涅结识了高老头的大女儿——雷斯多伯爵夫人。她端正高大，一对漆黑的大眼睛，举动之间流露出热情的火焰，丰腴圆浑，婉变多姿。在意大利剧院里，拉斯蒂涅结识了高老头的小女儿——银行家纽沁根太太但斐纳。她们气色鲜艳，罗绮被体，使人想起印度那些美丽的植物。这两朵姊妹花，盛开在豪门巨富的锦绣珠宝之中。拉斯蒂涅与她们周旋，欣赏了她们富丽豪华的装束，浓妆艳服仿佛还在眼前闪动，陡然回到阴冷的伏盖公寓，第一次走进高老头的房间，发现它像监狱里阴惨惨的牢房，一看就身上发冷。这间房，窗上没有帘子，糊壁纸脱落，卷缩，露出煤烟熏黄的石灰。破床上只有一条薄被，压脚的棉花毯是用伏盖太太的旧衣衫缝的。两位罗绮被体的贵妇人，两朵锦绣丛中的姊妹花，她们的生身父亲竟住在这样一间房里，强烈的对比使拉斯蒂涅感到震惊。贵族沙龙在他身上留下的虹彩，更反衬出眼前景象的凄凉，显示了金钱法则的冷酷无情。

因此，随着拉斯蒂涅在伏盖公寓和贵族沙龙这两个舞台之间穿梭来往，阴冷的伏盖公寓和富丽的贵族沙龙也仿佛变成了两个有生命的人物，和拉斯蒂涅同行。开头那些看来冗长琐碎的描写，越来越迸射出动人的神采，和情节故事的发展水乳交融，逐渐显露出内在的深刻含意。公寓和沙龙仿佛都长了一双腿，不再是僵死冰冷的建筑物，居然能和人物一起徜徉于巴黎的各个角落。应该说，这正是巴尔扎克刻意追求的艺术效果。他在《费拉居斯》这部中篇小说里曾经说过："巴黎的街道具有人的品质""巴黎是一个生物体，每个人，每幢房子都是这个巨大的妓女细胞组织的一部分。"他极力将人的品质与激情注入街道和房屋之中，让房屋随着人走动，展现了艺术上的奇观。

——节选自杨江柱的《西方文海一勺》第 26—30 页(缩写)，长江文艺出版社，1984。

第十二节　氛围的抒情性

一、什么是氛围

20 世纪 80 年代初，作家王蒙在谈到小说创作时曾说过，中国的诗歌创作讲究意境，其实小说创作也应该讲究意境。小说的意境，也可以叫作氛围(为了与诗词的意境相区别，本书选择了"氛围"这一概念)，王蒙非常重视它在小说艺术中的地位，把它列为小说构成的一种基本要素。

什么是氛围呢？简单说就是作品中出现的可供读者具体感受的艺术情景、艺术场景、艺术空间，它和意境一样，是一个可以"进入"的具有空间感的活生生的"生活场"。用王蒙的话说就是小说中创造的艺术世界。他向小说家们发出号召："我希望我们在写小说时，能够注意创造这么一个艺术的世界。在某种意义上说，在小说里创造这么一个艺术的世界，比我们写出一段很精彩的故事还难。"①

王蒙有号召也有行动，他自己的小说创作就很注重氛围的创造。例如，他的短篇小说《听海》，写一个盲老人和一个小女孩来到大海边，亲近大海，感受大海，思考大海。老人看不见大海的浩瀚了，但他有敏锐的听觉，他不但"听波""听涛"而且"听虫"，他俨然进入了心灵化的艺术氛围，从中听出了浓浓的诗意，听出了一曲曲心灵的歌唱。

在"听虫"一节里，作者为我们描绘出这样一个艺术世界：温柔的海风，没有月亮，只有星星。在这静静的海边之夜，老人听到的不是海啸而是虫鸣："叮、叮、叮，好像在敲一个小钟，嘀哩、嘀哩、嘀哩，好像在窃窃私语，咄、咄、咄，好像是寺庙里的木鱼，还有那难解分的拉长了的嘶——嘶——嘶，每个虫都有自己的曲调、自己的期待和自己的忧伤。"

这是一个沉静的世界："什么都没有，只有空旷，只有寂静和洁净，只有风"；这又是一个热闹的世界："当心静下来的时候，当人静下来的时候，大自然就闹起来了"。在这里，永恒而巨大的海潮声成为遥远的幕后伴唱，小虫的声音，甚至是渺小得差不多是零的颤抖的呼吸声却清晰地鸣响起来……这是一个特定的"自然世界"，一个特定的艺术氛围。

在"听波"一节里，作者笔下又是另一种景观：第二天晚上他们来到了海边沙滩上，风平浪静，老人听到的是缓慢、均匀、完全放松的海的运动。噗——，好像是吹气一样的，潮水缓缓地涌过来了。沙——，潮水碰撞了沙岸，不，那不是碰撞，而是抚摸、爱抚，像妈妈抚摸额头，像爱人抚摸脸庞。平平静静，安安稳稳，潮水涌过来又退回去，永无休止……

二、氛围的艺术品性

以上描写，既是通常所谓的环境(背景)，又不完全是通常的环境。它与通常的环境描写不同的地方在于，它不强调对"客观"的直接再现，而是作者根据抒情达意的需要，经过选择、组织或根本就是由心灵幻化出来的心灵化环境、诗意化环境，它的根本特点不是再现性而是表现性。从艺术价值的角度来说，氛围其实就是作者或作者笔下人物心灵的物化形态，是心灵的客观对应物。换句话说，艺术中的氛围不是物质空间，而是精神空间；不是物理空间，而是心理空间。

由于氛围的这种艺术品性，所以读者在面对"氛围"时，一定要仔细体会这里所渗透、所弥散、所暗示、所象征的精神信息和心灵信息。

例如，前面所述"听虫"一节里，盲老人沉浸在虫声的奏鸣中，渐渐听出了自己的心声：大海的潮声是永恒和巨大的，但在大海面前，小虫们并不自惭形秽，而是用尽自己的生命力去鸣叫，即使发出的是渺小得差不多是零的颤抖的呼叫，也尽其所能地叫出来。"他谛听着虫鸣，又觉得在缥缈的月光中，自己也变成了那只发出颤抖的蝈蝈声的小虫，它在用尽自己的生命力去鸣叫。它生活在草丛和墙缝里，它感受着那夏草的芬芳和土墙的拙朴。也许不多天以后，它就会变成地上的一粒微尘，海上的泡沫，然而，现在是夏天，

---

① 王蒙. 漫话小说创作[M]. 上海：上海文艺出版社，1983：105.

夏天的世界是属于它的，它是大海与大地的一个有生命力的宠儿，它应该叫，应该歌唱夏天，也应该歌唱秋天，应该歌唱它永远无法了解的神秘的冬天的白雪。他应该歌唱大海和大地，应该召唤伴侣，召唤友谊和爱情，召唤亡故的妻，召唤月光、海潮、螃蟹和黎明。黎明时分的红霞将送它入梦。妻确实是已经死了，但她分明是活过的，他的盲眼中的泪水便是证明。这泪水不是零，这小虫不是零，他和她和一切的他和她都不是零。虽然他和她和它不敢与无限大相比，无限将把他和她和它向零的方向压迫去，然而，当他们走近零的时候，零作为分母把他们衬托起来了，使他们趋向于无限，从而分享了永恒。在无限与零之间，联结着零与无限，他和她和它有自己的分明与确定的位置。"这分明就是一曲生命的赞歌，一曲弱小的、不幸的、卑微的人的人生价值、人生意义的赞歌。小虫的吟唱，唱出了盲老人的自尊与自信，唱出了小说作者对弱小者、不幸者、卑微者的尊重、鼓舞和激励——"叫吧，小虫，趁你还能叫的时候"。

同样，在风平浪静、缓慢、均匀、完全放松的海波声中，老人感受到的是"大海的胸襟"，大海的浩瀚可以涵纳一切，包容一切。面对大海，人世的芥蒂、纠纷、恩怨，又算得了什么！"天空是空旷的，海面是空旷的，他不再说话了，他听着海的稳重从容的声息，他感觉着这无涯的无所不包的世界，他好像回到了襁褓时期的摇篮里。大海，这就是摇篮，荡着他，唱着摇篮曲，吹着气。他微笑了，他原谅了，他睡了。"——多么富有韵味的一幅"画"！

在"听虫""听波"两节里，"氛围"中客观成分（"物"）和主观成分（"心"）是互相生发、互相感应、互相契合的，但大体上也是能够"分离"的（即由"物"及"心"）。而有的氛围中的两种因素是渗透、融合在一起的，分不清何者为"物"，何者为"心"；氛围本身既是"物"也是"心"。

在"听涛"一节里，老人和小女孩来到了离海岸不远的几块黑色岩石上，听着海浪一下一下愤怒地击打着岩石，但海浪被岩石反击成了碎片、碎屑，水花向四边迸发。老人听着这雷霆万钧的大浪的撞击声和分解成了无数水滴和细流的无可奈何的回归声。他觉得茫然若失。他知道在大浪与岩石的斗争中，大浪又失败了，它们失败得太多、太多了，他感到那"失败的痛苦和细流终于回归于母体的平安"。但不久，新的大浪又来了，它更威严更悲壮也更雄浑。大海冲动起来了，振作她的全部精神，施展她的全部解数，以成十成百成千个浪头向着沉默的岩石英勇冲击。"这么说，也许大海并没有失败？并没有得到内心的安宁？每一次暂息，大海只不过是积蓄着自己的力量罢了。她准备的是新的热情激荡。""哗啦哗——刷啦啦，不，这并不是大浪的粉身碎骨。这是大海的礼花，大海的欢呼，大海与空气的爱恋与摩擦，大海的战斗中的倜傥潇洒，大海的才思，大海的执着中的超脱俊逸。"

以上描绘，是大海景观的客观真实，还是人物心理的主观真实，无法分清。准确地说，两者都是主观心理屏幕上映出的自然景观，也是感觉化、形象化、物态化了的心理真实。这是一幕主观性很强的艺术"画面"，或者说是一幕表现性很强的艺术氛围。在这里，读者既听到了大海的涛声，也听到了老人的心声。作为自然的海浪拍打自然的岩石，无所谓胜利与失败，也无所谓英勇与怯懦。所谓"失败"与"英勇"，所谓"无可奈何"与"振作精神"，所谓"执着"与"超脱"等，全是盲老人对大海的感觉与理解，是老人心中的大海，是人化的大海。

小说的艺术氛围，背景可以是自然景观，也可以是社会场景或生活画面。例如，王蒙的短篇小说《春之声》，艺术表现上的重要特点也是营构一种氛围。不过这里的氛围不是自然景观，而是一幕独特的社会生活场景——挤满了回家过春节的旅客的闷罐子车厢。透过车厢的窗口，我们看到了来自四面八方互不认识的乘客，听到的是七嘴八舌互不相关的闲言碎语。"自由市场。百货公司。香港电子石英表。豫剧片《卷席筒》。羊肉泡馍。醪糟蛋花。三接头皮鞋。三片瓦帽子。包产到组。收购大葱。中医治癌。差额选举。结婚筵席……"其间竟然有一位怀抱小孩的妇女借助于随身携带的三洋牌录音机在学德语，竟然可以听到约翰·施特劳斯热情高雅的《春之声圆舞曲》。小小车厢，热热闹闹，沸沸腾腾，多么富有典型意义的社会场景，多么富有象征意义的艺术氛围。透过这一氛围，我们真切形象地感受到了时代的特点、时代的气息。尽管当时的生活还相当贫穷和落后，但每个角落的生活都出现了转机，都充满希望、富有生气，都回响着"春之声"的旋律。

三、氛围小说与传统小说的区别

　　在传统小说里，作者最为重视的艺术因素是人物和故事，因而把如何叙述情节，如何刻画人物作为艺术经营的焦点。在现代小说里，有的作者已经不把人物和故事当作艺术经营的中心，而开始着意营构某种富有精神气息的"氛围"。在这类作品里，人物、故事的存在已经不具有独立意义，已经不成为艺术表现的目的，小说家叙述一些事件(如《听海》中人们到海滨旅游，《春之声》中乘客回家过年)，介绍几个人物(如《听海》中的盲人与小女孩，《春之声》中的岳之峰和抱小孩的妇女)，目的在于营造一种意境，渲染某种气氛。在这里，人物、事件成为营构意境、氛围的素材和媒介，而氛围才是艺术的真正核心。在氛围小说里，故事显得若有若无，情节显得支离破碎，人物显得模模糊糊。这些并不是作品的缺点，因为作者的意图不在这里。作者的意图是想以氛围烘托、暗示、隐喻、象征某种情思、某种意念、某种难以言传的心态、某种曲折隐晦的人生哲理，所以作者必须把读者的注意力直接引向氛围，使氛围占据读者的注意中心和感受中心，让读者从对氛围的直接感受中得到某种启示、某种领悟和某种体验。这就理所当然地要对人物和故事进行淡化处理，有意地把它们从引人注目的中心地位推到幕后去。

　　在着重渲染氛围的小说里，作品的意旨不靠人物和情节展现，而是从"氛围"中自然流出。例如，在"听虫"一节中，主人公的(同时也是作者的)人生赞歌是从氛围的描绘中自然引发的："氛围"中一边是"大"——大海之大与涛声之大，一边是"小"——小虫之小与虫声之小；一边是永恒——大海的存在与涛声的存在，一边是短暂——小虫的存在与虫声的存在。但"小"在"大"的面前并不自惭形秽，而是尽其所能地展现着自己。"它应该叫，应该歌唱夏天……""他应该歌唱大海和大地……"，在这里，由"它"转换为"他"，由虫而引出了人，氛围的意蕴逐渐透明。再如，美国电影《金色池塘》，反复地渲染了一个自然氛围——宁静的森林。夕阳照耀下的池塘平静无波，饱经风霜的一对老人安详地住在这里。老人的女儿从喧嚣浮华的城市来到这里，一下子被这里幽静、宁谧、安适的气氛所震慑，所征服，所感动。这种气氛所透出的是人类对生命的彻悟，是人类从浮华浅薄走向深沉浑朴的象征。这里没有语言，没有说明，面对这样的氛围，一切语言都是多余的。

很明显，小说里氛围的营构吸取了抒情性作品创造意境的经验，突出和强化了作者的主观因素，以主统客，以情统形，具有明显的表现性。因而，氛围也就明显有别于一般写实性作品中的环境描写。一般的环境只是人物活动的空间、故事发生的地点或场景，其艺术价值是一维的，如这里一棵树，那里一座桥，它们只说明"这里"有什么，什么样，而不像氛围那样具有抒情性、心灵性。因此，读者在欣赏着意营构氛围的作品时，要仔细品味氛围当中、氛围之外的艺术信息，体味里面所蕴含的情思意绪。

思考练习题

一、举例说明什么是氛围？

二、氛围的艺术品性是什么？

三、氛围小说与传统小说的区别是什么？

四、试比较下列作品中"氛围"的意味。

在我的后园，可以看见墙外有两株树，一株是枣树，还有一株也是枣树。

这上面的夜的天空，奇怪而高，我生平没有见过这样的奇怪而高的天空。他仿佛要离开人间而去，使人们仰面不再看见。然而现在却非常之蓝，闪闪地䀹着几十个星星的眼，冷眼。他的口角上现出微笑，似乎自以为大有深意，而将繁霜洒在我的园里的野花草上。

……

鬼䀹眼的天空越加非常之蓝，不安了，仿佛想离去人间，避开枣树，只将月亮剩下。然而月亮也暗暗地躲到东边去了。而一无所有的干子，却仍然默默地铁似的直刺着奇怪而高的天空，一意要制他的死命，不管他各式各样地䀹着许多蛊惑的眼睛。

——节选自鲁迅的《秋夜》

村落沉睡了，幽暗的夜空泛着银光。一颗绿色的星星，像夏夜那般温柔，它从深奥莫测的苍穹，从遥远的银河深处，若隐若现，友爱地向我眨着眼睛。当我走在布满灰尘的夜路上，它随我同行；当我停在桦树林边，在那幽静的树荫下，它就守候在树丛中间；当我走回家门，它就从漆黑的屋檐后面向我亲切而温柔地闪着光辉。

"这就是它。"我想，"就是我童年时代的那颗星星。那般关切，那般柔情！我什么时候见过它？在什么地方？也许，我心中一切最美好、最纯洁的东西，都应归功于它？这颗星星也许将是最后的归宿，那时，也像现在这样，将用它那善良而欢乐的闪光来迎接我？"

这是不是和永恒的联系？是不是和宇宙的交谈？这一切至今仍像童年时代神秘的梦幻一样，是那么不可捉摸，又是那么美妙。

——节选自邦达列夫的《星星和月光》

【欣赏示例】

周汝昌谈《红楼梦》的诗化之景

读《红楼梦》，当然是"看小说"，但实际更是赏诗。没有诗的眼光与"心光"，是读不了的。所谓诗，不是指那显眼的形式，平平仄仄，五言七言等，更不指结社、联句、论诗等场面。是指全书的主要表现手法是诗的，所现之情与境也是诗的。《红楼梦》处处是诗境美在感染打动人的灵魂，而不只是叙事手法巧妙得令人赞叹。

雪芹写景，并没有什么"刻画"之类可言，他总是化景为境，境以"诗"传，——这"诗"还是与格式无涉。

我读《红楼》，常常只为他笔下的几个字、两三句话的"描写"而如身临其境，恍然置身于画中。仍以第十七回为例，那乃初次向读者展示这一新建之名园，可说是全书中最为"集中写景"的一回书了吧，可是你看他写"核心"地点怡红院的"总观"却只是：

粉墙环护，绿柳周垂。

八个字一副小"对句"，那境界就出来了。他写的这处院落，令局外陌生人如读宋词"门外秋千，墙头红粉，深院谁家？"不觉神往。

你看他如何写春——

第五十八回，宝玉病起，至院外闲散，见湘云等正坐山石上看婆子们修治园产，说了一回，湘云劝他这里有风，石头又凉，坐坐就去罢。他便想去看黛玉，独自起身。

从沁芳桥一带堤上走来，只见柳垂金线，桃吐丹霞。山石之后一株大杏树，花已全落，叶稠阴翠……

也只中间八个字对句，便了却了花时芳讯。

再看次回宝姑娘——

一日清晓，宝钗春困已醒，搴帷下榻，微觉轻寒。启户视之，见园中土润苔青——原来五更时落了几点微雨。

也只这么几个四字句，就立时令人置身于春浅余寒，细雨潜动，鼻观中似乎都能闻见北京特有的那种雨后的土香！也不禁令人想起老杜的"随风潜入夜，润物细无声"的名句，——但总还没有"土润苔青"那么有神有韵。

再看他怎么写夏？

开卷那甄士隐，书斋独坐，午倦抛书，伏几睡去，忽遇奇梦(石头下凡之际)，正欲究其详细，巨响惊醒，抬头一望，只见窗外：

烈日炎炎，芭蕉冉冉。

夏境宛然在目了。又书到后来，一日宝玉午间，"到一处，一处鸦雀无闻"，及至进得园来，

只见赤日当空，树阴合地，满耳蝉声，静无人语。

也只这几个四字对句，便使你"进入"了盛夏的长昼，人都午憩，只听得树上那嘶蝉拖着催眠的单音调子，像是另一个迷茫的世间。

有一次，宝玉无心认路，信步闲行，不觉来到一处院门，

只见凤尾森森，龙吟细细。

原来已至潇湘馆。据脂砚斋所引，原书后回黛玉逝后，宝玉重寻这个院门时，则所见是：

落叶萧萧，寒烟漠漠。

你看，四字的对句，是雪芹最喜用的句法语式，已然显示得至为昭晰。

这些都还不足为奇。因为人人都是经历过，可以体会到的。最奇的你可曾于深宵静夜进入过一所尼庵？那况味何似？只见雪芹在叙写黛、湘二人在中秋月夜联吟不睡被妙玉偷听，将她们邀入众庵中小憩，当三人回到庵中时，——

只见龛焰犹青，炉香未烬。

又是八个字、一副小对句，宛然传出了那种常人不能"体验"的特殊生活境界。我每读到此，就像真随她们三位诗人进了那座禅房一般，那荧荧的佛灯，那袅袅的香篆，简直就是我亲身感受！

当迎春无可奈何地嫁与了大同府的那位"中山狼"之后，宝玉一个走到蓼风轩一带去凭吊她的故居，只见——

轩窗寂寞，屏帏徜然。……那岸上的蓼花苇叶，池内的翠荇香菱，也都觉摇摇落落，似有追忆故人之态……

第七十一回鸳鸯为到园里传贾母之话，于晚上独自一个进入园来，此时此刻，景况何似？静无人迹，只有八个字——

角门虚掩，微月半天。

这就又活画出了一个大园子的晚夕之境界了。

诸君着眼：如何"写景"？什么是"刻画"？绝对没有所谓"照搬"式的"再现"，只凭这么样——好像全不用力，信手拈来，短短两句，而满盘的境界从他的笔下便"流"了出来。

——节选自周汝昌的《红楼艺术》第87—91页，人民文学出版社，1995。

第六章　意蕴层面的悟解与阐释

第一节　意蕴的含义

一、什么是意蕴

　　文学作品的读者，大都有一种强烈的精神需求，那就是读完某一作品，总是要问：作品表现的是什么呢？——这实际上是在追索作品的意蕴。可以说，追索作品的意蕴，是读者接受心理显意识层面的第一要求，是无论哪一层次读者的普遍性要求。

　　那么，什么是文艺作品的意蕴？朱光潜在翻译黑格尔论艺术的经典巨著《美学》时解释说，"意蕴"的德语原文是 des Bedeutende，意思是"有所指"或"含有用意"的东西，近于汉语的"言之有物"的"物"，因此译为"意蕴"。[①]

　　黑格尔非常强调意蕴在作品构成中的地位。他认为，文艺作品由两种因素构成：外在因素和内在因素。外在因素就是直接呈现给读者的东西，即我们通常所说的题材，在叙事性作品里表现为人物、情节、环境，在抒情性作品里表现为意象和意境等；内在因素即意蕴。"意蕴总是比直接显现的形象更为深远的一种东西。艺术作品应该具有意蕴……它不只是用了某种线条、曲线、面、齿纹、石头浮雕、颜色、音调、文字乃至于其他媒介，就算尽了它的能事，而是要显现出一种内在的生气、情感、灵魂、风骨和精神，这就是我们所说的艺术作品的意蕴。"[②]

　　黑格尔的意见代表了许多作家、理论家对于意蕴的共识，即认为意蕴是作品中所蕴含的心灵、思想等精神性因素。基于这种认识，我国文艺理论家余秋雨把意蕴简洁地概括为"蕴藉于艺术生命体内的精神能量"。[③]

　　作为欣赏对象的文艺作品的构成形态，决定了主体对它的欣赏程序："遇到一件艺术作品，我们首先见到的是它直接呈现给我们的东西，然后再追究它的意蕴或内容。"[④]这就是说，欣赏一部作品，眼光绝对不能只停留在外在层次，而必须穿过外在层次把握其中的意蕴。把握文艺作品的意蕴，是文艺欣赏最关键、最重要的一步。意蕴隐形于作品外在因素之中，成为外在因素的核心和主宰，那么，意蕴就是平常我们所说的主题吗？

　　回答是：是，又不完全是。我国文艺理论关于"主题"的通常解释是："又叫主题思想。文艺作品通过描绘现实生活和塑造艺术形象所表现出来的中心思想。"[⑤]从这一定义可以看出，通常所说的"主题"即一种思想。它是通过对整个作品的分析、提炼，从而归

[①] 黑格尔. 美学：第1卷[M]. 朱光潜，译. 北京：商务印书馆，1981：24.
[②] 黑格尔. 美学：第1卷[M]. 朱光潜，译. 北京：商务印书馆，1981：25.
[③] 余秋雨. 艺术创造工程[M]. 上海：上海文艺出版社，1987：53.
[④] 黑格尔. 美学：第1卷[M]. 朱光潜，译. 北京：商务印书馆，1981：24.
[⑤] 辞海：文学分册[M]. 上海：上海辞书出版社，1979：11-12.

纳总结出来的一种理性认识，具有抽象性和概括性。我国小学、中学乃至于大学课堂上，归纳一篇作品主题的模式一般是：本文通过"××"反映(或表现)了"××"。这里前一个"××"，即作品的题材，直接显现于外的东西，后一个"××"即主题思想。显然，这时的主题已从具体题材中被剥离出来，已是高度概括和抽象的东西。

与主题相比，意蕴包含"思想"，但又远远不止是"思想"。黑格尔说意蕴是"一种内在的生气、情感、灵魂、风骨和精神"，这里当然包含所谓"思想"，但又远远比"思想"丰富。它包括人的整个内心世界，显现着人的整个内心世界的全部丰富性，具有更多的心灵信息和精神内涵。例如，一首无标题乐曲，一幅山水风景画，一首即兴抒情小诗，它们可能传达了创作主体的某种感受，某种体验，某种思绪，某种情感……它们朦胧混沌，不可捉摸，可意会不可言传，可神通不可语达，但又真切实在，而不虚无缥缈。欣赏者从这些作品里可以领悟到某种意蕴，但却不一定能归纳出什么"思想"。准确地说，它们也根本不是什么"思想"。"思想"一词具有"沉甸甸"的分量和"凝重成形"的"质感"，而情绪、体验、感悟等情感性、心灵性的东西未必都具有如此的"分量"和"质感"。要而言之，"意蕴"包含思想且大于"思想"。

二、意蕴与意义的区别

意蕴与意义的不同，简单说来，第一，意蕴大于意义。文学作品的意蕴包括意义和意味。

第二，意义是经过分析、抽象出来的东西，能够以命题的形式进行表述。如上面所讨论的"主题"，其具体内容就相当于"意义"。而意蕴却不必而且也很不容易以命题的形式表述。当你试图以抽象的命题形式去表达它时，它已从命题形式中飘散和逃失了，也就是说，你所抓住的其实已经不是它本身了。"当然，我们也可以对意蕴进行理性的抽象，将意蕴转变为意义，但这已经属于审美领悟之后的理性分析了。经过理性抽象的意义小于意蕴。"①

第三，从艺术欣赏的角度看，意义属于理性认识的对象，而意蕴属于审美领悟的对象。审美领悟是一种感性悟解活动，它以感性直觉的形式，对意蕴进行直接的、整体的把握和领会；而理性认识则以逻辑思维的方式，以理论的形式把握对象。逻辑思维必然要对对象进行分析和抽象，而分析和抽象的过程中，必然会丧失掉对象本身丰富微妙的东西。因此，许多艺术家拒绝对自己作品的意蕴进行抽象和归纳。当某位莎士比亚剧作的导演被问及作品的主题时，导演回答：一切都在台词里。当托尔斯泰被问及《安娜·卡列尼娜》的主题思想是什么时，托翁说要回答这一问题就必须把全部故事情节重新再写一遍。歌德也拒绝把他的作品的意蕴归结为某种简单的"概念"。他说："我对美学家们不免要发笑，笑他们自讨苦吃，想通过一些抽象名词，把我们叫作美的那种不可言说的东西化成一种概念。"②

---

① 叶朗. 现代美学体系[M]. 北京：北京大学出版社，1988：193.
② 爱克曼. 歌德谈话录[M]. 朱光潜，译. 北京：人民文学出版社，1978：132.

三、意蕴≠作品的立意≠作家的创作意图

作家的创作意图与意蕴之间有十分紧密的内在联系，但终究不是一回事。创作意图是作家试图通过作品表达的一种思想、认识、感情、意念，用古人的话说就是"立意"。立意的确定对于一篇作品的创作来说极为重要，对于整个创作过程的各个环节都有指导作用，即所谓"意在笔先""以意为主""以意为帅"等。立意体现在作品里，即通过艺术的形象、意境传达出去，就成为作品的意蕴。前者是后者的基础，后者是前者的外化，二者在一般情况下是一致的，这是二者的联系。但二者的区别也是明显的，具体表现如下：

（1）意蕴是作品的意蕴，是通过作品体现出来，以作品本身为载体的一种精神存在，它本身具有客观性和确定性，否则就失去了供人们逐渐认识、反复认识的客观依据，也失去了衡量各种不同认识是非曲直的客观标准；而创作意图是作家的主观思想和主观心灵，它是存在于作家心灵中、思维中的一种精神存在，它还没有通过作品外化出去，还没有找到合适的"物质"载体，因而还不具有客观性和确定性。

（2）从内涵角度考察，立意体现在作品里即成意蕴，二者在一般情况下往往是一致的，即作品表现出来的正是作家想要表达的。但由于种种原因，二者之间也常常出现不一致的情形。例如，评论家杜勃罗留波夫从奥斯特洛夫斯基的剧本《大雷雨》和冈察洛夫的小说《奥勃罗摩夫》中所看到的意蕴就远远超出作者本人的立意。

造成这种不一致的原因是多方面的。

从艺术与生活的关系来看，艺术来源于生活，而生活本身是混沌的、无所不包的，它的整体性、本原性，决定了无论什么人都不能穷尽对它的认识，或者说任何人的任何认识相对于生活本身的复杂性、深刻性、神秘性、无限性来说，都是极其有限的。所以当作家坚持从生活的第一性、完整性、本体性出发描写生活本身，作品中所体现出的意蕴就可能像生活本身那样丰富、深刻，说不完道不尽，而这些远远大于、先于、超于作者主观上所意识到的东西，如《红楼梦》就是如此。这种情况，习惯上称为"形象大于思想"。这里的"思想"指作家立意，"形象"即作品的艺术描写。

意蕴与创作意图不一致，也有创作过程本身的原因。有了好的立意，能否艺术地表现出来，化为能让欣赏者直接感知的艺术品，这首先需要通过艺术构思，为立意寻找最恰当的艺术表现形式；其次，由内在的意象到外在的形象，从"设计图样"到"落成的建筑"，也还有个艺术传达和艺术表现问题。在艺术表现过程中，既要受到特定艺术形式的制约，又要受到作者表现技巧的制约。常常有这种情况，构思时想得头头是道，可是一落笔不是写不出，就是写走样儿。"笔下之竹"与"胸中之竹"不一样，也就是说，"得之于心"未必就能"应之于手"。

综上所述可以看出，意蕴≠主题思想≠意义≠立意，意蕴是作品本身所蕴含的客观的可以归纳和概括的思想，也包括心灵、生命、情感等可意会不可言传的精神信息，换句话说，即除了"意思"之外还有"意味"，它具有自身的审美特性。

思考练习题

一、文艺作品的意蕴是什么？意蕴的审美特性是什么？

二、意蕴与主题思想、意义、立意的联系及区别是什么？
三、怎样理解"形象大于思想"？
四、阅读下列作品，体会其中意蕴。

> 春眠不觉晓，处处闻啼鸟。
> 夜来风雨声，花落知多少？
>
> ——孟浩然《春晓》

> 众鸟高飞尽，孤云独去闲。
> 相看两不厌，只有敬亭山。
>
> ——李白《独坐敬亭山》

> 钓罢归来不系船，江村月落正堪眠。
> 纵然一夜风吹去，只在芦花浅水边。
>
> ——司空曙《江村即事》

> 朱雀桥边野草花，乌衣巷口夕阳斜。
> 旧时王谢堂前燕，飞入寻常百姓家。
>
> ——刘禹锡《乌衣巷》

第二节 意蕴的类型

一、文学作品的意蕴与人类精神生活

意蕴是内容的核心，把握意蕴，对于欣赏者来说，是理解某一具体作品的关键。那么，怎样把握作品的意蕴呢？

让我们首先对文艺作品的意蕴进行宏观的考察。

同创作主体复杂的精神世界相对应，宏观地看，文艺作品的意蕴也是个复杂的精神体系，一下子很难无所遗漏地穷尽其丰富的内容。为了便于把握，我们从人类精神生活范畴的角度，把文艺作品的意蕴简化，归纳为若干类型。因为，作品意蕴是人类精神生活的外化，所以，意蕴的类型也与人类精神生活的主要范畴相对应。

二、意蕴的主要类型

(一)情感性意蕴

情感是人类精神生活的一个极重要的范畴。对于艺术创作来说，情感尤其有着特殊的价值：它既是创作的材料(表现对象)又是创作的动力(创作动机)。作家和艺术家大都是情感特别丰富、特别细腻、特别敏感的人，同时又是具有艺术表现能力的人，于是，情感体验

遂成为作家和艺术家最为热衷表现的内容。古往今来，文艺作品中留下了多么丰富的人类情感体验的信息啊！这些作品中所体现的情感也就是作品的意蕴。

例如，秦观的《浣溪沙》：

漠漠轻寒上小楼，晓阴无赖似穷秋，淡烟流水画屏幽。自在飞花轻似梦，无边丝雨细如愁，宝帘闲挂小银钩。

这首词的意蕴就是一种心境，一种情感体验："像轻寒一样冷漠的感觉，晓阴一样黯淡的心情，飞花一样渺茫的梦想，丝雨一样细微的哀愁。"[1]这是一种空虚、落寞、无可奈何、百无聊赖的心态，这种心态十分具体也十分"抽象"，没有具体原因，因而更具有普遍性和典型性。再如，李清照的《声声慢》（"寻寻觅觅"）也是写心境的名篇。作者以高超的语言技巧，通过种种意象，既融情入景又直抒胸臆，创造出一个绝美的"意境"。读者从中读出了孤寂冷清、悲哀疲惫、伤感烦闷、无情无绪、无着无落、无抓无挠、若有所失、空空荡荡等情感体验，而这就是这首词的意蕴。这是一种不可名状、不可言传的情绪状态，李清照敏感地捕捉到了，并将其形象化、形式化、符号化了，因而，一种典型的情感体验成为可以"把握"的了。

在叙事性作品中，作家的情感态度、情感体验是作品全部意蕴的一个方面，一般来说比较隐蔽，但如果对作品进行整体观照，还是可以体会出来的。例如，鲁迅对孔乙己是既有同情又有嘲讽，对阿Q是"哀其不幸，怒其不争"。曹雪芹对大观园中那群不幸的女孩子是无限同情、无限惋惜，认为她们"原应叹息"（"元迎探惜"）；对封建大家庭日渐没落，他感到无限伤感，如此等等。

艺术作品映照出来的精神天地原本是无限丰富、无比广阔的，原本不必一定是某种"思想"。有时候它可能只是一种一闪即逝的感受，一种缥缈轻灵的体验，一种妙不可言的情趣。而这些都属于情感的范畴。例如，齐白石的绘画，取材十分广阔，而最多的是日常生活："在书桌上入睡了的孩子，两个小鸡同时咬着一条蚯蚓，黄色的葫芦上有一个小瓢虫，枯了的莲蓬上立着一只小蜻蜓，蜘蛛网上有一片落叶，水面上有几朵落花，树干上有一个蝉的空壳，老母鸡的背上站着一个小鸡，一只蜻蜓在追逐水上的花瓣，三个精神饱满的小青蛙好像在嬉戏，几只不知利害的小鱼围着钓钩，不安分的小耗子还在仰头瞅着油灯，甚至行动不灵的偷油婆在打咸鸭蛋的主意，这些平凡的现象，没有脱离画家的注意，而且一经描写，就渗透了画家的感情。"[2]

(二)道德性意蕴

道德性意蕴，即作品所体现出来的某种道德倾向、道德理想和道德观念。

道德，是人们在共同的社会生活中所遵循的行为规范。从社会角度说，它是意识形态的重要组成部分之一，是社会文明程度的重要标志，社会靠它来调节人与人之间的关系。从个体角度看，它是个人精神生活的一个重要领域，是立身行事的内在准则，是内心无形的"上帝"。文学艺术以社会生活为反映和表现对象，目光始终对准人、人与人的关系，

---

[1] 沈祖棻. 宋词赏析[M]. 上海：上海古籍出版社，1980：28.

[2] 王朝闻. 王朝闻文艺论集：第2集[M]. 上海：上海文艺出版社，1979：65.

人的行为动机、人的内心世界，而这一切无不与道德紧密相关。所以文学写人，必然涉及人的道德，自觉不自觉地对笔下人物作出道德评价，从中透露出作者的道德倾向和道德观念。而这些通过艺术形象体现出来，即作品的道德意蕴。

作品的道德意蕴往往以人物性格为载体，通过人物形象的塑造体现出来。例如，刘备的忠厚，曹操的奸诈，关羽的义气，杨家将和岳飞的忠君爱国，包公的清正廉明，陈世美的忘恩负义，赵氏孤儿的报仇雪恨，白娘子的忠贞痴情，刘慧芳的善良贤惠，聂赫留朵夫的忏悔意识，冉阿让的仁慈博爱，等等，都比较明显地体现着作者的道德评价，宣示着作品的道德意蕴。

由于道德在社会生活、社会意识及人的心理结构中的地位，所以道德性内容历来为广大艺术家所关注，历来受广大欣赏者所欢迎。从文艺史来看，凡是真实而深刻地表现了某一时代和某一社会健康而美好的道德观念的作品，都能拨动广大欣赏者的心弦，有的甚至流传千古，与人们进行着心灵上的交流和共鸣，净化和提高着一个民族乃至全人类的道德水准。

(三)政治性意蕴

在现代社会里，政治是社会生活的重要组成部分，在某些特定时期里，甚至是最为重要和最为核心的部分。社会的政治生活状况如何，将直接影响着社会生活的方方面面，影响着千千万万社会成员的前途和命运。因此，具有历史使命感和社会责任感的作家，总是时刻关心着国家大事，关心着政治生活的状况，常常以政治生活为题材进行创作，表达着自己对政治问题的认识、见解和建议，而这些就形成了作品的政治性意蕴。

例如，我国粉碎"四人帮"进入新时期的最初几年里，政治问题是作家们思考的焦点，因而也是这一时期文学作品所要表现的中心内容之一。随着社会政治生活的发展和作家思考的深化，作品的意蕴也不断发生着嬗变。先是以《班主任》(刘心武)、《伤痕》(卢新华)为代表的对"文化大革命"所造成的沉重灾难进行揭露，这是对刚刚过去的错误政治的反拨，表达了整个民族从政治动乱中走出之后痛定思痛的感伤情绪和正视民族灾难的勇气。紧接着是对错误政治形成的过程进行历史反思，思考重心由现实转向历史，表现领域由"文革"伤疤上推到 20 世纪五六十年代甚至更远，力图在更深广的范围内总结历史经验。这时的代表性作品主要有《蝴蝶》(王蒙)、《芙蓉镇》(古华)、《李顺大造屋》(高晓声)、《剪辑错了的故事》(茹志鹃)、《犯人李铜钟的故事》(张一弓)、《天云山传奇》(鲁彦周)等。随后出现的是以蒋子龙的《乔厂长上任记》为代表的一大批作品对社会经济体制进行的政治思考，极为深沉地揭示出现代化的历史要求和与这个要求不相适应的政治经济体制之间的矛盾，暴露了极左政治的严重遗患所形成的重重阻力，反映了要求改革的强烈愿望。这三类作品分别被冠以"伤痕文学""反思文学""改革文学"之名，由此也可以看出它们与社会政治思潮的紧密联系。由于它们契合了当时的政治思潮，所以都曾产生过强大的社会影响。

由于政治在社会生活中的特殊地位，广大读者十分关心政治生活，同时也特别关注具有政治性意蕴的文艺作品。有时候，欣赏者对作品政治意蕴的关心超出了对艺术性的追求。中外文艺史上，以政治性意蕴引起关注甚至产生轰动效应的例子俯拾即是。

(四)社会性意蕴

社会性意蕴是指作品真实反映了一定历史时期社会生活的面貌及其本质,具有较高的认识价值,使读者能够通过作品更好地认识社会、理解社会。

对于文学反映社会生活的功能,古今中外的理论家和艺术家们一直都相当重视。古希腊的"模仿说"、文艺复兴时期的"镜子说"、19世纪俄国的"再现说",直到马克思主义的反映论,以及我国古代孔夫子的"诗可以观"("观风俗之盛衰")等,都比较一致地认识到了文学反映社会生活的功能。文学来自生活,生活是文学的源泉,没有生活也就没有文学,所以,关注社会生活,反映社会生活,应该说是文学的题中应有之义,是文学的一个好传统。许多作家以真实地反映自己所处时代的社会生活为己任,从而创作出了不朽的作品,如巴尔扎克、托尔斯泰、狄更斯等人就是这方面的卓越代表人物。巴尔扎克明确表示说,他决心要当法兰西社会的"书记",为社会留下真实的记录。由于他有意识的努力,在艺术描绘社会方面取得了辉煌的成就。恩格斯在评论他时赞颂说:"他在《人间喜剧》里给我们提供了一部法国'社会'的卓越的现实主义历史,他用编年史的方式几乎逐年地把上升的资产阶级从1816年至1848年这一时期对贵族社会日甚一日的冲击描写出来……在这幅中心图画的四周,他汇集了法国社会的全部历史,我从这里,甚至在经济细节方面(如革命以后动产和不动产的重新分配)所学到的东西,也要比当时所有职业的历史学家、经济学家和统计学家那里学到的全部东西还要多。"[①]再如托尔斯泰,在半个世纪多的文学活动中创造了许多天才的作品,他主要是描写革命以前的旧俄国,即1861年以后仍然停滞在半农奴制度下的俄国。这时期的俄国社会正发生着资产阶级制度取代农奴制度的巨大社会变动,托尔斯泰真切地感受到并艺术地再现了这一变动,准确地表达了当时俄国人民,主要是农民群众的社会心理。由于托尔斯泰作品中这种丰富而深刻的社会性意蕴,所以获得了列宁的高度评价,列宁称赞他创作了"无与伦比的俄国生活图画",称他是一个伟大的"天才艺术家",把他比作"俄国革命的镜子"。

由于人人(当然也包括作家)都生活在一定的"社会"中,"社会"是人类生存、生活的环境,人类要适应它进而驾驭它,前提是要理解它、认识它,所以,"社会"将永远是人们关注的一个焦点,将永远是文学作品的中心内容之一。在大量的文学作品中,社会性意蕴是最为常见和最具有普遍性的意蕴。

(五)人生意蕴

人生意蕴即作品所传达出的对人生况味的品尝与玩味,对有关人生诸问题的思考与回答。

"人生"与"社会"相互渗透、相互交叉,但仔细品味,二者又不完全是一回事。"社会"具有明显的时间和空间的限定性,时空变了,社会面貌也随之而变。时间在流逝,社会在发展,今日之社会已不是昨日之社会,此处之社会亦不是彼处之社会,正所谓此一时也彼一时也,此一地也彼一地也。而"人生"却具有相对的稳定性与永恒性:衣食住行,油盐酱醋,生老病死,悲欢离合,爱情婚姻家庭,事业前途命运,成功与失败,所

[①] 马克思恩格斯选集:第4卷[M]. 北京:人民出版社,1966:445-446.

失与所得……无论哪个时代哪个社会的人都要面临这些人生的基本问题。它与生俱来又与生俱去,谁也躲避不开,谁也超脱不了,无论是皇帝还是平民,是富翁还是乞丐。既然如此,"人生"遂成为人人共同关心的对象,成为作家热衷于表现而广大读者热心欣赏的永久性话题,"认识社会和人生"遂成为广大读者最重要的欣赏动机之一。

由于"社会"和"人生"相互渗透,相互交叉,描写人生要常常同时写到社会,那么具有社会性意蕴的作品和具有人生意蕴的作品有什么不同呢?大体说来,二者的着眼点不一样,重心不一样:一个着眼于社会,时代特征明显,注重背景、环境的描写;一个着眼于人生,时代特征不明显,背景、环境淡化。例如,杜甫的诗歌中,"三吏三别"等时代特征鲜明的属于前者,而《茅屋为秋风所破歌》《登高》等着重品味人生况味的属于后者。在白居易的诗歌中,《观刈麦》《卖炭翁》《宿紫阁山北村》等属于前者,而《长恨歌》《琵琶行》《花非花》等则属于后者。我国新时期小说中,路遥的《平凡的世界》,贾平凹的《浮躁》,柯云路的《夜与昼》《衰与荣》属于前者,池莉的《烦恼人生》《太阳出世》,刘震云的《单位》《一地鸡毛》属于后者,如此等等。

当然,由于"社会"与"人生"的相互渗透和交叉,所以同时具有人生意蕴和社会性意蕴的作品也很普遍,如鲁迅的《伤逝》《孤独者》等。

(六)理想性意蕴

理想性意蕴是指作品所表现出来的追求美好事物、美好生活的理想和愿望。

俄国作家冈察洛夫曾说过:"……艺术家的目的,哪怕是无意识的、被动的或隐蔽的目的都是追求某些理想,譬如说,追求把他观察到的现象加以改善,追求以最好的事物代替最坏的事物。这种最好的事物便是理想,艺术家摆脱不了它,特别是当他除了智力之外,还有热情的时候。"[①]冈察洛夫的话是深刻的,他透过令人眼花缭乱的艺术现象看到了艺术创造的某种本质。不安于现状,时时心存美好的愿望,憧憬美好的未来,追求美好的理想,是人类在艰难困苦中生存下来的一大精神支柱,是人类不断进步、社会不断进化的内在精神动力,也是艺术创造的内在精神动力。人类对理想的追求,一是落实在现实的社会实践中,二是表现在文艺作品中。文艺作品是寄托理想、"实现"理想最自由的天地。整个文艺发展史充分证明了理想与艺术创造的密切关系。当原始人被倾盆而下的暴雨以及随之而来的洪水灾害逼得生存不下去的时候,《女娲补天》的神话产生了;当封建社会青年男女为不能自由婚恋而愤懑和遗憾的时候,《孔雀东南飞》《梁山伯与祝英台》《牡丹亭》等作品就出现了……当我们仔细考察古今中外文艺作品意蕴的时候,就可以清晰地看到作品中投射出来的各个时代人们的理想和愿望,看到人类心灵发展的轨迹。

"理想"在具体作品中的表现形态是多种多样的,归纳起来主要有两种类型。一是"以最好的事物代替最坏的事物"(冈察洛夫语)。例如,在封建社会里没有一处是乐土,但陶渊明却创造出了一处"极乐世界"——桃花源。这种方法是直接将理想形态当作对象去描绘,这时的"理想"是显在的,这种情况一般被视为浪漫主义。二是"把观察到的现象加以改善"(冈察洛夫语)。例如,在现实生活中有情人未必终成眷属,好人也未必最后胜利,但在艺术作品中有情人常常最后结合,好人常常最后胜利。这种方法是以现实生活为

[①] 古典文艺理论译丛编辑委员会. 古典文艺理论译丛:第1册[M]. 北京:人民文学出版社,1961:184.

基础，对现实加以理想化的改造，也就是用理想"补足"现实的缺陷。这种情况下的"理想"是隐在的。

(七)人性意蕴

人性意蕴是指作品所表现出来的对于人的本性、天性的理解和认识。

什么是人性？这是一个从常识角度看来非常简单，然而从理论角度看来却又很不容易说清的问题。本书主旨不在于理论辨析，所以我们避开抽象的哲学讨论而只取通常理解：人性即人之所以为人的基本属性，它包括自然属性和社会属性，是自然属性和社会属性的渗透和融合。人性的这种结构决定了它既不等于兽性又不等于神性，人就是人，是人就不可能不受人性的制约。文学是人学，文学关注的对象是人，是人的生活、人的心灵、人的情感、人的性格、人的思想、人的命运。而这一切的深层，隐伏着的是"人性"。"人性"并不抽象，它就现身于每个人的具体生活中。因而，作家在关注人的生活、人的心灵的时候，更关注其中所蕴含的人性信息。人性，自古以来就是作家热衷表现的一个兴奋点，作家在对人的生活的具体描绘中，往往透露着自己对人性的洞察、理解和认识，从而使作品传达出耐人思索的人性意蕴。

例如，文艺复兴时期著名作家卜迦丘的《十日谈》，高举人性的旗帜，反对基督教神学；用个性解放反对禁欲主义，大力宣扬男女之爱、人的自然欲望是符合人性的，"人性"和"人欲"是不可抗拒的。例如，"第四天"故事的开头讲了一个插曲：一个青年自幼随父亲在山上修行，过着与世隔绝的清教徒生活。有一天父亲带他下山去，看到一群年轻漂亮的姑娘。他问父亲这是什么。父亲怕儿子知道她们是女人从而唤起肉欲，于是骗他说，那是"绿鹅"，是"祸水"。但儿子不怕，他向父亲要求带一只"绿鹅"回去。父亲这才知道人的天性是阻挡不了的。19世纪法国作家法朗士的小说《泰绮思》，写一位高僧在沙漠中修行，忽然想到名妓泰绮思是一个贻害世道人心的尤物，他要感化她出家，救她本身，救被惑的青年们，也给自己积无量功德。在他的感化下，泰绮思竟出家了。他恨恨地毁坏了她在俗时候的衣饰。但是，奇怪得很，这位高僧回到自己的独房里继续修行时，却再也静不下来了，见妖怪，见裸体的女人，他急遁、远行，终于无效。无奈何只好跑到泰绮思那里老实坦白："我爱你！"[①]作品对高僧有所嘲讽，但也道出了人性力量的强大。

当然，所谓人性，并不等同于以上两部作品所讲的"色"，其实它有着极为广泛的包涵：既包括人性的优点，如同情、怜悯、向善等，也包括人性的弱点，如自私、势利、好逸恶劳等。中国古代小说家对人性往往有着透彻的洞悉，在作品中多有描绘。[②]例如，《醒世恒言·薛录事鱼服证仙》，写薛录事于高烧昏迷中来到了湖边，他想凉快一下，遂跳入水中，变成一条鲤鱼。好几日不曾觅食，肚中甚饥。恰在此时，他治下的渔夫赵干放下一只钓钩，上有香喷喷的诱饵。他忍不住想吃，又怕被钓了去。于是躲开，但还是受不了"那饵香得酷烈"。他想，我本是人身，这么重他怎能钓得起？再说，我本是县里官员，他是我治下小民，即使钓得我去，还不是送我归县。想到这里，便去吞那诱饵，终于被钓

---

① 鲁迅. 鲁迅全集：第6卷[M]. 北京：人民文学出版社，1982：304.
② 邵毅平. 洞达人性的智慧[M]. 杭州：浙江人民出版社，1992.

了去。这里极为生动地揭示出容易受诱惑的人性弱点：人有理智，又有更为原始的本能，当二者发生冲突时，理智常常无法战胜本能。这就是所谓"眼里识得破，肚里忍不过"。而且，这个故事还说明人性中另一弱点，即当人走上危险且充满诱惑的道路时，常常还抱着一种认为唯独自己可能例外的侥幸心理。我们从《沈小官一鸟害七命》和《吕大郎还金完骨肉》等作品里，看到人们只是为了一丁点儿蝇头小利、一丁点儿口角相争，便会轻易地杀人。这说明人性中有一种重视自己生命而轻视他人生命的阴暗心理，且具有强烈的自相残杀的倾向，这便是人性的阴暗面之一。我们从《枕中记》《南柯太守传》这些宣扬荣华难以久恃，不如及早出世这类作品中，看到了其深层蕴藏着的恰恰是对于"荣华"的向往留恋以及即使明知难以久恃也要不惜代价去追求的天性。我们从《柳毅传》《水浒传》这些作品里看到了人性中有崇拜强者的倾向。从孙悟空大闹天宫和鲁智深大闹五台山中，我们看到了人性中有追求自由、超越社会规范乃至亵渎社会规范的要求，如此等等。

  关注人性，说明了人类具有理解自身、认识自身、把握自身的强烈意向，文学作品对人性的表现说明了人类在这方面的艰苦努力。当然，就每一部具体作品来说，作者对人性的理解和认识或许是偏颇的、片面的，但在人类自我认识的漫漫长途上，谁敢说自己的认识是一次性完成的绝对真理呢？！

(八)哲理性意蕴

  哲理性意蕴是指作品的意蕴具有哲理品格，涵盖的时间和空间更久远、更阔大、更具有超越性。具有哲理品格的作品，着眼点不在于特定时代、特定社会里特定的人身上发生了什么，而在于任何时代、任何社会里任何人身上都可能发生的什么。艺术哲理的本质在于对世界、对人生的内在意蕴的全面性、整体性开发，是对于人生真谛的探索和开掘。人生哲理，深涵于人生现象的最深层，或者说矗立于人生现象的最高处，俯瞰着、统摄着、支配着每个具体个人的人生。它无时不在，无处不在，悄然化身于一切人的人生过程之中。人生哲理的这种涵盖性、普适性、深刻性、抽象性使其具备了强大的精神魅力，吸引着古往今来的人类苦苦地探索它，追寻它。探索它简直可以说是人类与生俱来的形而上的精神冲动。正因为如此，人生哲理成了艺术家和欣赏者注目的共同焦点，成了双方进行对话的最佳话题之一。每当欣赏者在作品中发现人生哲理时，在精神上就会感到抑制不住的兴奋。

  例如，史铁生的《命若琴弦》，写一老一少两个瞎子，以说书为生，日子过得很艰苦、很紧张但也很愉快。为什么呢？因为老瞎子心里存着一个美好的希望（或者说目标）：他师父传给他一张可以治好眼睛的"药方"，只要虔诚地弹断一千根弦，就可以吃这剂药。老瞎子为此奋斗了一生。及至弹断一千根弦到城里去取药时，才知道所谓"药方"原来只不过是一张白纸。老瞎子的精神一下子崩溃了，一辈子为之奋斗的目标忽然化为乌有，以后还怎么活下去？他非常痛苦，身体很快衰弱下去，及至死期将至，忽然想起留在山村的徒弟，他挣扎着往回走，一路走一路想：过去琴槽里封的不也是这张白纸吗？但为什么过去活得那么有劲儿那么欢乐呢？原因是那时还不知道它是白纸，也就是说心里还存着一个希望，而今希望破灭所以活不下去了。看来，人活在世上必须要有一个目标，在生命和目标之间拉上一根琴弦，才能弹奏出动听的人生乐章。想到这里，他才悟到师父传药方的用意。于是他回到了小山村，像举行人生交接仪式一样，非常庄重地把"药方"封到了徒弟的琴槽里。于是,又一个紧张兴奋的人生历程开始了。

这是一篇很动人的作品,其中蕴含着深沉的人生哲理。人生必须有一个目标,这是人活着的精神动力,这是作品告诉我们的第一层意思。作品更为深刻的一层意思是,即使这个目标是虚设的,最后终于没有实现,但只要你为此而奋斗了,你的人生也是有意义的。人生的意义并不在于目标的实现当中,而在于为实现目标而追求奋斗的过程之中。即"永远扯紧欢跳的琴弦,不必去看那张无字的白纸"。

人生哲理的品味其实就是人生真相的窥破。窥破了人生真相当然是愉快的,但往往同时也是痛苦的、苦涩的。这种痛苦不是一般意义上的痛苦,而是清醒的痛苦、哲学的痛苦、智慧的痛苦。它不是单纯的痛,而是痛中有快;也不是单纯的苦,而是苦中有甜。这种复合的味道才更接近人生的真实,更有深度。这种痛苦并不引人消极和颓废,而是增加几分直面人生的勇气,增加几分承受人生的内在力量,多几分应付人生、驾驭人生的智慧。

(九)宗教性意蕴

我们不止一次说过,文学艺术所关注的对象是社会,是人生,而社会和人生太复杂、太奥妙,人们对它越是深入思考就越是对有些现象感到不可理解和不可思议,感到有一种超出于人的主观能力之外的"神秘力量"的存在,感到它在冥冥之中对人生、对世界、对自然起着一种支配作用。这种"神秘力量",通常人们称为"上帝""造物主""大自然""无限""永恒"等,中国古人称之为"天",称之为"道"。总之它确实客观存在着,而人对它的面目又不能完全窥知,因而感到敬畏,产生一种类似宗教性的情感体验。把这种体验通过作品体现出来,即宗教性意蕴。

例如,史铁生的小说《宿命》。作品写一个正春风得意、马上就要出国留学的青年人莫非,在马路上骑车突然轧在一只茄子上,摔倒后被汽车撞断了腰椎,从此以后被"种"在了病床上和轮椅里。汽车与人相撞,只是一秒钟的时间,正是这一秒钟颠覆了他的命运。那么,为什么他不能早一秒钟或者晚一秒钟摔倒从而躲开这万恶的一秒钟呢?于是他开始往回想,一步步地追根溯源。追来追去终于追到了—— 是因为一个学生在课堂上老是笑,而学生笑是因为他看见一只狗望着一进学校大门的大标语放了一个很响但是发闷的屁。—— 呜呼,莫非耿耿于怀多少年,苦苦追索颠覆了他命运的祸根,寻根究底原来是一声狗屁。命运,命运,多么庄严、多么神圣,然而却"栽"在非常荒诞、非常偶然、非常莫名其妙的"狗屁"上,能不让人感慨万千吗?

为什么为什么为什么?为什么要有这一声闷响?

不为什么。

上帝说世上要有这一声闷响,就有了这一声闷响,上帝看这是好的,事情就这样成了,有晚上有早晨,这是第七日以后所有的日子。

《宿命》写出了对命运的偶然性、随机性、荒诞性的思索,对命运的神秘性、不可知性、不可思议性的思索。这就是我们所说的宗教性意蕴。

顺便说一句,在史铁生的作品中,相当一部分都具有宗教性意蕴。由于作者不幸的生活遭际,使他对人生、对命运、对宇宙思考得格外深、格外远,于是他就与"上帝"照面了，"上帝"在他笔下，是个使用频率比较高的词。

不但作家、艺术家在深入思考时不期然遇到了"上帝"，就是以探讨物质世界为己任的自然科学家，当他们一步步逼近自然的奥秘时，也同样不期然遇到了"上帝"。例如，20世纪的科学泰斗爱因斯坦就是一个宗教感很强的科学家。他说："相信世界在本质上是有秩序的和可以认识的这一信念，是一切科学工作的基础。这种信念是建筑在宗教感情上的。我的宗教感情就是对……那种秩序怀有一种崇敬和激赏的心情。""那些我们认为在科学上有伟大创造成就的人，全都浸透着真正的宗教的信念。"[①]可见，一旦穷究到人生、世界、宇宙的最深处，就会有一个"上帝"出现。在这一点上，科学与艺术是相通的。

不用多加解释各位也会明白，这里所说的"宗教""上帝"等，只是为了方便地借用，是加了引号的，并不等于有神论者所崇奉的人格化的上帝。二者的区别是明显的。正如爱因斯坦所说，基督教的上帝是一种支配人间祸福的人格神，而科学家所说的"上帝"是指世界秩序或因果关系。

以上，我们对于文学作品的意蕴进行了粗略的分类。在进行完这一工作之后，紧接着需要说明几个意思。其一，以上分出的若干类，只是文学作品意蕴的主要类型而非全部类型。文学作品意蕴的类型与人类精神生活体验相对应，而人类精神生活体验是无限复杂、无限丰富的，所以对文学作品的意蕴无论分出多少类，都是不完备的，有遗漏的。其二，这些类型在具体作品中往往是互相渗透、互有交叉的，而不是截然分明、互不相干的。其三，某些作品，尤其是一些篇幅较小的作品，意蕴可能比较单纯集中，可以明确归到某一类，而相当多的作品(尤其是篇幅较大、内容丰富的作品)的意蕴往往是复杂的、多样的，即具有多方面意蕴，这就是文学的多义性。

思考练习题

一、文学作品的意蕴主要有哪几种类型？每种类型的基本内容是什么？
二、留心自己阅读的作品，看其意蕴主要属于哪种类型。

【欣赏示例】

从一个故事看意蕴的不同类型

说明：余秋雨在《艺术创造工程》中，从艺术创作的角度，谈到对题材意蕴的开掘依作者艺术眼光的不同而有多种层次，即多重意蕴。例如，对真实情况的发现，对道德是非的发现，对社会必然性的发现，对人生价值的发现，哲理品格，等等。在分别进行理论阐述之后，余秋雨讲了一个真实的故事，对故事的意蕴，余秋雨进行了多层次的开掘。

余秋雨是从创作角度谈题材意蕴的开掘，开掘的结果体现在艺术作品中。读者对作品的解读与作者的创作是一个逆过程，读者可以从艺术作品中解读出多重意蕴，或者说看出意蕴的不同类型。以下是余著原文。

[①] 赵鑫珊. 科学·艺术·哲学断想[M]. 北京：生活·读书·新知三联书店，1985：140，138.

且让我们先讲一个真实的故事,来说明这一层次(人生价值——引者注)是怎么一回事。

有一位二十几岁的美国姑娘长得很漂亮,因此到处都能遇到温和的笑脸,受到热情的接待。她知道,随着自己年龄的增加,这种社会待遇将会渐渐降低,但究竟会降低到什么程度呢?她好奇,急于想知道。于是,她使用化妆术,把自己打扮成一个八十多岁的老太太。她颤颤巍巍地行走在街市上、出现在商店里、跻身于各种公共场所,整个世界似乎一下子变得丑陋、冷漠、黑暗了。迎接她的,永远是粗暴、厌恶、不耐烦。甚至,她走进药店和医院——这是一个多么需要医药的年龄啊,她遇到的也是生硬和冷淡。

她开始有意识地进行具体对比了:今天,老太太的打扮;明天,恢复二十余岁的原形。两天都在同一时间到同一商店找同一营业员买同一种药。对比无疑是十分具有喜剧性,又十分让人悲愤的。有一次,她以八十几岁的打扮,恶作剧地去参加一个"老人问题讨论会",结果,轻薄的接待员只顾在与会的青年人中周旋,独独不睬这位唯一的老人——讨论会主题的体现者。

她实在郁闷难抒,走出人群,在街心花园的长椅上坐下来透透空气。长椅上,已经坐着一位真有八十多岁了的老大爷。交谈几句,知道他也是被社会驱逐的一个。似乎凡是老人,都被社会驱逐得无处逃遁。老大爷已经记不得有多久没有听见过这种温煦的问话了,他在可怖的寂寞中领受了这一点小小的慰藉。他似乎动情了,开始探询,能不能与这位老太太结为晚年的伴侣,相濡以沫。

姑娘立即发觉大事不好。她怕纠缠过久,真会伤害了老人的心,便匆匆借故离开。不远,是海滨沙滩,她漫无目的地走去,不是为了寻找什么,而是为了躲避这一切。

突然,一片清脆的喧闹声朝她扑来。一大群孩子正在沙滩上嬉戏,他们发觉了这位"老太太",一齐向她奔跑而来,高声地叫喊着:"老奶奶!老奶奶!"他们簇拥着她,拉着她的手,叽叽喳喳,万分亲热。一定要与她玩个够。

姑娘流泪了。年轻人的眼泪,流淌在苍老的假面上,流淌在孩子们的喧闹中。

这么一个简单的故事,艺术家不同的眼光能让它发射出不同的光彩。如果以发现真实情况的眼光去看,那么,这个题材可以让我们凭借着姑娘化妆了的身体,去感受那个社会对老年人的态度,从而发现老年人的真正处境,无情地揭穿了人们对老年生活的不切实际的遐想和宣传。老年人的真实情况,也从一角反映了整个社会的真实情况。如果以发现道德是非的眼光去看,那么,药店的营业员、老人问题讨论会上的接待员,都将受到鞭笞,也许,那位坐在街心花园长椅上的老人的儿孙,也会受到责难。姑娘隔天换一次装的近距离对比,将使这些不尊重老人的不义之人丑态百出。让他们出现在艺术作品中,也就是让他们出现在道德观念的烛照之下,引导观众在对他们的嘲笑中重新唤起道德意识。如果再进一步,以发现社会必然性的眼光去看,那么,事情就会变得冷然超然一点。艺术家将会认为这种故事的发生乃是这个社会的必然,岂止如此,他们甚至会认为这里包含着人世的必然。用这种眼光去看,营业员和接待员对老人的冷漠不仅不必承受道德上的谴责,而且简直是正常的现象。这样,这种眼光就滤去了情感的浓液,会冷静地揭示老年人确实所沾有的令人厌烦的生理心理特点,会在很大程度上原谅人们对他们的态度。面对着一系列无可奈何的必然性,无可选择性,这种眼光会引起人们的喟然长叹。它不主张社会"很道德"地重新围着老人们转,而会平静地指出,街心花园也许正是老人们最佳的去处,寂寞无聊也许正是老年生活所不能没有的内容。道德是非的眼光会指责这种眼光冷漠无情,而这种眼光则会嘲笑道德是非的眼光无济于事、过于激动。

于是出现了更高的眼光——人生价值的眼光。在这种眼光看来，某些人在行动态度上的"不道德"意义不大，这与发现社会必然性的眼光相类似；但是我们又不能把事情全都归之于社会必然性而失却人类的追求，这又与发现道德是非的眼光有近似之处。但是，它与这两者都不相同。它会特别寄情于海滨孩子们奔向老人时发出的清脆的欢呼声。它的注视是宏观的，它甚至还会包含着思考。它会发现：人，一切人，都有海滨孩子这样天真无邪的童年时代，也都会迎来街心花园长椅上的苍老年月。就连那些态度恶劣的药店营业员、会议接待员不也是这样吗？但他们既没有前瞻，也没有后顾，既没有把纯真留住，也没有将晚景体察。这种眼光，不再把老人、中年营业员、小孩看成分散的各色人等，而是把他们看成是同一人生的不同阶段，连贯起来一并予以考虑。这种考虑会导致对价值的发现，例如在这个故事里就会看到，人生的可贵价值更多地体现在孩子的天真里，因此，对世俗的人生价值观念，即受到名利地位大量污染的人生价值观念，作出了否定。毫无疑问，这比道德批判的层次要高得多了，比仅仅揭示客观真实和客观必然性要积极得多了。

我们已经说过，艺术，不能以真为归结，也不能以善为归结；只有在人生价值的评判上，它才能获得美的真正的内涵。人们在厌弃喋喋不休的道德说教之后，曾热情地呼吁过真实性，以为艺术的要旨就是真实；当真实所展示的画面过于狞厉露骨、冷酷阴森，人们又呼吁道德的光亮，以为抑恶扬善才是艺术的目的。其实，这两方面的理解都太局限了。高超的艺术，必须超越对真实的追求(让科学沉浸在那里吧)，也必须超越对善恶的裁定(让伦理学和法学去完成这个任务吧)，而必须达到足以鸟瞰和包容两者的高度。在这个高度上，中心命题就是人生价值问题。

在创作过程中，许多艺术家常常在尚未抵达人生价值的层次时就停步安驻，而出色的艺术家则能拾级而上，在处置各种题材时都能把目光投向那个连通众生的高度。这种目光是那样特殊，那样富有魅力，使艺术家在对生活的整体见识上明显地有别于旁人。这种目光，自然而然地就与艺术家的人生格调相连，既是人格的外射和流泻，又反过来凝铸和丰富了人格。人们所仰慕的艺术家的高旷超迈的胸襟，洒落自在的情趣，即与这种目光互为表里、互为因果。有了这种目光，世界上的一切角落、一切题材、一切面目，都能焕发出艺术的光彩。琐屑将不再琐屑，污浊将不再污浊，伤残也将鸣起通向健全的音响，邪恶也将发挥出反衬美好人生的魔力。

——节选自余秋雨的《艺术创造工程》第87—90页，上海文艺出版社，1987。

第三节　意蕴的多义性

一、什么是意蕴的多义性

欣赏文学作品，常常发现同一词汇(或意象)、同一语句、同一作品，往往既有这样的含义，又有那样的含义，因而读者既可以这样理解，也可以那样理解，不管哪种理解都有道理，都说得通。这就是所谓文学的多义性。多义也称含混、复义、歧义，是现代文学理论(从英美新批评起)特别关注的一个问题。

二、多义性的表现

为了方便,让我们先以诗歌为例加以讨论。

(一)词汇(意象)的多义性

诗歌是用意象来表现作者意旨的,意象是以语言词汇为物质外壳出现在诗篇中的。同一意象(词汇)在诗人笔下往往有很丰富的含义。

例如,"菊"这种花草,作为一种象征,最早见于屈原的《离骚》:

朝饮木兰之坠露兮,
夕餐秋菊之落英。

在这里,菊花似乎是纯洁和心灵高尚的象征,同时也可能象征长寿,因为在此上面一句中,屈原有"老冉冉其将至兮"的感叹。

汉武帝的《秋风辞》:

兰有秀兮菊有芳,
怀佳人兮不能忘。

菊花在这里着重指的是楚楚动人的仪态,不是道德上的完美无瑕,同时也可能与长寿有关,因为全诗所表现的是哀叹老之将至和时光的流逝。

陶渊明以爱菊名扬古今,在他笔下,菊不仅成了道德高尚的象征,而且也意味着隐士的生活。

秋菊有佳色,裛露掇其英;
泛此忘忧物,远我遗世情。

在李清照笔下,菊花又被用来比喻红颜易老,青春短暂:

满地黄花堆积,
憔悴损,
如今有谁堪摘?

再如"春风":

苍苔浊酒林中静,
碧水春风野外昏。

——杜甫《绝句漫兴九首·其六》

这里的"春风"属自然意象,即春天的风,为"春风"之本义。

落日平台上,
春风啜茗时。

——杜甫《重过何氏五首·其三》

这里的"春风"为时间意象中的季节，意同"春天"，是"春风"在诗歌作品中的特殊转借义。

> 春风知别苦，
> 不遣柳条青。
>
> ——李白《劳劳亭》

这里的"春风"用象征义来表现"离别"。

> 春风不相识，
> 何事入罗帏。
>
> ——李白《春思》

这里的"春风"又用象征义来表现爱情。

> 谁家玉笛暗飞声，
> 散入春风满洛城。
>
> ——李白《春夜洛城闻笛》

这里的"春风"用以表达乡思。

> 云想衣裳花想容，
> 春风拂槛露华浓。
>
> ——李白《清平调词三首·其一》

这里的"春风"用以比喻容貌美。

> 香飘合殿春风转，
> 花覆千官淑景移。
>
> ——杜甫《紫宸殿退朝口号》

这里的"春风"与"千官"相组合，比喻"皇恩浩荡"。

有时，同一意象在同一作品中可作多种理解。

例如，王之涣的《凉州词》：

> 黄河远上白云间，一片孤城万仞山。
> 羌笛何须怨杨柳，春风不度玉门关。

对于这首诗中的"春风"，历代解释者甚众，综合起来主要有三种理解：①夸张玉门关的荒寒，说那里连春风也吹不到，这是"春风"的字面义。②比喻朝廷的恩泽到不了边塞，戍卒的艰苦生活无人关心。③"春风"与上句"杨柳"组合，象征戍卒的离愁别恨。三种理解都有道理。[①]

又如，杜甫的诗《江南逢李龟年》：

---

① 陈植锷. 诗歌意象论[M]. 北京：中国社会科学出版社，1990：186.

> 岐王宅里寻常见，崔九堂前几度闻。
> 正是江南好风景，落花时节又逢君。

这里"落花"一词，从字面上理解只有花朵凋谢之义。但其内在含义却非常丰富。①它是一个描述性的时间意象，特指作者同李龟年的重逢是在暮春花木凋零之时。②它又是一个比喻性意象，暗指李龟年当初在长安红极一时，如今沦为流浪江南街头卖唱艺人的不幸身世。③此诗作于杜甫临死的那一年，彼时作者已半生漂泊潦倒不堪了，"落花"又可以作为自身暮年飘零的隐喻。④杜甫作这首诗时唐王朝盛世的繁华已一去不返，故"落花"又可以作为一个象征性意象，象征风雨飘摇的时局。四层意思，层层深入，层层合理。①

(二)句子的多义性

韦庄的词《菩萨蛮五首·其一》：

> 红楼别夜堪惆怅，香灯半卷流苏帐。残月出门时，美人和泪辞。
> 琵琶金翠羽，弦上黄莺语。劝我早还家，绿窗人似花。

这里"美人和泪辞"一句，可有两种理解：一种是说美人带着泪，和我告辞了；另一种是说我带着满脸的泪痕，跟美人告辞了。两种理解并不矛盾，我可以有泪痕，美人也可以有泪痕，更可能是双方都有泪痕。还有"绿窗人似花"一句也可以有两种理解：一种是说美丽的女子如花似玉，有这么美的女子在家里苦苦等着你，你还是早点回来吧！另一种理解是，美丽的女子如鲜花一样灿烂，但鲜花易凋谢，青春易消逝，"你还是早点回来吧，要不然我就老了。"

相传为李白所作的《忆秦娥》：

> 箫声咽。秦娥梦断秦楼月。秦楼月。年年柳色，灞陵伤别。
> 乐游原上清秋节。咸阳古道音尘绝。音尘绝。西风残照，汉家陵阙。

这里的"咸阳古道音尘绝"一句，可作三种理解：一是说道路悠远，望不见尽头，有相望隔音尘之意；二是说路上冷清，无车马的音尘，由此可以说"音尘绝"这三字给人以悠远及冷静的印象；三是说征人远去绝少音信回来，即音信隔绝之意。

再如，杜甫的《绝句》：

> 两个黄鹂鸣翠柳，一行白鹭上青天。
> 窗含西岭千秋雪，门泊东吴万里船。

这里"门泊东吴万里船"一句，最通常的理解是杜甫草堂的门外停泊着远航的船只；再一种理解是："诗人欣赏过以窗为框的西山雪景之后，再把眼光投向窗外，又发现了奇观：透过他那院门口，又看到辽远的水面上漂着东去的航船……这又是一个合乎透视学原理的描绘：他把辽远的'万里船'和杜家的院门口压在一个平面上来欣赏，以门口为画框，则万里船竟如泊在门中。"②

---

① 陈植锷. 诗歌意象论[M]. 北京：中国社会科学出版社，1990：194-195.
② 李思敬. 画意与诗情[J]. 文史知识，1983(12).

(三)作品整体的多义性

白居易有一首小诗《花非花》：

> 花非花，雾非雾，夜半来，天明去。
> 来如春梦几多时？去似朝云无觅处。

这首诗语言浅近易懂，写得朦胧、含蓄、空灵、洒脱。然而它的含义到底是什么呢？这里可以作多种理解。①我们可以说它写的是一种朦胧不定、飘忽易逝的心理感觉，一种微妙的心绪。它闪闪烁烁、若隐若现、扑朔迷离、飘忽不定，你不知不觉时它忽然来访，你想用清醒理智去分析把握它时，它又飘然而去。②白居易把此诗编入自己诗集"感伤"部，同部中还有情调相近的两首诗，一是《真娘墓》（"霜摧桃李风折莲，真娘死时犹少年。脂肤荑手不坚固，世间尤物难留连。难留连，易销歇，塞北花，江南雪。"），一是《简简吟》（"二月繁霜杀桃李，明年欲嫁今年死。""大都好物不坚牢，彩云易散琉璃碎。"）有人根据此二诗内容推测白居易的《花非花》表达了一种对于生活中存在过，而又消逝了的美好的人与物的追念、惋惜之情。这种较为"落实"的理解也有道理。③我们还可以超脱一点，说它概括了一种人生哲理：人生中一切美好的东西（追求的理想境界、对美的领悟和把握、微妙的人生体验……）都因其"美好"而易飘逝消散，都是可望而不可即，可忆而不可留的。从这一角度看，这首小诗就有了深远的象征意蕴，它超越了对生活中某一特定事物的描述而具有抽象性和普遍性，它可以和每个人类似的生活体验相契合，相对应，相共鸣。

再看晚唐诗人秦韬玉的《贫女》：

> 蓬门未识绮罗香，拟托良媒益自伤。
> 谁爱风流高格调，共怜时世俭梳妆。
> 敢将十指夸针巧，不把双眉斗画长。
> 苦恨年年压金线，为他人作嫁衣裳。

这首诗通篇都是贫女的独白，从字面看当然是贫女的自哀、自怜、自伤，背后体现着作者对贫女的怜悯和同情。深一层看就可看出诗中的比兴寄托，以美人香草之类寄托诗人情怀，这是中国古代的文化传统。这里又可分为两方面：一是诗人自比，作者秦韬玉做过小官，屈居人下为人所用，因而觉得有才难售，只是为人辛苦为人忙，故有"贫女"之叹；二是作者为怀才不遇的士子鸣不平，世上多有才学之士沉沦底层，壮志难酬，无人赏识，秦韬玉对此类人十分理解和同情，因而唏嘘感叹，借诗为其大鸣不平。

以上主要以诗歌为例讨论了文学意蕴的多义性，其实多义性在小说尤其是某些长篇小说中表现得更为突出。接下来的讨论会涉及这一点。

三、欣赏视角、欣赏范围、理论观念与多义性的关系

造成文学意蕴多义性的原因十分复杂。首先是由文学的对象——生活本身的特性决定的。生活本身是混沌的、丰富的、复杂的，它无所不包，无所不有，独立自足，周行不息。作家只要尊重生活，尊重生活的本原性，就可能使作品像生活本身那样经得起分析，

使读者从中看出丰富的蕴含。

其次是艺术自身特点的原因。艺术讲究含蓄、蕴藉、不直说，意蕴靠形象自身显现出来，这样就给读者留下了进行不同理解的可能。有语言和语法方面的原因，如字词本身的多义，主语及动词、虚词的省略；也有作者和读者方面的，如作者本意之难以确指，读者因主观条件不同而引起的不同联想、不同理解，等等，此处不拟细说。

这里想从欣赏角度讨论一下，文学的多义性与欣赏视角、欣赏范围、理论观念的关系。对作品意蕴的理解，往往与欣赏视角、欣赏范围、理论观念有关，从不同角度、不同范围、不同理论观念出发，就可能看出不同的意蕴。

例如，《红楼梦》的意蕴就非常丰富，从不同角度考察就会"看"出不同的意蕴。

从社会角度看，《红楼梦》以贾府为中心，写出了一个正在衰落中的完整的封建社会：上至王公贵族、皇亲国戚，下至丫鬟奴仆、僧道尼姑，大至国家礼法，小至老妪怄气，封建社会的方方面面，诸如政治、经济、文化、教育、法律、宗教、婚姻、家庭，纷繁复杂，应有尽有。因此，《红楼梦》被誉为封建社会的百科全书，为我们全面认识封建社会提供了一个活标本，具有很高的认识价值。

对于《红楼梦》，一般人不大注意从政治角度去看它，但作为具有诗人气质的政治家毛泽东，却看出了其中的政治性意蕴。毛泽东说《红楼梦》的主题是四大家族统治的历史、四大家族的兴衰史。他说曹雪芹写《红楼梦》是想"补天"，补封建制度的"天"，但写出的却是封建家族的衰落。《红楼梦》是借一家一族的衰败展示封建社会走向没落的必然性。毛泽东认为贾府的衰落，首先是人的衰败，即统治者阶层自身的腐朽所致；其次体现在作为封建根基的家长制的动摇，在贾府里的儿子不听父亲的话，各人有各人的打算；再次，封建社会经济关系也开始变化，土地所有权不断转移。以上三个基础动摇了，整个封建制度的衰败自然就无可挽回。毛泽东还认为《红楼梦》是写阶级斗争的，小说人物中统治者有二十多人，其他都是奴隶，有三百多个，其中被压迫致死很多。《红楼梦》体现了古代的"民主文学"的传统，其民主性便是对封建制度的不满，对小人物尤其是被压迫妇女的同情。总之，毛泽东的看法是从大处着眼，即从政治、阶级斗争着眼，具有高屋建瓴的概括力，自成一说。

从道德角度看，作品通过艺术形象的塑造，对传统的道德观念，如男尊女卑、文死谏武死战等，提出了大胆的挑战；通过对一切善的美的事物(如宝玉对女孩子们的尊重体贴，宝玉与黛玉的纯情相恋等)的衷心赞美，和对一切恶的丑的事物(如贾赦、贾珍、贾琏之流的淫滥，王熙凤的阴险刻毒、谋财害命等)的揭露批判，传达出明确的道德判断。

从《红楼梦》对"大观园"的描写，可以看出理想性意蕴。相对于社会现实来说，大观园不折不扣是一个"桃花源"，是一个子虚乌有的乌托邦。它的存在与外面的世界相对立：外面的世界是一个污浊的世界，肮脏的世界，淫滥的世界，功利的世界，而大观园却是一个纯净的世界，情的世界，爱的世界，超功利的世界。总之，大观园是作者创造的一个理想国。现实的污浊，逼得人透不过气来，所以才"逼"出一个大观园来，而大观园作为一种理想境界，反过来成为人们寄托精神和情感的符号，成为一种与现实力量相抗衡的精神力量。

从人性角度看，曹雪芹熟谙人情世故，对人与人之间的微妙关系，人的内心隐秘，都有至深至细的精彩描写。此所谓"世事洞明皆学问，人情练达即文章"。"洞明"世事，

"练达"人情，说明作者对人性有着透彻的观察和理解。

　　从人生角度看，《红楼梦》全书都可以视为作者对人生的一声既深且长、无可奈何的感叹。作者的身世遭遇，加以精神敏感的素质，决定了他对人生的痛苦、人生的孤独、人生的悲凉、人生的荒谬、人生的无常、人生的无奈、人生的短暂、人生的失落、人生的幻灭等，有着超乎常人的深切体验，把这一切投射到作品中，就使《红楼梦》具有了浓郁的人生意味。正是这一点，引起了不同时代、不同社会、不同国家的读者的深切共鸣，陪着作者感叹人生、品味人生、思考人生。

　　从哲理角度看，《红楼梦》对于许多关于人的本原性问题都有很深入的哲学思考。例如，"我"是谁？"我"是什么？"我"从哪里来，到哪里去？没有"我"之前和之后，"我"在哪里？什么是"时间"？"时间"的本质是什么？"时间"是怎么存在的？"时间"的永恒性和人的存在的短暂性。人为什么而活着？人活着的目的和价值是什么？"色"与"空"的关系是什么？如此等等，这些既玄且妙，既古老又现代的形而上命题，《红楼梦》都有自己的理解和回答。《红楼梦》对这些人生本体命题思考的深度及广度，甚至令现代人都感到惊异。

　　还有，对于人的命运的偶然性、随机性、不可思议性、不可预测性和不可把握性，曹雪芹也有深切的领悟。他感到人的命运似乎被某种看不见的神秘力量支配着，他对此无法解释，只好归之于冥冥之中"神"的安排。即一切事皆前定，这就是"太虚幻境"中关于人物命运的"判词"。这当然是迷信，当然不足取。但这至少说明艺术家曹雪芹在思考人的命运时，就像科学家爱因斯坦在思考宇宙的秩序时一样，感到了神秘，遇到了"上帝"，于是他把这个"上帝"人格化为警幻仙子(神)，一切由她主宰着。不过，作者并没有机械地演绎"判词"，而是把人放回生活中去描写。从整个作品的叙述中，从诸多人物悲欢离合、盛衰起伏的遭际中，读者感到了作者曾经感受到的人生命运的某种神秘性，感到了肃穆澄明的宗教性意蕴。

　　对于《红楼梦》的意蕴，我们概括完了吗？当然没有。《红楼梦》是说不完道不尽的，正如歌德所说，优秀的作品无论你怎样去探测它，都是探不到底的。《红楼梦》就像一块蛋白石，能在慢慢转动的不同角度下放射出不同的光彩。

　　以上是从不同视角看作品，因而看出了不同意蕴。

　　其次，从不同范围看作品，也可看出不同意蕴。也就是说，一部作品，从整体上看是某种意蕴，从某一局部来看，则可能是另一种意蕴。

　　例如，《醒世恒言》第三十七卷，《杜子春三入长安》，讲的是富家子弟杜子春骤兴骤败，三起三落，最后经神仙点化，看破红尘，羽化成仙的故事。从整体看，作品传达了作者对人生的某种看法：人生无常，钱财为身外之物，骤得骤失，不可依凭，不若及早离尘网，长啸一声归白云。很明显，这是对人生的消极逃避，属于道教的人生观。这就是说，从总体看，作品所传达的是一种人生意蕴，但从局部看，却又可以看出其他意蕴。

　　杜子春在扬州，家有万贯财时，浮浪子弟，帮闲清客，如蝇攒蚁附，骤然而至；及至他家道衰落，财产散尽，这群人旋即作鸟兽散。杜子春三次败落，三入长安，每次都遭到至亲至戚的冷淡冥落，白眼相待；及至他骤得财富，这些人又腆颜趋奉，前倨后恭。正所谓"世情看冷暖，人面逐高低"。作者反复渲染这类情节，意在说明世态炎凉，人情淡薄。这正是传统道德所要批判、嘲讽的对象。这属于道德性意蕴。

杜子春三次家败，每次都得到一老者(太上老君的化身)慷慨相助，杜子春感喟莫名，接受老者相约，来到华山老君祠。老者要考验他是否仙才，嘱他静心打坐，无论看见什么凶险，都不能吱声。无数恐怖场景他都经受住了，唯有看见自己化身哑女后所生的儿子被丈夫活活摔死时，终于忍不住"嘻"了一声。这一声说明他尚存爱心，于是成仙的希望随之破灭。老者跌脚叹道："人有七情，乃是喜、怒、忧、惧、爱、恶、欲。我看六情都尽，唯有爱情未除。若再忍得一刻，我的丹药已成，和你都升仙了。今我丹药还好修炼，只是你的凡胎，却几时脱得？可惜老大世界，要寻个仙才，难得如此！"这一情节说明七情六欲乃人之本性、天性，也从反面说明，若无七情六欲，也就不是人了。这里透露了作者对人性的洞察，属于人性意蕴。

还有，从神仙点化杜子春成仙的过程，我们可以悟到所谓道教到底是怎么一回事，从中窥得道教对中国人人生观的影响。这大体上属于文化性意蕴。

以上所谓局部意蕴，是把某一情节、某一细节从整体当中抽取出来，从某一角度出发而得出的认识。作品的具体情节既有相对独立性又与整体相联系，所以，局部意蕴相应地也就既有相对独立性又与总的意蕴相联系、相补充，而不是相对立、相冲突。这就像爬山一样，当我们登上巅峰，环视四周，无限风光尽收眼底，所看到的是山的全景全貌。然而当我们流连于某一沟、某一壑、某一峰、某一坡的时候，所看到的是各不相同的局部景观。前者因后者而丰富，后者因前者而统一。

再次，如果读者看作品时运用的理论观念不同，即读者所戴的"眼镜"的色彩不同，也可看出不同意蕴来。

还是《红楼梦》，鲁迅说，"单是命意，就因读者的眼光而有种种：经学家看见《易》，道学家看见淫，才子看见缠绵，革命家看见排满，流言家看见宫闱秘事……"[①]获得诺贝尔文学奖的英国作家戈尔丁的《蝇王》的意蕴，不同理论视角有不同理解："相信弗洛伊德的人从中得出孩子们的行为是对文明社会和父母权威的反抗；道德主义者认为由此可以知道，一旦脱离社会制约和道德规范，'恶'会膨胀到何种程度；政治家说《蝇王》说明了民主的破产和专制的胜利；基督教徒归之于原罪和世纪末；还有的人索性把戈尔丁看作存在主义者。"[②]

总之，文学的多义是客观事实，能在极有限的语言文字里包含凝聚多种含义，这是文学的长处，它可以使读者进入更丰美、更含蓄、更多样的境界，丰富了读者的情感和想象。从思维科学角度讲，欣赏具有多义的作品也大有好处。它可以开启人们的思路，训练思维的灵活性，使之富于变化，善于多角度、多层次地思考问题，从而开拓了思维空间，避免简单化和片面性。

思考练习题

一、文学意蕴的多义性表现在哪些方面？
二、文学作品为什么会具有多方面意蕴？

---

① 鲁迅. 鲁迅全集：第8卷[M]. 北京：人民文学出版社，1982：145.
② 戈尔丁. 蝇王：译本序. 龚志成，译. 上海：上海译文出版社，1985：9.

三、试析下列作品中加着重号的词、句的多义性。

国破山河在，城春草木深。
感时花溅泪，恨别鸟惊心。

——杜甫《春望》

寒雨连江夜入吴，平明送客楚山孤。
洛阳亲友如相问，一片冰心在玉壶。

——王昌龄《芙蓉楼送辛渐》

红酥手，黄滕酒，满城春色宫墙柳。东风恶，欢情薄，一怀愁绪，几年离索。错，错，错。

——陆游《钗头凤》

四、分析《三国演义》(或《西游记》)的意蕴。

【欣赏示例】

从《行行重行行》看《古诗十九首》的多义性

我们现在就拿《古诗十九首》的第一首来看一看它的意蕴丰富的多种可能性。

行行重行行，与君生别离。相去万余里，各在天一涯。道路阻且长，会面安可知？胡马依北风，越鸟巢南枝。相去日已远，衣带日已缓。浮云蔽白日，游子不顾返。思君令人老，岁月忽已晚。弃捐勿复道，努力加餐饭。

"行行重行行，与君生别离"。第一句，就是写一个别离的基本形象，别离的基本动作，意思是一个人渐行渐远，越走越远，越走越远了。"与君生别离"的"生"字有两义：一是与"死"对举的"生"。《楚辞·九歌》里说，"乐莫乐兮新相知，悲莫悲兮别离"，人间最悲哀的就是"生别离"，"生别离"在这里是跟"死别离"相对的。第二种意思是"硬生生"的别离，也就是它本来是连着的，你把它撕断了，这就叫硬生生的。

"相去万余里，各在天一涯"。"各在天一涯"，你在天的那一边，我在天的这一边。从我而言，你在天涯；从你而言，我在天涯。那么你是谁，我又是谁？这很难说，因为我们不知道作者是谁，不知道他(她)是男性还是女性，不知道是以谁的口吻说话。反正要两个人才有别离，别离一定是一个人留在这里，一个人走了，那么现在这首诗，它是"居者之辞"，就是留下的那个人的口吻，还是"行者之辞"，就是远行的人说的话？这就很妙。

"胡马依北风，越鸟巢南枝"，这有几种可能。一个出于《韩诗外传》："代马依北风，飞鸟栖故巢，皆不忘本之谓也。"古人的诗里就说了，北方的"代"这个地方的马，每当有北风吹来的时候，它就依恋地向着北方；那个南方的鸟，总找向南的树枝做巢，这都是不忘本之意！第二种可能，《吴越春秋》上说"胡马望北风而立，越燕向日而熙""同类相亲之意也"。说这个胡马总是向着北风立在那里，南方的海燕看到太阳出来了，它就觉得非常温暖，这是"同类相亲"。再有一种可能，就是你不用管他《韩诗外传》说什么，也不用管他《吴越春秋》说什么，现在就这么两句，一个是胡马、北风，一个是越鸟、南枝，一北一南，一南一北，我们两个人是"各在天一涯"，一南一北只是表示一个距离。所以这两句就有这么多的可能性。当一首诗有多种可能性的时候，有的时候你要给它分别，哪个是对的，哪个是错的，哪个是好的，哪个是坏的；有的时候你不需要分别，可以让它们同时存在，这样才更显出其意义的丰富和感发的多重性。

"浮云蔽白日，游子不顾返"有两种解释。一种是，浮云把白日给遮蔽了，游子不再想到回来。他不是因为道路的阻隔而回不来，是他根本就不想回来了。另一种解释正如陆贾的《新语》所说"邪臣之蔽贤，犹浮云之障日月"，这里"白日"象征的是贤臣，"浮云"就是奸邪的小人。按前一种解释，主人公就是一个"弃妇"，被无行的男子抛弃了。但她还心存念想，她把他比作"白日"，说你偶然见了"异乡花草"而不回来，那不过是"浮云"而已，有一天那浮云散去，我相信你还是会回来的。如果按第二种解释，主人公是个男子，那他就是"逐臣"，他被奸臣陷害被贬逐了。

"思君令人老"，这里又有一个很微妙之处，因为"君"可以是"夫君"，也可以是"君主"。如果是"夫君"，这句话可以理解为男子不回来了，被另外一个女子给牵绊了，所以"思君令人老"——相思使人衰老憔悴。如果是"君王"，可以理解为，朝廷被"浮云"遮蔽了，你政治迫害我回不来了，但是我没有忘记我的国家，没有忘记我的朝廷，"思君令人老"。

"弃捐勿复道，努力加餐饭"。"弃捐勿复道"可以从女子和逐臣两个角度理解：你把我抛弃了，这件事不用再说了，我还能怎么样呢？"努力加餐饭"也有两种可能：劝人"加餐"和自劝"加餐"。

总之，这首诗可以是男子之辞，可以是女子之辞，可以是行者之辞，可以是居者之辞，可以是逐臣之辞，可以是弃妇之辞，而千百年读下来，如果你与所爱的人有相思离别，你读之就有一种共鸣。

——节选自叶嘉莹的《说诗讲稿》第 124—136 页(摘要)，中华书局，2008。

第四节　表层意蕴与深层意蕴

本节所讨论的内容，严格说也属于"文学多义性的范畴"，只不过又换了一个角度，从意蕴层面继续加以讨论。

一、表层意蕴与深层意蕴的含义

一部优秀的文学作品，除了表层意蕴之外，往往还有深层意蕴。

表层意蕴即通过作品的艺术描写，直接体现出来的意蕴，可以从艺术形象中直接归纳和概括；而深层意蕴则是直接的艺术描写所暗示、所象征出来的意蕴。深层意蕴不脱离具体的艺术描写又远远超越了具体的艺术描写，它由具体的艺术描写出发向人类精神生活的深层掘进，往往代表了人类精神生活的某种模式、某种范型。与表层意蕴相比，深层意蕴具有抽象性、普遍性、超越性等特征。

二、表层意蕴与深层意蕴举例

《诗经》中有两篇很有名的爱情诗：《蒹葭》和《将仲子》。《蒹葭》写一个秋天的早晨，抒情主人公来寻他(或她)的心上人，但心上人在可望而不可即的地方，他(或她)不畏水道的迂曲回盘，不顾道路险阻悠长，依然执着地追求。《将仲子》写一个热恋中少女的复杂心理。请看第一段的今译："求求您仲哥儿呀，莫翻我家里巷墙呀，可别攀断杞树杈呀。哪敢吝惜杞树杈呀？怕的是我爹和妈呀。仲哥仲哥真想您啊，爹妈责骂也可怕呀。"①

两首诗的意蕴是什么呢？比较普遍的看法是，《蒹葭》"表达了主人公对'伊人'的爱悦之情""表现出主人公执着的爱情追求，以及不能和心爱者欢会倾诉衷情的怅惘情怀。"②《将仲子》反映了女主人公"对婚姻自由幸福的憧憬和追求""以及对当时旧礼教压制的极端不满和抗争"。③

以上两首诗意蕴的归纳，是直接从作品的艺术描绘中作出的，因而读过作品的读者一般都会表示同意和接受，这可以视为两诗的表层意蕴。但这种绝对有根据、有道理因而也为读者广泛接受的归纳并不意味着已穷尽了对两首诗意蕴的探索。现代眼光透过直接的艺术描写看到了其中更深层、更普遍、更根本的东西。例如，我国学者林兴宅，认为在《蒹葭》和《将仲子》里，蕴含着人类生活中最深刻的悲剧，是人生悲剧情调的象征形式。具体说，它们"分别表现了人类的两种困扰、两种心态和两种行为方式"。④

我们将林氏的意思列表如下。

作 品	意 蕴		
	人生困扰	心灵范式	行为方式
《蒹葭》	理想与现实的冲突	(对可望而不可即理想境界的)企恋	主动的进取 (或痛苦的追求)
《将仲子》	感情与理智的冲突	(情理冲突、灵肉交战的)内心戏剧	被动的顺应 (或无可奈何的适应)

林氏的归纳从具体出发但又超越了具体，走向了抽象；立足于意象但又超越了意象，走向了形而上。虽然"凌空"但不"蹈虚"，它开启了认识文学作品意蕴的新思路，使人很受启发。

再如，白居易的《长恨歌》的意蕴，从表层看，人们的意见比较一致，即表现了唐玄宗(李隆基)与杨贵妃的爱情悲剧。更深一层看，"除了有一个显在的爱情悲剧的主题之外，还有一个隐在的美的主题：美的存在、美的毁灭和人类对美的向往的主题。"⑤在《长恨歌》中，白居易把杨贵妃的美作为她的格外突出的唯一特征加以描写，因此，杨贵

---

① 人民文学出版社编辑部. 诗经鉴赏集[M]. 北京：人民文学出版社，1986：114.
② 人民文学出版社编辑部. 诗经鉴赏集[M]. 北京：人民文学出版社，1986：176，174.
③ 人民文学出版社编辑部. 诗经鉴赏集[M]. 北京：人民文学出版社，1986：115.
④ 林兴宅. 艺术魅力的探寻[M]. 成都：四川人民出版社，1985：169-177.
⑤ 王富仁. 角度和意义所指和能指——白居易《长恨歌》赏析[J]. 名作欣赏，1992(3).

妃也就成了"美"的代号,她的命运也就可以视为美的命运。爱美、追求美是人类的本性,唐玄宗的"重色思倾国"就建立在爱美本性上。但是,在现实社会中,不只有美的原则,还有实利原则。当二者发生冲突的时候,实利原则往往压倒美的原则而使美遭到摧残和毁灭。所以唐玄宗在"六军不发无奈何"的情况下,为了政治的需要,只好让"宛转娥眉马前死"。江山美人不可兼得,政治利害和美好爱情无法并存,这是人类的深刻悲剧,是人类永远难以摆脱的两难困境。所幸的是,无情的现实虽然可以毁灭掉美的事物,但它却不可能毁灭掉人类对美的向往。追求美、向往美将永远是人类的精神寄托、精神安慰。《长恨歌》中蓬莱仙境的神话就证明了这一点。显然,这个"隐在的美的主题"比"李杨的爱情悲剧"的主题更具有人类学的本体意义,更具有形而上的意味。

又如,著名的现代小说《围城》,其思想意蕴大体可分为三个层面。第一个层面是社会批判层面——作品通过主人公方鸿渐的人生历程,广泛地触及了20世纪三四十年代的社会面和众相,尖锐地揭露和讽刺了当时的种种人生病态和社会弊端。第二个层面是文化批判的层面,诸如高等学府中的钩心斗角,反动政府的思想文化控制,崇洋媚外的文化风气等,其中特别值得注意的是对现代文明的病态及这种病态文明所造成的病态人生——现代人的生存困境和精神危机的揭示,显示出作者阔大的人文视野和敏锐的现代意识。第三个层面则深入人本的形而上的层次,诸如对人基本的存在处境和人生的根本意义的探讨,对人的基本根性和人际间的基本关系的探讨。以上三层意蕴同时并存,意义结构逐层深入、逐步深化,但传统视角仅仅停留于第一个层面上,对第二个层面虽然有所触及,但人们所看重的是它对民族文化现状及其传统弊端的批判,而很少看到它对现代文明和现代人生的批评。至于第三个层面的深层哲理意蕴,几乎完全被忽视了,这不能不说是辜负了作者创作《围城》的一片苦心。①

有的作品,粗略一看,觉得平平常常,并无深意,但如果细细品味,居然也有深意。例如,河北民歌《回娘家》,可能是部分读者相当熟悉的。歌词如下:

风吹着杨柳——
沙拉拉拉拉,
小河流水——
哗啦啦啦,
谁家的媳妇走呀走的忙,
原来她要回娘家。

身穿着大红袄,
头戴着一枝花,
胭脂和红粉她的脸上擦,
左手一只鸡,
右手一只鸭,
肩上还背着一个胖娃娃呀……
一片乌云来,

---

① 解志熙. 风中芦苇在思索[M]. 郑州:河南人民出版社,1994:192-193.

一阵风儿刮，
眼看着山中就要把雨下。
淋湿了大红袄，
吹落了一枝花，
胭脂和红粉变成了红泥巴……
飞了一只鸡，
跑了一只鸭，
吓坏了身上的胖娃娃呀……
哎呀，我可怎么去见我的妈！

歌词当然就是一首诗，一篇文学作品，那么，它的意蕴是什么呢？

一般来说，人们可能只是把它当作一首通俗浅显的民谣来看，里面的"故事"很简单——一个农村青年妇女高高兴兴要回娘家，结果被突然而来的风吹雨打搞得很狼狈。作品传达了一种愉快、轻松、幽默、滑稽的喜剧情调，主要目的在逗人一笑，娱乐娱乐，至于意蕴，大概不会想得更深更远。

但有人想得更深更远，如作家王蒙，他就从这里抽象、概括出了不止一方面的形而上意蕴。①

王蒙说："很普通的歌词，却蕴含着一个相当普遍有效的模式，既是人生模式，又是艺术模式。"这个模式首先可以叫作"有无"模式。歌词首先讲杨柳、小河，这是自然环境；然后有人(媳妇)，有人就有忙，忙与人俱生同在；然后是红袄，红花，脂粉，鸡鸭，娃娃。什么都有了，心满意足。但是忽然一阵风儿，一片乌云，不依人的主观意志为转移的因素出来捉弄了她。紧接着，大红袄没了(淋湿)，一枝花没了，胭脂香粉成了泥巴，鸡飞了，鸭跑了，胖娃娃也吓坏了……"有"转化为"无"了。这种"有无"模式也可称为"筵席模式"：筹备筵席，何等的兴致，宾客来时，是何等的风光，筵席散时，杯盘狼藉。总之，"从无到有又从有到无，筵席从聚到散，是人生悲剧的基本模式，亦是艺术悲剧的基本模式。"

其次，这个模式也可以叫作"错位模式"或"荒谬模式"。"媳妇"穿戴打扮手提鸡鸭身背娃娃，心里是多么高兴啊。但忽然一阵风雨，破坏了她的全部计划。本欲炫耀，反成尴尬；本欲凯旋，结果狼狈。这就是动机与效果错位，目的与后果错位，本来想进这一房间结果却进了另一房间，能不长叹乎？！

《回娘家》还具有宗教象征的意义。"娘家者，出发点与归宿也，永恒也彼岸也；婆家者，此岸也。'哎呀，我可怎么去见我的妈'，这是一声多么富有现代感、后现代感的叹息！"

三、方法论意义

以上例证的分析，具有普遍的方法论意义。它启发我们，在欣赏文学作品时，眼光一定不要只停留于表层意蕴上，还要开动脑筋，想想在直接的艺术描写之外，是否蕴藏着更

---

① 王蒙. 欲读书结[M]. 深圳：海天出版社，1992：27-29.

为深层的意蕴(这些深层意蕴往往也可能是作者所不曾想到的)。循着这一思路，我们可以"读"出许多作品的深层意蕴。例如，对于《回娘家》，还可以读出"风云(或祸福)不可测"模式——青年妇女高高兴兴回娘家，大概不会想到会有一场风雨与她为难，但偏偏遇上了，正所谓"天有不测风云，人有旦夕祸福"，生活不可预料；还可以读出"乐极生悲"模式等。《安娜·卡列尼娜》除了社会性、道德性等意蕴外，还可以从中读出追求个人幸福与遵守社会伦理规范之间矛盾的永恒性；从《哈姆雷特》中读出意愿与行为相脱节；从《阿Q正传》中读出人性普遍的弱点等。

思考练习题

举例说明什么是文学作品的表层意蕴和深层意蕴。

【欣赏示例】

人们为什么把白娘子塑造成"美女蛇"？

(说明："白蛇"(白娘子)的故事在中国家喻户晓，对于其意蕴，一般从两个方面解说：一是反封建；二是歌颂爱情。除此之外没有想更多。然而复旦大学邵毅平教授却从新的视角对"白蛇"故事作出了深层解读。)

在中国和西方都有蛇女与男人恋爱的故事。中国的如《白娘子永镇雷峰塔》(《警世通言》第二十八卷)，写一条白蛇，"遇着许宣，春心荡漾，按纳不住，一时冒犯天条"，与许宣相爱结婚，最后却被禅师收服镇压的故事。西方的如《蕾米亚》的故事，也是说一条蛇，因为爱上了一个希腊青年李西亚斯，变成了一个美丽的女人，令李西亚斯堕入了情网，与她同居并举行了婚礼，结果为一个叫阿波罗尼亚斯的人识破真面目，于是这条"变成美女的蛇"只能落荒而逃。类似的故事出现在日本、中国、阿拉伯和欧洲等许多地方，引起了东西方学者的浓厚兴趣。

蛇是不会变成女人的(当然也不会变成男人)，永远不会，然而小说家们却让它变成了女人，与男人相爱，这是出于什么样的心理呢？我们觉得，正如把妲己的超凡魅力解释成"九尾金毛狐狸"附体一样，让蛇变成女人，也是出于男人对于女人的焦虑感与紧张感的一种超自然的表现方式。男人对于女人的态度，原本就是如凌蒙初常用的比喻所说的，"好似小儿放纸炮，真个又爱又怕"，而由蛇变成的女人，正如兼具蛇的可怕性与美女的可爱性这双重特性，颇可象征男人对于女人的矛盾观感。这样看来，与其说是小说家们将蛇变成了女人，毋宁说是他们将女人看成了蛇更为恰当。

白蛇变成的美女无疑具有蛇的可怕性，哪怕她总是将其本性深藏不露……然而作为美女的白娘子又是十分可爱的……

这便是小说家所塑造的一个男人心目中的兼具可爱性与可怕性的美丽女性的形象，其中凝聚着男人对于女人的既爱又怕的矛盾观感。这一形象有其自身发展的历史。在早期的类似鬼怪小说中，由超自然物变成的女性，其可怕性要远过于其可爱性；但是在接着的发展中，其可爱性渐渐地超过了其可怕性；到了《白娘子永镇雷峰塔》故事的时候，其可爱性已经完全占了上风。这大概是因为女人已变得越来越可爱了，又或许是男人已变得越来越懂得爱女人了。但是其可怕性，或者说其"妖"性，却始终没有完全消失，否则小说家们就不必把她们仍写成是蛇了。

在许宣的形象中，小说家们表现了男人的典型心态。他们感到女人又可爱又可怕，于是在爱与怕之间犹豫彷徨。许宣既爱白娘子的美色，又怕白娘子的本性。在相信白娘子是人时，他耽于情欲，"如鱼得水，终日……快乐昏迷缠定"；在怀疑白娘子是蛇时，他又躲之唯恐不及，将恩爱抛入东洋大海。"在远离的时候，谁也比不上他的明察和不受欺骗；面对着一对可爱的媚眼时，谁也比不上他的天真和轻信。"(罗曼·罗兰《约翰·克利斯朵夫》)许宣身上便有着这种堕入情网的男人的两重性。他可以说是天下所有对于女人感到又爱又怕的男人的缩影。

或许在男人们看来，所有的女人或多或少都有点儿像白娘子，而自己也或多或少都有点像许宣。如果真是这样，那么白娘子故事所揭示的主题，便即使在现代也仍未失去其意义。这是男人心目中的女性、男人心目中的自己，以及这二者之间关系的一个永恒的象征的写照。小说能够写到这一步，小说家也可以说是才智超群了吧。

——节选自邵毅平的《洞达人性的智慧》第 146—150 页，浙江人民出版社，1992。

第七章 文学作品的综合元素

第一节 情　调

一、情调的含义

　　在阅读文学作品时，读者常常不知不觉间会进入一种情绪氛围之中，被某种情绪所吸引、所控制、所笼罩、所感染：或热情洋溢，或冷静理智，或亲切温馨，或尖酸刻薄，或幽默滑稽，或严肃深沉，或激昂慷慨，或恬淡平和，或清新明朗，或阴郁沉重……这种情绪体验有时甚至强烈地影响着读者的心情，使其在某一时间内竟然无法从中摆脱出来。读者的这种审美反应当然受制于作品的某种艺术因素，这种艺术因素，人们通常称之为情调。

　　让我们通过具体作品来体验什么是文学作品的情调。

　　例如，曹操的《短歌行》：

> 对酒当歌，人生几何？
> 譬如朝露，去日苦多。
> 慨当以慷，忧思难忘。
> 何以解忧，唯有杜康。
> 青青子衿，悠悠我心。
> 但为君故，沉吟至今。
> 呦呦鹿鸣，食野之苹。
> 我有嘉宾，鼓瑟吹笙。
> 明明如月，何时可掇？
> 忧从中来，不可断绝。
> 越陌度阡，枉用相存。
> 契阔谈䜩，心念旧恩。
> 月明星稀，乌鹊南飞。
> 绕树三匝，何枝可依？
> 山不厌高，水不厌深。
> 周公吐哺，天下归心。

　　这首诗是曹操抒情言志的代表作。全诗叹人生，明心志，情调颇为复杂：时而感伤，时而悲壮，时而慷慨，时而沉郁，感情一波三折，回环往复，但基本调子是沉雄豪壮，感伤而不悲观，沉郁而不沉沦，情感富有力度，其浓如酒。

　　再如，《古诗十九首》中的"青青陵上柏"：

> 青青陵上柏，磊磊涧中石。
> 人生天地间，忽如远行客。
> 斗酒相娱乐，聊厚不为薄。

> 驱车策驽马，游戏宛与洛。
> 洛中何郁郁，冠带自相索。
> 长衢罗夹巷，王侯多第宅。
> 两宫遥相望，双阙百余尺。
> 极宴娱心意，戚戚何所迫。

这首诗创作的时代背景与曹诗相距不远，但传达的思想感情却大不一样。本诗也慨叹人生之无常，但在此前提下不是珍惜有限的生命去做一番事业，而是表示要及时行乐，游戏人生，享受生活，感伤导致消沉、沉沦，所以全诗调子就很低沉、灰暗，情感真实却浮泛无力。

杜甫的《春望》：

> 国破山河在，城春草木深。
> 感时花溅泪，恨别鸟惊心。
> 烽火连三月，家书抵万金。
> 白头搔更短，浑欲不胜簪。

这首诗感世伤时，忧国忧民，调子抑郁、沉痛。

杜甫的《闻官军收河南河北》：

> 剑外忽传收蓟北，初闻涕泪满衣裳。
> 却看妻子愁何在，漫卷诗书喜欲狂。
> 白日放歌须纵酒，青春作伴好还乡。
> 即从巴峡穿巫峡，便下襄阳向洛阳。

这首诗热情洋溢，涕泪交流，调子欢快、明朗。

白居易的《问刘十九》：

> 绿蚁新醅酒，红泥小火炉。
> 晚来天欲雪，能饮一杯无？

这首诗的场景是天晚欲雪，邀朋饮酒，情味十足，情调温馨可人，令人微醺欲醉。

白居易的《舟中读元九诗》：

> 把君诗卷灯前读，诗尽灯残天未明，
> 眼痛灭灯犹暗坐，逆风吹浪打船声。

这首诗表现谪戍途中，怀念朋友(朋友元稹也被贬在外)，逆风吹浪，凄苦人生。诗中意境、氛围渲染得浓烈逼人，读之令人黯然无话。全诗的情调凄苦、悲凉。

苏轼的《江城子·密州出猎》：

老夫聊发少年狂。左牵黄，右擎苍。锦帽貂裘，千骑卷平冈。为报倾城随太守，亲射虎，看孙郎。

酒酣胸胆尚开张。鬓微霜，又何妨！持节云中，何日遣冯唐？会挽雕弓如满月，西北望，射天狼。

这首词调子豪迈狂放，激扬蹈厉，气吞山河！

苏轼的《琴诗》：

> 若言琴上有琴声，放在匣中何不鸣？
> 若言声在指头上，何不于君指上听？

这首诗调子冷静，理智，思致悠远深长。

通过以上诸例的罗列，读者大体可以从中体会什么是文学作品的情调。情调，指感情的基本特质。情调有时又叫基调(基本情调)、色调或调子。在心理学上通常指感觉、知觉等的情绪色调，即同感觉、知觉等相联系的情绪体验。在文学作品中，情调指的是贯注和流动于作品整体中的情绪色调。它没有"实体"可供把捉，你"看"不到它，然而你又无时无处不感觉到它的存在，它像精灵一样弥散充盈于作品的字里行间，诉诸读者的感觉和体验。

二、情调是怎样形成的

从创作心理学上看，情调来源于作家创作时的心境，来源于作家对于笔下题材的心理体验、心理感觉。找到了这种感觉，写起来就左右逢源，游刃有余，文思泉涌；找不到这种感觉则文思枯涩，凝滞艰窘，难以下笔。例如，托尔斯泰在写作《哥萨克》期间，曾写信给朋友诉说自己的苦恼："我有一次跟您提到过的那部严肃的东西，我起初曾用四种不同的调子写作过，我把每一种调子写了约莫三个印张，然后就搁笔不写了，因为不知道选择哪一种调子好。"法捷耶夫在写作《青年近卫军》时，一切材料都收集好了，主人公们的性格和情节的发展也都清楚地浮现在脑子里了，但就是下不了笔，原因就是还没把握好作品的调子，没找好心理感觉。看来，文学作品情调的内在机制是作家创作时对于对象的一种基本情感体验和情感态度，它的形成与创作主体的各种主观因素有关。

三、怎样从情调中看作家

了解情调的形成机制，对我们欣赏作品很有启发。它启示我们要善于通过作品的情调更好地把握作品，分析其调子中蕴含的作家的心灵、作家的情感、作家的心态和作家的个性等。

例如，透过情调，首先可以体验到创作主体的心境。杜甫的《春望》与《闻官军收河南河北》的情调大不一样，很明显是因为作者创作时的心境大不相同。李清照的《声声慢》(寻寻觅觅)，情调凄然冷清，惨戚动人。透过字里行间我们看到了女诗人内心的凄凉、悲苦、寂寞、冷落、孤独、哀怨、疲惫、失望、伤感、烦闷、无聊、无情无绪、无着无落，如有所失，空空荡荡，魂不守舍。岳飞的《满江红》(怒发冲冠)调子激昂悲壮、大气磅礴。这本身表现出岳飞创作时心情悲愤慷慨，壮怀激烈，洋溢着建功立业的战斗豪情。总之，心境是内在原因，情调是外部表现，有什么样的心境，写出的作品就有相应的情调。情调的改变就意味着情绪发生了变化，心境与情调密切相关。许多作家懂得心境与作品情调的内在联系，为了保持作品相对稳定、相对统一的情调，创作时尽量保持心境的一致，尽量一气呵成，而不中断停顿，致使作品情调不统一。

其次，从情调中能看出作者对生活的认识、处世的态度，看出作者的人生观、世界观。一个人热爱生活，对生活充满自信，充满理想和希望，那么其作品的情调就绝对不会悲观黑暗、低沉消极。上举曹操的《短歌行》就是显例。同样道理，一个对生活丧失信心、悲观厌世的人，其作品的情调无论如何也不会是沉雄豪迈、激昂高亢的。

再次，从情调中还能看出作家的创作个性。个性是一个人比较稳定的心理特征的总和。人的个性是在生理素质的基础上，在教育和环境的影响下发展起来的。作家的日常个性进入创作过程中就表现为创作个性，创作个性表现在作品中，就形成作品的情调和风格。所以读者可以从情调中反过来把握作家的个性特征。例如，鲁迅作品的调子大多冷峻、沉郁，思想深刻犀利，眼光冷静敏锐，看问题精深透辟，入木三分，从中我们可以看出鲁迅是一个阅历丰富、善于思考、抑郁内向的内倾型性格。郭沫若作品的调子大多热烈奔放、激情充沛，从中我们可以感觉到郭沫若的外倾型性格。由于作家的个性特征是比较稳定的心理结构、心理模式，所以在创作中就容易外化为作品某种相对稳定的艺术色调。例如果戈理的幽默、陀思妥耶夫斯基的阴冷、屠格涅夫的感伤、契诃夫的谐谑等，从这些调子就可以透视出作家本人的形象。

关于文学作品的调子，读者在欣赏过程中还要注意的是，对于篇幅较短、容量较小的作品(如诗、词、散文、小小说等)来说，一篇作品一般只有相对统一的一种调子；对于篇幅较长、容量较大的作品(如长篇小说)来说，一部作品可能有多种调子，即可能既有温暖的抒情，又有冷静的解剖，还有豁达宽容的幽默，如此等等。

思考练习题

一、举例谈谈什么是文学作品的情调。
二、情调对于创作的意义是什么？
三、怎样从情调中看作家？
四、阅读下列作品，体会其不同情调。

西 江 月
苏 轼

世事一场大梦，人生几度新凉？夜来风叶已鸣廊，看取眉头鬓上。
酒贱常愁客少，月明多被云妨。中秋谁与共孤光，把盏凄然北望。

浣 溪 沙
苏 轼

游蕲水清泉寺，寺临兰溪，溪水西流。
山下兰芽短浸溪，松间沙路净无泥，萧萧暮雨子规啼。
谁道人生无再少？门前流水尚能西，休将白发唱黄鸡。

📖【相关链接】

王蒙谈小说的色调

(说明：关于构成一篇小说的因素、一些成分或者说一些要素，王蒙在给少数民族作者的讲话《漫谈短篇小说的创作》中认为，第一是人物；第二是矛盾冲突；第三是情节；第四是细节；第五是意境，或者叫氛围；第六是色调；第七是节奏；最后是主题。)

第六条，谈一下小说的色调。小说是有它一定的调子的。调子本身使它能够吸引人。有了这个调子以后，写出来的作品才不平凡。我所说的色调是指什么呢？是说你这个小说总是具有某一方面的特质：它或者是比较严肃的，是一种深思的调子；或者是一种幽默的调子，或者是一种温暖的调子。一篇作品写得很温暖，这是一种调子。它又可以显得很冷峻，就是所谓"解剖刀"式的小说，这也是一种色调。所谓冷峻的，不一定让人看了以后就丧失信心，它很理智，有一种科学的头脑。说小说作品里不能够容许有理智，只能够有感情，有直觉，那也不见得。有的小说写得就非常清楚，非常理智，甚至于带有一种档案材料的特质，这也是一种文体。这种冷峻、精确的特点，是一种色调；热情奔放也是一种色调；含蓄同样也是一种色调。有时这些色调是混合着的，不是单一的。有时一篇作品里既有温暖的抒情，又有冷静的解剖，又有豁达的幽默。但是什么色调都没有是不行的。如果你完全不考虑你的作品具有一种什么样的调子，我看是一种疏忽。为调子而调子，当然也没有意思，那就是做作，叫作装腔作势、雕琢过分。但自然而然地，在你所描写的生活事件本身加上你的感情，使它形成一种调子，那是很好的。

——节选自王蒙的《漫话小说创作》第 105—106 页，上海文艺出版社，1983。

第二节 格 调

一、格调的含义

格调，是中国古代文学理论中重要概念之一，其内涵在历代各家各派那里有所不同。正如清代翁方纲所言："是则格调云者，非一家所能概，非一时一代所能专也。"[①]本书的主旨决定了不去如数家珍地罗列格调这一概念的来龙与去脉，不去辨析各家各派理论见解的是非曲直，只想择其有代表性的观点，看看古人通常是在哪种意义上使用它的，即探讨一下古人在实践中赋予了它什么样的含义。

唐代王昌龄说："诗有二格：诗意高，谓之格高；意下，谓之格下。"[②]
明代谢榛说："欲韵胜者易，欲格高者难。兼此二者，惟李、杜得之矣。"[③]
清代刘熙载说："气有清浊厚薄，格有高低雅俗。"[④]

[①] 贾文昭. 中国古代文论类编：上[M]. 福州：海峡文艺出版社，1990：478.
[②] 贾文昭. 中国古代文论类编：上[M]. 福州：海峡文艺出版社，1990：468.
[③] 贾文昭. 中国古代文论类编：上[M]. 福州：海峡文艺出版社，1990：472.
[④] 贾文昭. 中国古代文论类编：上[M]. 福州：海峡文艺出版社，1990：480.

仔细体会以上论述，我们发现一个共同之点，即他们基本上都是在品评作品思想感情品位高低时使用这一概念的。作品表现出来的思想感情品位高，就被认为有格调，格调高古、高雅；反之则被认为格调卑俗、低下。可见，古人所说的格调指的就是文学作品思想感情价值的品位。

二、格调高低是由什么决定的

那么，格调高低是由什么决定的呢？简言之是由作者的"胸襟"决定的。清代叶燮说得好："我谓作诗者，亦必先有诗之基焉。诗之基，其人之胸襟是也。有胸襟，然后能载其性情智慧、聪明才辨以出，随遇发生，随生即盛。"①

"胸襟"，用现代话说即主体的人格、品格，主体的精神境界。有了崇高的精神境界，投射于作品之中，作品自然有高的品位，自然有高的格调。作家的精神境界决定作品价值品位的高低、格调的高低，二者之间有着必然的内在联系。

何以见得呢？请看古人的个案分析。古人讲到格调高古的作家时，最推崇的具有代表性的作家是屈原、陶潜和杜甫。其中叶燮最推崇的是杜甫（"千古诗人推杜甫"）。为什么呢？因为杜甫胸襟博大，所以"其诗随所遇之人、之境、之事、之物，无处不发其思君王、忧祸乱、悲时日、念友朋、吊古人、怀远道，凡欢愉、幽愁、离合、今昔之感，——触类而起；因遇得题，因题达情，因情敷句，皆因甫有其胸襟以为基。"②

杜甫到底是怎样的"胸襟"呢？简单说就是他有一颗拯时济世、忧国忧民之心。他的忧国忧民，表现于他一生的诗歌创作中，忧国忧民是他全部创作的中心主题。著名的"三吏""三别"不去说它了，让我们以他的一首五言诗——《自京赴奉先县咏怀五百字》为例，来看看杜甫之胸襟吧！

这首诗作于天宝十四年(755)秋冬之交。此时，安史之乱已经爆发，但消息尚未传到京城。杜甫自京赴奉先县，一路上所见所闻令他忧心如焚，他似乎已预感到动乱即将到来，于是情动于中，发而为诗，忧愤难抑，悲壮感人。

原诗500字，且看第一段：

> 杜陵有布衣，老大意转拙。
> 许身一何愚，窃比稷与契。
> 居然成濩落，白首甘契阔。
> 盖棺事则已，此志常觊豁。
> 穷年忧黎元，叹息肠内热。
> 取笑同学翁，浩歌弥激烈。
> 非无江海志，潇洒送日月。
> 生逢尧舜君，不忍便永诀。
> 当今廊庙具，构厦岂云缺？
> 葵藿倾太阳，物性固莫夺。

---

① 北京大学哲学系美学教研室. 中国美学史资料选编：下[M]. 北京：中华书局，1981：323.
② 北京大学哲学系美学教研室. 中国美学史资料选编：下[M]. 北京：中华书局，1981：323.

顾惟蝼蚁辈，但自求其穴。
胡为慕大鲸，辄拟偃溟渤？
以兹误生理，独耻事干谒。
兀兀遂至今，忍为尘埃没。
终愧巢与由，未能易其节。
沉饮聊自遣，放歌破愁绝。

　　这一段的大意是说，我这人真傻啊，简直是越活越糊涂了，明明是布衣老百姓，偏偏要自比稷与契(虞舜时的著名贤臣)。如此想入非非，当然是失败无疑了。然而我并不灰心沮丧，心中仍怀有实现理想的憧憬和希望。虽然穷困潦倒，但我忧心如焚，念念不忘百姓的疾苦。同学先生们笑我迂阔不合时务，我却壮怀激烈不改初衷。难道我真心不想泛舟江湖、潇洒度日吗？非也。只因为生逢盛世明君，我想拯世济民为国效力，不忍撒手远去罢了。当然我也知道朝堂政坛人才济济，也不独缺我一个，真的走了也无妨，但我天性如此，就像葵花向太阳。我愿慕大鲸成宏业，绝不愿似蝼蚁之辈一心为自己。我愿耿介去做人，羞于钻营去巴结，所以到现在仍埋没尘埃之中而无出头之日。像我这样的人，既不能高攀稷与契，亦不愿沉沦或俯就，又不忍像巢、由那样逃避现实。唉，没办法！喝酒吧："沉饮聊自遣，放歌破愁绝。"

　　这一段直抒胸臆，感慨中有心酸，自嘲中有幽愤，牢骚中有忠心，感伤中有执着，终是一个不放弃——自知不合时，终当不放弃。这就是杜甫，"知其不可而为之""虽九死犹未悔"。中国知识分子积极用世的社会责任感，终生不变的忧患意识，以及自知与世不合又不改初衷的心理矛盾等，统统在杜甫身上体现出来了。

　　接下来第二段("岁暮百草零……惆怅难再述")叙写他一路上的所见所闻、所思所感：一边是皇家豪门的奢侈糜费，一边是平民百姓的生存艰难，这种鲜明的对比，杜甫以"朱门酒肉臭，路有冻死骨"这一千古名句概括之，令人惊心动魄。面对这一无法改变、无法忍受的社会现实，他痛心疾首，苦到无言："荣枯咫尺异，惆怅难再述"。

　　第三段("北辕就泾渭……顸洞不可掇")从路上写到家里。回家一看，见全家人在号咷大哭，幼子因为"无食"已经饿死了，境况极为凄惨。接下来杜甫又由自己联想到千千万万的普通老百姓：像我这样按规定可以"免租""免税""免兵役"的小官员之家尚且如此，普通老百姓的苦况可想而知了。既然民不聊生，活不下去，恐怕大乱不会太远了。想到这里，他的忧思推向高潮："忧端齐终南，顸洞不可掇"，我的忧愁像终南山一样高耸入云，像大海一样无边无际。

　　读完全诗，杜甫的博大胸襟豁然展现在读者面前，一个有着伟大人格的形象屹立在读者面前，这就是杜甫其人。他使人敬仰使人感动。清代叶燮读杜甫诗的体会具有代表性："我一读之，甫之面目跃然于前。读其诗一日，一日与之对；读其诗终身，日日与之对也，故可慕可乐而可敬也。"[①]

　　不但"咏怀"诗能见出杜甫"胸襟"，随便举其一首也能见出。例如，以弱小动物"麂"为题的诗《麂》，对残杀麂以供达官贵人奢侈享受的行径给予直接的谴责，并着实动了气，竟至骂出"衣冠兼盗贼，饕餮在斯须"这种激愤至极的话。可见，杜甫对被压

---

① 北京大学哲学系美学教研室.中国美学史资料选编：下[M].北京：中华书局，1981：322.

迫、被剥削、被欺凌的弱小者充满同情，对压迫人、剥削人、欺凌人的强横者充满愤恨，他有博大的人道主义精神。正因如此，所以他的诗的"诗意"高也即是格调高。这是从古至今，凡读他的诗的人没有不承认的。

由杜甫我们想到了鲁迅和托尔斯泰。鲁迅和托尔斯泰的作品之所以让千千万万的读者包括现代读者感动、敬佩，主要原因就在于他们都有伟大的人格，博大的胸怀，崇高的精神境界，他们是以高品位的精神价值征服了读者。这些，是那些事雕绘、工镂刻、驰骋于风花月露之场、极乎谐声状物之能事的才子们所永远达不到的。

说到底，人格决定诗(文)格，诗格见出人格，格调是作家的人格、作家的精神境界在作品中的投射。这是我们在欣赏文学作品时要明白的一个基本道理，也是我们衡量一篇作品格调高低的基本尺度。

思考练习题

一、什么是文学作品的格调？

二、文学作品格调的高低是由什么决定的？

三、唐代诗人杜甫、高适、岑参、储光羲都以登慈恩寺塔(大雁塔)为题材写过诗，其立意各不相同。试比较各诗的立意，体会杜甫作品的"格调"。

1. 高适诗结束于"输效独无因，斯焉可游牧"。——不为世用，正可浪迹天涯，遨游四方。
2. 岑参诗结束于"誓将挂冠去，觉道资无穷"。——这官不当了，还是游仙学道好。
3. 储光羲诗结束于"卼臲非大厦，久居亦以危"。——久居高位危险，不可留恋。
4. 杜甫诗后半部分写登高后所见所思所感：

> 秦川忽破碎，泾渭不可求。
> 俯视但一气，焉能辨皇州？
> 回首叫虞舜，苍梧云正愁。
> 惜哉瑶池饮，日晏昆仑丘。
> 黄鹄去不息，哀鸣何所投？
> 君看随阳雁，各有稻粱谋。

为帮助读者理解，粗疏意译如下：

登高远望，看到的是山河破碎，清浊不分，京都灰暗，政局昏乱。就连昭陵(太宗陵寝)上空的云好像也在为此而发愁。然而当今皇上却一味耽溺享乐，全不顾社稷飘摇，正日落西山。忠臣贤士受到排挤离开朝廷，像黄鹄那样哀叫无处投奔；而那些趋炎附势的小人却奔逐营私，一个个活得有滋有味。

【欣赏示例】

屈原、陶渊明、杜甫作品的格调

(说明：在中国几千年古代文学史上，屈原、陶渊明、杜甫是被公认为格调高雅或高古的。为什么？叶嘉莹先生做过如下解释。）

中国伟大的诗人都是用他们的生命来书写自己的诗篇的，用他们的生活来实践他们的诗篇。像屈原、陶渊明、杜甫都是这样。有的朋友也许会问：为什么没有提到李白呢？大家知道，李太白有李太白的长处。我提出屈原、陶渊明、杜甫的用意是什么？我是说，这些人的作品都表现了他们自己内心的志意、理念，表现了在品格操守之中的他们自己的一份本质。就是说他们所有的诗篇，大多数的诗篇，不管他写的是悲哀，不管他写的是欣喜，都表现了自己本身的那一份做人的志意和理念。至于李太白当然也很好，不过他的诗歌主要是他飞扬的天才的流露，而不是自己的理想、志意的流露。尽管李白的诗中也写到理想、志意，像他的《梁甫吟》，"张公两龙剑，神物合有时""君不见朝歌屠叟辞棘津"和"长揖山东隆准公"之类的，但其实他所表现的并不是什么志意、理念，而是他的一份天才的不甘寂寞落空。他羡慕汉朝郦食其"入门不拜骋雄辩"，就得到汉高祖的知遇，一个天才马上得到了遇合；他也羡慕姜子牙，"八十西来钓渭滨，宁羞白发照渌水，逢时吐气恩经纶"，那也是一种偶然的遇合。所以说李太白所表现的是他的天才之不甘寂寞，不甘落空。

可是屈原呢？屈原所表现的是他的理想和志意，是他的"高洁好修"。他说："民生各有所乐兮，余独好修以为常。"美好的修饰，在屈原所象征的是他对一种品格志意的完美的追求。他又说："亦余心之所善兮，虽九死其犹未悔。"只要我认为是美好的，我要尽我所有的力量去追求，就是九死我都不后悔。这是屈原"高洁好修"的一份心志，是追求完美的一种精神。

至于杜甫，那真的是忠爱缠绵，他不但在早期就写了"致君尧舜上，再使风俗淳"的诗句，一直到他年老流落四川，他还说我"此生那老蜀，不死会归秦"，难道我就终老在四川，只要我一口气在，一定要回到我的首都和朝廷，我是不能放下对国家的关怀的。最后到他流落到湖南，已是他临死前不久了，杜甫最后是死于湖南的。他登上岳阳楼，还写下了"昔闻洞庭水，今上岳阳楼。吴楚东南坼，乾坤日夜浮。亲朋无一字，老病有孤舟。戎马关山北，凭轩涕泗流。"的诗句。此时杜甫与亲戚朋友连一个字的音信都没有，而且又衰老多病，他自己曾写诗说是"左臂偏枯半耳聋"，可是他想到的不是自己，而是国家还没有完全安定太平，那戎马的战乱还在北方存在，所以他登上岳阳楼，靠近窗子向北遥望时就涕泗交流。这就是我所说的杜甫是用他的生命来写他的诗篇，用生活来实践他的诗篇的。

再说陶渊明。一般说起来，大家都认为陶渊明是比较消极的。陶渊明终身的持守，他的理想和志意的理念是"任真"和"固穷"。"任真"是他本性的追求，"固穷"是他生活上的持守，"人生归有道，衣食固其端，孰是都不营，而以求自安。"他又说我虽然是冻馁、饥饿，"贫富常交战"，但是"道胜无戚颜"，只要我内心所持守的"道"胜了，即使再固穷、再饥寒交迫，我也无戚颜，没有愁苦的面容。"仰不愧于天，俯不怍于人""仁者不忧"，只要你真的懂得了"道"，就是死的时候，内心也是平安的。如果你用了许多不正当的手段，也许追求到利禄富贵的显达，你死的时候，内心也是不平安的。这正是陶渊明的终生的志意和理念的持守。

中国的诗歌因为有言志的传统，所以才在我们中国的诗歌历史上出现了这样光明俊伟的伟大的诗人，伟大的人格。像屈原、陶渊明、杜甫，那真是光明俊伟，真是他的心地光辉皎洁,这样的英俊,这样的伟大。我们今天读他们的著作,他们的光彩是照耀古今的。

——节选自叶嘉莹的《唐宋词十七讲》第322—324页,岳麓书社,1989。

第三节　气　　势

一、"气"与"文气"的含义

中国人谈天说地,议人论世,常常离不开一个"气"字,如天气、地气、元气、生气、正气、邪气、义气、豪气、心气、才气……很自然地,谈诗论文也离不开一个"气"字,此谓之"文气"。

什么是"气"?什么是"文气"呢?

"气"是中国哲学中一个具有普泛性的重要范畴。作为概念,其含义相当复杂。首先,最浅层的是常识范围的、自然科学意义上的"气",即指有别于液体、固体的物质存在形态,如空气、气息(呼吸之气)、烟气、雾气、废气等。其次是哲学意义上的"气",泛指一切客观的具有运动性的存在,气凝聚而成为有形有质之物,气是构成有形有质之物的原始材料,它贯通于有形有质之物内外,周行不息,处在无穷尽的变化之中。以上两层意思属于"气"的本来含义。除此之外,"气"还泛指一切现象,包括精神现象、心理现象,包括人的精神风度以及文艺作品的风韵气势等。[①]

"文气"是"气"的概念在文学领域里的具体运用。用"气"的概念讨论解释文学现象,古代有大量言论,具体到每一言论对"气"的理解也不尽相同。这里我们省略了追根溯源式的旁征博引,只对之进行简单的归纳和概括。经过仔细考察比较,我们发现,"文气"所指,大体上有两个方面。

一是指创作主体的个性禀赋,或曰个人气质。例如,最早把"气"的概念引入文学研究的曹丕,在《典论·论文》中说:"文以气为主,气之清浊有体,不可力强而致。譬诸音乐,曲度虽均,节奏同检,至于引气不齐,巧拙有素,虽在父兄,不能以移子弟。"这段话中的"气"即现代心理学意义上的气质。曹丕认为,人的气质是有差别的,这种差别是先天的,既不可强行加以改变,也不可相互学习和传授,气质的差别会在文学创作中表现出来,形成不同的文体风格。

二是指创作主体的心理力量、精神境界,古人称之为"胸襟""襟怀""情愫""怀抱"等;今人有时把它称为生命力、心灵信息、精神境界等。古人认为,文学创作是一种由内(心)向外(表达)的精神活动。这种活动的进行有赖于创作主体内在精神力量、精神境界的充实与活跃,而这种精神力量、精神境界就是所谓"气"。例如,唐代韩愈曾说过:"气,水也;言,浮物也;水大而物之浮者大小毕浮。气之与言犹是也,气盛则言之短长与声之高下者皆宜。"[②]韩愈的意思是说,只要主体有崇高的精神境界,强大的精神力量,内心充实,有话可说,那么语言表达就会舒展自如,游刃有余。韩愈的话,用今天的

[①] 冯契. 中国哲学范畴集[M]. 北京:人民出版社,1985:115-116.

[②] 郭绍虞. 中国历代文论选:第2册[M]. 上海:上海古籍出版社,1979:116.

眼光来看，当然有偏颇之处，但基本精神应该说是不错的。例如，韩愈本人就有很高的精神境界和很强的精神力量，属于"气盛"的人，所以他的诗文贯注一种"豪气"。再如，明代徐渭，诗书画皆绝，在艺术领域纵横驰骋，离经叛道，天马行空。何以如此？袁宏道评论说，徐渭胸中有一段不可磨灭之气，英雄失路，托足无门之悲，故其诗如嗔如笑，如水鸣峡，如钟出土，如寡妇之夜哭，如羁人之寒起。①

二、"气"与创作的关系

从以上古人关于"文气"的论述中，我们体会到"气"与"文"(创作、作品)的关系，具有两重意义。其一，"气"是创作所要表达的对象；其二，"气"是推动创作的动力。这两方面在实际创作活动中是密不可分的。例如，"痛苦"是一种最普遍、最经常发生的情感体验。这种情感体验的发生导致精神上、心理上的不平衡，有不平衡就激发主体去追求平衡，因此产生"舒愤懑""遣悲怀""不平则鸣"的创作冲动。这时候，痛苦(心理积郁)——用古人的话说就是"气"，既是创作的表现对象又是创作的推动力量，古人对此是有共识的。司马迁在《报任安书》和《史记·自序》中历数古来的大著作，"大抵圣贤发愤之所作"，即都是因为遇到了大不幸，心中郁结着大痛苦，所以才写出了好作品。钟嵘在《诗品·序》中也列举了一系列人生悲境，如"楚臣去境，汉妾辞宫；或骨横朔野，魂逐飞蓬；或负戈外戍，杀气雄边……"，然后说："凡斯种种，感荡心灵，非陈诗何以展其义？非长歌何以骋其情？"司马迁和钟嵘讲到的种种痛苦和不幸即形成心中"郁结"(司马迁语)，"郁结"即是一种强大的心理力量，即是一种"气"，它要求外现，推动着外现，所以写出的作品就凝聚着强大的精神能量，负载着丰厚的心灵信息，所以能够动人。这就是所谓"气盛言宜"(韩愈)，"气充文见"(苏辙)，"气充言雄"(明·宋濂)，"有塞天地之气而后有垂世之文"(明·王文禄)。

由上所述可以看出，"气"之于艺术创作有极为重要的意义，"气"之盛衰决定创作的成败。中国古代有这样一个小故事，大音乐家伯牙当初学琴于成连，三年而成，但就是在演奏中缺乏情感("气")，因而不能动人，成连说，吾之学不能移人之情，让我的老师教你吧！于是带伯牙到蓬莱山，说，你在这儿等着，我请我的老师去。成连把伯牙一人抛在蓬莱山下，旬日不返。伯牙面对波涛汹涌的大海，耳听群鸟在荒山野林中悲号，心中顿感戚戚然(心中有了"气")，于是操琴作歌，非常感人，"遂为天下好手"。

文学创作亦然。"气"不充，则虽大作家亦难以赋作品以生命。

试比较两首当代咏物诗。

她，一柄绿光闪闪的长剑，孤零零地立在平原，高指蓝天。也许，一场暴风会把她连根拔去。但，纵然死了吧，她的腰也不肯向谁弯一弯！

——流沙河《草木篇·白杨》

碧玉琢成的叶子，银白色的花，简简单单，清清楚楚，到处为家。我们倒是反保守、反浪费的先河，活得省，活得快，活得好，活得多。

---

① 贾文昭. 中国古代文论类编：上[M]. 福州：海峡文艺出版社，1990：204.

人们叫我们是水仙，倒也不错，只凭一勺水，几粒石子过活。我们是促进派，而不是促退派，年年春节，为大家合唱迎春歌。

——郭沫若《水仙花》

还用得着评述吗？当你阅读品味之后，难道不是真切地感受到决定作品成败得失的关键不是表现技巧的高低，而是创作主体精神境界的高低以及人格力量、真情实感(这些正是所谓"文气")的有无吗？

不仅"气"之有无，而且"气"之强弱厚薄也同样与创作的得失成败大有关系，也同样影响作品感染人的力度。

再请看以下两首词。

裁剪冰绡，轻叠数重，淡着胭脂匀注。新样靓妆，艳溢香融，羞杀蕊珠宫女。易得凋零，更多少无情风雨，愁苦！闲院落凄凉，几番春暮？

凭寄离恨重重，这双燕何曾，会人言语。天遥地远，万水千山，知他故宫何处？怎不思量，除梦里有时曾去。无据，和梦也新来不做。

——赵佶《燕山亭·北行见杏花》

林花谢了春红，太匆匆。无奈朝来寒雨晚来风。胭脂泪，留人醉，几时重？自是人生长恨水长东。

——李煜《相见欢》

赵佶与李煜，两人都是亡国之主，都懂艺术，又都写落花引起的悲愁，但作品给人的感觉却大不一样。李煜的词写得纯真自然，感情热烈奔放。"林花谢了春红"，一句话传出了心中无限的哀伤和深切的感慨。李煜以一处林花的零落包举了对天下所有有生之物生命凋谢无限悼惜哀伤之情，包容的悲慨极为博大动人。而赵佶的词则写得矫揉造作，雕琢作态。你看，他写花的零落先写花的美丽，说花美得就像是用冰片一样薄的绡(丝织品)剪裁出来又折叠成的，而且还好像涂染着浅红色的胭脂。这是在形容真花像假花那样美。这样写花的美还意犹未尽，于是再接再厉地继续对花加以比喻形容，说这样美丽的花朵就像是一个打扮装饰得非常漂亮、芳香四溢的年轻姑娘。她好美好美，以致美得让漂亮的宫女都感到不好意思，羞愧得无地自容。这样美的花终于凋零了，这当然令人惋惜，令人愁苦。最后由叹惋花的零落联想到自己的凄凉处境，心中十分伤感。赵佶作为一个亡国之君由花落感叹自己身世，这当中你不能说他就没有一点儿真情。但他的这点真情太薄弱了，远不像李煜的热烈沉痛，压也压不住，终于是喷薄而发。赵佶好像在赏玩自己的那点情感，精雕细刻，涂脂抹粉，着意打扮。这样雕来琢去，那点真情早被冲淡了。①从词中我们可以感受到两人的心理状态、精神境界是不一样的，用本文讨论的话语来说，就是"气"之强弱厚薄是不一样的。

以上比较使我们看出这样一个道理：文学作品要能感动人，不但要求作家有"话"("气")要"说"，而且还必须真实、真诚、真挚。唯有"真"才能使作品充满生气、灵气、活气，才能激发读者相应的心灵感应。什么是"真"？"真者，精诚之至也。不精不

---

① 叶嘉莹. 唐宋词十七讲[M]. 长沙：岳麓书社，1989：162-163.

诚，不能动人。故强哭者虽悲不哀；强怒者虽严不威；强亲者虽笑不和。真悲无声而哀，真怒未发而威，真亲未笑而和。真在内者，神动于外，是所以贵真也。"[①]庄子这段话真是至理名言。为什么真诚方能动人，此间的深层奥秘虽暂时不能完全揭示出来，但作为一种现象、一种规律却是千真万确，毋庸置疑的。

三、怎样把握文学作品的"气"

气之有无与厚薄强弱，是衡量作品得失成败的重要标准之一。那么，从欣赏角度看，从哪些方面去把握作品中的"气"呢？要把握作品中的"气"不能单独从哪一方面入手，而应从作品整体入手。文气不是作品中的某一具体因素，如字、词、节奏、韵律、意象、意境、人物、情节、结构等，而是整个作品之中所贯注、所流通、所蕴含的创作主体的某种精神意念、心理力量。它既在言中、意中、象中，又在言外、意外、象外，它具有超越性、统摄性、涵盖性特征。关于这一点，清代诗论家叶燮看得很清楚。他把诗的基本要素分为理、事、情三种，但是这三者之中或之外，还必须有"气"总而持之，条而贯之，鼓行于其间，才能成为有生命的艺术品。叶氏举例说，参天大树枝叶繁茂，生机勃勃，原因是"气之为也""苟断其根，则气尽而立萎。"[②]叶氏的话马上使我们联想到某些所谓的文学作品：作者本不激动却故作激动，本不深沉却故作深沉，底"气"不足，只有靠雕琢修饰文句以掩饰，结果仍难免露出一副苍白相。看来，要想做文，必先"养气"。

四、"势"与"气"的关系

古人谈诗论文，在讲到"气"时常常附带说到"势"。那么，到底什么是"势"呢？让我们从古人的有关论述中体会它吧。

唐代李德裕在《文章论》中说：文以气为主，"然气不可以不贯；不贯则虽有英词丽藻，为编珠缀玉，不得为全璞之宝矣。鼓气以势壮为美，势不可以不息，不息则流宕而忘返。"[③]

宋代张戒评韩愈诗，称韩"才气有余"，故其诗"能擒能纵，颠倒崛奇，无施不可。放之则如长江大河，澜翻汹涌，滚滚不穷；收之则藏形匿影，乍出乍没，姿态横生。"[④]

元代刘将孙说，文以气为主，其气浩然，流动充满而无不达。"故文之盛也，如风雨骤至，山川草木皆为之变；如江河浩渺，波涛平骇，各一其势。"[⑤]

清代黄子云说："眼不高，不能越众；气不充，不能作ө。"[⑥]

近代曾国藩说："有气则有势，有意则有度，有情则有韵，有趣则有味；古人绝好文

---

① 北京大学哲学系美学教研室. 中国美学史资料选编：上册[M]. 北京：中华书局，1980：40.
② 郭绍虞. 中国历代文论选：第3册[M]. 上海：上海古籍出版社，1980：344.
③ 贾文昭. 中国古代文论类编：上[M]. 福州：海峡文艺出版社，1990：198.
④ 贾文昭. 中国古代文论类编：上[M]. 福州：海峡文艺出版社，1990：200.
⑤ 贾文昭. 中国古代文论类编：上[M]. 福州：海峡文艺出版社，1990：201.
⑥ 贾文昭. 中国古代文论类编：上[M]. 福州：海峡文艺出版社，1990：208.

学，大约于此四者之中，必有所长。"[①]

仔细体会以上历代各家所言，意思大体是相近的。即古人认为"势"是随"气"而生的，"势"是贯注于作品中的"气"的运转流动。"气"是"源""势"是波；"气"是"势"的原动力，"势"是"气"的释放即表现。"气"之根在创作主体，是创作主体的主观精神因素，而"势"是"气"的外在表现形态，是"气"的具体展开方式、呈现方式、存在方式。由于"气"与"势"有如此紧密的内在联系，所以"气"与"势"常常合在一起称为"气势"。

五、"势"在具体作品中的表现

让我们通过具体作品来体会"势"在作品中的表现形态。

苏轼的《江城子》(老夫聊发少年狂)：

老夫聊发少年狂。左牵黄，右擎苍。锦帽貂裘，千骑卷平冈。为报倾城随太守，亲射虎，看孙郎。

酒酣胸胆尚开张。鬓微霜，又何妨！持节云中，何日遣冯唐？会挽雕弓如满月，西北望，射天狼。

这首词所写的"本事"是"出猎"，作者被激发起来的"襟怀"是渴望建功立业报效国家的豪情壮志。客观、主观两方面因素决定了作品的"气"是豪壮的、充沛的、热烈的。"气"外现而为"势"，果然豪迈奔放，热烈紧张。第一句"老夫聊发少年狂"，不叙事，不绘景，冲口而出，直抒豪情。接下来叙写自己牵黄擎苍的"狂"态，写千军万马席卷平冈的壮观场面，形式上衬以三三四五的句式，节奏急促而流畅，由此渲染出紧锣密鼓，骏马注坡，一泄而出的势头。再往下其"势"不弱不缓，依然汹涌澎湃，浩浩荡荡，一气贯通全词。通篇纵情放笔，气势豪迈，读之令人心胸为之鼓舞，心灵为之震撼，情绪为之感染。

再看苏轼的《江城子》(十年生死两苍苍)：

十年生死两茫茫，不思量，自难忘。千里孤坟，无处话凄凉。纵使相逢应不识，尘满面，鬓如霜。

夜来幽梦忽还乡。小轩窗，正梳妆。相顾无言，唯有泪千行。料得年年肠断处，明月夜，短松冈。

同一作者，同一词牌(外在形式相同)，但由于表现的客观对象变了，作者的思想感情("气")变了，因而体现在作品中的"势"也跟着变了。这首词是作者为纪念亡妻而作，情绪凄婉感伤。这种情绪与前一首的报国豪情在性质上迥然有别，所以外现而为"势"也与前一首大不相同。这首词开头一句"十年生死两茫茫"，是一声深沉的感叹，其"势"虽也很有力度，但绝对不像"老夫聊发少年狂"那样气冲斗牛，不可遏制。一声感叹奠定了全词缠缠悱恻的情感基调，也奠定了全词气势低沉舒缓、反复回荡的张力和走向。就两

[①] 傅庚生. 中国文学欣赏举隅[M]. 北京：中国书店，1986：116.

首词体现出的"势"来看，前一首更有冲击力，后一首更有濡染力；前者属"豪放"，后者属"婉约"。

　　苏轼两首词是由一"气"贯通，充溢全篇。所以其"势"也贯注全篇，基本没有变化。而更多作品中的"势"是随情感的抒发和流泄而有所变化的。或者是由强转弱，或者是由弱转强，或者是由激烈转为平缓，或者是由平缓转为激烈……例如，鲁迅的《华盖集·忽然想到(五至六)》。前文(五)主旨是抨击"愚民的专制"，情感基调沉郁愤懑，但在表达上并不一开始就激昂慷慨，"势"不可当。而是远远说起，缓缓道来。先说小时候族中长辈的教诲，是要小孩子老老实实规规矩矩，以致使人变得屏息低头，两眼下视黄泉，满脸装出死相，丝毫不能轻举妄动。继而说自己终于长大了，于是抛了死相，放心说笑起来，而结果仍然碰钉子——老人们的世界禁止说笑，现在是少年们的世界了，依然不许说笑，看来是治世的人希望大众的死相依然装下去。行文至此，文势由平缓开始转为激昂，在揭出"暴君的专制使人们变成冷嘲，愚民的专制使人们变成死相"这一深刻结论后，转为大声疾呼，号召人们粉碎"愚民的专制"："世上如果还有真要活下去的人们，就先该敢说，敢笑，敢哭，敢怒，敢骂，敢打，在这可诅咒的地方击退了可诅咒的时代！"①后文(六)中心是批判反对革新的"保古"论，思路大体同前文(五)，远远地从"外国的考古学者们联翩而至"说起，继而说到中国的学者们口口声声叫"保古"。从保古家们的种种努力说到外国考古学家们的帮同保古，阻止中国人的革新。一路平静说来，越说越动气，终于正面亮出自己的观点："无论如何，不革新，是生存也为难的，而况保古。"为了革新，作者发出了激昂的号召："我们目下的当务之急，是：一要生存，二要温饱，三要发展。苟有阻碍这前途者，无论是古是今，是人是鬼，是《三坟》《五典》，百宋千元，天球河图，金人玉佛，祖传丸散，秘制膏丹，全都踏倒他。"②这一号召同前一号召一样，语气短促，节奏紧密，声调铿锵，保古家们所要保的"国粹"，一口气联翩列出，最后用五个字("全都踏倒他")像一梭子弹一样将其扫荡尽净，气势凌厉，所向无敌，让人感到振奋激动，痛快淋漓。

　　有的作品，由于作者(或发言人)心意婉转曲折，也就造成了文势的盘旋曲折。如莎士比亚的十四行诗第29首：

　　　　奈时运不济，又遭人白眼，
　　　　恨世道难处，独涕泪涟涟，
　　　　呼唤，徒然，巨耐这聋耳的苍天！
　　　　又顾影自怜，只叹命乖运蹇。
　　　　我但愿，愿常怀千般心愿，
　　　　愿有人才一表，有三朋六友相周旋。
　　　　愿有如海学识，有文采斐然，
　　　　私心儿偏不爱自己的看家手段，
　　　　妄自菲薄如我呵，堪叹！

---

① 鲁迅. 鲁迅全集：第3卷[M]. 北京：人民文学出版社，1981：43.
② 鲁迅. 鲁迅全集：第3卷[M]. 北京：人民文学出版社，1981：45.

忽念转君处，喜境换情迁，
正曙染星淡，如云雀翩跹，
离浑浑人寰，讴颂歌一曲天门站。
但记住您柔情招来财无限，
纵帝王屈尊就我，不与换江山。

该诗开头陡起壁立，一开口就呼天抢地，悲切呼号，声泪俱下地叹苦经：啊，苍天瞎眼，让我受难！起调甚高，先声夺人，吸引你不得不同情地听他诉下去。接下来从第四行起，发言人调门忽然低了下去，好像在聋耳的苍天面前感到了无可奈何，于是火气稍息，感叹命运，诉说自己的幻想和心愿。这一段自怨自艾，情绪低落，我们听到的是一片哀叹声。这不是自认倒霉，无法可想了吗？不，发言人心中自有他的骄傲和自豪在。这不，于无可奈何中，他想到了自己的爱友，情人，心境为之大开，情绪忽然大变——由低沉转为高昂，高兴的心情使他如云雀翩跹离人寰，在高高的天门外高唱颂歌，讴歌自己幸福的爱情，并骄傲地向全世界宣布：我的爱友就是我的珍宝，有了她"纵帝王屈尊就我，不与换江山。"这首诗的情绪呈现为马鞍型：高—低—高，文势也随之而呈现为：张—弛—张。一开始诉苦，捶胸顿足，涕泪交流，其"势"逼人；接下来自我解嘲，张力大缓；最后奇峰突起，庆幸自己不幸之中有大幸，情绪大涨，气势恢宏，奏响震撼人心的终场曲。这首诗诗意曲折三转，文势也随之起伏腾挪，曲尽抑扬张弛之道。

通过以上诸例的分析，使我们体会到，所谓"势"，其实就是"气"在作品字里行间(文体)中的流动运转。"势"有两个基本特征：一是流动感；二是方向感。"气"借"势"而行，"势"依"气"而生，二者相伴而存在。通过对作品中"气势"的把握，读者从中体会到的是文学作品的"生命"，是创作主体的心灵律动。

思考练习题

一、"气"与"势"的内涵是什么？
二、结合作品谈谈"势"与"气"的关系。
三、阅读下列作品，比较气之有无及厚薄强弱与作品感染力之关系。

(一)

裁剪下才郎名讳，端详了展转伤悲。把两个字灯焰上燎成灰，或擦在双鬓角，或画作远山眉。则要我眼根前常见你。

——元·无名氏《红绣鞋》

(二)

你的怜悯和叹息够我一年消受，
一滴泪至少够我生活二十年，
温存地看我一眼够我活五十个春秋；
一句和蔼的话抵得上百年的盛筵；
如果你对我表示一点点倾心，

就等于又加上一千年的时辰；

这以外的一切是无垠的永恒。

——〔英〕考利《我的食谱》

四、阅读毛泽东的两首词，体会其中的"气"与"势"。

贺新郎

挥手从兹去。更那堪凄然相向，苦情重诉。眼角眉梢都似恨，热泪欲零还住。知误会前番书语。过眼滔滔云共雾，算人间知己吾与汝。人有病，天知否？

今朝霜重东门路，照横塘半天残月，凄清如许。汽笛一声肠已断，从此天涯孤旅。凭割断愁思恨缕。要似昆仑崩绝壁，又恰像台风扫寰宇。重比翼，和云翥。

沁园春·雪

北国风光，千里冰封，万里雪飘。望长城内外，惟余莽莽；大河上下，顿失滔滔。山舞银蛇，原驰蜡象，欲与天公试比高。须晴日，看红装素裹，分外妖娆。

江山如此多娇，引无数英雄竞折腰。惜秦皇汉武，略输文采；唐宗宋祖，稍逊风骚。一代天骄，成吉思汗，只识弯弓射大雕。俱往矣，数风流人物，还看今朝。

【相关链接】

气势的类型

我们说，气势的实质是对文章从内容到形式两方面的审美要求，它是文章所表现出来的一种抑扬顿挫、疾徐有致的气度和气韵。它虽然主要靠意会来感受，但也未必就完全不可言传；它虽然抽象，但也未必就无法清晰把握。从气势的实质出发，分析作家的创作，品评具体的文章作品，从内容和形式两个最为基本的方面划分，就可以发现气势有理势、情势、构势和言势四种类型，或者说四种表现形式。其中，理势、情势，属于文章的内容，是"质"的方面；构势、言势，属于文章的形式，是"文"的方面。这两个方面互为表里，互相谐调，"文质彬彬"。同时，它们又在共同体现文章之美的前提下，作为文章美的不可缺少的要素相对独立，在具体篇章中各有侧重。

所谓理势，是指论说性文章或文学作品在阐发事理、辨明是非时的逻辑力量所产生的气势。思想内容的充实流贯、逻辑力量的强壮盛大，是气势产生的根源。这正如人体内有气脉运行，然后人的外貌才能生机勃勃一样。常言道："理直气壮，义正词严"，正是此之喻也。理不直，义不正，或无中生有，大话、假话、空话连篇，或无病呻吟，内容空洞，文章是无理势可言的。

所谓情势，即叙事、抒情性文章或文学作品中表现出的强烈的感情力量所产生和形成的气势。刘勰在《文心雕龙·风骨》中说："情之含风，犹形之包气"，故"情与气偕"。这里的"情与气偕"就说明了气势与感情是相伴而生的。

所谓构势，即由文章的结构形态及一定的结构技巧所确立和形成的气势。一篇文章有了好的思想、好的情感，还要有好的结构予以表现。好的结构同样可以使文章千波百折、跌宕恣纵、周严缜密、通圆无隙，因而气势充盈。

所谓言势，就是文章在语言的言辞句式、声韵节奏、修辞手段等方面表现出来的气势。文章的气势有理势、情势、构势，但更不可脱离言势。我们在读一篇文章时，往往可以感受到气势既形之于形义，又闻之于声韵，即所谓"气充辞沛，气盛言宜"，这就是言势。

——节选自第环宁的《气势论》第59—61页，民族出版社，2002。

第四节 传 神

一、传神的含义

《卫风·硕人》是《诗经》里一首赞美卫庄公夫人庄姜的诗。全诗四章，最为人传诵的是第二章："手如柔荑，肤如凝脂，领如蝤蛴，齿如瓠犀，螓首蛾眉，巧笑倩兮，美目盼兮。"余冠英先生将这一章译为现代汉语："她的手指像茅草的嫩芽，皮肤像凝冻的脂膏，嫩白的颈子像蝤蛴一条，她的牙齿像瓠瓜的子儿，方正的前额弯弯的眉毛，轻巧的笑流动在嘴角，那眼儿黑白分明多么美好。"[①]而这一章中最有魅力的是后两句。魅力何在？在其"传神"。正如清代孙联奎所评："《卫风》之咏硕人也，曰：'手如柔荑'云云，犹是以物比物，未见其神。至曰：'巧笑倩兮，美目盼兮'，则传神写照，正在阿堵，直把个绝世美人，活活的请出来在书本上浣漾。千载而下，犹如亲其笑貌。此可谓离形得似者矣。似，神似，非形似也。"[②]

"传神写照，正在阿堵"，是中国美术史和美学史上很著名的一句话，出自东晋画家顾恺之。顾恺之画人，"或数年不点目睛。人问其故，顾曰：'四体妍蚩，本无关于妙处。传神写照，正在阿堵中。"阿堵，意为这个，此处指眼睛。顾恺之的意思是，传神靠的就是眼睛。这是顾恺之的创作经验谈。在人体各器官中，眼睛最能充分流露心灵的秘密，是内心生活和情感的主动性的集中点。要想写(画)好一个人，最好的是写(画)好他(她)的眼睛，因为眼睛能"传神"。

看来，"传神"一说最早来源于人物画的创作经验，后来，"传神"的理论思想泛化为衡量艺术品成败与否的一条重要标准，被广泛运用于诗歌、音乐、戏剧、小说等一切文学艺术领域，由此演化出诸多类似提法：入神、神似、神遇、神采、神理、神骏、神髓、神情、神韵等。"传神"成为中国美学的独特范畴，成为创作、欣赏、批评文艺作品的一个重要概念。

那么，"神"到底指的是什么呢？

汉代刘安在《淮南子·说山训》中说："画西施之面，美而不可说，规孟贲之目，大而不可畏：君形者亡焉。"[③]意思是说，所画西施，虽美却不动人。画孟贲(古代大力士)之目，虽大却不可怕，原因是只画出了人物外形而没有画出主宰外形的内在精神。"君形者"即"神"，人的精神气质。

---

① 余冠英. 诗经选[M]. 北京：人民文学出版社，1979：59.
② 贾文昭. 中国古代文论类编：上[M]. 福州：海峡文艺出版社，1990：413.
③ 贾文昭. 中国古代文论类编：上[M]. 福州：海峡文艺出版社，1990：393.

据《世说新语》载，顾恺之为裴楷画像，画完了又在其面颊上添三根胡子。人问其原因，顾说裴楷的面相俊朗而有特征，添三根胡子就把特征显出来了。"看画者寻之，定觉益三毛如有神明，殊胜未安时。"①这里的"神"指的是对象的丰采、特征。

唐代朱景云在《唐朝名画录》中，曾讲到周昉、韩幹为赵纵画像："郭令公婿赵纵侍郎，尝令韩幹写真，众称其善。后又请周昉长史写之，二人皆有能名，令公尝列二真置于坐侧，未能定其优劣。因赵夫人归省，令公问云：'此画何人？'对曰：'赵郎也。'又云：'何者最似？'对曰：'两画皆似，后画尤佳。'又问：'何以言之？'云：'前画者，空得赵郎状貌；后画者，兼移其神气，得赵郎情性笑言之姿。'令公问曰：'后画者何人？'乃云：'长史周昉。'是日遂定二画之优劣。"②这段记载说明古人论画推崇传神，"神"即指对象的"神气"，即"情性笑言之姿"，一句话，即对象的独特性格，内在气质。

到明清时，"传神"的概念被用于小说评论中。请看李贽对《水浒传》第二十三回的一段点评。

武松再筛第二杯酒，对那妇人说道："嫂嫂是个精细的人，不必用武松多说。我哥哥为人质朴，全靠嫂嫂做主看觑他……嫂嫂把得家定，我哥哥烦恼什么？岂不闻古人言，篱牢犬不入。"那妇人听了这话，被武松说了这一篇……紫涨了面皮，指着武大便骂道："我是一个不带头巾男子汉(〔夹批〕"画")，叮叮当当响的婆娘(〔夹批〕"画")，拳头上立得人(〔夹批〕"画")，胳膊上走得马(〔夹批〕"画")，人面上行得人(〔夹批〕"画")……自从嫁了武大，真个蝼蚁也不敢入屋里来(〔夹批〕"画")，有甚么篱笆不牢，犬儿钻得入来？"(〔夹批〕"画")

(〔眉批〕：传神传神，当作淫妇谱看)③

这里的"传神"是指写出了人物个性。后来金圣叹也高度评价《水浒传》的艺术成就，尤其称赞其人物塑造"传神"，说《水浒传》叙一百零八人，人有其性情，人有其气质，人有其形状，人有其声口，所以令人"只是看不厌"。

"神"也可以指一种精神境界和心理状态。例如，陶潜的名句"采菊东篱下，悠然见南山"，活现出悠然自得、闲静自适的心境。而唐宋时关于末句的"见"字颇有分歧，有人以为应为"望"字。苏东坡肯定了用"见"字："陶渊明意不在诗，诗以寄其意耳。'采菊东篱下，悠然望南山'，则既采菊又望山，意尽于此，无余蕴矣，非渊明意也。'采菊东篱下，悠然见南山'，则本自采菊，无意望山，适举首而见之，故悠然忘情，趣闲而景远。"④苏东坡从一字之差中体会到的是精神境界的不同，心理状态的不同；从一个字的运用中体会诗之有神与无神。

对于状物描景的作品来说，"神"还可以是指对象的精微奇妙之处，指对象独特的动态、状态，即神态。例如，杜甫有两句诗："白鸥没浩荡，万里谁能驯。"一个"没"字

---

① 贾文昭. 中国古代文论类编：上[M]. 福州：海峡文艺出版社，1990：395.
② 北京大学哲学系美学教研室. 中国美学史资料选编：上[M]. 北京：中华书局，1980：287.
③ 贾文昭. 中国古代文论类编：上[M]. 福州：海峡文艺出版社，1990：403-404.
④ 许钦承. 千古名句诗话辞典[M]. 郑州：中州古籍出版社，1989：382.

把白鸥翻飞灭没于烟波浩渺间的动态美尽传出来了。而有人不懂，认为"鸥不解没"，欲改为"波"字；苏东坡说，一字之改，就把原诗的"神气"改掉了。杜甫作诗很注意炼字，所以他的许多字用得非常传神，如"穿花蛱蝶深深见，点水蜻蜓款款飞"；"细雨鱼儿出，微风燕子斜"；"星垂平野阔，月涌大江流"；"无边落木萧萧下，不尽长江滚滚来"，等等。

二、"神"的特征

通过以上诸例，我们大体可以意会，古人所谓的"传神"，即准确表现出了客观对象的特征、个性、气质、精髓、本质，如此等等。古人所谓的"神"，有几个重要特点。

(一)独特性

事物的外形可能是相似的，而事物的"神"却是绝对不相同的，是不可重复、不可代替、独一无二的。正如清代沈宗骞所说："传神写照，由来最古……以天下之人，形同者有之，貌类者有之，至于神则有不能相同者矣。"[①]如《水浒传》中的人物，皆是英雄豪杰，而其个性特征却各不一样。

(二)内在性

观察事物注重内在精神气质，是中国文化的一个传统。《列子·说符》中记载的九方皋相马的故事就说明了这一传统：九方皋是相马名士伯乐的好朋友，有一次受秦穆公之命寻觅好马。九方皋辛苦奔波三个月觅得一匹，赶快呈报秦穆公。秦穆公问是一匹什么样的马，九方皋想了想说是一匹黄色的雌马，拉来一看却是一匹黑色的雄马。秦穆公很失望，说不辨牝牡骊黄的人怎么能识马之优劣。伯乐为九方皋作了辩护。伯乐说，九方皋识马的眼光与一般人不同，他是"见其精而忘其粗；见其内而忘其外；见其所见，不见其所不见；视其所视，而遗其所不视"。意思是九方皋不看重马的皮毛外相，只重视它的内在精神气质。秦穆公将信将疑地试用了那匹马，果然是天下最好的马。这故事本身具有象征意义，它道出了中国人看问题的智慧，评诗论画着重"神"就是这一智慧的表现。

(三)超越性

古人认为"神"并不在于艺术品的某一局部、某一细节、某一因素，而是灌注于整体并从象外、意外、言外传达出来的具有超越性的新质。例如，明人彭珞说："盖诗之所以为诗者，其神在象外，其象在言外，其言在意外。"[②]金圣叹说："传神要在远望中出。"也说出了"神"的超越性特征。

古人关于传神的美学思想体现了中国人的聪明和智慧，体现了中国人对艺术精髓的深刻理解和把握。但用现代眼光来看，其尚有不足之处，那就是过分侧重于从客观对象方面去理解传神，而多少忽视了艺术所"传"之"神"中蕴含的创作主体的主观因素。不错，

---

① 杨辛，甘霖. 美学原理[M]. 北京：北京大学出版社，1983：209-210.
② 贾文昭. 中国古代文论类编：上[M]. 福州：海峡文艺出版社，1990：402.

所谓"神"固然首先是体现了对象的特征、对象的本质,但同一对象,从不同方面去观察、分析、理解,或者用不同的眼光去观察、分析、理解,就会呈现出不同的特征、本质。因而,通过作品所显现出的那个"神",往往不单纯是对象本身的因素,而常常还包含着创作主体方面的主观因素,体现着创作者自身的艺术观、人生观、价值观。

例如,罗丹的雕塑《行走的人》:这个"人"造型极为简单——没有头颅,没有双臂,只剩下结实的躯干和跨开的大步,活像一个有了生命的汉字"人"。这样的造型从"人"的外形上看,很不"形似",但在会看的人的眼睛里,它很有"神"(神似)。

"行走的人"所表现的正是这一种精神状态,人超越自然力而岸然前行,任何自然的阻力都抵挡不住的主体精神力量的显现。

"行走的人"迈着大步,毫无犹豫,勇往直前,好像有一个确定的目的。人果真有一个目的吗?怕并没有,不息地向前去即是目的……雨果说:"我前去,我前去,我并不知道要到哪里,但是我前去。"①

大迈步的动态!走在风云激荡日夜流转的大气里。残破的躯体;然而每一局部都是壮实的,金属性的,肌肉在拉紧、鼓张,决无屈服的妥协。

它似乎并不忧虑走向何处,而它带着沉着和信心前去。

我们不知道它的表情,它是微笑的、忧戚的?睥睨一切,踌躇满志?泰然岸然?悲天悯人?都无,都有。准备尝一切苦,享一切乐,看一切相,听一切音,爱一切爱,集一切烦恼……而同时并无恐怖,亦无障碍……直走到末日,他自己的,或世界的。

且有一半已经毁灭,已经消逝,已经属于大空间,属于无有,属于不可知,属于神秘。人的行走已跃级到宇宙规律的运行。②

看,在这简单朴素的"形"里传达出的是人超越自然力而岸然前行的精神状态,是任何阻力也挡不住的精神力量,是宇宙规律的运行。很明显,这种"神"主要不是"形"的特征或本质,而主要是创作主体对人生的一种领悟,是创作主体的一种人生态度,一种豪迈的、雄健的、高昂的人生态度,一种伟大的人类精神。

思考练习题

一、举例说明"神"的含义。

二、"神"的基本特征是什么?

三、古代对"神"的理解有什么局限?

四、下列句、段摘自安琪的短篇小说《喊山》,仔细阅读,体会字、词、句的"传神"。

(一)

八百里伏牛山,哧溜一下子,便将这地方围了起来……

---

① 熊秉明. 关于罗丹——日记择抄[M]. 长沙:湖南美术出版社,1987:10-11.
② 熊秉明. 关于罗丹——日记择抄[M]. 长沙:湖南美术出版社,1987:219-220.

(二)

一饼血红夕阳被山嘴咬住，一点儿一点儿往下吞。牛呢，便犟着脖筋，死活不肯再往前挪，硬撅橛地立等着卸套，任凭那掌鞭的汉子往死里打它。

(三)

牛通人性，便喜欢着蹄子，不等卸完套，就挣着要走。

(四)

一架山响满了焦急的牛啼声。汉子微微一笑，遂披了布衫，捐了犁，夹了鞭子，仄着身子跟着牛蹄声下山。暮色渐合，天和地都有些苍凉。汉子呢，便觉得这一个世界实在是大得慌，空得慌……

(五)

他看见沟那边粘着一粒人，眼睛一亮，遂拧着脖子喊："喂，那个哎——"

(六)

那边山腰里，有一豆灯火亮出，女人紧了紧脸皮，收着笑……

【欣赏示例】

金圣叹评《水浒传》语言的"入神"

同语言的准确性相联系，有一个语言的表现力的问题。金圣叹认为，小说语言的准确性，并不能依靠堆砌大量的华丽辞藻，相反，应该用尽量简洁的语言，把对象的本质和特点鲜明生动地表现出来。金圣叹在很多批语中，反复强调了小说语言的这一特点和要求。

如第五回，写鲁智深在山路上遇见一所败落寺院，"看那山门时，上面有一面旧朱红牌额，内有四个金字，都昏了，写着'瓦罐之寺'"金圣叹在这句下批道：

只用三个字，写废寺入神，抵无数墙坍壁倒语，又是他人极力写不出想不来者。

第十五回，在"那石头上热了脚痛"一句下，金圣叹又批道：

只得一句七个字，而热极之苦描画已尽，叹今人千言之无当也。

金圣叹认为，这种简洁而又富于表现力的语言，能够对读者产生强烈的影响。如第九回写雪，就能产生"寒彻骨""寒杀读者"的效果，而第十五回写天气酷热，"不费笔墨，只一句两句，便已焦热杀人"。(第十五回回首总评)

对于人物描写也如此。

第三十回写武松杀了张都监等人后，"拽开脚步，倒提朴刀便走"。金圣叹批道：

"倒提"妙极，是心满意足后气色，只两字便描写出来。

第五十二回，写戴宗、李逵作伴去取公孙胜，事先约定路上只吃素。但是到了客店，李逵给戴宗端来素饭菜汤，自己却走掉了。戴宗悄悄地到后面张时，"见李逵讨两角酒，一盘牛肉，立着在那里乱吃。"金圣叹批道：

两角酒一盘牛肉自不必说，妙处乃在"乱吃"字与"立着"字，活写出铁牛饥肠馋吻又心慌智乱也。

只用一两个字就把一个人的心情气色描写出来，这就是语言的表现力的问题。

第四十五回"大闹翠屏山"，写杨雄要潘巧云与石秀当面对质，那妇人道："哎呀，过了的事，只顾说什么！"石秀睁着眼道："嫂嫂，你怎么说？"金圣叹批道：

活画石秀。

只四字，妙极。

小说接着写那妇人道："叔叔你没事自把髯儿提做什么？"石秀道："嫂嫂，嘻！"金圣叹批道：

只一字，妙绝。

上只四字，此只一字，而石秀一片精细，满面狠毒，都活画出来。俗本妄改许多闲话，失之千里。

这两段批语都是讲人物语言的性格化。但从另一个角度说，也是强调要提炼小说语言的表现力：只用几个字，甚至一个字，就把人物的独特性格刻画出来。

——节选自叶朗的《中国小说美学》第 111—113 页，北京大学出版社，1982。

第五节　趣

一、"趣"之于文学的意义

清代郭麐有这样一首诗：

> 小憩人家屋后池，绿杨风软一丝丝。
> 舆丁出语太奇绝，"安得树荫随脚移？"
>
> ——《真州道中绝句》(四首之一)

这首诗写的是盛夏酷暑，诗人乘轿行路在真州道上，因为又热又累，所以暂时在路旁绿荫下歇息。又该上路了，轿夫好不情愿，遗憾地说：要是树荫凉儿能跟着我们一道走该多好啊！这首诗摄取的是一幅生活小景，原本无甚稀奇，但又有打动我们的地方：这就是最后一句轿夫的真情痴语，新奇别致，突发异想，让人觉得特别有趣。也就是说，这首诗妙就妙在它的新奇、它的别致、它的有趣。有趣就有味儿，有趣就动人，因此它虽不"著名"但我们仍不能不承认它是好诗。

由此引出文学的一个共性问题，即趣味性。有趣，是区别文学作品与非文学作品的一个重要标志(广义的"趣"，即严羽所说的"诗有别趣"的"趣")，也是区别文学作品优劣高下的重要标志之一(狭义的"趣"，详见下文。本文所谈即狭义的"趣")。

历来的作家、艺术家以及理论家、评论家都很重视"趣"的作用与意义。明代高启说："诗之要，有曰格、曰意、曰趣而已。"谢榛说："诗有四格，曰兴、曰趣、曰意、曰理。"李贽更说："天下文章当以趣为第一。"说法虽显夸张，却醒目地道出了"趣之重要。清代黄周星说得则比较平实中肯，他说："一切语言文字，未有无趣而可以感人者。"①事实正是如此，若无"趣"，作品则如泥人、土马，有生形而无生气，无生气即无生命，自然不能感人。

二、"趣"的含义

什么是"趣"呢？《现代汉语词典》中一般把"趣"解释为意味、情态或风致。意味、情态与风致又是什么呢？这实在是一个只能感受，只能体验，只能品味，只能意会，而很难用语言文字加以准确概括的问题——古人对此早有认识，如袁宏道说："世人所难得者唯趣。趣如山上之色，水中之味，花中之光，女中之态，虽善说者不能下一语，唯会心者知之。"②看来，"趣"同"神""韵""气""味"等范畴一样，是一种活泼灵动，既空蒙又实在，既无形无相，又不是不可把握的一种艺术元素。

"趣"难说但也并不是完全不可以说。宋代苏轼就曾试着对"趣"作过一个解释。他说："诗以奇趣为宗，反常合道为趣。"③反常，即表达的不一般化，超越常规思路，打破习惯性思维，给人以新奇感、新鲜感，让人觉得出人意表，妙不可言；合道，即合乎情理，合乎"实际"，可以理解可以接受。例如，郭麐的《真州道中绝句》"小憩人家屋后池，绿杨风软一丝丝。舆丁出语太奇绝，'安得树荫随脚移？'"这首诗轿夫如果说"我真不想走啊""我想多凉快一会儿啊"之类，那就毫无诗意，也就说不上有趣。因为这样说没跳出常规思路。而现在他竟异想天开地想让本不会动的树凉荫儿"活"起来、"动"起来跟上自己走，这显然是疯话、傻话、痴话，即超越习惯思路的话，然而也正是在这疯、傻、痴中见出"趣"来。可见，"反常"也确是有趣的一种条件，一种前提。我们认为，苏轼的话当然不能说是对"趣"的解释的最后真理，但也确实对我们理解"趣"的本质、"趣"的特征有所帮助，有所启发。

三、"趣"的类型

"趣"之于作品，如"香"(味)之于花。当读者在作品中发现它时，自能感到馨香扑鼻，会心一笑。然若细品之，如"香"可以分类一样，"趣"也是可以分出不同类别的。以下我们试将常见的"趣"类列出，以便于识别。由于"趣"的品格和特征如上所述，所以我们的分类不重分析，不重阐释，而着重在列出作品让读者自己玩味体会。

1. 天趣

我们先来看看古人称之为有天趣的作品。

子美《秋野》诗："水深鱼极乐，林茂鸟知归。"此适会物情，殊有天趣。

——谢榛《四溟诗话》

---

① 贾文昭. 中国古代文论类编：上[M]. 福州：海峡文艺出版社，1990：437-444.
② 贾文昭. 中国古代文论类编：上[M]. 福州：海峡文艺出版社，1990：441.
③ 贾文昭. 中国古代文论类编：上[M]. 福州：海峡文艺出版社，1990：444.

汤扩祖《春雨》云:"一夜声喧客梦摇,春风送雨夜潇潇。不知新水添多少,渔艇都撑进板桥。"庄廷延《听雨》云:"梅花风里雨霏霏,人卧空堂静掩扉。一夜沧浪亭畔水,料应陡没钓鱼矶。"二诗相似,均有天趣。

——袁枚《随园诗话》

细品以上诸例及点评,我们可以感受到所谓天趣,主要是指作品妙肖自然,浑然天成,清新可爱之情态。有天趣的文字,好像是作者在跟着"感觉"(直觉)走,感觉所到,信手拈来,得之于心,应之于手,毫无刀雕斧琢之痕迹。例如,谢灵运的名句"池塘生春草,园柳变鸣禽",极为质朴自然,天趣盎然,被元好问赞为"池塘春草谢家春,万古千秋五字新"。相反,如果过于雕琢用力,就会失却天趣。例如,宋代诗人黄庭坚,以议论为诗,以学问为诗,讲究"无一字无来历,无一字无出处",所以作品就比较沉闷、枯涩,少有天趣。清人赵翼在《瓯北诗话》中说:"山谷则专以幻峭避俗,不肯作一寻常语,而无从容游泳之趣。"赵翼的评语是不错的。

以上述标准来衡量,在浩瀚的文学作品海洋中,有天趣的作品还是很多的,随便举几例如下:

山居秋暝
王 维

空山新雨后,天气晚来秋。
明月松间照,清泉石上流。
竹喧归浣女,莲动下渔舟。
随意春芳歇,王孙自可留。

幼 女 词
施肩吾

幼女才六岁,未知巧与拙。
向夜在堂前,学人拜新月。

湖 天 暮 景
杨万里

坐看西日落湖滨,不是山衔不是云。
寸寸低来忽全没,分明入水只无痕。

2. 机趣

机趣即机巧之趣,这是由作者机心巧运、妙思巧构而带来的一种趣味。机趣之"趣"一般体现在作者安排之"巧"上。

例如,古代江南民歌《子夜歌》:"始欲识郎时,两心望如一。理丝入残机,何悟不成匹!""怜欢好情怀,移居作乡里。梧桐生门前,出入见梧子。"再如,刘禹锡的《竹枝词》:"杨柳青青江水平,闻郎江上踏歌声。东边日出西边雨,道是无晴却有晴。"以上三首诗，都是根据汉语语音的特点，采用了谐声双关语的表现方式。第一首中的"匹"既是成匹布的匹，又是匹配成双的匹；"丝"既是蚕丝，又与思念的"思"谐音。第二首中的"欢"是当时女子对情人的爱称，"梧子"双关"吾子"，即我的人。第三首中的"晴"谐音"情"，"道是无晴却有晴"明指天气阴晴无定，暗喻意中人的感情扑朔迷离、捉摸不定。以上这种"文字游戏"，巧在谐音双关，显得妙趣横生。这类表现手法在其他文学体裁如小说中也常有运用。如《红楼梦》中的"千红一窟(哭)"、"万艳同杯(悲)""贾雨村"(假语村言)、"甄士隐"(真事隐去)、"空对着，山中高士晶莹雪(薛宝钗)；终不忘，世外仙姝寂寞林(林黛玉)"，如此等等。

有的作品，趣味体现在结构安排之巧上。例如，苏轼的《题金山寺》："潮随暗浪雪山倾，远浦渔舟钓月明。桥对寺门松径小，巷当泉眼石波清。迢迢远树江天晓，蔼蔼红霞晚日晴。遥望四山云接水，碧峰千点数鸥轻。"这首诗如果倒过来读，也流畅可诵："轻鸥数点千峰碧，水接云山四望遥。晴日晚霞红蔼蔼，晓天江树远迢迢。清波石眼泉当巷，小径松门寺对桥。明月钓舟渔浦远，倾山雪浪暗随潮。"能让一首 50 多字的诗顺读倒读都可通，很不容易，由此可见作者的妙思巧构。

3. 谐趣

谐趣即诙谐之趣，作品写得幽默滑稽，引人发笑。

例如，辛弃疾的《西江月》下片："昨夜松边醉倒，问松：'我醉何如？'只疑松动要来扶，以手推松曰：'去！'"辛弃疾别出心裁地写出了憨拙可爱的醉态以及醉态中的幻觉，写得别有风致，诙谐有趣。

鲁迅先生的笔最为辛辣，在他笔下，常常是嬉笑怒骂皆成文章。他的文字中，许多都充满谐趣，请看一例：

A：阿呀，B 先生，三年不见了！你对我一定失望了罢？……
B：没有的事……为什么？
A：我那时对你说过，要到西湖上去做二万行的长诗，直到现在，一个字也没有，哈哈哈！
B：哦，……我可并没有失望。
A：您的"世故"可是进步了，谁都知道您记性好，"责人严"，不会这么随随便便的，您现在也学会了说谎。
B：我可并没有说谎。
A：那么，您真的对我没有失望吗？
B：唔，无所谓失望不失望，因为我根本没有信任过你。①

这段对话，俨然是精彩的相声小段，"包袱"一甩，令人喷饭，既辛辣又幽默。

4. 情趣

情趣主要指情绪、情感表达得新巧、别致，不一般，有趣味。

例如，金昌绪的《春怨》：

---

① 鲁迅. 鲁迅全集：第 3 卷[M]. 北京：人民文学出版社，1982：596-597.

> 打起黄莺儿，莫教枝上啼。
> 啼时惊妾梦，不得到辽西。

小诗要表现的是少妇思念丈夫的相思之苦，但不直述直说，而是虚拟一生活味儿十足的戏剧情景，表现得情趣盎然，令人叫绝。

再如，唐代诗人于鹄的《江南曲》：

> 偶向江边采白蘋，还随女伴赛江神。
> 众中不敢分明语，暗掷金钱卜远人。

这也是一首写思妇的诗，但写法不一样，因而另有一番情趣。诗中写一位少妇心不在焉，无可无不可地随女伴"采白蘋""赛江神"，但她意不在此，而是苦苦地思念着心上人。她想祷祝他身体健康，她想掷钱占卜他何日归来。但这一切都不敢明说、明做，而只好暗语、暗掷以掩人耳目。小诗活灵活现地刻画出了少妇内心深处复杂而微妙的情态，充满生活情趣。

许多民歌也深谙此道，请看一首洛川民歌：

郎在山上放牛羊，姐在河边洗衣裳。郎望姐，姐望郎，牛羊跑上打麦场，棒子打在石板上。

5. 意趣

意趣即意念、意蕴方面奇妙生趣。

例如，唐代诗人张籍著名的《节妇吟》：

> 君知妾有夫，赠妾双明珠；
> 感君缠绵意，系在红罗襦。
> 妾家高楼连苑起，良人执戟明光里。
> 知君用心如日月，事夫誓拟同生死。
> 还君明珠双泪垂，恨不相逢未嫁时。

此诗题下曾注曰："寄东平李司空师道。"李师道是当时割据一方、很有权势的军政大官，他看中了张籍的才干，想拉他做幕僚。可是张籍政治上主张统一，反对藩镇分裂，道不同则不相为谋，因而拒绝了李的拉拢。但因为李位高势大，张又不敢得罪他，所以用这首《节妇吟》含蓄而又明白地表达了自己的政治态度：你虽有一番好意，但我不得不拒绝。张籍借男女情事以言政治，言辞委婉而意志坚决，非常巧妙而艺术地处理了一件相当棘手的人生难题。这种表现方法精巧别致、独出心裁、有理、有节、有情、有智慧、有技巧，意趣由此产生。

再如，宋代诗人杨万里的《明发茅田见鹭有感》：

> 自叹平生老道途，不堪泥雨又驱车。
> 鹭鸶第一清高底，拂晓溪中有干无？

这首诗是作者一早启程赶路偶遇茅田鹭鸶所发的感叹：鹭鸶不是第一清高吗？那么它一早就站立茅田，干什么呢？——那还用说，还不是为了觅食疗饥嘛！既如此，又谈何清高？！作者由鹭鸶想到了自己为官一生劳碌奔波，眼下还不得不一早驱车奔走在泥雨中，于是禁不住发出了深沉悠远的感叹：叹人生，叹命运，叹自己！作者从自身出发理解鹭鸶，又从鹭鸶身上看到自己，于是既感叹鹭鸶又感叹自己，充满意趣。

与杨万里的诗有异曲同工之妙的是白居易的《池上寓兴二绝》之二："水浅鱼稀白鹭饥，劳心瞪目待鱼时。外容闲暇中心苦，似是而非谁得知？"

6. 理趣

一般来说，"理"是理性的、理智的，往往与情无涉；"理"又是抽象的、枯燥的，这一点又与艺术的生动形象相矛盾。由于以上原因，在文学作品中"说理"是需要谨慎的，但这并不意味着文学作品中不能说理。事实上，只要处理得好，即用艺术的方法去"说理"，把"理"说得很艺术，照样可以趣味盎然，这就是所谓有理趣。

请看杨万里的一首诗《晚日再度西桥》：

> 归近西桥东复东，蓼花迎路舞西风。
> 草深一鸟忽飞起，侬不觉他他觉侬。

这是一首典型的触景生情(意)的即兴诗，作者完全无意于说理，而是描述眼前景、胸中意，顺手拈来，浅白轻灵，富有天趣。然而，我们又完全可以把它当作一首哲理诗读。作者似不经意间吟出的第四句"侬不觉他他觉侬"，多么富有哲理！仔细想来，社会的人际关系中有多少"侬不觉他他觉侬"的情景(如"说者无心，听者有意"就是一例)发生啊！我们每个人都处在一定的社会关系之网中，作为个人，当你自以为不关涉任何人，只是自己独个儿自由行动时，其实你已在不经意间拉动了结在你身上的整个人际关系之网，已经直接或间接地关涉到网上的其他人，他人就有可能对此作出相应的反应和对策。这些反应及后果往往是你个人所始料不及的，这难道不是"侬不觉他他觉侬"吗？当你这样品味杨万里这首即兴小诗时，就不知不觉地为它的理趣所打动，沉醉于意味悠远的艺术享受中。

其实我们这样来理解杨万里的诗本身也是"侬不觉他他觉侬"的一个例子。因为，当杨万里兴味十足地写下这首诗时，他绝对不会想到千年之后会有人这样来理解他的诗。再生发去，就在笔者此刻写下对杨万里诗的理解时，也料不到未来的读者对此会作何想。可见，"侬不觉他他觉侬"就像多米诺骨牌，具有相关性、连锁性、辐射性、无穷性、普遍性。想一想，此"理"难道无"趣"吗？

理趣在作品中的存在形态多种多样：或在物中，或在景(或境)中，或在情中……有的是无意说理而理自见，有的是有意说理而化为形(象)。但不管哪种形态哪种方式，都必须符合艺术规律，都必须是艺术的。好的说理诗都具有很高的艺术性，既有"理"又有"趣"。

思考练习题

一、谈谈"趣"之于文学的作用和意义。

二、结合具体作品谈谈什么是"趣"。

三、文学作品中的"趣"主要有哪些类别？

四、阅读作品时，注意仔细体会其中不同类别的"趣"。

【欣赏示例】

余光中《项圈》的情趣

项圈(写于1954年)

张玛丽小姐在街上散步，
背后牵一头爱犬。
遇见李露西也牵一头走来，
两人便停步寒暄。

玛丽的爱犬也走上前去，
和露西的爱犬交际。
露西的爱犬问它的项圈，
是铜的，还是金的。

"铜的，"玛丽的爱犬回答。
"铜的！我的是金的！"
露西的爱犬耸一耸肩头走开，
"而且是美国制的！"

(说明：流沙河曾经分析过余光中的四首小诗(《项圈》《珍妮的辫子》《小褐斑》《咪咪的眼睛》)，指出四首诗画活了五位闺秀，"小小情趣，亦有大观"，作者"深得风人之旨"。这里选录流沙河对《项圈》的赏析。)

狗会交际，也会学着银幕上的洋人耸肩，还能认识到金的与铜的，土的与洋的之价值差别，十分荒诞，万分真实。作者躲在旁边画画，不出面解说，而可笑之情态跃然纸上。至于两位小姐站在街上寒暄了一些什么话，作者不说，读者也能猜到。妙哉大手笔也！不知道我们这里的"业余华侨"，茶镜上贴着 passed 的，线衫上印着 HONGKONG 的，读后有何感想。我这话问得太迂了，也许他们根本不读诗呢。他们不读，我们读好了。读后摸摸自己的颈部，看看那里有没有某种装饰品，倒不一定是金的，也不一定是洋的。

余光中自己不看重《项圈》，他说它"露骨""粗糙""实在不算好诗"。他追求美；我们也追求美，但同时也看重实用。各行其道好了。

——节选自《流沙河诗话》第79—80页，四川文艺出版社，1995。

第六节 风　　格

一、什么是艺术风格

请先来仔细吟诵、品味两首著名的唐诗。

登幽州台歌

陈子昂

前不见古人，后不见来者。
念天地之悠悠，独怆然而涕下！

宣州谢朓楼饯别校书叔云

李　白

弃我去者，昨日之日不可留，
乱我心者，今日之日多烦忧。
长风万里送秋雁，对此可以酣高楼。
蓬莱文章建安骨，中间小谢又清发。
俱怀逸兴壮思飞，欲上青天揽明月。
抽刀断水水更流，举杯销愁愁更愁。
人生在世不称意，明朝散发弄扁舟。

这两首诗，在思想情感方面有一个共同点，那就是两位作者都有很强的生命意识，对时间的流逝极为敏感；时间无限而生命有限，时光在匆匆流逝，然而人生之路却困顿艰窘，豪情难抒，壮志难酬，因而内心郁结，借诗抒发出无限感慨。两位作者的情感都有相当的深度和力度，所以艺术表现上也有相同点，既都不绘景状物，也不拐弯抹角，而是直坦胸怀，直抒郁闷，如开闸泄洪，一任情感奔涌而出，浩浩荡荡，淋漓酣畅。尽管如此，仔细品味起来，两诗给人的艺术感觉(审美效果)还是不一样的。陈诗深沉悠远，慷慨悲凉；李诗飘逸潇洒，豪迈奔放。读者对诗的感觉来源于作品本身，即来源于作品总的艺术特色、艺术风貌。文学作品通过内容与形式所呈现出来的这种总的艺术特色、艺术风貌，文学理论中有专用术语概括，这就是艺术风格。

艺术风格，对于一个作家来说，是具有独特的艺术创造能力和在创作上臻于成熟的一种标志；对于一部作品来说，是区别于其他作品的鲜明印记，是作品中所有艺术因素、艺术特点的融汇和集中。前面我们已经分别讲过了文学作品艺术因素的方方面面，如字词、节奏、韵律、意象、意境、氛围、基调、文体、气、势、趣等，所有这些因素与作品的艺术风格都有联系，但又不同于艺术风格本身。它们是构成风格的一种元素，是风格的一种外在表现，而艺术风格则弥散、浸透于以上诸种艺术因素、艺术成分的有机综合之中，并通过它们表现出来。风格之于作品，犹如一个人的风度，它是一个人的气质、经历、思想、感情、文化修养等内在精神因素的综合表现，它体现于主体的一颦、一笑、一言、一行、一举手、一投足之中。一个人可以模仿另一个人的服饰、动作等，却不能模仿出他的风度，因为风度是内在的、整体性的东西。

二、艺术风格是怎样形成的

艺术风格的形成取决于作家的创作个性。作家的创作个性是指作家全部精神因素的总和，因此创作个性又可以说是作家的精神个性，包括独特的个性气质、生活经历、文化修养、人格精神、艺术追求、审美情趣和艺术才能等。所有这些相互渗透，熔铸成作家独特的心理结构，形成作家独特的创作个性。独特的创作个性贯注于整个创作过程中，体现于具体的艺术处理、艺术运作方式上，由此便产生了千类万殊的艺术风格。

三、从哪些方面辨识和把握艺术风格

艺术风格是作品文本所独具的一种风采，作品通过它证明自身的价值，作家通过它证明自身的存在，读者通过它理解和把握作品并以此来认识作家。因此，风格是读者在欣赏过程中一定要注意充分领略的东西。那么，从哪些方面来辨识作品的艺术风格呢？

前面我们已经讲过的韵律、节奏、语气、氛围、色调、文体等，都是"认出"风格的依凭和切入点。现在让我们换一种角度，即从创作角度来看，风格是通过哪些艺术途径、艺术手段、艺术因素体现的，反过来说就是从哪些方面可以"认出"作品的风格。

撮其要者，主要包括以下几个方面。

(一)题材的选择与处理

题材，是作家的写作材料，是作品的表现对象，是作品构成中客观方面的因素。客观事物本身是有自身特定的"风格"色彩的。例如，自然界中的长江黄河，崇山峻岭，万里长城，浩瀚沙漠，怒吼的狂飙，呼啸的海洋，喷发的火山，倾泻的瀑布等，本身带有崇高、雄浑、壮阔的美学"风格"；而小河流水，清风明月，湖边垂柳，江南桃花，毛毛细雨，莺歌燕舞等，本身带有优雅、秀丽、妩媚的美学"风格"。这些带有"风格"色彩的客观事物，与作家不同的精神个性、审美情趣相适应，召唤着不同作家对它们的选择。例如喜欢阳刚之美的艺术家，可能会选择"长江黄河"之类作为题材。我们从作家笔下的题材中，就可以大致领略到作品的某种风格。

例如，唐代"边塞诗派"诗人高适和岑参，主要以戎马风尘的边关战斗生活为题材。在他们笔下经常出现的是苍茫辽阔的原野，一望无际的黄沙，剽悍凶猛的匈奴，咆哮奔腾的烈马，粗犷悲凉的胡笳，彻骨钻心的严寒，大开大阖的出征，大起大落的胜负，激烈残酷的厮杀，白骨累累的战场，突兀荒瘠的高山……这些题材，无不带有雄壮、雄奇、雄伟的壮美气象。因此，从这些题材的选择和表现上很容易看出高适和岑参雄浑恢宏、大气磅礴的艺术风格。

当然，相同的题材只是为作家创作风格相近的作品提供了客观基础，由于作家创作个性的差异，所以对于相同的题材会进行不尽相同的艺术处理，因而就会显出同中有异的艺术风格。仍以高适和岑参为例。两人同写"边塞"，因为主观条件有所不同，所以诗风也不尽相同。高适年少落魄，家境贫寒，四处漂泊，落拓不羁；中年以后得到重用，好气任侠，即使在皇帝面前也"负气敢言"。这种性格特点为他的诗增添了胆识、力量、气魄，使他的诗风格雄浑中带有粗犷。岑参出身世宦之家，书香门第，早年习诗，诗风迥拔孤秀；出塞后诗风臻于雄浑，但仍带有早年的特色，因而他的雄浑中带有奇丽、峭拔的风味。例如，《白雪歌送武判官归京》的开头和结尾："北风卷地白草折，胡天八月即飞雪。忽如一夜春风来，千树万树梨花开。""轮台东门送君去，去时雪满天山路。山回路转不见君，雪上空留马行处。"此诗是一首咏雪送人之作，诗中再现了边塞瑰丽的自然风光，充满浓郁的边地生活气息。全诗笔力矫健，状物充满奇思妙想，抒情真挚动人且含蓄深沉。从风格上看，雄浑豪迈中不乏温婉新奇。

(二)意象、意境的组合与营构

意象、意境是作家主观精神世界的客观对应物，透过意象、意境的组合与营构，很容易看出作家的创作个性，以及作家、作品的艺术风格。例如，高适笔下经常出现的意象是胡天、远天、万木、草原、冰雪、青云、北溟、大城、荒城、云屯、三边、蓟门、戍楼、异域、空塞、风尘、肥马、骐骥、鸿鹄、黄鹄、白鸥、苍鹰、长山、铁岭、天路、千岩、千旗、氛氲、大旆、大刀、浩歌、雷霆、大浪、沧波等；岑参笔下常见的意象是赤焰、房云、炎氛、千仞、万蹄、大荒、胡沙、天涯、边烽、胡烟、昆仑、天山、葱山、万岭、战场、出征、六翮、苍穹、飞鸿、边空、浮图、铁衣、角弓、飞雪、金甲、烟尘等。这些意象无不具有雄浑劲健、气势浩瀚的情感色调；由这些意象进而组成的意境当然也就雄浑阔大、壮美有力。再如，李白笔下的意象常常是巨大的、有力的，如巍峨的泰山，峭拔的峨眉，奔腾的江河，澎荡的海湖，滚滚的惊雷，光耀的闪电，苍茫的云海，浩瀚的星空，飞泻的瀑布，呼啸的长风，咆哮的猛虎，怒吼的豺狼，拼搏的沙场，嘶鸣的烈马，纵歌的侠客，狂饮的豪士等，这些意象无不表现了李白豪放的风格和磅礴气势。①相反，如果作品中出现的是其他色调的意象，那么，作品就可能呈现为另外一种风格。

例如，和高适同时代的王维，其作品风格与高适迥异其趣。且看王维的几首诗。

> 人闲桂花落，夜静春山空。月出惊山鸟，时鸣春涧中。
> ——《鸟鸣涧》

> 木末芙蓉花，山中发红萼。涧户寂无人，纷纷开且落。
> ——《辛夷坞》

> 空山不见人，但闻人语响。返景入深林，复照青苔上。
> ——《鹿柴》

这里的意象是闲人、落花、静夜、空山、夜月、山鸟、春涧、芙蓉花、山中、空山、深林、青苔等，由这些意象组合构成的意境多呈现为闲逸、幽静、淡泊、深远的特点，于是王维的这些作品就表现为冲淡、平和、恬静的风格。

(三)体裁的驾驭与艺术手法的选用

体裁是指文学作品的具体样式，如小说、诗歌、散文等。体裁是千百年来作家们在创作实践中逐渐形成确定的，每种体裁都有相对确定的审美规范，都有特定的艺术特性。例如，悲剧宜于表现崇高悲壮的风格，喜剧长于表现幽默滑稽的风格，正剧适于表现严肃庄重的风格。诗歌长于抒情，小说长于叙事，散文长于说理。就诗歌而言，有格律诗和自由诗。格律诗格律谨严，每首诗不但有特殊规定的字数、行数，而且每行又有特殊规定的声调和韵脚。从形式上看，律诗自有谨严规范的美，但过于严格的诸多规定也容易束缚思想

---

① 王明居. 唐诗风格美新探[M]. 北京：中国文联出版公司，1987：77，128.

感情的表达，一般说来，难以与热烈奔放的思想感情的表达相适应，因而也就往往为个性自由活泼的诗人所不取。例如，律诗定型于唐代，然而李白却极少采用这种形式，因为他天性活泼，才高气逸，感情奔放，想象奇特，诗情勃发时灵感如天马行空，纵横驰骋，神出鬼没，表现在结构上则大开大合，大起大落，变化无穷，真正是笔落惊风雨，诗成泣鬼神。所以李白的诗完全是天才的抒发，自由的创造，因而很难用律诗的形式去框定。但是，性格方正严肃的杜甫却喜欢采用律诗，是唐代律诗写得又多又好的一个。他能把盛唐那种雄豪壮伟的气势情绪纳入规范，即严格地收纳凝聚在一定形式、规格、律令中。这里从体裁的驾驭上，我们既窥见了诗人的个性，也把握了作品的风格。

艺术手法的使用与艺术风格也有紧密的联系。让我们再以李白和杜甫作对比：李白的诗富于奇特的想象(如"狂风吹我心，西挂咸阳树""太白与我语，为我开天关")，超常的夸张(如"燕山雪花大如席""一风三日吹倒山")，高度的虚拟(如"我欲因之梦吴越，一夜飞度镜湖月")，在语言节奏旋律上则奔泻急速，迸发突进(如"黄河之水天上来，奔流到海不复回""天姥连天向天横，势拔五岳掩赤城。天台四万八千丈，对此欲倒东南倾")。从以上手法的运用可以见出李白豪放飘逸的艺术风格。杜甫的诗长于精细写实(如"车辚辚，马萧萧，行人弓箭各在腰。爷娘妻子走相送，尘埃不见咸阳桥")，鲜明的对比(如"朱门酒肉臭，路有冻死骨""信知生男恶，反是生女好。生女犹得嫁比邻，生男埋没随百草")，紧密的结构(如"江浦雷声喧昨夜，春城雨色动微寒""窗含西岭千秋雪，门泊东吴万里船")，在语言节奏旋律上则回旋舒缓，跌宕顿挫，凝重深沉(如"风急天高猿啸哀，渚清沙白鸟飞回。无边落木萧萧下，不尽长江滚滚来。万里悲秋常作客，百年多病独登台，艰难苦恨繁霜鬓，潦倒新停浊酒杯")。从以上诸方面可以看出杜甫沉郁顿挫的艺术风格。[①]

(四)语言的特色

文学是语言的艺术，语言是作家表达思想感情的基本材料和媒介，语言是文学的第一要素。在语言里，蕴藏着艺术的一切奥秘。因此从语言的使用上可以看出作家的创作个性，以及作家、作品的艺术风格。

通过语言看风格，大略说有两方面：一是看使用了哪些语言(字、词)；二是看这些语言是如何组织、如何使用的(即文体)。

先说第一方面。每个作家出于自己的精神个性，都有自己最喜欢使用、最能传达自己精神世界的字或词，因而从这些字、词的频繁使用上，大致就能见出其特定风格。

例如，毛泽东作为政治家和诗人，胸襟雄放阔大，他最喜欢用因而也用得最多的一个字是"万"字。冰心老人对此做过专门的研究。她说，"万"字是一个最有力量的汉字，这个字表达了浩大的气势和雄伟的气魄。"万"字在毛泽东诗词中频频出现。例如，《沁园春·长沙》中的"看万山红遍，层林尽染""万类霜天竞自由""粪土当年万户侯"；《西江月·井冈山》："敌军围困万千重，我自岿然不动"；《采桑子·重阳》中的"寥廓江天万里霜"；《减字木兰花·广昌路上》中的"命令昨颁，十万工农下吉安"；《渔家傲·反第一次大"围剿"》中的"万木霜天红烂漫……唤起工农千百万"；《十六字令

[①] 童庆炳. 文学概论[M]. 武汉：武汉大学出版社，1989：375.

三首》中的"奔腾急，万马战犹酣"；《七律·长征》中的"万水千山只等闲"；《念奴娇·昆仑》中的"飞起玉龙三百万"；《清平乐·六盘山》中的"不到长城非好汉，屈指行程二万"；《沁园春·雪》中的"北国风光，千里冰封，万里雪飘"；《七律·人民解放军占领南京》中的"百万雄师过大江"；《浣溪沙·和柳亚子先生》中的"万方乐奏有于阗"；《水调歌头·游泳》中的"万里长江横渡"；《蝶恋花·答李淑一》中的"万里长空且为忠魂舞"；《七律二首·送瘟神》中的"万户萧疏鬼唱歌"；《七律·和郭沫若同志》中的"玉宇澄清万里埃"；《七律·答友人》中的"红霞万朵百重衣"；《七律·冬云》中的"万花纷谢一时稀"；《满江红·和郭沫若同志》中的"一万年太久，只争朝夕"……从这些"万"字的运用上，可以约略窥得毛泽东诗词艺术风格之一斑。①再如，前面提到的王维的几首诗，包含了王维常喜欢用的一些字，如闲、静、寂、无、空等，从中也可以领会王维冲淡的诗风。

再说第二方面。作家、作品的风格还鲜明而直接地体现在语言的有机组合——文体上。同样的语言，运用不同的方式组合产生不同的文体，体现出不同的韵味。成熟的作家都有自己独特的文体，语言运用自有独特的风格，以至于敏感的读者只要读上一段文字，立刻就能从文体上直觉地判断出是某一作家的作品。

关于文体的辨识和把握，我们已经在前面专题讨论过，此处不再赘述。

总之，风格在作品中的表现，既是多方面的又是综合的，所以读者要把握具体作品的风格，既要善于从多角度进行观察和分析，又要善于凭直觉全面整体地体验和领悟。

思考练习题

一、什么是艺术风格？
二、艺术风格与作家创作个性的关系是什么？
三、从哪些方面辨识和把握艺术风格？
四、仔细阅读，体会下面两首诗的艺术风格。

回　答
北　岛

卑鄙是卑鄙者的通行证/高尚是高尚者的墓志铭/在那镀金的天空中/飘满了死者弯曲的倒影。

冰川纪过去了/为什么到处都是冰凌？/好望角发现了/为什么死海里千帆相竞？

我来到这个世界上/只带着纸、绳索和身影/为了在审判之前/宣读那些被判决的声音：

告诉你吧，世界/我——不——相——信！/纵使你脚下有一千名挑战者/那就把我算作第一千零一名。

我不相信天是蓝的/我不相信雷的回声/我不相信梦是假的/我不相信死无报应。

如果海洋注定要决堤/就让所有的苦水注入我心中/如果陆地注定要上升/就让人类重新选择生存的峰顶。

---

① 臧克家. 毛泽东诗词鉴赏[M]. 石家庄：河北人民出版社，1991：293-298.

新的转机和闪闪的星斗/正在缀满没有遮拦的天空/那是五千年的象形文字/那是未来人们凝视的眼睛。

1976年4月

寄 杭 城
舒 婷

如果有一个晴和的夜晚/也是那样的风，吹得脸发烫/也是那样的月，照得人心欢/呵，友人，请走出你的书房。

谁说公路枯寂没有风光/只要你还记得那沙沙的足响/那草尖上留存的露珠儿/是否已在空气中消散？

江水一定还那么湛蓝湛蓝/杭城的倒影在涟漪中摇荡/那江边默默的小亭哟/可还记得我们的心愿和向往？

榕树下，大桥旁/是谁还坐在那个老地方/他的心是否同渔火一起/漂泊在茫茫的江天上……

1971年5月

【欣赏示例】

王蒙评李商隐的风格

20世纪90年代初，王蒙迷上了李商隐的诗，写了多篇非常精彩的赏析评论文章。王蒙指出李商隐的诗歌风格独特——深挚、忧伤、寥落、无奈，美极婉极深极。这一风格弥漫渗透于他所有诗歌之中，所有诗歌都来源于他同一心灵场。既然是同一心灵场所孕育，所以李诗之间就存在着很多的同一性，可交流性，可替代性，互补性，互证性。

为了证明李商隐诗歌风格的上述特性，王蒙作了非常有意思的实验：把同一首诗(如《锦瑟》)结构打乱重新组合("锦瑟蝴蝶已惘然，无端珠玉成华弦……")，或者变换成其他文体，如长短句("杜鹃、明月、蝴蝶，成无端惘然追忆……")、对联("此情无端，只是晓梦庄生望帝……")等，结果发现，情调、风格仍然不变。王蒙还把李商隐不同诗的句子抽取出来组合在一起(如"锦瑟无端五十弦，东风无力百花残。春蚕到死丝方尽，蜡炬成灰泪始干。沧海月明珠有泪，蓝田日暖玉生烟。蓬山此去无多路，只是当时已惘然。")，结果发现，还是李商隐原本的情调和风格。王蒙说虽然知道这样做是野狐禅，是走火入魔，但仍然令人惊叹！惊叹什么？——惊叹汉语言文字的奇妙，惊叹李商隐心灵世界、艺术世界的奇妙！惊叹他情调、风格的统一性！王蒙用两个字表达他的感受——"绝了！"

经过认真研究，王蒙发现，李商隐诗歌的可简约性，跳跃性，可重组性，可替代性等，来源于其情调、风格的统一性，深层次是作者心灵场的统一性。这一切的统一性表现于诗歌中，是以下方面的统一性。

首先是情感的统一性。你找不着叙事的线，空间的线，时间的线，逻辑的线，特别是找不到或较难分明表意的顺序，却很容易找到那同一种情绪。甚至，可以说这一类诗情绪也大致是统一的。惘然，无奈，寥落，凄凉，漂泊……主宰着它们。

其次，它们靠的是意象与典事的统一性。蝴蝶、翡翠、麝香、金蟾、玉虎、玉烟、珠泪、春蚕、蜡炬、蓬山、青鸟、东风、细雨、彩凤、灵犀、芙蓉、云鬓、庄生、望帝、贾氏、宓妃等意象与典事，包括惘然、追忆、相思、无益、寂寥这些比较虚的词，都有一种忧伤而又朦胧，雅致而又无奈，艳丽而又梦幻的特点。他的这些个诗里是不会有诸如"惊雷""狂飙""长啸""痛饮"一类词的。故这种统一性也可以说是词汇的统一性。

最后是形式的统一性。形式的统一性是我国诗的一大特点，所以我国早就有集句的传统，比西方现代派的"扑克牌小说"早了一千多年。如果没有形式上的相对比较严格的统一标准，句是集不成的。而李义山的律诗在形式上是很讲究的，即使留下了许多空白，跳跃性很强的诗篇也很完整好读，甚至解构重建以后，仍然十分严整上口。形式问题不能不说也很有作用。

——整理自王蒙的《双飞翼》"关于李商隐"部分第3—117页，
生活·读书·新知三联书店，1996。

第八章　表现手法举隅

文学作品的意蕴贯注在艺术形式之中,通过艺术技巧即表现手法表现出来。要解读作品,就要剖析作品的艺术形式,了解作者采用了哪些表现手法。剖析艺术形式和表现手法有助于理解作品的意蕴。

文学创作的艺术技巧、表现手法是一个外延广阔的范畴,也是广大读者比较熟悉的一个范畴,多数人从小学学语文起就经常接触这些概念,常见的有叙述、描写、抒情、议论、比喻、夸张、拟人、铺垫、渲染、复沓等。因为读者比较熟悉,所以本书不准备全面讲述,只举例性地挑选其中几个加以分析。

第一节　结　构

首先想谈的是结构,我们可以看看结构是如何传达作品的意蕴的(结构的艺术功能)。

一、什么是文学作品的结构

结构,也叫布局,是指作品的组织方式和内部构造。结构有表层和深层之分。表层结构指的是对作品中可直接感知的内容进行的组织和安排,如人物的设置,情节的安排,场面的组织,环境的铺陈,对抒情、描写等艺术手法的调度,开头结尾起承转合之类。深层结构指的是作品内容的内在时空关系,内在的生命节奏,意象的组合方式等。

二、结构的艺术功能

现代科学理论告诉我们每一种事物都有特定的结构,特定的结构具有特定的功能——结构与功能之间具有紧密的内在联系。在艺术领域当然也是如此。

举个极简单的例子。有三张照片(我们姑且把它当作三个镜头):a—微笑的脸,b—恐惧的脸,c—手枪。三个镜头可以有好几种排列组合方式(结构),不同的组合方式具有不同的艺术效果。例如,①"a—c—b"式,"叙述"的是一个人正在微笑,忽然有手枪对着他,他害怕了。这种组合方式符合事物发展的正常顺序,合情合理,很容易理解。但平铺直叙,艺术效果一般。②"a—b—c"式,即一个人正在微笑,忽然变为恐惧了,反差如此之大,怎么回事呢?"c"一推出,噢,明白了,原来有手枪在对着他。这种组合方式产生了悬念,使观者心理上增加了跌宕和波折,艺术效果比较强烈。③"b—c—a"或"c—b—a"式,微笑在后面,怎么解释呢?可试作如下解释:一个人忽然面对突如其来的手枪,本能性的反应自然是恐惧,但他随即迅速镇定下来。他想,我是一个革命者,我为革命而牺牲,死得其所,重于泰山,是我的光荣,于是他微笑了,他藐视地面对敌人,来吧,照这儿打!——这不也合情合理吗?

再如，小说的结构有明显的表意功能。小说结构是对于事件或动作有目的、有顺序的安排，这种安排稍一变动，作品的意义就会跟着改变。小说结构的这种功能，俄国维戈茨基早在 19 世纪初就已经看到了。他举例说，a、b、c 三个音，或 a、b、c 三个词，或 a、b、c 三个事件，如果把它们的次序改为 b、c、a 或 b、a、c，它们就会改变作品的意义和情绪。因此，小说中事件的安排，句子、表象、形象、动作、行为和插话的贯穿，如同音的贯穿为旋律，词的贯穿为诗句一样，结构改变引起意义和情绪的改变。①

让我们以一篇具体作品——史铁生的小说《宿命》为例，来说明这一点。

《宿命》主要是写一个志得意满的青年忽然被汽车撞断了腰椎，从此改变了命运。他感到了人的命运中，确乎存在着某种令人不可思议的、"神秘"的(即所谓"宿命"的)因素。按照情节发展的自然顺序，应该是这样的。

(1) 背景(非情节因素)：主人公莫非是一个中学教师，志存高远，许多人给他介绍对象他都没放在心上。他将要出国留学，已办好了护照、签证，买好了机票。

(2) 出国前某一天下午，莫非上物理课。一个平时很老实的学生看见一只狗望着学校大门正中的大标语放了个很响但是发闷的屁，因此，老止不住笑，被罚出教室。下课后莫非问他为什么笑，问了 20 分钟，这时候，校长给了莫非一张戏票。

(3) 看戏——歌剧《货郎与小姐》。

(4) 看完戏去包子店买包子，排在第七位，轮到莫非时，他买了一个，吃了就走。

(5) 遇见一个熟人，打招呼耽误一至五秒钟。

(6) 自行车轧在一只茄子上摔倒，腰椎被汽车撞断。

(7) 医院——从此成为残废。

(8) 万般无奈只好写小说。

然而小说并没有按情节的自然发生程序去安排结构，而是对情节进行了大拆解，按另外一种方式重新进行了组合——让我们按作品的自然"节"依次列出。

(1) 正是那一秒钟忽然间颠覆了"我"(莫非)的命运，我对这"一秒钟"始终耿耿于怀。开头第一句话是："现在谈谈我自己的事，谈谈我因为晚了一秒钟或没能再晚一秒钟，也可以说是早了一秒钟却偏偏没能再早一秒钟，以至终身截瘫这件事。"

(2) 残废已成事实，除了接受，没有办法。

(3) 那一秒钟之前我是个十分幸运的人，有着许多美好的计划和憧憬。

(4) 忽然间出事，好事全成废话。

(5) 以电动玩具母鸡比喻命运的逆转。

(6) 回忆撞伤后在医院。

(7) 回忆最初面对残酷现实时的痛苦。

(8) 警察向我说明出事的原因——谁都没错。如果硬要找出原因的话，只能怨您为什么不早不晚去惹了那只茄子(天知道的原因)。

(9) 仔细想想，看来警察的话是唯一可能的原因。

(10) 开始往回想：为什么碰到了那只茄子。首先是这之前与一个熟人打了个招呼。

(11) 插入一段：残疾后再也没谁向他介绍过哪位姑娘。

---

① 维戈茨基. 艺术心理学[M]. 周新，译. 上海：上海文艺出版社，1985：198.

(12) 再往前想，碰到熟人前是买包子。

(13) 议论：由买包子推演出，只买到一个(偶然)导致见了那个熟人(必然)，"我们必须相信这是命。"

(14) 再往前想是上课、学生笑、歌剧票。

(15) 碰到一位同学，解释残疾原因。因无法说清，只好说："我说我们必须承认这是命。"

(16) 多年来一直琢磨，那个学生的笑才是我命运的转折点。但他为什么笑呢？莫测高深，恰似命运的神秘与深奥。

(17) 感慨、无奈，只好写小说。

(18) 学生们看到我的小说来访问我，那个在课堂上老是笑的学生终于说出了原因：狗屁。

(19) 为什么要有这一声闷响(狗屁)？不为什么。只有归之于"上帝"。

通过将情节自然发生程序与作品结构安排顺序两相对照，便可发现《宿命》艺术结构上的特点：第一，倒过来写，即由结局回溯原因，一步步往前找；第二，将情节"间离"，加进去了许多感慨、议论等情感性、思考性内容。

现在我们要问，作者为什么要采用这种结构方式呢？这种结构方式有什么功能呢？

这要看作者的目的(即创作意图)。作者由于自身的不幸，所以对人生命运等根本性问题进行过执着的深入思考。他发现人的命运中确实存在着一种客观的人自身所不能主宰的"神秘"因素(即"宿命"因素)。这是人的无奈，但却是人生的真相，理智清醒、理性坚强的人类必须勇于承认、勇于面对这种现实。人类就是要在无奈中迈出坚定的步伐，坦然坚毅地面向人生。史铁生要把他的思考结果传达给读者，以期引起读者的深入思考，在思考中勘破某种人生真相。由此意图出发决定了他的艺术手段的选择，即艺术结构的安排。

如果按情节的自然发生顺序组织结构，即结构与情节同步发展，其结果不过是使读者看到了一个平淡的、不幸的故事，它至多能在善良的读者心里唤起一点儿同情和怜悯，感叹一声"这人真不幸"，却不会引起读者有意识地深入思考，思考其中的人生道理。因为它的发展太自然、太平常、太司空见惯、太顺理成章了，它一环扣一环，太紧太密，没有缝隙，使人想不到这里面还有什么"神秘"。"自然"是一种抗体，最具麻痹性、欺骗性、蒙蔽性，它使人的注意如水过鸭背，不知不觉地就从情节上滑过去了。而这种"艺术效果"当然是作者最不愿看到的，所以他在"结构"中实施了一点儿"法术"——"倒过来"和"间离"。

"倒过来"写的作用是，变故事自然发生的"现在进行时"为"过去完成时"，时态变了，故事被推远了。故事被置于思考的框架中，成为思考的材料，思考的对象。作品一开头就是回忆的口气，就奠定了思考的调子。不过，仅仅利用"倒过来"这一招还不足以保证读者不关注故事，为减弱"故事"本身的魅力，作者又对故事进行了"间离"——有意颠覆故事的自然进程，在故事链条中不时插入抒情和议论成分，如第 1、2、5、11、13、16、19 这些自然节就属于"间离"段落，而且，即使在叙述情节的段落中，也带有浓郁的抒情成分和议论因素。总之，这篇作品让你感到叙述人不是在讲一个有趣的故事而是在讲他对人生的思索和理解。作品的结构完美地体现了作者的创作意图，有效地传达了作品的意蕴。

再如，陈村的小说《一天》。作品结构上一个明显特点就是张三(主人公)生活中的"一天"与他的"一生"叠印起来：开头第一节写青年张三天未亮起来第一次跟师傅"学生意"(学技术)，然后依次写路上，工厂干活，最后一节写到下班回家时，已经是"光荣退休"了。作品写到的"现在"迅速转化为遥远的过去，"一生"暗中消逝在"一天"里了。作者采用这种结构方式，不露痕迹地让读者获得一种人生感慨：人生平平淡淡，不知不觉就过完了——一生如一天。试想，如果换用其他结构方式，恐怕就难以将这种意蕴传达得如此成功、如此巧妙。

由此可见，艺术结构与艺术家的创作意图之间有着内在的对应和同构关系，艺术结构有传达作品意蕴的功能。这才是艺术结构的深层实质，这才是艺术形式的奥秘之所在。

了解了艺术结构的实质，也就为把握艺术结构找到了透视点，即透过特定结构领悟艺术的特定意蕴，领悟艺术家寄托在结构中的心灵信息。

三、艺术结构的类型

艺术结构可以分为许多类型，如单线型、复线型、网状型、辐射型、连环型、板块型、时空颠倒型、纵横交错型等。而且，不同的艺术样式、不同的体裁，其结构的表现形态及组织方式也各不相同。对此，欣赏时都必须予以注意。

思考练习题

一、什么是文学作品的结构？

二、结合具体作品谈谈结构的艺术功能。

三、史铁生的短篇小说《命若琴弦》艺术结构上有一个明显特点，即开头与结尾用的是同一"画面"，组成了一个"圆圈"：

莽莽苍苍的群山之中走着两个瞎子，一老一少，一前一后，两顶发了黑的草帽起伏蹒动，匆匆忙忙，像是随着一条不安静的河水在漂流。无所谓从哪儿来、到哪儿去，也无所谓谁是谁……

结合全文，谈谈作者为什么这样安排。

【欣赏示例】

李商隐无题诗的结构与其心灵场之关系

(说明：著名作家王蒙曾著文专论李商隐无题诗的结构与其心灵场之关系，题目是《混沌的心灵场——谈李商隐无题诗的结构》。文中谈到，一般的诗的结构大致呈现出一种主线，就是说你可以从中找出一条主要的线索，或叙事而有先后，或抒情而分浅深，或状物而言形质，或比兴而因物事再及意旨等，都是有迹可循，有线可依，有序可排列的。但是，也有的诗结构扑朔迷离，无线无迹无序，令人捉摸不透。这类诗最精彩的范本就是李商隐的无题诗与准无题诗(虽有标题但相当于无题，如《锦瑟》，只是头一句的头两个字)。李商隐的诗为什么会采用这种结构呢?过去很少有人探讨,王蒙以作家敏感的诗心对此作出了自己的解释。)

(对于李商隐的无题诗与准无题诗)难点是在意旨的理解上。意旨理解的难处又在神龙见首不见尾的虚拟与前言不搭后语的语序特别是"联序"上。

为什么那样虚拟那样含糊呢?除了有所不便的环境原因之外,主要是诗人这里写的不是一时一地一人一事而是自己的整个心境,或是虽有一时一地一人一事的触动,着力处仍在于去写深藏的内心,这正是此类诗隐秘丰邃不同凡响之处。义山诗是提纯了的:把一切用散文用议论用解注能表达的非纯诗的东西全部洗濯干净了,此得宋人杨万里"诗须去意方可"说之精髓也。

为什么前言不搭后语呢?除了风格形式美的需要以外,就在于作者构建的是自己的独特的心灵风景,而心灵风景不受空间时间形式逻辑的束缚。心灵是说不出道不来的,说出来的可能只是一小部分,而更多的东西全靠你在字里行间反复体味。

诗家颇有注意到李诗的结构的与众不同的。例如,《夜雨寄北》的结构就极有致,何焯称之为"水精如意玉连环",张采田称之为"潜气内转",黄世中称之为"往复回环",等等。

这些说法之中,潜气内转说颇有概括意义。盖回环往复云云特指《寄北》,而潜气说则通用于李的一大批诗。潜气的意思是李诗有这么一部分是写一股沉潜之气的。为什么?不平之气,嗟叹之气,怅惘之气,期盼之气。说到底无非是一种情结或用香港的说法叫作"情意结",一种得不到宣泄得不到呼应得不到报偿而又充溢饱满浓郁深厚的"力比多",又不仅是弗洛伊德的力比多,是故潜气者潜意识也,亦可以是中国文人所称之"块垒"也。潜气不是浮气,浮气多半是针对一时一事身外之物的,此一时一事改变了,浮气也就没了。潜气则不同,长期积累,未必自觉,若有若无,难分难解。这当真是一种"心病",这又积累着巨大的心理能量,要求着释放与喷发。如果这种心病块垒,压迫在一个天才诗人身上,它就成为诗人的天才诗篇的无尽源泉了。至于这种力比多或情意结或以中国特色的说法叫作胸中块垒的形成,自然是种种因素而不是一种原因,长期积压而不是一时刺激所造成的。对此,文学史家考证研究的成果甚丰,爱情与事业的不称意,这男人一生的最大两件事都够李商隐压抑一辈子的。这不需要我的学舌与多言。

内转说则更有趣味了。当代文学是否存在"向内转"的趋势,这是文学评论家鲁枢元提出的一个受到重视也引起争议的命题。转入内心,则是古今中外一大批作家特别是诗人的实际。特别是一些在"外务"中屡受挫折的文人,作为一种补偿,一种"移情",转入内心,转入一种类似自恋自怨自嚼自味只是无以自解的沉迷状态者,比比皆是。从经世致用的观点看,这种"向内转"的作品殊无可取,向内转的诗人殊无用,这种轻视内转的传统在我国可谓源远流长,于中华人民共和国成立后而尤烈。故而李商隐诗长期以来得不到应有评价而一千多年后的鲁枢元的命题也屡遭非议。问题是诗的价值并非一元,经世致用恰恰不是诗功能的强项,以诗治国或诗人治国本身就是幻想,大可不必这样去衡量诗与诗人。而向内转的作品由于探幽察微,开出诗中奇葩,更有别类无法替代的抚慰共鸣润泽导引的奇异效应。

毕竟是今日了,我们完全可以更好地研究一下这类心灵诗。

外务及身外之物是比较明晰的,空间时间,轻重缓急,吉凶祸福,成败利钝,是非得失，用藏浮沉及因之产生的种种喜怒哀乐，都是可以说明与明说的。这些诗可能碰到道德政治文化环境方面的表述困难，却不是语言困难。所以那些面向外务外物包括因外而及内的诗，结构都较为有序有规律。而内心的世界，长期的情意之结，迷迷茫茫，混混沌沌，如花如雾，似喜似悲，若有若无，亦近亦远，且空且实，恐怕他自己也说不清——依弗氏学说，说得太清楚就没有这块垒潜气，心病也就痊愈了，也就没有这一批诗了。盖它们不但会碰到经世致用以文载道诗主张者的贬斥，而且首先遇到的是语言上的困难——你找不到可以表述内宇宙的精当语言。一般的交际语言在用来表现内心世界的时候常常是千篇一律，挂一漏万，买椟还珠，因言害意。这样，潜气内转的诗人就必须另辟蹊径，另寻非同寻常的语言与结构。这就是古今一批诗人的内向之作读来前言不搭后语、朦胧费解的缘故。

其实，李商隐的这一类诗，称之为"混沌诗"要比朦胧诗贴切得多。朦胧是表面，而混沌是整体是立体也。人的内心，被称之为内宇宙的，确实是扑朔迷离，无边无际，无端无底，只有用"混沌"二字才好概括。

混沌是抓不住的，动不动企图为混沌作出明晰的考证，便恰如给一个深度精神病人作出简单的器质性病变的判断，然后去头疼医头，脚疼医脚地做皮肤科或外科手术。也恰如《庄子》里的混沌故事，为混沌凿出了七窍，也就把混沌杀死了。

但是诗又是写给人看的，至少这些诗给人看了并且被人们接受而且流传下来了。诗人自己的内心痛苦要凭借语言来抒发。知其不可而为之，诗必须为混沌找出相对应的语言来。义山的这一类诗，堪称是此种不可为之为，不可言之言的范本。这语言里可以有相对明白的直抒胸臆，如说是"惘然"是"追忆"是"相思"是"惆怅"是"清狂"是"寂寥"等等。这些情绪是朦胧的，语言却是明白的。这些可称是明白的混沌。但是，仅凭直抒胸臆对于一个诗人或是一首诗来说又是远远不够的。诗的特点、诗的迷人之处、诗的动人之处要求诗人能够为混沌朦胧的情意寻找出折射出对应的相对要直观得多的形象意象，以及典事来。就是说还要搞出混沌的明白来。

于是诗人从心灵出发，以内转的潜气为依托为根据，精心搜索编织，铺陈营造，探寻寄寓，建成了他特有的城池叠嶂、路径曲幽、陈设缛丽、堂奥深遥的诗的宫殿，诗的风景。

这一类诗的结构，可称之为"心灵场"。心灵是能量的源泉，意象与典事是心灵能量的对象、载体与外观。心灵的能量受到外界即身外之物的影响，宠辱祸福，人们是无法全不计较的。但人的心灵能量又不完全是外界的投影，它还包含着人类固有的与生命俱来的欲望与烦恼，快乐与恐惧。而且这种能量是长期积累乃至无意识积淀的结果，常常是自己也不自觉，自己也掌握不住。说它是一个场，是由于场的本质是一种能量，而能量在没有遇到接受能量的物质对象的时候它是看不见也摸不着的，例如电磁能，谁能看得见呢？但是如果有铁屑，一切便排列起来了，图案化了，图形化了，从而清晰可见了——有了场自己的风景了。同时众铁屑毕竟不是一个刚体，它没有固定的形状，不具备不可入性。正如这一类诗，道是无形却有形，道是有结构又似无结构，非此非彼，亦此亦彼，它们的风景具有极大的灵动性奥秘性。这里，心灵是能量的来源，而各种形象意象典事则是可见的"铁屑"，是风景的表层对象。

——节选自王蒙的《双飞翼》第98—100页，第106—111页，北京：生活·读书·新知三联书店，1996。

第二节 象 征

一、什么是象征

象征是一种最古老也最现代至今仍为艺术家所喜欢采用的表现方法。什么是象征？美国诗学教授劳·坡林说，象征是某种东西的含义大于其本身；我国学者余秋雨说象征是有限形式对于无限内容的直观显示；林兴宅在他的论象征的专著中说，象征是用具体的感性形象表征某种抽象的精神意蕴。以上诸说道出了象征的基本特点是以少喻多，以具体代表抽象，以特殊表现普遍，以有限暗示无限，它要解决的是有限与无限的矛盾。也就是说，艺术家所要表达的"意思"很大、很多、很抽象、很概括、很深远、很微妙，没有办法也没有可能一下子直接倾注到作品中(直接倾注不成艺术)，因而必须抽象化为一个具体的可视可感的形式——形象或意境，以具体的形象或意境来比喻、来代表、来暗示那个抽象的意思。这时候，艺术的形象或意境就具有象征功能。由此来看，象征所体现的其实就是艺术的普遍规律，因而从最广泛的意义上说，所有的艺术品都多少具有象征色彩，具有象征功能。

由以上分析可知，象征具有双层结构：表层和深层。表层是可供感知的感性形式(形象、意境)，而它的背后，它的深层是更广阔、更深沉、更抽象、更普遍的意蕴。因此，欣赏文学作品时，欣赏者必须注意辨识其中的象征，参透象征的含义，这才算真正理解、把握了作品。

二、象征的主要类型

自古至今，中外作家都十分喜欢使用象征这种艺术表现方法，因而象征在作品中的存在不仅相当普遍，而且多种多样，多彩多姿。余秋雨在一本论创作的著作中，对象征进行了综合考察，把象征分为两大类：部件性象征和整体性象征。部件性象征又可分为符号象征和氛围象征，整体性象征可分为寓言象征和本体象征。[①]这一分类简单明快，是对复杂象征现象所进行的宏观把握。以下，我们打算以此分类为线索，结合具体作品谈谈各类象征的不同特点。

(一)符号象征

黑格尔说，象征首先是一种符号，不过不是单纯的符号而是艺术的符号。在单纯的符号里，意义与符号本身的联系是一种完全任意构成的拼凑，而在艺术符号里，意义与符号本身(艺术形象)是密切吻合的。到了20世纪，美国的苏珊·朗格更明确地把符号分为推理符号和艺术符号。她说，艺术符号即表象符号，是一种具有象征意义的形象(或曰图画)，这种符号是人类情感的表现，是由情感转化成的可感知的形式。这种形式的功能并不在于要把人们的眼光吸引到它本身，而是暗示人们通过外层表象联想到更深远的意蕴，领会到

---

① 余秋雨. 艺术创造工程[M]. 上海：上海文艺出版社，1987.

它所蕴含所代表的东西。

中国古人很早就领悟了形象的象征功能，就懂得借具体可感的形象(艺术符号)传达微妙抽象的思想感情，因而创造出数不清的意味深长的艺术作品。例如，绘画和诗文中的松、竹、梅、兰、菊、莲、日、月、星、风、云、雨、雪、山、水、老虎、狮子、雄鹰、麒麟、仙鹤、鸳鸯、雁、龙、凤、鱼等，都有丰富的象征意味，一看到或听到这些形象，立刻就能联想到其中所含的意义和意味。电影电视中也常常运用符号象征这一方式。例如，阳光明媚象征形势大好，乌云密布象征形势险恶，电闪雷鸣或风狂雨骤象征斗争激烈，波涛拍岸象征心潮澎湃，青山与青松象征对英雄的哀悼和敬仰，也象征英雄永远活在人民心中，如此等等。戏曲中的脸谱、道具、布景、表演动作程式也都是很典型的符号象征。符号象征在小说中的使用也很普遍。例如，鲁迅作品中，革命者夏瑜坟上的花圈(《药》)，《狂人日记》中"狂人"从书页中看到"吃人"二字；《北方的河》(张承志)中的那些大河；《红罂粟》(张抗抗)中的"红罂粟"；《一地鸡毛》(刘震云)中的"一地鸡毛"；《绿化树》(张贤亮)中的"绿化树"；《啊，青鸟》(陆星儿)中的"青鸟"；《立体交叉桥》(刘心武)中的"立体交叉桥"；《墙基》(王安忆)中的"墙基"；《蝴蝶》(王蒙)中的"庄周梦蝶"；《井》(陆文夫)中的"井"等，不胜枚举。

(二)氛围象征

与符号象征一样，氛围象征也是一种部件象征，它与符号象征的不同之处在于，它不是通过符号化的具体象征语汇，而是通过有象征意义的意境烘托，片段性地指向诗情和哲理。

例如，王维的诗《竹里馆》："独坐幽篁里，弹琴复长啸。深林人不知，明月来相照。"《辛夷坞》："木末芙蓉花，山中发红萼。涧户寂无人，纷纷开且落。"《鸟鸣涧》："人闲桂花落，夜静春山空。月出惊山鸟，时鸣春涧中。"《山中》："荆溪白石出，天寒红叶稀。山路元无雨，空翠湿人衣。"这里每首诗的意境都是富含象征意义的氛围。沉浸流连于这种氛围中，不用分析和思考，而是放任全身心去感受、去体验、去品味，心灵立刻被诗中意象、意境所散发出来的精神气氛所笼罩、所感染、所陶醉，不知不觉得到净化和抚慰，悠悠然感悟到一种清空神秘的宇宙精神，一种安适和谐的人生境界，一种宁静深邃的佛家禅味。总之，氛围所象征的意蕴，在无言中被心灵所摄取、所吸收、所涵纳。

抒情散文常常很注重"氛围"的象征意味。例如，张承志的散文《北庄的雪景》，写他于大雪纷飞之中去河州东乡北庄拜访中国伊斯兰教协会副会长马进城，作者对"北庄"的描写，使人明显感到表层写的是"自然"，深层则指向"人生"。

河州东乡，在冬雪中它呈着一种平地突兀而起、但不辨高低轮廓的淡影，远远静卧着，一片神秘。奔向它时会有错觉，不知那片朦胧高原是在升起着抑或是在悄悄伏下。……它外壳温和，貌不惊人，极尽平庸贫瘠之相，掩藏着腹地惊心动魄的深沟裂隙，悬崖巨谷。

我竭力透过雪雾，我看见第一条峥嵘万状恐怖危险的大沟时，心里突然一亮。大雪向全盛的高峰升华，努力遮住我的视线。东乡沉默着掩饰，似乎是掩饰痛苦。然而一种从未品味过的、一种几乎可以形容为音乐起源的感触，却随着难言的苍凉雄浑、随着风景愈向纵深便愈残酷、随着伟大的它为我露出裸体——而涌上了我的心间。

北庄如同海底的一块平地，雪在这里像是砌过抹平一样。在这片记忆中平坦得怪异的地场正中，有一株劈成双岔的柏树。巨冠如两朵蘑菇云，双树干在根部扎入白雪，远远望去有一种坚硬扎实的感觉。树冠顶子模糊在雪雾里，于墨黑中隐约一丝深绿。

雪海中这一棵树孤直地立着，唯它有着与雪景相对的墨黑色—— 其他，无论庄子院落，无论山沟峦壑，无论清真寺和稀疏的行人，都融入了大雪之中，再无从分辨了。

这里写出的是风景，是环境，也是氛围，它处处蒸腾散发出浓浓的精神气息。在这种氛围里人们感受到的是苍凉浑厚，是酷烈雄壮，是傲岸挺拔，是顶天立地，是沉默宁静，是深沉内在的力之美。这种氛围给人的是震撼，使人想到的是人、人生。

小说家如果善于利用"氛围"的象征意味，就会使作品产生远远超越于一般环境描写的艺术效果，从而使其具有丰富深厚的精神意蕴。例如，罗曼·罗兰的巨著《约翰·克利斯朵夫》中有这样一段描写：

……高脱弗烈特接着又说："大人物有什么用？哪怕你像从这儿到科布伦茨一样大，你也作不了一支歌。"

克利斯朵夫不服气了："要是我想作呢！……"

"你越想作越不能作。要作的话，就得跟它们一样。你听啊……"

月亮刚从田野后面上升，又圆又亮。地面上，闪烁的水面上，有层银色的雾在那里浮动。青蛙们正在谈话，草地里的蛤蟆像笛子般唱出悠扬的声音。蟋蟀尖锐的颤音仿佛跟星光的闪动一唱一和。微风拂着榛树的枝条。河后的山岗上，传来夜莺清脆的歌声。

高脱弗烈特沉默了半晌，叹了口气，不知是对自己说还是对克利斯朵夫说:

"还用得着你唱吗？它们唱的不是比你所能作的更好吗？"

这些夜里的声音，克利斯朵夫听过不知多少次，可从来没有这样的感觉。真的！还用得着你唱吗？……他觉得心里充满着柔情与哀伤。他真想拥抱草原，河流，天空，和那些可爱的星。他对高脱弗烈特舅舅爱到了极点，认为他是最好，最美，最聪明的人，从前自己把他完全看错了。

这一段的背景是，克利斯朵夫小时候就显出极有音乐天赋，六岁即能作曲。当了一辈子宫廷乐师而默默无闻的祖父渴望孙子成名，一再鼓励孙子为当大人物而编歌。小克利斯朵夫野心勃勃，忘乎所以，满脑子成名的念头。但平凡朴实的舅舅认为这种无病呻吟很无聊，他带小外甥到大自然中去聆听"天籁"。恬然、宁静的氛围，使小克利斯朵夫深受感动，狂妄浮躁的心绪一下子得到了净化。这是两种精神境界、两种精神力量的交锋，小克利斯朵夫默默无言地皈依了"自然"，皈依了"上帝"，变得谦虚而真诚，领悟了音乐的真谛。

(三)寓言象征

寓言象征是一种整体性象征。在寓言象征里，担负象征任务的不是局部的符号，而是作品的整体结构。营造这样一个结构本身不是艺术创造的目的，主要目的在于让它承担阐释内在意蕴的任务，通过它把读者引向深远的精神空间。

寓言象征的主要特征是，以一个怪诞的故事直指哲理内涵，而这个哲理内涵就是作品的主旨。为什么要故意采用一个怪诞的外表呢？因为怪诞的外表能起到一种"间离"(或曰陌生化)作用，让读者知道这里的所谓"故事"只是一个外壳，一种假定，一种手段，真正的目的在"故事"的背后。这样，读者的注意力就不会停留于表层，而会有意识地追索深层(意蕴)。这就是庄子所谓的得意忘言，得鱼忘筌。

例如，巴尔扎克的《驴皮记》，写一个野心勃勃、一心追求光荣和财富，但却穷困潦倒、欲投塞纳河以了结生命的青年瓦朗坦，忽然遇到一个神仙式人物——一个老古董商。老商人给他一张灵符——驴皮。这驴皮有一种神奇的作用，即占有了它就意味着占有了一切，通过它可以满足占有者所有的人生欲望。但有一个条件，那就是"你的心愿须用你的生命来抵偿。你的生命就在这里。每当你的欲望实现一次，我就相应地缩小，恰如你在世的日子"(以上为"驴皮"上的神秘文句)。瓦朗坦由于受不了欲火的煎熬，于是毫不犹豫地接受了它。从此他的欲望可以随意实现了，但最后终为此付出了生命。他以自己的生命证明了驴皮的灵验。这部小说的故事情节是荒诞的，但其意蕴却相当深刻。这是巴尔扎克在饱尝人生辛酸之后得出的痛苦结论：人类为谋求生存尚且需要耗费巨大的精力，而如果想要追求某种大的快乐，满足某种强烈欲望，则无疑要付出生命的代价。巴尔扎克悟到了欲望与生命之间的矛盾：你想长寿吗，那么就必须扼杀感情，清心寡欲；你想满足欲望吗？那么就必须以消耗乃至付出生命为代价。巴尔扎克要传达他悟出的人生哲理，需要一个恰当的艺术形式。如果采用人们熟知的日常生活形态，很难集中而典型地传达这一意思，于是他以一个现代寓言为外壳，通过它的象征作用完美地达到了自己的创作意图。

寓言象征在西方现代文学中，得到了更为普遍的运用，创作出一大批举世闻名的佳作。例如，卡夫卡的《变形记》《城堡》《审判》《美国》，哥伦比亚作家加西亚·马尔克斯的《百年孤独》，法国剧作家尤奈斯库的《秃头歌女》《犀牛》《椅子》，爱尔兰作家贝克特的《等待戈多》，瑞士作家迪伦马特的《物理学》《贵妇还乡》，德国剧作家布莱希特的《四川好人》《伽利略传》，英国作家戈尔丁的《蝇王》，英籍德语作家卡内蒂的《迷惘》等。有人说，不理解寓言象征，就不会理解50%以上的20世纪佳作，这话看来并不过分。之所以会出现这种局面，是因为现代作家已不再满足于叙述一个有头有尾、独立自足的故事，诱使读者产生似真似幻的艺术幻觉，跟着情节哭一阵笑一阵，哭完笑完酣然入梦乡，而是想让读者在情感愉悦的同时，能更严肃、更深入地理解世界、思考人生，获得一份健全的理智。这样，传统的艺术形式就难以适应这一创作目的，于是，寓言象征就成为艺术家的最佳选择了。

(四)本体象征

本体象征也是一种整体的象征，但它与以怪异故事为外壳的寓言象征不同，它是"以艺术家自己发现、构建的一个平实的世界，来与世界整体对应，从而把艺术世界里的一切，来从整体上隐喻整体世界。由于它执着于并固守着现象本体，因此被称为'本体象征'。"[①]换句更容易理解的话说就是，寓言象征由于外层表象的怪异荒诞，使人一看便知这是艺术的假定性形式，作者这样写是"别有用心"，因此眼光很快就由外层转向思索

---

① 余秋雨.艺术创造工程[M].上海：上海文艺出版社，1987：233.

作者所"别有"的"用心"。而本体象征的形象外壳看起来一点儿也不怪异荒诞，而好像确有那么回事，它具有某种"纪实"性、似真性。但艺术家的目的又绝对不是想向读者讲一个生活中确实发生过的娓娓动听的故事，而是想通过一个让读者觉得真实可信的故事暗示出一个更深远的哲理，从而让读者知道真理就在身边，就在平实、平凡、平常、平淡的生活中。它以生活本身的伟大暗示着哲理的伟大，以哲理的深刻反证着生活本身的深刻。

　　具有本体象征性质的作品，读起来好读、好懂、好接受，因为它有一个平实、自然、独立自足的生活故事。但也正因为如此，它又有某种欺骗性、麻痹性。"自然"是一种抗体，它往往会使读者觉得这里并没有什么奥妙，因而眼光会漫不经心地滑过去。所以，在欣赏文学作品时读者要保持一份艺术的自觉，想一想平实自然的故事里是否蕴含着更深远的道理。

　　举个例子来说，史铁生的小说《第一人称》，写了这样一个故事："我"——一个小伙子在郊区分到一套房，在二十一层，"我"请假去看那套房。楼被院墙围住，三面是树林，南边有一条河，一座小桥直入院门。"我"走进院门看见一个姑娘背靠树干坐在树荫里，"我"问她这是不是要找的那座楼，她喃喃地说"顺其自然"。"我"爬到三楼，见那姑娘依然坐在那里，"我看不见她的脸但我感觉到了她神容的宁和与陶醉""她正神思悠游不在物界"。她是谁呢？一个可羡慕的女人！"我"爬到五楼，看到她还坐在那里，但又看到墙外一个来来回回走着的男人，看样子心烦意乱焦躁不安。怎么回事呢？啊，明白了：他们两个是一对相爱又不得不痛苦分手的恋人。看来那姑娘不是恬淡与悠然，而是神思恍惚，语调空洞，眼光迷惘。"我"爬到七楼，看见一片树林，树林里隐着一片墓地。那么那姑娘和那男人是怎么回事呢？啊，原来是这样：那女人一身素装看来是来祭奠深爱着的人，他死了，她接受不了。男的和她一块来，劝她忘了过去，今后我们在一起。那女的说你让我一个人待一会儿，于是到院子里了，那男的焦躁不安。到第九层，"我"又看到树林里有两条交叉的路，一条路端是个公共汽车站牌，那男的在专注地张望。啊，明白了，原来是这样：那男的在焦急地盼望约会的情人，那女的跟来盯梢，但又不便露面，因而躲到院子里。她痛苦不堪，失神地自语"顺其自然"。到二十一层，"我"忽然又看见树林里有一个婴儿。这是谁家的孩子，怎么放在这里？啊，明白了，原来是这样：这是一个私生子，他的父母尚未结婚，所以不得不抛弃他。男的在张望谁会来抱走他的孩子，女的不忍心看这一幕，来到这里躲开了。"顺其自然"，她指的是那孩子的命运。"我"不放心，想说服那对男女把孩子抱回去。当我从二十一层跑下来分别找到他们时，发现原来他们二人毫无关系，根本不认识，那男的是个画家，他在林中作画，题为"林间墓地"。

　　故事不神不奇不怪不异，平平实实自自然然，"叙述人"在叙述自己的亲身经历，但依然能引起我们深长的思索。

　　第一，同一现象，又都是亲眼所见，然而从不同的角度(层次)看来，却可以作出完全不同的理解。不是说，耳听为虚眼见为实吗？看来即使"眼见"也未必"为实"，你看到的可能只是现象。事实的"实"(本质)永远隐藏在"事"(现象)的后面，你不要太相信、太执着于自己的"眼睛"，此一也。第二，"我"对同一现象所作的种种不同理解，都顺理成章，自圆其说，因此都使"我"很自信："啊，明白了，原来是这样。"然而"原来"到底是不是"这样"呢？未必！看来，人很容易相信自己，然而"自己"也是靠不住的。

换句话说，人不仅容易受客观世界的"骗"，也很容易受自己主观认识的"骗"。第三，要想认识事物的真相，必须不断变换角度，穷尽各个层次，争取看"全"。假如在某一个角度某一个层次上停下来，得到的可能只是一个片面的、虚假的认识。第四，即使尽了最大努力，即最全面的观察(如"我"从地面到 21 层，又从 21 层到地面)，也未必能全部洞悉对象的全部秘密，对象总要保留一些不可知的成分。如"我"终于弄明白那一男一女毫无关系，但那个孩子呢？他哪里去了？不是留下许多"也许"吗？第五，归根结底，每个人对事物的认识，都不可避免地是从"自我"出发，又不可避免地受到"自我"的局限。正如小说创作中选择第一人称叙事视角一样，叙述人只能叙述他所看到的、听到的、想到的，他只能叙述他所了解的世界，而在他的视野之外必然留下很大的盲区，所以史铁生把他的这篇小说命名为《第一人称》。

仔细想想，个人、人类对世界对人生的认识不都是如此的吗？个体的人不去说它了。人类，从有自我意识、有文明以来，都在积极地苦苦探索自然、探索宇宙、探索社会、探索人生的秘密，至今当然也取得了极为辉煌的成果，但在"上帝"看来，人类对宇宙，包括对自身又认识了多少呢？以物理世界来说，在伽利略时代，人们以为世界就是伽利略所认识的那个样子；在牛顿时代，人们以为世界就是牛顿所认识的那个样子；在爱因斯坦时代，人们又以为世界就是爱因斯坦所认识的那个样子。很明显，他们谁都远远没有穷尽对世界的认识，他们所认识到的可能都只是世界的一点点。那么，世界到底是什么样子呢？100 年后，1 000 年后，10 000 年后人们认识到的世界又是怎样的呢？思之令人叹息。说不定人类作为无限宇宙中一个微小的物类，永远也难以窥得宇宙的全貌。人类所认识到的，也只能是在自身条件下(带着本身固有的局限)所获得的认识，是"第一人称"视角的认识，而不可能是"全知"视角的认识。在自然——宇宙格局里，"全知"的只有"上帝"，就是自然——宇宙本身，而它又是无言的。这就是人类的局限，人类的宿命，人类的悲剧！人类就是在意识到这一悲剧的情况下仍然不停地苦苦探索的，而这，又是人类的伟大。

由史铁生的《第一人称》，我们放开思想，想到了以上一些理解(这些理解也难免"第一人称"——"我"，即本书作者的局限，换个人又可能有其他不同的理解)。这都是从小说自身生发出来的，是"本体象征"的暗示力发出来的。本体象征是一种具有极高审美价值的象征方式，读者在欣赏文艺作品时务必要细心辨识它。

以上我们介绍了四种象征方式，相对来说，它们都具有比较典型的形态，可以比较明确地加以识别。但在大量具体作品中，象征方式是多种多样的，丰富多彩的，并不一定像以上所举例子那么"典型"，这是需要具体作品具体分析、具体讨论的。

思考练习题

一、象征的特点是什么？
二、为什么说所有的文艺作品都具有象征的色彩？
三、举例说明符号象征、氛围象征、寓言象征、本体象征的特点。
四、为什么在欣赏文学作品时要时刻保持一份艺术的自觉？
五、阅读文学作品时，注意识别其中不同的象征方式。

📖 **【欣赏示例】**

陶渊明的《饮酒二十首·其四》是一首象征的诗

　　陶渊明这个作者，他的作品里边有非常深微、幽隐的含义，曾使得千百年后的多少诗人都为他而感动。我以为，在诗人里边陶渊明可以说是一个自我实现的人，他完成了自己最超越的、最美好的一种品格。现在我们就来看一看陶渊明在那官僚腐败的社会之中经过怎样的痛苦挣扎，如何完成了他自己的。我们来看《饮酒二十首·其四》：

> 栖栖失群鸟，日暮犹独飞。
> 徘徊无定止，夜夜声转悲。
> 厉响思清远，去来何依依。
> 因值孤生松，敛翮遥来归。
> 劲风无荣木，此荫独不衰。
> 托身已得所，千载不相违。

　　"栖栖失群鸟，日暮犹独飞"，这首诗的开头两句写得很简单，可是却给我们开辟了联想的天地。鸟是需要同伴的，人也不愿意离群索居。可是这首诗里所说的这只鸟却是一只"栖栖失群鸟"，它失去了它的同伴和它的归属。陶渊明的诗里最喜欢用的几个形象是飞鸟、松树和菊花。我们上次不是讲过西方文学批评中形象使用的模式吗？不是有一个"象征"(symbol)吗？飞鸟、松树和菊花在陶诗里就已经形成了一种象征。陶诗里经常写到鸟，例如有一首《归鸟》说："翼翼归鸟，晨去于林。远之八表，近憩云岑。""翼翼"是鸟的翅膀在动的样子。他写了一只正在向鸟巢飞回来的鸟，这只鸟不是没有飞出去过，早晨它曾经离开自己所居住的那一片山林，飞得很远很远——"远之八表"。现在为什么飞回来了？那是因为"和风弗洽，翻翻求心"——外面本来风和日丽，但忽然间就天昏地暗，雨骤风狂了，就像《停云》诗所说的："八表同昏，平路伊阻。"什么是"八表"？"八表"就是东、南、西、北，再加上东北、西北、东南、西南。现在这八方已经都在黑暗之中了。我所要走的路本来是平坦的大路，现在也发生了阻隔。——讲到这里我就要说，如果是一个积极的诗人，他就要和暴风雨做斗争，要冲出去；可陶渊明不是，他是一个实现自己的能力强而改造社会的勇气少的一位诗人，所以"和风弗洽"就只能"翻翻求心"了。"翻翻"，就是翻转了翅膀。他说，我不再追求那八表之外的东西了，既然没有办法使整个社会达到那最高的境界，我只能回过头来实现我自己了。

　　陶渊明常喜欢用鸟的形象，在《归园田居》里他还说过，"羁鸟恋旧林，池鱼思故渊"——被关在笼子里的鸟总是怀念它旧日的森林；被人捉去养在池水中的鱼总是怀念它过去的渊潭。他说他自己"质性自然，非矫励所得，饥冻虽切，违己交病"(陶渊明《归去来兮辞·序》)——真诚和自然是我的天性，如果让我违背自己的天性去做那苟且逢迎的事情，我会觉得比忍受饥饿寒冷更为痛苦。这就是马斯洛所说的从生存的需要到安全的需要、归属的需要，再到自尊的需要，直到自我实现的需要。最高的一层是自我实现的需要。陶渊明尽力要达到的这种最高境界的结果，就使他自己不得不失群了。如果大家所走的道路是不正确的，难道我也必须跟着走吗？——陶渊明曾经在《饮酒》诗中，说过"纡辔诚可学，违己讵非迷"。"辔"是马的缰辔；"纡"是使它弯曲。你们都走斜路，我也不是不会把马头掉转过来也去走那条路，但那样就违背了我自己，就会造成我一生的迷失和困惑。这就像《圣经》上保罗的书信中说的："你赚得了全世界，却赔上了你自己！"——你就不能达到那最美好的自我实现的境界了。陶渊明为了完成自己，不但付出了饥饿寒冷的代价，而且付出了寂寞孤独的代价。由此可见，"栖栖失群鸟"的这个鸟，果然是一个象征的形象；陶渊明的这首诗也果然是一首象征的诗。

或许有人问：你怎么就知道他不是真的写一只鸟而是有你所说的那么多象征的意思呢？我说，这是可以证明的，"栖栖失群鸟"的"栖栖"两个字就可以证明。去年我在这个礼堂里讲词的时候讲到西方语言学和符号学里所提到的语码(code)的作用。就是说，某种语言的某个词汇在它的文学传统中常常被使用，于是就成了一个语言的符码，当它出现的时候，就能引起你一片联想。例如，你听到"蛾眉"，就联想到屈原《离骚》中"众女嫉余之蛾眉"等。"栖栖"也能给我们一种联想。《论语》里面曾记载有人批评孔子说："丘何为是栖栖者欤？"（《论语·宪问》）——孔丘你这个家伙，人家都舒舒服服地吃饱了睡觉，你干吗要在列国之间东奔西跑，总想找到一个地方实现你的理想呢？你看，"栖栖"这两个字有这么丰富的意思，它曾经和我们中国的"圣人"孔子结合在一起，因此"栖栖"就增加了象喻的意思。

"栖栖失群鸟，日暮犹独飞"——天已经黑了，一只失群的鸟仍然在孤独地飞着。黄昏已经是人归家、鸟还巢的时候了，可这只栖栖的不安的鸟还在飞，这就已经传达出一种孤独寂寞的悲哀，也表现了一种独自飞翔的勇气。一首好诗，它的每一个字都起一定的作用。"犹"是仍然、仍旧的意思，说它依旧在独飞，就可见这只鸟独飞的时间有多么长了。有的人可以独飞两分钟，要他飞三分钟就坚持不下来了，可这只鸟是"日暮犹独飞"，不肯随别的鸟去找一个有东西吃的地方落下来。那么，这只鸟的目的难道就是独飞吗？它难道不愿意落下来寻找一个安定的所在？不是的。它"徘徊无定止，夜夜声转悲"——已经飞来飞去很久，而且度过了不止一个独飞的长夜。"夜夜声转悲"，这里这个"转"字就和以前我讲的那个"生白露"的"生"字一样微妙。"转"者，中间有所变化。也就是说，不是同样的悲，而是一夜比一夜更加悲哀了。它到底要找一个什么样的地方落下去呢？陶渊明说，它"厉响思清远"——听到它那哀厉的叫声就可以知道，它是要找一个真正清洁的、高远的、没有污秽的所在。它一直在来来去去地找，带着那么深切的感情——"去来何依依"！我们常说"依依不舍"，那好像只是对于过去的留恋，其实不仅如此，"依依"可以留恋过去，也可以向往未来。我以为，这里的"去来"两个字是承接了上一句的"徘徊无定止"来去地飞，而"依依"两个字表现了这只鸟是怀着多么深切的依依的感情在寻找它真的愿意终身依托、永不离开的地方。"依依"不是对过去的怀恋，而是对未来的寻求向往。

我说过，陶渊明是一个自我实现了的人，他终于找到了这一片境界。马斯洛说"竭尽所能，趋求完美"，在这一方面，陶渊明虽然没有使整个社会都趋向完美，但是他自己实现了完美。所以，那只鸟也终于找到了它的栖身之所——"因值孤生松，敛翮遥来归"。我们刚才说，"鸟"在陶诗里是一个象征的形象；现在我们又可以看到，"松树"在陶诗里也是一个象征的形象。陶渊明的很多诗里都提到了松树，但是由于时间不多，我不能再跑野马引太多的诗句了。中国古人说："岁寒，然后知松柏之后凋也。"（《论语·子罕》）——当众草芜秽之后，松树的叶子依然是长青的，还不止如此。这只鸟找到的这棵松树还是一棵"孤生松"——是因为有人了解你，支持你，赞美你，你才这样做的吗？不是。陶渊明是坚强的，就是只剩下一个人，他也要保住自己的持守，所以他才用孤生的松树来做象征。"敛翮遥来归"这句写得极好，不但代表的情意很深刻，它的形象也非常新鲜活泼。什么叫"敛翮"？"翮"是长着硬羽毛的翅膀；"敛"就是收。你看见过空中的老鹰落下时的样子吗？它在高高的天空上慢慢收拢翅膀，远远地就朝着它的目标落下来。这只鸟一定也是这样。也许有人要问，陶渊明找到的那棵"孤生松"到底是什么？是他的田园吗？是他住的茅屋吗？你记得，我在上一次讲课时曾经说西方那些语言学家、符号学家曾经提到什么？他们说，表现(expression)有它外形(form)的一层意思，还有它本质(substance)的一层意思；内容(content)也有它外形的一层意思和本质的一层意思。这"孤生松"不在现实之中，而是陶渊明心中的一种境界，所以不必实指。"劲风无荣木"——这株松树是一棵怎样的树？在强劲寒风的摧折之下，没有一棵树木还留有枝叶花朵。这就是"众芳芜秽"(屈原《离骚》)；这就是"雨中百草秋烂死"(杜甫《秋雨叹》)！大家都被这种腐败沾染了，然而，我终于真正找到了一个我愿意停下来把自己的身心交托给它的所在，从此以后，无论外界再有什么艰难困苦，不管我自己必须付出什么代价，我永远也不会改变了。这就是"托身已得所，千载不相违"。

　　以上，我们讲完了陶渊明的第一首诗。这首诗好像说故事一样，有一个先后的次第：一只失群鸟；它的独飞；它的徘徊；它来去依依；它终于遇到一棵松树；它落到松树上决定不走了。这在结构上是一种非常平顺的、直接的叙述。

——根据叶嘉莹的《好诗共欣赏》第35—45页整理，中华书局，2007。

第三节　叙　事　角　度

一、叙事角度的意义

　　叙事角度的选择，对于小说创作来说极为重要。因为小说艺术的基本要求是叙述好一个故事，而这个故事由谁来叙述却大有讲究——它决定作者在作品里应该讲哪些事，不应该讲哪些事，哪些事应该让读者知道，哪些事不应该让读者知道且必须让读者联想和想象；还决定叙述人在多大程度上参与故事，以及应该用什么样的口气什么样的方式讲述这些故事。所有这一切，不但制约着作者如何写，也制约着读者应该怎样读。

　　由于以上原因，现代文艺理论特别重视叙事角度的研究，在西方成为创作理论的一个显要问题，成为一门学问——叙述(事)学。我国理论界过去对此不太自觉，现在也已给予高度重视，并且已出版了多部专著。叙事理论的引进及研究，带来了小说艺术形式的重大变革，以至于造成一种"形势"，要想读懂当代小说，就必须具备叙事方面的相应知识。为此，本书对叙事角度的有关知识略作介绍，以期有助于读者阅读能力的提高。

二、几种常见的叙事角度

　　目前，国内外学术界对叙事角度的研究很细致、全面、深入，但也失之于烦琐庞杂，不易掌握。为普通读者计，从阅读欣赏的实践需要出发，本书拟化繁为简，概括介绍几种最基本、最主要的叙事角度。

(一)全知叙事

全知叙事的基本特点就在于"全知"，叙述人如同未卜先知一样知道故事的全部来龙去脉，知道所有人物的一切隐秘，包括其复杂微妙的心理变化。就叙述人与人物的关系来看，叙述人既在人物之内又在人物之外，知道他们身上发生的一切而又不与其中任何人认同。叙述人凌驾于任何人物之上，掌握的情况多于任何人物，用公式表示即：

$$叙述人 > 人物$$

例如，《红楼梦》第二十九回的一段：

那宝玉心中又想着："我不管怎么样都好，只要你随意，我就立刻因你死了，也是情愿的；你知也罢，不知也罢，只有我的心，那才是你和我近，不和我远。"黛玉心里又想着："你只管你就是了；你好，我自然好。你要把自己丢开，只管周旋我，是你不叫我近你，竟叫我远了。"

看官，你道两个人原是一个心，如此看来，却都是多生了枝叶，将那求近之心，反弄成疏远之意了。此皆他二人素昔所存私心，难以备述。如今只说他们外面的形容。

在这一段里，角色双方互相不了解对方隐曲微妙的心理，因而隔膜误会，然而叙述人知道。叙述人把双方的心理剖析得纤毫毕现，而且直接出面进行评论。这是一段典型的"全知叙事"。全知叙事又可以分为不同的类型。

1. 主观型

主观型的特点是叙述者用第一人称身份或以编著、介绍者身份，直接登场亮相，对故事加以叙述、交代、报道，而且常常通过发表感想与议论来干预叙述的进程。例如，18世纪英国小说家菲尔丁就率先利用这种叙述方式。请看他在《汤姆·琼斯》第一章的一段话："我们写人性，也将先托出在乡村常见的一些普通的、单纯的人性以飨饿得发慌的读者，然后用宫廷、城市所提供的造作、罪恶等法国式或意大利式的高级作料，加以清炒或红烧。我们相信，用这种方法一定能使读者愿意永远阅读下去，正如上述伟人使有些客人永远愿意吃下去一样。"在这里，叙述人直接出场与读者对话交流，交代他叙述的原则，然后展开他们无所不知的叙述。在我国古典小说中，叙述人也常常出面与接受者对话。如上引《红楼梦》中"看官，你道两个人……"一段即是。这里虽不是以第一人称（"我""我们"）直接出面，但却明白显示了叙述人的存在。

2. 客观型

客观型的主要特点是叙述人不直接介入作品，不到处发议论，而是用第三人称讲故事。叙述人隐身于叙述过程之内，使读者不能直接发现他的存在。正如莫泊桑所说，把生活中发生过的一切都精确地表现给我们，小心翼翼地避免一切复杂的解释和一切关于动机的议论，而仅限于使人们和事件在我们眼前通过。这种类型的代表性作品可举莫泊桑的老师福楼拜的名作《包法利夫人》。在这部作品里，叙述人不仅从没有以第一人称出现过，而且十分克制自己的主观态度，完全符合福楼拜自己的"艺术家不该在他的作品里面露面，就像上帝不该在自然界里面露面一样"的艺术信条。当然以上两种类型也并不是决然对立的，有些作品在叙述过程中，也常常交替或混合使用两种叙事方式。

(二)有限叙事

有限叙事即从故事中一个人物的角度讲述故事。由于故事是借用一个特定的人物之口讲述的，所以他只能讲述他所感知、认识和理解的一切，而这一切无不受到其自身主客观条件(如气质、性格、生活经验、时空范围等)的限制。在这种情况下，叙述者知道的和人物一样多，人物不知道的事，叙述人无权叙说。正是这一特点，有限叙事又叫"人物视点式""内聚焦式""同视界式"，用公式表示即：

$$叙述人＝人物$$

有限叙事可采用第一人称，也可采用第三人称。

第一人称有限叙事，叙述人可以是主要人物，也可以是次要人物。

例如，老舍的《月牙儿》：

是的，我又看见月牙儿了，带着点寒气的一钩浅金。多少次了，我看见跟现在这个月牙儿一样的月牙儿；多少次了，它带着种种不同的感情，种种不同的景物，当我坐定了看它，它一次一次的在我记忆中的碧云上斜挂着。它唤醒了我的记忆，像一阵晚风吹破一朵欲睡的花。

这里的"我"(叙述人)即女主人公，一个被迫沦为暗娼的可怜女子。她在回忆中叙述自己凄惨不幸的一生，所叙的一切都是她的亲身经历，真切感人，具有震撼人心的艺术力量。

再如，法国作家加缪的《局外人》，叙述人即作品主人公莫尔索，通篇是他的自我反省与内心独白。

鲁迅的小说《孔乙己》，采用的也是第一人称有限叙事角度，不过这里的叙述人("我")不是主要人物，而是次要人物。这是一个小孩子，咸亨酒店的小伙计。全篇以他的眼光观察孔乙己，他的身份相当于一个见证人。

第三人称有限叙事的特点是，"叙述人"并不在作品中直接露面，而是始终黏附于某一个人物身上，以他的眼光观察，以他的心灵思考，笔锋所及以不超越此一人物为限。

例如，陈村的《一天》：

张三走进弄堂就把眼睛睁开了，刚才张三只睁开半只眼睛，张三睁着半只眼睛感觉是很舒服的，现在把一只眼睛全部睁开，张三感觉也很舒服。因为弄堂里的空气是很好的。张三从家里出来就觉得弄堂里的空气很好。很好的空气张三很爱吸一吸的……

作品的整个故事是按照张三的心理感觉叙述出来的，全篇絮絮叨叨平板沉闷的语言风格，全是受"张三"这一视角限制的。王蒙的《杂色》、高晓声的《陈奂生上城》也都是运用第三人称有限叙事角度的成功之作。

有限叙事的另一种类型是"不定式"，或者叫"移动式"，即叙述人不是某一个固定人物，而是根据需要不断变换，不断转移。例如，美国作家福克纳的《喧哗与骚动》，小说由四个部分组成，前三部分的叙事角度分别是康普生家庭的三兄弟班吉、昆丁、杰生，

第四部分是黑人女佣迪西尔太太。小说每一部分的叙述话语都分别打上了叙述者不同的个性特征。我国作家戴厚英的《人啊，人！》采用的也是不定式有限叙事方式，同一件事从不同人物的视角叙述出来，使读者获得一个全面的、立体的感受和认识。

有限叙事的一个特殊类型是"意识流"方式。意识流的叙事方法试图最大限度地记录人物的全部内心活动及其过程，使情节化入人物意识活动，在人物的意识屏幕上映出。意识流叙事方式把读者带入人物的内心世界，洞悉了人物全部的心灵奥秘。

(三)纯客观叙事

叙述人只向读者客观地叙述其所见所闻，将人物的言语和行为，将生活场景和事件进程直接展现给读者，不进入人物意识，不作心理分析，不作主观评价。在这种情况下，叙述人的作用很像是摄像机和录音机，他只观察到了对象的外部呈现，而不了解内部奥秘。叙述人了解到的情况少于笔下人物，用公式表示即：

$$\text{叙述人} < \text{人物}$$

例如，苏童《妻妾成群》中的一段：

颂莲走到水井边，她对洗毛线的雁儿说："让我洗把脸吧，我三天没洗脸了。"雁儿给她吊上一桶水，看着她把脸埋进水里，颂莲弓着的身体像腰鼓一样被什么击打着，簌簌地抖动。雁儿说："你要肥皂吗？"颂莲没说话，雁儿又说："水太凉是吗？"颂莲还是没说话。雁儿朝井边的其他女佣使了个眼色，捂住嘴笑……

这一段叙述出的都是直接可见可闻的内容，而不涉及人物心理。颂莲为什么不说话，她内心有什么活动，因为不可见不可闻，也就没法写出来。如果换用全知叙事或者以颂莲为视角的第一人称有限叙事的方式，就可以对颂莲的心理活动津津有味地描绘一番；如果让托尔斯泰或陀思妥耶夫斯基这些心理描写大师来写，大约会一层层分析下去，以致分析出连颂莲自己也未必意识到的心理内涵。如果用意识流方式去写，或许能"流"出颂莲一生生活的碎片来，但现在用纯客观角度叙事，所写只能限于所见所闻，颂莲怎么想，全凭读者自己猜测。

以上这一段"纯客观叙事"采用的是第三人称，叙述人隐身于故事"画面"之外。同样是这一段，仍然是纯客观叙事，也可以改用第一人称，如让陈家的一个小丫头充当叙述人，由她作为旁观者叙述出来，效果也是一样的。但要注意的是，如果恪守纯客观叙事的规范，那么，第一人称的"我"只能是一个严格的旁观者，只能叙述所见所闻之类的外部现象，而不能带上自己的主观色彩、主观感受、主观评价，否则就变成第一人称有限叙事了。

以上我们分别介绍了三种基本的叙述角度、叙事方式，在这之后，需要接着说的另一个意思是，在具体作品尤其是在长篇作品中，作者在注意保持叙事角度一致的前提下，又往往并不仅仅局限于只用一种叙事角度，而往往是根据内容需要，灵活自由地变动叙事角度。例如《红楼梦》，以客观全知叙事为主，叙事人隐身于故事背后；但个别地方也用主观全知叙事，叙述人走出来与接受者直接对话(如上引"看官……")；甚至还采用第三人称有限叙事，如"冷子兴演说荣国府""刘姥姥三进大观园""林黛玉进贾府"等就是。在现代作品中，叙述角度的转变就更为自觉更为灵活了。总之，叙述角度是艺术手段，内容表达和接受效果是目的，作家应该自由地调度各种艺术手段为艺术目的服务。

三、几种常见叙事角度的特点

叙述方式作为艺术技巧，是在人们的艺术观念指导下适应创作实践的需要而产生的，在长期的历史发展过程中，每种叙述方式都形成了各自相对稳定的特点。

(一)全知叙事的特点

全知叙事出现最早，历史最悠久，运用得最普遍，发展得最成熟，至今仍受到作家的青睐和读者的欢迎。全知叙事的长处是，自由灵活，叙述人不受时间空间等任何限制，纵横捭阖，运用自如，使人物和事件得到最广泛、最自由的表现，使读者对人物和事件能有一个最全面、最具体的了解，而且它还能最大限度地展示社会生活的深度和广度等。

其不足之处在于，正因为它无所不知就像"上帝"，但"上帝"在现代人眼里已经失去了威严，所以现代读者往往对"无所不知"的真实性产生怀疑；其次，因为叙述人"全知"，所以他喜欢把一切详尽地告诉你，逼着你接受，用不着再去思考和提问。这样就限制了读者积极创造的乐趣和神秘的魅力。

(二)有限叙事的特点

有限叙事选定一个特定人物作为叙述人，外在世界的一切通过他的心理屏幕映出，这样明显控制了叙述人的活动范围和权限，从形式上让读者感到他也是一个平等的人而可以接近，可以相信。如果采用第一人称，读者会觉得好像某人正在给他讲自己的故事，好像在倾听叙述人的亲身经历，从而大大增强了作品的真实感。而且，由于受叙述人主客观条件的限制，"他"必然有许多不知道不明确的地方，这些地方作为空白留给读者思考，给读者想象提供了更广阔的空间。再者，有限叙事从不同人的眼光观察世界，也为读者提供了从不同角度把握世界的新的可能。

但有限叙事也有弊病，具体表现在：作者不能直接表示自己的观点；没法介绍叙述人自己；读者只能用一个人物的观点去看故事，除叙述者之外读者看不到别的任何人物的想法。还有，故事受叙述人本人所在时空的限制(客观条件)，无法展开个人视野之外必要的东西；同时，由于叙述时要受叙述人身份、性别、经历、职业、文化修养等主观条件的限制，有许多东西必然会成为叙述的盲点，这些盲区影响了读者想尽可能全面了解生活的阅读期待。

(三)纯客观叙事的特点

纯客观叙事摄录现象最快最多，使读者能看到更多的行动和事情的发生和发展，能最大限度地保留现实生活的原生性与客观性。运用这种叙述方式写出的作品由于叙事主体的主体性被最大限度地克制，没有任何解释，充满了空白，迫使读者自己去投入去解释，这样会最大限度地调动读者的主动性。

但由此也产生了相应的缺陷：由于叙述人没有感情投入，使文本的感情因素过于稀薄，因而显得过于"客观"，过于冷漠，过于冷冰冰，这样就不能与读者形成感情上的沟通，不能激发读者的情感投入；另外，"纯客观"回避了对人的内心世界的关心，这就意味着它放弃了文学这种艺术形式的特长。

总之，三种叙述方式各有所长、各有所短，作为作家最好不要厚此薄彼，而要根据需要灵活地变换视角，取长补短，完成最佳的艺术创造。作为读者，了解了一定的叙述理论，可以更好地把握和认识作品的艺术特点，理解其中的妙处。

思考练习题

一、简述全知叙事的类型及特点。
二、简述有限叙事的类型及特点。
三、简述纯客观叙事的类型及特点。
四、比较全知叙事、有限叙事、纯客观叙事三种方式的长处及缺陷。
五、指出下列各段所使用的叙事角度。

（一）

黛玉扶着婆子的手进了垂花门：两边是超手游廊，正中是穿堂，当地放着一个紫檀架子大理石屏风。转过屏风，小小三间厅房，厅后便是正房大院。正面五间上房，皆是雕梁画栋，两边穿山游廊厢房，挂着各色鹦鹉画眉等雀鸟。台阶上坐着几个穿红着绿的丫头，——一见他们来了，都笑迎上来，道："刚才老太太还念诵呢！可巧就来了。"于是三四人争着打帘子，——一面听得人说："林姑娘来了！"

——《红楼梦》第三回

（二）

又迷了路了，又误了点了。当她全神贯注的时候，似乎比精神恍惚的时候还辨别不出东、南、西、北。从一个月以前她就每天找出来看这一张飞机票。早一点订票，来回票，票价要便宜百分之十五。她本来以为自己会把这张票丢失的，结果，票倒没有丢，只是为了一时的冲动，突发的灵感，出发前三个小时她突然驾车到了唐人街。她要买一个香袋，就像三十二年前她失去的那一个。她说不清她为什么要这样做。

——王蒙《相见时难》

（三）

外面天色黑了下来。窗外那盏街灯亮了。柜台前面的这两个人拿起菜单看。聂克·亚当斯从柜台那一头打量着他们。这两个人进来的时候，聂克一直在和乔治闲聊。

第一个人说："来一盘烤里脊，浇上苹果酱，配上一碟马铃薯泥。"

"现在还没有做好。"

"扯淡，写上菜单干啥？"

"那是晚饭菜，"乔治解释道，"六点才能吃上。"说罢向柜台后的壁钟瞅了一眼。

"现在才五点。"

"钟上五点二十啦。"第二个人说。

"这钟快二十分钟。"

"甭扯了，"第一个人说，"你们到底有啥吃的？"

"有各种三明治，"乔治说，"你们可以吃上火腿蛋、熏肉蛋、熏肉加猪肝、牛排。"

—— 海明威《杀人者》

(四)

十岁那年，我在一次作文比赛中得了第一。母亲那时候还年轻，急着跟我说她自己，说她小时候的作文作得还要好，老师甚至不相信那么好的文章是她写的。

—— 史铁生《合欢树》

(五)

三爷头痛了，痛得很，痛得像锥子扎刀子剜。三爷过去也头痛过，是伤风感冒引起的，痛得没这一次狠，也有方治，熬点姜汤喝喝，或是被子包住头焐出汗，或是上山挖荒累出汗，只要一出汗就好了。这一次不是伤风感冒引起的，是碰上了难题，想不出好办法硬想下去把头想痛了。—— 三爷是老实百姓，老实百姓就只听不想。

—— 乔典运《问天》

(六)

圆阵立刻散开，都错错落落地走过去。胖大汉走不到一半，就歇在路边的槐树下；长子比秃头和椭圆脸走得快，接近了。车上的坐客依然坐着，车夫已经完全爬起，但还在摩自己的膝髁。周围有五六个人笑嘻嘻地看他们。

—— 鲁迅《示众》

【欣赏示例】

金圣叹评《水浒传》叙事观点的变化

不同的叙事者，不同的叙事观点，对故事里的种种事情就有不同的情感态度，不同的评价(不同的看法)。因为一个人讲故事，总有他自己的角度，祥林嫂对别人讲她的孩子被狼吃掉的经过，是怎么讲的，是一种什么情感，产生一种什么气氛。如果换任何一个别的人来讲这件事，都不可能是这种讲法，也不可能产生这种气氛。所以观点不同，评价不同，这个故事带的情感色彩就不同，故事的气氛就不同，给读者的心理效果也就不同。写小说要考虑对读者的心理造成什么样的影响和效果，所以要考虑叙事观点的问题。

《水浒传》是什么叙事观点？基本上是全知观点，书中每一个人想的，干的，作者都知道。但是有时候，作者又采用书中某一个人物的观点来写。这就使故事带有一种特别的气氛，一种特别的色彩。金圣叹很高明，他注意到这种叙事观点的变化，把它抓住，要读者注意其中的奥妙。

举几个例子。

例如，第八回鲁智深大闹野猪林，作者的写法是很奇特的。你看："第一段先飞出禅杖，第二段方跳出胖大和尚，第三段再详其皂布直裰与禅杖戒刀，第四段则始知为智深。"(第八回回首总评)为什么用这种写法呢？金圣叹指出，这是从押送林冲的两个公人的眼光和感受来写的，用我们今天的话来说，就是叙事观点变了：

先言禅杖而后言和尚者，并未见有和尚矣，然水火棍被物隔去，则一条禅杖早飞到面前也。先言胖大而后言皂布直裰者，惊心骇目之中，但见其为胖大，未及详其脚色也。先

写装束而后出姓名者，公人惊骇稍定，见其如此打扮，却不认为何人，而又不敢问也。(第八回回首总评)

这是通过两个公人的眼光看出来的事变。这样一种叙事观点和叙事角度，不仅写出了两个押送公人在整个事变过程中的极度惊骇的心理状态，而且使事变本身染上了一层特殊的情感色彩，从而使这个本来就富有传奇性的故事更增添了几分传奇的气氛。

又如，第九回写李小二酒店中先后闪进两个人，李小二"看时，前面那个人，是军官打扮，后面这个，走卒模样，跟着，也来坐下"。对于这个细节，金圣叹批道：

"看时"二字妙，是李小二眼中事。

一个小二看来是军官，一个小二看来是走卒，先看他跟着，却又看他一齐坐下，写得狐疑之极。妙！妙！

这种叙事观点确实很妙。李小二不是直接当事人，但是他对事情并不是漠不关心的。因为林冲是他的恩人，所以凡是可能和林冲有利害关系的事情，他都很关心，很敏感。别人不会注意的，他注意到了。酒店里进了两个人，这本来是很平常的事，但是李小二看出了问题。气氛就很紧张。读起来效果就不一样了。

再如，第三回，写鲁智深在五台山当了四五个月的和尚，肚子饿得干瘪，那一天走出山门散心，坐在半山亭子上想酒吃。正在这时，"只见远远一个汉子，挑着一副担桶，唱上山来，上面盖着桶盖，那汉子手里拿着一个旋子"(旋子：温酒的器具。)这是鲁智深眼中的情景。金圣叹批道：

二语之妙，正是索解人不得。盖桶上无盖，则显然是酒，有何趣味；桶上有盖，则竟不见酒，亦未为奇笔也。惟是桶则盖着，手里却拿个酒旋，若隐若跃之间，宛然无限惊喜不定在鲁达眼头心坎。真是笔歌墨舞。

还有第三十六回也是同样的情况。小说写宋江在浔阳江上遇险，后来遇李俊得救。宋江"钻出船上来看时，星光明亮。"对于这个细节描写，金圣叹批道：

此十一字妙不可说。非云星光明亮，照见来船那汉，乃是极写宋江半日心惊碎不复知天地何色，直至此忽然得救，夫而后依然又见星光也，盖吃吓一回始知之矣。

这两段批语的意思都很清楚。变换叙事角度，从书中人物的眼光来描写当时的景物事变，不仅可以写出人物本身的精神面貌和心理状态，而且可以制造一种特殊的气氛。金圣叹认为这是一种很妙的写法。

——节选自叶朗的《中国小说美学》第107—109页，北京大学出版社，1982。

第四编　文学欣赏原则

第九章　用艺术眼光欣赏艺术

　　文学作品是一种微妙的精神产品，文学欣赏是一种特殊的精神活动，作为一种特殊的精神活动，需要遵循某些必要的基本原则。文学欣赏的总原则是，用艺术的眼光欣赏艺术，或者说是把文学当作艺术看。如果嫌总原则过于抽象，还可以细分为以下一些基本原则。

第一节　不可当真

一、痴迷的读者(观众)

　　一般读者在欣赏文学作品时，面对逼真的艺术描绘，往往会不由自主地猜想：这是真的吗？世界上真有此人此事吗？这事可能吗？这人后来如何，等等。有的人则干脆直接把作品中所描绘的对象当作真实的生活存在。例如，清代文学家王士禛《香祖笔记》卷十二记载一则他侄子亲眼所见之"故实"：兖州阳谷县西北有西门、潘、吴诸姓，自认是《水浒传》《金瓶梅》中西门庆、潘金莲、吴月娘的后人。某一日公众聚会演戏，吴姓使演《水浒传》，潘族谓辱其姑，聚众大哄，互控于县令。时至今日还有人对此执迷不悟。报载，有人在山东某地调查证明，西门庆和潘金莲都实有其人，他们的后代在收看春节晚会节目时，看到武大郎一出场，便家家关闭电视机，全家出动大放鞭炮，借以冲散除夕夜祖宗被诬蔑的晦气。

　　以上是小民百姓的"痴迷"。遗憾的是，某些博古通今、学富五车的学者有时也照样痴迷。索隐派和考证派的某些学者不也曾指《红楼梦》中的林黛玉是生活中的某某，薛宝钗又是生活中的某某吗？有些学者看小说不是看其美不美，而是先问人和事真不真，于是，考证本事一直是传统小说研究中的重要内容。

　　以上以文艺作品中的故事为真实的例子，古今中外文艺欣赏史上比比皆是。这是一种思维惯性，一种心理冲动，这是人们的认识需求在起作用——他们从生活经验出发，以习惯的眼光，要确认面前的欣赏内容是不是真实的。

二、艺术≠生活

　　以上把艺术情节当真实的思维惯性有可以理解的一面。因为文学作品是以类生活、拟生活的形态呈现于欣赏者面前的，所以极易引发欣赏者进入艺术幻境，产生与实际生活相比照、相联系的冲动。但是，这种提问题的思路却是不对的。因为艺术就是艺术，而不是生活本身，艺术自有艺术的规律，艺术自有艺术的特性，因而不能按常规的思路而只能按艺术的思路来理解艺术。也就是说，必须用艺术的眼光欣赏艺术，必须把艺术当作艺术看。

艺术是什么？这是个极复杂的理论问题，这里不打算介入纷争，而只取普遍流行的共识。艺术不是生活的复制，不是实在生活的照搬、照抄和影印。艺术是艺术家的创造物，是艺术家根据自己的精神需要创造出来的精神产品，是艺术家思想感情、生活体验、审美趣味的物态化。就其表现形态而言，可能是类现实、类生活的，但其实质却完全是精神性的、虚幻的。

艺术家创造出来的艺术作品有两个基本特征。一是主体性，即在艺术品中渗透着艺术家的主观精神世界，而不再是纯客观的、与现实经验世界等同的世界；二是假定性，艺术创造的一个基本原则就是想象和虚构，无论哪种类型、哪种样式的艺术作品都离不开想象和虚构。而想象和虚构就决定着文艺作品意象体系只能构成一种非现实的、假定性的世界。在艺术世界里，一切都是以虚构的假定的条件、环境、氛围、关系以及这些假定性因素所交织成的假定性逻辑为转移的。正是以上两个特征，决定了艺术的所谓真实，只能是具有主体性和假定性的真实，而不是纯客观的实存实有的真实。既然如此，把艺术等同于生活，把精神性、虚幻性的存在当成客观的真实存在当然是没有道理的。

三、不可当真的普通意义

艺术不等于生活，由此基本前提出发，应当确立文学欣赏的第一条基本原则——不可当真。

对此原则，读者在欣赏以幻为真型(如《西游记》《聊斋志异》)、夸张变形型(如契诃夫的《变色龙》、王蒙的《雄辩症》《冬天的话题》)、象征寓意型(如唐代传奇《枕中记》《南柯太守传》、巴尔扎克的《驴皮记》)等表意性较强的作品时，比较容易接受。但是，遇到拟实性较强，尤其是纪实性较强的作品时，迷惑就产生了，不可当真的原则就动摇了。那里面的人物明明是历史上(或现实中)确曾有过的真人，事件明明是历史上(或现实中)确曾发生过的真事，如《三国演义》，难道也不可当真吗？

当然，也不可当真。就说《三国演义》吧，小说中的刘备、曹操、诸葛亮确实是历史上的真人，里面的"官渡之战""赤壁之战"等也确实是历史上发生过的真事，但这里所谓的"真人真事"只是小说创作的原型和素材。作家在创作时，通过想象和虚构，对此进行了全面的艺术加工和改造——选择、剪裁、集中、概括、连缀、整合、夸张、移植等，这些所谓的"真人真事"已经艺术化了，已不可与生活原型同日而语了，所以称为"演义"。"演义"者，历史小说也。

随便举些例子即可证明这一点。例如，小说《三国演义》中"三顾茅庐"这几回，是全书最见艺术光彩部分之一。在这里，作者极尽跌宕起伏、铺张渲染之能事，写出洋洋近万言的文章，古今传为美谈，"三顾茅庐"成为礼贤下士渴求人才的象征。但这一切全赖"艺术"。《三国志·诸葛亮传》中提到此事时只有五个字："凡三往，乃见"。又如，《三国演义》中诸葛亮身着八卦衣手执鹅毛扇，一出场就是一个老成持重、胸有城府的军事家、政治家，人们印象中他是四五十岁的中年人(在戏剧中诸葛亮由老生扮演，电视连续剧中他一出场就有冉冉长须)。与诸葛亮比，周瑜却完全是一个血气方刚、雄姿英发的青年人，而且气量狭小不能容人，最后活活被诸葛亮气死。其实这一切都是作者有意的创造。事实是，诸葛亮出山时 28 岁，而周瑜 34 岁，已是身经百战有丰富军事经验的大统帅了。说周瑜心胸狭窄也是"歪曲"，史书称周瑜"性度恢廓，大率为得人"。周瑜作统帅，老将程普不服，"颇以年长，数陵侮瑜。瑜折节容下，终不与较。普后自敬服而亲重之，乃告人曰：'与周公瑾交，若饮醇醪，不觉自醉'"。[①]类似的例子比比皆是："草船借箭"之人不是诸葛亮而是孙权；玩过"空城计"的人是魏将文聘和蜀将赵云而不是诸葛亮；诸葛亮北伐"失街亭"时魏军主帅不是司马懿而是曹真；十八路诸侯伐董卓时，威斩华雄的不是关羽而是孙坚；"单刀赴会"的是鲁肃而不是关羽，小说恰好把二者位置倒过来……

不要说像《三国演义》这样的历史小说中的情节、人物不能当真，就是典型的历史著作，只要运用了文学的(即艺术的)手法，也不能用考证的方法将其具体的情节、细节一一坐实当真。例如《史记》，史书的代表作，其中所载历史人物、历史事件是最"真实"的了，但我们却不能否认，其中也渗透着想象虚构的成分。试看鸿门宴，刘、项双方钩心斗角、剑拔弩张，形势险恶，气氛峻急，写得何等生动传神，活灵活现。读之能令人感觉到在场人员屏住的呼吸，捏紧的手心，"咚咚"的心跳。但读后一想，司马迁其实并没有参加过鸿门宴，宴会上项庄的舞剑、樊哙的瞋目，司马迁并没有亲眼看见。而且我们绝对敢肯定司马迁也没有看过鸿门宴的录像，没有读过记者们详尽的现场报道，没有听樊哙等人亲口向他讲述过自己在宴会上的诸种表现。所有这一切细节均不过是太史公的想象和虚构而已。既是想象和虚构，就不能坐实当真也。

四、艺术并不要求把它的作品当作现实

关于文学作品与生活现实的关系，德国哲学家费尔巴哈说过一句很简单，但很朴实、很中肯的话，为我们解决这一问题提供了有益的启示。他说："艺术并不要求把它的作品当作现实。"[②]

是的，艺术就是艺术，艺术不等于生活，不等于现实，艺术是艺术家受到现实的启发创造出来的精神产品。因此，欣赏者就应当从精神意向的角度而不是从直接现实的角度来认识艺术品，应当从艺术的角度而不是从生活本身的角度来确认艺术的真实性。

思考练习题

一、怎样理解费尔巴哈的"艺术并不要求把它的作品当作现实"这句话？
二、对于文学作品中的人物、情节，为什么"不可当真"？
三、艺术真实与生活真实的关系是什么？

---

① 郑天挺. 三国志选[M]. 北京：中华书局，1962：266.
② 中国社会科学院文学研究所文艺理论研究室. 列宁论文学与艺术[M]. 北京：人民文学出版社，1983：41.

第二节　保持适当的心理距离

一、毛泽东观看《白蛇传》

　　1958年，毛泽东到上海视察，上海市委组织演出了传统戏曲《白蛇传》。卫士李银桥陪同毛泽东观看演出，曾详细记述过毛泽东观看演出时的情形。

　　……毛泽东一坐下，锣鼓便敲响了。毛泽东稳稳坐在沙发里，我帮他点燃一支香烟。毛泽东是很容易入戏的，用现在的话讲，叫进入角色。一支烟没吸完，便拧熄了，目不转睛地盯着台上的演员。他烟瘾那么大，却再不曾要烟抽。他在听唱片时，会用手打拍子，有时还跟着哼几嗓子。看戏则不然，手脚都不敲板眼，就那么睁大眼看，全身一动也不动，只有脸上的表情在不断变化。他的目光时而明媚照人，时而热情洋溢，时而情思悠悠。显然，他已进入许仙和白娘子的角色，理解他们，欣赏他们。特别对热情勇敢聪明的小青有着极大的敬意和赞誉。唱得好的地方，他就鼓掌。他鼓掌大家立刻跟着鼓。

　　然而，这毕竟是一出悲剧。当法门寺那个老和尚法海一出场，毛泽东脸色立刻阴沉下来，甚至浮现出一种紧张恐慌。嘴唇微微张开，下唇时而轻轻抽动一下。齿间磨响几声，似乎要将那老和尚咬两口。

　　终于，许仙与白娘子开始了曲折痛苦的生离死别。我有经验，忙轻轻咳两声，想提醒毛泽东这是演戏。可是，这个时候提醒已失去意义。现实不存在了，毛泽东完全进入了那个古老感人的神话故事中。他的鼻翼开始翕动，泪水在眼圈里悄悄累积凝聚，变成大颗大颗的泪珠转啊转，扑簌簌，顺脸颊滚落，砸在胸襟上。

　　……毛泽东的动静越来越大，泪水已经不是一颗一颗往下落，而是一道一道往下淌。鼻子壅塞了，呼吸受阻，嘶嘶有声。附近的市委领导目光朝这边稍触即离，这已经足够我忧虑。我有责任保护主席的"领袖风度"。我又轻咳一声。这下子更糟糕，咳声没唤醒毛泽东，却招惹来几道目光。我不敢作声了。

　　毛泽东终于忘乎所以地哭出了声。那是一种颤抖的抽泣声，并且毫无顾忌地擦泪水，擤鼻涕。到了这步田地，我也只好顺其自然了。我只盼戏快些完，事实上也快完了，法海开始将白娘子镇压到雷峰塔下……

　　就在"镇压"的那一刻，惊人之举发生了！

　　毛泽东突然愤怒地拍"案"而起。他的大手拍在沙发扶手上，一下子立起身："不革命行吗？不造反行吗？"[①]

　　读着这段回忆，很可能每个读者都会从内心发出友善的微笑：笑毛泽东率真可爱，一代伟人原来竟也那么天真烂漫，爱动感情，而且毫不掩饰；笑毛泽东"痴"，一出明显具有假定性形式的戏竟让他沉醉不醒，以致"失态"。

　　能发出友善的微笑，说明读者已看出毛泽东入戏入得太深以至于忘情忘我，迷失了艺术与现实的界限。

---

① 权延赤：走下神坛的毛泽东[J]．十月，1989(3)：14-15．

毛泽东对《白蛇传》的欣赏态度，涉及一个具有普遍意义的文艺欣赏原则问题——如何处理与欣赏对象的"距离"问题。

二、欣赏艺术，适当的心理距离是什么

与对象保持适当的距离，是瑞士心理学家布洛的著名论题，也是美学中讲到审美态度时经常引用的观点。布洛认为，要想欣赏对象的美，必须与对象保持适当的心理距离，不能太远或太近。太远了，对象的轮廓就会变得模糊淡薄，甚至消失，主客体之间不发生关系，因而产生不了审美效应；太近了，分不清主客体之间的区别，或者只见局部不见全体，只及一点而不及其余。只有不远不近才能产生最佳的审美效应。布洛的观点是有道理的。

文艺欣赏也是一种审美活动，主客体之间的距离也不能太远或太近。对于欣赏活动来说，距离太近一般是指带着日常的、实用的、功利的动机去看艺术，把艺术等同于生活；太远则是指对作品感到陌生，感到隔膜，或者疏远，因而不能投入感情，态度冷淡，心不在焉。只有不远不近、不即不离，一方面中断了现实的日常的心态，切断了主体与现实的功利关系，把艺术当作艺术看；另一方面主体又通过移情的方式进入欣赏对象，与对象融为一体，这样既入乎其内又出乎其外，既沉浸又超脱，才能充分领略对象的美。

适当的心理距离是欣赏活动得以进行的前提，是正确欣赏态度的基本要求。鲁迅一向提倡为人生的艺术，主张文艺应对社会人生发生作用。但他也认为欣赏文艺必须与对象保持一定的心理距离。他说："小说乃是写的人生，非真的人生。故看小说第一不应把自己跑入小说里面。……看小说犹之看铁槛中的狮虎，有槛才可以细细地看，由细看推知其在山中生活情况。故文艺者，乃借小说——槛——以理会人生也。槛中的狮虎，非其全部状貌，但乃狮虎状貌之一片断。小说中的人生，亦一片断。故看小说看人生都应站在槛外地位，切不可钻入，一钻入就要生病了。"[①]"站在槛外地位"，就是指读者应当保持适当的心理距离。

三、怎样保持适当的心理距离

保持适当的心理距离，具体说来，大致要注意以下几方面。

1. 动情而不忘情

文艺作品饱含着人物的感情和作家的感情，所以极易激发、调动欣赏者的感情，吸引其不由自主地投入其中。没有欣赏者的感情投入，主客双方互不关涉，也就谈不上欣赏。所以只有欣赏者愉快地投入了感情，主客体双方实现了交流和沟通，客体才能占有主体，主体也才算是把握了客体。这是一种理想的欣赏境界。

但是，欣赏活动中的感情投入应该是有分寸、有限度的，具体说来即动情而不忘情。欣赏者此时的心理活动应该是双重的：想象并且知道自己在想象，体验并且知道自己在体验。总之，一个是想象和体验着的自我，一个是思考着的自我；思考着的自我始终控制着、监察着想象和体验着的自我。这就是说，欣赏者的自我意识并没有彻底丧失。只有这

---

① 许广平. 鲁迅回忆录[M]. 北京：作家出版社，1962：32.

样,才保证了欣赏者在想象和体验对象时,尽管可能相当激动、相当高兴或相当痛苦,但还是手捧书本默默地读,静静地看,而没有像角色那样或大喊大叫,或痛哭失声……

当然,由于欣赏者心理素质不同,有的可能是分享型,有的可能是旁观型。各人的欣赏心理活动并不完全一样:前者在欣赏中"进入"程度深;后者则浅。但不论哪种类型,其欣赏心理都应该是动情而不忘情,不应该完全丧失了"自我"。

2. 进入角色而不硬充角色

在小说欣赏过程中,有的读者看到自己喜欢的人物,尤其是与自己的身份、年龄、气质、性格等方面相接近的人物时,常常不知不觉地进入角色,把自己的感情移入角色,或者说是把角色的感情移入自己,与角色同欢同乐,同悲同苦,心心相印。这是艺术欣赏的佳境,进入这种境界是一种艺术享受。

但是,所谓进入角色,仍然是相对的,比喻性的,描述性的。进入角色只是为了寻找主客体之间在心理上的契合点,从而增加心理体验的深度,而不是要把自己等同于角色,对号入座,硬充角色。进入角色有助于欣赏艺术,硬充角色只能阻碍欣赏艺术。为什么呢?因为硬充角色是典型的功利主义和实用主义,而功利主义和实用主义与艺术欣赏相敌对。

关于这一点,早在几十年前鲁迅先生就已经指出过。鲁迅说,《红楼梦》在中国小说中实在是不可多得的,但问世以后反对者却很多,以为将给青年以不好的影响,所以始终不能认识《红楼梦》的价值。这其中的原因,就是"因为中国人看小说,不能用赏鉴的态度去欣赏它,却自己钻入书中,硬去充一个其中的角色。所以青年人看《红楼梦》,便以宝玉、黛玉自居;而老人看去,又多占据了贾政管束宝玉的身份,满心是利害的打算,别的什么也看不见了"。[①]鲁迅的话点出了硬充角色的要害是"满心是利害的打算",即狭隘的功利主义和粗鄙的实用主义,这是文学欣赏的大忌。

3. 不可直接模仿

看了文艺作品中自己喜爱的人,就不自觉地产生一种模仿的冲动,这恐怕也是一种相当普遍的欣赏心理倾向。模仿是人类的天性。心理学家麦独孤认为,人类生来就有模仿他人的冲动。这种冲动在青少年时达到顶峰,从无意识转向有意识。文艺作品作为欣赏对象,对于欣赏者无形中具有一种暗示和诱导作用。尤其是那些与欣赏主体在气质、性格、年龄、经历、兴趣、爱好等方面相似或接近的艺术形象,由于主客体之间具有可比性,所以更容易激起欣赏者的认同心理,诱发从行为上加以模仿的倾向。大量的欣赏经验证明了这一点。

看来,通过欣赏文艺作品产生模仿的冲动是必然的,可以理解的,也未必就是坏事。但问题是应该怎样模仿。

中世纪的堂·吉诃德看骑士小说中了邪,一心想模仿骑士闯荡天下,结果处处碰壁,受尽折磨,出尽洋相。18世纪末德国某些青年人看了歌德的《少年维特之烦恼》,与维特产生共鸣,竟模仿维特去自杀。20世纪80年代中国的某些中学生看了电影《少林寺》,一时心血来潮竟弃家出走,投奔河南少林寺要求当和尚。有的中学生看武侠小说,武打电影、电视入了迷,竟模仿作品中描写成立帮会,饮酒为盟,推选帮主、护法、坛主、香

---

① 鲁迅. 鲁迅全集:第9卷[M]. 北京:人民文学出版社,1982:338.

主，制定帮规，用针和烟头在右臂上烫帮标——这样来模仿作品中的人物，对吗？当然不对。因为文艺作品不是现实人生的实录，不是人生的行为指南，从本质上说，它是作家人生体验的一种外化形式，它是精神的符号，心灵的象征，是一种虚幻性的存在。既如此，就应当按同样的思路去理解它，把握它，就应当着重理解其中所寄寓的精神、思想、心灵，就应该着重领会作者的精神意向，从而丰富自己的内心世界，向更高的境界趋近或靠拢。如果说这也是"模仿"的话，那么最多算是一种宽泛的模仿，而不是一种狭隘的模仿；是间接的(即精神的)模仿，而不是直接的(即行为)的模仿。

这一过程用图式表示应该是：欣赏对象(模仿对象)→欣赏者对作品从精神上全面领悟，心灵得到净化，情操得到陶冶，思想境界得到提升→欣赏者的实际行为。

这三个环节是文艺作品产生社会效应的完整过程，这三个环节中起关键作用的是第二个环节，它是整个过程的中介，起着由前向后过渡的调节和缓冲作用。有了这一环节，就可以避免堂·吉诃德式的悲剧，就可以纠正对艺术情节、艺术形象简单化的直接模仿倾向。

思考练习题

一、欣赏艺术为什么必须保持适当的心理距离？
二、欣赏艺术，适当的心理距离是什么？
三、保持适当的心理距离大致需要注意哪些方面？

第三节 用心灵拥抱对象

黄河能燃烧吗？当然不能，那还用说！但是在文学作品中，在人物形象的心理感觉中，黄河是能燃烧的。请看张承志在《北方的河》中的一段描写：

他抬起头来。黄河正在他的全部视野中急驰而下，满河映着红色。黄河燃烧起来啦，他想。沉入陕北高原侧后的夕阳先点燃了一条长云，红霞又撒向河谷。整条黄河都变红啦，它燃烧起来啦。他想，没准这是在为我而燃烧。铜红色的黄河浪头现在是线条鲜明的，沉重地卷起来，又卷起来。他觉得眼睛被这一派红色的火焰灼痛了。

看，黄河不仅燃烧起来了，而且好像是在为"我"这个感知主体而燃烧。在这里，黄河已经不是自然的黄河了，黄河已经人化了，情感化了，心灵化了，成为情感的符号、心灵的象征了。黄河发生了"质"变。

在艺术里，发生"质"变的当然不只是黄河，而是"一切"。举凡客观世界的日月星辰，草木虫鱼，风云雷电，乃至于社会生活中的世态人情，一旦进了艺术的大门，就沐上了心灵的灵光。文艺作品是作家心灵的创造，它对客观世界的"反映"经过主体心灵的观照，变成了脱离自然形态的心灵化的"第二自然"。一切优秀的作品，都是作家的主观精神世界与客观社会生活热情拥抱、相互渗透、有机融合的结果。正如黑格尔所说，在艺术里，感性的东西心灵化了，而心灵的东西也借感性化的东西表现出来。这里的"心灵"，包括作家的心灵和作品中人物的心灵。

欣赏对象(作品)的性质如此，那么，应该以怎样的态度去接受，自然也就不言自明了：用心灵去拥抱。

用心灵拥抱对象也就是用艺术的眼光欣赏艺术，所指很宽泛，似乎一下子很难全面地道尽其内涵。这里择其要者，理出几个方面。

一、衡量艺术不能拘泥于常识

缺乏必要的生活常识，很难深入地理解艺术；但若拘泥于生活常识，又会妨碍欣赏艺术。道理很简单，无须赘述。这里只举些浅显的例子以证之。

有一幅漫画，画面上两个人于晨色熹微之中，猫着腰鬼鬼祟祟地出发了。看见一个东西像轿子，高高兴兴抬起就走，天亮了一看，原来是个垃圾桶，此为《抬轿子》。又一幅漫画，漆黑的夜晚，猫与老鼠立于墙头之上悄悄谈话。猫告诉老鼠："最近上边查的很紧……"老鼠一副心领神会的样子，题为《墙头夜话》。

以上两幅作品，其形象本身、题材本身，从日常经验生活真实角度看来，自然是子虚乌有的，但从艺术角度看，没有人不称赞它们是绝妙的、真实的。再如，齐白石画的虾，神态生动，趣味盎然，似乎正在水中游，但如果细细地数一数，虾的腿和须比真的虾少得多。李苦禅画鹰很出名，鹰的嘴本来是有尖带钩的，而他为了突出鹰嘴的神韵，却把它画成看上去差不多是长方形的。以上所举的漫画和国画，其主要强调表现性、写意性，因而自然不能以生活形象本身框之。即使强调再现性、写实性的西方传统油画，也不能以生活本身框之。

例如，荷兰大画家吕邦斯(1577—1640)有一幅风景画，画的是夏天傍晚的田园景象。画面上有田野，有农夫，有村舍，有牛群、骡马等。一些村庄和一个小镇远远出现在地平线上，最美妙地把活跃而安静的意境表现出来了，是一幅使人"看了多次都还不够"的杰作。这幅画妙肖自然但却不是自然的临摹。画面上对于光的处理从生活常识角度看是违反自然的。如前景中的人物受到从对面射来的光照，阴影投到画这边来，其中的一丛树又把阴影投到看画者相对应的那边去。这样画面就从两个相反的方向受到光照，这当然不符合人们的生活经验。但具有很高艺术鉴赏力的伟大作家歌德，充分肯定了这种艺术处理。他解释说："关键正在这里啊！吕邦斯正是用这个方法来证明他的伟大，显示出他本着自由精神站得比自然要高一层，按照他的最高目的来处理自然。光从相反的两个方向射来，这当然是牵强歪曲，你可以说，这是违反自然。不过尽管这是违反自然，我还是要说它高于自然，要说这是大画师的大胆手笔，他用这种天才的方式向世人显示：艺术并不完全服从自然界的必然之理，而是有它自己的规律。"[①]歌德的解释对于文艺欣赏来说，极富于启发意义。

再如戏曲，舞台上某角色坐在椅子上，一只手支着稍偏的头在唱：一更里怎么怎么，二更里怎么怎么，一会儿五更唱完了，一夜也就过去了。而且，这一角色在剧情中是在"睡觉"，他(或她)不是躺着睡，而是坐着睡；更奇怪的是他(或她)"睡着了"还在唱。就是舞台上那一小块地方，梁山伯与祝英台边唱边走，一会儿走了十八里。舞台上一个灯笼也没有，但小两口正月十五出门观灯，边看边唱"这是"什么灯，"那是"什么灯，好像

---

① 爱克曼. 歌德谈话录[M]. 朱光潜，译. 北京：人民文学出版社，1980：136.

满台都是灯……这一切既不真实又非常真实，艺术之妙全在其中。

文学属于艺术，也应作如是观，也不能用非艺术的眼光要求它。例如，对杜牧的诗《江南春》("千里莺啼绿映红，水村山郭酒旗风。南朝四百八十寺，多少楼台烟雨中。")，我们不能问"千里莺啼，谁人听得？千里绿映红，谁人见得？"[①]也不能问：四百八十寺，统计得准确吗？难道不会是四百八十一或四百七十九吗？其他如"白发三千丈，缘愁似个长"(李白)，"燕山雪花大如席"(李白)，"霜皮溜雨四十围，黛色参天二千尺"(杜甫)等，在文学史上曾引起笔墨官司的诗句，如用艺术的眼光看，一切争议都显得可笑了。

二、欣赏艺术不能拘泥于常理

常理即通常流行的对事物的感受和理解，是符合理智、理性、逻辑思维的理解。常理是人们日常生活的行为准则，却不能用来作为评判文艺作品的标准。否则，诗意将荡然无存，艺术也将不能成为艺术。

例如，"打起黄莺儿，莫教枝上啼。啼时惊妾梦，不得到辽西。"(金昌绪《春怨》)按常理，黄莺啼干你何事，打它作甚？"当君怀归日，是妾断肠时。春风不相识，何事入罗帏？"(李白《春思》)丈夫迎春思归，妻子应当高兴，缘何痛至"断肠？"——于理不合；"春风"乃无知无情之物，质问春风，岂不痴人？！"从来夸有龙泉剑，试割相思得断无。"(唐·张氏《寄夫》)"相思"能用剑割断吗？——痴人说梦！"你/一会看我/一会看云//我觉得/你看我时很远/你看云时很近"(顾城《远和近》)"云"比"我"离你还近吗？——这绝不可能！一位1289年出生的人一直活到21世纪。一位女演员也想不死，便抛弃原先的男友与这位老人生活在一起，企图借助他而永恒。但他却悄悄躲开了，她到处追寻，终于找到他时，他说，人的幸福不在于人的不死，而在于人都会死。他视自己的不死为一种厄运，为了争取能死，他已奋斗了几个世纪。(西蒙娜·德·波伏娃《人无不死》)法国一个小城中突然出现了一头犀牛，开始人们还表示惊恐，但不久便适应了，后来竟以变成犀牛为时髦，人们争先恐后地争着变为犀牛，犀牛越来越多，一位坚持不肯与犀牛为伍的人反而被彻底孤立起来，就连他的女友也离开他奔向犀牛群。但他绝不投降，决心以孤独的个人的身份同犀牛世界相对抗。(欧仁·尤奈斯库《犀牛》)……这一切，均违背"常理"，简直匪夷所思！如果挥舞"常理"的大刀一路砍将下去，最终会将艺术的百花园砍得枝叶凋零，生命枯萎，最后落得个"白茫茫一片大地真干净"。

三、不能以科学眼光阐释艺术

如月亮，用科学的眼光看，它是太阳系中的一颗星球，绕地球而运行，借太阳而发光，如此等等。但到了艺术家笔下，就成为人类多种审美情感、审美心态的象征符号了。"江畔何人初见月？江月何年初照人？"——由月想到宇宙的永恒和神秘；"人生代代无穷已，江月年年只相似"——月亮升沉圆缺，周而复始，循环不已，暗含了人类代代相

[①] 丁福保.历代诗话续编：中册[M].北京：中华书局，1983：800.

传、绵延不绝、生生不息的生命意识；"今人不见古时月，今月曾照古时人"——古时月尚在，古时人不存，月之永恒反衬出人生之有限，令人生发无穷感叹；"人有悲欢离合，月有阴晴圆缺，此事古难全"——月亮阴晴圆缺的变化象征了人生的悲欢离合，命运的升沉荣辱；"海上生明月，天涯共此时"——牵动游子思乡情；"江天一色无纤尘，皎皎空中孤月轮"——月光的皎洁与人们对纯洁无瑕的崇拜相契合；中秋的圆月唤起人们对家人团圆的向往；月亮高居苍穹，看见她，使人们顿生超脱尘世远离凡俗的愿望；"月朦胧，鸟朦胧"——好温馨，好静谧……

总之，人世间一切痛苦烦恼，一切欢欣愉快，一切隐约幽微的心情都可以假月相证，由月勾起，月亮成了人们寄托和交流共同感情的艺术媒介。不仅如此，月亮不单是某一民族某一国家乃至全人类交流感情的共同符号，而且还可以传达某一特殊个体的特殊心境，即月亮又因人而异，因心境而异。例如，在李白的笔下，月亮是他的好友，可以陪他饮酒、散步、访友："举杯邀明月，对影成三人……我歌月徘徊，我舞影零乱"(《月下独酌》)；"暮从碧山下，山月随人归"(《下终南山过斛斯山人宿置酒》)；在哲中笔下，"月亮像个文静的少女亭亭玉立在前面的天上"(《一个神秘世界的见闻》)；在玛拉沁夫笔下，月亮"像一位等待观众平静下来才姗姗出台的仙女"(《鄂伦春组曲》)；在契诃夫笔下，月亮是心胸狭窄、醋意十足的妒妇："月亮从飘浮的云朵里偷窥着，皱起眉，仿佛妒忌新婚不久的沙夏和华丽雅的幸福"(《乡间小屋》)；在欧·亨利笔下，月亮竟是"迷人的妖妇"使人失魂落魄(《朋友的召唤》)；在泰戈尔笔下，月亮"颇像醉汉的一只眼睛"(《沉船》)……

艺术不等于科学，这一道理说起来可能谁都清楚，可一遇到具体作品却又往往糊涂。例如，文学作品中(尤其是诗词)的数字，往往并非实数，而是泛指或是夸张与缩小，因而不能从数学、统计学角度去理解它。某些古人在这方面的迂阔(如从杜甫诗"速宜相就饮一斗，恰有三百青铜钱"推算唐代酒价，指责杜甫"霜皮溜雨四十围，黛色参天两千尺"两句诗中古柏尺寸的不准确或为之辩护为准确等)，且不去说了。即使是现代人，而且是现代诗人，而且是著名诗人，在对某些作品的理解上也难免犯错误。例如，郭沫若对杜甫某些诗的理解即是如此。杜甫在《茅屋为秋风所破歌》中有一句"八月秋高风怒号，卷我屋上三重茅"，这无非是说自己生活的凄凉悲惨，"三重茅"明显是虚数。而郭沫若却认真地考证起来："诗人说他所住的茅屋，屋顶的茅草有三重。这是表明老屋的屋顶加盖过两次。一般说来，一重约有四五寸厚，三重便有一尺多厚。这样的茅屋是冬暖夏凉的，有时候比起瓦房来还要讲究。"①那么，言外之意，杜甫过的是地主生活。再如，杜甫的《将赴成都草堂途中有作先寄严郑公五首·其四》中有这样两句诗："新松恨不高千尺，恶竹直须斩万竿。"这两句虽然也可能由草堂附近的"松""竹"所引起，但既用了"新""恶"这类情感色彩强烈的字眼，则非写实已很明显。但郭沫若对诗的写意性视而不见，他重考证重科学，他说："草堂里有四棵小松树，是他所关心的。所谓'新松'就是这四棵小松树，他在希望它们赶快成长起来。草堂里的竹林占一百亩以上，自然有一万竿竹子可供他斫伐。"②郭氏由"万竿"恶竹推算杜甫有竹林百亩以上，他这么富有，言外之

---

① 郭沫若. 李白与杜甫[M]. 北京：人民文学出版社，1971：214-215.
② 郭沫若. 李白与杜甫[M]. 北京：人民文学出版社，1971：262-263.

意，他仍然是地主。这种"科学"阐释令人瞠目结舌！

早在 19 世纪 20 年代，鲁迅就以诗歌欣赏为例，说明不能用科学的眼光欣赏艺术。他说："诗歌不能凭仗了哲学和智力来认识，所以感情已经冰结的思想家，即对于诗人往往有谬误的判断和隔膜的揶揄。"这些人所以不懂得诗美，是"因为他们精细地研钻着一点儿有限的视野，便绝不能和博大的诗人的感得全人间世，而同时又领会天国之极乐和地狱之大苦恼的精神相通"。[1]鲁迅还进一步指出，欣赏艺术同欣赏一切美的事物一样是情感的愉悦和交流，是心灵的沟通和感应，而不能用伦理学等科学的眼光来穷根究底，否则就体会不到美的情趣。例如，听柳荫下黄鹂鸣叫，我们感得天地间春气横溢，见流萤明灭于丛草里，使人顿怀秋心，这就够了。而不能学究似的进一步追向黄鹂为什么鸣叫呢？流萤为什么明灭于草丛呢？花为什么开呢？这样一追一问，就要用科学去回答。原来莺歌萤照都是为了希图觅得配偶，而一切花原来是植物的生殖器，百花盛开都是为了传粉受精。这样一来，从科学方面得到了解释，而美的趣味则丧失殆尽。所以鲁迅主张，对于诗美，必须从艺术的角度来欣赏，而不能凭仗哲学和智力，不能用科学来阐释。

思考练习题

一、在文艺欣赏活动中，为什么必须用心灵拥抱对象？
二、欣赏艺术，为什么不能拘泥于常识和常理？
三、为什么不能以科学眼光阐释艺术？

第四节 通其意则无适而不可

一、《潘金莲》是"瞎胡闹"吗

20 世纪 80 年代中期，川剧作家魏明伦编写了一出形式独特的戏剧《潘金莲》。怎么个独特法？请看剧本开头"舞台说明"：

时：跨朝越代，不分时间。
地：跨国越州，不拘地点。
景：不用复杂布景，但须特殊灯光。背景斗大繁体"戲"字，各场变换隶、楷、行、篆、草几种字体。台侧分设两级云阶，左阶书"荒"，右阶书"诞"。

"剧"中人	"剧"外人
潘金莲	吕莎莎
武松	施耐庵
武大郎	武则天
西门庆	安娜·卡列尼娜
张大户	人民法庭女庭长
王婆	贾宝玉

---

[1] 鲁迅. 鲁迅全集：第 7 卷[M]. 北京：人民文学出版社，1982：236.

泼皮甲	七品芝麻官
泼皮乙	现代阿飞
泼皮丙	红娘
上官婉儿	

好了，不用再介绍剧情，仅仅通过这段"说明"即可看到，这出戏确实够"荒诞"的：时间不受时代限制，地点不受地域束缚，集古今中外人物于一台，根据需要随时打断剧情，请各种人物参与评论……这种戏起码在中国舞台上没有见过。于是，它的演出产生了不大不小的"轰动效应"。多数人看懂了，接受了，赞之为新、奇、美；但也有人甚至是文化名人接受不了，斥之为"瞎胡闹"。

为什么斥之为"瞎胡闹"呢？无非是觉得这种表现形式太出格，不合戏剧规矩——过去没有哪种剧是这么编排的。

但不合传统的编剧规矩就一定是"瞎胡闹"吗？恐怕不一定。

对于内容而言，艺术的形式是一种手段，其目的是为传达内容服务的；只要能恰当地表现内容，没有什么形式是不可以运用的。为了更巧妙、更有效地传达内容，在形式的运用方面，艺术家有大胆取舍、大胆创造的自由。这是文艺理论中最一般的道理。以此观《潘金莲》，其荒诞手法的运用应该说是允许的，而且是合理的、富有创造性的。

作者的创作意图是："保持独立思考，运用比较手法，站在20世纪80年代的高度，重新认识潘金莲，揭示'这一个'贫家女儿是怎样走上了'谋杀亲夫'的道路的。"①"这一个"潘金莲不是施耐庵笔下的潘金莲(荡妇、淫妇、祸水)；不是笑笑生(《金瓶梅》作者)笔下的潘金莲(色情狂、虐待狂、阴谋家)；也不是现代剧作家欧阳予倩笔下的潘金莲(封建婚姻的叛逆者、自由恋爱的追求者)；而是作者自己的潘金莲。与其他潘金莲相比，"这一个"潘金莲应该说是一个新的艺术形象。但作者的创作目的，主要不在于塑造一个新的艺术形象，而在于通过这一形象传达自己的"思考"和"认识"；他不打算利用艺术形象的感染力量打动观众的感情，而更希望调动各种艺术手段诉诸观众的理智，最终"说服"观众，让观众接受他的"思考"和"认识"。基于这种意图，他没有遵循传统戏剧的路子创造一个似真似幻的戏剧情景，诱导观众进入角色，产生艺术幻觉，从而受到感染；而是采用了德国布莱希特的"间离"手法(如舞台上大书"荒诞"二字，不断变幻"戏"字，让古今中外人物登台参与评论等)，阻止观众过于进入戏剧情境的连贯性，时时提醒观众这是在看有着半边"虚"字的戏，在看"荒诞"的戏，各种剧外人的评论体现了剧作的理性思辨色彩，引导观众用不同眼光去看待"潘金莲"。这样处理的艺术效果是，在观众的接受心理上，理智控制感情，思考压倒激动，最后明白地领会了作者所要表达的基本倾向(对潘金莲"同情不容情")。

对于作者的"思考"和"认识"(表现为作品的思想内容)，你可以不同意、不接受，可以说长道短，评头品足，这些都是允许的。但你不能指责作者对艺术形式的运用是"瞎胡闹"。客观地说，魏明伦在运用艺术形式传达创作意图方面是成功的。

---

① 魏明伦. 是非且听百家鸣——《潘金莲》附记[J]. 电影与戏剧，1986(2).

二、物一理也，通其意则无适而不可

这里又引出一个具有普通意义的欣赏原则问题，即如何看待艺术形式、艺术手法的合理与不合理。应该说，只要能有效地传达内容，无论什么样的大胆创造都应该是允许的，因而也是合理的。欣赏者不应囿于成见，受欣赏习惯、心理定式的束缚而拒绝接受它。苏东坡说过一句非常洒脱旷达的话："物一理也，通其意则无适而不可。"[①]这句话同样适用于文艺欣赏。

以上道理并不深奥，也毫不牵强，按说应该容易接受。但某些人理论上清楚了，实践中却又往往糊涂，包括那些在文艺上卓有成就的人。古今中外文艺接受史上，这类例子绝不少见。例如，司汤达的《红与黑》在 20 世纪是很受读者欢迎的作品之一，但在作品发表之初却备受冷落。司汤达激进的思想和全新的艺术技巧使当时人跟不上他的步伐。当时著名的作家兼评论家茹利·让年说它是"通过怪异的形式来表现一切，仅仅为吓唬别人而做得粗鲁"。[②]雨果也轻蔑地说："我试着读了一下，但是不能勉强读到四页以上。"[③]19世纪末法国印象派画家打破传统油画追求工细逼真的画法，追寻闪烁的阳光，捕捉流动的大气，注重画的整体效果，画得生动自然，传达了色彩美给人的愉快感受。印象派对色彩的运用，是艺术上的革新创造，但怀有成见的人却刻毒地说他们"是一群疯子"。中国近代一些画家刚接触与中国画迥异其趣的西洋画时，对其表现形式、表现方法大不以为然，讥之为"笔法全无，虽工亦匠""不入画品"。20 世纪 30 年代，鲁迅先生为了与国民党反动派及社会上黑暗势力作斗争，对古代题材（"故事"）进行了新的艺术处理（"新编"），如让大禹时代文化山上的学者们说成串的英语："OK""古貌林""好杜有图"（《理水》）之类。明眼人一眼就能看出来这是鲁迅先生的"文字游戏"，用幽默与滑稽的方法与丑类开个"玩笑"。但有人硬要"较真儿"，以历史小说的写法衡量它，说这样写不合理，不真实……诸如此类。

自由洒脱的艺术需要有自由洒脱的心灵去接受，正如歌德所说："一件艺术作品是由自由大胆的精神创造出来的，我们也就应尽可能地用自由大胆的精神去观照和欣赏。"[④]歌德的话对于艺术欣赏来说具有普遍的指导意义。

思考练习题

一、"通其意则无适而不可"作为一条欣赏原则，其含义是什么？
二、"通其意则无适而不可"的理论根据是什么？

---

① 北京大学哲学系美学教研室. 中国美学史资料选编：下册[M]，北京：中华书局，1981：41.
② 龙协涛. 艺苑趣谈录[M]. 北京：北京大学出版社，1984：491.
③ 龙协涛. 艺苑趣谈录[M]. 北京：北京大学出版社，1984：491.
④ 爱克曼. 歌德谈话录[M]. 朱光潜，译. 北京：人民文学出版社，1980：138.

第五节　只可意会而不可求甚解

一、对某些诗词的欣赏"只可意会而不可求甚解"

　　我国老一辈诗词专家浦江青先生认为，欣赏古代诗词，不能像理解散文那样处处找寻文章的理路脉络，找出句与句之间的逻辑关系，将句句的情事、意思都落到实处。他说，如果那样的话等于把诗词翻译成散文，这是一件最笨的工作。那么，应该怎样欣赏诗词呢？他认为应该像古人那样——只可意会而不可求甚解。①

　　为什么呢？浦先生解释说，因为诗词的组织与散文的组织，各有各的路子，本来是不相同的。在散文里面，句与句的递承靠着思想的连贯，靠着叙事与描写里面事物的应有的次序和安排，句与句、段与段之间有着明显的逻辑关系。诗词的句与句之间的组织结构不像散文那样一线贯穿，有逻辑可寻，而是句与句之间往往距离较远，中间留有空当(空白)，有大幅度的思想的跳跃。但好的诗词又从不给人以脱节、散漫的感觉。原因何在？就因为诗词有自己独特的连接方法(组织方式)，归纳起来主要有两方面：一是音律，二是情调。

　　诗词是有韵的语言，这韵的本身即有黏合的力量，有连接的能力。诗词里的句子，论它们的内容和意义，往往是各自成立为单位，中间没有思想的贯穿，但有一定的韵脚(或一韵到底或转韵换韵)和统一的情调在那里联络贯穿，使散漫的句子黏合在一起。例如，马致远的《天净沙·秋思》，其中的"枯藤"等意象之间没有必然的联系，但通过音韵和情调浑然统一为一个整体。因此，诗词的意境往往比较朦胧，如阴晦天气立身于山头之上，远远望去，云遮雾掩，但见若干高峰出没于云海之中，若断若续，至于山峰与山峰之间的联络，但凭感觉意会而已。

二、浦江青解读《忆秦娥》

　　以上见解是浦江青先生在讲解无名氏词(一说为李白所作)《忆秦娥》时有感而发的。这首词原文如下：

　　箫声咽。秦娥梦断秦楼月。秦楼月。年年柳色，灞陵伤别。
　　乐游原上清秋节。咸阳古道音尘绝。音尘绝。西风残照，汉家陵阙。

　　"箫声咽。秦娥梦断秦楼月"是秦娥梦醒时听到了呜咽的箫声吗？是箫声呜咽惊醒了秦楼中秦娥的美梦吗？是酒席宴上伴唱的箫声吹起，听歌者由箫声引起联想，想到了秦楼上的秦娥吗？……因为没有"不但""而且""因为""所以"之类的关联词，看不出这两句之间的"实在"联系，因而不可确指。"秦楼"，只是长安的一座楼，近于后来"秦楼楚馆"中的"秦楼"，位于长安的北里，乃冶游繁华之区；"秦娥"(泛说为长安女子，可单数亦可复数)多半是娼楼之女，再不然便是"昔为倡家女，今为荡子妇"的身份。她蓦地半夜梦醒见楼头之明月，听别院之箫声，从繁华中感到冷清。词作提笔已带来凄凉意

---

① 毋庚才，刘瑞玲. 名家析名篇[M]. 北京：北京出版社，1984.

味，定下了全词的情绪基调。

"秦楼月"再重复一句，并无实义，只是为了音调上的需要，对上句尽了和声的作用，同时逼唤出下一个韵脚，好像有甲乙两人联吟递唱之意味。这里充满了神韵，仔细吟味即可感知。

"年年柳色，灞陵伤别"，灞陵者，汉文帝的陵墓，在灞水流经的白鹿原上，离长安二十里地。汉代凡东出函潼，必自灞陵始，送行者于此折柳为别。"灞桥折柳"成了送别的代称。从秦楼到灞陵，地点换了，人物也变了，前后似连(楼上女子半夜梦醒莫非要送客远行吗？回忆往日的离别吗？……)似不连("灞陵伤别"完全可以作为一个典型的人生情境来看)，没有必然的逻辑联系可寻，因而也就不必强寻联系，强求"甚解"。

"乐游原上清秋节"单立成句，写景转入秋令。乐游原在唐代长安城中的东南角上，有汉宣帝乐游庙的故址。此处地势甚高，登之可望全城。附近有游览名胜之区。清秋节为农历九月九日，游人甚众，非常热闹。但马上来了个冷静的对照——"咸阳古道音尘绝"通咸阳的官道在长安西北，这一跳又是几十里路程。两句之间靠"节""绝"两字的共鸣作用，以及排句的句法连接。"音尘绝"意义深远：或指道路悠远望不见尽头，有相望隔音尘之意；或指路上冷静无车马的音尘；或指征人远去无音信回来……总之，三字给人以悠远及冷清的印象。

借"音尘绝"的重复再逼唤出下面一韵，作用在构成音律上的连锁而不是意义上的需要。但是这三个字音，再重复一遍，便会打入人们心坎，另外唤起新的情绪、新的意念。其意若曰：咸阳古道的道路悠远是空间上的阻隔，人从咸阳古道西去，虽然暂隔音尘，也还有个回来的日子。夫古人已矣，但见陵墓丘墟，更其冷静得可怕，君不见汉家陵阙，独在西风残照之中乎？这是古今之隔，永绝音尘，意义更深刻而悲哀。汉代诸位皇帝的陵墓排列在长安与咸阳之间，所以一提到咸阳古道，便自然转到古代帝王陵墓上来，以吊古的情怀作结："西风残照，汉家陵阙"这是又一幅更其苍凉悲壮的画面：西风残照之中，但见陵墓丘墟，冷静得可怕。昔日帝业之显赫尊贵已一去不返，化为一抔黄土了。人们顿悟帝业之空虚，人生事功之渺小，于是悲壮慷慨情绪油然而生。这里，反省人生感叹人生的意味极浓极深，气象宏大，极为深沉感人。王国维对此八字推崇备至，赞之曰："寥寥八字，遂关千古登临之口。"[①]

这首词连带重复过渡之句共十句，用韵律粘连起来五处长安场景。这几处场景从情事上讲没有必然联系，但它们都是与长安有关的几处典型景物，都是能代表长安历史、长安精神的场景。几处场景经过作者用类似电影蒙太奇的手法排列组合在一起，产生了画面之外的韵外之旨——读者从中感受到一种苍凉悲壮的情调，进入一种深厚、深沉的意境，精神凌空而上，鸟瞰历史的变迁，沉入一种缥缈悠远的神游之中。此种精神效应的产生，不是从字字句句的表面意义推演而来，而是从总体情调韵味而来。

从总体情调韵味出发而不是死抠字句，这种欣赏方法，王蒙也深有体会，他对古代著名朦胧诗人李商隐的诗尤其是《锦瑟》做过深入的研究。他认为李商隐的诗，读者很难找到叙事的线、空间的线、时间的线、逻辑的线，特别是找不到或较难分明表意的顺序，却很容易找到那同一种情绪；甚至，李商隐诗中的意象和典事所暗含的情绪也大致是统一

[①] 姚柯夫.《人间词话》及评论汇编[M]. 北京：书目文献出版社，1983：4.

的。这些词都有一种忧伤而朦胧，雅致而又无奈，艳丽而又梦幻的特点。因此，读李的诗绝对不能死抠字句、语法、逻辑、结构等，而必须从整体情调上去把握，"只可意会而不可求甚解"。为了证明这一点，王蒙把《锦瑟》一诗的结构打乱重新组合，把它变成长短句，变成对联，把其中的句子抽出来与李的其他诗的句子组合，都能读通，其中都贯穿着大致统一的情调——惘然、无奈、寥落、凄凉、漂泊……[①]

三、"可意会而不可求甚解"的方法论意义

文学作品的妙处就在这里，文学欣赏的享受也就在这里。进入这种境界，从欣赏方法角度讲，即开头提出的"只可意会而不可求甚解"者也。若必死抠字句意思及其逻辑联系，翻译成白话散文，则诗词韵味顿失，生命不存。这也就不成其为文学欣赏了。

由此可知，所谓"不求甚解"，并不是怂恿读者对文艺作品的欣赏可以不下功夫，只停留于"似懂非懂"即可，而是说要转换思路，从意象、意境、画面的排列、转换和音节韵律的设计上体验其中的情调与意味，而不必一定要"因为""所以"地推出一个确定、确凿的解说（"甚解"）来。正如明代文学家谢榛在《诗家直说》中所说："诗有可解、不可解、不必解，若水月镜花，勿泥其迹可也。"[②]

以上我们以诗词为例讨论"只可意会而不可求甚解"这一欣赏原则。作为一条欣赏原则，它同样适用于散文、小说等其他文体的欣赏，尤其是适用于抒情性、表意性较强的作品的欣赏。

思考练习题

一、怎样理解"只可意会而不可求甚解"？
二、欣赏文学作品(尤其是诗词)，为什么"只可意会而不可求甚解"？

第六节　知人论世与从文本出发

一、从叶嘉莹对两首词的分析说起

文学作品，尤其是篇幅较为短小的诗词，常常是特定作者某种特定情绪、特定心境的外化，因此，不了解这些"特定"，往往很难读懂作品。例如，晏殊有一首词《山亭柳·赠歌者》：

家住西秦，赌博艺随身。花柳上，斗尖新。偶学念奴声调，有时高遏行云。蜀锦缠头无数，不负辛勤。

数年来往咸京道，残杯冷炙漫销魂。衷肠事，托何人。若有知音见采，不辞遍唱《阳春》。一曲当筵落泪，重掩罗巾。

[①] 王蒙. 双飞翼[M]. 北京：生活·读书·新知三联书店，1996：15-28，98-105.
[②] 丁福保. 历代诗话续编：下册[M]. 北京：中华书局，1983：1137.

如果对晏殊的作品比较熟悉，马上可以发现这首词有两点值得注意：第一，这首词写得颇为激动——声情激越感慨悲凉，与晏殊贯有的圆融平静、闲雅旷达的词风大相径庭；第二，晏殊的词一向都不曾加冠标题，而这首词却偏偏加了个《赠歌者》的题目。

怎样理解这种明显矛盾的、不统一不协调的"怪异"现象呢？叶嘉莹先生用"知人论世"的方法对它进行了圆满的解释——之所以如此，是与晏殊的性格及生平经历紧密相关的。

从性格方面讲，晏殊作为显赫的宰相，作为一个政治家兼文学家，他有着理性的操持，遇事能权衡、有节制、冷静从容，因此词中就表现出闲雅的风格和旷达的怀抱。但他的性格中又有刚峻绪急的另一面。《宋史·晏殊传》云："殊性刚简……累典州，吏民颇畏其绪急。"欧阳修曾称晏殊："公为人刚简。"《四库提要》评晏殊的《珠玉词》云："殊赋性刚峻，而词语特婉丽。"……因为晏殊有这样的个性，所以当他在遇到拂逆挫折时，就露出了其刚峻的一面，而且极为激动。例如，《宋史·晏殊传》载其为枢密副使时，曾"上疏论张耆不可为枢密使，忤太后旨。坐从幸玉清昭应宫，从者持笏后至，殊怒，以笏撞之，折齿，御史弹奏，罢知宣州。"我们对晏殊的刚峻激烈的性格侧面有了认识后，就会觉得《山亭柳》词写得感慨激越正是情理中事，这是矛盾的统一，复杂的调和。

再看晏殊的生平经历：晏殊自14岁以神童之名擢秘书省正字，至54岁罢相以前，在仕途上可以说是一帆风顺的，但后来在宫廷复杂的内部斗争中，晏殊以无辜而得罪，被罢相贬为外任数年之久。这种不幸遭遇当然使他郁郁愤懑，心存块垒。但由于理性的约束控制使他平时不愿或不便轻易爆发出来，而一旦遇到一个契机，如确有一位歌者，其身世遭遇唤起了晏殊的深切共鸣，于是郁积已久的情怀乃因之一泄而出，借他人之酒杯，浇自己之块垒。这种机会是可遇而不可求的，因此，我们在晏殊其他词中不容易看到感慨激越的情调，正因为他不容易遇到这样可以借以发挥的好题目的缘故。退一步说，即使没有这样一位歌者，而晏殊也可能以《赠歌者》这样一个题目借题发挥，把自己的真实感情假借歌者之口发泄出去。这样做的好处，从政治上讲可以免去一些现实的牵涉，从艺术上讲可以把感情的距离推远，然后才能无所顾忌地借别人的故事抒己之情怀。像演双簧一样，自己站在幕后，歌女站在台前表演，将自己浓烈的感情变成歌女的台词抒发出去。

再如，温庭筠(字飞卿)的词作，有人说诗中有政治、道德方面的寄托，如《菩萨蛮》：

小山重叠金明灭，鬓云欲度香腮雪。懒起画蛾眉，弄妆梳洗迟。照花前后镜，花面交相映。新贴绣罗襦，双双金鹧鸪。

清代张惠言将其收入《词选》并评论云："此感士不遇也，篇法仿佛《长门赋》，而用节节逆叙……'照花'四句，《离骚》'初服'之意。"[①]有人认为温词没有寄托，如王国维就说"飞卿《菩萨蛮》，永叔《蝶恋花》，子瞻《卜算子》，皆兴到之作，有何命意？皆被皋文(张惠言字)深文罗织"[②]。那么，到底温词有没有寄托呢？这就要参照温氏的性格、生平加以具体分析。为了讨论此一问题，叶嘉莹先生收集了有关温庭筠的所有生平

---

① 叶嘉莹. 迦陵论词丛稿[M]. 上海：上海古籍出版社，1980：11.

② 叶嘉莹. 迦陵论词丛稿[M]. 上海：上海古籍出版社，1980：12.

资料，如《旧唐书》的《温庭筠传》《李商隐传》，《新唐书·温大雅传》附《廷筠传》，唐人撰《玉泉子》，宋孙光宪《北梦琐言》，元辛文房《唐才子传》等。根据对以上材料的分析考证，叶嘉莹先生得出了如下结论："以作者而言，则自飞卿之生平及为人考之，温氏似但为一潦倒失意、有才无行之文士耳，庸讵有所谓忠爱之思与夫家国之感者乎？故其所作，当亦不过逐弦吹之音所制之侧辞艳曲耳。诚以情物交感之托喻作品言之，则飞卿之无此性情、身世、修养、人格之涵育；以依附道德以求自尊之托喻作品言之，则以飞卿之放诞不检、不修边幅，似亦当无取于此也。是以作者言，飞卿词为无寄托之作也。"①叶嘉莹的结论有根有据，是很有说服力的。

二、知人论世

叶嘉莹论晏、温的方法，即中国传统的"知人论世"的方法。"知人论世"是孟子提出来的。他说："诵其诗，读其书，不知其人，可乎？是以论其世也，是尚友也。"②孟子认为要理解作品，必须要了解作者的性格、生平经历，了解作者所处的时代和社会。这一主张受到了历代文人的推崇。清末王国维就说，由其世知其人，由其人逆其志，则古诗虽有不能解者寡矣。

"知人论世"的主张看到了作品与作者的关系，作者与时代、与社会的关系，符合尊重历史、尊重事实、从实际出发的唯物主义精神。这种方法的实质是"还原"与"求本"。所谓"还原"，即考察作品产生的特定的具体时空条件——有着什么样精神个性的作者在什么时候什么背景下写出了作品；所谓"求本"，即作者创作这一作品的本意是什么。这一方法追根溯源，对于理解作品的本意和作者的"原始"文心，很有帮助，是中国古人理解作品、决疑排难的主要途径，至今也不失为一种有效的欣赏方法论。这是我们首先肯定的第一个意思。

但是，"知人论世"方法也有它的局限性。具体表现在：第一，运用此方法必须以掌握大量历史、传记、文化背景、创作过程等方面的资料为前提，对于大多数普通欣赏者来说，这是有困难的，不现实的；第二，即使是专家学者，虽有条件收集整理，也未必能掌握到丰富的有关资料，因为古人通常并没有留下这方面的资料；第三，况且，即使掌握到了，又能怎么样呢？它可能帮助我们找到了一种确定的对于作品的理解，但可能又限制了不必确定、不必限制的他种理解。所以，"知人论世"是理解作品的一种有效方法，但不是唯一方法。对于不了解背景资料的读者或即便是掌握了背景资料的读者来说，还可以采取其他方法，如从文本出发的方法去欣赏作品。

三、从文本出发

从文本出发，即把作品当作一个独立的"文本"，当作一个艺术符号，一个艺术象征，从形象、意境本身出发展开联想和想象，以自己的心灵直接撞击艺术世界，从中得到

---

① 叶嘉莹. 迦陵论词丛稿[M]. 上海：上海古籍出版社，1980：16.
② 郭绍虞. 中国历代文论选：第1册[M]. 上海：上海古籍出版社，1979：31.

兴发感动，获得艺术享受。

　　例如，欣赏晏殊的《山亭柳·赠歌者》，假定我们根本不了解作者为何许人，当然也就无从"知人论世"，这时我们可以把它当作一个独立的艺术文本来欣赏。从作品的表层来看，我们看到一个不幸的歌女在倾吐心事，在感叹命运，同时也看到作者对她的同情：她多才多艺，曾很得意后又失意，她自感身世凄凉，希望找到一个能理解她、接纳她的人，她愿为之奉献一切美好；可惜没有，她很伤心。深一层，从文本的象征意义看，我们可以从中读出旧时代中国传统知识分子的心声：自视甚高而怀才不遇，渴求明主而不可得，心中抑郁不平，感慨万端。再深一层，从人生角度看，即把旧时知识分子的"感慨"扩而大之，视为人类生存境遇中一种比较普遍的现象：身怀绝技者未尝都有好命运——这是命运的残酷？命运的无奈？命运的不公？命运的嘲弄？命运的错位？……因而渴求有一个能一展绝技、实现自我的好机会。甚至更洒脱更自由一些，采用"摘句"欣赏法，摘出"若有知音见采，不辞遍唱《阳春》"一句，当作爱情的誓言，爱情的表白也未尝不可。当然还可以有其他类似的理解，赋予其他类似的意思，均无不可。

　　从文本出发"看"作品，所看到的可能与作者原意相同，或比较相近，但也可能有所差异或差异较大，甚至是作者所根本没有想到过的——这当然也未尝不可。因为，"作者之用心未必然，而读者之用心何必不然？"[①]高明的读者完全可能由作品出发而比作者想得更深邃、更高远。王蒙对短篇小说《无尾猪轶事》的理解，就是一个很好的例证。

　　这篇小说的题材近乎琐屑，描写"文革"时期一个知识青年，下乡后百无聊赖，一天晚上，趁大家看电影新版《南征北战》之机，偷偷割掉了大队书记三疤佬所养的猪的尾巴。第二天发现，那晚有许多猪尾巴被割。不久，当地一些人认定无尾猪长膘特快，以至纷纷割起猪尾巴来。是年除夕，依例祭祖，才发现所有的无尾猪不符要求——不算"全猪"，最后只好用一个富农陈叔所养的猪。小说结尾处写道："再后来……此地成了养猪万元户村，我还弄不明白……是否跟我十多年前……割掉的猪尾巴有关。"王蒙从小说的艺术分析入手，讲了一个近几年被忽视的问题，即故事的价值，但他同时也对小说的思想意义作了分析。他指出在《无尾猪轶事》中，故事与意义的关系是一种辐射关系，故事是中心，将各种意蕴辐射开去。怎么辐射呢？王蒙的解说如下：

　　一、一种盲目性成了上帝。"我"割书记的猪的尾巴，是盲目的。老金头等村民笃信割了尾巴的猪长膘快是盲目的。果然长膘就快了，就更盲目，而且是神秘无解的盲目。群众对这种现象称之为"信什么就有什么"，在中国这种"信什么就有什么"的"轶事"何止千千万万！要祭祖是盲目，要全猪就更盲目，再一想，连"我"的下乡，《南征北战》的重拍重映，武装部同志的调查，书记对祭祖的反对、屈服、自保，富农的歪打正着，不都是盲目吗？抚今思昔，真像是一群瞎子的故事啊！

　　二、一种两难处境。割了尾巴的猪长得快，这符合实用原则、经济效益原则。要用全猪祭祖，这符合古典(传统)浪漫主义、以求全为特点的理想主义原则，符合尽孝的形式主义原则与道德原则，呜呼，人生(乃至社会)是怎样地会常常陷入这样的两难处境啊！

　　三、关于"黑洞效应"。一个晚上，竟有六条猪的尾巴被割，竟然到处响起了拉警报器一样的猪的惨叫声，这是怎样的一种气氛啊！连"我"都相信"这是一次有组织的行

[①] 郭绍虞. 中国历代文论选：第4册[M]. 上海：上海古籍出版社，1980：77.

动"了，并从而不但不担心自己的恶作剧的败露，反而"感到满意"了；这又是一种什么样的心气！而损失了两条猪尾，而且猪的伤势特别严重的老金头，一改平日的蔫蔫的神态，反而"满面红光"起来了，"精神状态似乎极佳"，这又是怎么回事？难道他和别人已经烦闷到需要灾难、损失的强心针的刺激的程度了吗？

　　这一段描写最精彩，最"神"。荒唐、神秘、可怖、可笑、不可解，是烦闷的沙漠中出现的海市蜃楼？是荒诞岁月荒诞人生的一个缩影？为什么后来无尾猪竟肥胖起来，以至老金头希望能把"割尾催肥术"当作专利垄断起来？这实在是全部风景中一个既刺激又诱人思量的"黑洞"！好像登山中发现一个死亡峡谷，好像航海中发现的一个沉船旋涡！这太不合乎正常的逻辑了！是不是却符合一种更深层次的荒诞逻辑、偶然性的无序逻辑或反逻辑呢？反逻辑不也是一种逻辑吗？至少，它不也是一种极重要的人生经验——内心体验吗？①

　　王蒙从可能存在的诸多解法之中解说了三点。这三点解说角度奇特，几乎全是一般人不大容易想到的；而且富有深度，三点几乎全部上升到哲理——人生(乃至社会)的哲理，甚至是神秘性的哲理。我们简直弄不清这究竟是王蒙在解说小说还是在解说他自己(事实上两者都是)。他的解说，有些肯定是作者也曾经想到的；但我们也完全可以肯定，有些是作者根本没有想到的。王蒙在作者开垦的土地上挖掘出了属于他自己的东西，这种解说，似乎是信口开河，但我们又不能不承认都有文本的根据。作者创作作品是一种创造，王蒙式的对作品的解说也是一种创造，是在某些方面超越于作者的创造。

　　不过需要说明的一点是，从文本出发展开联想和想象，所得理解如果与作者原意出现不一致时，读者不能把自己的理解强加于作者身上。

　　总之，从文本出发欣赏作品，注重的不是作者而是作品；注重的不是作者的原意而是读者自己的理解。其思路不是由作品引向作者，而是由作品引向读者；其方法不是考证与还原，而是联想与想象，注重作品本身的感动兴发之力量。应该说，两种方法各有所长，欣赏者应该兼而用之，不可偏废。

思考练习题

　　比较"知人论世"与"从文本出发"两种欣赏方法的特点。

第七节　从实际出发接受作品

一、从克雷洛夫寓言《驴子和夜莺》说起

　　据说，俄国作家克雷洛夫有一次到一个大官僚家去做客，大官僚附庸风雅，请他无论如何得朗诵几篇寓言。他刚一朗诵完，大官僚就装出很懂行的样子大发议论，说克雷洛夫的寓言当然无比出色，但为什么和某某人写的不一样呢？克雷洛夫想不到竟会有如此评论，他只好一语双关地回答："我不会那样写。"回家后，他就立即写了一篇寓言《驴子

---

① 王蒙. 四月泥泞[M]. 沈阳：春风文艺出版社，1995：233-234.

和夜莺》：一头驴子请夜莺唱歌，夜莺放开优美的歌喉，唱了最动听的歌曲；驴子评论说，夜莺的歌唱得不错，但还应该向雄鸡学一两手。作者在寓言的结尾写道："求求老天爷，让我们别看见这种批评家吧！"

这位大官僚是愚蠢的、无知的、可笑的，其错误很明显，读者一眼就能看出来。但是，如此明显、如此浅薄的错误难道是很偶然、很少见的吗？非也。事实上，类似大官僚的错误在文艺欣赏、文艺批评实践中并不少见，而且表现在许多方面。

二、脱离实际的文学批评非常普遍

例如，一篇作品选取的是古代题材，写的是帝王将相，有人就会批评说，怎么不反映当前轰轰烈烈的革命和建设呢？怎么不表现广大人民群众呢？一篇作品表现的是小人物的苦恼，普通老百姓的日常人生，有人会出来质问：为什么不写英雄模范呢？甲作家善写"小河流水清风明月"，可能会遭到"缺少阳刚之气"的指责；乙作家善写"长江黄河万里长城"，可能又会遇到"缺少阴柔之美"的批评。你用夸张变形荒诞寓意的现代手法写作，他说你细节不符合生活真实；你严格按现实主义忠于"生活"了，他又说你太拘泥了，缺少艺术灵性。你忠于原著，把一部古典文学作品改编成电影或电视剧了，他说你没有独创性，被古人牵着鼻子走；你改动了原著的一个情节或一个细节，他又批评你不忠于原著。对本无深意的娱乐性作品，他要从中找生活本质，找历史规律，找人生哲理；遇到深沉思考的严肃性作品了，他又攻击你玩深沉……

诸如此类的批评频频出现，乍一听振振有词，细一想实在荒唐。原因很简单：矢不中的，大而无当——脱离作品实际，违反艺术规律，乱扣帽子，徒作空言。

三、我端给你的是红茶，你不要在里面找啤酒

该思维模式违反了马克思主义思想方法的一条基本准则——实事求是、从实际出发。马克思主义要判断评价一个事物，强调从该事物本身的实际出发，即从事物的特征、规律出发。欣赏文艺作品当然也应该如此，即从文艺作品的实际出发，按文艺作品自身的特殊规定性去评价作品，而不是相反。

在艺术领域里，每一种艺术形式(如绘画、音乐、文学)，每一种艺术类型(如悲剧与喜剧)，每一种艺术体裁(如小说与诗歌)，每一种创作原则(如现实主义与浪漫主义)……都有其自身独特的艺术规范、艺术特征，不能互相取代互相混淆。例如，话剧和戏曲都属戏剧艺术，但各有不同的艺术规范、艺术特征、艺术规律。话剧来自西方，其美学原则是"模仿说"，其基本手法是写实，所以舞台上出现的一切都像生活本身那样"实在"，茶馆就是茶馆，客厅就是客厅，不换场"地点"就是固定的。戏曲是中国人的创造，其美学原则是"表意说"，基本手法是虚拟，所以舞台上出现的一切就带上了虚拟的特征：以唱代说，以鞭代马，以篙(或桨)代船，破布一卷放怀里就是小孩，红布裹个圆东西往舞台上一扔就是马谡的人头；"三五步走遍天下，七八人百万雄兵"；梁山伯与祝英台在舞台上边走边唱，一会儿走了十八里；一个人支着头咿咿呀呀地唱，一会儿从"一更"唱到"五更"。一张破桌子，孙悟空站上去打个眼罩，它就是云头；曹操站上去观看许褚战马超，

它就是山头；诸葛亮坐上去弹琴("空城计")，它又是城头……变化无穷，"艺术"得很。谁要是评价话剧就要从话剧的规范出发，评价戏曲也一样，而不能以此衡彼，相互硬套，否则，如果以话剧"规范"戏曲，杨子荣"打虎上山"就必须拉一匹真马，放出一只真虎在舞台上，那还有或还是戏曲吗？

从实际出发欣赏作品，还包括从作品具体的艺术描写本身出发，作品写的是什么就是什么，而不能超越具体描写之外去苛责它。例如，晏殊有一首词《清平乐》：

金风细细，叶叶梧桐坠。绿酒初尝人易醉，一枕小窗浓睡。紫薇朱槿花残，斜阳却照栏干。双燕欲归时节，银屏昨夜微寒。

在这首词中，人们找不到传统诗人所一贯具有的伤离怨别、叹老悲穷的感伤，也没有窈渺的哲理和深刻的思想，这可能会使想从晏殊词中寻找孤臣孽子落魄江湖的深悲幽怨者感到失望。在这一首词中，作者要表现的"只是在闲适的生活中的一种优美而纤细的诗人的感觉。对于这种词，我们不当以'情'求，也不当以'意'想，而只当单纯地去体会那一份美而纯的诗感。"①

俄国作家契诃夫说过："我端给你的是红茶，你不要在里面找啤酒。"这句话很幽默很俏皮，也很犀利很精辟。它不但一针见血地击中了某些批评的要害，而且对我们怎样欣赏文艺作品也极富有启发意义。

思考练习题

一、"我端给你的是红茶，你不要在里面找啤酒"这句话对文学欣赏的启发是什么？

二、从实际出发接受作品包括哪些方面？

第八节　用历史的眼光看作品

一、安娜有什么好

20 世纪 80 年代初，根据俄国作家托尔斯泰的名著《安娜·卡列尼娜》改编的同名电视剧在我国播放，引起了包括大学生在内的不少观众的强烈反应。有人不能理解抛弃家庭投入情人怀抱的安娜何以是一向被肯定的正面形象，他们无论是从道德上还是从情感上都不能接受安娜。他们困惑地问：安娜有什么好？

安娜有什么好，这问题不能笼统地简单回答，而必须用历史的眼光去进行判断，即把她放回到具体的历史背景、具体的社会环境、具体的人际关系中进行考察。

《安娜·卡列尼娜》是一部以现实生活为题材的长篇小说。小说的构思始于 1870 年，并于 1873 年开始动笔。19 世纪六七十年代的俄国，是政治、经济、思想、文化发生剧变的时代。正如小说中所描绘的，贵族庄园急剧没落，资本主义经济迅速增长，人们之间的阶级关系也随之发生变化。那些名门望族不得不向出身微贱的商人低价拍卖田产，或者转

---

① 叶嘉莹. 迦陵论词丛稿[M]. 上海：上海古籍出版社，1980：128.

向资本主义经营方式；有的贵族家道中落，经济拮据，债台高筑；商人、银行家和企业主发展的势头咄咄逼人，俨然成了"新生活的主人"。社会的剧变带来了道德观念和社会风气的急剧变化。人们发现，在婚嫁方面，由父母做主、由中间人做媒的旧习俗已经成为嘲笑的对象，年轻人普遍要求恋爱自由、婚姻自主，"最重要的是，女孩子都坚定地相信选择丈夫是她们自己的事，与她们的父母无关"。作为小说的中心人物，安娜就出现在这样的时代背景上。

安娜生存的社会环境属于贵族上流社会。当时上流社会的状况是，由于时代的变动，世风的冲击，贵族阶级家庭关系开始逐渐瓦解，道德状况普遍败坏。在他们当中，家庭破裂已是普遍现象。丈夫欺骗妻子，妻子背叛丈夫，贵族仕女们几乎都有"外遇"，所有的"合法的"家庭外面几乎都有"非法的"婚姻补充形式。人们寡廉鲜耻，道德沦丧，到处是伪善的面孔。而安娜看破了这一切，厌恶这一切，她不愿意过虚伪的生活，要求解除旧的婚姻关系，正当地缔结新的家庭，于是为上流社会所不容。

安娜所处的具体人际环境是她的家庭：她和她的丈夫卡列宁。卡列宁是个大官僚，长期的官僚生活使他变成了理念、理性、理智的符号。他一切从理性、理念出发考虑和处理问题，他不理解安娜的感情，哪怕是最细腻敏感的感情问题，他也只会公文化的处理。而安娜又偏偏是个聪明貌美、内心感情丰富的女人。她刚刚 17 岁就由姑妈包办嫁给了比她大 20 岁的卡列宁。她需要爱，需要强烈而纯正的爱情，可是她得不到。她的感受是："八年来他窒息了我的生命，窒息了我身上一切有生气的东西，他从来没有想到我是一个需要爱情生活的女人。""他根本不懂得什么叫爱！"安娜就生活于这样的家庭环境里。当社会风气剧变，婚姻自主的呼声出现的时候，安娜受时代的感召，发出了"我要爱情，我要生活"的呼声，并为争取自由的幸福勇敢行动起来。

"历史"的状况就是这样：大环境——资产阶级个性解放思想正成为时代的新思想，逐渐透进人们的生活中；小环境——一个强烈渴求爱情的人(其实，这是超时代超阶级的人性的普遍要求)而得不到爱。在这种背景下，安娜行为的意义也就显示出来了：她追求爱情的行动恰好和俄国社会的变动相呼应，代表了妇女争取婚姻自主的要求，反映了年轻妇女追求新生活的愿望，所以具有进步的性质。安娜是一个追求资产阶级个性解放的女性，其行动的社会意义，一方面是反对旧的封建礼教，反映了个性解放的要求，另一方面也是向贵族社会的虚伪道德挑战。①而且，换个角度，即从人生视角看，安娜的行为是生命本能的要求，人性的要求，这是不分时代、民族、社会的普遍要求，安娜所遭遇的困境是文明社会的普遍困境：追求个人幸福与遵守社会道德规范的两难选择。

这就是我们用历史的眼光对"安娜有什么好"所作的回答。

二、历史眼光的两个维度

这一回答具有普遍的方法论意义，即欣赏文学作品，尤其是欣赏古典文学作品，应该学会用历史的眼光看问题。

用历史的眼光看作品，包括共时性和历时性两个维度。共时性的基本要求是，要考察

---

① 朱维之，赵沨. 外国文学史[M]. 天津：南开大学出版社，1985：568.

作品，就要把作品放到作品产生的具体历史背景之下；要评价作品中的人物，就要把人物放到其生存的具体社会环境之中。而不是相反。这一点，我们在分析安娜形象的意义时已作了尝试。历时性的基本要求是，把欣赏对象放到历史发展的长河中，用发展的变动的眼光进行分析考察。在这一视角下，有的作品在产生的当时有积极意义(历史意义)，而时过境迁之后，就未必仍然有意义(现实意义)。我们不能因为某些作品或作品的某些方面失去现实意义而否定其历史意义，也不能把它的历史意义当作现实意义来接受。

例如，产生于14世纪的薄伽丘的《十日谈》，是揭开欧洲文艺复兴运动序幕的最早的代表作品。为了反抗基督教神学对人性的摧残和压抑，《十日谈》无情地揭露了教会和教徒的荒淫无耻，抨击了教会的虚伪和罪恶；作品还热情讴歌了大胆追求爱情、忠于爱情、为爱情而勇于献身的青年男女们，表达了作者人文主义的思想观点。但是，除了对纯洁爱情的讴歌，作品还以大量篇幅写了男女之间并不那么高尚的性爱关系。薄伽丘对这种关系所表现出的特别宽宏的态度和津津玩味的描写，反映了作者思想和趣味有局限性的一面。不过对这些性爱关系的描写，我们也应作具体的、历史的分析。因为在封建社会，婚姻并不是建立在爱情的基础之上，而只是被看成巩固和扩大家族经济利益和政治势力的一种手段。在这种情况下，妇女往往成为买卖包办婚姻的牺牲品。因此，有些妇女为了反抗这种婚姻，便走上了被恩格斯称为"破坏婚姻的爱情"道路，即背着丈夫与情人私下偷情的道路。虽然"从这种力图破坏婚姻的爱情，到那应该成为婚姻的基础的爱情，还有一段很长的路程"(恩格斯语)，但这种"破坏婚姻的爱情"行为无疑体现了对于买卖包办婚姻的嘲弄和否定，在历史上起着瓦解和破坏封建家庭制度的进步作用。[①]

再如，《西厢记》里张生与崔莺莺的爱情。张生爱崔莺莺的什么呢？爱的是她的美貌："颠不剌的见了万千，似这般可喜娘的庞儿罕曾见。只教人眼花缭乱口难言，魂灵儿飞在半天"，"只见她宫样眉儿新月偃，斜侵入鬓云边。未语人前先腼腆，樱桃花绽，玉粳白露，半晌恰方言。"于是乎，张生便"饿眼望将穿，馋口涎空咽，空着我透骨髓相思病染""今日多情人一见了有情娘，看小生心儿里早痒痒。迤逗得肠荒，断送得眼乱，引惹得心忙。"[②]——这是什么样的爱情观呢？对一个女子缺乏最起码的了解，仅仅凭外表漂亮就一见钟情，意马心猿，不显得太轻浮了吗？《西厢记》有什么好？！不错，如果用现代观点去要求《西厢记》的话，其爱情观确实不够高明，不值得鼓吹和提倡。然而，如果用历史的眼光看问题，则《西厢记》自有其不朽之处。

《西厢记》产生于金末元初。其时，封建伦理道德经过宋代理学家的大力鼓吹、提倡，得到了空前的强化，成为牢牢束缚人们的统治思想。封建统治者大力宣扬"饿死事小，失节事大"和"存天理，灭人欲"，男女之间正常的爱情要求简直成了先天的罪孽，成了与生俱来的原罪，此种情形颇类似于欧洲的中世纪。在这种背景下，《西厢记》出现了，它以"情"反"礼"，对于封建伦理观念是个有力的抗争，这是一。再说，在封建时代，男女结合不能自由选择，全凭父母之命媒妁之言，当事人完全是被动的。《西厢记》里张生和崔莺莺主动选择，主动争取，努力抗争，力求自己主宰自己的命运。这无疑也是一个历史的进步。

[①] 孙逊. 明清小说论稿[M]. 上海：上海古籍出版社，1986：160-161.
[②] 王季思. 中国十大古典喜剧集[M]. 上海：上海文艺出版社，1982：70-72.

至于凭漂亮外表而"一见钟情",私定终身,这当然不足提倡。但这"不足"也必须用历史的眼光去看——这是由历史条件造成的。在封建社会,男女青年没有自由交往的机会,能有"一见"恐怕也就是"天赐良机",相互之间当然谈不上深入了解,在这种情况下,"一见钟情"也就是可以理解的了。还有,张生心理和行为中的轻浮,当然也是不足道的。不过,这也是"历史"的反映。那个时代,无论是角色张生,还是作者王实甫,作为封建文人,心灵中藏着艳趣,对女性对爱情抱有消遣的、游戏的态度,恐怕是不能避免的。从这方面来看,张生不如贾宝玉,王实甫不如曹雪芹。由《西厢记》到《红楼梦》这又是一个历史的进步。明乎此,我们也就不必过于苛求古人了。因为,没有人能摆脱时代加给个人的限制。

　　总之,"正面"也罢,"负面"也罢,"进步"也罢,"局限"也罢,都是"历史的",都盖上了历史的印章。用历史的眼光看作品,可以还作品一个合适的地位,一个公允的评价,可以使读者保持一个全面的辩证的态度。这是正确对待以往的文学作品的一个基本前提。

思考练习题

一、为什么要用历史的眼光看作品?

二、怎样用历史的眼光看作品?

三、"共时性"眼光和"历时性"眼光的基本要求是什么?

第五编　文学与人生

第十章　人生视角解读文学，借助文学透视人生

一、解读文学作品的传统视角

对于文学作品，读者熟悉的解读视角是阶级、政治、社会、历史。大家可能还记得中小学语文课上老师总结课文主题的基本公式：本文通过什么反映(或表现、说明、揭露……)了什么。前一个"什么"是题材，后一个"什么"是主题。反映了什么呢？反映了封建阶级压迫，资本主义剥削，劳动人民反抗，对统治阶级的不满，资产阶级的软弱性，如此等等。同学们对这一套心领神会，在脑子里根深蒂固，从不怀疑，以至于感到只要总结不出这几条就等于没读懂作品。记得某年高考语文试卷中有一首唐诗："洛阳城里见秋风，欲作家书意万重。复恐匆匆说不尽，行人临发又开封。"(张籍)这明明是一首思念亲人思念家乡的诗，但有考生竟然说是"反映了作者对当时封建统治阶级的不满"云云，直让人哭笑不得。这说明多少年来我们把阶级、政治、社会、历史视角当作解读文学作品的唯一视角，已经成为集体无意识，根深蒂固，浑然不觉。

从社会历史政治阶级角度解读作品不对么？当然不是。因为文学源于生活，而生活中包含社会历史政治阶级内容，所以从社会、历史、政治、阶级角度解读文学作品绝对是没错的。我们甚至可以说，社会历史政治阶级视角是解读文学作品的基本视角、重要视角。但它是唯一视角吗？

当然不是。事实上，解读文学作品的视角是很多的。例如，心理分析、文化批评、结构主义、解构主义、接受主义、女权主义等。这都是很专门化的学问，背后有复杂的理论背景，过于艰深晦涩，距一般读者太远，不容易掌握。这里，笔者从个人经验出发，向读者推荐一种容易理解、容易掌握也肯定能与之发生共鸣的角度——人生。

二、"人生"应当成为解读文学的独立视角之一

把"人生"作为解读文学的独立视角之一，似乎是不值一提的常识性问题，其实不然。因为在我们的传统观念中，人生问题与社会问题是合二为一、混为一体的，因此"社会"遮蔽了"人生"，"人生"淹没于"社会"的汪洋大海中。

事实上，人生问题与社会问题既相互交叉又相互区别。就其交叉来说，任何人都在特

定的社会中生存，其人生在社会生活中得以展开和完成，离开了社会，也就无所谓人生；而社会由众多人组成，社会生活就是众多人的活动，离开一个个具体的人和人生，也就无所谓社会生活。就其区别来说，"社会"具有特定的时空性，一定时间、一定地域内人的生存活动构成特定社会的生活内容，时空变迁，社会生活内容也随之发生变化。此所谓"此一时也彼一时也"。

而"人生"则不受特定时空的限制，具有永恒性、超越性和普遍性。例如，人生意义、人生价值、人生困惑、人生困境、人生命运、生老病死等；再如，感情与理智的冲突，家庭与事业的矛盾，出世与入世的两难，知足与不知足的纠结，人的欲望无限而实现欲望的能力却有限，人都不想死却又不得不死，诸如此类，都是人生的基本问题。它不以时代、民族、职业、贫富等的不同而不同。换句话说，只要是人都不得不共同面对的问题即人生问题。人生问题具有永恒性、共同性、普遍性、超越性，人生问题与生俱来与生俱去，只要人存在，人生问题就与之共在。

"人生"与"社会"的关系，打个比方说，人类的生存是一张网，这张网的经线是"人生"，纬线是"社会"；经线永远贯穿始终，而纬线却不断变换色彩，这就有了每个时代、每个社会、每个人各不相同的生命内容。

文学以人的生存活动为表现对象(文学即人学)，文艺学以文学作品、文学现象为研究对象。文学作品生动形象地表现出人的生存之网的复杂，而我们的文学研究却往往只看到了其中的纬线而忽视了贯穿其中的经线，这不能不说是一个极大的疏忽和遗憾。

造成这一疏忽，既有理论原因也有历史原因。从理论上说，中国现当代文艺理论的资源主要有：西方现实主义文艺理论，俄国以车、别、杜为代表的革命民主主义文艺理论，马克思主义文艺理论。以上几家理论的共同点是强调文艺与社会生活的关系，认为文艺是对社会生活的反映和批判。从社会历史原因看，中国近现代社会现实要求文艺对社会生活承担责任，要求文艺促进社会生活的变革，这些都是合理的，应当予以充分肯定。今后文艺还应当继续承担这一使命。但是仅仅要求文艺反映"社会"，文艺学研究仅仅局限于社会政治视角已经远远不够。社会政治视角已经暴露出极大的片面性和局限性，现在我们应该拓展视野，把"人生"作为基本视角引入到文学的研究和文学作品的解读之中。

例如猪八戒，社会视角视其为小生产者和小私有者的典型，而人生视角则可以视他为表现人性弱点的典型。猪八戒好色，自私，贪吃，怠懒，贪小便宜，爱弄小巧，搬弄是非，容易受诱惑，意志不坚决，但也有吃苦耐劳、憨厚拙朴等优点，这些都是普通人常见的性格特点，其缺点因其普遍性而可以视为人性的弱点。从人生视角看猪八戒，既可以从创作角度解释这一形象为什么塑造得成功，也可以从接受角度解释为什么猪八戒虽然有那么多缺点，却又大受古今中外男女老少读者、观众喜爱的原因。

托尔斯泰的经典名著《安娜·卡列尼娜》的思想意蕴，社会政治阶级视角的解读是：安娜行动的社会意义一方面是反对旧的封建礼教，反映了资产阶级个性解放的要求，另一方面也是向贵族社会的虚伪道德挑战；安娜的悲剧从根本上说，是由那个罪恶的社会造成的。这样解读无疑是符合作品实际的，笔者没有异议。但从人生视角解读，则可以读出另外许多普遍的人生道理。例如婚外恋的困境：道德困境——追求个人幸福与遵守社会道德规范的两难选择；心理困境——跟着感觉走，还是跟着理念走；感情困境——偏执而专制之爱把爱送上了绝境。

莫泊桑的小说《项链》的主题，中学语文教材对其的定性是，讽刺了小资产阶级的虚荣心和追求享乐的思想(阶级视角)。但"虚荣心说"只能解释主人公丢失项链之前，而不能解释之后，而"之后"的表现才是主人公性格中光彩夺目的亮点。从人生视角解读，其主题可以解读为"对命运的思考和感叹"，包括命运的不公平性、偶然性、荒诞性、辩证性、人生选择的严肃性等。

《我的叔叔于勒》的主题，中学语文教材定性为"揭露了资本主义社会人与人之间赤裸裸的金钱关系"(阶级视角)。但从人生视角则可以解读为，揭露并讽刺了势利之心这一普遍的人性弱点。

通过以上寥寥数例可以得到如下启示。同一作品，从不同视角切入(解读、分析、阐释)，就会有不同理解；文学即人学，文学作品中的人生意蕴具有永恒性、超越性、普遍性的精神价值；从人生视角解读文学作品具有无限广阔的发挥空间。

综上所述，"人生"应当成为解读文学作品的独立视角之一。这一视角将极大地开阔文学研究的视野，更逼近文学的本质，有利于激活文学作品中具有永久价值的思想精华，有利于从文学中发掘具有普遍意义的深层精神意蕴；同时也更有利于人类对自身生命的认识，从而极大地丰富我们的人生智慧，使我们活得更清醒更自觉，更幸福更快乐，更有价值和意义。

三、人生视角解读文学的可能性与必要性

从人生视角解读文学，目的是借助文学透视人生。那么，文学有这种功能和价值吗？

让我们先来看看文学的性质。关于这个问题，古今中外的文学家、思想家有无数精彩议论，这里没必要向读者旁征博引各家观点，而只想综合各家思想向各位介绍一个文学理论方面的共识。这就是，文学作品作为一种精神产品，作为一种为人而存在的创造物，它与其他精神产品(如社会科学理论等)的最大不同，在于它是人类对自身生命体验的产物，是人类对自身生活体验的直接对象化，是以感性形式呈现于人面前的人生经验。关于这个意思，苏联著名作家高尔基有过一个简明扼要的经典概括：文学即人学。

文学即人学的意思是，文学描写和表现的中心对象是人，人是社会实践的主体，是各种社会关系的总和，抓住了人就抓住了社会生活的本质和核心。

大家可以想象，在文学产生初期，人们绝对不是为艺术而艺术，而是"有感而发"，是自身的生存体验需要抒发，需要表达，于是创造了诗歌、音乐、舞蹈、美术等艺术门类；后来思维愈来愈发达，于是就有了小说、剧本等容量很大的叙事文体出现。小说戏剧是以讲故事的方式完成自己的艺术建构，而故事不是别的，正是生活的载体，是人生的展开形式。因此，文学、戏剧等以更加广阔、宏富、深邃的蕴含，将人生的全面与全面的人生袒露在世人面前，成为吸引欣赏兴趣的热点。

既然文学是人学，文学作品是作家人生经验的对象化，是作家人生体验的符号形式，那么，读者对文学作品的欣赏与接受，其实质也就是借助于文学对人生的透视和体验。

四、怎样借助文学透视人生

欣赏者借助文学作品对人生的透视是多角度、多方面的，粗略概括，主要有以下几个

方面。

(一)透视生存状态

生存状态，说白了就是人们是怎样活着的。对于别人是怎样活着的问题，人们并不是"事不关己，高高挂起"，而是表现出极大的热心和兴趣。因为人们可以从对别人生活的广泛了解中，从与别人生活的比较中，了解自身生活是否合理，是否有价值有意义，从别人如何处理人生问题的经验教训中悟出自己应该怎样生活，怎样做人，怎样安排和处理自己生活中发生的事情。

自身之外的别人的生活，从两个维度上展开：一是沿时间的维度向过去伸展，即过去的人的生存状态；二是沿空间的维度横向展开，即同时代其他领域、其他阶层、其他地域的人的生存状态。

对于其他时间空间中人的生活，个体都因自身的局限而无法详尽深入地了解，这不能不说是一个遗憾，但文学作品可以在某种意义上消除这一遗憾。因为古今中外的文学作品就是人生的艺术反映，所以借助于文学作品，我们可以在想象中设身处地地进入各种角色，过各种各样的生活。

每个人只有一生(时间限制)，而且只有一身(空间限制)，所能经历的人生实在有限。但在文学欣赏中我们得到了解放，等于是经历了无数次人生，体验了多样的生活。在想象中，我们尽情徜徉、沉醉于古今中外的生活情景中，了解彼时彼地的生活，参与那里的矛盾和斗争，体验各色人物的情感，追索人物的心路历程，探究人生的底蕴。

在那里，我们可能住过 19 世纪巴黎的伏盖公寓，旁听过沙皇俄国法庭对玛丝洛娃的荒唐审判，目睹过 20 世纪 30 年代上海交易所里钩心斗角的激烈竞争，出席过精准扶贫、振兴乡村的重大会议，甚至还偷听过情侣耳鬓厮磨时的窃窃私语……；在那里，我们可能体验过哈姆雷特的犹豫和忧郁，林黛玉的多愁与善感，魏连殳的孤独与愤懑，高加林的挫折与困惑……；在那里，我们理解了普罗米修斯的伟大与崇高，安娜·卡列尼娜的激情与牺牲，阿 Q 的可悲与可笑，张大民的平凡与快乐……换句话说，在那个无限的世界里我们生过，死过，爱过，恨过，欢乐过，苦恼过，胜利过，失败过，进取过也消沉过，侥幸过也落难过。在神奇的心理实验中，我们经历过古代的生活也许还经历过未来的生活，经历过中国的生活也经历过外国的生活；今天是平民而明天是皇帝，此刻是男人转瞬是女人，诸如此类，不能尽述。

简言之，借助想象，古今中外的人类生活尽收眼底，我们多活了多少辈子多少时代，当过多少角色体验过多少种人生，无形中拓展延伸了我们有限的人生。这是一种无法用物质财富置换的精神愉悦，只可意会不可言传，如鱼在水冷暖自知。

"秀才不出门，便知天下事"，放在别处是自吹，放在文学里是事实。列宁曾把托尔斯泰的作品称作"俄国革命的一面镜子"，我们不妨泛而化之，把古今中外一切优秀作品称为"镜子"。从镜子里照照过去，比比现在，可以加深我们对生活的理解和认识，增强对生活的信心和勇气。

(二)透视心灵状态

德国人怎么看文学？他们说文学是让看不见的东西被看见。什么东西看不见？性格、情感、思想、意识、灵魂看不见，而这些对人至关重要的东西在文学里全都被看得清清楚楚，可见文学不但是人学，更是人的灵魂之学——文学是关乎灵魂的学问。

丹麦著名文学评论家勃兰克斯把上述意思上升为理论："文学史，就其最深刻的意义来说，是一种心理学，研究人的灵魂，是灵魂的历史。一个国家的文学作品，不管是小说、戏剧还是历史作品，都是许多人物的描绘，表现了种种感情和思想。感情越高尚，思想越是崇高、清晰、广阔，人物越是杰出而富有代表性，这个书的历史价值就越大，它也就越清楚地向我们揭示出某一特定国家在某一特定时期人们内心的真实情况。"[①]

勃兰克斯的见解很精辟、很深刻。的确，文学表现的中心是人，而人是有思想、有感情、有灵魂的，要表现人当然要表现人的思想、感情、灵魂。由此看来，一部文学史，实实在在就是一部心理学，是一部打开了的人的心灵的发展史。

既然如此，那么对文学作品的欣赏，当然同时也就是对各种各样"心灵状态"的透视和体验。

对"心灵状态"的透视和体验，有两种指向：一是作品中人物的心灵状态，二是作家的心灵状态。对前一种"心灵"的透视和体验要通过叙事性作品来完成，对后一种"心灵"的透视和体验，情况要复杂一些。作家的心灵状态在叙事性作品中的表现是间接的，而在抒情性作品中一般则是直接的。抒情性作品，无论是直抒胸臆，还是借景(境)抒情、托物言志，思想感情的表达相对比较直接(不等于直露)、明确(不等于简单)。欣赏者对作家心灵的透视和体验，在叙事性作品中是间接进行的(如阅读《阿Q正传》间接体会到鲁迅对阿Q哀其不幸怒其不争的情感态度及对"国民性魂灵"的批判)，在抒情性作品中则大体上是直接的(如阅读《离骚》可以直接体验到屈原忧国忧民的拳拳之心)。

(三)透视人生哲理

文学是文学家人生体验的对象化，而文学家对人生的体验是分层次的，因而艺术的底蕴也是分层次的。最高层次是什么呢？是人生哲理，是对于人生真谛的探索与开掘。人生哲理蕴含于人生现象的最深层，或者说矗立在人生现象的最高处，俯瞰着、统摄着、支配着每个具体个人的人生。它无形无相，却始终跟定每一个人；它不声不响，却悄悄安排着每个人的命运；它无处不在，悄然化身于一切人的人生过程之中。人生哲理的这种涵盖性、普遍性、深刻性、抽象性使其具备了强大的精神魅力，吸引着古往今来的人类苦苦地探索它、追寻它。可以说，探求它是人类与生俱来的形而上冲动。正因如此，人生哲理成了艺术家和欣赏者注目的共同焦点，成了双方进行对话的最佳话题。每当欣赏者在作品中发现人生哲理时，精神上就会产生一种大彻大悟醍醐灌顶的震撼，心中涌出抑制不住的激动，就像突然捅破一扇天窗，发现混沌生活中原来别有一番新天地。

黑格尔说，熟知非真知。你自以为对身处其中的生活非常熟悉，其实不一定。只有当你从熟悉的生活中发现了其中蕴含的具有普遍意义的人生哲理，你才算从"熟知"走向"真知"。

人生哲理的发现对于读者来说意义重大。其意义就在于对生活、对人生由"无明"走向"澄明"，由自发走向自觉，由盲目走向清醒，由"迷"走向"悟"。到了这一步，也

[①] 勃兰克斯. 十九世纪文学主流第一分册[M]. 张道真，等译. 北京：人民文学出版社，1980：2.

就成了"佛"。什么是佛？佛就是悟，就是清醒、明白、觉悟(觉者)，就是智者。不要把佛神化，把佛神化不是佛的错，而是人的错。

人生哲理的发现不是一般的精神收获，而是智慧的领悟，它改变的往往是人生方向、人生态度、人的活法。人常说"一念境转"，迷与悟决定的往往是人的痛苦与快乐、幸福与不幸福。

人生哲理的发现其实就是对人生真相的窥破。窥破了人生真相当然是愉快的，但同时往往也是痛苦的。这种痛苦不是一般意义上的痛苦，而是清醒的痛苦，哲学的痛苦，智慧的痛苦。它不是单纯的痛，而是痛中有快(痛快)；也不是单纯的苦，而是苦中有甜。这种复合的味道才更接近于人生的真实，更有深度。这种痛苦并不引人消极和颓废，而是增加几分直面人生的勇气，增加几分承受人生的内在力量，多几分应付人生、驾驭人生的智慧。

借助文学透视人生的上述三个层次，既是独立的又是相对的。对于某些作品的体验可以相对明显地归于某一层，但对于相当多的作品却无法划分得太绝对。事实上，许多作品给予人的体验具有交融性、穿透性，如读《红楼梦》，既有对于生存状态的体验，又有对于心灵状态、人生哲理的体验。总之，就某一具体作品的欣赏来说，给人的人生体验可能是单方面的，局限于某一境界、某一层次的；但就整个文学欣赏来说，给予人的人生体验却是丰富的、全面的。

正如美国小说理论家梅特尔·阿米斯所说："美总是这样一种东西：它本身的乐趣就在于它包括了整个生命、爱情和死亡。这里包括了一切：开始和终结、有限和无限、约束和自由、企求和认识、本能和洞察、神秘和显示、凯旋和失败、希望和失望、欢乐和悲哀。我们在艺术作品中发现了自己，发现了我们的整个世界。艺术包括了我们在任何地方所寻求的东西。因此，艺术的力量征服了我们。我们无法摆脱它，无法置之不理，无法忘怀，因为它就是生命的花朵，就是全部生命，从复杂到简单的所有生命尽在其中。"[①]这段话，概括了艺术对于人生的价值和意义，简直可以说是一首对于艺术的赞歌。

思考练习题

一、为什么"人生"应当成为解读文学的独立视角之一？

二、"人生"与"社会"有哪些联系与区别？

三、为什么说读者对文学的欣赏与接受，实质就是借助于文学对人生的透视和体验？

四、忽视人生视角的主要原因是什么？

---

① 阿米斯. 小说美学[M]. 傅志强，译. 北京：北京燕山出版社，1987：35.

第十一章 人生视角解读文学举例

"人生视角解读文学"与"借助文学透视人生",是同一活动、同一过程的两个方面。二者相互联系,相互渗透,相辅相成。人生视角解读文学的过程,同时就是透视人生的过程,二者是一而二、二而一的关系。

从人生视角解读文学,目的在于从作品中提取"人生公因式",发掘具有永久价值的思想精华,具有普遍意义的深层精神意蕴。人生意蕴在文学作品中的存在形态复杂,化繁为简,主要有两类。第一类是专门讨论人生哲理的作品,如史铁生的散文《我与地坛》、小说《命若琴弦》;第二类是其他题材(如社会历史政治阶级等)中的人生意蕴。如巴尔扎克、托尔斯泰、曹雪芹的作品,题材是广阔复杂的社会生活本身,作者也并不刻意表现人生哲理,但从人生视角解读,就能读出耐人寻味的人生意蕴。第一类作品的人生意蕴自不待言,重要的是第二类作品,从人生视角加以解读,或许能读出传统理解之外的新意。

为了让读者更好地把握人生视角,本章试用人生视角解读分析几篇中外名著。人生视角原则上适用于所有文学作品,然而文学作品和人生话题是无限的,但本书的篇幅是有限的,所以本章名曰"举例"。既然是举例,其意义就不限于案例本身,更大、更深远的意义是其中暗含的方法论。换句话说,案例本身只具有特殊意义(鱼),而其中的方法论却具有普遍意义(渔)。笔者希望其中的方法论能够引起读者的注意,并把这一角度运用到对于文学作品的解读实践中。

第一节 《少年维特的烦恼》留下的人生思考

——任性滥情的结果是被结构性道德困境困死了

维特是德国文豪歌德著名小说《少年维特的烦恼》(以下简称《维特》)的主人公。

众所周知,歌德以伟大的诗剧《浮士德》闻名于世,但此剧在他生前只出版了第一部。在此之前,歌德早在二十四岁就已享誉世界,原因即《维特》的出版把他推上了德国乃至世界文坛的高峰。《维特》于 1774 年问世,旋即风靡德国和整个西欧,广大青年阅读作品,模仿主人公举止打扮甚至模仿他自杀。《维特》的魅力迷住了所有读过它的人甚至迷住了盖世英雄拿破仑。随着作品的传世,主人公维特也成为世界文学史上著名典型人物。

《维特》的故事梗概大致如下:

维特是个能诗善画、无比热爱大自然的文艺青年,依靠父亲的遗产过着无忧无虑的生活。春天,为了料理母亲的遗产事宜,他来到一个偏僻的小山村。这里的大自然美景,当地勤劳质朴的农民,都让他喜欢。他感到宛如生活在世外桃源,忘却了一切烦恼。不久,在一次舞会上,维特认识了当地一位法官的女儿绿蒂。姑娘年轻貌美、善解人意且富有教养,他一下子迷上了她。他与绿蒂一起跳舞,谈心,两人心有灵犀,互相爱慕。此后他与她频繁往来,经历了一段令他刻骨铭心、难以忘怀的美好时光。但绿蒂已和阿尔伯特订婚。不久，阿尔伯特旅行归来，在侯爵府任职，与维特也成了好朋友。与感情热烈奔放的维特相比，阿尔伯特成熟稳重，事业心强，二人形成鲜明对照。维特自感追求绿蒂已无望，心里非常痛苦。

为了摆脱烦恼，维特告别绿蒂和可爱的小山村，到某地公使馆任职。但公使馆鄙陋的环境、污浊的人际关系、压抑个性窒息自由的贵族偏见，使他忍无可忍，愤而辞职，返回了原先的小山村。但此时的绿蒂已与阿尔伯特正式结婚。维特身份尴尬，与绿蒂的密切交往为这个和睦幸福的家庭蒙上阴影。丈夫对妻子开始有所猜疑，绿蒂也希望与维特保持距离。爱情上的绝望让维特心灰意懒，遂产生告别尘世以求解脱的念头。圣诞节前的一个晚上，他来到绿蒂住所和她告别。之后，维特在给绿蒂写完遗书之后的午夜时分，用手枪结束了自己的生命。

好端端一个年轻鲜活的生命就这样以极端悲剧的方式毁灭了，太可惜了！什么原因把他逼上了绝路？他难道不能不死吗？他的死留给我们的教训是什么？维特死了，为当世和后世读者留下无尽惋惜和感叹，同时也留下了无尽的思考。

把维特逼上绝路的原因，从深层来看，或者从根本上说，是他进入了一个无法突围的结构性人生困境。他痴迷疯狂地爱绿蒂，可是他遇见绿蒂时，她已经名花有主，先是订婚而后结婚，已经是一个受法律保护的婚姻关系中的一员了。不但如此，这个家庭还不是有矛盾、有间隙、关系淡漠脆弱的家庭，而是关系亲密稳定、幸福和谐的家庭。一般的家庭关系已经是一个稳定的结构，而亲密稳定、幸福和谐的家庭更是一个超稳定结构。在这样的家庭结构面前，维特的愿望是绝不可能实现的，所以他的失败是必然的，成功的可能是没有的。

关于绿蒂和丈夫的关系以及二人之间的感情，作品中有明确的描述。

维特频繁地造访已经引起了阿尔伯特对绿蒂的猜忌，这使绿蒂十分不安。她明确要求维特圣诞节之前不要再来了，但维特不予理睬又来了。绿蒂意识到了要维特和她分手有多么困难，但丈夫的不快她又特别在意。绿蒂陷入两难，独处时"不禁集中心思考虑起自己眼前的处境来。她看出自己已终身和丈夫结合在一起；丈夫对她的爱和忠诚她是了解的，因此也打心眼里倾慕他；他的稳重可靠仿佛天生来作为一种基础，好让一位贤淑的女子在上面建立起幸福的生活似的；她感到，他对她和她的弟妹真是永远不可缺少的靠山啊"。①

在阿尔伯特离家的日子，维特去看望绿蒂，狂热激动中他吻了她。这本来是他们二人的秘密，她不说丈夫绝不会知道；而且绿蒂当时也表示了拒绝，因此在良心上也不应该有负罪感。但绿蒂自己心里过不去，为此芳心大乱，迟迟不能入眠。她感到有愧于丈夫——"叫她怎么去见自己丈夫？叫她怎么向他说清楚那一幕啊？——她本来完全可以直言不讳地告诉他，可是到底没有勇气。"但是，"她又怎么可以对自己的丈夫装模作样呢？要知道，在他面前，她从来都像水晶般纯洁透明，从来未曾隐讳——也不可能隐讳自己的任何感情"。②

阿尔伯特外出回来了——"她所爱的和尊敬的丈夫的归来，在她心中唤起一种新的情

---

① 歌德. 少年维特的烦恼[M]. 杨武能, 译. 北京：人民文学出版社，1981：118-119.
② 歌德. 少年维特的烦恼[M]. 杨武能, 译. 北京：人民文学出版社，1981：132-133.

绪。回想到他的高尚、他的温柔和他的善良，绿蒂的心便平静多了。她感到有一种神秘的吸引力，使她身不由己地要跟着他走去……"①

上述几段叙述交代说明绿蒂夫妇关系的紧密与稳定，说明绿蒂在感情上绝对忠于丈夫，没有越轨的意念，稍有不妥就感到对不起丈夫。当然，维特的聪明热情，和她意气相投，并且热烈地追求她，她也感到高兴。可是，维特的存在，已经让阿尔伯特产生猜忌，周围人的议论更加恶化了这一局面。和谐稳定的夫妻关系面临严峻考验，这种情况下绿蒂就不得不在家庭和爱情之间有所取舍。她的取舍是明确的——舍弃爱情，保卫家庭。敏感自尊的维特意识到了这一点，他不愿意让自己所爱之人为难，他也不愿伤害朋友阿尔伯特，所以有尊严地离开了——以决绝的、极端的方式离开了。

和谐幸福的家庭是一个超稳定结构，对婚外恋情来说，是一个困境，一个死局、死结。一旦陷入就无法摆脱，无法解套，要么家庭解体，要么第三者明智退出，要么出现维特这样的悲剧。美好的理想结局不可能、不存在，无论是现实生活中还是文艺作品中，都证明了这一点。

这种困境、死局绝非维特所处时代、社会所独有。换句话说，这不仅仅是特定时代、特定社会的社会问题，而是超越时代和社会的人生问题，因为任何时代、任何社会都可能遇到这种问题。婚姻、家庭是社会的细胞、社会的基础，受法律保护。按理说，构成婚姻、家庭主体的夫妻关系之外，人们不应该再产生或再接受其他人的感情。可是，"应该"是应然，是理智、理性、理想状态，而事实却往往溢出理想轨道之外。世事无常，人生多变，谁也不敢保证结婚之后，会不会再爱上婚姻关系之外的其他人，或被其他人爱上。所以，任何时代和社会都会有婚外恋情的发生。在这种情况下，如果夫妻感情已经破裂，破裂了建立新的质量更高的婚姻关系未尝不是一件好事。但如果是像绿蒂夫妇这样稳定和谐的家庭，婚外恋情的发生就是一个死局。出现这种局面，没有好的解决办法。不是人们的智慧不够，实在是因为这原本就是一个结构性人生困境。

维特的悲剧虽过去几百年了，但现实生活中类似的悲剧还在不断发生，那么我们从维特的悲剧中能汲取点什么经验或教训呢？

一、不要轻易进入死局

对婚姻关系存续，尤其是婚姻关系稳定牢固的男女，绝不要轻易产生非分之想，不要产生伦理道德所不允许的婚外恋情。换句话说，眼看这是一个无法解套的结构性人生困境，就不要试图进入。否则，一不小心进入了，麻烦跟着就来了。到那时你进也不是，退也不是，不进不退也不是；或者是你想进进不了，想退退不出，你被困死了。错误已经铸就，一步走错，百步难回。那时候悔之晚矣。

二、用理智约束感情

如果你真爱上了他人婚姻关系中的那个人，而那个人又像绿蒂那样左右为难，那你就

---

① 歌德. 少年维特的烦恼[M]. 杨武能, 译. 北京：人民文学出版社，1981：134.

应该为他(她)着想，果断退出，别让他(她)为难；默默祝福你的心上人幸福，还他(她)一个安宁和睦的家；千万不要以个人为中心强迫他(她)服从你的意愿。更好的是退到一边看着他们幸福，与他们和睦相处，就像绿蒂希望的那样。这看起来像是挑战人性的浪漫幻想，但事实上绝非不可能。因为，现实生活中就有这样真实感人的经典案例——

中国现代学术史上逻辑学大师金岳霖先生，深爱美丽聪慧的诗人、建筑师林徽因，但林徽因已经是梁思成的妻子，而且二人相亲相爱，关系和谐，家庭幸福。也就是说，金先生遇到了几百年前维特的困境了。这时候怎么办？爱一个人就要为他(她)好，就要站在他(她)的立场上考虑问题，就不能让他(她)为难，不能以爱为名义强迫对象选择自己。金岳霖先生是哲学家，他深谙这些道理，于是他以理智战胜情感，果断地退出，还林徽因一个心灵的安宁，还她一个和谐幸福的家。而后的几十年里，金先生并没有远离林徽因，而是与林、梁的家比邻而居，看着他们过着幸福的生活，并为此而快乐。金把林、梁的孩子当作自己的孩子，林、梁的孩子们也把金先生当作自家人，称他为金爸。多么高尚的友谊，多么理智的感情，多么高贵的人际关系，这才是现代文明的典范。金先生对待感情的态度，值得人们效法和学习。

正是在理智与感情的关系上，维特出了问题。维特年少多情，热情有余而理智不足。不是不足，而是压根儿排斥理智，讨厌理智。他对阿尔伯特的理智表示反感，甚至嘲笑。他明知道对绿蒂的感情是一种没有结果的感情，但他又控制不住。"我很诧异，我竟是这样睁着眼睛一步一步地陷进了眼前的尴尬境地！我对自己的处境一直看得清清楚楚，可行动却像个小孩子似的；现在也仍然看得十分清楚，但就是没有丝毫悔改之意。"

维特也知道自己的行为是犯傻。他自嘲说："不幸的人呵！你可不是傻子吗？你可不是自我欺骗吗？这无休止的热烈渴慕又有何益？除了对她，我再不向任何人祷告；除了她的倩影，再没有任何形象出现在我的脑海里……可到头来仍不得不与她分离！"这是什么？这是维特的理智。但他又说："我常常拿理智来克制自己的痛苦；可是，一当我松懈下来，我就会没完没了地反驳自己的理智。"[①]就这样，理智在感情面前屡战屡败，终于成为感情的俘虏，深陷感情的泥淖，葬送了自己年轻的生命。

当然，如果为维特辩护的话，我们可以说维特太年轻，少不更事，正处于热情澎湃的年龄，所以成为感情的奴隶情有可原。但他的教训是深刻的，他提醒我们，无论哪个年龄段的人，在感情问题上一定不要忘乎所以，不要纵情滥情。常有人以"爱情是非理性的""爱是没有理由的"为托词为纵情滥情辩护。是！爱的感情确实是非理性的，没有理由的，但是，正因为它是非理性的，才更需要理性的约束；正因为它没有理由，才需要给个理由。爱情既然是爱情，就最少涉及两个人，甚至更多人，所以你就不能一意孤行，率性而为，想怎么样就怎么样，美其名曰自由。这是不负责任的个人主义，骨子里是自私。爱情固然是个人的事情，但任何人都是社会的一员，都是"社会关系的总和"(马克思语)，因而不可能不顾及社会道德和文明规范。所以，遇到结构性矛盾，爱而不能的时候，最好像中国古代圣人教导的那样，发乎情而止于礼。

---

① 歌德. 少年维特的烦恼[M]. 杨武能，译. 北京：人民文学出版社，1981：44，57，95.

三、爱是重要的但不是唯一的

在维特的自叙传里，我们看不到他对爱情之外任何事的兴趣及追求。我们只看到他在知晓绿蒂订婚追求无望的时候，离开小村庄到公使馆里做过短时间的办事员。在那里，平庸的上司，贵族的偏见，种种不快让他厌烦，他毅然辞职又回到绿蒂身边，继续开始对她狂热的追求。对此，作者借"编者"之口的分析是："他发现自己毫无出路，连赖以平平庸庸地生活下去的本领也没有。结果，他便一任自己古怪的感情、思想以及无休止的渴慕的驱使，一个劲儿和那位温柔可爱的女子相周旋，毫无目的、毫无希望地耗费着自己的精力，既破坏了人家的安宁，又苦了自己，一天一天向着可悲的结局靠近。"[①]

这就是说，在维特的精神世界里，除了对大自然的亲近，差不多可以说只有爱情这一件事。他把人生意义和价值寄托在爱情之上，而这个爱情又是压根儿不可能、不靠谱、毫无希望的。所以，当爱情尚能勉勉强强进行的时候，他沉浸在爱情的喜悦里，可是当进行不下去的时候，他的生存就没了依靠，就没了活下去的理由，没有办法只好以死了结。维特走到这一步，既与他过度敏感脆弱的个性有关，也与他精神空间过于狭小、狭窄、狭隘有关。

由此可见，对人生来说，爱是重要的但不是唯一的，爱是宝贵的但不是至上的。除了爱，精神空间里还有无限广阔的天地，还有无限丰富的选项，人生中还有许许多多美好的有意义的事可做。把人生绑定在唯一不靠谱的爱情上，结局往往是不美好的。对此，鲁迅看得很清楚。他在"五四"时代就告诫世人：人必生活着，爱才有所附丽。（《伤逝》）

四、你可以讨厌规矩但不可以无视它

维特的人生经历提醒读者，社会，任何时代的社会，都是靠规矩和规范构成、维护、运转的，没规矩不成方圆，没规矩社会就会乱套。你可以讨厌、蔑视、恶心乃至于反抗规矩，但你不可以无视它的存在，你逃不脱它对你的约束。这是没有办法的事。作品中的维特，多次表示对规矩、规范的厌恶和嘲弄，可最后还是不得不按它的要求无奈退出。与其有"不得不"的无奈，何如早早地接受？！当然，年轻人凭血气之勇总想叛逆，总想与之较一把劲，可以理解。但以渺小脆弱的个人和错误的思维观念挑战社会规范，只能以失败而告终。

几百年前德国的维特死了，但他的心魂还活着。维特的命运是一面镜子，照照它，就大致知道我们该怎样活。

第二节　巴尔扎克借助《幻灭》给青年人的忠告

——在人欲横流的社会上奋斗挣扎的"巴漂族"

"巴漂"一词，是笔者模拟"北漂"自造的。因为，《幻灭》中的主人公吕西安也像

[①] 歌德. 少年维特的烦恼[M]. 杨武能，译. 北京：人民文学出版社，1981：109.

今天在北京漂泊的年轻人一样漂泊在巴黎,也正因如此,他的人生经验和教训更值得今天的年轻人思考和借鉴。

一、巴尔扎克视《幻灭》为自己作品中居首位的著作

法国文豪巴尔扎克的小说,我国读者最熟悉的是《高老头》和《欧也妮·葛朗台》,但是,巴尔扎克自己十分看好并给以高度评价的是《幻灭》。在给女友(后来成为他的妻子)韩斯卡夫人的信中,把《幻灭》称为"一部光彩夺目的作品","我的作品中居首位的著作",认为这部小说"充分表现了我们的时代"。

《幻灭》(傅雷译,人民文学出版社,1978。下引此书只注页码)的中心内容,是两个有才能、有抱负的青年(吕西安、大卫)历经磨难,但最终理想破灭的故事。全面分析《幻灭》的思想内容不是本文主旨,这里主要想讨论一下主人公吕西安闯荡社会的经验教训,因为这对当今青年依然具有鲜活的启示意义。

熟悉巴尔扎克的研究者发现,《幻灭》几乎集中了作者本人最主要的生活经历和人生体验。或者说作品中几个主要人物的遭遇,作者大部分都经历过,人物的激情、幻想和苦难,作者几乎全部体验过。例如,他在大卫的故事里,融入了自己办印刷所、铸字厂、研究造纸技术和受债务迫害的惨痛经验;在吕西安的遭遇里,叙述了自己在文坛、出版界亲身感受到的污浊和混乱;他把自己从生活中总结出的各种信念和主张赋予大尼埃·大丹士;把自己从惨烈的社会拼杀中发现的"冷酷的真理"借助罗斯多和伏脱冷之口表达出来。因此,在体现作家本人的思想和直接的生活感受方面,《幻灭》比其他小说具有更大的代表性。

二、吕西安的性格

吕西安出身寒微,父亲是药房老板,母亲虽是贵族后裔却与特权和财富无缘。故事开始时吕父已死,家庭沦落为小城贫民。为了生存,母亲受雇伺候病人,妹妹为人洗衣,全家靠母女俩微薄的工资和一点房租勉强度日。一家人尽量节俭,把不多的钱几乎全花在吕西安身上。吕西安风华正茂,热爱科学,酷爱诗歌,擅长写作,而且长相俊美,人见人爱。至于他的性格,叙述人的介绍是:轻浮,莽撞,勇敢,好幻想,爱冒险,地位低下但自命不凡;羡慕奢侈浮华的贵族生活,一心一意要到贵族世界闯一闯。

吕西安的美貌和才华引起了贵妇人巴日东太太的青睐,吕心花怒放,二人一拍即合,产生了所谓的爱情。但是阶级的壁垒无形中在他们之间树起一道高墙。巴日东太太提拔他,鼓励他,给他以贵族式的"教育":天才没有父母没有兄弟姐妹,为了伟大事业不能不自私,不能不牺牲一切包括家庭,天才只向自己负责,可以不择手段,蔑视法律,为达目的不惜拿一切冒险。

这些歪理邪说正好迎合吕西安隐藏的邪念,进一步败坏了他的心术。在强烈的欲望鼓动之下,他认为不择手段是理所当然的。在贵妇人的诱惑和鼓动下,吕西安更加心痒难耐,恨不能一步登天。他完全体会到,交上好运对个人的抱负有怎样的帮助,他幻想拉住贵妇人的衣襟挤进上流社会去。

但同时，他又喜欢他家朴实安静的生活和高尚的情感：才华横溢的朋友和妹夫大卫那么慷慨地帮助他，必要时愿为他献出生命；母亲受了屈辱仍旧那么高贵，对儿子满心慈爱；乐天知命的妹妹纯洁可爱，对哥哥充满手足之情。家人对他的百般呵护让他感到无比幸福。有时大卫故意试探他，要他在纯朴的家庭乐趣和上流社会的乐趣之间选择一下，他表示愿为家庭的幸福牺牲浮华的享受。大卫十分高兴，带全家下乡游玩，在草地上野餐，在树林中散步。每当这时候，吕西安就忘了在贵族府上的享用和上流社会的筵席，复归为纯朴。但是一看到贵族的豪华，忍不住又心旌摇荡，想入非非。"吕西安就是这样的性格，从恶到善，从善到恶，转变得一样容易。"

后来，由于与巴日东太太的"恋爱"在贵族社会闹得沸反盈天，以至于巴日东先生不得不与人决斗。巴日东太太在小城待不下去了，打算到巴黎投靠亲友。吕西安一贫如洗，完全没有跟往巴黎的条件，但由于抵抗不了"成功"的诱惑，终于携全家所有积蓄，跟着巴日东太太到了巴黎。

三、吕西安在巴黎漂泊闯荡的心路历程

在巴黎，吕西安无依无靠，两眼一抹黑，只好紧紧追随巴日东太太。在这里他看到了更加豪华的生活和身份更高的贵妇人。"吕西安逞着反复无常的性子，马上想投靠这个有权有势的后台，觉得最好是占有她，那么功名富贵，样样到手了！"但是，那是一个讲门第、讲身份、讲金钱、讲实利的社会，而吕一无所有，当然被人瞧不起；虽经百般努力，对贵族低三下四，受尽屈辱，极力奉迎，但还是很快被贵族社会所抛弃。他满怀一腔仇恨，像一条野狗一样四处徘徊，最后只得流落到巴黎的下层社会。

吕西安住进了穷苦青年聚居的拉丁区。在这里，青年们不怕穷苦，朝气蓬勃，充满自信而且自得其乐。刚到这里的吕西安行动拘谨，很有规律，他对贵族生活有过惨痛的经验，把活命之本送掉之后，便拼命用起功来。白天他在图书馆刻苦钻研历史，晚上回到又冷又潮湿的房间专心修改自己的作品。他过着乡下穷小子的生活，纯洁无邪，一心只奔前途，对简单的伙食感到满足，视娱乐和消遣为邪念。一旦偷懒，立刻想到家人，家人像保护神一样守护着他的纯洁，他的日子过得艰苦而充实。这期间，他曾怀着希望找书商想卖掉自己的书稿，书商把价钱压得极低，因此他失败而归。

在拉丁区，他遇到了立身处事完全相反的两种人。一种是以大尼埃·大丹士为代表的"小团体"，一种是在报界混得如鱼得水的埃蒂安纳·罗斯多。两种人完全不同的人生观和价值观给了吕西安以完全不同的影响。

吕西安生活如此艰难，成功之路如此遥远，他有点受不了，想投身热闹且容易成功的新闻界。但他的这一想法遭到"小团体"朋友们的批评。

所谓"小团体"，是一群生活艰苦、情操高尚、志趣相投的青年学子自发形成的友谊团体。这里有自然科学家，有青年医生，有政论家，有艺术家，全是好学、严肃、有前途的人。这里物质方面的极端穷苦和精神方面的巨大财富成为奇怪的对比，污浊的生存环境和他们之间纯洁的友谊形成巨大的反差。吕西安对这批朋友无比佩服，为自己能够被这样一个团体接纳而心情激动，感到无比幸福。正如叙述人的评价：在"那寒冷的阁楼上就有最理想的友谊。……在荒凉的巴黎，吕西安终于在四府街上遇到了一片水草"。

对于吕西安想投身报界的想法，小团体的朋友们直言不讳地表示反对。他们认为报界是一个地狱，干的全是不正当的、骗人的、欺诈的勾当，你闯进去就休想清清白白地走出来。朋友们知道吕西安的弱点，担心他抵御不了恶劣风气的诱惑。为了说服他，朋友们苦口婆心劝他耐住寂寞做学问，告诉他天才就是耐性，要有超人的意志，一个人要伟大就不能不付代价，要成功就必须准备接受各式各样的考验。朋友们善意而严肃地警告他："为了感情犯的错误，不假思索的冲动，做朋友的可以原谅；可是有心拿灵魂，才气，思想做交易，我们绝对不能容忍。"

就在吕西安犹豫不决之时碰上了报馆记者罗斯多。罗同吕一样也是外省漂流到巴黎谋生的穷青年，和吕一样渴慕光荣、权势，受着金钱的吸引。罗本来也想靠文学写作撞开一条门路，但却遭到惨败，因此认为吕想通过文学写作扬名文坛的想法幼稚可笑。如今出版商看的是作者的名声以及书的销路，无名小卒根本不被理睬；而文学界内部互相倾轧，对待新人比出版商更蛮横更冷酷，对于新的竞争者恨不得一脚踩死你。罗痛心地告诉吕：我本是好人！心地纯洁，当初到巴黎的时候热爱艺术追求光荣，抱着许多幻想，后来发现完全不切实际，为生活所迫这才投身报界，报界虽然黑暗但却容易成功。他劝吕到报界闯一闯。

罗斯多这番真诚的坦白，尖刻的剖析，暴风雪般打在吕西安心上，冷不可当。那些淋漓尽致，骇人听闻的新闻界内幕让他深为震撼。但受着贫穷的煎熬和野心煽动的吕西安已经顾不了那么多，此刻，哪怕前面是地狱，他也非跳下去不可。他向罗斯多表示："我一定要奋斗，不管在哪个阵地上。""我非打胜仗不可！"至于小团体朋友们的劝告，已完全当成了耳旁风。

随后，罗带吕去拜访出版界大亨道利阿，在那里他进一步了解了这里的内幕。成百上千的作家消耗生命，为之坐到深更半夜，绞尽脑汁建造起来的精神大厦，在出版商眼里不过是一桩赚钱或赔钱的生意。书店老板只管你的书好销不好销，而不管其他。而且越是好书越不好销，做真正的艺术家就必须准备长期受冷落。况且即使好书出版之后还必须有人捧，这就让评论家、报纸操纵了作家和书的命运，作家要向评论家、向报纸屈膝点头。"一个优秀的诗人拍一个记者马屁，亵渎艺术，正如娼妓在丑恶的木廊底下卖淫，侮辱女性。"吕西安认识到了这一切现象的实质："整个的谜只要一个字就可道破，就是钱！"吕感到自己孤独无依，要想成名必须尽快挤进这个社会，必须学会利用这个社会既定的游戏规则，这才下定决心投身新闻界。

就这样，吕下海了，毅然决然义无反顾地下海了，在罗斯多的引荐下，他与报馆签订了合同，其实也就是签下了卖身契。在报馆，他看到这里其实是一个不折不扣的灵魂交易所。报纸利用人的隐私大敲竹杠，报馆老板不花一文钱买下一份周报三分之一的股份，还净赚一万法郎；报馆老板既无学识又无才能，文化程度只够写"护首油"的广告，居然利用别人代写的文章当上一份副刊的主编。这里没有真实的新闻，没有责任和良心，是"贩卖思想的妓院"。

一桩桩见不得人的勾当让吕开了眼界，灵魂麻木起来，于是他开始在报界翻手为云，覆手为雨，信口雌黄。一部好书今天说好明天说坏，全凭老板的需要，老板的需要即他的利益。以吕西安的才华，只要卖掉灵魂，没有什么做不到的。很快他在新闻界大出风头，把一个美丽的女演员养为情妇，开始过起奢侈浮华的生活。他不忘旧日仇恨，利用报纸攻击曾冷酷抛弃他的情人和情敌，让上流社会对他恨之入骨。

为了收服风头正盛的吕西安，贵族社会以在皇帝面前为他争取贵族头衔为诱饵，拉拢他离开自由党而投靠保王党。跻身贵族是吕西安朝思暮想的美梦，贵族看准了这一点，投其所好，一下子击中了他的要害，于是他举手投降，转投于贵族门下。从此吕卷入党派之间的恶斗，成为政治斗争的一名打手。等到吕失去自由党支持之时，贵族社会突然变脸，再次把他遗弃，让他里外不是人，成为谁也瞧不起的一条狗。失去了贵族的支持，经济上也断了所有来源，奢侈生活无法支撑，情妇于艰难困苦中死去，吕西安又重新变得一贫如洗。在巴黎待不下去，只得灰溜溜返回家乡。

在家乡，妹夫一家靠大卫的小印刷厂过着安分守己的日子，他们罄其所有供吕西安出去闯荡，但他不但没能使他们幸福，反而把全家拖入无边的苦海。吕在巴黎一文不名时，为还债曾冒用大卫之名签下三千法郎的期票，为此大卫负债被追逼起诉，没有办法只好躲藏起来，后来遭告发而被捕。吕西安眼看着自己给家人带来了深重灾难而无力救助，痛苦万分，企图以自杀了结这走投无路的人生。恰在这时，他遇上了化装成西班牙教士的伏脱冷。

伏脱冷，一个老于世故，深谙社会秘密的混世魔王，一眼看破吕西安涉世未深的幼稚与天真。他劝吕不要急于轻生，要振作精神继续活下去。为了活得更好，不要盲目瞎撞，一定要对社会做透彻的研究，掌握处世的秘诀。于是他为吕讲了一通属于他的混世经：为了成功必须不择手段，要得到一切就得不顾一切。在社会的战场上所有人都不讲道德，你要讲道德就是幼稚，就必然失败。你要把人当作工具来使用，凡是地位高的你要充分利用，利用完了再甩掉他。对付人要像犹太人一样的狠心，一样的卑鄙。为了自己的利益，可以忘恩负义，不讲情面。为达目的，一定要把全部意志全部行动一齐放上去，即要有百折不挠的毅力，这样社会就会听凭你的支配。当你定下一个辉煌灿烂的目标，你一定要藏起你的手段和步骤，学会严守秘密，躲在暗中干坏事。他批评吕西安过去的行动完全像小孩儿，教导他应当做大人，做猎人，暗暗地埋伏在巴黎的交际场中等机会，别爱惜你的人格和尊严……

这一套说教冷酷自私，骇人听闻，然而无一不切中社会的要害。这正是一切社会恶人成功的秘诀。刚刚从社会污泥中滚爬出来的吕西安听起来感到恐怖又感到新鲜，感到魅力无穷而又无法接受，他称这一套为极不道德的强盗理论。伏脱冷承认是强盗理论，但不是自己发明的，而是一切暴发户的理论，一切王侯将相等所谓成功者的理论，是他们不说在口中却始终在行动中奉行的理论。

伏脱冷的一席话挑动了吕西安的心弦。他结合自己的人生经历，深感伏氏的话有道理，以前自己的失败全是因为幼稚、不成熟，换句话说即不够卑鄙，不够毒辣，不够心狠。于是，"吕西安重新看到了巴黎，当初因手段笨拙而放下的缰绳又拿在手里了，他想报复了！促成他自杀的最有力的原因，巴黎生活和外省生活的比较，他完全忘了"。

就这样，接受了伏脱冷教诲的吕西安，彻底消除了以前的幼稚和单纯，埋葬了最后一点羞恶之心，重又点起了征服社会的野心。他奉伏脱冷为"上帝派给他的保护神"，在伏氏哲学的指导下，重回巴黎旧战场。

吕西安重回巴黎后在新的人生战场上的搏杀，巴尔扎克在另一部名著《烟花女荣辱记》中有详细交代，此处不再赘述。

四、最关键的人生节点如何选择

回望吕西安的人生经历,我们思绪翻涌,感慨万千。吕由一个充满理想、追寻梦幻的热血青年最后沦落为一个不顾一切出卖灵魂的野心家,原因相当复杂:主观的,客观的;个人的,群体的;时代的,社会的;必然的,偶然的。导致他走向堕落的某些原因(如贵族阶级的排挤与偏见,资产阶级上升时期社会体制、法规、道德的无序与混乱等)或许有其特殊性(特定的时空性),但排除这些特殊性因素,认真反思一下他走向"幻灭"的人生轨迹,我们会发现有许多值得今人认真思考的人生启示。

我国青年大多都熟知作家柳青的一段名言:人生的路是漫长的,但最关键的却只有几步。以此反观吕西安,他的人生路上也有关键的几步,让我们看看他是怎样走过来的。

第一步:踏入社会之前。踏入社会之前的吕西安,和大卫一样热情好学、对人生充满幻想。由于爱好文学,才华出众,所以他的理想之梦可能更强烈更浪漫,尤其是在受到贵妇人吹捧之后。但这时的他同时也珍惜朴实、温馨、宁静的家庭生活。摆在他面前的有两条路,一条辉煌耀眼,充满诱惑与艰险;一条安稳踏实,平淡中有亲情有幸福。哪条路对青年人,尤其是对吕西安这样的人诱惑更大,不言而喻。吕选择了第一条,是对,是错,难以评说!也许我们可以说这是一个错误,但这是一个可以理解可以原谅的错误。请看一看生活吧,面对诱惑和艰险,有哪一个青年不想搏一下呢?!

怀着美梦踏入社会的吕西安还没踩上贵族的门槛就被抛弃了,这让他受尽屈辱,不得不回归社会最底层从头做起。

第二步:在社会底层。这时候,吕西安的路应该怎么走呢?他又来到一个人生的十字路口上。摆在面前的又是两条路,即小团体的路和罗斯多的路。

小团体的代表人物大丹士告诉他,一个人要伟大就要坚守灵魂的高贵,在顽强努力中耐心等待,准备迎接各式各样的考验。罗斯多告诉吕个人苦斗的艰难和绝望,告诉他新闻界里的种种偷巧和实惠。这是完全不同的两条道路:一条是漫长清白可靠的;一条是危险的布满暗礁的臭沟,会玷污他的良心。"吕西安这时完全看不出大丹士的高尚的友谊和罗斯多的轻易的亲热有什么不同。他那轻浮的头脑认为新闻事业是一件对他挺适合的武器,自己很会运用,恨不得马上拿在手里。"于是,"他的天性使他挑了最近的,表面上最舒服的路,采用了效果迅速,立见分晓的手段",从此吕西安走入新闻界。

一边是高贵的精神,一边是现实的利益;一边是清白的灵魂,一边是肮脏的交易;二者不可兼得,怎么办?这又是一次严肃的选择。选择决定人生道路,决定前途命运。我们知道吕西安选择了后者,那么其他人呢?和他做同样选择的人难道只是极少数吗?!

第三步:失败后。放弃清白的灵魂坚守而选择眼前的实际利益,可能成功也可能不成功。那么如果失败了怎么办?这里又是一个十字路口。

在这一十字路口上,有人总结教训,反思自己的人生态度,从过分注重所谓的成功、注重情欲满足的涡流里抽身出来,到宽阔的精神天地里呼吸一下自由空气,调整人生的航向,走一条全新的路;当然也有人心有不甘,对自己的失败耿耿于怀,认为自己的失败是因为恶得还不够,坏得不彻底,为了报复,转而以恶对恶、以黑吃黑,更彻底地出卖良心——"我是流氓我怕谁"。用中国俗语说即必须更彻底地实践"厚黑学"。

在这一次人生选择中，吕西安选择了后者。他奉伏脱冷为精神导师，开始了新一轮的人生征战，虽曾一度跻身上流社会，但最后阴谋败露被捕，在狱中自杀身亡，以彻底失败而告终。

吕西安失败了，败得很惨很彻底。我们可以说他败于不切实际的幻想，败于过分膨胀的虚荣心，败于意志的薄弱和道德的沉沦；也可以说他败于社会的复杂与黑暗，败于人心的险恶与卑劣；更可以说他败于二者的交互作用。对于他的惨败，我们既感到他是自作自受又对他充满同情。他是害人者又是受害者，他痛恨社会的水浑，但由于他的屈从和参与使社会之水更浑。

五、巴尔扎克的创作意图

巴尔扎克写《幻灭》，主观意图是清醒的、明确的，其一是揭露、抨击社会的荒谬与黑暗，其二是为当时及以后在巴黎奋斗(或者说挣扎)的青年人提个醒。

十九世纪初的巴黎，在资产阶级革命后发展迅猛，它的财富与权力，繁华与热闹对外省青年具有挡不住的吸引力。年轻人都想到巴黎碰碰运气，到社会旋涡中去淘一桶金。据书中人物大丹士的估计，每年从外省漂流到巴黎谋生的青年大约有一千到一千二百人，这些人形成了一个特殊的群体，借用现在的话说即"巴漂族"。巴尔扎克本人就是"巴漂族"的一员，他深知世情的复杂与险恶，生存的艰难与不易。他既恨社会人心之污浊，也惋惜某些青年人之容易堕落。他有太多太多的话要说。

通过吕西安的人生道路，巴尔扎克让读者看到了巴黎与外省之间的种种联系，巴黎那种致命的吸引力，从一个全新的角度揭示出十九世纪青年的面貌；通过吕西安的"幻灭"，作者想击破那个时代青年人"那些最致命的幻想，即家庭对那些稍有才气却无坚强意志为之导向、也没有掌握防止走入歧途的正确原则的子女所抱的幻想"(《巴尔扎克全集》第 24 卷，人民文学出版社，1991)。在《幻灭》第二部《外省大人物在巴黎》的初版序言里，巴尔扎克更明确地说，塑造吕西安这一人物的目的，是想让人们从中可以学到这样一个道理："要得到高贵而纯洁的名声，坚忍不拔和正直可能比才气更为必不可少。"

吕西安走了，他所生存于其中的时代和社会也一去不返了。但"一去不返"的只是表层，而主宰那个时代和社会的人性和人的欲望还在，那个时代和社会的某些"人间喜剧"还在重演；具体到个人，吕西安的灵魂还在，他那躁动不安或者说充满欲望、幻想成功的个性还在，并且还在一代代的后来人身上活着。那么，后来人能从吕西安身上反思点什么，从而注意点什么吗？！

第三节　崔莺莺爱情悲剧留下的启示

——热恋中人都是傻子吗？

《莺莺传》是唐代诗人元稹于诗文之外所作的传奇小说，叙述崔莺莺与张生的爱情故事，被公认为唐人传奇中之名篇，古代小说之经典。经典之所以为经典，就在于其具有超越时空的永久魅力。《莺莺传》就是一篇至今仍有启发意义的艺术经典。

一、轻率"自献"铸大错

莺莺是名门大户的富家女,父亲死后母亲带她和弟弟回京城长安,路过蒲州借住于普救寺。恰逢兵荒马乱,全家处境危险。巧的是同住该寺的书生张生,因军中朋友关系保护了崔家。论关系,张生与莺莺是表亲。崔母对张生感激不尽,命莺莺出来见面以表谢意。莺莺为避男女之嫌迟迟不愿出来,直到母亲发怒才素颜便服出来相见。张生见莺莺"颜色艳异,光辉动人",颇为震惊,立马上前施礼,想和她搭讪说话。但莺莺只是安静地坐在母亲身旁,对张生不理不睬。

莺莺的美貌和爱答不理的态度,激起张生狂热追求的激情。他无法直接见莺莺,便放下架子和丫鬟红娘套近乎,要求红娘牵线搭桥。红娘说,你是她家恩人加亲戚,何不亲自求婚呢?如果你不好意思,那就写诗吧,小姐喜欢诗文,写诗或许能打动她。张生依计而行,果然奏效,莺莺以诗相还,约张西厢下相见。

张兴奋激动,如约而至,以为好事就要成了,结果莺莺冷着脸子,用礼教大道理劈头盖脸数落了他一通,警告他必须"以礼自持,无及于乱!"

这一通数落,像冰雹打得张生透心凉,像匕首刀刀扎在心尖上。张是儒生,尊奉的是礼教,莺莺揭露他的行为恰恰违反了礼教,这让张生羞愧万分,"自失者久之","于是绝望"。

从迟迟不愿出来见张生到这一通数落,可以看出莺莺的性格符合大家闺秀身份:知书明理,懂得礼教规矩,知道什么该做什么不该做。这说明她很理智,很理性,很矜持,知道怎样保护自己,也知道怎样拒绝对她有非分之想的人。

然而,接下来莺莺的行为却让人看不懂了。若干天后,深更半夜,莺莺偷偷摸来自荐枕席,主动和她曾痛斥的人同浴爱河,共度良宵。这让张生吓了一跳,半天回不过神来:难道这是真的吗("岂其梦邪")?再看看,莺莺走后,胭脂还在自己的胳膊上,香味还依稀在房中缭绕,这才始信美梦已成真。

从严词痛斥张生非礼,到主动"自献"(莺莺自评之语)玉体,这反差可不是一般的大,简直是天渊之别,让人大跌眼镜。莺莺为什么会有如此天翻地覆的变化呢?作者惜墨如金,一字不提,留下巨大空白让读者去猜。

那么我们来猜一下。一是她感觉对张生的痛斥太过了,因而想安慰他一下。毕竟人家是自己家的恩人,而且毕竟是他喜欢自己——喜欢不是罪,哪个姑娘不喜欢别人喜欢呢!二可能是恋爱中少女的普遍心态:言行不一,心口不一,话冷心热,在和男朋友的交往中,不管三七二十一先在嘴上占个上风,图个心里痛快,赢了面子再说。至于会对关系造成什么影响,没想那么多。三,最重要的,应该是她所受的教育即道德观在起作用。

至于莺莺究竟怎么想的,我们到底不知道。但我们确切知道的是,她的自荐枕席确实是错了,而且是大错特错了。她头脑简单、太欠考虑、太任性了。对初恋少女来说,这可不是个小事,而是个要命的大事。在如此重大的事情面前,她头脑发热,冲动之下犯了傻,由此铸下无法挽回的错误,成为心中永远的痛。

莺莺错在哪儿了呢?我们细数一下:①错在对张生的性格并不了解。张是儒生,是"内秉坚孤,非礼不可入"之人。这样的人,对你的行为会怎么看?②错在对张生的感情性质稀里糊涂。他见你仅一面，对你还没有起码的了解，就因为你颜值高就立马表现得那么猴急，这种感情是什么性质？他把你当什么人了？这种人值得爱吗？③对莺莺这样的女孩儿来说，婚姻当然是头等大事，但你敢肯定他会娶你吗？在不知道他怎样想的情况下冲动"自献"，不是太冒险了吗？他变心了怎么办？④未婚先孕怎么处理？这可是个常识性问题，无论男女尤其是女孩必须考虑的问题。在上述问题都没把握的情况下，仅凭激情冲动就委身于人，太轻率啦！

二、抑郁愁怨终被弃

一对初恋男女，情欲之火烧得正旺，接下来他们卿卿我我，隐秘热烈地度蜜月。然后，张生要离开普救寺到长安求功名了，行前跟她打了招呼，她什么也没说，"然而愁怨之容动人矣"！古人惜墨，"愁怨"二字蕴含丰富，暗示着莺莺复杂的心情。

几个月后张生又回来与莺莺在一起"累月"。这期间二人的表现很微妙。莺莺工书法擅文章，张生再三索要，但始终得不到；张用文章挑逗她，她不予理睬。总之，莺莺抑郁惆怅，落落寡合，明显的情绪低落，心事重重。为什么？这不明摆着的嘛！他们之间有了隔阂，有了距离，所以疏远。虽然张还在讨她的好，但她已经提不起精神了。

不久张生又要走了，走之前没再和莺莺诉说离别之情，只是在她身边唉声叹气。莺莺意识到诀别的时刻到了，弹琴为他送行。一曲未完，"哀音怨乱"，泣下连连，中途离去。张此一走，再也没有回来。

张生定居京城后给莺莺写过信表示安慰，劝她想开点，还赠送了头花、唇膏之类的女性用品。莺莺回信写得情意缠绵，一往情深。听口气简直是在泣求张生，我对你生死不渝，我离不开你，你可千万别抛弃我啊！但无论多么情真意切，再也唤不回张生决绝离去之心。不但离去，他还在朋友圈里扬扬得意地公开了莺莺的信，公然称莺莺为"尤物"。意思是，这种漂亮勾魂的性感女人太危险，我必须离开她。于是抢占了道德高地，把自己打扮成远离女色的道德英雄。

三、人生教训启后人

莺莺从居高临下的痛斥，到卑卑怯怯地哀求，情势反转如此之大，原因何在？转折点在哪儿？分析起来，就在莺莺的"自献"上。莺莺的"自献"，毫无疑问是英勇无畏的壮举，但也是昏头昏脑的轻率盲动。其盲动的恶果很快就显现出来：首先是张生小瞧了甚至从此鄙视了莺莺，其次莺莺也小瞧了自己，为此羞愧不已，后悔莫及。

"自献"之后，莺莺为什么一直情绪低沉，对张生若即若离，似乎再也热不起来，原因就在这里。关于这一点，莺莺在给张生的信里有自述。大意是，您曾像司马相如挑逗卓文君那样挑逗我，我无法拒绝。及至自荐枕席，你我情深意厚，我以为我的终身就算有托了，哪想到你却不能和我缔结良缘，这让我深感"自献之羞"……

"自献之羞"窝在心里，对那个时代的少女来说是个极为沉重的精神负担，从此她再也不敢热烈，再也不敢冲动。自感道德有亏，从此在张生面前抬不起头来，开始处于低位有求于他；从此不得不看张生的脸色，直至他离开后还试图用书信再打动他。结果得到的却是求人遭拒之羞。

"自献"让莺莺与张生的关系发生了颠覆性易位：莺莺由主动变被动，张生由被动变主动；"自献"前张生追莺莺，"自献"后莺莺追张生；道德上莺莺从居高临下的优越感变为自感有亏的自卑感，张生由自知"礼"亏的惶恐感转变为理直气壮的优越感。

这种转换背后的"无形的手"毫无疑问是社会规范。对于这种规范，过去众口一词斥之为腐朽的"封建礼教"，但具体到莺莺张生恋爱这件事上，不如视为必要的道德规范。因为，初恋少女轻易"自献"是至今的文明社会也不允许的，何况那时？把懵懂少女的越轨"自献"视为反封建礼教，有点张大其词了。与其从意识形态角度搞大批判，不如回归常识，从人生视角总结一下经验教训为好。

莺莺可怜极了！她曾在"痛斥"的口舌之快中赢了面子，但却在"自献"之后输了里子，命运被改变，再无逆转的希望。

莺莺的遭遇是悲惨的，令人同情的，毕竟她才 17 岁，一个养在深闺未经世事的少女，哪能知道这里的水(利害)有多深啊！

人们常说进入热恋的人都是傻子。这话听起来有点调侃，有点戏谑，有点夸张，这可以是热恋中人的自嘲，也可以是旁观者对热恋中人的嘲讽。这话用到别人身上有几分真实不好说，但用到崔莺莺身上，绝对是恰如其分的。

莺莺以自己的不幸证明了"热恋中人都是傻子"是有一定道理的。不但生活中的事实是这样，而且也得到了现代科学的证明。

据资料介绍，英国科学家研究发现，爱情真的会令人盲目。脑部扫描可显示当情侣沉溺爱河时，会失去判断能力，出现"情人眼里出西施"的情况。这一结论是伦敦大学教授泽基发现的，他说，扫描显示爱情会加速脑部"奖赏系统"特定区域的反应，并减缓否定判断系统的活动。而且，不但热恋中人如此，亲子之间亦如此。核磁共振发现，当母亲在众多照片中发现自己孩子时，大脑中负责"批评"的区域思维活动明显减弱，但负责"表扬"的区域思维活动则明显增强，最终导致母亲的评判标准出现波动，评判结果具有明显的主观性。

的确，爱情是人类所有感情中最强烈的一种，它可以导致人的心理乃至生理发生剧烈变化，导致热恋中的人出现一定程度的"盲目"。从一方面来看，这是一桩非常美好的事，富有浪漫色彩，爱情的美好和诗意差不多都在这里了。试想，哪个人没有弱点和盲点呢？你如果明察秋毫，爱憎分明，据斥播两，那你就永远难以进入热恋境界，无法体验热恋的美妙。所以热恋中的"盲目"其实是一个"美丽的错误"，犯这种错误，上帝也会原谅你。

但从另一方面来看，错误虽然美丽，但毕竟是一种错误。"盲目"肯定会掩盖一些东西，会误导你的感受和判断，危险就可能发生在这里。当然不是说，每个进入热恋的人都会有这种危险——这种判断太绝对——但却可以说，这种危险比较普遍，概率比较高。因此，热恋中人要小心谨慎，不要太急于做出一些重大决定，否则会后悔莫及。热恋毕竟是短暂的，而人生则是漫长的，因此必须审慎。对于一生有重大影响的决定最好等冷静时反复思考之后再做出。换句话说，必须靠理性做出。由此看，爱情是非理性的，但又绝对离不开理性，这句话是颠扑不破的绝对真理。

最后，特别需要说明的是，本文对莺莺爱情悲剧的分析并非刻意为张生开脱。张生自私伪善冷血，是那个时代"精致的利己主义者"，他对莺莺的"始乱终弃"肯定是悲剧的主要原因，这已经是共识，自不待言(笔者有另文分析)。但莺莺的轻率无疑也是一个重要原因。本文目的在于提醒后来的莺莺们汲取前人教训，切莫再犯同样的错误，陷自己于被动，终至酿成悲剧。

第四节　杜十娘悲剧原因之我见

——刻意考验人性是一种冒险之举

《杜十娘怒沉百宝箱》是冯梦龙《警世通言》中的名篇，主要讲述了杜十娘的爱情悲剧。关于悲剧的原因，历来说法甚多：封建礼教说，宗法制度说，门第观念说，金钱观念说，所托非人说，人身依附说，缺乏沟通说，等等。诸种说法都有文本根据，都有某种道理，本文不予置评。这里笔者从人生(人性)角度提出一种解释，目的在于从中提炼至今仍有启发意义的人生经验和人生教训。有无道理，请读者诸君评判。

让我们从文本出发加以讨论。

一、杜十娘的悲催结局

小说讲了一个让人心痛不已的悲剧故事。妓女杜十娘与富家子弟李甲相识后，因其"忠厚志诚"，与他情投意合，意欲跟他从良。李的银钱用完后老鸨要十娘赶他出门，十娘不忍。老鸨看李已身无分文，许他以三百两银子为十娘赎身。李亲友处遍借无果，无奈之下十娘出一百五十两，加上朋友慷慨相助，十娘终于脱籍获得自由。

十娘决定随李甲回他的故乡。临行之际，姐妹们以百宝箱相赠。乘船南下，李甲囊中羞涩，无力支付船资，十娘拿出五十两相济。十娘打算于苏杭之地暂住，让李先回家见父母，等做通父母工作再一同回去。

船至瓜州渡口，二人开心，李请十娘唱曲，歌声优美打动了邻舟的富商孙富。孙见十娘长得国色天香，不觉魂摇心荡，必欲占有之而后快。孙巧舌如簧，专从李甲缺钱的软肋下手，力劝李甩掉十娘这一包袱，并答应以千金之资接手。李甲竟然动心，虽感情义难却，但终于把孙的主意说给十娘。

十娘顿感绝望，于极度悲愤中当众痛斥孙富卑鄙阴险，破人姻缘，断人恩爱；控诉李甲负心薄幸——"中道见弃，负妾一片真心"。之后于众目睽睽之下打开百宝箱，将价值万金的金银珠宝抛入江中。李甲又羞又愧，欲向十娘谢罪，十娘抱持宝匣跳入江中。

十娘以决绝的一跳，跳出了一出凄美的悲剧，给读者留下揪心的遗憾。读者差不多异口同声地问，为什么不早点把万金拿出来？！早点拿出来也许不至于如此悲催啊！事情弄到这一步，李甲"又羞又苦，且悔且泣"，此后"终日愧悔，郁成狂疾，终身不痊"，而十娘自己付出的是鲜活的生命。这是我不得好死你也不得好活、你毁我亡、玉石俱焚的双输惨局啊！你这是何苦？！

二、对人性持续而苛刻的考验是危险的

是啊！十娘为什么不早点将金银拿出来呢？她的动机是什么呢？动机很简单很明确，她要考验李甲——看他对自己是不是真心，感情是不是纯粹。十娘身份卑微，在世俗眼里是卑贱的、被歧视的。她看过太多姐妹被"始乱终弃"的悲剧，所以对李甲是否真心爱自己心里没底儿，这才要考验他。十娘虽不幸流落娼家，但心性高傲，自尊心极强。她不但要考验李甲是否真心，还要看他的动机是否纯粹，是否因她有钱而爱她(他爱的是我的人呢，还是我的钱)，所以对他始终隐瞒自己的财富。

十娘对李甲的考验不是一次性的，而是持续不断的。

十娘对李甲的第一次考验是她和鸨母讲好用三百两银子为她赎身。三百两对于手中拥有"不下万金"的十娘来说，不过是九牛一毛，指头缝里漏一点就够了。但道理上讲这笔钱应该由李甲出，所以她殷切嘱咐李甲求亲告友去筹措。由于大家都知道李甲是风流浪子，不务正业，因迷恋烟花钱财告罄，所以都予以拒绝，弄得他灰头土脸，抬不起头，以至于没脸见十娘，躲到朋友处借宿。

约定十天之限，转眼六天过去手中尚无分文，这对于一个讲尊严、要面子的大男人来说是何等地难堪！十娘问他原因，他回道："不信上山擒虎易，果然开口告人难。一连奔走六天，并无铢两，一双空手，羞见芳卿，故此这几日不敢进院。今日承命呼唤，忍耻而来，非某不用心，实是世情如此。"十娘追问："郎君果不能办一钱耶？妾终身之事，当如何也？"——筹不来钱就不能赎我，这事你看咋办吧！事情性质如此重大，李甲不是不知道，而实在是万般无奈，被逼得无路可走，"公子只是流涕，不能答一语"。什么叫"一分钱逼死英雄汉"，看看李甲的处境就知道了。

虽然如此困难，如此窘迫，但李甲没有退缩，没有撒手，十娘对李的表现基本满意。考验到这一步也差不多了，不能再加码了，再加说不定李甲就崩溃了。直到此时，十娘才见好就收，拿出裹在卧絮褥内的一百五十两碎银子(目的是暗示自己没钱)交给李甲，余下的一半你自己再想办法。意图明摆着，将考验继续下去。

在朋友帮助下李凑够了三百两，十娘终于获得自由要脱离囚笼了。离开后的盘缠怎么办？十娘早有安排——"舟车之类，合当预备。妾昨日于姊妹中借得二十两，郎君可收下为行资也"。注意，这钱是我借的，这是说给李甲听的，这等于告诉他，我手里没钱。

"公子正愁路费无出，但不敢开口，得银甚喜。"爱人出行，自己连几块打车钱都拿不出，可知李甲窘迫到了何种程度！连这点小钱都需要女朋友掏腰包，这让李甲情何以堪！

"得银甚喜"(一副可怜相)的李甲赶紧到当铺赎回了几件衣服，否则出门连一件像样的行头都没有，那就太丢人了。幸亏十娘善解人意，及时雨一样给了李甲二十两，否则李甲卑怯到连口都不敢开。

区区二十两够什么用？这不，两人行至潞河，舍陆从舟，讲定船价时，"公子囊中并无分文余剩"。正当李甲再次愁闷无着、走投无路时，十娘再次出手相济，拿出五十两救急。这次十娘稍稍透露了一点信息——姊妹高情相赠，不但够路费，即使他日在吴越暂住也没问题。李甲的反应是：

公子且惊且喜道:"若不遇恩卿,我李甲流落他乡,死无葬身之地矣!此情此德,白头不敢忘也。"自此每谈及往事,公子必感激流涕。

看这情形,听这口气,李甲对十娘完全是一副感恩戴德、感激涕零的样子。在十娘面前,他已经低三下四小到好像没有他自己。

船离李甲家越来越近了,下一步怎么办?李甲怕他父亲训他在外胡闹,如果再把妓女带回家来,他父亲肯定不接受。这是李甲的最为难处。这一点十娘早料到了。她有她的计划,但一直没有向李甲明说,直到李将她出卖,她才当众说出:她想以多年积蓄的万金之资,"将润郎君之装,归见父母,或怜妾有心,收佐中馈,得终委托,生死无憾"。——十娘的意思是,知道你父亲难说话,我为你能体面回家准备了大礼,让你父亲看在我万金之资奉送家门的份上,可怜我是真心待你,也许会让我以小妾身份留在你家;如果这样我就终身有托,死而无憾了。

由这段话可以看出,十娘为追随李甲从良,思虑周密,准备充分,计划合人情,顺世理,奉献很大,要求很小。如此低调,应该说成功的可能性是很大的。但遗憾的是,这么周密可行的宏大计划为什么不早说,哪怕是早一天说给李甲听,当孙富花言巧语蛊惑李甲抛弃十娘的时候,李大概会嗤之以鼻——老子有的是钱,万金之资在手,你那千儿八百狗屁不是,滚一边做梦去吧你!但直到快到家了十娘还在考验李甲,看来她咬着牙誓将考验进行到底。

一场本可以避免的悲剧发生了,让后世读者每每为此扼腕叹息!

杜十娘为什么不早说呢?前面我们已经说过了,她要考验李甲。考验一下的想法可以理解,完全应该,但千不该万不该,十娘的考验过头了,过于苛刻了。她一门心思只顾实施自己的考验,而对李甲设身处地的理解和感同身受的同情太少了。

阅人无数的十娘应该明白,人性是脆弱的,是经不住持续而苛刻的考验的;她还应该明白,爱情是美好的,但在严酷的社会压力、坚硬的生存现实尤其是突发诱惑面前,也是脆弱的,容易变化的。十娘追求真情真爱,没人说不对,但脱离了现实的语境,超过了人性的耐受度,所谓的真情真爱是靠不住的。平心而论,李甲倾心对十娘,不能说没真情;十娘一再暗示自己没钱李甲还愿意带她回家,不可谓没真爱。可惜的是没有物质基础为依托的真情真爱就像美丽的琉璃,遇硬物一碰就碎。正如白居易所说:"世间好物不坚牢,彩云易散琉璃脆"!

三、纯粹唯美的感情是不存在的,至少是不靠谱的

十娘留给我们的另一个人生启发(或者说教训)是,完全脱离利益关系的纯粹唯美的浪漫感情是不存在的,至少是不靠谱的。

十娘希望李甲看中的是她的人而不是她的钱,她追求的是没有铜臭气的纯粹唯美的感情。心愿非常美好,非常高雅,但俗世上哪有这样的"纯粹"啊!男欢女爱固然美好,但从深层次看,不管意识到与否,都是一种利益的平衡。十娘爱李甲,看的是他"忠厚志诚",性格温和,所以愿随他从良;李甲爱十娘,看上的是美貌和真情,所以愿带她回家。但当下即将面临严父的审判,自己身无分文带个妓女回家,很明显难过父亲这一关,十娘已是累赘和麻烦,怎么办?感情和利益失衡,利益压倒感情,所以李甲一经诱惑就变

卦。这说明，一味追求纯粹的感情是注定走向失败进而走向幻灭的。

追求纯粹的爱情属于唯美主义，或者说是理想主义、浪漫主义的爱情观。理想主义是崇高的，但同时也是危险的。为什么是危险的？史铁生在给笔者的信中，借助于对其长篇小说《我的丁一之旅》中的主人公爱情理想失败的讨论，作过哲学层面的解释。他说："人类并不乏种种美好的理想，但是千百年中，却常见其南辕北辙。也许，更要重视的，并不在理想是怎样的美好与必要，而在其常常是怎样败于现实的。"理想为什么会败于现实？因为理想的性质决定其不可能在现实中实现。为什么？史铁生的解释是这样的："理想的不可实现性在于：①实现了，就不再是理想，但永远都会有无穷的召唤在前头。②尽善尽美之于人，永远都在寻求中，所以上帝说他是道路。③这道路，一不可由人智规定，二不可由人力推行，否则无论怎样美好的理想，瞬间即可颠倒，恶却随之强大起来。④但这理想，或道路，又不是可望而不可即的，它永远都是人心中的现实。"(《史铁生全集信与问》第181，183页，北京出版社，2015)

理想永远是人心中的现实，永远是人们追求的对象，永远在前头召唤人寻求，但不可落实为现实。不是不想而是不能。杜十娘一定要在现实中实现"纯粹"的理想，所以失败了。不失败于今日也失败于他日。这是理想主义、完美主义的宿命，今人不可不鉴。

艺术中可以唯美，生活中却不能。杜十娘以生命为代价成就了一出唯美的悲剧，同时也以沉痛的教训告诉我们，刻意地考验人性是一种冒险之举，追求理想的纯粹爱情并要求实现是不可取的。热衷于考验人性、执着于追求纯粹爱情的先生和姑娘们一定要谨而慎之！

最后说明一点，本文没有为李甲开脱的意思。李甲自私怯懦，见钱眼开，见利忘情，没有男子汉的担当，已经众所周知。他的结局是自作自受，罪有应得，这里毋须再加鞭挞。本文想说的只是，李甲是懦弱可怜可气可恨的，十娘的做法过于苛刻。如今追责问罪都无意义，有意义的是从中汲取人生经验为自己所用。

附录一　答读者问

问题一、我为什么不想读名著？

来到大学后，接触到的世界名著多了，可是却不知道该怎样去欣赏。每每拿到一部名著时，总是如获至宝，决心要仔细地去品味。可当阅读过后，却并未品出什么特别的味道，有时甚至读不下去，难道这就是名著吗？

世界名著是文学瑰宝，总希望通过看这些作品来化为自己的知识，所以也迫不及待地借过许多本。不能说过于细看，但总也算浏览一遍。不过，读过后，总觉得除了增加一点谈资之外，别无所获，有时甚至看不下去。也有时仅为了追求一些故事情节，至于悟到什么真谛，那几乎是空白，总有进宝山空手而归之感。

以上是两位中文系大一学生阅读名著时的感受。这种感受，不只是两个人的，而是具有相当的普遍性。大概社会上一般文学爱好者有相当一部分人也有这种感受。这是一种具有共性的心理困惑：耳朵里从四面八方传来要多读名著的告诫，而一旦读起来却感到很吃力、很压抑，读不进去。理智上知道"名著是文学瑰宝"，可感情上却亲近不起来，总想敬而远之，甚至逃而避之。

怎样看待这一现象呢？摇头吗？叹气吗？嘲讽吗？贬斥吗？这一切全没必要。最好是冷静下来分析一下原因，实事求是地讨论一下解决困惑的办法，这比居高临下地一味教训要理智和明智得多。

出现以上现象的原因是多方面的，简单来说有两方面：客体与主体。

客体方面即作品方面的原因表现于两方面。一是内容：作品所表现的题材距现在比较久远，读者对其中所写的时代面貌、风俗人情，或者人物的行为方式、思想感情，总觉得不可思议；或者对其中错综复杂的人物关系、情节的来龙去脉理不清头绪，对冗长的人名地名总是记不住；或者对通常所说的主题思想不理解，不知作者到底表达的是什么，写这些、这样写到底有什么意义。二是形式：作品的结构过于复杂，让读者摸不清写作头绪；意识流等现代表现手法的时空交错，现实与幻想、梦境的交叉变幻让读者感到困惑迷茫，不适应不习惯。

主体方面即读者自身的原因大体是，社会经验太少，人生阅历太浅，还没有达到足以理解作品深度的程度；文学修养不高，尚不能破解作品艺术上的奥秘；阅读实践有限，见不多识不广。

总之是主客体不相适应——读者的"浅""少""低"与名著的博大精深、庄严古奥形不成对话。要想对话，没别的办法，只能慢慢"修炼"去，早晚阅历深了，文艺修养高了，你就有对话的资格了。在你与名著之间，是你向它高攀，而不是它向你俯就。

这样说，作为原则，当然是不错的。难道不是要提高你自己以征服名著，而要因为你看不懂就否定它是名著吗？不过，意见虽然正确，但似乎太空泛，因为这样并没有解决任何问题。所以在确立了以上原则、提高自己适应名著之后，还须作进一步的具体分析、具体探讨。

(1) 名著的价值各有不同。有的名著既有研究价值又有阅读价值，有的只有研究价值而无阅读价值。如果你不是文学专业，不搞文学研究，就不一定非读后一类名著不可。

例如，诺贝尔文学奖获得者艾略特的名诗《荒原》，自 20 世纪 20 年代发表以来，在西方文学界引起了强烈反响，被评论家称为"现代诗歌的里程碑"。《荒原》的基本主题是展示第一次世界大战后西方世界的危机，深刻表现了 20 世纪 20 年代西方知识分子中普遍存在的失望情绪。但这首诗只能供研究家们"云天雾地"，而一般读者却很难读懂。作品中隐喻、典故、相互引征和详细注释大量出现，在 400 余行诗中共涉及 6 种语言，包括从 35 个作家的 56 部作品中摘下的片断和模仿的句子，还夹杂一些民谣，有 6 段宗教经文(包括梵语)，再加上诗人生造了一些暧昧的词汇和混杂的曲调，使人难以卒读。连诗人自己也承认它是晦涩的，他说，在《荒原》这首诗中，我几乎没耐心去理解我自己是在说些什么。①

再如，英国作家詹姆斯·乔伊斯的著名小说《尤利西斯》，是意识流小说中最富代表性的作品。小说描写了都柏林三个居民在 1904 年 6 月 16 日早上 8 点到夜间 2 点 40 分这一时间内的经历。作者用内心独白、自由联想、瞬间感受等手法把几个人几十年的经历在十几个小时内展现出来。叙述角度频繁变动，时序极度颠倒错乱，大量使用双关语，大胆使用新词和外来语，结构复杂，典故繁多，非常艰深难懂。英国的邮电检查员曾认为它是一种密电码。

不仅一般读者阅读困难，连著名的英国女作家凯瑟琳·曼斯菲尔德都说它"晦涩难懂到可怕的程度"。直到 1942 年，还有许多评论家说它只能"和梵文一起束之高阁，因为要弄懂它实在太费力气"。所以《尤利西斯》虽然名气很大，但谈论者多，通读者少。有人挖苦说，在 1 000 个谈论《尤利西斯》的人中，有 990 个没有读过；在读过的 10 个人中，有 9 个没读懂。我国精通中西文学的著名作家和学者钱锺书先生，也曾坦率地对人说过，他也读不懂《尤利西斯》。

直至现在，美国小说理论家 W. C. 布斯在《小说修辞学》中还说："除去偶然的一阵虚张声势，没有人真的声明乔伊斯是可理解的。所有的万能钥匙和学术指南都公开承认他后期的作品《尤利西斯》和《芬内根守灵》不能供人阅读；它们只能供人研究。"②既然如此，不打算献身于乔伊斯研究的文学爱好者或年轻的大学生，还有必要读这样的名著吗？

(2) 有的名著既有历史意义又有现实意义，有的名著只有历史意义而现实意义已经淡化、弱化，乃至消失。如果你非专业需要，而且非兴趣所至，也就没有必要非从古希腊挨个读起不可。

例如史诗，是西方文学史上重要的文学品种，许多民族都习惯于用史诗的形式来记录本民族所经历的重大历史事件和神话传说，因而不同时代的各个民族都留下了著名的史诗作品，如古希腊的《荷马史诗》，古罗马维吉尔的《埃涅阿斯纪》，中世纪法兰西的《罗兰之歌》，西班牙的《熙德之歌》，德意志的《尼伯龙根之歌》，俄罗斯的《伊戈尔远征记》等，在文学史上都有一定的地位。但其所记述的历史距现在那么遥远，而且又是国外

---

① 石昭贤. 欧美现代派文学三十讲[M]. 贵阳：贵州人民出版社，1982：22.
② 布斯. 小说修辞学[M]. 华明、胡晓苏、周宪，译. 北京：北京大学出版社，1987：361.

民族的历史，所以今天的中国读者读起来格外有隔膜，读不进是可以理解的。

再如，文艺复兴时期意大利作家薄伽丘的《十日谈》，以大量笔墨揭露了教会的虚伪与腐朽。在他笔下，神父修女们表面上道貌岸然，暗地里男盗女娼，教会成了藏污纳垢的罪恶场所。《十日谈》的中心主题是反教会，抨击教会宣扬的禁欲主义。这在当时具有明显的进步意义，但在今天已成为历史的陈迹。

对于史诗和《十日谈》这类作品，如要系统学习和研究世界文学史，则非读不可；如作为文学欣赏，则未必。

(3) 最好是先从以现当代生活为题材的现当代名著读起(如路遥的《平凡的世界》等)。

这些作品中所写的生活与主题我们比较熟悉，理解接受起来比较容易，然后一步步地向"古代"和"外国"扩展。也就是说，选那些从深度和难度上，高出自己的接受能力但又不高出太多，经过努力可以读懂的名著来读。老是读低于或平于自己水平的东西，读来读去只是量的扩张，平面上的盘桓，高不上去、深不下来，长进不大；但太高于自己的东西又"高不可攀"，让人望而生畏，读来读去不入其门，容易烦躁生厌。两极之内取其中，即不可不高，亦不可太高，既高于自己水平又不是高不可攀。这样，读懂一本登高一步，一步步地高上去，时间长了就达到了高境界，就可以逐步征服那些以前因深度而读不懂的作品。

(4) 对于中国当代的某些作品，你可以凭直觉、凭自己的力量一看就懂，轻松愉快；而对于某些外国古典名著，单凭直觉、凭自己的力量很难一下弄懂。例如歌德的《浮士德》，你很难一下厘清它的故事，更难于一下把握它的精髓。这时候，最好借助一些分析介绍和评论文章，从理性上有了认识之后再去欣赏，可能就会顺畅得多。

当然，这样读违反了文艺欣赏的一般程序。不过，对于确有价值的名著来说，这也不失为一种可行的办法。由于名著的"质量"高，值得你从感性到理性、从理性到感性的多次反复。你下了功夫，付出了努力，终于登上一个"精神制高点"，会觉得自己一下子"深"了好多，"高"了好多。人生路上，有时一个关键的精神领悟，可能就会使你终生受用，可能会改变你对人生的理解，调整你对人生的信念。这是很值得的。整个人类的精神攀登，就是以名著(当然不只是文学名著)为标志的，你"攻克"了一个名著说明你已经历了人类精神跋涉的某一历程，跟上了整体前进的步伐。这是很有意义的事情。

(5) 阅读名著是人的精神生活中一生的事业，所以青年人一时看不懂某些名著也不要焦躁，不要着急，可以往后放一放，放它一年两年、十年八年，等自己阅历丰富了，再来阅读名著就可能豁然醒悟，一通百通。

例如《红楼梦》，许多青年人反映"读不懂"。《红楼梦》的故事情节本身没有什么不好懂，所谓"不懂"者，主要是指内在意蕴。他们说这有什么意思呢，尽是些家庭琐事、婆婆妈妈！—— 这也难怪。这是曹雪芹阅尽人间沧桑，饱尝人生无常与无奈之后，对人生从理智上所作的形而上的反思和情感上一声既深且长的喟叹。其中的"世故"深度，远远非涉世未深者所能探测。作者写作时就已预感到了世人未必能完全理解他的苦心深意，所以悲凉哀伤地叹道："都云作者痴，谁解其中味？"鲁迅也不止一次地说过，我的作品，非有阅历者是不容易读懂的。

这说明，对名著的欣赏，不但需要有书本方面的艺术知识，更需要有从生活这部无字天书中得来的知识。而且相比之下，后者更重要。因为名著从来不是为写作而写作的，不是玩形式玩技巧玩出来的，而是走过人间沟沟坎坎，尝遍人生酸甜苦辣之后，长歌当哭"哭"出来的，是有感悟、有体验、有理解，如骨鲠在喉不吐不快"吐"出来的。对此，读者亦须有相应的经验储备，才能铺设出通向名著奥秘的通道，才能与名著心有灵犀一点通。鲁迅先生就说过类似的话。他说，看别人的作品，也很有难处，就是经验不同，即不能心心相印，所以常有极要紧极精彩处，而读者不能感到，后来自己经验了类似的事，这才了然起来。①黑格尔也说，同一句格言，青年人和老年人的理解是不一样的。他们都道出了经验阅历之类对理解作品的作用。

说了那么多，无非是说对名著暂时读不懂应该放一放，等日后各方面主观条件具备了再去读它，而不要过于匆忙。读过了未必是真懂了，真懂需要时间需要过程。为此，专家们常常建议对名著不妨随着年龄的增长反复阅读。常常有一次没读出味道而再读时豁然大悟的。例如，宋代诗人黄庭坚谈读陶渊明诗的体会时说："血气方刚时，读此诗如嚼枯木，及绵历世事，知决定无所用智，每观此篇，如渴饮泉，如欲寐得啜茗，如饥啖汤饼，今人亦有能同位者乎，但恐嚼不破耳！"陈继儒《读少陵集》中亦说："少年莫漫轻吟味，五十方能读杜诗。"②

总而言之，古今名著，是理智的、明智的阅读选择，但也不必唯"名"是从，不加拣选；阅读名著是一生一世的精神享受，不要心浮气躁，试图一时一会儿就把它读完；理解名著需要一个过程，一时不懂也不要灰心。名著是人类精神文明历程的铺路石，是欣赏水平的试金石，也是欣赏能力的磨刀石。不断地阅读它，你的精神世界会随着不断阅读而丰富起来。

问题二、影响正常欣赏的心理误区有哪些？

只有澄澈纯净的湖水，才能映出一轮皎洁的明月，只有保持澄明清静的心境，欣赏者才能感悟作品的灵性，才能全面公正地把握作品的客观价值。然而事实上每个欣赏者是很难完全保持这样的心境的。人们生活在复杂的现实环境里，思想上、心灵上难免蒙上一些"灰尘"，不知不觉受到形形色色的东西污染，这些都不可避免地会带进文艺欣赏活动中，形成影响正常欣赏的心理误区，使欣赏出现偏差。正所谓"一片白云横谷口，几多归鸟尽迷巢"。

粗略分析起来，影响正常欣赏的心理误区，大体上有以下几种。

一、思想偏见

思想偏见即思想观念方面的偏执、偏颇、片面之见。由于思想观念是一个人世界观的重要组成部分，是思想意识中常醒的理智成分，所以它对于主体思想和行为的支配，常常是"理直气壮"的。即使是"偏见"，也一如既往地保持其执拗和强硬的性格。在文艺欣赏活动中，思想偏见是导致欣赏主体偏离欣赏对象客观价值的一种很强硬的心理力量。

例如《红楼梦》，是中国古典小说中伟大的作品之一，其思想与艺术价值都是无与伦

---

① 鲁迅. 鲁迅全集：第12卷[M]. 北京：人民文学出版社，1982：212-213.
② 龙协涛. 艺苑趣谈录[M]. 北京：北京大学出版社，1984：484.

比的，现在已经受到全世界人民的普遍喜爱。但在封建时代，却被思想观念陈腐僵化的道学家们齐声斥之为"淫"。陈其元在《庸闲斋笔记》中说："淫书以《红楼梦》为最，处处描摹痴男女性情，其字面绝不露一淫字，令人目想神游，而意为之移，所谓大盗不操干戈也。"

再如"文化大革命"中，由于极"左"思想观念的支配，人类历史上所创造的大批文艺精品被视为"毒草"，被视为"封、资、修"而遭到批判，而所谓的为政治服务的、标语口号式的"假、大、空"的东西则被捧为鲜花。"文化大革命"之后，极"左"的思想观念没有市场了，但又有一些人从一个极端走向另一个极端，即拒绝甚至反对在文学艺术作品中写政治、写理想、写希望、写责任、写使命、写崇高、写道义，致使作家感到一种"压力"：一谈"崇高"便被指为虚伪，一谈理想便被斥为矫情。导致文学艺术理想精神的失落，人文价值的失落。

思想偏见使欣赏者眼光狭隘，趣味单调，对作品的评判标准单一，容不得一点"异己"，因而常常"一叶障目，不识泰山"，对欣赏对象的价值评判出现极大的偏差。即使是艺术修养和欣赏能力极高的人，一旦被"偏见"所左右，也难免失误。例如，莎士比亚和贝多芬是有定评的伟大的戏剧家和音乐家，在世界文学史、音乐史上具有崇高的地位，至今仍是读者和听众、观众喜欢的古典作家，但俄国伟大作家托尔斯泰却不喜欢他们，对他们持激烈的否定态度。

为什么呢？这是由托尔斯泰的思想观念决定的。托氏认为真正的艺术品必须具有正确的道德态度，而所谓正确的道德态度即现代宗教意识，即"全人类的兄弟般的友爱团结"，就是关于博爱的道德说教。托氏以此衡量莎士比亚和贝多芬，认为他们缺少的正是这个，所以彻底否定了他们。根据这种观念，托氏还否定了但丁、歌德、拉斐尔等大艺术家，而且还毫不留情地否定了他自己。他把自己毕生的创作成果都归入失败的艺术一类，只有两篇小故事除外：《天网恢恢》和《高加索的俘虏》。托尔斯泰评人评己都很严格，但他的思想观念却是偏颇的，因而坚持标准越是严格越显出他的眼光狭隘。

二、心理定势

在文艺欣赏活动中，欣赏者喜欢什么，不喜欢什么，认同什么，拒斥什么，大体上有一个较为固定的心理趋向性，也就是欣赏心理定势。这是一种心理习惯或心理惯性。它是人们在一定的社会历史和文化背景下，在长期的文艺欣赏实践中逐渐形成的。

欣赏心理定势中积淀着主体先前所积累的经验，积淀着主体的需要、情感、态度和价值观念等心理因素。欣赏心理定势的形成，支配着主体对欣赏对象的选择和评价，影响着主体对欣赏对象的反应和态度。例如，对于欣赏对象的选择来说，就形式而言，人们总是倾向于选择并接受已经熟悉，已经习惯的东西。就内容的选择而言，凡是与自己的主观意识相符合、相一致者，就容易引起注意受到欢迎，并得到较好的评价，反之则会引起反感与抵触。

欣赏心理定势的形成对整个文艺活动，尤其是文艺欣赏活动的影响有积极和消极的两面性。就其消极方面来说，"定势"往往会导致主体的欣赏趣味表现出一定程度的保守性和封闭性。例如，苏轼有一次想画竹子，兴到无墨，信手以朱笔为之。有人责问他，世上难道有朱竹吗？苏轼反问，世上难道有墨竹吗？对方无言以对。苏轼的反问是有道理的。

无论墨竹还是朱竹,作为艺术品都不过是一种形式、一种符号而已。既然墨竹是可以的,朱竹当然也应该是可以的。但人们能毫无阻碍地接受墨竹却不愿接受朱竹,就是因为欣赏心理定势在作梗。人们对墨竹看多了,就认定只有墨竹才是合理的而其他的都是不合理的。

类似的例子很多。例如,看惯了讲究解剖透视、光线色彩的西洋画,有人就对注重线条韵律、笔墨意趣的中国画不以为然;而中国近代一些画家刚接触西洋画时也曾嗤之以鼻,讥之曰"笔法全无",斥之为"不入画品";看惯了讲究情感投入、讲究体验的斯坦尼斯拉夫斯基式的话剧,就看不惯讲究理智思考、讲究间离的布莱希特式的史诗剧(又名"叙事剧");看惯了传统的《三国演义》式的历史小说,就指责鲁迅的《故事新编》在古代情节中杂入现代情节的写法不合理、不真实;看惯了传统小说有头有尾、慢慢道来的叙述方式,就对现代小说在叙事方式上的革新接受不了;熟悉了中国传统戏曲的表现方式,就把古今中外人物齐上场的荒诞剧《潘金莲》贬之为"瞎胡闹";等等。

"定势"往往使人囿于成见,成见往往使人"盲目",即使是有卓越艺术鉴赏力的人一旦被成见所左右,也会变得自以为是,跟不上时代的步伐。雨果的《巴黎圣母院》以浪漫主义的激情歌颂了下层民众的可爱,揭露了反动教会的黑暗,以艺术形象显示了浪漫主义艺术观的一个方面:"善与恶并存""丑就在美的旁边"。[①]但伟大的歌德却强烈地厌恶雨果的这一表现形式。歌德的古典主义的审美趣味使他不能容忍雨果作品所写的丑恶和恐怖。他说:"没有什么书能比这部小说更可恶了!"[②]在这里,歌德显然是被传统的艺术观念、被心理定势框住了。

三、势利之心

势利之心指的是对名人(或有权势的人)的盲目崇拜、盲目追随、盲目归附。

崇敬名人崇拜名人,是一种比较普遍的社会心理现象。这种心理的形成自然有它的原因:名人之所以为名人,必定在某一方面有高于一般人的地方,因而引起一般人的崇敬乃至崇拜。这种感情应当说是正常的、可以理解的,并没有什么不好。但是,对名人的崇拜一定要建立在名人确有真正价值而自己对此又确实真正理解的基础上,否则就是盲目的、势利的。如现实生活中有不少人不问青红皂白,只要涉及名人,就无条件地加以崇拜。20世纪 30 年代,鲁迅先生就列举过此类现象。鲁迅说,社会上崇拜名人,以为名人的话就是名言,既是名人,也就无所不通、无所不晓,所以译一本欧洲史,就请英国话说得漂亮的名人校阅;编一本经济学,又乞古文做得好的名人题签。请名人题字,但名人的字不一定写得好;请名人校书,但名人未必有此专门的学问;有的书刊列出一大批名人作"特约撰稿",但名人们未必真的写文章……所有这一切现象的背后就是一点:势利之心。

势利之心也是文艺欣赏的心理误区之一。它对正常欣赏的干扰主要表现为,不管作品的实际价值,只要作者是名家,就认定是好作品。势利者所要"欣赏"的,不是作品本身,而是作者的名气。记不清是谁说过,作者一旦成名,公众就不再能够不偏不倚地接受价值相同的其他作品了。事实正是这样。原因就在于欣赏者的精神独立性、自主性、自由性被束缚了,我不再是"我",而是别人的附庸了。

---

① 伍蠡甫. 西方文论选:下卷[M]. 上海:上海译文出版社,1979:183.
② 爱克曼. 歌德谈话录[M]. 朱光潜,译. 北京:人民文学出版社,1980:247.

四、从众心理

从众心理是指在实际存在或想象存在的群体压力下，个人改变自己的态度、放弃自己原先的意见，而产生和大多数人一致的心理现象。在日常生活中，"随大溜"就是一种典型的从众心理现象。

从众心理广泛存在于社会生活各个方面，同时也表现于文艺欣赏活动中。例如，别人看什么作品，自己忍不住也去看，互相攀比互相模仿；某一作品，不管自己是否看过，是否看懂，只要别人说好(或坏)，自己也跟着说好(或坏)；某一作品起初默默无闻，而一旦为人所注意，尤其是被舆论宣传引荐后，马上会引起广泛关注，甚至产生轰动效应，掀起一股什么"热"；等等。

从众心理对于文艺欣赏的作用具有两面性，因而不能笼统地否定，而应对其作具体分析。

从众的积极意义在于，如果所"从"之"众"欣赏的是优秀作品，那么从众显然有利于扩大优秀作品的影响，使其达到最大限度的普及。

从众心理的消极方面首先表现在对于"众"不加分析地盲目依从上。盲目依从，唯"众"是从，丧失了评判作品的客观标准，容易导致文艺欣赏的主观性、随意性。其次，一些艺术价值并不高，内容也未必健康的作品，甚至是粗制滥造、低级趣味之作，一旦迎合了某些人的欣赏心理，就可能借从众心理迅速传播蔓延开来。再者，即使是对于优秀作品欣赏的从众行为中，也隐潜着某些消极因素，即可能并不真正了解作品的内在价值，而只是为了追风赶浪，随上大溜。在这类"从众"中，行为上可能赶上潮流了，然而内心却仍然是盲目的。

五、逆反心理

逆反心理是人们对于某种特定社会心理现象的概括和总结。这种心理现象就是：你说是，我说非；你说白，我说黑；你让我向东我偏向西。"对着干"是逆反心理的基本的、典型的思维模式。

逆反心理在文艺欣赏活动中的主要表现是：越被禁止的作品越能激起强烈的欣赏兴趣，越是受到批评的作品越受欢迎，越是引起争议的作品越被追捧。

同心理定势、从众心理一样，逆反心理也有两面性。

从社会学角度来看，逆反心理的积极与否，取决于它所"逆"和"反"的对象的性质。如果"逆反"的对象是反人类的、错误的东西，那么，逆反心理在这种情况下就具有进步的甚至是革命的意义。例如，大力宣传民主思想的美国诗人惠特曼的《草叶集》，19世纪中叶出版后受到思想保守的人的激烈反对。十几年后风靡于欧洲文坛，但美国政府仍阻挠《草叶集》在美国发行。正是在这种压制与反压制的斗争中，激发了人们对《草叶集》的浓厚兴趣，大家争相阅读，要看一看它到底写了些什么。美国读者对美国政府压制《草叶集》的逆反心理就具有积极进步的意义。从思想方法上看，逆反心理也表现出可取的一面，即不盲目从众，不盲目接受外在力的指令，不盲目接受"时尚""权威"的裹挟，体现了一种独立自主意识。

但逆反心理的消极方面也是明显的。具体表现在：第一，意气性。逆反心理常常带有浓重的情感色彩，因而往往容易失去理智，意气用事，缺乏对对象做理性的分析和研究。第二，偏激性。逆反心理在思想方法上简单、片面，缺乏辩证的思考，缺乏理智的比较，这就难以与形而上学划清界限。如"权威"所肯定的固然并非一切皆好，但也并非一切皆坏，不经分析比较，简单地以逆反心理对待，难免偏激和片面。第三，容易给本不宜流行扩散的作品甚至是某些坏作品以流行扩散的机会。

六、约拿情结

"约拿情结"是美国著名人本主义心理学家马斯洛创造的概念，是借用《圣经》故事所概括的一种常见的心理现象。《圣经》上说，有一次上帝派约拿到尼微城去传话，这本来是一项光荣伟大的使命，但约拿最初却逃避这一使命，企图乘船远去。马斯洛认为，约拿这种心理状态具有很大的普遍性。例如，人们常常"惧怕自身的伟大之处""躲开自己最好的天赋"①，既惧怕自己最低的可能性，又惧怕自己最高的可能性。简单说，约拿情结就是惧怕最好的倾向。中国人有句俗话叫"人往高处走，水往低处流"，而约拿情结的心理倾向与此正好相反，因此我们似乎可以把约拿情结概括得更为通俗一点就是：人往低处走。

约拿情结普遍渗透于人们生活的各个领域，也渗透于文艺欣赏活动中，最明显的表现之一是躲避名著。

名著(包括文艺名著)是人类文明发展史上的层层阶梯。阅读名著是接受人类文化精华，攀登文明高峰的捷径，是提升我们自身文化修养的最佳选择。但约拿情结却躲避名著，没有勇气接近名著，不相信自己能理解名著，在名著的耀眼光芒的照射下望而却步。

大量的文艺欣赏现象证实了这一点。一位多年在图书馆工作的管理人员说，当代青年工人看名著的不多，大量阅读的是一些流行小说。类似的情况在大学生中也同样存在。不少人对流行读物感到十分亲近，而对鲁迅却敬而远之；有人能谈一阵孔乙己或阿Q，然而却不曾读过《鲁迅全集》，哪怕是其中的几卷；有人能头头是道地分析林黛玉或曹操，却没有读过《红楼梦》和《三国演义》；有人喜欢看活动在银屏上的安娜·卡列尼娜，却不想去结识文字符号中的安娜·卡列尼娜……索问其故，答曰看名著太吃力，不轻松。

人们躲避名著，原因是多方面的，如语言的隔膜、生活的隔膜、思想感情的隔膜等，但"约拿情结"恐怕也是其中原因之一，一个不为人觉察的潜藏的深层原因。名著思想深邃，艺术精湛，在人类精神史上占有地位，其地位之高足以对一般读者产生一种"压抑"，正如歌德所说："一个伟大的作品会使我们暂时感到自己的局限性，因为我们感到它超越了我们的能力。"②因而读者对名著既敬且畏，既仰慕它又总想躲开它。

与躲避名著相联系的另一种表现是热衷于通俗之作乃至于庸俗之作。"心理力量"既然不敢、不想"往高处走"，其趋势自然是"往低处走"。

我们无意菲薄人们对通俗作品的爱好，事实上不少通俗作品是积极健康的，能给人以有益的享受，读读通俗作品无可厚非。我们这里所说的是一种"一边倒"的欣赏心理倾向：只喜欢通俗(乃至于庸俗)作品而畏惧严肃艺术，对通俗(乃至于庸俗)作品趋之若鹜，对

---

① 马斯洛. 自我实现的人[M]. 许金声，刘锋，译. 上海：上海三联书店，1987：142.
② 歌德. 歌德的格言和感想集[M]. 程代熙，张惠民，译. 北京：中国社会科学出版社，1982：40.

严肃艺术敬而远之。

面对丰富多彩千变万化不断创新的艺术形式，"约拿情结"的自然倾向是——趋易避难。

在对艺术形式的把握上，欣赏者常常遇见各种困难，例如语言方面的障碍，叙述方式等艺术技巧上的不熟悉、不习惯等。对于这些困难，"约拿情结"的自然倾向就是不主动进攻，不期望征服，而是"三十六计走为上""惹不起就躲"。于是专拣轻车熟路，挑见过的、熟悉的、没困难的来欣赏，怎么轻松怎么来。据载，在经济文化比较发达的一些国家和地区，某些人只看漫画不看书，只看"软性书籍"而不看"硬性书籍"，成年人像儿童一样成年累月只看连环画，而讨厌看文字，讨厌理性思索等。

趋易避难当然有可以理解的一面。但一味地趋易避难就不能不说是一种很消极的人生态度，很消极的欣赏态度。它说明了人性中有怯懦的一面，如不自觉加以克服，很难提高欣赏能力。

七、"不懂"崇拜

常见到有这样的欣赏者，他们面对某些作品，本来没有看懂，却一个劲地称赞作品"好""绝""高""妙"。他们并不愿思考一下，"不懂"的原因何在，他们的先验逻辑是：凡是我不懂的，肯定是妙不可言的。

一般来说，读者读不懂某些作品的原因有两个：一是作品确实新颖、高深，读者欣赏水平一时达不到；二是作品本身晦涩难解，或压根儿就是故弄玄虚，不是艺术品。君不见有的作者本来肚里无货，又想"一鸣惊人"，于是不得不玩形式、玩技巧、玩高深，装腔作势，摆迷魂阵，靠外表的眩目掩盖内在的苍白。这种现象，欣赏者尤其是某些评论家应该是有所了解的，为什么一见作品却丧失了判断的能力呢？为什么就不敢怀疑一下是不是"文本"本身故弄玄虚呢？原因就在于他们被自卑情结纠缠上了，他们慑于社会的舆论或流行的时尚，慑于作者的名声或同行同伴的"共识"，迷失了自我，丧失了自信，以至于不自觉地把晦涩视为高深，把"不懂"视为"神秘"，为"不懂"的对象唱起了言不由衷的赞歌。

视晦涩为高深、视"不懂"为"神秘"的现象在其他类型文字的阅读接受中也广泛存在，这是一种很普遍的社会心理现象，它深刻地暴露了人性深层的某些弱点。对以上心理现象目前还无以名之，我们姑且戏称为："不懂"崇拜，即对于"不懂"的对象盲目崇拜。这显然又是一个欣赏心理误区。

问题三、怎样培养欣赏能力？

马克思说过，如果你想得到艺术的享受，那你就必须是一个有艺术修养的人。[①]马克思的话告诉我们，艺术欣赏，要求主体必须具备相应的欣赏水平、欣赏能力，否则，主、客体之间就不可能产生交流和沟通。

那么，欣赏者怎样培养自己的欣赏能力呢？

欣赏能力的形成同其他能力的形成一样，是在先天素质的基础上经过后天的培养和训

---

① 马克思.1844年经济学哲学手稿[M]. 北京：人民出版社，1985：112.

练而逐渐形成起来的。先天素质因素暂且不论，这里主要谈谈后天的培养。

在欣赏能力的后天培养中，可分为无意识培养与有意识培养两种途径。

无意识培养一般指的是家庭影响、学校教育、社会文化背景的熏陶濡染等。山村里的老奶奶在哄孙子入睡时，可能会哼个儿歌或讲个牛郎织女之类的故事，艺术的因子可能从此就在幼小的心灵上扎根。小孩长大后，从学校里和社会上接触到的艺术因素就更多了。这种种接触无形中内化为对文艺作品的欣赏接受能力。这种内化的过程是主体所不自觉的，是一种无形的潜在的文化积淀过程。有了这种内化和积淀，主体就与社会"签订"了先验性文化契约，获得了基本的适应社会文化氛围的能力，跨过了接受社会文化(包括文艺作品)的最低水平线。

但仅有这种"不劳而获"的能力是不够的。艺术品是人类有意识的精神创造物，而不是像山川河流那样的自然存在物。因此要了解艺术的奥秘，要获得更多的艺术享受，非要经过有意识的培养训练不可。

欣赏能力的有意识培养需要从多方面进行努力，诸如生活经验的积累、思想水平的提高、艺术知识的丰富等。现在我们仅从方法论角度谈几个方面。

一、多欣赏好的作品

歌德是世界文学史上少有的天才之一，他既有第一流的创作力又有第一流的鉴赏力。当他和秘书爱克曼在一起的日子里，常常挑选一些著名艺术家的代表作让爱克曼欣赏，耐心地讲解艺术作品的妙处，尽可能地使爱克曼认识到作者的意图和优点，学会按照最好的思想去想，引起最好的情感。在爱克曼辑录的《歌德谈话录》中随处可见这样的事例。例如，有一次歌德趁饭菜没有上齐的一小会时间，拿出17世纪法国最大的风景画家克劳德·劳冉的画让爱克曼"饱一下眼福"。歌德耐心地分析说："这一次你从这些画里看到了一个完全的人，他想到的和感觉到的都美，他胸中有一个在外界不易看到的世界。这些画都具有最高度的真实，但是没有一点实在的痕迹。克劳德·劳冉最熟悉现实世界，直到其中的最微小的细节，他用这些作为媒介，来表现他优美的心灵世界。这正是真正的理想性，它会把现实媒介运用来产生一种幻觉，仿佛像是真的东西，像是实在的或实有其事。"①

歌德的分析介绍显出了他卓越的艺术鉴赏力，他的话概括了理想主义艺术的基本特征：既要忠实于客观自然，又要表现出艺术家的灵魂世界，表里要融成一片。这就是一条很好的鉴赏经验，是把握一切同类作品的一把钥匙。对于文学作品，他多次劝爱克曼读莎士比亚，说莎士比亚无限丰富和伟大，他把人类生活中的一切动机都画出来和说出来了，读懂了莎士比亚就可以懂得人类的思想感情，就拥有很高的欣赏水平了。

歌德之所以如此诲人不倦地向爱克曼推荐第一流的好作品，目的就在于培养他的鉴赏力。歌德曾解释说："这样才能培养出我们所说的鉴赏力。鉴赏力不是靠观赏中等作品而是要靠观赏最好的作品才能培养成的。所以我只让你看最好的作品，等你在最好的作品中打下牢固的基础，你就有了用来衡量其他作品的标准。"

歌德的做法是有道理的。多观赏最好的艺术品，无疑是培养鉴赏力的有效途径。因为

---

① 爱克曼. 歌德谈话录[M]. 朱光潜，译. 北京：人民文学出版社，1980：193.

第一流的作品里蕴含着艺术的奥秘，理解了它，就取得了衡量艺术的标准和尺度，有了打开艺术奥秘的钥匙，有了相应的视界和眼力。这就像登山一样，只有登上峰巅，才能将万里江山尽收眼底，才能领略"会当凌绝顶，一览众山小"的愉快，才敢豪迈地宣称："不畏浮云遮望眼，只缘身在最高层。"

但第一流的作品往往不是能轻松看透的。"愈是伟大的作品，愈会使初读的感到兴味索然。高级文艺与低级文艺的区别，宛如贞娴的淑女与媚惑的娼妇。它没有表面上的炫惑性，也没有浅薄的迎合性，其美点深藏在底部，非忍耐地自去发掘不可。"[①]正因如此，就必须慢慢地、一步步地去接近它，征服它。暂时不能理解可以放一放，等以后水平提高些了再来"攻坚"，但千万不要从此不再问津。要把它当作磨刀石，利用它来磨砺自己的鉴赏力，一旦你征服了它，就证明你已攀登到了一个相当高的高度上。

二、博览

多欣赏第一流的作品对于培养欣赏能力是必要的、有效的，但仅有此点还不够，还要勤于博览，尽可能多地接触涉猎各家各派各种体裁各种样式的作品，从博览中培养自己的欣赏力。袁枚在《随园诗话》中就提出过这样的见解。他说："文尊韩，诗尊杜，犹登山者必上泰山，泛水者必朝东海也。然使空抱东海、泰山，而此外不知有天台、武夷之奇，潇湘、镜湖之胜；则亦泰山上之一樵夫，海船上之舵工而已矣。学者当以博览为工。"

袁枚的见解是有道理的。如何提高欣赏者的欣赏能力，这不是一个通过理论思辨就能解决的问题，而是一个现实的实践问题。能力都是从实践中培养出来的，离开了实践，主体的任何能力都无从谈起。对于欣赏能力的培养来说，实践就是多欣赏文艺作品。这一点，许多理论家早就意识到了。刘勰在《文心雕龙·知音》篇中说："凡操千曲而后晓声，观千剑而后识器；故圆照之象，务先博观。"法国作家狄德罗也曾说过，所谓艺术欣赏力其实就是由于反复的经验而获得的敏捷性，是通过不断地观察各种现象而获得的。许多有杰出欣赏力的人的经验也充分证明博览对于提高欣赏力的重要性。例如马克思，从小就酷爱文艺作品，在父亲的指引下他熟读了法国文学，在未婚妻家里又大量接触了古代文化和希腊艺术，熟悉了莎士比亚。中学大学时期曾热心文艺创作，写过诗歌、小说和剧本。成年后仍广泛博览古今优秀作品。在艺术领域里，他几乎是无所不涉的猎人。据他的女儿和女婿拉法格的回忆，他能大量背诵歌德、海涅的诗作，每年都要重读希腊悲剧的原文，对但丁、莎士比亚、巴尔扎克、狄更斯、萨克雷、菲尔丁等人的作品，他几乎如数家珍。据统计，他在《福格特先生》一书中，引用的文艺家就有 49 人，引用的文艺作品竟多达 59 种。艺术鉴赏力极高的我国美学家王朝闻，也是艺术的著名"博"士。据统计，在他的八本著作中，不计那些信手拈来、未点名字的作品，而仅算准确标出名目加以论述的作品，就有美术(包括摄影)628 件、戏曲 387 件、诗词 93 首、小说 94 种、电影、舞蹈等其他作品 83 件，共计 1280 余种。至于他欣赏所及的作品，恐怕就难以计数了。

总之，博览是提高艺术欣赏力的一条有效途径，这条途径完全符合辩证唯物主义实践的认识论。很难想象，一个从来不接触文艺作品或接触很少的人能有很高的艺术欣赏能力。

[①] 龙协涛. 鉴赏文存[M]. 北京：人民文学出版社，1984：451.

三、比较

朱光潜先生提出，要提高欣赏能力，"比较"的方法也是不可忽视的。他说："一切价值都由比较得来""要把山估计得准确，你必须把世界名山都游历过，测量过。研究文学也是如此，你玩索的作品愈多，种类愈复杂，风格愈分歧，你的比较资料愈丰富，透视愈正确，你的鉴别力(这就是趣味)也就愈可靠。"①

朱光潜以自己的经验为例说明以上观点。他说自己小时候习文言文而抵触语体文，后来接受了语体文，又对文言文颇多反感，再后来经反复比较，觉得文言文仍有其不可磨灭的价值。专就文言文来说，起初他学"桐城派"古文，跟着古文家们骂六朝文的绮靡，后来稍致力于六朝人的著作，才觉得六朝文也有为唐宋文所不可及处。在诗方面，他先从唐诗入手，觉得宋诗索然无味，后来读宋人作品较多才发现宋诗也别有一种风味。出国后学外国文学的经验也大致相同。往往从笃嗜甲派不了解乙派，到了解乙派经过比较又重新肯定甲派的价值。从朱光潜的经验可以看出，欣赏力不断提高的过程也就是对不同作品反复比较、反复体味的过程。

比较是一种有意识的心理活动。没有比较，博览可能只是欣赏量的扩大而不会有质的提高。所以，博览必须与比较相结合，博览是比较的基础和前提，比较是博览的升华和提高。

四、读点好的评论

有的作品，尤其是优秀作品，欣赏者未必能轻易认识它的价值，看出它的"门道"，这时候不要轻易宣布作品"没意思"，从而弃之不看。最好的办法是找一些态度严肃、鉴赏力也高的评论家关于这一作品的评论，看他们是如何分析、评价作品的。由于评论家的职业特点，一般来说欣赏能力是高于普通读者的。评论家职责之一就是分析作品，指导欣赏。事实上，凡是好的文艺评论都是能帮助欣赏者提高艺术欣赏力的。20 世纪 30 年代，当人们对鲁迅杂文的价值认识不足的时候，瞿秋白著文《〈鲁迅杂感选集〉序言》，深刻地论述了鲁迅杂文在中国思想战线上的伟大意义，从而把人们对鲁迅的认识提升到一个新的高度。在 19 世纪的俄国，当奥斯特洛夫斯基的《大雷雨》开始上演时，人们只把它当作一出一般的家庭悲剧，并指责它有伤风化。年轻的评论家杜勃罗留波夫以犀利的眼光高度评价了这部剧作，指出女主人的反抗显示了"黑暗王国里的一线光明"，预示了受沉重压迫的俄罗斯妇女争取自由解放的美好前景。他的评论高瞻远瞩，深刻透辟，帮助人们大大地提高了对剧作价值的认识。还有 19 世纪法国作家司汤达，生前寂寞寥落，全然不为人知，长篇名著《帕尔玛修道院》被迫廉价卖掉五年版权。但大作家巴尔扎克发现了这部小说，撰文给予高度评价，才使司汤达获得应有的地位，并至今声名显赫。可见，高明的评论对于提高欣赏者的欣赏能力是大有好处的。正如普列汉诺夫所说，别林斯基可以使普希金的诗所给予你的快感大大增加，而且可以使你对于那些诗的了解来得更加深刻。

五、多读书多穷理

宋人严羽论诗有这样一段名言："诗有别材，非关书也；诗有别趣，非关理也。然非

---

① 龙协涛. 鉴赏文存[M]. 北京：人民文学出版社，1984：395.

多读书，多穷理，则不能极其至。"①意思是说，诗自有独特的审美特征，不是一般的知识、事理所能解释清楚的，因而必须靠妙悟。但是这并不是说要懂诗就不需要读书穷理、积累知识，而是要达到妙悟之境还必须多读书多穷理。严羽的认识很全面很辩证。虽然谈的是创作，但其精神完全适用于欣赏。文艺欣赏要靠感受和领悟，但这个感受和领悟的主体不是抽象的、空洞的，没有广博的知识储备是"悟"不出什么东西来的。

例如，我们经常见到的佛像，一般人看来永远是那么呆板，毫无表情，看不出任何东西，觉得无甚趣味。这就是没有明白。佛像的毫无表情正体现了佛教的精髓。明白的人是这样理解的："雕刻家所要显示的不是劳瘁于生老病死，被时间磨蚀刻镂的肉躯，而是证真如的金刚法身，出离烦恼，寂然常住，不增不减。如果说有表情，那是一种纯存在的恬然；说是无情也可以，那是一种太上的无情。由这恬然中、无情中弥漫出意志主体的大自在。"②这样的理解才称得上透彻的理解，这种理解是建立在对佛教哲学深刻把握的基础上。没有相应的佛教知识，可能吗？！

巴尔扎克曾经发出过这样的感叹："艺术中存在着某种不可思议的因素。从来最美的作品并不能为人所理解……因为欣赏者必须首先掌握打开这扇艺术之门的钥匙，内行人津津有味地体会到的妙处原来是封锁在殿宇中的。而并非任何人都懂得诀窍说'芝麻，开门吧！'"③让我们努力培养自己的欣赏能力吧！有了一定的欣赏能力，就一定会像《一千零一夜》中的阿里巴巴那样，喊一声咒语"芝麻，开门吧"，艺术圣殿之门就会向我们豁然洞开，张开双臂接纳我们。

问题四、怎样提高写作能力？

我是文学院的学生，老师在课堂上经常提醒我们学中文的要有较高的写作能力，不会写作就很难称自己为文学院的学生。我认同这一说法，但是，怎样才能提高写作能力，您能给我们一点建议吗？

作为文学院的老师，我赞同你们老师的观点。至于怎样提高写作能力，这是一个综合工程，需要多方面的努力。例如，从具体技巧来看，学好你的写作课。写作课会告诉你如何选材，如何提炼主题，如何谋篇布局，如何炼字炼句，如何修辞、修改等。专业的写作课之外，我想从我自己的摸索过程出发给你说这样几个小建议。

一、储存好文章作模板

好文章就是样板，就是楷模，里面体现着写作的经验和技巧。譬如论说文，你一边读一边分析，分析人家是怎么立论，怎么展开论述的，分析其中的逻辑关系。根据分析的结果，领悟其中的思想(主题)、写作技巧。好的文章，你要是会分析的话，分析完后心里立马就可以浮现出它的提纲，它的骨架，它是如何写出来的。这时候你和作者就心灵相

---

① 北京大学哲学系美学教研室. 中国美学史资料选编：下册[M]. 北京：中华书局，1981：78.
② 熊秉明. 关于罗丹——日记择抄[M]. 长沙：湖南美术出版社，1987：241.
③ 古典文艺理论译丛编辑委员会. 古典文艺理论译丛：第10册[M]. 北京：人民文学出版社，1965：100.

通了。

好文章是不见面的老师，而且可能是比我们的专业课老师水平还高的老师。有句俗语叫没吃过猪肉，没见过猪走啊！意思是主张模仿，从样板中学习。

如果你心里有50到100篇好文章储存在心里，也就是有50到100个模板，到你写作的时候，这些模板会不由自主地蹦出来，启发你、引导你写出你自己想写的东西。古人说，熟读唐诗三百首，不会作诗也会吟，就是这个道理。

二、盯着你的内心写

不少同学也想写，但是不知道写什么，不知道从哪儿写起。这里我建议，盯着你的内心写。

热爱文学的同学，一般都有良好的感受(悟)力。读完一部(篇)作品，或接触某个理论问题，常常是思绪奔涌，如乱云飞渡，心情激动，但事过境迁，归于平静，归于空无。思绪纷飞，就是你的收获，就是文学激发起的灵感，它微妙而独特，带着你自身所独有的精神信息，但你却无力把握，你抓不住它，它即生即灭，随风飘逝，实在太可惜。

怎么办？我劝同学们澄怀凝心，静思默想，把那些纷乱的思绪捕捉下来，慢慢整理，然后形诸于文字，用文章把它记录下来。当然，这样做一开始会很困难，得之于心不能应之于手，这就是表达的困境。这时候千万别放弃，你一定要知难而上，坚持下去。

能够把看不见摸不着、无形无相、朦胧飘忽的思绪变成文字，看不见摸不着的东西被固定下来了，他人可以借助你的文字了解你了，这是个质变，巨变。这就是你的创造，你的进步。伴随这个精神创造而来的是极大的快乐。——我手写我心，我所写的就是我所想的，我所想的就是我的兴趣。写作——思考——兴趣，三位一体，还有比这个更快乐的吗？！作为大学生，没有感受过这种创造的快感，实在是一种遗憾。

总之，盯着你的内心写，就会有写不完的东西，就能体验创造的快乐，就会快快地进步。

三、随时捕捉小灵感

所谓小灵感，就是偶然闪现的心灵火花。你长期思考、追索某个问题，百思不得其解，思想陷入郁闷停滞状态。但说不定什么时候灵光闪现，突然想通了，悟道了，醍醐灌顶了。这时你肯定很激动，很愉悦，很幸福。这种"灵光"如电光石火，稍纵即逝，你一定要大睁两眼盯死它，迅速麻利地抓住它。这种灵感，常常出现于夜深人静、万籁俱寂时，出现于似睡非睡、似醒非醒时，甚至出现于梦境里。此时你要赶紧用笔记下来，哪怕只记下几个字也好，否则转眼就忘了。

这种灵感十分珍贵，它是你思考的量变到质变，是长期积累的开花结果，它只属于你自己而不属于别人。当然也许别人也想到过，但那只是别人的，你或者不知道或者知道了也视而不见，因为它外在于你。只有你自己发现的才内在于你，才是你的精神财富。

这些小灵感，往往就是写作的好素材、好题目。你写起来兴奋、愉快、激动，有写不完的话，写出来言之有物，能感动人，能启发人。所有写作者都珍视灵感，渴望获得灵感。

不瞒各位，我自己的许多文字都是在似睡非睡似醒非醒状态下形成观点，酝酿构思的。每当想起来便赶紧从床上爬起来记下来，我把它们收集整理后命名为"艺空捕絮"。

四、从短、小、浅写起

初学写作，还写不了大文章，对写大东西有畏难情绪，我建议你从短、小、浅写起。即没有长的有短的，没有大的有小的，没有深的有浅的。不要瞧不起短、小、浅，不管它多么幼稚，也是你自己的精神产儿，对你来说就是最宝贵的。它是你成长的起点，是你进步的见证。就像初生的婴儿，无论多么丑陋都是可爱的。农民说，有苗不愁长。你的写作也一样，有了短、小、浅，就会有长、大、深。

五、锲而不舍，长期坚持

写作能力不是在读和想的过程中提高的(这里绝对不否定读和想有助于写作能力的提高)，而是在长期坚持不懈的写作过程中提高的。也就是说，写作能力不是读和想出来的，而是用笔写出来的。这就是实践出真知，行动长能力。

林清玄在散文《心有欢喜过生活》中讲过他学习写作的经历："我一直坚持写作，希望能变成一名成功的作家。在我们那个地方，几百年来没有出现过一名作家，我知道要实现自己的理想，一定要比别人更勤快。我从小学三年级时开始，规定自己每天写五百字，不管刮风下雨，心情好坏；到了中学，每天写一千字的文章；到了大学，每天写两千字的文章；大学毕业以后，每天写三千字的文章。到现在已经四十年了，我每天还写三千字的文章。"四十年毫不懈怠的坚持，四十年令人钦佩的自律，终于"写"出一个著作等身、蜚声中外的林清玄。

写作是一种综合训练，它能加深你的感受，促进你的思考，激发你的灵感，训练你的逻辑思维能力和语言表达能力。现如今，各行各业都要求从业者具有一定的、当然最好是较高的写作能力，所以练习写作不仅仅是中文专业学生的事，也是其他所有专业的事。会写作，肯定能助力你事业的发展，否则你是会吃亏的。

总之，练习写作的过程，既是困难的，也是充满乐趣的，乐趣和困难相伴相随。起点一样，终点不同，至于你能走到哪一步，就看你自己了。人生的价值和意义，也就在这一过程中了。

附录二 综合练习(欣赏实践个案)

说明：本书的目的是提高读者解读、分析文学作品的能力，为此，除书中部分章节安排有"思考练习题"之外，本书最后选一作品供读者进行自我测试练习。选文通俗易懂，没有故事层面的阅读障碍，为的是让读者集中思考回答问题。附解答但仅供参考，因为对文学作品的解读往往没有统一、确定的答案。

以下为短篇小说《问天》原文及25个自我测试题与参考解答。

问 天

乔典运

三爷头痛了，痛得很，痛得像锥子扎刀子剜。三爷过去也头痛过，是伤风感冒引起的，痛得没这一次狠，也有方治，熬点姜汤喝喝，或是被子包住头捂出汗，或是上山挖荒累出点汗，只要一出汗就好了。这一次不是伤风感冒引起的，是碰上了难题，想不出好办法硬想下去把头想痛了。三爷的头没有用过，就是用过也是小用，没有大用过。一个老百姓用头干啥呢？地咋种啥时种种啥啥时浇水啥时施肥啥时锄啥时收，等等，等等，上级都替你想了，你别说不会想，就是会想，想得再美也是白想，想多了还犯王法。三爷是老实百姓，老实百姓就只听不想。三爷的头娇生惯养年代久了，就不会想了，一想就痛，又是大用大想，就痛得更狠了。不是病痛，是真痛，是伤住脑子了。三爷痛极了，不由想跑了题，怪不得干部们吃香的喝辣的，看起来可得吃可得喝，他们又不是挖山抡锹头，他们得天天想事，要不把头保养个好好的，一想头就痛还咋工作哩？三爷想想过去对干部们吃吃喝喝不满意，就觉着很对不起干部们，就很有点无地自容了。

三爷这一回想的是大事，选村长的事。上午开村民大会，王支书在大会上说，这一回要搞差额选举，提出了两个候选人，一个张文，一个李武，选谁都行，看谁能为人民多办好事就选谁，只能选一个，选两个作废。又说，这是天下最好的民主，也是天下最大的民主，叫谁当不叫谁当由大家当家做主。人们听了哈哈大笑，说这是一个闺女许给两个男人，叫两个男人去争一个闺女，真新鲜。王支书听了很生气，不叫大家嘻嘻哈哈。说，这一回谁也不准嘻嘻哈哈，这是关系到每家每户每个人的大事，回去了都得好好想想，想好了明天来投票选举。三爷没有嘻嘻哈哈，三爷挺烦年轻人嘻嘻哈哈。三爷听得很认真，三爷听话听惯了：王支书叫好好想想，三爷不等回家就立时好好地想开了。

三爷在村里又香又臭，说到底还是香得流油香极了。年轻人看不起三爷，都拿三爷当玩意玩，常常三三两两去找三爷开心，问三爷："三爷，旱了吧？"三爷就反问："王支书说旱了？"年轻人回他："王支书说了。"三爷又问："王支书咋说？"年轻人说："王支书说旱了。"三爷就看看天，很认真地说："可是旱了，好久没下雨了。"年轻人笑了，说："哄你哩，王支书说不旱。"三爷就认真地看看地，用棍子戳戳，说："就是嘛，地下还有墒哩。"一问一答，惹得年轻人笑个痛快。三爷不憨不傻，知道是年轻人来玩他的。三爷不气，还陪着笑。三爷笑是笑在脸上，心里可没笑。玩的？万一要不是玩的呢？我说不旱，王支书叫浇水，你们偏不浇；我说旱了，支书不叫浇，你们偏要浇，抬出我和王支书抗膀子，我可担当不起。谁知道哪一回是玩的，哪一回不是玩的？可得回回当成真的。三爷老了，三爷也从年轻时过过，知道年轻人的毛病，啥都不懂还自以为能得很懂得很多很多。年轻人拿三爷不当回事，上点岁数的人可都服三爷，几十年了，年年都有大风大浪，年年都有个百分之几的挨批挨斗指标，谁没叫风吹过浪打过，有的还不止吹一次打一次，就三爷没有，一次也没有，早早晚晚都站在干岸上，落得一身清清白白。人们都说，跟着三爷走，四季保平安。年轻人看不起三爷当个屁用，他们在外边红口白牙说说行，真要办啥事还得听老子的，老子们听三爷的，拐个弯他们到底还是听三爷的。今天王支书说明天要选村长，人们都不操心选谁不选谁，有三爷哩，三爷选谁跟着选谁准没错。

　　散会路上，家家户户的老子们前后左右围着三爷走，想听他一句话，问他："三爷，你说说，选谁？"

　　三爷摇摇头，摇足摇够了，才稳稳当当地说："急啥？心急吃不了热豆腐，沉住气不少打庄稼，又没叫你现在就选。王支书说叫好好想想，听支书的话，想想，想想，好好想想。"

　　三爷到家就开始正式想了，下本钱想了。三爷除了生病卧床不起，从不在家闲坐，闲坐着着急，还浪费工夫，庄稼人指望工夫吃饭，工夫是顶顶金贵的，三爷从不浪费工夫。这一次不行，为大事浪费点工夫值得。三爷不是不心痛工夫，是做着活不会想。这是大事，大事就得正儿八经地想，得抱着烟袋吸着想，吸一口烟想一下。三爷没想过大事，可是见干部们想过，干部们都是坐着想，吸口烟喝口茶，吸着喝着想着，自己早上喝的红薯糊汤，不渴，茶就免了，烟可得吸，不吸还咋想哩。三爷坐在当间里，坐得端端正正，然后吸着烟就开始专心专意地想了。

　　选谁？三爷想，选张文吧，这娃子很不赖，眼里有人，穷富人都看得起，高低人都拉得上话，不是狗眼看人低的人。张文常说，烂套小疙瘩还能塞个墙洞堵堵风哩，何况个大活人哩，还能没一点用处。这娃子这样说也真是这样做。就说夏天那次吧，都在村头大树下歇凉，三爷也在。这时县里来了个干部，白胖白胖，一脸奶膘，骑个自行车一直骑到人场里。大家都不认得，就张文认得。张文上去亲亲热热招呼，喊他丁主任，又对大家说："丁主任来帮助咱们搞商品经济哩，丁主任来了大家的福分也来了，从今往后保险斗大的元宝滚进家家户户。"大家都拍手欢迎，三爷也拍了。丁主任被拍得脸上红红的，就掏出纸烟敬大家，盒是带锡纸的，烟是带把的。一人一支，大家接住烟都乱喷喷嘴看稀罕。三爷坐在最外边，三爷穿得又烂，三爷不是没好衣服，三爷有，三爷平常不穿，三爷说又不逢年过节，又不上街赶集，在家里做活穿那么好干啥，是叫庄稼苗看哩，还是叫坷垃粪草看哩。三爷就穿得很不起眼，丁主任看他不像个人样，给三爷敬烟敬到半截手又缩回来了，三爷接烟的手伸到半截也缩回去了。三爷好恼，脸红成紫的了，三爷心里骂娘，日你个妈，狗咬提篮的。三爷起身要走，张文立时拉住丁主任走到三爷面前，给丁主任说，这是我们的三爷，养鸡大王。喂几十只哩，是个专业户。丁主任马上另眼相看，笑得脸上没有了眼睛，从口袋里掏出了给大家散烟的那盒烟，要抽烟时又装进口袋里，又从另一个口袋里掏出了一盒高级烟。丁主任没叫三爷，叫的大爷，说大爷你老吸根帝国炮吧。三爷不想接，只是伸手不打笑面人，不接不接就接住了。丁主任说，进口的外国货，一支四五毛钱哩。三爷还有点不相信，大声说好家伙一根烟都够买二斤盐哩。丁主任回头说叫大家都向三爷学习，三爷过去拥护土改，现在拥护商品经济，是老模范老先进，还有什么什么的说了一大堆。三爷听不懂,可是三爷感到了很是风光,把刚才敬烟敬了半截的事抹荒牌了,心里说不知者不怪罪,丁主任还是很好的。后来人们问三爷,外国烟啥号味?三爷说其实也没啥格外的味,就是和中国烟不同,外国烟当然是外国的味。说得人们迷迷糊糊,不知道外国烟到底啥味。为这事三爷很是感激张文。要不是张文介绍,别人就会记住这个事,说啥时候啥时候叫丁主任玩个长脸,一辈子都是个短处。张文一介绍,长脸就变成了圆脸。张文为啥要介绍?还不是张文心里有咱。三爷不是忘恩负义的人,大恩小恩都记得清清楚楚。张文心里有咱,咱心里也要有张文。三爷早就想请请张文,报答报答这份情义,想想也没请,张文当民兵连长,啥好的没吃过,稀罕自己这一口粗茶淡饭?到如今张文还没喝过自己一口水。三爷想报恩没报,心里早晚搁着一块病,总像欠了张文什么。这一回可有报答的机会了。选他!他把咱当人敬,咱得把他当神敬,人敬我一尺,我敬人一丈。

三爷想定了,选张文,这一票不能便宜了外人。

三爷要下地做活了,想好了不想了再不下地做活就是白浪费工夫。三爷刚出门就看见了李武,李武扛着锨从门口过,对三爷笑笑。说三爷才下地呀!三爷脸红了,像做贼被捉住了,话都说不圆了,只会啊啊了。李武过去了,三爷的心忽然乱了。三爷站住愣了一会儿,心里说不行,还得再想想。三爷就又拐回去了,又坐到当间里,又吸烟又想。

三爷这一回想的是李武,三爷心里总觉着欠着李武点什么,是什么再也想不起来,想不起来就狠劲吸烟狠劲想。想得头痛了,才想起来,不是欠李武的,是欠李武他妈的。三爷想起了吃食堂的事。三爷当时还年轻,年轻人饿得快,顿顿开饭时抢在前边打饭,怕打得晚了没有了。三爷吃着吃着就浮肿了,不是吃了,是涮了,一天三顿清汤越涮越肿,年轻轻的就拄着棍子走路了。人们都说他快了,快什么大家心里明白。三爷不会忘了,当时李武的妈掌握着勺把子大权,负责给人们打饭。一天夜里,李武的妈偷偷跑到三爷屋里,塞给三爷几个玉米糁掺野菜蒸的菜团团。三爷不要,说你都肿成啥了。李武的妈说,好兄弟,我干这事要不肿,多少人就会变成死鬼呀!三爷才把菜团团接住,想咬几口又不好意思咬,李武的妈还没走呀。李武的妈看着三爷的样子扑扑嗒嗒落泪,说,年轻轻的成了这号样。三爷还记得,李武他妈还按按他身上,说,看看,一捏一个坑。你咋恁老实,不会偷也不会摸,你没看看,不做贼的都饿死了!你咋恁迷,咋回回打饭抢在前边,几个粮饭糁都沉到了下边呀,以后你拖到最后打,嫂子也好照顾照顾你。三爷听话,以后再饿也要拖到最后打饭。李武的妈每次都给多打一勺半勺的。三爷想起了这事,三爷吓坏了,埋怨自己不该不听王支书的话,没有好好想想,差一点把救命大恩都忘了。三爷想,虽说李武的妈没等食堂散伙就浮肿肿死了,她死了她还有儿子呀!有恩不报非君子,自己差一点成个小人了。三爷越想越后怕,这一回要是选张文不选李武,李武的妈在阴间知道了,能不骂我不要良心?三爷想到自己久后也去了那阴间,咋有脸见李武的妈呀,脸能不红心能不跳,当个鬼也当得没一点德行!对,不选张文,选李武,定了,板上钉钉钉死了。三爷这一想就把整个上午想完了,可是三爷不后悔,总算没有白想,总算报了救命大恩,看起来遇事可就得好好想想,怪不得干部们成天在想想呢。

吃午饭时,三爷很高兴。三爷家人口多,有三奶奶,还有两个儿子,儿子们还有媳妇。在外边,干部们替三爷想;在家里,三爷替一家人想。老伴和儿子媳妇是不能随便想的,一切得听三爷的,三爷想东,一家人得往东,三爷想西,一家人得往西。三爷想了一上午，不是为自己一个人想的，是为一家人想的，三爷全心全意为一家人想好了投谁的票。三爷要对一家老小发话了，三爷的话就是命令，发了命令都得服从，打折扣是不行的。不过三爷也很是民主，每次命令之前都要考考大家，看看一家人是不是和自己想到一块儿了。三爷问了，你们说说咱们明天选谁？三奶奶说，选谁都行，反正又不叫咱当。三爷气了，三爷说放屁，不叫咱当是不叫咱当，也得看看谁对咱好？三奶奶不敢说了，大儿子哼了一声，说，对咱好当屁，得看看王支书对谁好才行，王支书想叫谁当谁才能当。三爷听了心里咯噔一下，这话对呀，我咋就没想到这一层，可是哩，王支书不叫谁当，你就是选了他也白搭。三爷心里输了，面上可不输，三爷又问，你说说，王支书对谁好？大儿子又说了，王支书对谁好当个屁，王支书对咱也好咋不叫咱当哩？得看看谁对王支书好，谁舔得美谁才能当。三爷这一下可惨了，操他奶奶，我真是老了，咋越活越笨，连儿子都不如了。儿子这话有理，三爷又问，谁对王支书好？大儿子说，你想一上午都不知道，我又没专门想咋知道？一句话把三爷噎死了。

三爷想了一上午算抹荒牌了，本来想发布命令的也不发布了。三爷想想不急，这事学问大着哩，要不是大儿子提个醒，还差一点弄错了。怪不得王支书叫好好想想，是得好好想想，这里面学问深着哩，可不敢选个王支书不待见的人，咋对得起王支书呢？天地良心啊！

三爷对王支书服得五体投地，别看王支书年轻，王支书办事可不年轻，摸着大家的心思办事。三爷原来很穷很穷，三爷不偷不摸不沾集体的一根麦秸，就会死出力死做活，全靠喂几只鸡生蛋换点油盐换点零花钱。三爷忘不了王支书的大恩大德。有一阵子上级发下命令，说是为了捍卫社会主义，一人只准喂一只鸡，喂的多了就会长出资本主义尾巴，是尾巴就要坚决毫不留情地割掉，扔到美国去。不光把多的鸡打死拿跑，还得给吃资本主义尾巴的人拿油盐柴钱，还得挂牌游街示众。王支书当时是治安主任，专门负责割尾巴。有一次，就是王支书领着上级来人挨家挨户割尾巴，队伍到了三爷门口，可把三爷吓坏了。三爷家五口人喂了十只鸡，也就是多了五条尾巴。鸡已经撒了一院，逮也逮不住了，藏也藏不及了，只好吓得筛糠一样等着割了。上级来人看看一院子鸡就笑了，说这么多尾巴，割吧！王主任说了，割球不成。他家人口多，十一口人哩，一人还不划一只，社会主义还没长够哩，有球的资本主义尾巴！来人哈哈笑笑走了。三爷吓出了一身冷汗，给一家人说了，王主任真是佛爷转世，菩萨再生。这还是小恩，大恩还在后头。王主任变成了王支书，前几年又找上门，说三爷，我看你喂个鸡还在行，我去城里给你买点优良品种鸡喂喂，你弄个专业户当当，叫咱村里也光荣光荣。三爷只当说着玩的，谁知没几天真把鸡娃送上门了。这鸡真是好种，一年没有几天不生蛋。三爷发了，鸟枪换大炮了，在村里不算首户也算头几户了。吃水不忘打井人，三爷忘不了王支书的恩德，逢人都说，别看王支书年轻，叫我趴到地下给他磕三个响头叫三声爹我都干。三爷想想都后怕，要是选个和王支书不对劲的人，自己还算个人？麦米都有个心，我奔好还是个人，可得选个王支书称心如意的人，不踩王支书脚后跟的人，烧香要烧到佛爷面前啊！

谁对王支书好？三爷吃了午饭就又开始专门想了，一想就想起了张文，这娃子对王支书好成一个人了，三天两头请王支书心情心情，心情心情就是喝酒。三爷记得可清了，正月十五那天上午，张文又请王支书心情，可能心情得太狠了，王支书从张文家跟跟跄跄跑出来，一个劲地大喊大叫，一心敬你，三星高照，五星魁首，叫着叫着就跳到门前大渠里了。三爷在门口看见了，三爷吓坏了，三爷心痛坏了，多冷的天啊，会把王支书冻坏的。三爷急坏了，急忙脱袄子脱棉裤要下去拉王支书，越急越脱不下来，还是人家张文忠心报国，啥都没脱就跳进大渠里了，把王支书捞出来又扶到家里，给王支书换干衣服新衣服，上下都是青颜色毛呢的！到如今王支书还穿在身上。这交情深着哩。王支书常说，张文是煤（枚）科大学毕业的高才生。王支书早晚出门喝酒，都要把张文这个大学毕业生带上。王支书还说，孙悟空敢大闹天宫，我有张文保镖敢大闹酒海。三爷越想越认定张文和王支书最好，两个人好得活像一个人和这个人的影子，看起来只有选张文，王支书心里才能美气。三爷这样想是想了，就是想得不专不顺，因为还有个李武在三爷心里活蹦乱跳，一个劲地要把张文从三爷脑子里挤跑。三爷知道，李武和王支书也好，好是好，和张文好得不一路。张文是亲王支书，李武是骂王支书。村里有溜光蛋叫刘五，有一次请王支书心情心情，王支书没叫张文保镖，王支书说小打小闹不用大将军出阵了。谁知小打小闹也把王支书晕到了云里雾里。刘五乘机进言。说他有个好门路，弄成了一本万利，保叫村里一步登天，家家万元户，户户盖楼房，到时候你王支书出门就要坐朝廷的帽子——皇冠。王支书晕了是晕了还影影绰绰记得，上级叫起用能人的号召，原来能人就在眼前，用！重用！既然刘五给修了金銮殿，王支书巴不得立时三刻就登基坐朝，就说，娃子，只要你真能办到，老子就在村里封你个一字平肩王！说吧，要啥？刘五乘机掏出了早写好的要钱报告，恭恭敬敬呈给了王支书。王支书看了哈哈大笑，才要三千元，就能办这么大的事，批，老子给你批了。王支书用歪歪扭扭的字批了，就歪歪扭扭地回家睡了。

刘五拿着圣旨，立时找会计取钱，会计哭笑不得，又不敢抗旨，也不敢得罪刘五，还怕钱飞了，就推故去信用社取钱，先找李武，后找三爷，求他们去给王支书说说，请王支书收回成命，三爷就去了，三爷最恨刘五这号没毛飞的人，成年身不动膀不摇专指望嘴皮子吃喝拉拢招摇撞骗。三爷到了王支书门口，听见屋里拍着桌子大叫大闹，三爷没敢进去，就蹲在窗外悄悄地听。三爷听出是李武的腔调，只听李武破口大骂，喝，喝！把个好好的人喝成了酒鬼醉鬼，把好好个村喝得乌烟瘴气，你这个党员到底入的是啥党，是共产党呀还是酒党？你要不把刘五这个批件要回来，从今往后咱们一刀两断，谁稀罕在你手底下干个鸡巴毛副村长……三爷听得一炸一炸的，三爷怕火上浇油就悄悄溜了。论岁数王支书比李武长一辈，论官职李武是王支书的部下，李武为啥敢像老子训儿子一样训王支书？三爷想不透为啥，想了很久很久才想明白了，王支书一定有啥把柄捏在李武手里。三爷很为王支书愤愤不平，打狗还看主人面哩，王支书这支书是上级叫干的，不怕王支书也不怕上级了？三爷想给王支书解解围，就悄悄问王支书为啥怕李武？王支书哈哈大笑说，球，李武就是个这号货，有时骂的才凶哩。球，李世民还听老魏骂哩，骂是骂可是个一心保驾的忠臣。光说好听的中球用，溜的溜的就把国溜亡了。三爷听了就明白了，明白了就更服王支书了，王支书这一手厉害，怪不得王支书坐天下坐这么长不倒。三爷又想，李武这娃子是个忠臣，不选忠臣能选奸臣？不过，张文也不是奸臣啊！

三爷心里犯嘀咕了，两个人和王支书都好，到底该选谁呢？选谁？选谁？脑子里一直是"选谁"这两个字，三爷没想准到底选谁，又想到别的地方了。这个难题都是王支书出的。三爷明白了船在哪里弯着，一定是王支书想叫张文李武都干，上级又只准选一个，选谁维持谁，不选谁得罪谁，王支书既想维持人又怕得罪人，就想这个方叫百姓们替他得罪人。三爷想王支书真能，到时候选住了谁，王支书就说是我提的你的名，谁没选上，王支书又说了，我提你的名老百姓不投你的票我有啥办法？好叫王支书落了，人叫老百姓得罪了。三爷开始埋怨王支书了，谁家当干部的兴这个？三爷刚埋怨个头又出了岔岔，既然两个人中只准选一个，老百姓都不准选两个，你王支书是支书当然也只能选一个了，王支书想叫哪一个干呢？王支书投谁的票呢？只要猜出王支书投谁的票，咱跟着投谁的票就好了，何必再费脑子哩。可是王支书要投谁的票又不知道，三爷就猜就想，地下烟灰磕了一堆，还没猜住想准，还把头想痛了，说痛就痛，痛得针扎刀剜一样。三爷的头一痛就不顾想选谁了。只顾想头痛了。痛这么狠都怨上级，你们想叫谁干就叫谁干，谁又没说三道四，谁又没骂爹骂娘骂你们八辈老祖宗，你们为啥叫老百姓受这号洋罪？你们成天吃香的喝辣的把头养得好好的，你们不替老百姓头痛，还叫老百姓替你们头痛，还说全心全意为人民服务哩。派款派捐派费哪一样我们没出，没啥派了又派头痛，老百姓能痛得起吗？吃药得花钱呀！三爷脾气好，好是好也会发火，三爷气了，三爷发火了，三爷骂娘了，日他妈，你们吃着皇粮都怕想，能派给老百姓来想，老百姓也日哄日哄去个球，他娘的，不想了，管他谁当村长，谁当咱就跟着谁走。三爷下定决心不想了，说不想就不想了，不想了头就痛得轻了。可是又转念一想，不中，自己选谁不选谁就不说了，还有一家子人呀，这事可不能叫他们乱当家，这个选张三，那个选李四，不成了没王子蜂？还有，家里人要问选谁呢？村里人要问选谁呢？自己要回答不出多丢人！三爷觉着责任重大，不能不想，又怕想想还头痛，脑子一转就有了门道。三爷从口袋里摸出了一个硬币，三爷说，张文占正面，李武占反面，撂上去落下来谁在上面就是选谁。三爷说了就把硬币拎着扔得高高的，三爷的心也跟着硬币飞得高高的，硬币落到地下了，三爷的心也跌到地下了，三爷趴到地下一看，正面朝上，是叫选张文哩，对，就是选张文。李武，你可不能怨我，都怨你的命不好。这最公平了，村里组里分东西分活组干部常用这种抓阄的办法，这办法最得人心了，谁也没有怨言，三爷想了一天的事一点不费脑子就解决了，三爷埋怨自己当初咋就忘了这么好的办法，脑子白想了一天，头也白痛了一阵子。三爷浑身轻松头更轻松，磕磕烟袋就要下地了。三爷站起来要走时，不知哪根神经出了毛病，总觉着有点对不起李武的妈。还想撂一回不一定准，撂两回吧，再撂一回试试，要还是张文在上面就证明张文命里该当这个官，就不再三心二意了。三爷又摸出硬币，两个指头夹着放到嘴边吹吹，又放到耳边听见了嗡嗡响，心里还不住祷告，李大嫂，你儿子命里能不能当村长，你在那阴间你最清楚了，你看着办吧。祷告完了又把硬币扔得高高的，硬币落下来了，三爷急急上去一看，啊，反面在上，是李武！三爷惊喜地啊了一声。三爷心里隐隐约约向着李武，又为了表示自己公道，就故意不向着李武，强压着那隐隐约约。三爷犯难了，是头一次为准呀，还是这一次为准？是头一次算数吧，觉着亏了李武，这一次算数吧，又亏了张文。再撂一次吧，又怕，怕什么也说不清，三爷的头又痛了，脑子里像钻了一条蛇，乱咬乱踢跳，痛了真不美，三爷不想叫再痛，就想不痛的方。三爷不愧是三爷，活人没叫尿憋死，想方就有了方。为啥不拔倒树枝捉老鸹哩？真笨。想了一天算瞎想了，想的一点也不起作用，去问问王支书不就蹬根了，王支书一句话顶上自己想几天。王支书会说吗，当然会，这又不费他个屁事，又不用花他一分钱，就是一句话嘛，凭着多年的老交情，他瞒天瞒地还能瞒自己？再说，他巴不得哩。

　　三爷想开了，头就一点也不痛了，就欢天喜地去找王支书了。王支书家里有客，王支书问他有什么事？三爷想这事不能当着众人说，说了就泄露天机了，得拉个背场说才行。

三爷说:"你出来一下,我只问你一句话。"

王支书就跟着三爷出来了,三爷把他领到了房后一棵弯腰树下,看看很僻静就站住了。王支书看着三爷很神秘很严肃的样子,就问:"三爷,啥事?"

三爷看看左右前后没人,就嘿嘿笑笑,问:"你说说,你想叫谁干村长?"

王支书迷瞪了一下,反问:"三爷,你问这干啥?"

三爷贴气地说:"你想叫谁干,咱就投谁票嘛。"

王支书笑了,说:"谁干谁不干,我不是说过了,叫大家好好想想选吗,这事得大家当家做主,村长又不是我家私有的。"

三爷有点气了,都是自己人打的啥官腔,气是气咽口唾沫打下去了,认真地说:"我这可都是为了你好,你给我说实话,你到底想叫谁干?"

王支书笑了,说:"这?我还没想哩。大家选住谁,我就想叫谁干。"

"你别在我面前耍滑头了。"三爷有点恼了,继续表忠心道,"对真人不说假话,你明天投谁的票,你给我透个风,保险叫你满意,别弄得到时候叫你心里不美!"

"三爷!"王支书又好气又好笑,说,"你管我美不美干啥?你想选谁你就选谁,这是你的权利嘛!"

三爷急狠了,抓耳挠腮地说:"你咋是个这号人?怕我走漏风声不是?三爷不是走话的小人。这里又没外人,只有你知我知,树又不会传话,你说吧,选谁?"说时把耳朵往王支书嘴上贴近,叫他悄悄说,怕说的声音大了叫风吹跑了。

王支书腻歪得连连后退,也着急地说:"三爷,我真没想呀,选住谁就是谁嘛!"

三爷恨呀,真是狗咬吕洞宾——不识好人心,重重地说:"我可是诚心诚意成全你呀!"

王支书烦了,板起了脸子,吓唬他道:"三爷,我给你实话说了吧,这事我不能说,说了就犯政策了,我又没得罪过你,你老不要硬逼着我犯错误行不行?"

"这?"三爷吓了一跳,三爷又不满地冷笑一声,说:"我不信这也犯政策!球,都成政策了!"说了气冲冲地扭头走了。

三爷只想着能得到王支书的实话,谁知王支书一字不透。三爷好恼好气,不住骂娘,看起来王支书是不信自己,不和自己过心。只说王支书和自己怪贴心,谁知道自己和他贴,他不和自己贴,三爷感到了委屈,委屈得很,委屈狠了就和王支书不一心了,就下了狠心,球,你当支书的都日哄老百姓,老百姓就不会日哄你了?你不给老百姓作主,老百姓也会不给你作主,咱们看看谁日哄过谁?

三爷走一路气一路,心想,日他个妈,咱算好心变成驴肝肺了,好心没好报。三爷憋着一肚子气回到了家里,家里人正等着他吃晚饭,看他气色不好,问他怎么了,三爷气鼓鼓地说:"明天一早,娃子老少都上山给鸡打野菜!"

大儿子愣愣地问:"明天不是选村长吗?"

三爷哼了一声,气急败坏地说:"不参加!当官的都怕得罪人,咱们为啥替他们得罪人!"

一家人不敢吭了。

第二天一早,三爷领着一家人上山去了。

——选自《乔典运小说自选集》,河南文艺出版社,1998.

自我测试题与参考解答

(1) 作品讲了一个什么样的故事？

作品讲了一位农民因不习惯使用民主权利而放弃选举权的故事。或者说，作品讲了一位农民因缺乏独立人格和民主意识，完全不适应民主选举的故事。

说明：小说是典型的叙事文体，无事(故事)可叙即无小说，因此明白小说讲的是什么故事对于理解作品具有十分重要的意义。故事的归纳不宜过于具体、琐碎，要高屋建瓴，有一定的抽象度，要能概括中心内容。

(2) 故事情节的矛盾冲突是什么？是内在的还是外在的？

故事情节的矛盾冲突是，农民有了民主权利但却不具备使用该权利的精神素质。或更抽象一点：现代化的政治举措与人的思想的非现代化的矛盾。这一矛盾是内在的(发生在人物内心的矛盾。如果是外在的，则可能是选举中的宗族冲突、上级内定人选、贿选等)。

说明：对矛盾冲突的归纳也要有一定的抽象度，不可过于具体、琐碎，要从社会、历史、人生的深层矛盾看问题。

(3) 找出作品的情节结构。

小说情节的基本结构为开端—发展—高潮—结局。这篇小说的开端是：面临选举；发展是：考虑选谁；高潮是：三爷当面问支书遭拒绝；结局是：放弃选举权。

(4) 结合作品谈谈情节与人物性格的关系。

情节与人物性格的关系是文学理论的一个基本问题，本书设专节讲解，基本观点是：人物性格决定情节的发展，是情节发展的内在依据，有什么样的人物性格就推演生发出什么样的故事情节；情节展示性格并推动性格的发展。总之，性格是情节的内在依据，情节是性格的外在表现。在《问天》中，主人公三爷的所有行为(表现为作品情节)，看起来有些怪异，其实都是由其性格所决定的，是有内在依据的；反过来说，三爷是什么样性格的人，我们是通过其行为(情节)分析出来的，从创作角度看，即由情节展示出来的。

(5) 作品的情节安排是否合情合理？

情节安排虽然有些夸张、滑稽，但总体来看符合人物性格、符合生活逻辑，即是合情合理的。

(6) 故事发生的背景是什么？

背景即故事发生的时空点。《问天》的具体背景(近景)是：地点——中国农村，时间——改革开放之后，民主权利扩大之时。如果再往深层追究，中景就要追溯到"文革"前后，"极左"思潮对中国社会生活的深刻影响；远景就是漫长的、实行政治专制和奴化政策的中国封建社会。

(7) 作品的主题思想是什么？

小说通过三爷参加村民选举的故事，揭示了某些农民缺乏民主意识和独立人格、愚昧奴性的精神状态，批判了极"左"政治所造成的恶劣影响，提出了要推进民主政治，必须大力提高广大人民群众的精神素质的大问题。

(8) 背景与主题思想的关系是什么？

这一问题是把主题放到特定历史或现实背景下考察其意义。很明显，这一主题截至目前仍有强烈的现实意义，而且在相当长的一段历史时期里都有其意义。因为在中国特定的历史语境下，清除"极左"思潮的恶劣影响，继续解放思想，尤其是提高广大人民群众的民主意识和独立人格，实现精神的现代化，还需要比较长的时间。在上述特定的历史背景下提出这样的主题，说明作者对中国当下社会生活有深刻的理解和把握，有政治上的敏感，有强烈的社会责任心和历史使命感。

(9) 从作品出发谈谈背景与人物性格的关系。

人物性格与背景(环境)的关系，是现实主义文学理论的基本问题，也是马克思文艺学的一个基本问题。恩格斯的"真实地再现典型环境中的典型人物"的命题，科学地揭示了典型人物与典型环境的关系。典型性格是在典型环境中形成的。所谓环境，就是那种形成人物性格，"并促使他们行动"的客观条件。优秀的文学作品中的人物性格，总是在环绕着他们的特殊环境中形成的。在《问天》中，三爷的性格主要表现在社会、政治层面，这一性格肯定不是天生的，而是环境影响的结果。当然这一环境是历史、现实综合物，其中包含着极为丰富的社会历史内涵。所以，对三爷性格的剖析，使我们看到的是现实社会生活中存在的沉重问题，是社会历史所遗留下来的深刻影响，是人物的精神状态与客观环境的内在关系。

(10) 作品的主题是否深刻、新颖、具有普遍意义？

从作品描写的社会生活和作品产生的社会背景来看，主题应该说是深刻、新颖、具有普遍意义的。

(11) 作品的基本情调是什么？

情调即弥漫于作品字里行间的情绪色调。《问天》的情调大致可以概括为：酸楚的幽默，苦涩的微笑。作品看似搞笑，实则严肃，喜剧效果中渗透着严肃深沉的社会内涵，让人哭笑不得，感慨良多。

(12) 作品叙述语调的特点是什么？

这篇作品的叙述语调大致有两个特点：第一，反讽—— 即一本正经地叙述人物的可笑心理及行为；第二，幽默而不油滑，讽刺而不调侃，极有分寸感。

(13) 叙述人的心态是什么？

由叙述语调可以感受到叙述人对待人物的复杂心态：讽刺中有同情，批判中有哀怜，否定中有期盼；哀其愚昧，愿其清醒。

(14) 作品的格调是什么？

格调是古人用来评价文学作品思想感情，价值、品位高低的概念(如王昌龄说：诗意高，谓之格高。刘熙载说：气有清浊厚薄，格有高低雅俗)。从这一角度来看，《问天》的格调可以说是严肃的、深沉的、高雅的。这样的格调来自作者严肃真诚的社会责任感和历史使命感。

(15) 三爷是个什么样的人物？

从思想内容角度来看，三爷是中国改革开放之后农村的一个深受极"左"政治毒害，因而缺乏独立人格和民主意识，并具有自私、愚昧、奴性等性格特征的典型形象。从艺术的性格形态上分，三爷属于尖形人物。尖形人物与扁形人物、圆形人物相并列。扁形人物性格特征单一，可用一个词语或一句话概括。圆形人物性格没有超常的特征，更逼似生活中的真人、常人，往往因其复杂而难以概括。尖形人物介于二者之间，有多种性格侧面，在多侧面中有某一方面特别突出,引人注目。就三爷来说,他有多方面的性格特征,如善良、勤劳、能干、自尊、好面子、狭隘、自私、愚昧、奴性等,其中作者突出描写的是他的奴性(完全放弃自我,放弃独立人格)。

(16) 人物在作品中的地位与作用。

三爷是作品的主人公,故事的核心,所有情节的发生、发展,所有的艺术构思皆以三爷为中心。

(17) 人物是怎样被揭示的?

作者调动了各种艺术手段塑造人物,如叙述、描写、比喻、夸张、议论等,但比较突出的是夸张,即作者对三爷的心理及行为特征给予了适度的夸张放大,以至于产生喜剧效果,从而让三爷的性格特征更加鲜明、醒目,立体感更强。

(18) 谈谈人物形象与主题的关系。

通过主人公三爷的性格内涵揭示主题。

(19) 作品采用了什么叙事角度?

作品采用第三人称客观型全知叙事。

第三人称容易理解,客观型也容易理解,因为主观型是叙述人在作品中露面,而这篇小说叙述人始终没有露面。比较容易混淆的是有限叙事。有限叙事的特点是从故事中一个人物的角度讲述故事。第三人称有限叙事的特点是,"叙述人"并不在作品中直接出面,而是始终黏附于某一人物身上,以他的眼光观察,以他的心理思考,笔锋所及以不超越此一人物为限。这篇小说好像是第三人称有限叙事,因为叙述人始终深入三爷内心,写三爷的心理。但仔细分析可知,作品采用的是第三人称全知叙事。因为第三人称有限叙事的"叙述人"不能作自我评价,而本篇作品中充满了对人物的评价,如"三爷是老实百姓,老实百姓就只听不想""三爷不是忘恩负义的人,大恩大德都记得清清楚楚"等。

(20) 叙事角度与主题的关系。

采用第三人称客观型全知叙事,便于自由调度各种艺术手段充分揭示人物性格,表现主题。

(21) 小说为什么叫"问天"?

"天"在中国文化中具有极为丰富的意味,在中国老百姓眼中,"天"往往代表神秘莫测的、至高无上的超人力量,它主宰人的祸福命运,因而令人敬畏,让人恐惧。

在《问天》中,"天"被异化(具体化)为"上级"——主宰老百姓命运的强势力量。这里暗含着作者对压制群众的极"左"思潮的沉痛批判和控诉。

(22) 作品的语言风格是什么?

作品的语言风格是口语化、生活化、乡土化。

作者采用了地道的方言土语,地道的南阳乡间农民话。如果读给当地农民听,一定会感到特别温馨、亲切、自然,甚至会笑破肚皮,惊讶——难道这就是文学吗?

(23) 小说的艺术风格是什么?

幽默、质朴、深沉。或者,苦涩的(而)幽默,质朴的(而)深沉。

(24) 请试着对作品情节进行改造,看作品的主题有什么变化?

作者设计什么样的情节,为的是表达相应的主题,情节设置与主题有紧密的内在关系。具体到《问天》,如果三爷问支书到底应该选谁时,支书明确表示或者暗示选某人,那么小说主题就成为，要实现民主政治，除了农民的精神状态跟不上之外，还有基层政权的干扰，于是又会提出干部素质的问题。如果三爷问支书时，经过支书的诚恳说服，三爷终于明白现在和过去不一样了，现在是真正的民主了，于是回去按照要求认真思考，终于选出了真正代表老百姓心愿的人，这样，主题就变为农民的觉醒，民主政治得到了实现。如果三爷执意按照"看谁对咱好"的标准参与选举，那么主题就是批判农民的自私，是农民的自私在干扰民主政治的实现。诸如此类，情节变化必然导致主题的变化。本题意在让读者体会情节的设置与主题的关系。

(25) 从三爷形象的塑造，看人物形象与作家的关系。

三爷是一个成功的艺术形象，是新时期文学中独一无二、不可替代的文学典型，是作者对新时期文学的贡献。能够塑造如此成功的艺术形象，有赖于作者对农民的深刻了解，作者一生沉潜在农村，与农民血肉相连，真正理解农民的内心世界和精神面貌。当然，还有赖于作者政治思想的成熟与深刻，以及忧国忧民的强烈的社会责任心。

后 记

本版修订的基本原则是总体框架基本不动，个别地方作适当微调。主要变动是：

一、前言、目录及某些章节文字修订，这是一项永远做不完、永远有遗憾的工作。

二、第四章增加了第五节("古代诗词的语法特点")，"答读者问"中增加了"怎样提高写作能力"的问题。

三、变动较大的是第五编：删除了第十二章("借助文学透视人生")，调整了第十一章("人生视角解读文学举例")。变动的根据是，"人生视角解读文学"与"借助文学透视人生"是同一活动(过程)的两个方面，二者是一而二、二而一的关系，本编重在推荐欣赏视角，故作如此处理。

"人生视角解读文学"一章里作为案例分析的四篇作品，选择不是偶然的、随机的，而是"特意"从中外文学宝库里海选出来的。这里的"特意"是，其人生意蕴贴近青年人隐秘的心灵生活，希望有助于青年人的精神成长。

所有变动的目的，都是想让教材理论上更完善，逻辑上更周严，条理上更清晰，更贴近读者需要，更容易理解和掌握。

修订过程再一次让我加深了对"学无止境"的体会。学，不仅仅是指学生对于知识的学习，还指学术、学问、学养，这是包括教师在内几乎所有读书人的事。知识、学术、学问，渊深无比，永远也探不到底，让人浩叹，让人敬畏；但也给人带来无穷乐趣，读书人独有的幸福与快乐差不多也就在这里了。

感谢清华大学出版社；感谢责任编辑梁媛媛老师认真、负责、专业、敬业的劳作；感谢历届听过我这门课的学生，他们的听课热情是我教书写书的动力。感谢读者！在我心里，读者是我写作活动的审查者，每一念头，我都站在读者的立场，以读者的眼光加以审视，然后才作决定。换句话说，读者是这本书的潜在合作者。我多年来的职业愿景是，让文学走向大众，走进人生，走进每个人的心灵。我希望通过和所有同人的共同努力，逐渐向这一目标靠近。

尽管一再修订，也无法臻于尽善尽美，只能是尽人事而后心安罢了。

企盼业界方家和读者朋友赐教于我，以便有机会继续修订完善。

编 者

2022年春于古城开封